MW01608637

SI TU ME VOYAIS
COMME JE TE VOIS

NICHOLAS SPARKS

SI TU ME VOYAIS COMME JE TE VOIS

Traduit de l'anglais (États-Unis)
par Emmanuel Chastellière

Du même auteur chez le même éditeur

Un choix, 2009
La Dernière Chanson, 2010 et 2018 en poche
Le Porte-bonheur, 2011 et 2019 en poche
Un havre de paix, 2012 et 2019 en poche
Une seconde chance, 2013 et 2018 en poche
Chemins croisés, 2014 et 2020 en poche
Si tu me voyais comme je te vois, 2015 et 2020 en poche
Tous les deux, 2017
Au rythme de ton souffle, 2018

Titre original :
See Me

© Willow Holdings, Inc., 2015.
Tous droits réservés.
Première publication en langue originale par
Grand Central Publishing, 2015.

www.nicholassparks.com

Les personnages, les lieux et les situations de ce récit
étant purement fictifs, toute ressemblance avec des personnes
ou des situations existantes ne saurait être que fortuite.

© Michel Lafon Publishing, 2016, pour la traduction française
© Michel Lafon Poche, 2020, pour la présente édition
118, avenue Achille-Peretti – CS 70024
92521 – Neuilly-sur-Seine Cedex
www.michel-lafon.com

Pour Jeannie Armentrout

Prologue

Moins d'une journée après son arrivée, il sut que Wilmington n'était pas son genre de ville. Elle était trop touristique et semblait s'être développée sans aucune cohérence. Alors que le quartier historique comptait des demeures classiques pour la région, avec porches, colonnes et lambris, des magnolias dans les jardins, cet environnement agréable laissait place peu à peu à une zone de petits centres commerciaux, de supérettes, de chaînes de restaurants et de concessionnaires automobiles. La circulation très dense se faisait encore plus insupportable en été.

Mais il avait été agréablement surpris en découvrant les pelouses de l'université. Il s'était imaginé un campus rappelant l'horrible architecture des années soixante et soixante-dix. Il y avait quelques bâtiments de ce genre, en particulier en bordure de la fac, mais les cours intérieures constituaient une véritable oasis, avec leurs promenades ombragées, leurs espaces verts soigneusement entretenus, leurs colonnades géorgiennes et leurs façades de brique de Hoggard et Kenan Halls qui luisaient sous le soleil de la fin d'après-midi.

Il s'était toutefois émerveillé devant les pelouses. En arrivant, il avait admiré le reflet de la tour de l'horloge dans l'étang derrière lui, l'heure impossible à déchiffrer d'un simple coup d'œil. Tant qu'il avait un ordinateur portable ouvert sur les genoux, il pouvait rester assis et surveiller les environs en étant quasi invisible aux yeux des étudiants, comme plongés chacun dans leur propre transe.

Il faisait chaud en cette fin septembre et ils étaient en short et débardeur, bras et jambes nus. Il se demanda s'ils s'habillaient de la même façon pour les cours. Comme eux, il était venu sur le campus pour apprendre. Il s'y était rendu à trois reprises en trois jours, mais il y avait encore trop de monde. Il ne voulait pas qu'on se souvienne de lui. Il envisagea de changer de lieu avant d'y renoncer. Pour autant qu'il le sache, personne ne se souciait de sa présence.

Il était proche, si proche, mais pour le moment, il devait à tout prix rester patient. Il prit une longue inspiration et retint son souffle. Il vit deux étudiants en route pour un cours, sac à dos à l'épaule. Mais à cette heure de la journée, ils étaient largement dépassés en nombre par ceux qui partaient déjà en week-end. Ils discutaient par groupes de trois ou quatre et buvaient au goulot de bouteilles d'eau qu'il supposait remplies d'alcool, tandis que deux de leurs camarades aux allures de mannequins Abercrombie jouaient au Frisbee pendant que leurs copines discutaient à côté. Il remarqua un jeune couple en pleine querelle. Le visage de la jeune femme était rouge. Elle repoussa son petit ami. Il sourit, respectant sa colère et le fait que, contrairement à lui, elle n'était pas contrainte de cacher ce qu'elle ressentait. Derrière eux, un autre groupe d'étudiants jouait au *touch football*[1] avec l'insouciance de ceux qui n'avaient pas de vraies responsabilités.

Nombre d'entre eux avaient sans doute prévu de sortir le soir même ou le lendemain. Des fraternités. Des sororités.

---

1. Football américain simplifié.

Des bars. Des boîtes. Pour beaucoup, le week-end commencerait ce soir puisque la plupart n'avaient même pas cours le vendredi. Il avait été surpris en l'apprenant. Étant donné le coût de la scolarité à la fac, il aurait cru que les étudiants voudraient passer plus de temps avec leurs professeurs, pas avoir des week-ends de trois jours. Mais il supposait que ce planning convenait aux deux parties. Tout le monde ne voulait-il pas d'une vie facile de nos jours ? Faire le moins d'efforts possible ? Prendre des raccourcis ?

Ouais. C'était exactement ce qu'apprenaient les étudiants. Que les décisions difficiles n'étaient pas nécessaires, que faire le bon choix n'était pas important, en particulier si cela impliquait du travail supplémentaire. Pourquoi étudier ou tenter de changer le monde un vendredi après-midi, quand vous pouviez vous prélasser au soleil ?

Son regard passa de la gauche à la droite et il se demanda qui, parmi ces étudiants, avait réfléchi à sa vie future. Cassie l'avait fait. Elle pensait constamment à l'avenir. Elle avait des plans. Elle avait planifié sa vie dès ses dix-sept ans, mais il se souvenait avoir pensé qu'il y avait quelque chose de provisoire dans la façon dont elle en parlait. Il avait eu l'impression qu'elle ne croyait pas vraiment en elle ou en l'image qu'elle renvoyait au monde. Pourquoi, sinon, aurait-elle pris les décisions qui avaient été les siennes ?

Il avait tenté de l'aider. Il avait fait ce qu'il fallait, suivi la loi, déposé plainte auprès de la police, et même parlé à l'assistante du procureur. Et jusqu'à ce moment-là, il avait cru aux règles de la société. Il croyait en cette vision naïve où le bien triomphait du mal, où le danger pouvait être maîtrisé. Les règles pouvaient empêcher quelqu'un de croiser le danger. Cassie y avait cru aussi. Après tout, n'était-ce pas ce que l'on enseignait aux enfants ? Pourquoi, sinon, les parents diraient ce qu'ils disaient ? Regarde des deux côtés de la route avant de traverser. Ne monte pas dans la voiture d'un inconnu. Brosse-toi les dents. Mange tes légumes. Mets ta ceinture. La liste continuait, encore et encore. Des règles pour les protéger et les sauver.

Mais les règles pouvaient aussi se révéler dangereuses. Il l'avait appris à ses dépens. Les règles concernaient les gens en général, pas les cas particuliers, et puisque les gens étaient conditionnés depuis l'enfance à les suivre, il était aisé de le faire aveuglément. De faire confiance au système. Il était plus facile de ne pas se soucier des imprévus. Cela signifiait que personne n'avait à penser aux conséquences potentielles, tout le monde pouvait jouer au Frisbee l'esprit léger les vendredis après-midi, du moment qu'il faisait beau.

L'expérience était le plus dur des professeurs. Pendant près de deux ans, il n'avait pu penser à autre chose qu'à ces leçons. Elles avaient failli le consumer, mais peu à peu il avait commencé à y voir plus clair. Elle connaissait le danger. Il l'avait prévenue de ce qui allait se produire. Mais elle s'en était tenue aux règles parce que c'était pratique.

Il jeta un coup d'œil à sa montre et vit qu'il était temps de partir. Il ferma le manuel scolaire et se leva, vérifiant qu'il n'avait attiré l'attention de personne. Non. Il se mit en route et traversa les pelouses, le manuel sous le bras. Il avait une lettre écrite de sa main dans la poche, et il se dirigea vers la boîte aux lettres située juste à côté du bâtiment des sciences. Il glissa l'enveloppe dans la fente et attendit. Quelques minutes plus tard, il vit Serena franchir les portes, pile à l'heure.

Il en savait déjà beaucoup sur elle. Désormais, tous les jeunes semblaient avoir un compte Facebook, Twitter, Instagram et Snapchat, dévoilant leur vie à qui souhaitait la reconstituer. Ce qu'ils aimaient, qui étaient leurs amis, comment ils occupaient leur temps. Il savait déjà, grâce à un message sur Facebook, qu'elle avait un brunch avec ses parents et sa sœur ce dimanche et, en la regardant passer, avec ses cheveux noirs tombant sous ses épaules, il se répéta qu'elle était très belle. Il y avait une grâce naturelle chez elle qui lui valait des sourires appréciateurs de tous les types qu'elle croisait, même si elle ne semblait pas le remarquer, plongée dans sa discussion avec une petite blonde replète, une camarade de classe. Elles étaient allées à un séminaire toutes les deux. Il savait qu'elle voulait devenir institutrice. Elle avait des plans, tout comme Cassie.

Il garda ses distances, électrisé par le pouvoir qu'il éprouvait en sa présence. Le pouvoir qu'il avait retenu depuis deux ans. Elle n'avait aucune idée de combien il était proche ou de ce qu'il pouvait faire. Elle ne jetait jamais de coup d'œil derrière elle, mais pourquoi l'aurait-elle fait ? Il n'était personne pour elle, seulement un visage dans la foule.

Il se demanda si elle parlait de ses plans pour le week-end à la blonde, énumérant les lieux où elle comptait se rendre ou les gens qu'elle comptait voir. De son côté, il prévoyait de se joindre à la famille pour le brunch, même s'il n'était pas invité. Il les observerait depuis une maison toute proche, dans un quartier très classe moyenne. La maison était déserte depuis un mois. Elle avait été saisie mais n'était pas encore en vente. Même si les verrous étaient solides, il avait pu entrer par une fenêtre sur le côté sans réelle difficulté. Il savait déjà que, depuis la chambre parentale, il pouvait observer leur porche de derrière et la cuisine. Dimanche, il verrait cette famille unie rire et plaisanter sur la table de la terrasse.

Il savait quelque chose sur chacun d'entre eux. Félix Sanchez était un immigrant qui avait réussi. Classique. L'article de journal fièrement épinglé dans leur restaurant racontait comment il était arrivé illégalement dans le pays à l'adolescence sans parler un mot d'anglais puis avait commencé à faire la plonge dans un restaurant local. Quinze ans plus tard, devenu citoyen américain, il avait économisé assez d'argent pour ouvrir son propre établissement dans un centre commercial – *La Cocina de la Familia* – proposant les recettes de sa femme Carmen. Pendant qu'elle cuisinait, il gérait tout le reste, en particulier durant les premières années. Leur commerce s'était agrandi petit à petit et il était maintenant considéré comme l'un des meilleurs restaurants mexicains de la ville. Bien que comptant plus de quinze employés, l'établissement conservait son caractère familial, car la plupart d'entre eux faisaient partie de la parenté. Le père et la mère travaillaient encore là, et Serena faisait la serveuse trois fois par semaine, tout comme sa sœur aînée, Maria, l'avait fait. Félix était membre de la chambre de commerce et du Rotary Club, et sa femme et lui assistaient à la messe de 7 heures à Saint-Mary tous les dimanches, où il servait également comme diacre. Carmen était un peu plus mystérieuse ; il savait seulement qu'elle était encore aujourd'hui plus à l'aise en espagnol qu'en anglais et que, comme son mari, elle était fière que Maria soit devenue la première diplômée universitaire de la famille.

Quant à Maria, justement...

Il ne l'avait pas encore vue ici à Wilmington. Elle était partie depuis deux jours pour une conférence, mais c'était elle qu'il connaissait le mieux. Par le passé, quand elle vivait à Charlotte, il l'avait souvent croisée. Il lui avait parlé. Il avait tenté de la convaincre qu'elle avait tort. Et au bout du compte, elle l'avait fait souffrir comme personne ne devrait jamais souffrir, et il la haïssait pour ce qu'elle avait fait.

Serena dit au revoir à son amie d'un signe de la main avant de se diriger vers le parking. Il poursuivit sa route. Il n'avait aucune raison de la suivre et il était content de se dire qu'il verrait cette famille, petite mais heureuse, le dimanche. En particulier Maria. Maria était sans doute encore plus belle que sa sœur, même si, honnêtement, toutes les deux avaient remporté le gros lot de la loterie génétique, avec leurs yeux sombres et leurs ossatures presque parfaites. Il les imagina assises toutes les deux à la table. Malgré leurs sept ans d'écart, on aurait pu les prendre pour des jumelles. Et pourtant elles étaient différentes. Alors que Serena était extravertie presque à l'excès, Maria avait toujours été plus calme et déterminée, la plus sérieuse et la plus studieuse des deux. Mais elles étaient proches, meilleures amies autant que sœurs. Il se disait que peut-être Serena voyait chez sa sœur des traits de caractère qu'elle aurait voulu s'approprier, et vice versa. Il eut un frisson d'excitation en pensant au week-end, sachant que ce serait peut-être l'une des dernières fois que la maisonnée se réunirait normalement. Il voulait voir comment ils se comporteraient avant que la tension commence à infecter leur belle petite famille... avant que la peur les frappe. Avant que leurs vies tombent lentement mais brutalement en ruine.

Il était venu ici, après tout, dans un but bien précis, et ce but avait un nom.

La vengeance.

Chapitre 1

Colin

Colin Hancock se tenait devant le lavabo des toilettes du *diner*. Il avait relevé sa chemise pour examiner plus facilement ses côtes meurtries. Le bleu prendrait sans doute une teinte violacée avant le lendemain matin, et l'effleurer suffisait à lui arracher une grimace. Il savait d'expérience que l'on pouvait ignorer la douleur pendant un temps, mais il se demanda si le simple fait de respirer lui ferait mal dans quelques heures.

Difficile en revanche de dissimuler son visage…

Cela risquait de poser un problème. Pas pour lui, bien sûr, mais pour les autres. Ses camarades de classe allaient certainement le regarder avec de grands yeux effarés tout en murmurant dans son dos. Même s'il doutait que quiconque lui demande ce qui avait bien pu lui arriver. Pendant ses premières semaines d'université, la majorité de la promo s'était montrée plutôt sympa. Mais, à l'évidence, personne ne savait comment se comporter à son égard, encore moins d'engager une conversation. D'un côté, cela ne le dérangeait pas trop. Tout d'abord, il n'y avait que des filles, et de six ou sept ans plus jeunes que lui. De plus, leur vécu récent était probablement bien différent du sien. Comme tout le monde, elles finiraient par tirer leurs propres conclusions à son sujet. Franchement, cela ne valait pas la peine de s'en faire.

Pourtant, Colin devait admettre qu'il était salement amoché. Son œil gauche était gonflé et le droit injecté de sang. Son front était orné d'une balafre refermée à la colle et l'hématome couleur cuivre sur sa pommette droite ressemblait à une marque de naissance. Ses lèvres fendues et boursouflées complétaient le tableau. Il fallait vraiment qu'il applique au plus vite une poche de glace sur son visage s'il ne voulait pas déconcentrer les filles pendant les cours. Mais chaque chose en son temps : pour le moment Colin mourait de faim, et il avait besoin de reprendre des forces. Il n'avait quasiment rien avalé ces deux derniers jours et il voulait quelque chose de rapide, pratique, et si possible de pas trop mauvais pour la santé. Malheureusement, à une heure aussi tardive, la plupart des restaurants étaient fermés. Il avait donc fini dans un *diner* décrépi près de l'autoroute. Au menu, fenêtres barrées, murs couverts de taches d'humidité, lino en partie décollé et box rafistolés avec du ruban adhésif. Mais l'endroit avait un avantage de taille : l'indifférence des autres clients envers Colin tandis qu'il regagnait sa table. Les gens qui fréquentaient ce genre de bouge en pleine nuit ne mettaient pas le nez dans les affaires des autres. Pour autant qu'il puisse en juger, la moitié d'entre eux tentait de dessaouler après avoir bu comme des trous et l'autre – des capitaines de soirée, sans aucun doute – faisait de même, à peine moins ivre.

C'était l'endroit idéal pour s'attirer des ennuis. En se garant sur le parking gravillonné, Colin s'était presque attendu à voir Evan continuer sa route au volant de sa Prius. Mais ce dernier avait dû justement craindre de nouveaux problèmes pour Colin. C'était bien la seule raison pour laquelle il avait mis les pieds dans un tel établissement, en particulier si tard. Avec sa chemise rose, ses chaussettes à motifs losanges, ses mocassins en cuir et ses cheveux clairs à la raie impeccable, Evan ne se fondait pas vraiment dans la masse des oiseaux de nuit du coin. En fait, sa Prius aurait tout aussi bien pu servir d'enseigne lumineuse annonçant qu'il cherchait à se faire tabasser par les bouseux en pick-up qui venaient de passer la plus grande partie de la nuit à picoler. Colin ouvrit le robinet et se mouilla les mains avant de les passer sur son visage. L'eau était froide. Exactement ce dont il avait besoin.

Il avait l'impression que sa peau était à vif. Son adversaire du soir, un marine, avait cogné beaucoup plus fort que prévu, sans compter les coups interdits. Mais comment le deviner à son apparence ? Grand et mince, une coupe de cheveux réglementaire, des sourcils broussailleux… Colin n'aurait pas dû le sous-estimer et se jura que cela ne se reproduirait plus. Sinon, il finirait par effrayer ses camarades, au risque de gâcher leur année universitaire. *Il y a un gars super flippant dans ma classe, maman ! La figure couverte de bleus, avec des tatouages dingues ! Et je suis obligée de m'asseoir juste à côté de lui !* les imagina-t-il confier au téléphone.

Il agita les mains pour les sécher. En sortant des toilettes, il aperçut Evan dans le box d'angle. Contrairement à lui, Evan n'aurait pas fait tache à l'université. Il avait encore un visage poupin et Colin se demanda en approchant de la table s'il se rasait plus d'une fois par semaine.

– Eh bien, c'était long, dit Evan alors que Colin se glissait en face de lui. Je me demandais si tu ne t'étais pas perdu.

Colin s'enfonça dans la banquette en Skaï.

– J'espère que tu ne t'en faisais pas trop, tout seul ici.

– Ha, ha.

– J'ai une question à te poser.

– Vas-y.

– Tu te rases combien de fois par semaine ?

Evan cligna des yeux.

– Tu es resté aux toilettes pendant dix minutes pour réfléchir à ça ?

– Je me suis posé la question en revenant.

Evan le regarda fixement.

– Je me rase tous les matins.

– Pourquoi ?

– Comment ça, pourquoi ? Pour la même raison que toi.

– Je ne me rase pas tous les matins.

– Pourquoi on parle de ça, exactement ?

– Parce que j'étais curieux, alors je t'ai posé la question et tu m'as répondu, dit Colin. (Ignorant l'expression d'Evan, il indiqua le menu d'un signe de tête.) Tu as changé d'avis et décidé de commander ?

Evan secoua la tête.

– Absolument pas.

– Tu ne vas rien manger ?

– Non.

– Tu as des remontées acides ?

– En fait, c'est plutôt parce que je soupçonne que Reagan était encore président lors de la dernière inspection d'hygiène de ce *diner*.

– Tu exagères.

– Tu as vu le cuisinier ?

Colin lança un coup d'œil en direction du gril, derrière le comptoir. L'homme portait un tablier constellé de taches de graisse qui dissimulait mal sa bedaine. Il avait aussi une longue queue-de-cheval, et des tatouages recouvraient en grande partie ses avant-bras.

– J'aime bien son style.

– Ça alors, quelle surprise.

– C'est la vérité.

– Je sais. Tu dis toujours la vérité. C'est une partie de ton problème.

– En quoi est-ce un problème ?

– Parce que les gens ne veulent pas toujours entendre la vérité. Comme quand ta copine te demande si sa tenue la grossit et qu'il faut répondre qu'elle est ravissante.

– Je n'ai pas de copine.

– Sans doute parce que tu as dit à la dernière qu'elle avait l'air grosse et non ravissante.

– Ce n'est pas ce qui s'est passé.

– Mais tu m'as compris. Parfois, il faut… s'arranger avec la vérité pour s'entendre avec les gens.

– Pourquoi ?

– Parce que c'est ce que font les gens normaux. C'est comme ça que la société fonctionne. Tu ne peux pas balancer tout ce qui te passe par la tête. Ça les met mal à l'aise ou les blesse. Et pour ta gouverne, les employeurs détestent ça.

– D'accord.

– Tu ne me crois pas ?

– Si.

– Mais tu t'en fiches.

– Non.

– Parce que tu préfères dire la vérité.

– Oui.

– Pourquoi ?

– Parce que j'ai appris que c'est ce qui marche pour moi.

Evan garda le silence un moment.

– Parfois, j'aimerais pouvoir te ressembler davantage. Et dire à mon patron ce que je pense vraiment de lui sans me soucier des conséquences.

– Tu peux. Tu choisis de ne pas le faire.

– J'ai besoin de mon salaire.

– C'est une excuse.

— Peut-être, répondit Evan en haussant les épaules. Mais c'est ce qui marche pour moi. Parfois, il faut mentir. Par exemple, si je te disais que j'ai vu des cafards sous la table pendant que tu étais aux toilettes, peut-être que tu serais d'accord avec moi pour ne pas manger ici.

— Tu sais que tu n'as pas besoin de rester, hein ? Je peux me débrouiller.

— Si tu le dis.

— Tu dois t'occuper de toi, pas de moi. Et puis il se fait tard. Tu ne dois pas aller à Raleigh avec Lily demain ?

— Au saut du lit. On doit aller à la messe avant le brunch, à 11 heures, avec mes parents. Mais contrairement à toi, je n'aurai pas de souci pour me lever demain matin. Tu as vraiment une sale tête, soit dit en passant.

— Merci.

— Surtout ton œil.

— Il ne sera plus aussi gonflé demain.

— Je parle de l'autre. Je crois que tu as dû te faire péter quelques vaisseaux sanguins. Ou alors, tu es un vampire.

— J'ai remarqué pour l'œil.

Evan se pencha en arrière en écartant légèrement les bras.

— Fais-moi plaisir, d'accord ? Ne te montre pas devant les voisins demain. Je ne voudrais pas qu'ils s'imaginent que j'ai dû te filer une raclée parce que tu étais en retard pour payer le loyer, ou que sais-je. Je ne veux pas avoir mauvaise réputation comme proprio.

Colin sourit. Il devait faire au moins quinze kilos de plus qu'Evan, et il aimait plaisanter en disant que si Evan avait un jour mis les pieds dans une salle de gym, c'était sans doute pour mener un audit.

— C'est promis, répondit-il.

— Bien. Pour ma réputation et tout le toutim.

La serveuse arriva pile à cet instant, et posa devant Colin une assiette contenant des œufs brouillés et du jambon, accompagnée d'un bol de porridge gélatineux. Colin prit le bol et jeta un coup d'œil à la tasse d'Evan.

– Tu bois quoi ?

– De l'eau chaude citronnée.

– Sérieusement ?

– Il est minuit passé. Si j'avais pris un café, je n'aurais pas fermé l'œil de la nuit.

Colin avala une bouchée de porridge.

– D'accord.

– Comment, pas de commentaire narquois ?

– Je suis seulement surpris qu'ils aient du citron.

– Et moi, je suis surpris qu'ils servent des œufs brouillés. Tu dois être la première personne de l'histoire à avoir tenté de manger quelque chose de sain ici, dit-il en tendant la main vers sa tasse. Au fait, tu comptes faire quoi, demain ?

– Je dois changer le starter de ma voiture. Elle ne démarre pas bien. Ensuite, je tondrai la pelouse, et puis j'irai faire un tour à la salle de sport.

– Tu veux venir avec nous ?

– Les brunchs, c'est pas vraiment mon truc.

– Je ne t'invitais pas au brunch. Je doute qu'ils te laissent ne serait-ce qu'entrer dans le *Country Club*, vu ta dégaine. Mais tu pourrais voir tes parents à Raleigh. Ou tes sœurs. C'est sur la route de Chapel Hill.

– Non.

– Je me disais juste que j'allais te le proposer.

Colin reprit une cuillerée de porridge.

– Pas la peine.

Evan se pencha en arrière sur la banquette.

– Il y a eu de sacrés combats, ce soir. Celui après le tien était incroyable.

– Ah ouais ?

– Un certain Johnny Reese a gagné par soumission au premier round. Il a cloué au sol son adversaire, l'a étranglé, et hop, extinction des feux. Le gars se déplaçait comme un chat.

— Et tu veux en venir où, avec tout ça ?

— Il est bien meilleur que toi.

— D'accord.

Evan pianota sur la table.

— Alors… La tournure de ton combat de ce soir te va ?

— C'est fini.

Evan attendit.

— Et ?

— C'est tout.

— Tu penses toujours que c'est une bonne idée ? Je veux dire, tu sais…

Colin prit un peu d'œuf au bout de sa fourchette.

— Je suis toujours là avec toi, non ?

Une demi-heure plus tard, Colin avait repris la route. Les nuages annonciateurs d'orage avaient finalement libéré un torrent de vent et de pluie accompagné d'éclairs et de coups de tonnerre. Evan était parti quelques minutes avant lui, et Colin songea à son ami en s'installant au volant de la Camaro qu'il avait passé ces dernières années à retaper.

Il connaissait Evan depuis toujours. Quand Colin était enfant, sa famille avait l'habitude de passer l'été dans une petite maison sur la plage à Wrightsville Beach. La famille d'Evan habitait juste à côté. Ils avaient passé de longues journées ensoleillées à marcher sur la plage, à jouer au ballon, à pêcher, à surfer ou à faire du bodyboard[1]. La plupart du temps, ils dormaient chez l'un ou chez l'autre. Mais les parents d'Evan avaient déménagé à Chapel Hill, et la vie de Colin avait complètement dérapé.

---

1. Se pratique sur une planche plus courte que celle de surf.

Les faits étaient très simples : il était le troisième enfant et le seul fils de parents riches qui aimaient beaucoup faire appel aux services de nounous et n'avaient nullement envie d'une nouvelle grossesse. Bébé, Colin souffrit de coliques, avant de devenir un enfant trop plein d'énergie, avec de sérieux troubles de l'attention. Le genre de gamin qui se mettait souvent en colère, ne parvenait pas à se concentrer et était incapable de rester calme. Il avait rendu ses parents fous, fait fuir de nombreuses baby-sitters, et avait beaucoup de mal à l'école. Il avait eu un super prof en CE2 et les choses s'étaient arrangées pendant quelques mois, mais l'année suivante il avait replongé. Il enchaînait les bagarres dans la cour de récré et avait failli redoubler. C'était à peu près à cette époque qu'on avait commencé à considérer qu'il avait de *sérieux* problèmes ; alors, ne sachant que faire, ses parents l'avaient mis dans une école militaire, espérant que cette structure lui ferait du bien. Mais cette expérience s'était révélée horrible et on l'avait renvoyé au second semestre.

À partir de là, il avait rejoint une école militaire dans un autre État et dépensé son énergie au fil des ans dans les sports de combat – lutte, boxe et judo. Il avait évacué son agressivité aux dépens des autres, parfois avec trop d'entrain, souvent simplement parce qu'il en avait envie. Il se fichait complètement des notes ou de la discipline. Cinq renvois et cinq écoles militaires plus tard, il avait terminé ses études secondaires, de justesse. Mais Colin était toujours un jeune homme violent et colérique, sans plan pour l'avenir et ne se souciant pas d'en trouver. Il était retourné vivre chez ses parents pendant sept affreuses années. Il avait vu sa mère pleurer, écouté son père l'implorer de changer, mais il les avait ignorés. Devant leur insistance, Colin était allé voir un thérapeute, mais sa spirale infernale avait continué, avec pour résultat principal une « autodestruction inconsciente ». C'étaient les mots du thérapeute, pas les siens, même s'il était désormais d'accord.

Chaque fois que ses parents le chassaient de leur résidence principale à Raleigh, il finissait dans la maison sur la plage, patientant avant de pouvoir revenir. Et le cycle recommençait. À vingt-cinq ans, on lui avait donné une dernière chance de changer de vie. De façon inattendue, il l'avait saisie. Et il était maintenant à l'université, avec comme objectif de passer les prochaines décennies dans une salle de classe, à jouer les mentors pour enfants – ce qui n'avait aucun sens pour la plupart des gens qui le connaissaient.

Colin savait que son envie de consacrer le reste de sa vie à l'école était une ironie. Il avait toujours détesté cet endroit, mais c'était ainsi. De manière générale, il ne s'attardait ni sur la dérision de l'existence ni sur le passé. Il n'aurait pas réfléchi à tout ça ce soir si Evan ne lui avait pas suggéré de rendre visite à ses parents le lendemain. Mais Evan ne comprenait pas que le simple fait de se retrouver dans la même pièce était stressant aussi bien pour Colin que pour sa famille, en particulier si la visite n'était pas prévue longtemps à l'avance. S'il s'était présenté chez eux à l'improviste, Colin savait qu'il serait resté assis dans le salon, mal à l'aise, à discuter de banalités pendant que les souvenirs du passé flottaient dans la pièce comme un gaz toxique. Il aurait senti déception et jugement dans leurs paroles ou leurs silences, et qui avait besoin de ça ? Ni lui ni eux. Au cours des trois dernières années, il s'était arrangé pour que ses rares visites ne durent pas plus d'une heure, presque toujours pendant les vacances, un arrangement qui semblait convenir à tous.

Rebecca et Andréa, ses deux sœurs, avaient tenté de lui parler pour qu'il fasse amende honorable auprès de ses parents ; mais Colin avait mis un terme à ces conversations, de la même façon qu'un peu plus tôt avec Evan. Après tout, ses sœurs n'avaient pas du tout eu les mêmes relations familiales que lui. Elles avaient été désirées toutes les deux, alors que lui avait été un bon gros « Oups ! » sept ans plus tard. Colin savait que leurs intentions étaient bonnes, mais il n'avait pas grand-chose en commun avec elles. Elles étaient diplômées de l'université, mariées avec enfants. Vivant dans le même voisinage chic que leurs parents, elles jouaient au tennis le week-end, et en vieillissant Colin s'était rendu compte que leurs choix de vie avaient été bien plus malins que les siens. Mais d'un autre côté, elles n'avaient pas de *sérieux problèmes*.

Il savait que ses parents, comme ses sœurs, étaient des gens bien. Il lui avait fallu des années de thérapie pour accepter que c'était lui qui avait des problèmes, pas eux. Il n'en voulait plus à sa mère et à son père pour ce qui lui était arrivé ou pour ce qu'ils avaient fait ou pas fait. Au contraire, il se considérait comme le fils chanceux de deux personnes incroyablement patientes. Alors, qu'est-ce que ça changeait qu'il ait été élevé par des nounous ? Que ses parents aient jeté l'éponge et décidé de l'envoyer en école militaire ? Quand il avait réellement eu besoin d'eux, alors que d'autres auraient sans doute abandonné, ils n'avaient jamais perdu l'espoir de le voir reprendre sa vie en main.

Et ils avaient supporté ses conneries pendant des années. De sacrées conneries. Ils avaient ignoré la boisson, la fumette et la musique beaucoup trop forte à toute heure du jour et de la nuit ; supporté les soirées qu'il organisait dès qu'ils quittaient la ville, et qui laissaient dans la maison un vrai foutoir ; ignoré les bagarres de bar et ses multiples arrestations. Ils n'avaient jamais contacté les autorités quand il entrait par effraction dans la maison sur la plage, même s'il avait également commis de sacrés dégâts là-bas.

Colin ne comptait plus le nombre de fois où ses parents

lui avaient donné de l'argent ou avaient payé ses amendes. Trois ans plus tôt, quand il avait encouru une longue peine après une bagarre dans un bar à Wilmington, son père avait même tiré quelques ficelles pour obtenir un accord restituant la virginité de son casier judiciaire. Si, bien sûr, Colin ne gâchait pas tout. Dans le cadre de sa mise à l'épreuve, il avait dû passer quatre mois dans un établissement de maîtrise de gestion de la colère, en Arizona.

À son retour, Colin était retourné dans la maison sur la plage, alors à vendre, car ses parents ne voulaient plus qu'il reste chez eux. On lui avait également ordonné de rencontrer régulièrement l'inspecteur Pete Margolis, de la police de Wilmington. L'homme avec qui Colin s'était battu était un indicateur de longue date et, conséquence de la bagarre, une enquête de Margolis avait foiré. L'inspecteur détestait donc Colin. Après s'être opposé avec force à cet accord, il avait insisté pour surveiller Colin régulièrement, s'improvisant agent de probation. Enfin, l'accord stipulait que si Colin était arrêté de nouveau, quel que soit le motif, son casier originel serait restauré et il se verrait automatiquement condamné à la prison pour près de dix ans.

Malgré ces conditions, malgré l'obligation de devoir composer avec un Margolis mourant d'envie de lui passer les menottes, c'était un super accord. Un accord incroyable, et tout ça grâce à son père… même si Colin et lui avaient du mal à se parler ces derniers temps. Colin n'avait pas le droit de mettre un pied dans la maison, bien que son père se soit adouci à ce sujet dernièrement.

Avoir été jeté dehors à son retour d'Arizona et voir de nouveaux propriétaires s'installer sur la plage avaient forcé Colin à faire le point. Il s'était retrouvé à dormir chez des amis à Raleigh, passant d'un divan à l'autre. Petit à petit, il en était venu à la conclusion que s'il ne changeait pas, il courrait à sa perte. Son environnement était néfaste, et ses amis aussi incontrôlables que lui. Sans nulle part où aller, il était retourné à Wilmington et s'était surpris lui-même en allant sonner chez Evan. Ce dernier vivait là depuis ses études à l'université de North Carolina State et, prudent et un peu nerveux, avait été tout aussi surpris que Colin de revoir son vieil ami. Mais Evan était Evan, et cela ne le dérangeait pas que Colin reste un peu chez lui.

Il fallut du temps à Colin pour regagner la confiance d'Evan. Leurs vies avaient pris des tours très différents. Evan ressemblait beaucoup plus à Rebecca et à Andréa. C'était un citoyen responsable dont la seule expérience de la prison se limitait à la télévision. Il travaillait comme comptable et planificateur financier. Suivant les principes prudents de sa profession, il avait aussi acheté une maison avec appartement au rez-de-chaussée et entrée séparée pour abaisser son taux de remboursement de crédit. L'appartement était vacant quand Colin s'était pointé. Il n'avait pas eu l'intention de rester longtemps, mais une chose en entraînant une autre, il s'était installé là pour de bon après avoir trouvé un emploi de barman. Trois ans plus tard, il payait toujours son loyer au meilleur ami qu'il ait jamais eu.

Jusque-là, tout s'était bien passé. Il tondait la pelouse, taillait les haies et payait un loyer raisonnable en retour. Il avait son propre appartement, mais Evan n'était pas loin, et il était exactement ce dont Colin avait besoin dans sa vie en cet instant. Evan portait un costume et une cravate au boulot, sa maison décorée avec goût était impeccable et il ne buvait jamais plus de deux bières quand il sortait. C'était aussi le gars le plus gentil du monde, et il acceptait Colin tel qu'il était, avec tous ses défauts. Et pour Dieu sait quelle raison, il croyait en lui, même quand Colin savait ne pas toujours le mériter.

Lily, la fiancée d'Evan, était pour ainsi dire taillée du

même bois. Même si elle travaillait dans la publicité et disposait de son propre appartement sur la plage – acheté par ses parents –, elle passait assez de temps chez Evan pour avoir pris une place importante dans la vie de Colin. Mais il lui avait fallu du temps pour commencer à l'apprécier. Lors de leur première rencontre, il affichait une crête blonde et des piercings aux deux oreilles, et la conversation avait tourné autour d'une bagarre de bar à Raleigh – l'autre gars avait fini à l'hôpital.

Au départ, elle ne comprenait pas comment Evan pouvait être son ami. En tant que débutante de Charleston et étudiante à l'université Meredith, Lily était une jeune femme polie et guindée dont les tournures de phrases rappelaient une époque révolue. Elle était aussi la plus belle fille que Colin ait jamais vue, et il était évident qu'Evan ne savait pas lui résister. Avec ses cheveux blonds, ses yeux bleus et un accent coulant comme du miel, même quand elle était en colère, elle semblait la dernière personne sur terre à devoir donner sa chance à Colin. Et pourtant, elle l'avait fait. Et, comme Evan, elle avait fini par croire en lui. C'était Lily qui lui avait suggéré de suivre des cours au Junior College deux ans plus tôt, et c'était Lily qui l'avait aidé le soir. Et en deux occasions, Evan et elle l'avaient empêché de commettre le genre de bêtise impulsive qui l'aurait conduit en prison. Il l'aimait pour ça, tout comme il aimait leur relation à Evan et elle. Il avait décidé depuis longtemps que si quelqu'un les menaçait un jour, il s'en occuperait, peu importait les conséquences, même si cela signifiait passer le reste de son existence derrière les barreaux.

Mais toutes les bonnes choses avaient une fin. N'était-ce pas ce que tout le monde disait ? Sa vie des trois dernières années allait changer, car Evan et Lily s'étaient fiancés, leur mariage étant prévu au printemps. Même s'ils avaient tous les deux insisté pour qu'il continue à occuper l'appartement après la cérémonie, Colin savait qu'ils avaient passé le week-end précédent à visiter des maisons témoins dans un périmètre plus proche de Wrightsville Beach, le genre de demeures à double porche courantes à Charleston. Ils voulaient tous deux des enfants et rêvaient d'une maison à barrières blanches. Colin était persuadé que leur maison actuelle serait en vente d'ici un an. Colin serait seul à nouveau, et même s'il savait que ce n'était pas juste d'espérer qu'Evan et Lily s'occupent encore de lui, il se demandait parfois s'ils savaient à quel point ils étaient devenus importants à ses yeux.

Comme ce soir. Il n'avait pas demandé à Evan de l'accompagner. C'était l'idée d'Evan. Pas plus qu'il ne lui avait demandé de rester avec lui pendant le repas. Mais Evan craignait sans doute que, sans lui, Colin finisse la soirée dans un bar au lieu d'un *diner*, multipliant les verres au lieu de manger des œufs à minuit. Et même si Colin travaillait comme barman, être de l'autre côté du comptoir ne lui avait pas vraiment réussi ces dernières années.

Quittant finalement la voie principale, il emprunta une route de campagne sinueuse bordée de pins à torches et de chênes rouges, tous recouverts de vigne japonaise. Ce n'était pas vraiment un raccourci, mais plutôt une tentative d'éviter une série de feux sans fin. Des éclairs continuaient de déchirer le ciel, colorant les nuages d'argent et baignant les alentours d'une lueur irréelle. La pluie et le vent s'intensifièrent. Il avait du mal à distinguer la route malgré ses essuie-glaces, mais Colin connaissait bien le trajet. Il prit prudemment une courbe sans visibilité avant d'appuyer instinctivement sur le frein. Devant lui, une voiture équipée de barres sur le toit était à cheval sur la bordure de la route, feux de détresse allumés. Le coffre était grand ouvert malgré l'orage. Colin ralentit et sentit sa voiture se déporter légèrement vers l'arrière avant que les pneus retrouvent de l'adhérence. Il passa sur l'autre voie pour éviter le véhicule, se disant que le conducteur n'aurait pu choisir pire moment et pire endroit pour tomber en panne. Non seulement l'orage limitait la visibilité, mais les conducteurs ivres comme ceux encore présents dans le *diner* devaient maintenant rentrer chez eux, et il imaginait très bien l'un d'eux prendre le virage trop vite et percuter l'arrière de la voiture.

Ce n'était pas bon du tout, un accident était plus que probable. Mais en même temps, cela ne le regardait pas. Ce n'était pas son boulot de secourir des étrangers et de toute façon, il ne pourrait être d'un grand secours. Il savait y faire avec les moteurs, mais uniquement parce que la Camaro était un vieux modèle. Les moteurs modernes ressemblaient à des ordinateurs. De plus, le conducteur avait sans doute déjà passé un coup de fil.

Passant lentement devant la voiture, il remarqua cependant un pneu arrière à plat. Devant le coffre ouvert, une femme trempée, vêtue d'un jean et d'un chemisier à manches courtes, avait bien du mal à retirer la roue de secours de son compartiment. Un éclair illumina son désespoir illustré de mascara dégoulinant. À cet instant, il se rendit compte que ses cheveux noirs et ses grands yeux lui rappelaient l'une des filles de sa classe, et ses épaules s'affaissèrent.

Une fille ? Pourquoi fallait-il que ce soit une fille ? Pour ce qu'il en savait, c'était peut-être bien sa camarade de classe et il ne pouvait pas faire semblant de ne pas l'avoir remarquée. Il n'avait pas vraiment besoin de ça maintenant, mais avait-il le choix ?

Avec un soupir, il se gara sur le côté de la route, laissant une certaine distance entre leurs deux voitures. Il alluma ses feux de détresse et prit sa veste sur la banquette arrière.

La pluie tombait maintenant à verse et il fut trempé en un instant, comme sous le jet d'une douche d'extérieur. Passant une main dans ses cheveux, il inspira profondément et s'avança vers la voiture de la jeune femme, calculant à quelle vitesse il pouvait changer le pneu avant de repartir.

– Besoin d'un coup de main ?

À sa grande surprise, elle ne dit rien mais le regarda avec de grands yeux apeurés. Lâchant le pneu, elle recula lentement.

Chapitre 2

Maria

Par le passé, quand elle travaillait pour le bureau du procureur général du comté de Mecklenburg, Maria Sanchez avait côtoyé de nombreux criminels en salle d'audience, certains d'entre eux accusés de crimes violents capables de vous empêcher de trouver le sommeil. Quelques cas lui avaient valu des cauchemars et un sociopathe l'avait déjà menacée, mais elle n'avait jamais été aussi effrayée qu'à cet instant, seule sur cette route déserte alors que la voiture conduite par ce mec s'était arrêtée sur le côté.

Cela n'avait pas d'importance qu'elle ait vingt-huit ans, qu'elle soit diplômée avec les honneurs de l'université de Caroline du Nord, ou qu'elle ait fait une école de droit à Duke. Cela n'avait pas d'importance qu'elle ait été une étoile montante du barreau avant de trouver un autre travail dans l'un des meilleurs cabinets d'avocats de Wilmington ou qu'elle ait toujours su maîtriser ses émotions. Tout cela était parti en fumée quand l'homme avait posé un pied dehors. Maria ne pouvait plus penser qu'à une seule chose : elle était une jeune femme seule au milieu de nulle part. Il commença à marcher dans sa direction et la panique l'envahit. *Je vais mourir ici*, se dit-elle soudain, *et personne ne va jamais retrouver mon corps.*

Quelques instants plus tôt, quand la voiture était passée lentement devant elle, Maria l'avait vu l'observer, presque la lorgner, comme s'il évaluait ses mensurations. Elle avait cru qu'il portait un masque, ce qui était déjà terrifiant en soi, mais bien moins que de comprendre tout à coup que ce qu'elle avait vu n'était pas un masque mais bien son visage. Il était couvert de bleus, avait un œil gonflé et l'autre rouge. De plus, elle était convaincue que du sang perlait à son front et avait bien failli hurler. Mais pour une raison ou une autre, elle n'avait pas émis le moindre son. *Pour l'amour de Dieu,* se souvint-elle avoir pensé en le voyant passer, *s'il vous plaît, continuez votre route. Quoi que vous fassiez, ne vous arrêtez pas.*

Mais, de toute évidence, Dieu ne l'avait pas écoutée. Pourquoi Dieu serait-il intervenu pour l'empêcher de finir morte dans un fossé ? Il avait plutôt décidé de pousser ce gars à s'arrêter et l'homme au visage mutilé s'avançait maintenant vers elle, tel un monstre sorti d'un film d'horreur à petit budget. Ou d'une prison dont il se serait tout juste échappé, car il était vraiment très musclé, et les prisonniers ne passaient-ils pas leur temps à soulever de la fonte ? Sa coupe de cheveux était stricte, presque militaire. La marque de l'un de ces gangs de prisonniers dont elle avait entendu parler ?

Son T-shirt noir et miteux de concert de rock n'aidait pas, pas plus que le jean déchiré, et la façon dont il tenait sa veste la faisait flipper. Pourquoi ne la portait-il pas pour se protéger de l'orage ? Peut-être qu'il s'en servait pour dissimuler… un couteau ?

Ou, grands dieux, une arme à feu…

Un gémissement lui échappa et son esprit s'emballa. Que faire ? Lui jeter le pneu au visage ? Elle n'avait même pas pu le sortir du coffre. Appeler à l'aide en hurlant ? Il n'y avait personne dans les environs, pas une seule voiture n'était passée au cours des dix dernières minutes et elle avait laissé son téléphone Dieu sait où. Dans le cas contraire, elle n'aurait jamais tenté de changer son pneu. Courir ? Peut-être, mais la démarche souple de l'homme laissait à penser qu'il pourrait facilement la rattraper. La seule chose qu'elle pouvait faire, c'était retourner dans sa voiture et verrouiller les portières, mais il était déjà là et impossible de le contourner…

— Besoin d'un coup de main ?

Le son de sa voix brisa sa transe. Lâchant le pneu, elle commença à reculer, se concentrant sur la distance les séparant. Un éclair brilla de nouveau et elle nota son expression neutre, comme s'il manquait presque quelque chose de fondamental à son expression, l'élément indiquant qu'il n'était pas correct de violer ou tuer des femmes.

— Que voulez-vous de moi ? réussit-elle finalement à articuler.

— Rien, répondit-il.

— Alors, que faites-vous ici ?

— Je me disais que vous aviez peut-être besoin d'aide pour changer votre pneu.

— Je me débrouille. Je peux le faire moi-même.

Son regard passa de Maria au pneu, puis revint se poser sur elle.

— D'accord. Bonne nuit, dit-il.

Il se retourna puis se dirigea vers sa voiture. Sa silhouette s'estompait déjà. Sa réaction avait été si inattendue que Maria resta paralysée une seconde. Il partait ? Pourquoi ? Elle était contente. En fait, elle était même ravie, et pourtant… Pourtant…

— J'ai du mal à sortir le pneu du coffre ! dit-elle, percevant la panique dans sa propre voix.

Il se retourna alors qu'il avait déjà atteint sa voiture.

— On dirait bien.

Il tendit la main et ouvrit sa portière, prêt à monter…

— Attendez ! s'écria-t-elle soudain.

Il plissa les yeux vers elle dans le déluge.

— Pourquoi ?

Pourquoi ? Elle n'était pas très sûre de l'avoir bien entendu. Mais bon, elle lui avait dit ne pas avoir besoin d'aide. Et c'était le cas, sauf que non, mais ce n'était pas comme si elle pouvait appeler quelqu'un et, incapable de réfléchir calmement, elle l'interpella presque malgré elle :

— Vous avez un téléphone ?

Il se rapprocha, s'arrêtant assez près pour se faire entendre sans crier, mais sans plus. Dieu merci.

— Oui, répondit-il.

Elle se balançait d'un pied sur l'autre en pensant : *Et maintenant ?*

— J'ai perdu mon téléphone. Je veux dire, je ne l'ai pas perdu perdu. (Elle savait qu'elle ne s'exprimait pas clairement, mais la façon dont il ne cessait de la dévisager l'empêchait littéralement de se taire.) Il est au bureau ou chez mes parents, mais je ne pourrai pas en être sûre tant que je n'aurai pas pris mon MacBook.

— D'accord.

Il n'ajouta rien de plus. Il restait là sans bouger, les yeux rivés sur elle.

— J'utilise ce truc, pour retrouver mon téléphone. Une application, je veux dire. Je peux le retrouver, car il est synchronisé avec l'ordinateur.

— D'accord.

— Eh bien ?

— Eh bien quoi ?

— Je peux emprunter le vôtre une minute ? Je veux appeler ma sœur.

— Bien sûr, répondit-il.

Il mit son téléphone dans sa veste et Maria recula instinctivement en le voyant approcher.

Il posa sa veste sur le capot de sa voiture et la désigna d'un geste. Elle hésita. Il était vraiment étrange, mais elle appréciait le fait qu'il soit resté à l'écart. Elle se précipita vers la veste et prit son iPhone, le même modèle que le sien.

Maria pressa le bouton, l'écran s'alluma et elle vit qu'il avait bien du réseau. Mais il ne lui servirait à rien sans…

— 5, 6, 8, 1, dit-il.

— Vous me donnez votre code ?

— Vous ne pouvez pas accéder au téléphone sans ça.

— Ça ne vous dérange pas de le donner à une inconnue ?

— Vous comptez me voler mon téléphone ?

Elle cligna des yeux.

— Non. Bien sûr que non.

— Alors, ça ne me dérange pas.

Elle n'était pas sûre de savoir quoi répondre à ça, mais peu importe. Elle tapa le code d'une main tremblante et appela sa sœur. À la troisième sonnerie, elle sut qu'elle allait tomber sur la boîte vocale de Serena. Elle fit de son mieux pour maîtriser sa frustration et laissa un message, expliquant ce qui lui était arrivé et lui demandant de venir la chercher. Elle remit le téléphone dans la veste sur le capot, puis recula sans quitter l'homme des yeux.

— Pas de réponse ? demanda-t-il.

— Elle arrive.

— D'accord.

Il s'approcha de l'arrière de sa voiture à la lueur de l'éclair suivant.

— Pendant que vous attendez votre sœur, vous voulez que je change votre pneu ?

Elle ouvrit la bouche pour décliner de nouveau son offre, mais qui savait quand ou même si Serena aurait son message ? Et puis elle n'avait jamais changé de pneu de sa vie. Au lieu de répondre, elle poussa un soupir, tentant de maîtriser le tremblement de sa voix.

– Je peux vous poser une question ?

– Oui.

– Que… Qu'est-ce qui est arrivé à votre visage ?

– Je me suis battu.

Elle attendit quelques instants, avant de comprendre qu'il n'ajouterait rien de plus. C'était tout ? Pas d'autre explication ? Son comportement était si étrange qu'elle ne savait comment réagir. Alors qu'il restait immobile, attendant de toute évidence une réponse à sa question, elle jeta un coup d'œil au coffre, regrettant de ne pas savoir comment changer un pneu.

– Oui, dit-elle finalement. Si ça ne vous dérange pas, j'apprécierais un peu d'aide.

– D'accord.

Il hocha la tête. Elle le regarda récupérer sa veste sur le capot et l'enfiler après avoir remis son téléphone dans sa poche.

– Vous avez peur de moi, dit-il.

– Quoi ?

– Vous avez peur que je vous fasse du mal.

Comme elle ne disait rien, il poursuivit.

– Je ne vous ferai pas de mal, mais que vous me croyiez ou pas, ça ne dépend que de vous.

– Pourquoi me dites-vous ça ?

– Parce que si je dois changer ce pneu, je vais devoir m'approcher du coffre. Et donc de vous.

– Je n'ai pas peur de vous, mentit-elle.

– D'accord.

– Vraiment.

– D'accord, répéta-t-il, avant de s'avancer vers elle.

Elle sentit son cœur se serrer quand le type passa à cinquante centimètres d'elle, avant de se sentir bête en constatant qu'il ne s'arrêtait pas. Il dévissa quelque chose, puis souleva la roue de secours et la mit de côté avant de disparaître derrière le coffre, sans aucun doute pour récupérer le cric.

– L'un de nous doit déplacer la voiture sur la route, dit-il. Il faut la soulever avant que je puisse utiliser le cric, sinon la voiture pourrait glisser.

– Mais j'ai un pneu à plat.

Il jeta un coup d'œil sur le côté, le cric à la main.

– Ça n'abîmera pas la voiture. Il faut juste avancer lentement.

– Mais ça va bloquer la plus grande partie de la voie.

– Elle en bloque déjà la moitié.

Il n'avait pas tort là-dessus… mais… Et si tout cela faisait partie de son plan ? La distraire d'une façon ou d'une autre ? Pour l'obliger à lui tourner le dos ? Un plan qui comprenait de la laisser utiliser son téléphone ? Et d'enlever le pneu de son coffre ?

Ébranlée, gênée, elle monta dans la voiture et démarra, la déplaçant lentement sur la route avant de tirer le frein à main. Le temps pour elle d'ouvrir la porte, et il faisait déjà rouler la roue de secours, le démonte-pneu à la main.

– Vous pouvez rester dans la voiture, si vous préférez. Ça ne devrait pas être long.

Elle réfléchit avant de fermer la porte, puis passa plusieurs minutes à regarder dans le rétroviseur tandis que l'homme continuait à dévisser les boulons avant de glisser le cric en place. Un instant plus tard, elle sentit la voiture se soulever légèrement en tressautant avant de se figer. Il finit de dévisser les boulons puis retira le pneu crevé, alors que l'orage redoublait de violence. La pluie tombait à verse. Il mit en place la roue de secours sans difficulté, puis les boulons. La voiture redescendit. Il reposa le pneu à plat dans le coffre, de même que le cric et le démonte-pneu, et elle entendit le coffre se refermer doucement. Et ce fut terminé. Pourtant, elle sursauta légèrement quand il frappa à sa fenêtre. Elle baissa la vitre et la pluie s'engouffra à l'intérieur. Le visage de l'homme était toujours plongé dans l'ombre et il était presque possible de ne plus prêter attention aux bleus, à son œil gonflé ou à l'autre injecté de sang. Presque.

– Vous pouvez y aller, cria-t-il entre deux rafales, mais il faudra sans doute faire réparer le pneu le plus vite possible. Une roue de secours n'est pas faite pour être utilisée sur la durée.

Elle hocha la tête, mais avant qu'elle ait eu l'occasion de le remercier, il s'était déjà retourné pour rejoindre sa voiture en trottinant. Il ouvrit brusquement sa portière et se glissa derrière le volant. Elle entendit le rugissement du moteur, et avant même de s'en rendre compte, Maria se retrouva de nouveau seule sur la route, mais avec une voiture maintenant à même de la ramener chez elle.

– J'ai entendu le téléphone sonner, mais je n'ai pas reconnu le numéro, donc je n'ai pas décroché, dit Serena entre deux gorgées de jus d'orange.

Assise à côté d'elle sur la table du porche derrière la maison, Maria sirotait une tasse de café. Le soleil du matin réchauffait déjà l'air.

– Désolée.

– Eh bien, la prochaine fois, réponds, d'accord ?

– Je ne peux pas, sourit Serena. Et si un dingue tentait de s'en prendre à moi ?

– C'était bien le problème ! J'étais avec un dingue, et j'avais besoin que tu viennes à mon secours.

– On ne dirait pas. Il avait l'air d'être un gars bien.

Maria lui jeta un regard noir par-dessus son mug.

– Tu ne l'as pas vu. Fais-moi confiance. J'ai déjà vu des gens effrayants et il était bien pire encore.

– Il t'a dit qu'il s'était battu…

– Justement. De toute évidence, il doit être violent.

– Mais il ne l'a pas été du tout avec toi. Tu as dit qu'il ne s'est même pas approché, au début. Et ensuite qu'il t'a laissée emprunter son téléphone. Avant de changer ton pneu crevé puis de remonter dans sa voiture pour repartir.

– Tu ne comprends pas.

– Comment ça ? Que l'habit ne fait pas le moine ?

– Je suis sérieuse !

Serena rit.

– Waouh, quelle susceptibilité ! Tu sais, je cherche juste à te taquiner. Si j'avais été à ta place, j'aurais sans doute fait pipi dans ma culotte. Une voiture immobilisée, une route déserte, pas de téléphone, du sang sur le visage d'un inconnu… On dirait le cauchemar de toutes les filles.

– Exactement.

– Et… tu as retrouvé ton téléphone ?

– Il est au cabinet. Sans doute encore sur mon bureau.

– Tu veux dire qu'il y est depuis vendredi ? Et tu ne t'en étais pas rendu compte avant samedi soir ?

– Et ?

– Je dirais qu'il n'y a pas grand monde pour te téléphoner, non ?

– Ah, ah.

Serena secoua la tête puis prit son téléphone.

– Je ne peux pas vivre sans le mien, pour ta gouverne. Elle prit une rapide photo de Maria.

– Pourquoi cette photo ?

– Instagram.

– Tu plaisantes ?

Serena tapait déjà…

– Ne t'inquiète pas. Ce sera amusant, ajouta-t-elle avant

de lui présenter la photo et sa légende. « Maria, la survivante d'un cauchemar dans la nuit noire. »

— Tu ne vas pas poster ça, hein ?

— C'est déjà fait, répondit Serena avec un clin d'œil.

— Tu dois arrêter de poster sur moi. Je suis sérieuse. Et si l'un de mes clients tombait dessus ?

— Alors fais-moi porter le chapeau, dit-elle en haussant les épaules. Où est papa, au fait ?

— Toujours en train de balader Copo.

Copo était une femelle shih tzu presque entièrement blanche. Après le départ de Serena pour l'université, Maria et elle étaient rentrées à la maison pour Noël pour découvrir que leurs parents avaient acheté un chien. Maintenant, Copo les suivait pratiquement partout, au restaurant – où elle disposait de son propre lit dans les bureaux –, au supermarché, et même chez le comptable. Copo était bien plus gâtée que Serena ou elle ne l'avaient jamais été.

— Je n'en reviens toujours pas, marmonna Serena. Ils adorent ce chien.

— Sans blague !

— Tu as remarqué le collier en strass que maman lui a acheté ? J'ai failli vomir.

— Sois gentille.

— Je le suis ! C'est juste que je n'aurais jamais imaginé qu'ils prendraient un chien. Nous n'en avons jamais eu et je les ai pourtant suppliés pendant des années. J'avais même promis de m'en occuper.

— C'est parce qu'ils savaient que tu ne le ferais pas.

— Je n'ai peut-être pas sauté une classe et je ne suis pas allée à la fac à dix-sept ans comme toi, mais je suis sûre que j'aurais pu m'occuper d'un chien. Et je te ferais savoir que je suis en lice pour la bourse Charles-Alexander l'année prochaine.

– Ouais, d'accord, fit Maria, en haussant un sourcil sceptique.

– Je suis sérieuse. C'est pour les étudiants ayant reçu une éducation bilingue. J'ai déposé une candidature, j'ai écrit un essai, obtenu deux recommandations de mes professeurs et tout le reste. C'est sponsorisé par une fondation privée et j'ai un entretien avec l'administrateur samedi prochain. Voilà.

Elle croisa les bras.

– Waouh ! C'est super.

– Mais ne dis rien à papa. Je veux lui faire la surprise.

– Il sera ravi si tu gagnes.

– N'est-ce pas ? Imagine tous les colliers qu'ils pourront acheter à Copo s'il n'a pas besoin de payer mes frais de scolarité.

Maria rit.

À l'intérieur, leur mère fredonnait dans la cuisine et elles pouvaient sentir l'odeur des *huevos rancheros* par la fenêtre.

– Mais quoi qu'il en soit, poursuivit Serena, pour en revenir à la nuit dernière… Pourquoi tu étais dehors si tard ? Tu te couches bien plus tôt d'habitude.

Maria lui fit les gros yeux avant de se dire qu'elle ferait aussi bien d'en finir.

– En fait, j'avais un rendez-vous.

– Non !

– En quoi est-ce si surprenant ?

– Pour rien. Je pensais juste que tu avais pris la décision d'être célibataire.

– Pourquoi ?

– Allô ? Tu as oublié à qui je parle ?

– Je sors.

– Tu fais peut-être du paddle, mais tu ne sors pas le soir. Au lieu de ça, tu travailles. Tu lis. Tu regardes de la mauvaise télévision. Tu ne vas même plus danser, alors que tu adorais ça. Et j'ai voulu que tu viennes à cet entrepôt avec moi, tu te souviens ? Avec de la salsa le samedi soir ?

— Si je me souviens bien, tu as dit que c'était plein de gars louches.

— Mais je me suis aussi bien amusée. Et contrairement à toi, je danse très mal.

— Tout le monde ne va pas à la fac, tu sais, avec des cours qui commencent à midi et rien à faire le vendredi. Certains d'entre nous ont des responsabilités.

— Ouais, ouais, j'ai déjà entendu ça, dit Serena en agitant la main. J'imagine que tu n'as pas eu de chance ?

Maria jeta un coup d'œil par-dessus son épaule en direction de la fenêtre entrouverte de la cuisine, pour s'assurer que leur mère n'écoutait pas. Serena leva les yeux au ciel.

— Tu es une adulte, tu sais. Tu n'as plus à cacher ta vie sociale à papa et maman.

— Ouais, eh bien, toutes les deux, on a toujours été un peu différentes là-dessus.

— Quoi ? Tu crois que je leur dis tout ?

— J'espère que non.

Serena étouffa un gloussement.

— Désolée que ton rendez-vous n'ait rien donné.

— Qu'est-ce que tu en sais ? Peut-être que si.

— Je ne crois pas, répondit Serena en secouant la tête. Sinon, tu n'aurais pas pris la route seule.

Oups, se dit Maria. Serena avait toujours eu l'esprit vif, mais elle était surtout dotée d'un bon sens qui parfois manquait à Maria.

— Oui ? ajouta Serena. Il y a quelqu'un ? Je te posais une question sur ton rencard.

— Je ne crois pas qu'il me rappellera.

Serena fit semblant de compatir, même si son cynisme amusé était évident.

– Pourquoi ? Tu as apporté du travail et ton ordinateur avec toi ?

– Non. Et ce n'était pas de ma faute. C'était simplement… nul.

– Allez, grande sœur. Raconte-moi tout.

Maria observa le jardin, se disant que Serena était la seule personne au monde à qui elle pouvait vraiment se confier.

– Franchement, il n'y a pas grand-chose à raconter. D'abord, je ne comptais pas sur un rendez-vous…

– Non ! Toi ?

– Tu veux entendre mon histoire ou pas ?

– Mea culpa, sourit Serena. Continue.

– Tu te souviens de Jill, n'est-ce pas ? Mon amie du boulot ?

– Super intelligente, super drôle, qui arrive sur ses quarante ans et meurt d'envie de se marier ? Celle qui est venue pour le brunch, qui a pris Copo dans ses bras et a failli donner une attaque à papa ?

– Oui.

– Non, je ne m'en souviens pas.

– Bref, on déjeunait il y a quelques jours et elle m'a convaincue de me joindre à elle et à son copain Paul pour le dîner après la conférence. Mais je ne savais pas qu'ils avaient aussi invité l'un des amis de Paul et…

– Attends une seconde. Le gars était sexy ?

– Il était très beau, oui. Mais le problème, c'est qu'il en avait conscience. Il était grossier et arrogant et il a flirté avec la serveuse toute la soirée. Je crois même qu'il a chopé son numéro de téléphone alors que j'étais assise là à côté de lui.

– Classe.

– Jill était aussi atterrée que moi. Mais le truc le plus étrange, c'est que je ne suis même pas sûre que Paul ait remarqué quoi que ce soit. Peut-être que c'était le vin ou je ne sais quoi, mais il ne cessait de répéter que tous les quatre on devait aller en boîte ensuite, qu'il était si content qu'on aille si bien ensemble et qu'il savait qu'on était faits l'un pour l'autre. C'est étrange parce qu'il n'est pas comme ça d'habitude. Généralement il se tait, et c'est moi et Jill qui faisons la conversation.

– Peut-être qu'il apprécie simplement son ami. Ou il croyait que lui et toi vous feriez de jolis bébés et que vous donneriez son prénom à l'un d'eux.

Malgré elle, Maria rit.

– Peut-être. En tout cas, je ne crois pas que je sois son type. Je suis presque sûre qu'il serait mieux avec quelqu'un…

Maria n'acheva pas sa phrase et Serena conclut.

– De plus bête ?

– J'allais dire plus blonde, comme la serveuse.

– Ouais, eh bien, pour ta gouverne, ça a toujours été une partie de ton problème concernant les mecs. Tu es trop intelligente. Et pour eux, c'est assez intimidant.

– Pas tous. Luis et moi, on est restés ensemble plus de deux ans.

– Vous *êtes restés*, au passé, dit Serena. C'est tout le problème. Et tant que j'y pense ? Luis était peut-être super sexy, mais c'était un sacré loser.

– Ce n'était pas si mal.

– Ne commence pas à avoir des regrets. Ce n'est pas comme si tu avais eu la perspective de construire un avenir avec lui, et tu le sais.

Maria hocha la tête, consciente que Serena avait raison, mais elle fut prise un instant au piège de la nostalgie.

– Ouais, eh bien, on en apprend tous les jours.

– Je suis déjà contente que tu aies de nouveau décidé de sortir.

– Je ne l'ai pas fait. Jill et Paul ont décidé pour moi.

– Peu importe. Tu dois être…

Serena chercha le bon mot et Maria suggéra :

– Plus comme toi ?

– Pourquoi pas ? Sortir, profiter de la vie, se faire des amis ? Cela vaut toujours mieux que travailler.

– Comment tu le saurais ? Tu es loin de travailler tous les jours.

– Certes. C'est une simple supposition, basée sur ton manque d'interaction sociale.

– Crois-le ou non, mais j'aime travailler.

– Je m'assurerai qu'on grave ça sur ta pierre tombale. Comment ça va le boulot, d'ailleurs ?

Maria changea de position sur sa chaise, se demandant quoi dire et que garder pour elle.

– Ça va.

– Tu viens de dire que tu aimais ça.

– Oui, mais…

– Laisse-moi deviner… la conférence, c'est ça ? Celle où tu es allée avec ton patron ?

Maria hocha la tête.

– Était-ce aussi horrible que tu le craignais ?

– Pas exactement horrible, mais…

– Il t'a draguée ?

– Plus ou moins, admit Maria. Mais je pouvais gérer.

– C'est le gars marié ? Avec trois enfants ?

– C'est bien lui.

– Tu dois lui dire d'arrêter. Menace-le de l'attaquer pour harcèlement sexuel.

– C'est plus compliqué que ça. Pour le moment, il vaut sans doute mieux que j'essaie de l'ignorer.

Un petit sourire bête commença à se dessiner sur les lèvres de Serena et Maria réagit.

– Quoi ?

– Je me disais juste que tu sais vraiment t'y prendre

avec les hommes. Ton ex t'a trompée, ton rencard flirte avec une serveuse, et pendant ce temps, ton boss te fait du rentre-dedans.

– Bienvenue dans mon monde.

– Bien sûr, tout ne va pas si mal. Tu as rencontré un gars bien la nuit dernière. Le genre à aider une femme dans le besoin en plein orage…

Maria fronça les sourcils et Serena éclata de rire.

– J'aurais vraiment aimé voir ta tête.

– Ce n'était pas beau à voir.

– Et pourtant, tu es là, saine et sauve, lui rappela Serena. Et j'en suis bien contente, ne serait-ce que pour que tu continues à avoir accès à ma sagesse.

– Tu dois vraiment gérer tes problèmes d'estime de soi, répondit Maria d'un ton acerbe.

– Je sais, c'est fou, non ? Mais plus sérieusement, je suis contente que tu sois de retour en ville. Ces brunchs seraient mortels sans toi. Comme ça, papa et maman pourront se faire du souci à *ton* sujet.

– Contente de pouvoir t'aider.

– J'apprécie. Et de plus, ça nous donnera l'occasion de nous connaître mieux.

– On se connaît depuis toujours.

– J'avais dix ans quand tu es partie à l'université.

– Mais je revenais presque tous les week-ends, et pendant les vacances.

– C'est vrai. Tu étais du genre froussard. Les deux premières années, la maison te manquait tellement que tu pleurais chaque fois que tu rentrais.

– C'était dur pour moi d'être loin.

– Pourquoi tu crois que je vais à l'université ici ? Sous cet angle, je suis presque aussi maligne que toi.

– Tu es maligne. Tu vas peut-être décrocher une bourse, tu te souviens ?

– Pas autant que toi. Mais ça me va. En fait, trouver un mec sera bien plus facile, même si je ne cherche rien de sérieux pour le moment. Mais, écoute, si tu veux, je serais ravie de faire le guet pour toi. Je rencontre des gars tout le temps.

– Des gars de la fac ?

– Certains pourraient trouver une fille plus âgée qu'eux à leur goût.

– Tu es folle.

– Je ne sais pas. Je crois que j'ai très bon goût.

– Tu penses à Steve ?

– On sort juste. Ce n'est pas encore sérieux. Mais il a l'air d'être un mec gentil. Il est même volontaire à la Humane Society[1] et s'occupe des adoptions le dimanche.

– Tu l'aimes bien ?

– Te veux dire aimer aimer, ou juste aimer ?

– Quoi ? On est de retour au collège, maintenant ?

Serena rit.

– Je ne sais pas encore. Mais il est mignon, ça me laisse plus de temps pour décider.

– Quand vais-je faire sa connaissance ?

– Eh bien… on verra où ça nous mène. Parce que si tu dois rencontrer Steve, maman et papa voudront le voir aussi et je perdrai le contrôle de la situation. Peu importe ce qui arrivera ensuite, il s'imaginera que je crois que c'est sérieux, et contrairement à toi je suis trop jeune pour me caser.

– Moi non plus, je ne veux pas me caser.

– Peut-être. Mais tu as vraiment besoin d'un rendez-vous.

– Tu vas arrêter avec ça ?

– D'accord, très bien. Tu n'en as pas besoin. Mais tu as vraiment besoin de chance.

---

1. Organisation américaine de défense des animaux. (N.d.T.)

Maria ne prit pas la peine de répondre et Serena gloussa.

— J'ai touché juste, hein ? dit-elle gaiement. D'accord, ce n'est pas grave. Qu'est-ce que tu comptes faire aujourd'hui ? Après ? Encore du paddle ?

— C'est une option.

— Seule ?

— À moins que tu veuilles réessayer.

— Sans façon. Je ne comprends toujours pas pourquoi tu aimes tellement ça. Ce n'est pas comme danser, c'est ennuyeux.

— C'est bon pour faire de l'exercice. Et c'est tranquille.

— C'est pas ce que je viens de dire ? fit Serena.

Maria sourit.

— Et toi ? Quels sont tes plans ?

— Je vais faire une bonne sieste. Ensuite, j'improviserai.

— J'espère que tu trouveras un truc à faire. Je ne voudrais pas que tu manques un dimanche soir de folie à la sororité.

— Allons, allons… La jalousie est un vilain défaut, dit Serena.

Elle désigna la fenêtre du pouce.

— Papa est enfin rentré et je meurs de faim. Allons manger.

Plus tard dans l'après-midi, pendant que Serena dormait sans doute, Maria faisait du paddle à Masonboro Sound, un lieu devenu depuis longtemps son endroit favori le week-end.

Masonboro était la plus grande île barrière le long de la côte sud de l'État, et même si elle naviguait parfois du côté de l'Atlantique, Maria préférait le plus souvent les eaux vitreuses côté marécage. Comme toujours, la vie sauvage était spectaculaire. Elle avait déjà vu des balbuzards, des pélicans ou des aigrettes, et pris des photos qu'elle estimait de très bonne qualité. En juin, pour son anniversaire, elle s'était offert un appareil waterproof très cher. Et même si elle ne l'avait pas encore entièrement payé, elle n'avait jamais regretté cet achat. S'ils ne finiraient pas dans le *National Geographic*, quelques-uns de ses clichés étaient assez bons pour être accrochés aux murs de son appartement, une option de décoration prudente étant donné qu'elle ne pouvait pas encore se permettre ledit appartement, là encore.

Mais ici, dehors, il était facile de penser à ce genre de choses sans forcément s'en inquiéter. Même si elle s'était mise au paddle seulement depuis son retour à Wilmington, cette activité avait le même effet sur elle que la danse par le passé. Maria avait atteint un niveau où garder son équilibre ne lui demandait plus aucun effort, et le rythme régulier de la planche dissipait son stress. D'habitude, en quelques minutes, elle avait la sensation que tout allait bien. C'était une chaleur relaxante qui se faisait d'abord ressentir dans son cou et ses épaules avant de gagner tout son corps, et le temps de rentrer prendre une douche, elle se sentait prête à affronter une nouvelle semaine au bureau. Serena avait tort au sujet du paddle : ce n'était pas ennuyeux. En ce moment, c'était une activité nécessaire pour elle, pour sa tranquillité d'esprit, et Maria devait admettre que ce n'était pas mal non plus pour sa silhouette. Au cours des douze derniers mois, son corps s'était tonifié à des endroits qu'elle n'avait pas imaginé pouvoir travailler, et elle avait dû faire retoucher ses tailleurs, devenus trop larges au niveau de la taille et des fesses.

Mais cela n'avait pas d'importance. Serena avait peut-être tort au sujet du paddle, mais elle avait raison au sujet de sa vie amoureuse désastreuse – à commencer par Luis. C'était le premier gars qui avait vraiment compté pour elle, le premier qu'elle avait vraiment aimé. Ils avaient été amis près d'un an avant de commencer à sortir ensemble, et au premier abord ils avaient beaucoup en commun. Ses parents étaient aussi des immigrés mexicains, et lui aussi voulait devenir avocat. Comme elle, il aimait danser, et au bout de deux ans environ elle s'était imaginé sans peine un avenir avec lui. Luis, de son côté, lui avait clairement signifié qu'il était heureux de continuer à sortir et coucher avec elle, tant qu'elle n'en espérait pas plus que ça. La simple mention du mariage lui avait fait piquer une crise, et même si elle avait tenté de se convaincre que ça n'avait pas vraiment d'importance, Maria savait au fond d'elle-même que si.

Pourtant, leur rupture l'avait surprise. Il l'avait simplement appelée un soir pour lui dire que c'était fini. Elle avait tenté de se consoler en se disant qu'ils voulaient des choses différentes dans la vie et que Luis n'était tout simplement pas prêt pour le genre d'engagement qu'elle désirait. Mais un peu plus d'un an plus tard, après avoir passé l'examen du barreau, elle avait appris qu'il était fiancé. Elle avait passé les six semaines suivantes à déprimer, essayant de comprendre comment cette autre fille pouvait être assez bonne pour que Luis décide de se marier, alors qu'il n'avait même pas été capable d'aborder le sujet avec Maria. Où s'était-elle trompée ? Avait-elle été trop insistante ? Trop ennuyeuse ? Ou trop... quelque chose d'autre ? Avec le recul, elle n'en avait aucune idée.

Bien sûr, cette expérience aurait été plus facile à gérer si elle avait rencontré quelqu'un d'autre par la suite ; mais, ces dernières années, elle se demandait de plus en plus souvent où étaient passés tous les gars intéressants. Ou même s'ils existaient encore. Où étaient les mecs qui ne comptaient pas coucher après un ou deux rendez-vous ? Ou les mecs qui pensaient que payer l'addition lors d'un premier rendez-vous était un geste classe ? Ou même simplement un gars avec un boulot correct et des plans pour l'avenir ? Dieu savait qu'après sa rupture avec Luis, elle s'était donné du mal. Malgré ses études de droit et son travail à Charlotte ensuite, elle était sortie régulièrement avec des amis le week-end, mais est-ce que quiconque d'à peu près correct l'avait invitée ?

Elle s'arrêta un instant, laissant la planche dériver tout en s'étirant le dos. De fait, certains l'avaient sans doute sollicitée, mais à cette époque elle avait tendance à se concentrer avant tout sur l'apparence et se souvint avoir dit non à plusieurs mecs pas assez mignons à son goût. Et peut-être que c'était ça son problème. Peut-être qu'elle avait repoussé Le Bon parce qu'il n'était pas assez grand, et maintenant, parce que c'était Le Bon, il avait déjà quitté le marché.

Ces derniers temps, lui et ses semblables semblaient s'arracher en rayon, peut-être parce qu'ils étaient aussi rares que les condors de Californie.

La plupart du temps, cela ne la dérangeait pas. Elle était différente de sa mère, qui considérait qu'une femme se définissait par son statut relationnel. Maria avait sa propre vie, elle pouvait aller et venir comme elle l'entendait, et même si elle n'avait personne pour prendre soin d'elle, elle de son côté n'avait besoin de prendre soin de personne. Pourtant, au cours de ces deux dernières années, en approchant des trente ans, elle s'était parfois dit que ce serait bien d'avoir quelqu'un pour aller danser ou faire du paddle, ou même pour l'écouter se plaindre après une mauvaise journée au boulot. Avoir un grand cercle d'amis comme Serena aurait pu combler ce vide, mais la plupart des amis de Maria vivaient dans les environs de Raleigh ou de Charlotte, et les retrouver signifiait presque toujours plusieurs heures de route avant de dormir sur un canapé. En dehors de sa famille proche et de ses membres plus éloignés, de Jill et de quelques autres collègues et, oui, même de Paul malgré l'autre soir, les seules personnes qu'elle connaissait étaient celles avec qui elle était allée au lycée et, après des années d'absence, elles s'étaient éloignées. Elle aurait pu tenter de reprendre contact, mais une fois sa journée de boulot terminée, Maria n'aspirait généralement qu'à se détendre dans sa baignoire avec un verre de vin et un bon livre. Ou, si elle se sentait d'attaque, peut-être aller faire un peu de paddle. Même l'amitié demandait de l'énergie, et ces derniers temps elle n'en avait pas assez pour s'y consacrer. Même si cela signifiait que sa vie n'était pas très excitante, elle était aussi prévisible, et Maria avait besoin de cette tranquillité. Sa dernière année passée à Charlotte avait été traumatisante et…

Elle secoua la tête, repoussant ces souvenirs. Elle prit une profonde inspiration pour se calmer et s'enjoignit fermement de se concentrer sur le positif, comme elle s'y était entraînée. Il y avait beaucoup de bonnes choses dans sa vie. Elle avait sa famille, son propre appartement et un boulot qui lui plaisait… *Tu en es sûre ?* lui dit tout à coup une petite voix dans sa tête. *Parce que tu sais que ce n'est pas tout à fait vrai.*

Tout avait bien commencé, mais n'était-ce pas toujours le cas ? Martenson, Hertzberg & Holdman était un cabinet de taille moyenne et elle travaillait principalement pour le premier plaideur, Barney Holdman, dans le domaine des assurances. Barney avait la soixantaine, c'était un génie du droit qui portait des costumes en coton gaufré et parlait avec l'accent marqué et traînant des montagnes de Caroline du Nord. Pour les clients comme pour les jurés, il passait pour le grand-père idéal ; en réalité il était exigeant, prêt à tout, et en attendait autant de ses collaborateurs. En travaillant avec lui, Maria avait eu le privilège du temps, de l'expertise et de l'argent, soit tout le contraire de son travail en tant que procureur.

Jill était un bonus. En tant que seules femmes du bureau, en dehors des secrétaires et des assistantes juridiques qui avaient leur propre bande, Jill et elle s'étaient tout de suite bien entendu, même si elles travaillaient dans des départements différents. Elles déjeunaient ensemble trois ou quatre fois par semaine et Jill passait souvent voir Maria dans son bureau. Vive d'esprit, elle faisait rire Maria, mais elle se montrait également perspicace. Jill représentait l'un des atouts majeurs du cabinet. Pourquoi elle n'était toujours pas associée demeurait un mystère. Maria se demandait parfois si Jill était à sa place au cabinet, même si elle n'abordait jamais le sujet.

Le vrai problème était Ken Martenson, l'associé gérant, qui semblait engager les assistantes juridiques uniquement pour leur physique, et non pour leurs qualifications. Il passait de fait beaucoup trop de temps à tourner autour de leurs bureaux. Ça ne dérangeait pas forcément Maria, pas plus que de voir Ken sympathiser avec des assistantes d'une façon qui parfois n'avait rien de très professionnel. Jill l'avait renseignée sur la réputation de Ken dès sa première semaine au cabinet, en particulier sur son intérêt pour les filles mignonnes, mais Maria l'avait ignoré. Jusqu'à ce que Ken commence à avoir des vues sur elle. Dernièrement, la situation était devenue encore plus compliquée. C'était une chose d'éviter Ken au bureau en présence de témoins, mais la conférence à laquelle ils avaient assisté la semaine passée à Salem avait fait empirer ses craintes. Bien que Ken se soit contenté de la raccompagner à la porte de sa chambre, Dieu merci, il avait lourdement insisté pour qu'elle se joigne à lui pour le dîner deux soirs de suite. Il lui avait sorti le discours classique – sa femme ne l'appréciait pas à sa juste valeur –, tout en lui demandant si elle voulait un autre verre de vin alors qu'elle avait à peine touché au premier. Il avait parlé de sa maison sur la plage, si calme, si reposante, et fait remarquer plusieurs fois qu'elle était souvent déserte. Si jamais elle voulait l'utiliser, elle n'avait qu'à le lui demander. Et avait-il mentionné combien il était rare de travailler avec une femme à la fois belle et intelligente ?

Aurait-il pu se montrer plus transparent ? Malgré tout, Maria avait joué l'idiote ne se rendant compte de rien et ramené la conversation sur les problèmes abordés lors de la conférence. Et ça avait fonctionné en grande partie, mais elle n'avait pas menti à Serena en disant que c'était compliqué. Parfois elle aurait voulu qu'on la prévienne qu'être avocate ne représentait pas vraiment le travail sûr qu'elle avait toujours imaginé. Au cours de ces dernières années, des cabinets de toutes tailles avaient réduit leurs dépenses et leur nombre de salariés, et on comptait désormais beaucoup trop d'avocats pour le nombre de postes disponibles. Après avoir quitté le bureau du procureur, il lui avait fallu près de cinq mois pour trouver ce boulot, et a priori aucun autre cabinet en ville ne recrutait. Même si elle se contentait de marmonner les mots « harcèlement sexuel » ou de vaguement sous-entendre vouloir porter plainte, elle ne pourrait sans doute pas retrouver de boulot en Caroline du Nord. Les avocats détestaient plus que tout se voir poursuivis par un autre avocat.

Pour le moment, elle était coincée. Elle avait survécu à la conférence mais s'était juré de ne plus jamais se retrouver dans une telle situation. Elle éviterait la salle de pause et ferait plus attention quand elle travaillerait tard, en particulier si Ken était présent. Pour le moment, c'était tout ce qu'elle pouvait faire, à part prier pour qu'il reporte de nouveau son attention sur une assistante. Encore un exemple où la vie avait fini par se révéler plus difficile qu'elle ne l'aurait cru. Au début de sa carrière, Maria était idéaliste. La vie lui semblait être une aventure. Elle croyait réellement avoir un véritable rôle à jouer pour que les rues soient plus sûres, ou pour rendre justice aux victimes. Mais avec le temps, elle était blasée. De toute évidence, même de dangereux criminels pouvaient s'en sortir libres et les rouages du système tournaient avec une incroyable lenteur. Son nombre de dossiers à gérer ne diminuait jamais. À présent, elle vivait de nouveau dans la ville de son enfance et pratiquait un genre de droit bien différent de celui qu'elle avait connu en tant qu'assistante du procureur. Convaincue que les choses iraient mieux quand elle aurait pris ses marques, elle s'était lentement rendu compte que le stress était simplement différent.

Cela l'avait surprise, mais finalement tout ou presque l'avait étonnée au cours des sept dernières années. Elle pouvait passer pour une jeune femme indépendante, mais elle avait par moments l'impression de faire semblant. En partie financièrement – après avoir payé ses factures, il lui restait moins d'argent qu'à une ado –, mais aussi parce que la plupart de ses amis de fac étaient déjà mariés, voire parents. La plupart semblaient comblés, comme si leur vie se déroulait exactement comme prévu, pendant que Maria avait un patron obsédé sexuel, un appartement qu'elle pouvait à peine se permettre, et une sœur cadette qui semblait à la fois plus sage et plus insouciante qu'elle. Si c'était ça, l'âge adulte, elle se demandait pourquoi elle avait été aussi pressée de grandir.

Au cours de l'heure suivante, elle avança tranquillement tout en faisant de son mieux pour apprécier les environs. Elle remarqua les nuages qui changeaient lentement de position et le reflet des arbres dans l'eau. Elle se concentra sur l'odeur fraîche et salée de la brise et se délecta de la chaleur du soleil sur ses bras et ses épaules. De temps en temps, elle prenait une photo, dont une très réussie d'un balbuzard saisissant un poisson dans ses serres avant de s'élever de nouveau dans les airs. Elle était un peu trop sombre, prise d'un peu trop loin, mais elle vaudrait peut-être le coup après des retouches sur Photoshop.

De retour chez elle, elle prit une douche et se servit un verre de vin avant de s'asseoir dans le fauteuil à bascule sur son petit balcon. Elle regarda les gens sur Market Street, se demandant distraitement quelles étaient leurs vies. Elle aimait s'inventer des histoires sur les passants – celui-là est probablement venu de New York, celle-ci était sortie offrir une glace à ses enfants. C'était le point culminant et anodin d'un week-end avec son lot de hauts et de bas.

Comme le pneu… ce qui lui rappela qu'elle allait devoir le faire changer le lendemain. Mais quand ? Elle savait que pendant qu'elle se trouvait à cette conférence, Barney lui avait encore rajouté du travail. Elle avait également deux rendez-vous importants l'après-midi, ce qui n'allait pas lui simplifier la tâche. D'autant qu'elle ignorait quelle serait la prochaine tentative de Ken.

Le lendemain matin, sa frayeur s'intensifia quand elle vit Ken discuter avec Barney pendant qu'elle-même bavardait avec Lynn, la pulpeuse mais pas vraiment efficace assistante de ce dernier. Ken et Barney se retrouvaient souvent avant la réunion du lundi matin. Étonnamment, Ken se contenta de lui adresser un signe de tête en quittant le bureau de Barney, sans même lui décocher un sourire. Une partie d'elle-même était soulagée par la brièveté de leur rencontre, mais cette attitude glaciale lui noua le ventre : cela signifiait sans doute qu'il était en colère contre elle.

Un peu plus tard, Jill passa la tête pour s'excuser à propos de la rencontre arrangée ratée, manifestement mortifiée. Elles discutèrent quelques minutes – Jill devait quitter la ville pour le restant de la semaine dans le cadre de dépositions – et Maria lui répéta ce qu'elle avait raconté à Serena au sujet de son pneu crevé et de l'inconnu qui lui était venu en aide, ce qui n'arrangea pas l'état d'esprit de Jill.

Lorsqu'elle fut partie, Maria appela des garages pour

trouver un endroit où déposer sa voiture pas trop loin après le travail. Mais elle se rendit bien vite compte que tous seraient fermés à cette heure-là. Une seule option : tenter de faire réparer son pneu pendant le déjeuner. Il lui fallut six essais avant de finalement obtenir un rendez-vous à 12 h 30 – ce qui lui permettrait de rentrer de justesse pour le client qu'elle devait voir une heure plus tard. Elle prévint Barney qu'elle pourrait avoir quelques minutes de retard. Il fronça les sourcils mais lui dit de faire de son mieux, insistant sur le fait que sa présence était importante. Elle quitta le bureau à 11 h 45, espérant que les mécaniciens pourraient commencer rapidement.

Mais ils ne commencèrent pas en avance. Ni à l'heure. En fait, elle passa une heure à attendre, passant de la panique à une lente colère, appelant la secrétaire et l'assistante de Barney, puis Barney lui-même. Elle ne put récupérer sa voiture avant 14 heures et revint à toute vitesse au cabinet. Le temps d'atteindre la salle de conférences, le rendez-vous avait commencé depuis près de trois quarts d'heure. Barney lui adressa un regard glacial pour signifier son mécontentement, masqué sous son accent traînant.

Après le rendez-vous, elle se confondit en excuses. Il était manifestement furieux et le grand-père amical que connaissaient les clients avait disparu. La situation demeura tendue tout l'après-midi. Ce ne fut pas mieux le lendemain. Maria se jeta à corps perdu dans le travail et se renseigna sur des questions mises de côté pendant la conférence, tout en préparant les documents qu'elle savait nécessaires pour la plaidoirie de Barney la semaine suivante. Elle travailla jusqu'à minuit passé le lundi et le mardi et, Jill n'étant pas là, tous les jours de la semaine pendant sa pause déjeuner, mangeant à son bureau tout en travaillant avec acharnement sur différents dossiers. Barney ne le remarqua pas, ou il s'en fichait, et son comportement se radoucit seulement à partir du jeudi suivant.

Plus tard cet après-midi-là, à la fin d'une discussion avec lui concernant une déclaration de sinistre qu'ils soupçonnaient frauduleuse, elle entendit une voix dans son dos. Elle leva les yeux et vit Ken dans l'embrasure de la porte.

– Excusez-moi, leur dit-il à tous les deux, se concentrant sur Barney. Ça vous dérangerait si je parlais à Maria un moment ?

– Pas du tout, répondit Barney d'une voix traînante en adressant un signe de tête à Maria. Appelez-les et fixez-leur un rendez-vous téléphonique pour demain.

– Absolument. Je vous tiens au courant, répondit Maria.

Elle sentait le regard de Ken sur elle et sa poitrine se serra quand elle se retourna vers lui. Il avait déjà fait volte-face et elle le suivit sans un mot dans le couloir. Ses pieds se mirent à traîner quand elle comprit qu'il la conduisait à son bureau. La secrétaire de Ken évita son regard.

Il lui ouvrit la porte puis la referma derrière lui. Tout à fait sérieux maintenant, il passa derrière son fauteuil et lui fit signe de prendre place en face. Il regarda par la fenêtre puis se tourna vers elle.

– Barney m'a informé que vous aviez raté un important rendez-vous lundi.

– Je ne l'ai pas raté. J'étais en retard, car...

– Je ne vous ai pas fait venir pour ergoter sur des détails, l'interrompit-il. Voulez-vous bien m'expliquer ce qui s'est passé ?

Surprise, Maria bredouilla un compte-rendu pathétique de ses tentatives pour trouver un garage et leurs conséquences. Ken garda le silence un moment.

– Vous comprenez ce que nous faisons ici ? Et pourquoi vous avez été engagée ? Nos clients attendent un certain degré de professionnalisme.

– Oui, bien sûr que je le comprends. Et je sais que nos clients sont importants.

– Vous savez à quoi pensait Barney en vous laissant l'occasion de plaider sur ce cas ? Et que vous avez renoncé à cela pour changer un pneu pendant vos heures de travail ?

Maria rougit et ses pensées tournoyèrent sous son crâne.

– Non, il n'avait pas mentionné ça, bredouilla-t-elle. Et comme je l'ai dit, je voulais le faire après les heures de bureau, mais tous les garages auraient été fermés. Je pensais sincèrement pouvoir rentrer à temps. Je savais qu'il y avait un risque, mais…

– Un risque que vous étiez manifestement prête à prendre, remarqua-t-il en la coupant de nouveau.

Elle ouvrit la bouche pour répondre, mais elle savait déjà qu'elle ne pourrait rien dire pour le calmer. Dans le silence, elle sentit son estomac se nouer alors que Ken s'asseyait à son bureau.

– Je dois dire que votre décision m'a beaucoup déçu, dit-il, maître de la situation. Nous avons pris le risque de vous engager, parce que je suis intervenu en votre faveur. Votre travail chez le procureur n'avait aucun rapport avec ce que l'on fait ici, comme vous le savez. Mais j'ai vu du potentiel en vous. Maintenant, je ne sais plus quoi penser, je me demande même si j'ai pris la bonne décision.

– Je suis vraiment désolée. Cela ne se reproduira plus.

– J'espère que non. Pour vous, pas pour moi.

Son estomac se serra encore un peu plus.

– Que puis-je faire pour corriger le tir ?

– Pour le moment, rien. Je parlerai à Barney pour savoir ce qu'il en pense et nous vous ferons part ensuite de notre décision.

– Dois-je rappeler les clients ? Peut-être pour m'excuser ?

– Je pense que vous ne devriez rien faire pour le moment.

J'ai dit que Barney et moi en discuterions. Mais si quelque chose de ce genre se reproduit…

Il se pencha en avant, allumant sa lampe de bureau.

– Ça n'arrivera pas, chuchota-t-elle, tentant toujours de retrouver son calme.

Barney avait-il vraiment envisagé ça ? Pourquoi ne lui en avait-il pas parlé ? Le téléphone sur le bureau de Ken sonna à cet instant et il décrocha. Il se nomma, puis mit la main sur le téléphone.

– Je dois répondre. Nous reprendrons cette discussion une autre fois.

Son ton était sans appel et Maria se leva, humiliée, paniquée. Incapable de réfléchir, elle quitta le bureau de Ken en trébuchant. Passant devant sa secrétaire, elle fut soulagée de constater qu'elle l'ignorait. Arrivée dans son bureau, Maria ferma la porte et repensa à leur conversation. Malgré elle, Maria se demanda combien de temps encore elle pourrait travailler ici. Ou même si on lui laisserait le choix.

Chapitre 3

Colin

Le lundi suivant son combat, Colin quitta son appartement. Il se dirigeait d'un pas tranquille vers la vieille Camaro, quand il remarqua l'inspecteur Pete Margolis. Le flic s'était garé de l'autre côté de la rue, appuyé contre le capot de sa berline, un gobelet de café à emporter à la main, un cure-dents à la bouche.

Contrairement à la plupart des officiers de police à qui Colin avait eu affaire, Margolis passait presque autant de temps que lui en salle de gym. Les manches de sa chemise relevées étaient tendues sur ses biceps. Il approchait les quarante ans, et ses cheveux noirs coiffés en arrière étaient maintenus en place par Dieu sait quoi. De temps en temps, parfois deux fois par mois, il se présentait sans prévenir pour vérifier que Colin respectait bien les décisions de la cour. Margolis appréciait manifestement le pouvoir que lui conférait son métier.

— Tu as vraiment une sale tête, Hancock, lui dit-il alors que Colin approchait. Tu as fait quelque chose que je devrais savoir ?

— Non, répondit Colin.

— Tu en es bien sûr ?

Colin l'observa sans répondre. Il savait que Margolis

finirait par aborder la raison de sa visite. Ce dernier fit passer son cure-dents de l'autre côté.

— Il y a eu une bagarre sur le parking du *Crazy Horse*, un peu après minuit. Des gars se sont battus à coups de bouteille. Quelques voitures sur le parking ont été abîmées, et un type a fini dans les vapes. Les témoins disent qu'il a été frappé à la tête après être tombé. Il est à l'hôpital avec une fracture ouverte du crâne. C'est une agression avec arme mortelle, tu sais, et dès que j'ai entendu parler de cet incident, je me suis dit que ça me disait quelque chose. Est-ce que je ne t'ai pas arrêté pour ça ici même à Wilmington il y a quelques années ? Et n'as-tu pas été impliqué dans quelques petits incidents depuis ?

Margolis connaissait déjà la réponse, mais Colin répliqua malgré tout.

— Oui pour la première question. Non pour la seconde.

— Oh, c'est vrai. Parce que tes amis sont intervenus. Le gars bizarre et sa nana blonde et sexy ?

Il ne dit rien. Margolis resta là à le regarder, et Colin attendit que le flic reprenne la parole.

— C'est pour ça que je suis ici, au fait.

— D'accord.

— C'est tout ?

Colin ne dit rien. Il avait appris à en dire aussi peu que possible en présence des forces de l'ordre.

— Mets-toi à ma place, dit Margolis. Le truc, c'est que quasiment tout le monde a fichu le camp dès que les sirènes ont retenti. Deux témoins sont restés et je les ai interrogés, mais j'ai compris que je perdais mon temps. C'est beaucoup plus simple d'aller droit à la source, tu ne crois pas ?

Colin remonta son sac à dos un peu plus haut sur ses épaules.

— On a fini ?

– Pas tout à fait. Je ne crois pas que tu comprennes ce qui se passe.

– Je comprends. Mais tout cela ne me concerne pas. Je n'étais pas là.

– Tu peux le prouver ?

– Vous pouvez prouver le contraire ?

Margolis but une gorgée de café puis prit un cure-dents dans sa poche et le porta nonchalamment à sa bouche.

– On dirait presque que tu veux cacher quelque chose.

– C'était juste une question, répondit Colin.

– D'accord. Commençons. Où étais-tu samedi soir ?

– À Jacksonville.

– Oh ouais… Le combat, ton truc de MMA[1], c'est ça ? Tu m'en avais parlé. Tu as gagné ?

Margolis n'en avait que faire et Colin le savait. Il le regarda boire une nouvelle gorgée de café.

– Nous avons pu obtenir des descriptions de la part des témoins et il se révèle que le gars qui a donné un coup de pied au type à terre était dans la vingtaine, musclé, avec des tatouages sur les bras et des cheveux bruns coupés court. Et pour ta gouverne, il était salement amoché avant même le début de la bagarre. Des gens l'ont vu à l'intérieur. Et comme je savais que tu combattais à Jacksonville… Bon, pas besoin d'être un génie pour deviner ce qui s'est passé.

Colin se demanda dans quelle mesure l'histoire de Margolis était vraie, et s'il n'avait pas tout inventé.

– Vous avez d'autres questions à me poser ?

Margolis fit de nouveau changer de place son cure-dents tout en posant son café sur le capot.

– Étais-tu au *Crazy Horse* samedi soir ?

– Non.

– Tu n'y as même pas fait un arrêt ? Quelques minutes ?

---

1. *Mixed Martial Arts* : sport regroupant plusieurs arts de combat.

– Non.

– Et si j'avais un témoin qui prétendait t'avoir vu là-bas ?

– Alors, il mentirait.

– Mais pas toi.

Là encore, Colin ne répondit pas. Il n'avait pas de raison de le faire. Et une partie de lui se doutait que Margolis savait très bien qu'il n'avait pas été là-bas, car après un long moment il croisa les bras, les muscles bandés de façon – presque – involontaire. Si l'inspecteur avait vraiment quelque chose contre lui, Colin savait qu'il l'aurait déjà arrêté.

– D'accord, dit Margolis. Alors, réponds à celle-là : où étais-tu entre minuit et 1 heure du matin dimanche ?

Colin fouilla dans sa mémoire.

– Je ne regardais pas ma montre. Mais j'étais soit sur le point de quitter *Trey's Diner* sur la 17, soit déjà en route, soit en train de changer le pneu d'une femme pendant l'orage. J'étais chez moi à 1 h 30 pile.

– *Trey's Diner* ? Pourquoi diable tu serais allé manger là-bas ?

– J'avais faim.

– À quelle heure as-tu quitté Jacksonville ?

– Après minuit. Peut-être cinq ou dix minutes après, mais je n'en suis pas tout à fait sûr.

– Des témoins ?

– Des dizaines.

– Et je suppose que tu as mangé seul chez *Trey* ?

– J'étais avec mon proprio.

Margolis renifla.

– Evan ? Tu veux dire la moitié du duo Batman et Robin ? C'est pratique.

Colin serra la mâchoire, ignorant la pique.

– Je suis sûr que la serveuse se souviendra de nous.

— Parce qu'on dirait que ta tête est passée dans un hachoir à viande ?

— Non. Parce qu'on remarque Evan dans un endroit pareil.

Margolis eut un petit sourire satisfait, mais Colin ne faisait que dire la vérité.

— Donc, tu as quitté le *diner*.

— Oui.

— Seul ?

— Oui. Evan est parti quelques minutes avant moi. Il avait sa voiture.

— Donc, personne ne peut dire où tu étais ensuite ?

— Je vous ai déjà dit ce qui s'est passé ensuite.

— Oh, c'est vrai, tu as changé un pneu.

— Oui.

— Sous l'orage ?

— Oui.

— Tu la connaissais ?

— Non.

— Alors, pourquoi tu t'es arrêté ?

— Parce que je me suis dit qu'elle avait peut-être besoin d'aide.

Margolis réfléchit à la réponse de Colin, pensant sans aucun doute qu'il avait dû faire une erreur quelque part.

— Comment pouvais-tu savoir qu'elle avait besoin d'aide avant de t'arrêter ?

— J'ai vu qu'elle avait du mal avec sa roue de secours. Je me suis arrêté et je l'ai sortie du coffre. J'ai proposé de l'aider. Elle a dit non au début. Elle m'a demandé si elle pouvait m'emprunter mon téléphone pour appeler sa sœur. Je l'ai laissée faire. Et puis elle m'a demandé si je pouvais l'aider à changer le pneu. Ce que j'ai fait. Après, je suis remonté dans ma voiture et je suis rentré directement chez moi.

– Il était quelle heure ?

– Je ne sais pas. Mais la fille a utilisé mon téléphone pour appeler sa sœur. Si vous voulez, je vous montre mon journal d'appels.

– Absolument.

Colin mit la main dans sa poche arrière et sortit son téléphone ; après quelques tapotis, le journal apparut, confirmant son alibi.

Il le montra à Margolis.

L'inspecteur prit son carnet et fit exprès de noter très lentement le numéro. L'heure correspondait sans doute à la bagarre, car ses biceps se contractèrent de nouveau.

– Comment je sais que c'est le numéro de la sœur de la fille ?

– Vous ne le savez pas.

– Mais ça ne te dérange pas si j'appelle pour vérifier.

– Faites ce que vous voulez. C'est vous qui perdrez votre temps.

Margolis plissa les yeux.

– Tu te crois très malin, n'est-ce pas ?

– Non.

– Oh si, oh si ! Mais tu sais quoi ? Ce n'est pas le cas.

Colin ne répondit pas et ils se dévisagèrent encore un long moment. Margolis prit son café et fit le tour de la voiture pour regagner le siège conducteur.

– Je vais vérifier ça, tu sais. Car toi et moi savons tous les deux que tu n'as pas ta place dans les rues. Un gars comme toi ? Combien de personnes as-tu envoyées à l'hôpital au fil des ans ? Tu es violent, et même si tu crois que tu peux contrôler ça, ce n'est pas possible. Quand ça se produira de nouveau, je serai là. Et je serai le premier à te dire que je te l'avais dit.

Quelques instants plus tard, la berline s'éloignait et Colin la regarda disparaître au coin de la rue.

— C'était quoi, ça ?

Colin se retourna et vit Evan sur le porche. Déjà prêt pour partir travailler, son ami descendit les marches.

— Comme d'habitude.

— C'était quoi, cette fois ?

— Une bagarre au *Crazy Horse*.

— Quand ?

— Quand j'étais avec toi. Ou bien en train de changer un pneu.

— Je serai peut-être ton alibi, cette fois ?

— J'en doute. Il sait que ce n'était pas moi, sinon il m'aurait embarqué pour m'interroger au poste.

— Alors, pourquoi en faire des caisses ?

Colin haussa les épaules. C'était une question rhétorique, car tous les deux connaissaient déjà la réponse. Colin s'approcha de son ami.

— C'est pas la cravate que Lily t'a offerte pour ton anniversaire ?

Evan baissa les yeux pour l'examiner. C'était un motif cachemire, un véritable kaléidoscope de couleurs.

— Si, en fait. Bonne mémoire. Qu'est-ce que tu en penses ? C'est trop ?

— Ce que je pense n'a pas d'importance.

— Mais tu ne l'aimes pas.

— Je pense que si tu veux la porter, il faut le faire.

Evan parut hésiter un instant.

— Pourquoi fais-tu ça ?

— Quoi ?

— Refuser de répondre à une simple question.

— Parce que mon avis est hors sujet. Tu portes ce que tu veux.

— Réponds-moi, d'accord ?

– Je n'aime pas ta cravate.

– Vraiment ? Pourquoi ?

– Parce qu'elle est moche.

– Non.

Colin hocha la tête.

– D'accord.

– Tu ne sais pas de quoi tu parles.

– Sans doute.

– Tu ne portes même pas de cravate.

– Tu as raison.

– Alors, pourquoi je me soucie de ton avis ?

– Je ne sais pas.

Evan fronça les sourcils.

– Discuter avec toi, c'est parfois vraiment exaspérant, tu sais.

– Je sais. Tu me l'as déjà dit.

– Évidemment, que je l'ai déjà dit ! Parce que c'est vrai ! Est-ce qu'on n'en a pas déjà discuté l'autre nuit ? Tu n'as pas à dire tout ce qui te passe par la tête.

– Mais tu as insisté, pour la cravate.

– Mais… Oh, oublie ça !

Il se dirigea vers la porte d'entrée.

– On se parle plus tard, d'accord ?

– Où vas-tu ?

Evan fit deux pas avant de répondre sans se retourner.

– Changer ma foutue cravate. Et au passage, Margolis avait raison. On dirait toujours que ton visage a été passé au hachoir.

Colin sourit.

– Hé, Evan !

Evan s'arrêta et se retourna.

– Quoi ?

– Merci.

– Pour quoi ?

– Pour tout.

– Ouais, ouais. Tu as juste de la chance que je ne répète pas à Lily ce que tu as dit.

– Tu peux… Je le lui ai déjà dit.

Evan le regarda fixement.

– Évidemment.

En classe, Colin s'assit au troisième rang. Il prit des notes et tenta de se concentrer sur le cours, qui portait sur le langage et le développement de l'alphabétisation. Au cours des premières semaines, Colin n'avait su que penser. Il avait d'abord considéré que l'essentiel des cours lui semblait relever du simple bon sens, de quoi se demander s'il avait vraiment besoin d'être là. Ensuite, il s'était dit qu'il y avait peut-être un avantage encore inconnu à mettre à profit ce bon sens dans une stratégie de cohésion de classe, afin d'en tirer des plans de cours. Le seul problème, c'était que le professeur – une femme névrosée entre deux âges à la voix chantante – avait tendance à papillonner d'un sujet à l'autre, compliquant les choses pour la suivre.

Il en était à sa troisième année de fac, mais c'était son premier semestre à l'UNC Wilmington. Il avait passé les deux premières années au Cape Fear Community College, où il avait fini avec une moyenne parfaite. Jusqu'à maintenant, il n'aurait pu dire si les cours étaient plus durs ici. Tout dépendrait de la difficulté des examens et de la qualité de ses devoirs. Il ne s'en faisait pas beaucoup : il mettait un point d'honneur à prendre de l'avance dès que possible, et il savait que Lily l'aiderait à réviser et corrigerait ses devoirs. Il s'était fixé comme règle d'étudier au moins vingt-cinq heures par semaine en plus des cours. Dès qu'il avait une heure de libre sur le campus, il se rendait à la bibliothèque, et jusqu'à présent ses efforts semblaient payer.

Contrairement à la plupart des étudiants se souciant à la fois de leur éducation et de leur vie sociale, Colin était là seulement pour apprendre le maximum de choses et obtenir les meilleurs résultats possibles. Il avait déjà fait les quatre cents coups. En fait, il n'avait rien trouvé de mieux que l'université pour échapper à cette vie.

Mais il était très content d'en être arrivé là. Il avait Evan et Lily, son entraînement de MMA et un endroit qu'il pouvait considérer comme son chez-lui. Il n'aimait pas trop son boulot – le restaurant où il était barman recevait trop de touristes à son goût –, mais ce n'était pas le genre d'endroit qui pourrait lui valoir des ennuis. La plupart des gens venaient là pour manger, dont de nombreuses familles avec enfants, et ceux qui prenaient place au bar attendaient généralement une table ou bien mangeaient. C'était très loin du genre de bar qu'il avait eu l'habitude de fréquenter par le passé. Pendant ses années folles, il avait préféré les bars pour « alcooliques professionnels », ces lieux sombres et miteux, avec ou sans musique assourdissante en arrière-plan.

Là-bas, il s'attendait généralement à des ennuis sitôt la porte franchie et n'avait jamais été déçu. Ces derniers temps, il évitait à tout prix les endroits de ce genre. Il connaissait ses limites, et même s'il n'avait pas ménagé ses efforts pour contrôler sa colère, il pouvait toujours se retrouver dans une situation qui partirait en vrille. Colin ne doutait absolument pas que Margolis découvrirait son implication dans un incident de ce genre, même s'il se déroulait dans un autre État. Et Colin passerait les dix prochaines années derrière les barreaux, entouré de gens avec les mêmes problèmes de rage que lui.

Se rendant compte qu'il se perdait dans ses pensées, il s'efforça de se recentrer sur le cours. Le professeur expliquait que certains enseignants trouvaient utile de lire des passages de livres plus adaptés à l'âge des élèves plutôt que d'ouvrages formellement destinés à des catégories plus jeunes ou plus âgées. Colin se demanda s'il devait écrire ça – aurait-il vraiment besoin de s'en souvenir ? *Oh, et puis mince, si elle pense que c'est important de le mentionner, je vais le noter.*

À peu près à cet instant, il remarqua qu'une fille aux cheveux noirs lui jetait des coups d'œil par-dessus son épaule. Comme prévu, Colin avait monopolisé l'attention en entrant dans la salle, le professeur lui-même s'était arrêté en pleine phrase, mais les regards s'étaient depuis redirigés vers le tableau.

À part cette fille qui le regardait de façon presque insistante. Il n'avait pas l'impression qu'elle cherchait à flirter. Au contraire, c'était presque comme si elle tentait de le dévisager. Non pas que ça l'intéresse – *regarde-moi si ça te chante*. C'était son choix.

Quand le cours prit fin quelques minutes plus tard, Colin referma son carnet et le fourra dans son sac à dos. Le jetant sur son épaule, il grimaça quand le sac heurta ses côtes endolories.

Après les cours, il comptait se rendre à la salle de gym pour s'entraîner, mais il devrait éviter les contacts. Pas de combat d'entraînement de boxe ou de lutte. Seulement des poids, du travail de base, et une demi-heure de corde à sauter. Puis il ferait une pause, avant de mettre ses écouteurs et de courir dix kilomètres en écoutant le genre de musique que ses parents avaient toujours détesté. Ensuite, il prendrait une douche et se préparerait à aller travailler. Il se demanda comment sa patronne allait réagir en le voyant et se doutait qu'elle ne serait pas contente. Son visage détonnerait avec l'atmosphère touristique, mais que pouvait-il y faire ?

Il lui restait une heure de pause avant son prochain cours

et il se dirigea vers la bibliothèque. Il avait un devoir à rédiger et s'il avait commencé la semaine passée, il voulait finir son premier jet aujourd'hui ou le lendemain, et ce ne serait pas facile. Entre l'entraînement et le boulot, il allait devoir gérer efficacement le peu de temps libre dont il disposait. Le corps encore endolori à cause du combat, Colin marchait lentement, notant les réactions des filles à son passage, presque toujours les mêmes : elles marquaient un temps d'arrêt, affichant des expressions choquées ou apeurées, puis feignaient de ne pas l'avoir vu. Cette réaction l'amusait. Un « bouh ! » les aurait sans doute fait fuir en courant.

Alors qu'il allait bifurquer, une voix l'appela derrière son dos.

– Hé, attendez ! Vous, là-bas !

Certain qu'on ne devait pas s'adresser à lui, il l'ignora.

– Hé, vous, avec le visage couvert de bleus ! J'ai dit, attendez !

Il fallut une seconde à Colin pour être sûr d'avoir bien entendu. Il se retourna et vit la fille du cours lui faire un signe de la main. Il jeta un coup d'œil derrière lui. Personne d'autre n'avait réagi. Elle se rapprocha et il vit que c'était bien celle qui l'avait dévisagé en classe.

– C'est à moi que vous parlez ?

– Sans blague ? dit-elle en s'arrêtant à quelques pas de lui. Vous voyez quelqu'un d'autre avec une tête comme la vôtre dans le coin ?

Il n'était pas sûr de devoir se sentir offensé, ou amusé, mais elle avait dit ça d'un ton qu'il était impossible de prendre mal.

– Je vous connais ?

– On est en classe ensemble.

– Je sais, je vous ai vue m'observer. Mais je ne vous connais pas pour autant.

– Vous avez raison, nous ne nous connaissons pas. Mais je peux vous poser une question ?

Colin savait exactement ce qui allait se passer ensuite. Elle était simplement curieuse. Il remonta son sac à dos.

– Je me suis battu.

– On dirait bien, mais ce n'était pas ma question. Je voulais savoir votre âge.

Il cligna des yeux de surprise.

– J'ai vingt-huit ans. Pourquoi ?

– C'est parfait, dit-elle sans répondre à sa question. Où allez-vous ?

– À la bibliothèque.

– Bien. Moi aussi. Je peux venir avec vous ? Je pense qu'on devrait se parler.

– Pourquoi ?

Elle lui sourit, lui rappelant vaguement quelqu'un.

– Si nous discutons, vous le saurez.

Chapitre 4

Maria

— Où va-t-on, déjà ? demanda Maria au volant de sa voiture.

Elle était passée prendre Serena une demi-heure plus tôt à South Front Street, la rue qui longeait le fleuve Cape Fear. Sa sœur l'attendait à un croisement, dans un quartier bordé de vieux bureaux et de hangars à bateaux près du fleuve, ignorant les ouvriers de l'autre côté de la rue qui la reluquaient ouvertement. Lentement mais sûrement la zone retrouvait une nouvelle jeunesse, comme le reste du front de mer, mais pour le moment c'était encore un véritable chantier.

— Et pourquoi devrais-je t'emmener ?

— Je te l'ai déjà dit, nous allons au restaurant, répondit Serena. Et tu es passée me prendre parce que je ne compte pas conduire ce soir, il se pourrait bien que je boive quelques verres, déclara-t-elle en jetant une boucle de cheveux par-dessus son épaule. Au fait, l'entretien s'est bien passé. Charles a dit qu'il avait trouvé mes réponses très réfléchies. Merci d'avoir posé la question.

Maria leva les yeux au ciel.

— Comment es-tu arrivée là ?

— Steve m'a déposée. Je crois qu'il m'aime bien. Il me retrouvera plus tard.

— Il doit vraiment t'aimer s'il est prêt à supporter cette circulation.

Même si on était déjà à mi-septembre, la chaleur aurait plutôt fait penser à un début de mois d'août et la plage était bondée. Maria avait déjà fait deux fois le tour du pâté de maisons pour trouver une place.

— Et alors ? On est près de la plage.

— Il y a de meilleurs endroits pour manger, au centre-ville.

— Comment tu le sais ? Tu es déjà allée à Wrightsville Beach depuis ton retour ?

— Non.

— Précisément. Tu vis à Wilmington, il faut aller à la plage de temps en temps.

— Je fais du paddle, tu te souviens ? Je vais bien plus souvent à la plage que toi.

— Je veux dire un endroit avec des gens, pas seulement des oiseaux, des tortues et quelques poissons qui passent la tête hors de l'eau. Un endroit fun avec une belle vue et une vraie atmosphère.

— *Crabby Pete's* ?

— C'est une institution locale.

— C'est un piège à touristes.

— Et alors ? Je n'y suis jamais allée et je veux voir à quoi ça ressemble.

Maria se pinça les lèvres.

— Pourquoi j'ai l'impression que tu me caches quelque chose ?

— Parce que tu es avocate. Tu soupçonnes tout le monde.

— Peut-être. Ou peut-être que tu as planifié quelque chose.

— Qu'est-ce qui te fait dire ça ?

— Parce que c'est samedi soir. On ne sort jamais le samedi soir. Tu n'as jamais voulu sortir avec moi le samedi.

– C'est pour ça qu'on va dîner tôt, répondit Serena. Des groupes jouent dans les bars du coin le week-end et Steve, quelques amis et moi, on va écouter un peu de musique avant de faire la fête. Mais ça ne va pas commencer avant 22 ou 23 heures, alors on a tout notre temps.

Maria savait que Serena lui cachait quelque chose, sans parvenir à savoir quoi.

– J'espère que tu ne comptes pas sur moi pour vous accompagner.

– Aucune chance, renifla Serena. Tu es bien trop vieille pour ça. Ce serait comme sortir avec ses parents.

– La vache ! merci…

– Ne m'en veux pas. C'est toi qui as dit que tu étais trop vieille pour des gars de mon âge. Pourquoi ? Tu as changé d'avis ?

– Non.

– C'est pour ça qu'on va juste dîner.

Maria remarqua soudain une voiture quittant une place. C'était encore à quelques rues du restaurant, mais elle doutait de trouver mieux. En se garant, elle ne put oublier l'impression que Serena se montrait bien trop évasive, et sa sœur parut s'en rendre compte.

– Arrête de t'en faire autant. Tu casses l'ambiance. Qu'est-ce qu'il y a de mal à passer un peu de temps avec sa sœur ?

Maria hésita.

– Très bien, mais juste pour qu'on soit bien d'accord… Si tu comptes faire venir un mec à la table ou quelque chose de ce genre, je ne vais pas être contente.

– Je ne suis pas Jill et Paul, d'accord ? Je ne t'organiserais pas un horrible rendez-vous sans même t'en parler. Si ça te fait te sentir mieux, je peux te garantir qu'aucun gars ne va venir s'asseoir avec nous. En fait, on va juste manger au bar. La vue y est plus belle, de toute façon. D'accord ?

Maria hésita, avant de couper le moteur.

– D'accord.

Situé près de l'une des jetées de Wrightsville Beach, le *Crabby Pete's* était ouvert depuis environ quarante ans. Il avait survécu tant bien que mal aux ouragans qui s'étaient abattus sur la côte au fil des ans et le bâtiment aurait été condamné sans une série de réparations de qualité fluctuante. La peinture était écaillée, son toit donnait de la bande et il manquait de nombreux volets, quand ils n'étaient pas cassés.

Malgré son apparence le restaurant était bondé, et Maria et Serena durent se faufiler entre les tables pour atteindre l'escalier menant au bar en terrasse. Maria suivit sa sœur et remarqua les tables en bois, les chaises dépareillées et les graffitis sur les murs, parfois signés. Des objets pendaient du plafond, suspendus là par le Pete originel, mort des années plus tôt. Il était censé les avoir trouvés dans ses filets de pêche : des enjoliveurs et des tennis, des ballons de basket dégonflés, un soutien-gorge, des jouets et une vingtaine de plaques d'immatriculation provenant de plus de dix États différents.

– Plutôt cool, hein ? fit Serena par-dessus son épaule.

– Il y a du monde en tout cas.

– C'est une expérience. Viens !

Ils montèrent les marches grinçantes jusqu'au toit. Maria plissa les yeux sous un ciel sans nuages. Contrairement au restaurant en contrebas, les tables ici étaient occupées par des adultes se détendant autour d'une bière ou de cocktails. Trois serveuses en short et haut noir se hâtaient de client en client, ramassant les verres vides et déposant des consommations. Sur la moitié des tables trônaient des seaux en étain remplis de pinces de crabe, que les clients décortiquaient pour atteindre la chair.

– Nous avons de la chance, dit Serena, il y a justement deux fauteuils libres au bar.

Le bar se trouvait de l'autre côté, accompagné d'une dizaine de tabourets alignés, partiellement recouvert d'un toit de tôle rouillée. Maria suivit Serena sous le soleil brûlant. Mais il faisait plus frais sous l'auvent, et en s'asseyant, elle sentit la brise salée soulever ses cheveux sur sa nuque. Derrière Serena, Maria pouvait voir les vagues déferler sur la plage, laissant place à de l'écume.

Même si c'était presque l'heure de dîner, des centaines d'habitués batifolaient encore dans l'eau, ou se prélassaient sur des serviettes. La jetée était pleine de gens penchés sur les barrières, canne à pêche à la main. Serena apprécia le paysage avant de se retourner vers Maria.

– Admets-le, la défia-t-elle. C'était exactement ce dont tu avais besoin. Dis que j'avais raison.

– Très bien. Tu avais raison.

– J'aime quand tu dis ça, pavoisa Serena. Maintenant, commandons quelque chose à boire. De quoi as-tu envie ?

– Un simple verre de vin.

– Non, non, non ! fit Serena, secouant la tête. Tu ne vas pas prendre un verre de vin ici. Ce n'est pas le genre de la maison. Il nous faut quelque chose qui fasse… plage, comme si on était en vacances. Une piña colada, une margarita ou quelque chose comme ça.

– Sérieusement ?

– Tu dois vraiment apprendre à te lâcher un peu, fit Serena en se penchant vers le bar. Hey, Colin ! On peut avoir deux verres ?

Maria n'avait pas remarqué le barman et elle suivit des yeux le regard de Serena. Vêtu d'un jean délavé et d'une chemise blanche aux manches relevées jusqu'aux coudes, il terminait une commande pour une serveuse de l'autre côté du bar. Il avait l'air athlétique, et Maria remarqua aussitôt ses épaules carrées et ses hanches étroites. Ses cheveux très courts révélaient un tatouage élaboré, un motif de lierre sur sa nuque. Il lui tournait le dos, mais Maria était impressionnée par l'efficacité de ses gestes pendant qu'il préparait un cocktail. Elle se pencha vers sa sœur.

— Je croyais que tu avais dit ne jamais être venue ici.

— C'est vrai.

— Alors, comment tu connais le prénom du barman ?

— C'est un ami.

Le barman se retourna à cet instant. Les traits de son visage, en partie dissimulés dans l'ombre, n'étaient pas vraiment visibles, et ce fut seulement quand il s'approcha que Maria remarqua les bleus en train de s'effacer sur sa joue. Elle comprit. Le barman se figea une seconde lui aussi, partageant sans doute sa pensée : *Non, mais c'est une plaisanterie !* Dans l'instant de malaise qui suivit, Maria eut l'impression que même s'il n'était pas ravi de la surprise de Serena, il n'était pas spécialement contrarié non plus. Il s'avança juste vers elles.

Se penchant en avant, il posa une main sur le comptoir, dévoilant les muscles de son avant-bras couvert de tatouages aux couleurs vives.

— Salut, Serena.

Sa voix confiante et posée était exactement comme dans le souvenir de Maria.

— Tu t'es décidée à venir.

Serena semblait satisfaite d'agir comme si elle n'avait pas orchestré tout ce scénario.

— Je me suis dit : pourquoi pas ? C'est une belle journée. Quel bel endroit ! dit-elle en écartant les bras. Tu avais raison au sujet de la vue, c'est incroyable. Il y a eu du monde aujourd'hui ?

– J'ai été débordé.

– Ça ne m'étonne pas. Qui ne voudrait pas venir un jour comme ça ? Oh, au fait, c'est ma sœur, Maria.

Le regard de Colin croisa le sien. Indéchiffrable, en dehors d'une trace d'amusement. De près, son apparence n'avait rien à voir avec celle de l'autre nuit. Avec ses pommettes hautes, ses yeux gris-bleu et ses longs cils, il était facile d'imaginer qu'il pouvait séduire n'importe quelle femme à son goût.

– Bonjour Maria, dit-il en tendant la main. Moi, c'est Colin.

Elle lui serra la main et sentit une force contrôlée dans sa paume. Il la relâcha et son regard vint se poser sur Serena avant de revenir à elle.

– Qu'est-ce que je peux vous offrir ? demanda-t-il.

Serena les étudia tous les deux, puis posa ses coudes sur le bar.

– Que dirais-tu de deux piña colada ?

– Tout de suite, dit-il avec décontraction.

Il se retourna, saisit le blender et se pencha pour prendre quelque chose dans le réfrigérateur. Son jean se resserra autour de ses cuisses. Maria le regarda mélanger les ingrédients avant de plisser les yeux vers Serena.

– Vraiment ? demanda Maria, c'était une affirmation plus qu'une question.

– Quoi ? répondit Serena, visiblement très contente d'elle-même.

– C'est pour ça qu'on est venues ? Parce que tu voulais que je le rencontre ?

– C'est toi qui as dit que tu n'avais pas eu l'occasion de le remercier. Maintenant, tu l'as.

Maria secoua la tête, stupéfaite.

– Comment as-tu...

– Colin est dans ma classe, répondit Serena en prenant

un sachet de cacahouètes sur le bar. En fait, il est dans deux de mes cours, mais on ne s'est vraiment rencontrés que cette semaine. Il a mentionné qu'il travaillait ici, en particulier cet après-midi. Alors je me suis dit que ça pourrait être amusant pour nous de passer lui dire bonjour.

— Évidemment, que tu t'es dit ça.

— C'est quoi, le problème ? On sera bientôt parties, et tu pourras rentrer chez toi tricoter des mitaines pour tes chats, ou je ne sais quoi. N'en fais pas toute une histoire.

— Pourquoi je le devrais ? Tu l'as déjà fait.

— Parle-lui, ne lui parle pas, dit Serena en prenant une autre cacahouète, ça n'a pas d'importance pour moi. C'est ta vie, pas la mienne. Et puis nous sommes déjà là, de toute façon. Alors, profitons-en, d'accord ?

— Je te déteste vraiment.

— Au cas où ça t'intéresserait, coupa Serena, Colin est en fait un gars très gentil. Et intelligent aussi. Et tu dois admettre qu'il est plutôt canon, comme pas mal de barmen.

Elle baissa la voix pour chuchoter.

— Je trouve ses tatouages sexy, dit-elle. Et je parie qu'il en a d'autres qui ne sont pas visibles.

Maria lutta pour trouver ses mots.

— Je crois…, bredouilla-t-elle. (Elle tenta de se reprendre, mais avec le même genre de confusion que la nuit de sa rencontre avec Colin.) Est-ce qu'on peut, s'il te plaît, juste boire nos verres et repartir ?

Serena fit la grimace.

— Mais j'ai faim.

Colin revint avec leurs commandes et posa les verres mousseux devant elles.

— Autre chose ? demanda-t-il.

Avant que Maria puisse décliner, Serena se fit entendre par-dessus la foule.

— Pourrait-on avoir le menu ?

Serena ignora ostensiblement le malaise évident de Maria durant tout le dîner. Mais Maria devait admettre que ce n'était pas aussi désagréable qu'elle l'avait craint, en grande partie parce que Colin était trop occupé pour les traiter autrement qu'en clientes ordinaires. Il ne mentionna pas le changement de roue et ses cours avec Serena ; à cause de l'affluence, il avait tout juste le temps de suivre les commandes. Il passait constamment d'un bout à l'autre du bar, préparant les verres, encaissant les consommations ou tendant aux serveuses ce dont elles avaient besoin. Au cours de l'heure suivante, la terrasse fut encore plus bondée, et malgré la venue d'une barmaid quelques minutes après leur arrivée – une jolie blonde qui avait peut-être un an de plus que Serena –, il fallait attendre de plus en plus longtemps pour une consommation. Rien ne laissait à penser que Colin connaissait Serena, en dehors du fait que leur dîner arriva rapidement, de même qu'une seconde tournée. Il prit leurs assiettes quelques secondes après qu'elles eurent terminé et leur déposa la note, qu'il encaissa dès que Maria posa sa carte de crédit. Pendant ce temps, Serena ne cessait de parler avec entrain.

Maria oublia même parfois Colin, tout en se rendant compte que son regard se tournait parfois vers lui. Serena n'avait rien dit de plus, mais Maria pensait qu'il semblait trop vieux pour un étudiant. Elle envisagea de poser la question à Serena. Mais elle ne lui ferait pas ce plaisir, alors qu'elle l'avait entraînée ici sous un faux prétexte. Malgré elle, Maria devait admettre que sa sœur avait raison : Colin, quand il n'était pas couvert de bleus et trempé, était franchement séduisant. Étrangement soigné, malgré ses tatouages et sa puissante musculature, il avait le sourire facile, à la limite de l'ironie. Maria pensait que les trois serveuses avaient un faible pour lui. Tout comme un groupe de femmes de l'autre côté du bar, arrivées vingt minutes plus tôt. Elle pouvait le voir à la façon dont elles lui souriaient pendant qu'il préparait leurs cocktails, et surtout à leurs regards. Même chose avec la barmaid. Bien qu'elle soit aussi occupée que Colin, elle semblait distraite chaque fois qu'il se penchait vers elle pour prendre un verre ou une bouteille d'alcool.

Il y avait suffisamment de barmen séduisants pour tomber dans le cliché et flirter, mais la réaction de Colin face à ces signaux plus ou moins subtils la surprit. Bien qu'il fût agréable avec tout le monde, il ne semblait pas conscient de l'attention de ses admiratrices. Ou, du moins, il faisait comme s'il ne voyait rien. Comme elle tentait de décoder sa motivation, Maria vit arriver un autre barman un peu plus âgé derrière le bar, qui lui dissimulait Colin en partie. Près d'elle, Serena tapait un texto sur son téléphone.

– Je préviens Steve et Melissa que nous avons presque fini, dit Serena, ses doigts dansant sur le clavier.

– Ils sont ici ?

– Ils sont en route.

Maria se contenta de hocher la tête et Serena poursuivit.

– Il a vingt-huit ans, tu sais.

– Steve ?

– Non, Steve est de mon âge. Colin.

– Et ?

– Toi aussi.

– Oui, je sais.

Serena vida son verre.

– Je me suis dit que je pouvais le préciser, puisque tu as passé la soirée à le regarder en douce.

– Non, c'est faux.

– On ne me la fait pas, à moi.

Maria tendit la main vers son propre verre, légèrement enjouée, à cause de l'alcool.

– D'accord, admit-elle, peut-être que je lui ai jeté un coup d'œil ou deux, mais vingt-huit ans, c'est un peu vieux pour être encore à la fac, tu ne trouves pas ?

– Ça dépend.

– De quoi ?

– De ta date d'inscription. Colin n'a commencé qu'il y a deux ou trois ans, il n'est donc pas en retard. Il veut devenir instituteur, tout comme moi. Et si ça t'intéresse, ses notes sont sans doute meilleures que les miennes. Il prend les cours très au sérieux. Il s'assoit devant et prend une quantité incroyable de notes.

– Pourquoi tu me racontes tout ça ?

– Parce que c'est évident qu'il te plaît.

– Non, pas du tout.

– Oh si, c'était évident toute la soirée, répondit Serena, feignant l'innocence. C'est clairement pas le genre de type avec qui tu voudrais aller danser… Un aussi beau mec… Je t'en prie.

Maria ouvrit la bouche pour répondre mais se tut, sachant que quoi qu'elle dise de plus cela ne ferait qu'encourager sa sœur. Dans le silence, le téléphone de Serena sonna et elle baissa brièvement les yeux sur son écran.

– Steve est en bas. Tu es prête à partir ? Ou tu veux attendre un peu ici ?

– Pourquoi ? Tu veux que je drague Colin ?

– Il n'est pas là.

Maria leva la tête. En effet, Colin avait disparu.

– Il devait travailler l'après-midi, alors il a sans doute fini, ajouta Serena en descendant de son tabouret.

Elle passa son sac à main à son épaule.

– Merci pour le repas, à propos. Tu veux descendre avec moi ?

Maria prit son sac.

– Je croyais que tu ne voulais pas que je rencontre Steve.

– Je plaisantais. Il veut être avocat, en fait. Peut-être que tu pourrais l'en dissuader.

– Pourquoi je ferais ça ?

– Tu veux vraiment que je réponde à cette question, après tout ce que tu as enduré ?

Maria se tut. Serena, tout comme ses parents, savait à quel point les deux dernières années avaient été dures pour elle.

– C'est dommage.

– Quoi donc ?

– Je savais que Colin serait occupé ce soir, mais tu ne l'as pas remercié pour avoir changé ta roue. Tu ne veux peut-être pas lui parler, mais c'était gentil de sa part de s'arrêter ce soir-là, et tu aurais pu le lui dire.

À nouveau Maria se tut, mais tout en suivant Serena dans l'escalier, elle se dit que sa sœur, comme d'habitude, avait raison.

Steve était mignon dans le genre BCBG, jusqu'au short en plaid et au polo bleu clair qui allait de pair avec ses Topsiders. Il semblait plutôt gentil, mais il fut vite évident qu'il était bien plus intéressé par Serena que l'inverse, puisqu'elle passa la plupart du temps à discuter avec Melissa. Maria enviait la facilité avec laquelle sa sœur cadette semblait naviguer entre les différents aspects de sa vie et se fit à elle-même des reproches en se dirigeant vers sa voiture.

Mais la vie était-elle dure pour une étudiante de vingt et un ans ? L'université était une bulle qui vous protégeait du reste du monde. On avait beaucoup de temps libre, des amis qui vivaient soit avec vous, soit à la porte à côté, et un optimisme inébranlable concernant l'avenir, même si vous n'aviez aucune idée de ce dont il serait fait. À l'université, tout le monde partait du principe que sa vie était toute tracée et multipliait les souvenirs agréables, dans une cascade de week-ends de trois jours pleins d'insouciance.

Elle hésita à changer d'avis. En tout cas, c'était le cas pour Serena. L'expérience de Maria avait été différente, car elle avait pris ses cours plus au sérieux que la plupart, et se souvenait avoir souvent été bien trop stressée. Avec le recul, elle pensait avoir passé sans doute trop de temps à étudier et à s'inquiéter pour ses examens. Elle se souvenait avoir travaillé sur ses devoirs jusqu'au petit matin, les retouchant encore et encore. Sur le moment, cela lui semblait la chose la plus importante au monde, mais au cours de ses dernières années Maria s'était parfois demandé pourquoi elle avait pris ça tellement au sérieux. Bill Gates, Steve Jobs, Michael Dell et Mark Zuckerberg avaient tous quitté la fac, et ils s'étaient plutôt bien débrouillés, non ? Ils savaient d'instinct que le monde ne se souciait pas de notes ou même de diplômes, du moins pas à long terme, encore moins si on les mettait en compétition avec des atouts comme la créativité ou la persévérance. Certes, ses diplômes l'avaient aidée à obtenir son premier emploi chez le procureur, mais qui s'en était soucié depuis ? Quand elle avait été engagée au cabinet, seule son expérience les avait intéressés, et ils avaient paru ne pas se soucier le moins du monde des vingt-quatre premières années de sa vie. Ces temps-ci, les conversations de Barney étaient centrées sur son travail courant, et les intérêts de Ken d'une nature tout à fait différente.

En y repensant, elle regrettait de n'avoir pas pris une année sabbatique après avoir obtenu son diplôme, pour aller faire le tour de l'Europe ou se porter volontaire chez

Teach for America[1], ou un truc du genre. Franchement, peu importait, du moment que c'était intéressant. Mais elle s'était montrée si pressée de grandir et de devenir adulte qu'elle n'y avait jamais réfléchi sérieusement. Elle n'avait pas toujours l'impression d'être vivante et regrettait parfois ses choix. Et à ce propos, n'était-elle pas trop jeune pour nourrir ce genre de regrets ? N'étaient-ils pas censés venir plutôt vers quarante ans ? Dieu savait que son père et sa mère ne semblaient pas concernés par les regrets, malgré leur âge. De son côté, Serena agissait comme si rien n'avait d'importance ; alors, où Maria avait-elle pu se tromper ?

Elle mit ses pensées mélancoliques sur le compte des piña colada, dont les effets ne s'étaient pas entièrement dissipés. Décidant d'attendre un peu avant de prendre le volant, elle plissa les yeux vers le rivage et se dit : *pourquoi pas ?* Le crépuscule tombait, mais il lui restait à peu près une heure avant la nuit.

Elle prit le chemin de la jetée, observant les familles de plus en plus nombreuses à quitter la plage. Des enfants avec des coups de soleil, épuisés et geignards, tiraient leurs parents tout aussi épuisés et rougis avec leurs bodyboards, leurs glacières, leurs parasols et leurs serviettes.

Arrivée sur la plage, elle ôta ses sandales, se demandant si elle reconnaîtrait quelqu'un du lycée ou inversement, mais elle ne vit aucun visage familier. Elle traîna les pieds dans le sable et, en atteignant la jetée, monta les marches alors que le soleil commençait sa lente descente. À travers les lattes, elle vit le sable laisser place à des eaux peu profondes, puis à des vagues cascadant sur le rivage. Les surfeurs étaient encore là, à chercher les bonnes vagues. Admirant leurs déplacements gracieux, Maria passa ensuite

---

1. Enseigner pour l'Amérique : association à but non lucratif enseignant dans des communautés défavorisées.

derrière des pêcheurs. Des hommes et des femmes, jeunes et vieux, tous perdus dans leurs pensées. Elle se souvint que lorsqu'elle était ado, un garçon qu'elle aimait bien lui avait proposé un jour d'essayer. C'était une journée à la chaleur étouffante, et lancer la ligne s'était révélé plus compliqué que prévu. Ils avaient finalement quitté la jetée les mains vides, et elle s'était rendu compte plus tard qu'elle aimait bien plus le garçon que la pêche.

Il y avait de moins en moins de monde, et Maria ne vit bientôt plus qu'un dernier pêcheur en jean délavé et casquette de base-ball, qui lui tournait le dos au bout de la jetée. Un bref coup d'œil lui suffit pour noter son corps bien proportionné. Ignorant cette pensée, elle se tourna vers l'horizon, apercevant la lune qui se levait sur la mer. Au loin, un catamaran glissait sur les flots et elle se demanda négligemment si elle pourrait convaincre Serena de se joindre à elle pour un week-end de voile.

— Vous me suivez ?

La voix provenait du coin de la jetée.

Maria se retourna, mais il lui fallut quelques secondes pour comprendre qu'il s'agissait de Colin. Le pêcheur à la casquette. Elle se sentit rougir. Serena avait-elle aussi organisé ça ? Non, elle seule avait eu l'idée de venir se promener ici, non ? Serena n'avait pas parlé de Colin sur la jetée… donc c'était une coïncidence, comme la nuit où il s'était arrêté pour l'aider au bord de la route. Quelles étaient les chances de le recroiser ici ? Trop minces pour être plausibles, et pourtant… Il était là, elle était là, et Maria savait qu'il attendait une réponse.

— Non, balbutia-t-elle. Je ne vous suis pas. Je suis juste venue admirer la vue.

Il parut réfléchir à sa réponse.

— Et ?

— Et quoi ?

– La vue. Comment est-elle ?

Troublée, elle dut réfléchir avant de pouvoir répondre.

– C'est magnifique, dit-elle finalement.

– Mieux que depuis le restaurant ?

– Différent. Plus calme.

– Je suis d'accord. C'est pour ça que je suis là.

– Mais vous pêchez ?

– Pas vraiment, dit-il. Comme vous, je suis là avant tout pour admirer le paysage. (Il sourit avant de se pencher sur la barrière.) Je ne voulais pas vous embêter, lui assura-t-il. Profitez du coucher de soleil, Maria.

D'une certaine manière, l'entendre prononcer son prénom ici lui parut plus intime qu'au bar, et elle le regarda distraitement remonter sa ligne. Il la lança de nouveau et la ligne retomba au loin. Maria se demanda si elle devait rester ou partir. Il semblait heureux de la laisser dans sa bulle, tout comme la nuit de leur rencontre – ce qui lui rappela…

– Hé, Colin ?

Il tourna la tête.

– Ouais ?

– J'aurais dû vous remercier pour l'autre nuit. Vous m'avez vraiment sauvé la mise.

– De rien. Je suis content d'avoir pu aider, répondit-il en souriant. Et je suis content que vous soyez venue au restaurant, ce soir.

– C'était l'idée de Serena.

– Je m'en suis douté. Vous ne sembliez pas très contente de me voir.

– Ce n'était pas ça. J'étais juste… surprise.

– Moi aussi.

Maria sentit son regard se poser sur elle, puis Colin se retourna. Elle ne savait pas vraiment comment réagir et tous deux se contentèrent de rester là en silence. Colin semblait tout à fait détendu seul, parfaitement à l'aise, tandis que Maria essayait de se replonger dans le paysage. Un chalutier pêchait la crevette dans les eaux sombres au loin, et par-dessus son épaule *Crabby Pete's* s'était illuminé de lumières vacillantes. Des échos lointains de rock à l'ancienne commencèrent à se faire entendre dans l'un des restaurants, indiquant le début des festivités nocturnes.

Maria observait Colin du coin de l'œil, tentant de comprendre pourquoi il semblait si différent des autres. D'après sa propre expérience, les hommes de son âge se classaient généralement en cinq catégories : des arrogants qui se prenaient pour l'une des créations favorites de Dieu ; des gentils qui auraient pu être le bon numéro, sauf qu'ils n'étaient généralement pas intéressés par les rencontres ; des timides à peine capables de parler ; des hommes pas intéressés du tout par elle, pour une raison ou une autre ; et les vrais bons numéros – presque toujours pris.

Colin ne semblait pas appartenir à la première catégorie et, d'après ce qu'elle avait pu observer, à la deuxième ou la troisième non plus. Donc il était soit de la quatrième, soit de la cinquième. Il n'était pas intéressé par elle... et pourtant, au fond d'elle-même, elle avait bien l'impression de pouvoir se tromper à ce sujet, sans savoir pourquoi. Ça lui laissait la cinquième catégorie, malheureusement elle avait déjà pratiquement mis un terme à la conversation un peu plus tôt. Peut-être son silence était-il une réaction à sa froideur apparente.

Après avoir changé sa roue. Après s'être montré efficace et amical au bar. Après que Serena lui avait assuré que c'était un gars bien. Et après qu'il avait entamé la conversation quelques instants plus tôt. Elle sentit ses épaules s'affaisser. Pas étonnant qu'elle passe ses week-ends seule.

– Hé, Colin ? tenta-t-elle de nouveau.

Il était toujours penché sur la barrière et quand il se

retourna elle remarqua la même lueur amusée dans son regard qu'au bar.

— Oui ?

— Je peux vous poser une question ?

Ses yeux gris-bleu brillaient comme du verre de mer.

— Oui.

— Pourquoi aimez-vous pêcher ?

Il tendit la main, inclinant légèrement sa casquette en arrière.

— Je crois que je n'aime pas ça, pour être franc. Et je ne suis pas très bon non plus. Je ne prends pratiquement jamais rien.

Elle nota la douceur de sa voix.

— Alors, pourquoi pêcher ?

— C'est pas mal pour se détendre après le boulot, en particulier quand la journée a été chargée… C'est juste sympa d'avoir quelques minutes à soi, vous voyez ? Je viens ici, au calme. Le monde ralentit. J'ai fini par prendre une canne parce que ça me donne quelque chose à faire, au lieu de simplement rester là à contempler l'horizon.

— Comme moi ?

— Exactement. Vous voulez emprunter ma canne ?

Quand elle rit sous cape, il poursuivit.

— De plus, je crois que ça rend les gens nerveux quand je reste là à ruminer comme si je préparais un mauvais coup. Et il y a quelques jours, avec les bleus, je les aurais sans doute effrayés encore plus.

— J'aime à savoir que vous êtes du genre songeur.

— J'en doute. Vous, en revanche, vous semblez du style à réfléchir. Sur la vie. Les buts. Les rêves.

Elle rougit, trop interdite pour répondre. Malgré elle, elle ne pouvait s'empêcher d'être d'accord avec Serena : Colin était carrément… *canon*. Elle écarta cette pensée, ne souhaitant pas s'engager dans cette direction.

– Ça vous dérange ? dit-il en s'approchant d'elle, avant de se pencher pour prendre son matériel de pêche. Je n'attrape rien par là-bas.

Sa suggestion la prit de court.

– Euh, non, bien sûr. Mais si vous n'êtes pas très bon pour pêcher, je ne peux pas vous garantir que ce sera mieux ici.

– Sans doute pas, admit-il en se rapprochant.

Il posa la boîte à côté de lui sur la jetée, laissant une certaine distance entre eux.

– Mais je n'aurai pas besoin de parler aussi fort.

Contrairement à elle, il semblait parfaitement à l'aise. Il remonta sa ligne avant de la lancer de nouveau puis se pencha en avant, tirant légèrement sur la canne.

– Votre sœur a une sacrée personnalité, dit-il au bout d'un moment.

– Pourquoi dites-vous ça ?

– La première chose qu'elle m'ait dite, c'est « Hé, vous, avec le visage couvert de bleus ».

Maria sourit, se disant que ça ressemblait en effet à sa sœur.

– C'est sûr, elle est unique en son genre.

– Mais c'est plus une amie qu'une sœur, n'est-ce pas ?

– C'est ce qu'elle vous a dit ?

– Non. Je l'ai remarqué en vous servant au bar. C'est facile de voir que vous êtes très proches.

– Oui, reconnut Maria. Vous avez des frères et sœurs ?

– Deux sœurs plus âgées.

– Vous êtes proches ?

– Pas comme vous et Serena, admit-il en ajustant la canne à pêche. Je les aime et j'y suis attaché, mais nous avons suivi des chemins différents.

– Ce qui veut dire ?

– On ne se parle pas très souvent. Peut-être une fois

tous les deux mois, environ. Ça s'améliore depuis peu, mais lentement.

— C'est dommage.

— C'est la vie.

Sa réponse laissait entendre qu'il n'avait pas vraiment envie d'en parler davantage.

— Serena m'a dit que vous étiez en classe ensemble ? demanda-t-elle, s'aventurant sur un terrain plus sûr.

Colin hocha la tête.

— Elle m'a rattrapé sur le chemin de la bibliothèque. J'imagine que vous aviez dû lui dire de quoi j'avais l'air l'autre nuit, et qu'elle a fait le rapprochement. Ce n'était pas très difficile, vu ma tête.

— Ce n'était pas à ce point. Je n'y ai pas beaucoup pensé.

Colin fronça les sourcils et elle haussa les épaules.

— D'accord. Peut-être que j'ai eu un peu peur quand vous vous êtes approché.

— Je comprends. Il était tard et vous étiez au milieu de nulle part. C'est l'une des raisons qui m'ont fait m'arrêter.

— Et l'autre ?

— Vous êtes une fille.

— Et vous pensez que toutes les filles ont besoin d'aide pour changer un pneu ?

— Pas toutes. Mais ma mère ou mes sœurs auraient eu besoin d'aide. Et je n'avais pas l'impression que vous vous amusiez beaucoup.

Elle hocha la tête.

— Merci encore.

— Vous l'avez déjà dit.

— Je sais. Mais ça méritait bien d'être répété.

— D'accord.

— Juste d'accord ?

Les coins de la bouche de Maria se relevèrent.

– C'est ma phrase passe-partout quand quelqu'un énonce une affirmation au lieu de poser une question.

Son front se plissa.

– J'imagine que ça a du sens.

– D'accord, dit-il.

Malgré elle, elle rit et commença à se détendre.

– Vous aimez travailler comme barman ? demanda-t-elle.

– C'est pas mal, répondit-il. Ça paie les factures pendant que je suis mes cours, je peux à peu près gérer mon planning, et les pourboires sont bons. Mais j'espère que je ne devrai pas faire carrière là-dedans. Je veux faire plus de ma vie.

– Serena m'a dit que vous vouliez être instituteur.

– Oui. Où est-elle partie, au fait ?

– Elle devait retrouver des amis. Ils vont rôder dans les bars pour écouter de la musique puis sans doute se rendre à une fête ou que sais-je.

– Pourquoi vous n'êtes pas avec eux ?

– Je suis un peu vieille pour les fêtes de ce genre, non ?

– Je ne sais pas. Quel âge avez-vous ?

– Vingt-huit ans.

– J'ai vingt-huit ans, et je suis toujours à la fac.

Ouais, se dit-elle, *je sais.*

– Et vous allez toujours aux fêtes ?

– Non. Mais pas parce que je pense être trop vieux. Je ne vais pas aux fêtes. Ni dans les bars.

– Mais vous travaillez dans un bar.

– C'est différent.

– Pourquoi ?

– Parce que j'y travaille, justement. Et même si ce n'était pas le cas, ce n'est pas le genre de bar où je m'attirerais des ennuis. C'est plus un restaurant.

– Vous avez des ennuis dans les bars ?

– Avant. Plus maintenant.

– Mais vous venez de dire que vous n'y allez pas.

– C'est pour ça que je n'ai plus d'ennuis.

– Et les boîtes ?

Il haussa les épaules.

– Ça dépend de la boîte et de la personne avec qui je suis. D'habitude, non. De temps en temps, oui.

– Parce que vous avez aussi des ennuis là-bas ?

– Par le passé, j'en ai eu.

Elle réfléchit à sa réponse avant de se tourner vers l'horizon. La lune brillait, se détachant sur un ciel qui commençait à passer lentement du gris au noir. Colin suivit son regard, et ni l'un ni l'autre ne parla pendant un moment.

– Quel genre d'ennuis ? demanda-t-elle un peu plus tard.

Il souleva le bout de sa ligne avant de répondre.

– Des bagarres.

Un instant, elle crut l'avoir mal compris.

– Vous aviez l'habitude de vous battre dans les bars ?

– Tout le temps, il y a quelques années encore.

– Pourquoi vous battre ?

– En général, les gars se rendent dans des bars pour quatre raisons : pour se saouler, passer du temps avec des amis, draguer ou se battre. Je venais pour les quatre.

– Vous vouliez vous battre ?

– En général.

– Combien de fois ?

– Je ne suis pas sûr de comprendre la question.

– Combien de fois vous vous êtes battu ?

– Je ne sais plus exactement. Sans doute plus de cent fois.

Elle cligna des yeux.

– Plus de cent fois ?

– Oui.

Elle ne savait pas trop quoi dire.

— Pourquoi vous me dites ça ?

— Parce que vous me l'avez demandé.

— Et vous répondez à tout ce que les gens vous demandent ?

— Pas à tout.

— Mais vous pensez que me parler d'un truc comme ça, c'est OK ?

— Oui.

— Pourquoi ?

— Je suppose que vous êtes avocate, n'est-ce pas ?

Elle inspira, déroutée par son soudain changement de sujet.

— Serena vous l'a dit ?

— Non.

— Alors, comment le savez-vous ?

— Je ne le savais pas. Je me suis dit que c'était possible, car vous posez beaucoup de questions. La plupart des avocats font ça.

— Et étant donné toutes ces bagarres, vous avez sans doute bien connu les avocats ?

— Oui.

— Je n'arrive toujours pas à croire que vous me racontiez ça.

— Pourquoi je ne l'aurais pas fait ?

— Admettre qu'autrefois vous étiez souvent dans des bagarres n'est pas quelque chose que les gens disent d'habitude quand ils font connaissance.

— D'accord, dit-il. Mais, comme je le disais, je ne le fais plus.

— Et l'autre nuit ?

— C'était un combat d'arts martiaux mixtes. C'est complètement différent de ce que je faisais avant.

— Mais c'est encore une histoire de bagarre, non ?

— C'est un sport, comme la boxe ou le taekwondo.

Elle plissa les yeux.

– Les arts martiaux mixtes, c'est le truc dans la cage, c'est ça ? Ou tout est permis ?

– Oui pour la première question, non pour la seconde. Il y a des règles. En fait, il y a beaucoup de règles, même si les combats peuvent être violents.

– Et vous appréciez la violence ?

– C'est bon pour moi.

– Pourquoi ? Parce que ça vous aide à éviter les ennuis ?

– Entre autres.

Il sourit et, pour la première fois depuis longtemps, elle fut incapable de dire quoi que ce soit.

Chapitre 5

Colin

Colin avait déjà connu des réactions comme celles de Maria et savait qu'elle se demandait si elle devait rester ou partir. En général, les gens réagissaient mal en découvrant son passé. Bien qu'il ne soit plus aussi dur qu'avant envers lui-même, il n'était pas fier de ses erreurs pour autant. Il était qui il était, avec tous ses défauts, et il l'acceptait. À présent, c'était au tour de Maria de prendre une décision.

Il savait qu'Evan aurait secoué la tête en le voyant répondre, mais, en dehors de son désir d'honnêteté, Evan ne comprenait pas que tenter de dissimuler la vérité sur son passé était vain, même s'il avait voulu le faire. Les gens étaient à la fois curieux et prudents, et Colin savait qu'une simple recherche Internet mènerait à une poignée d'articles de journaux le présentant tous sous un jour négatif. Et s'il n'avait pas tout dit dès le début ? Serena ou Maria auraient pu taper son nom sur Google, comme Victoria l'avait fait.

Il avait rencontré Victoria à la salle de gym deux ans plus tôt, et après avoir discuté de temps en temps durant quelques mois, ils s'étaient entraînés ensemble à l'occasion. Colin trouvait qu'ils s'entendaient bien et la considérait comme une bonne partenaire, jusqu'à ce qu'elle se mette soudain à l'éviter. Elle avait commencé à ne plus répondre à ses SMS ni à ses coups de fil, puis à s'entraîner le matin au lieu du soir. Quand il avait finalement eu l'occasion de lui parler, elle lui avait dit s'être renseignée à son sujet et avait insisté pour qu'il arrête de la contacter. Ses excuses ne l'intéressaient pas et Colin ne lui en avait pas fait. Mais il s'était demandé pourquoi elle avait fait des recherches sur Internet. Ce n'était pas comme s'ils sortaient ensemble. Il n'était même pas sûr qu'ils aient déjà atteint le stade de l'amitié. Un mois plus tard, elle avait carrément arrêté de venir à la salle de gym et Colin ne l'avait jamais revue depuis.

Elle n'était pas la première à prendre ses distances après avoir appris la vérité à son sujet. Et même si Evan plaisantait en disant que Colin offrait son parcours complet à tous ceux qui le demandaient, c'était faux. Cela ne regardait en général personne, ce qui lui convenait parfaitement, à moins que quelqu'un soit – ou puisse devenir – partie intégrante de sa vie d'une manière ou d'une autre. Bien qu'il soit trop tôt pour dire si Maria entrait dans cette catégorie, Serena était une camarade de classe ; et si elle lui avait adressé la parole une fois, elle pourrait très bien recommencer. Toutefois, Colin admettait que quelque chose chez Maria l'intéressait. En partie son apparence, évidemment – c'était une version plus mature, plus frappante de Serena, avec les mêmes cheveux, les mêmes yeux sombres –, mais au bar il avait remarqué son absence de vanité. Même si elle avait attiré les regards de nombreux hommes sur la terrasse panoramique, elle n'en avait pas eu conscience. Mais son impression initiale allait plus loin. Contrairement à Serena, pétillante, bavarde et pas vraiment son type, Maria était plus calme, plus réfléchie, et de toute évidence très intelligente.

Et maintenant ? Il observait Maria, qui tentait de déterminer si elle voulait partir ou non, continuer la conversation ou lui dire au revoir. Il ne dit rien, la laissant prendre sa propre décision. Colin se concentra plutôt sur la sensation de la brise et le chant des vagues. Observant l'extrémité de la jetée, il remarqua que la plupart des pêcheurs étaient partis. Ceux encore présents ramassaient leurs affaires ou nettoyaient leurs prises du soir. Maria se pencha un peu plus sur la barrière. Le ciel assombri dissimulait son visage, la rendant mystérieuse, et son expression indéchiffrable. Il la vit prendre une grande inspiration.

– Entre autres choses ? demanda-t-elle finalement.

Colin sourit intérieurement.

– Même si j'aime beaucoup aller à la gym, il y a des moments où je ne suis pas d'humeur. Mais savoir que je dois m'entraîner en prévision d'un combat me pousse à quitter mon canapé.

– Tous les jours ?

Il hocha la tête.

– Généralement deux ou trois sessions. Ça prend beaucoup de temps.

– Que faites-vous ?

– De tout ou presque, dit-il en haussant les épaules. Une grande partie de mon entraînement est centrée autour des coups et des prises, mais j'essaie de faire un peu de tout. Je fais de l'haltérophilie, mais aussi du vélo, du yoga, du kayak, de la piste, de la course, de la corde, des escaliers, de la musculation, avec ou sans charges, etc. Du moment que je peux finir en sueur, je suis content.

– Vous faites du yoga ?

– Oui. Ce n'est pas seulement bon pour l'équilibre et la souplesse, c'est aussi super pour moi sur un plan mental. C'est comme de la méditation.

Il indiqua l'eau d'un signe de tête. Les flots avaient pris une teinte rouge et or sous les derniers rayons du soleil.

– C'est un peu comme me retrouver ici après le boulot.

Elle plissa les yeux.

— Vous n'avez pas l'air du genre à faire du yoga. Les gars qui font du yoga sont...

Il finit sa phrase pour elle.

— Minces ? Barbus ? Ils aiment des trucs comme l'encens et les perles ?

Elle rit.

— J'allais seulement dire qu'ils n'aimaient pas la violence.

— Moi non plus. Plus maintenant. Évidemment, on peut se blesser pendant un combat, mais je ne veux pas forcément faire mal. Je veux juste gagner.

— Les deux ne vont pas ensemble ?

— Parfois, mais pas toujours. Si vous infligez la bonne prise de soumission à votre adversaire, il tape pour signifier son abandon et peut quitter la cage indemne.

Elle fit tourner le bracelet à son poignet.

— Ça fait peur ? D'entrer dans la cage ?

— Si vous avez peur, il vaut mieux tout bonnement ne pas y entrer. Pour moi, c'est plus une montée d'adrénaline. La clé, c'est de la garder sous contrôle.

Il commença à tirer sur sa ligne.

— J'en déduis que vous êtes très bon.

— Je me débrouille pour un amateur, mais j'aurais du mal chez les pros. Certains étaient en NCAA[1] – des lutteurs ou des boxeurs de niveau olympique – et ils sont bien meilleurs que moi. Mais ça me va. Je ne rêve pas de devenir pro, c'est juste un truc à faire jusqu'à mon diplôme. Le temps venu, je serai prêt à m'arrêter.

Au lieu de jeter de nouveau sa ligne, il attacha l'hameçon et l'appât à la canne avant de la tendre.

— Et de plus, enseigner et se battre en cage, ça ne colle

---

1. National Collegiate Athletic Association : association sportive nationale universitaire aux États-Unis.

pas vraiment. Je ferais sans doute peur aux petits enfants, comme je vous ai fait peur.

– Les petits enfants ?

– Je veux être enseignant en primaire, dit Colin en se penchant en avant pour ramasser ses affaires. Il va faire nuit. Vous êtes prête à rentrer ? Ou vous voulez rester encore un peu ?

– On peut y aller, répondit Maria.

Colin mit la canne sur son épaule et elle remarqua les lumières des restaurants, les gens qui faisaient déjà la queue devant, au milieu des airs de musique.

– Il commence à y avoir foule.

– C'est pour ça que je travaille de jour. Ce sera infernal sur la terrasse ce soir.

– C'est bien pour les pourboires, non ?

– Ça ne vaut pas la prise de tête. Il y a trop d'étudiants.

Le rire de Maria était chaleureux, mélodieux. Ils commencèrent à revenir sur leurs pas, prenant tous les deux leur temps. Dans le crépuscule, Maria était charmante. En voyant un léger sourire se dessiner sur ses lèvres, Colin se demanda à quoi elle pouvait bien penser.

– Vous avez toujours vécu ici ? demanda-t-il, brisant le silence ouaté.

– J'ai grandi ici et je suis revenue en décembre dernier, répondit-elle. Entre la fac, le droit et le travail à Charlotte, je suis partie environ dix ans. Vous n'êtes pas d'ici, non ?

– Je suis de Raleigh, dit-il. Je passais mes étés ici, petit, et j'y ai vécu de temps en temps un mois ou deux pendant quelques années après le lycée. Cela fait trois ans que je m'y suis installé pour de bon.

– Nous avons sans doute été voisins par intermittence sans même le savoir. Je suis allée à l'UNC[2] et à l'université Duke.

2. Université de Caroline du Nord.

– Voisins ou pas, je doute que nous ayons fréquenté les mêmes cercles.

Elle sourit.

– Alors… vous êtes venu ici pour aller à la fac ?

– Pas au début. C'est venu un peu après. Je suis venu parce que mes parents m'avaient mis dehors et je ne savais pas trop où aller. Mon ami Evan vit ici et j'ai fini par lui louer une chambre.

– Vos parents vous ont mis dehors ?

Il hocha la tête.

– J'avais besoin d'un avertissement. Ils m'en ont donné un.

– Oh…, répondit-elle, s'efforçant de garder un ton neutre.

– Je ne leur en veux pas. Je le méritais. J'aurais fait la même chose.

– À cause des bagarres ?

– Pas seulement, mais en partie, oui. J'étais une sorte d'enfant à problèmes. Et ensuite, après le lycée, j'ai été un adulte à problèmes pendant un temps. (Il lui jeta un coup d'œil.) Et vous ? Vous vivez avec vos parents ?

Elle secoua la tête.

– J'ai un appartement sur Market Street. Même si je les aime beaucoup, impossible de vivre avec eux.

– Que font-ils dans la vie ?

– Ils sont propriétaires de *La Cocina de la Familia*. C'est un restaurant en ville.

– J'en ai entendu parler, mais je n'y suis jamais allé.

– Vous devriez. La nourriture est vraiment authentique, ma mère cuisine toujours beaucoup par elle-même, et l'endroit est toujours plein.

– Si je mentionne votre nom, j'aurai une réduction ?

– Vous en avez besoin ?

– Pas vraiment. Je me demandais juste jusqu'où nous avions progressé.

– Je verrai ce que je peux faire. Je suis sûre que je pourrais tirer quelques ficelles.

Ils arrivaient au bout de la jetée de sable et prirent la direction des marches. Elle descendit gracieusement l'escalier et Colin lui emboîta le pas.

– Vous voulez que je vous raccompagne à votre voiture ? demanda-t-il en croisant son regard.

– Ça ira. Ce n'est pas loin.

Il fit passer sa canne d'une épaule à l'autre, répugnant à voir la soirée se terminer.

– Si Serena sort avec ses amis, quels sont vos plans ?

– Pas grand-chose. Pourquoi ?

– Vous voulez écouter de la musique ? Puisque nous sommes là. Il n'est pas si tard.

La question parut la prendre au dépourvu, et il crut qu'elle allait dire non. Maria ajusta la sangle de son sac à main en tripotant la boucle. Colin attendit sa réponse, se disant de nouveau qu'elle était très belle avec ses longs cils noirs dissimulant ses pensées.

– Je croyais que vous n'alliez pas dans les bars.

– En effet. Mais on pourrait marcher un moment, pour écouter un truc bien depuis la plage.

– Certains groupes sont bons ?

– Aucune idée.

L'incertitude se lisait sur son visage, mais Colin vit bientôt quelque chose céder en elle.

– D'accord. Mais je ne veux pas rester longtemps. Peut-être juste la promenade sur la plage, d'accord ? Je ne veux pas être là quand la foule quittera les bars.

Il sourit, sentant quelque chose se détendre en lui.

– Laissez-moi juste mettre ça dans ma voiture, d'accord ? dit-il en soulevant sa boîte. Je préférerais ne pas avoir à la porter.

Ils retournèrent au restaurant, et après avoir rangé

ses affaires dans le vestiaire des employés, ils reprirent la direction de la plage d'un pas nonchalant. Les étoiles commençaient à apparaître, têtes d'épingles luisant dans un ciel de velours. Les vagues continuaient à déferler paresseusement, et la brise chaude ressemblait à un doux soupir. Tout en marchant, Colin avait conscience que Maria était assez proche pour le toucher, mais il repoussa cette pensée.

– Quel genre de droit vous faites ?

– Principalement des questions d'assurances, recherches et dépositions, négociations et, en dernier recours, procès.

– Et vous défendez des compagnies d'assurances ?

– La plupart du temps. Quelquefois, nous sommes du côté du plaignant, mais ce n'est pas courant.

– C'est prenant ?

– Très, répondit-elle en hochant la tête. Il y a des lois pour tout, et même si elles cherchent à anticiper tous les cas de figure, il reste toujours des zones grises. Disons que quelqu'un glisse sur le sol de votre magasin et porte plainte, ou qu'un employé le fasse après avoir été viré, ou que vous organisiez une fête pour l'anniversaire de votre fils et que l'un de ses amis se blesse dans la piscine, la compagnie d'assurances est responsable et doit payer. Mais parfois ils décident de contester cette déclaration. Et là on intervient. Parce que l'autre camp a toujours des avocats.

– Vous allez parfois au tribunal ?

– Pas encore. Pas dans ce boulot, en tout cas. Je suis encore en apprentissage. L'associé pour qui je travaille le plus souvent plaide régulièrement mais honnêtement, et la plupart de nos cas se règlent avant. En fin de compte, c'est moins cher et moins pénible pour tout le monde.

– J'imagine que vous entendez beaucoup de plaisanteries d'avocats.

– Pas trop. Pourquoi ? Vous en avez une ?

Il fit quelques pas.

– Comment dort un avocat ?

Maria haussa les épaules et Colin poursuivit.

– D'abord d'un côté, puis de l'autre.

– Ah, ah…

– Je plaisante. Je suis le premier à apprécier les bons avocats. J'en ai eu de très bons.

– Et vous en aviez besoin ?

– Oui. (Il savait que la réponse ferait naître d'autres questions, mais il poursuivit, désignant l'Océan :) J'aime marcher sur la plage la nuit.

– Pourquoi ?

– C'est différent de la journée, en particulier au clair de lune. J'aime bien penser qu'il peut s'y trouver n'importe quoi nageant juste sous la surface.

– C'est une idée effrayante.

– C'est pour ça qu'on est sur la plage, et pas dans l'eau.

Elle sourit, étonnamment à l'aise. Ni l'un ni l'autre ne ressentait le besoin de parler. Colin se concentra sur la sensation de ses pieds s'enfonçant dans le sable et sur la brise chaude sur son visage. En regardant les cheveux de Maria onduler dans le vent, il se rendit compte qu'il appréciait la promenade plus qu'il ne l'avait imaginé. Il se rappela qu'ils étaient deux étrangers, mais il n'avait pas cette impression.

– J'ai une question, mais je ne sais si ce n'est pas trop personnel, dit-elle finalement.

– Allez-y, répondit-il, sachant déjà ce qu'elle allait dire.

– Vous avez dit avoir été un adulte à problèmes et que vous aviez connu beaucoup de bagarres. Et de très bons avocats.

– Oui.

– C'est parce qu'on vous avait arrêté ?

Il ajusta sa casquette.

– Oui.

– Plusieurs fois ?

– Quelques fois, oui. Pendant un temps, j'appelais par leurs prénoms la plupart des flics de Raleigh et de Wilmington.

– Vous avez déjà été reconnu coupable ?

– C'est arrivé.

– Et vous êtes allé en prison ?

– Non. J'ai sans doute passé un an dans le trou du comté. Mais pas d'un coup, du genre un mois par-ci, deux mois par-là. Je ne suis jamais allé en prison. J'aurais pu – ma dernière bagarre avait vraiment été terrible –, mais j'ai eu un sacré coup de chance, et je suis venu ici.

Elle baissa légèrement le menton, s'interrogeant sans doute sur sa décision d'avoir accepté cette promenade avec lui.

– Quand vous dites avoir eu un sacré coup de chance…

Il fit quelques pas de plus avant de répondre.

– Je suis en probation pour trois ans, avec encore deux ans à tirer. Ça fait partie de l'accord que j'ai accepté. En gros, si je n'ai pas de nouveaux ennuis dans les deux ans qui viennent, mon casier judiciaire redeviendra vierge. Alors je pourrai enseigner, et c'est important pour moi. Les gens ne veulent pas que des criminels enseignent à leurs enfants. Mais si je me plante, l'accord est annulé et j'irai droit en prison.

– Comment est-ce possible ? De blanchir votre casier ?

– J'ai été diagnostiqué porteur d'un trouble de la colère et d'un trouble de stress post-traumatique, ce qui affecte mon *mens rea*. Vous savez ce que c'est, n'est-ce pas ?

– En d'autres termes, vous dites que vous ne pouvez pas vous contrôler.

Il haussa les épaules.

– Ce n'est pas moi qui le dis, mais les psychiatres. Et heureusement, j'ai des dossiers pour le prouver. Je suis en thérapie depuis près de quinze ans, j'ai été sous traitement de temps en temps et j'ai dû passer quelques mois dans un établissement de gestion de la colère dans le cadre de mon accord.

– Et… à votre retour à Raleigh, vos parents vous ont mis dehors ?

– Oui. Mais tout ça, la bagarre et la sentence potentielle, l'accord, mon séjour à l'hôpital, être tout à coup forcé de me débrouiller… Tout ça m'a poussé à vraiment me remettre en question et je me suis rendu compte que j'en avais assez de la vie que je menais. J'en avais assez d'être moi. Je ne voulais pas être connu comme le gars qui avait donné un coup de pied à un homme déjà à terre, mais comme… un ami, quelqu'un sur qui compter. Ou, au minimum, comme un gars avec un avenir devant lui. Alors j'ai arrêté de faire la fête, et j'ai mis toute mon énergie dans l'entraînement et dans mes cours.

– D'un coup, comme ça ?

– Ça n'a pas été aussi facile qu'il y paraît, mais… oui, d'un coup, comme ça.

– Les gens ne changent pas, d'habitude.

– Je n'ai pas eu le choix.

– Mais…

– Ne vous faites pas de fausses idées, je ne cherche pas d'excuses. Quoi qu'aient pu dire les docteurs, je savais que je faisais n'importe quoi, et je ne faisais rien du tout pour changer. Au lieu de ça, je fumais de l'herbe, je buvais et je saccageais la maison de mes parents, plantais des voitures et me faisais constamment arrêter pour des bagarres. Pendant longtemps, je me fichais de tout, à part faire la fête comme je l'entendais.

– Et maintenant, vous ne vous en fichez plus ?

– Plus du tout. Et je n'ai aucune intention de revenir à mon ancienne vie.

Il sentit son regard sur lui, tentant de relier son passé à ce qu'il était aujourd'hui.

– Je comprends le problème de la colère, mais le stress post-traumatique ?

– Oui ?

– Que s'est-il passé ?

– Vous voulez vraiment entendre ça ? C'est une longue histoire.

Maria hocha la tête et Colin poursuivit.

– Comme je vous l'ai dit, j'étais un enfant à problèmes, et à onze ans j'étais pour ainsi dire incontrôlable. Finalement, mes parents m'ont envoyé à l'école militaire, et la première que j'ai faite était tout simplement horrible. Il y avait cette drôle de mentalité façon *Sa Majesté des mouches* parmi les étudiants de fin de cycle, en particulier à l'arrivée d'un nouveau. D'abord, c'étaient des petites choses, du bizutage typique, comme me prendre mon lait ou mon dessert à la cafète, me faire cirer leurs chaussures ou faire leurs lits pendant qu'un gars mettait ma chambre sens dessus dessous, alors que je devais la ranger avant l'inspection. Rien d'extraordinaire, tous les nouveaux y avaient droit. Mais certains gars étaient différents... tout simplement vicieux. Ils me fouettaient avec des serviettes mouillées après ma douche ou bien se faufilaient derrière moi pendant que j'étudiais et jetaient une couverture sur moi avant de me dérouiller. Et puis ils ont commencé à faire ça la nuit, pendant que je dormais. À l'époque, j'étais plutôt petit pour mon âge et j'ai fait l'erreur de beaucoup pleurer, ça n'a fait que les encourager. J'étais devenu leur souffre-douleur. Ils venaient deux ou trois nuits par semaine, toujours avec la couverture, pour me tabasser en me disant que je serais mort avant la fin de l'année. J'étais complètement paniqué, tout le temps sur les nerfs. Je tentais de rester éveillé, je sursautais au moindre bruit, mais on ne peut pas éviter de dormir. Ils prenaient leur temps et attendaient que je m'endorme. Cette merde a duré des mois. J'en fais encore des cauchemars.

– Vous l'avez déjà raconté ?

– Bien sûr. À tout le monde. Au commandant, à mes professeurs, au conseiller, même à mes parents. Mais personne ne m'a cru. Ils ne cessaient de me répéter que je devais arrêter de mentir, de pleurnicher, et m'endurcir.

– C'est horrible.

– C'est sûr. J'étais juste un gamin, mais un jour je me suis dit que je devais trouver un moyen de fuir, avant qu'ils n'aillent trop loin. Alors j'ai pris les choses en main. J'ai volé une bombe de peinture et suis allé taguer un bâtiment administratif de la ville. Je me suis fait virer. C'était exactement ce que je voulais.

Il poussa un long soupir et reprit :

– De toute façon, ils ont fermé l'école deux ou trois ans plus tard, après des révélations du journal local. Un enfant est mort. Un petit de mon âge. Je n'étais pas l'un des enfants mentionnés dans le reportage, mais ça a fait les infos nationales pendant un temps. Des charges au pénal et au civil, la totale. Des gens ont fini en prison. Et mes parents ont été atterrés après ça, parce qu'ils ne m'avaient pas cru. Je crois que c'est pour ça qu'ils m'ont supporté aussi longtemps après mes études secondaires. Parce qu'ils se sentaient encore coupables.

– Alors, après avoir été renvoyé…

– Ils m'ont envoyé dans une autre école militaire, et je me suis juré que je ne me laisserais plus jamais tabasser. Qu'à l'avenir je donnerais le premier coup. Alors j'ai appris à me battre. J'ai étudié, pratiqué. Et après, si quelqu'un voulait s'en prendre à moi, je… je perdais le contrôle. C'était comme si j'étais de nouveau enfant. Je me suis fait renvoyer encore et encore, j'ai décroché mon diplôme de justesse, et ensuite tout ça a en quelque sorte fait boule de neige. Comme je le disais, j'étais vraiment paumé. (Il fit quelques pas en silence.) De toute façon, tout ça a compté pour la procédure.

– Et comment vous vous entendez avec vos parents maintenant ?

– Comme avec mes sœurs, il y a encore du boulot. En ce moment, ils ont une ordonnance restrictive contre moi.

Devant l'expression abasourdie de Maria, il poursuivit.

– Je me suis disputé avec eux la nuit avant mon départ pour l'Arizona, et j'ai fini par coller mon père contre le mur. Je ne voulais pas le frapper, je voulais juste qu'ils m'écoutent. Mais je leur ai foutu une trouille pas possible. Ils n'ont pas porté plainte – sinon je ne serais pas là –, mais ils ont obtenu une décision de justice m'empêchant d'aller chez eux. Ils ne s'y tiennent pas forcément ces temps-ci, mais elle est toujours active, sans doute pour me dissuader de rentrer.

Elle l'étudia.

– Je ne comprends toujours pas comment vous pouvez simplement… changer. Je veux dire, et si vous vous mettez de nouveau en colère ?

– Parfois, ça m'arrive encore. Comme tout le monde. Mais j'ai appris d'autres méthodes pour gérer ça. Comme éviter les bars et les drogues. Je ne bois jamais plus de deux bières avec mes amis. Et me dépenser beaucoup chaque jour pour repousser mes limites m'aide à me contrôler. J'ai aussi appris beaucoup de choses utiles à l'hôpital. Cette expérience a finalement été l'une des meilleures choses qui me soient arrivées dans la vie.

– Qu'avez-vous appris ?

– Respirer profondément, marcher, laisser ses pensées rebondir ou tenter d'identifier correctement son émotion pour diminuer son impact… Ce n'est pas facile, mais ça devient une habitude au bout d'un moment. Il faut beaucoup d'efforts et de pensée consciente, mais sans ça je devrais sans doute reprendre du lithium, et je déteste cette merde. C'est un bon médicament pour beaucoup de gens, mais je ne me sentais tout simplement pas moi-même quand j'en prenais. Comme si une partie de moi n'était pas vraiment en vie. Et j'avais tout le temps faim, peu importe tout ce que je pouvais manger. J'ai pris du poids. Je préfère m'entraîner quelques heures par jour, faire du yoga et éviter les endroits qui pourraient m'attirer des ennuis.

— Ça marche ?

— Jusqu'à maintenant, répondit-il. Je vis juste au jour le jour.

À mesure qu'ils s'éloignaient sur la plage, la musique s'estompait peu à peu sous le bruit des vagues. Au-delà des dunes, les magasins laissaient place à des maisons aux fenêtres éclairées. La lune s'était élevée dans le ciel, baignant le monde d'une lueur éthérée. Des crabes fantômes détalèrent à leur approche.

— Vous êtes très ouvert sur tout ça, dit Maria.

— Je réponds juste à vos questions.

— Vous n'êtes pas inquiet de ce que je pourrais penser ?

— Pas vraiment.

— Vous ne vous souciez pas de ce que les gens pensent de vous ?

— Dans une certaine mesure, si. Comme tout le monde. Mais si vous voulez me juger, alors vous devez savoir qui je suis vraiment, pas simplement d'après ce que je décide de vous dire. Je préfère être honnête et vous laisser décider si vous voulez continuer de me parler ou pas.

— Vous avez toujours été comme ça ?

Elle le regardait avec une curiosité sincère.

— Que voulez-vous dire ?

— Honnête ? À tout propos ?

— Non. C'est venu après ma sortie de l'hôpital, avec les autres changements que j'ai décidé de faire dans ma vie.

— Comment les gens ont-ils réagi ?

— La plupart ne savent pas quoi faire. Surtout au début. Evan, toujours pas, d'ailleurs. Et je crois que vous non plus. Mais c'est important pour moi de me montrer honnête. En particulier avec mes amis, ou quelqu'un que je pense peut-être revoir.

— C'est pour ça que vous m'avez raconté tout ça ? Parce que vous pensez me revoir ?

— Oui.

Pendant quelques secondes, elle ne sut que faire de ça.

— Vous êtes un homme intéressant, Colin.

— C'est une vie intéressante, admit-il. Mais vous l'êtes aussi.

— Croyez-moi, comparé à vous, c'est tout le contraire.

— Peut-être. Peut-être pas. Mais vous ne vous êtes pas encore enfuie.

— Je le pourrais encore. Vous êtes plutôt effrayant.

— Non. C'est faux.

— Pour une fille comme moi ? Croyez-moi, vous l'êtes un peu. C'est sans doute la première fois que je passe la soirée avec un gars qui parle de piétiner la tête des gens dans des bars ou de plaquer son père contre le mur.

— Ou d'avoir été arrêté. Ou d'avoir été interné dans une clinique psy.

— Ce genre de choses aussi, oui.

— Et ?

Elle effleura quelques mèches de cheveux libérées par le vent.

— Je n'ai pas encore pris ma décision. Pour le moment, je ne sais pas du tout quoi penser de ce que vous m'avez raconté. Mais si je décide de partir en courant, n'essayez pas de me rattraper, d'accord ?

– Pas de problème.

– Vous avez raconté tout ça à Serena ?

– Non. Contrairement à vous, elle ne m'a rien demandé.

– Mais vous l'auriez fait ?

– Sans doute.

– Bien sûr.

– Et si on parlait de vous, plutôt ? Ça vous aiderait à vous sentir mieux ?

Elle eut un sourire narquois.

– Il n'y a pas grand-chose à raconter. Je vous ai un peu parlé de ma famille. Vous savez que j'ai grandi ici, que je suis allée à l'université de Caroline du Nord et à la fac de droit de Duke, et que je travaille comme avocate. Mon passé n'est pas aussi… original que le vôtre.

– C'est une bonne chose, dit-il.

D'une façon ou d'une autre déjà sur la même longueur d'onde, ils se retournèrent en même temps et prirent le chemin du retour.

– D'accord, dit-elle.

Il rit, et elle s'arrêta une seconde en grimaçant. Elle leva un pied et lui prit le bras pour conserver son équilibre.

– Une petite seconde, mes sandales me font un mal de chien.

Il la regarda les enlever. Elle lui lâcha ensuite le bras et Colin sentit la chaleur persistante de son contact.

– C'est mieux, dit-elle. Merci.

Ils se remirent en marche, plus lentement cette fois. Sur la terrasse du *Crabby Pete's*, la foule se faisait plus nombreuse et il se doutait que les autres bars étaient tout aussi bondés. Dans le ciel, la lumière de la lune avait balayé la plupart des étoiles. Plongé dans un silence agréable, il admira ses traits, ses pommettes et ses lèvres pleines, ses cils dansant sur sa peau immaculée.

– Vous êtes très calme, fit-il remarquer.

117

— J'essaie juste de digérer tout ce que vous m'avez raconté. Ça fait beaucoup.

— C'est sûr.

— Je dirais que vous êtes différent.

— De quelle manière ?

— Avant d'avoir un boulot ici, j'étais l'assistante du procureur à Charlotte.

— Sans rire ?

— Un peu plus de trois ans. Ce fut mon premier travail après avoir passé l'examen du barreau.

— Alors vous aviez plus l'habitude de poursuivre des gars comme moi, plutôt que de sortir avec ?

Elle esquissa un signe de tête et poursuivit.

— C'est plus que ça. La plupart des gens choisissent ce qu'ils racontent et comment ils le racontent. Il y a toujours un biais positif, mais vous... Vous êtes si objectif, c'est presque comme si vous décriviez quelqu'un d'autre.

— Parfois, j'ai aussi cette impression.

— Je ne sais pas si je pourrais faire ça, dit Maria en fronçant les sourcils. En fait, je ne sais pas si je le voudrais, du moins pas autant que vous.

— On dirait Evan, remarqua-t-il en souriant. Vous aimiez votre ancien boulot ?

— Au début, tout allait bien. Et ce fut une bonne expérience, j'ai beaucoup appris. Mais j'ai bientôt compris que ce n'était pas ce que j'avais imaginé.

— Comme de vous promener avec moi ?

— Plus ou moins... Quand j'étais à la fac de droit, je pensais que ma vie au tribunal ressemblerait à des séries télé. Je veux dire, je savais que ce serait différent, mais je ne me rendais pas compte à quel point. J'avais l'impression de m'en prendre à la même personne, avec le même parcours, encore et encore. Le procureur s'occupait des cas les plus en vue, mais les suspects auxquels j'avais droit ressemblaient plutôt à des clichés. Ils étaient généralement pauvres et au chômage, peu éduqués. L'alcool et les drogues étaient souvent impliqués. Et c'était simplement... sans fin. Il y avait tellement de cas. J'avais fini par avoir peur de venir le lundi matin, car je savais ce qui m'attendait sur mon bureau. La quantité de dossiers m'obligeait à les classer par ordre de priorité, et à négocier continuellement la possibilité pour les inculpés de se voir notifier un chef d'inculpation moins grave s'ils voulaient bien plaider coupable. Nous savons tous que les meurtres, les tentatives de meurtre ou les crimes avec armes à feu sont graves, mais comment classer le reste ? Un gars qui vole une voiture, est-ce pire que celui qui s'introduit chez quelqu'un pour voler des bijoux ? Et comment comparer ces deux-là à une secrétaire qui escroque sa compagnie ? Mais la liste des affaires n'a pas de place pour tous ces cas. Pas plus que les prisons ne peuvent accueillir tout le monde. Même quand certains allaient au tribunal, la question n'était pas de savoir ce qui s'était passé, mais ce que vous pouviez prouver au-delà d'un doute raisonnable. Et c'est là que les choses deviennent encore plus délicates. Les gens pensent que nos ressources sont illimitées, avec des légistes de pointe, des experts toujours prêts à témoigner. Mais c'est faux. Trouver des correspondances ADN peut prendre des mois, sauf si c'est un cas en vue. Les témoins sont notoirement imprévisibles. Les preuves ambiguës. Et, surtout, il y a tout simplement tant d'affaires... Même si j'avais vraiment voulu me plonger dans un cas précis, j'aurais dû mettre de côté tous les autres. Alors, la plupart du temps, la chose la plus pragmatique à faire était de parvenir à un accord avec la partie adverse, quand l'accusé plaidait pour une infraction moins grave.

Elle donna un coup de pied dans le sable.

– Les gens attendaient constamment des résultats que je ne pouvais obtenir, et je finissais par devenir la méchante de l'histoire. Pour eux, les suspects avaient commis un crime et devaient être jugés responsables, ce qui, pour les victimes, voulait presque toujours dire faire de la prison ou obtenir une réparation quelconque. Mais ce n'était tout simplement pas possible. Ensuite, les officiers chargés de l'affaire n'étaient pas contents, les victimes non plus, et j'avais l'impression de les laisser tomber. D'une certaine façon, c'était le cas. Finalement, je me suis rendu compte que j'étais juste un rouage dans une machine gigantesque et cassée.

Elle ralentit le pas et tira sur son pull.

– Le… mal existe. Vous ne croiriez pas les cas qu'on recevait. Un homme prostituant sa fille de six ans pour s'acheter de la drogue, ou violant une femme de quatre-vingt-dix ans. C'est suffisant pour vous faire perdre foi en l'humanité. Et parce que vous portez ce lourd fardeau sur vos épaules pour vous attaquer aux suspects les plus horribles, les autres coupables ne reçoivent pas la punition qu'ils méritent et se retrouvent dans les rues. Bref, reprit-elle en secouant la tête, j'en arrivais à ne plus dormir. J'ai commencé à faire des crises de panique au bureau. En arrivant un matin, j'ai su que je ne pouvais pas continuer. Alors je suis allée trouver mon patron et j'ai démissionné. Je n'avais aucun autre boulot en vue.

– J'ai l'impression que votre travail était épuisant de bien des façons.

– En effet.

Elle eut un sourire grave. Des émotions contradictoires passèrent sur son visage.

– Et ?

– Et quoi ?

– Vous voulez en parler ?

— De quoi ?

— De la vraie raison de votre démission ? De ce qui vous a donné des crises de panique ?

Surprise, elle se tourna vers lui.

— Comment avez-vous deviné ?

— Je n'ai pas deviné. Mais si vous travailliez là-bas depuis un certain temps, quelque chose de précis a dû se produire. Quelque chose de grave. Et je suppose que ça concerne une affaire précise, n'est-ce pas ?

Elle s'arrêta et se tourna vers l'Océan. Les ombres de la lune accentuaient son expression, un mélange de tristesse et de culpabilité avec une douleur fugace à laquelle il ne s'était pas attendu.

— Votre intuition est bonne, dit-elle en fermant brièvement les yeux. Je n'arrive pas à croire que je suis sur le point de vous raconter ça.

Colin ne dit rien. Ils avaient presque rejoint la plage, et une véritable cacophonie se faisait maintenant entendre par-dessus le bruit des vagues. Elle désigna une dune.

— Ça vous dérange si on s'assoit là ?

— Pas du tout.

Écartant son sac à main et posant ses sandales de côté, elle s'assit dans le sable. Colin fit de même.

— Cassie Manning, commença Maria. C'était son nom… Je ne parle quasiment jamais d'elle. Ce n'est pas une affaire à laquelle j'aime penser, poursuivit-elle d'une voix étouffée, contenue. J'ai eu ce cas peut-être trois ou quatre mois après avoir commencé à travailler pour le procureur. Sur le papier, rien que de très classique. Cassie fréquente un type, ils se disputent, les choses montent d'un cran et le gars en vient à se montrer violent. Cassie finit à l'hôpital avec un œil au beurre noir et une lèvre fendue, couverte de bleus, une pommette cassée. En d'autres termes, ce n'était pas juste un coup. Il l'avait tabassée. Son nom était Gerald Laws[3].

– Laws ?

– J'aurais voulu trouver ça ironique, si j'avais pu. En fait, ce cas n'avait rien d'atypique. Cela faisait six mois environ qu'ils sortaient ensemble, et au début Cassie trouvait Laws vraiment charmant. Il l'écoutait, lui tenait la porte – un gentleman. Et puis elle a commencé à noter des aspects de sa personnalité qui l'inquiétaient. Plus ils se fréquentaient, plus il devenait jaloux et possessif. Cassie m'a dit qu'il avait commencé à se mettre en colère quand elle ne lui répondait pas immédiatement au téléphone. Puis il l'avait attendue à la sortie de son travail – elle était infirmière en pédiatrie – et un jour, alors qu'elle déjeunait avec son frère, elle avait vu Laws à l'autre bout du restaurant, tout seul, l'observant. Elle savait qu'il l'avait suivie, et ça la contrariait.

« Quand il la rappela, Cassie lui dit qu'elle voulait faire un break. Il était d'accord, mais elle se rendit vite compte qu'il la traquait. Elle l'avait remarqué au bureau de poste, quand elle quittait le cabinet, ou en faisant son footing. Et elle recevait des appels anonymes. Une nuit, il a sonné à sa porte en prétendant vouloir s'excuser, et même si elle savait que c'était une erreur, elle l'a laissé entrer. Une fois à l'intérieur, il a tenté de la convaincre de reprendre leur relation. Quand elle a refusé, il l'a attrapée par le bras. Elle a voulu se défendre et lui a cassé un vase sur le crâne. Alors, il l'a jetée sur le sol et... l'a agressée. Un officier de police qui passait dans la rue d'à côté, alerté par des voisins qui avaient entendu des hurlements et appelé le 911, est arrivé sur place en quelques minutes. Laws avait plaqué Cassie au sol, il y avait du sang partout. Il s'est révélé que c'était

---

3. *Law* : la loi en anglais. (N.d.T.)

son sang à lui, provenant d'une coupure à l'oreille faite par le vase. L'officier dut utiliser son Taser. En fouillant la voiture de Laws, ils retrouvèrent de la corde, du ruban adhésif, deux couteaux et du matériel d'enregistrement. Des trucs vraiment effrayants. Quand j'en ai parlé à Cassie, elle m'a dit qu'il était fou et qu'elle craignait pour sa vie. Sa famille aussi. Sa mère, son père et son petit frère insistaient pour que Laws soit enfermé le plus longtemps possible.

Elle enfonça ses orteils dans le sable.

– Moi aussi, je le pensais. Ça me semblait une évidence. C'était un cas vite résolu. En Caroline du Nord, Laws pouvait être accusé de crime avec préméditation. La famille l'avait demandé, en particulier le père, ce qui aurait pu lui valoir entre trois et sept ans de prison ferme. Le policier qui avait procédé à l'arrestation pensait lui aussi que Laws était dangereux. Malheureusement, le procureur ne croyait pas pouvoir prouver la préméditation, car il n'y avait aucune preuve que les objets trouvés dans la voiture aient quelque chose à voir avec Cassie. Ses blessures n'étaient pas très graves. Cassie avait aussi un petit souci de crédibilité, car même si la plupart des choses reprochées à Laws étaient vraies, parfois elle l'avait aussi accusé à tort. Et puis il y avait Laws lui-même, qui ressemblait à Fred Rogers, l'animateur d'émissions télévisées pour enfants. Il travaillait comme responsable des prêts dans une banque et son casier était vierge. À la barre, il aurait été le cauchemar du procureur. Alors nous avons permis à Laws de plaider coupable pour délit mineur, avec un an de prison. C'est là que je me suis trompée. Car Laws était extrêmement dangereux.

Elle marqua une pause, se forçant à poursuivre son récit :

– Laws a fait neuf mois car il avait déjà fait trois mois de préventive. Il écrivait à Cassie tous les deux jours, s'excusant pour ses agissements et la suppliant de lui accorder une nouvelle chance. Elle ne lui a jamais répondu. Et puis, elle n'a même plus ouvert ses lettres, mais elle les garda toutes car elle avait encore peur de lui. Ensuite, quand nous les avons examinées de plus près, on a constaté un changement de ton au fil du temps. Laws se montrait de plus en plus en colère face à son silence. Si Cassie les avait lues et apportées au procureur, dit Maria en regardant le sable… À peine sorti, il s'est présenté chez elle. Elle lui a fermé la porte au nez et a appelé la police. Elle avait une ordonnance restrictive contre lui et quand la police est venue lui parler, il a promis qu'il ne recommencerait plus et ne s'approcherait plus d'elle. Cela le rendit simplement plus prudent. Il lui envoya anonymement des fleurs. Il empoisonna son chat. Elle trouva des bouquets de roses fanées sur le pas de sa porte. Ses pneus furent crevés. (Maria déglutit péniblement, de toute évidence ébranlée. Elle reprit d'une voix rauque.) Et une nuit, alors que Cassie se rendait chez son petit ami, entre-temps elle avait rencontré quelqu'un, Laws l'attendait. Le copain de Cassie l'a vu l'attraper et la forcer à monter dans sa voiture sans pouvoir rien faire. Deux jours plus tard, la police a trouvé le corps de Cassie dans une vieille cabane au bord du lac, que la banque avait saisie. Laws l'avait attachée et battue avant de mettre le feu à la cabane et de se tirer une balle dans la tête. Mais la police n'a pas su dire si elle était encore vivante quand les flammes… (Maria ferma les yeux…) On les a identifiés grâce à leurs dossiers dentaires.

Sachant qu'elle revivait le passé et tentait d'y faire face, Colin garda le silence.

– Je suis allée à son enterrement. Je sais que je n'aurais sans doute pas dû, mais j'avais le sentiment de devoir le faire. Je suis arrivée après le début et me suis assise au fond. L'église était pleine, mais je pouvais voir la famille. La mère n'arrêtait pas de pleurer. Elle était presque hystérique, et le père et le frère étaient simplement… livides. J'en étais malade et je voulais que tout ça finisse. Mais ce n'était pas encore le cas, reprit-elle en se tournant vers lui. Ça… ça a détruit la famille. Je veux dire, ils étaient tous un peu étranges, mais ça a tourné à la catastrophe. Quelques mois après le meurtre, la mère s'est suicidée, puis le père a été interdit de pratique de la médecine. J'ai toujours pensé que le frère était un peu bizarre… et c'est là que ces horribles lettres ont commencé à arriver. À mon appartement, à mon bureau, dans différentes enveloppes, en général une phrase ou deux seulement. Elles étaient terribles. Des insultes. Me demandant pourquoi je haïssais Cassie, ou pourquoi je voulais blesser sa famille. La police a parlé au frère et les lettres se sont arrêtées. En tout cas pendant un moment. Mais quand ça a recommencé, elles étaient… différentes. Plus menaçantes, beaucoup plus effrayantes. Alors, la police est allée le trouver à nouveau, et je pense qu'il a… pété les plombs. Il a nié être le responsable, prétendu que la police était de mèche avec moi pour l'avoir. Il a fini en hôpital psychiatrique. Pendant ce temps, le père a menacé de porter plainte contre moi. La police a émis l'hypothèse que le nouveau petit ami de Cassie pouvait être à l'origine des messages. Bien entendu, quand les agents sont allés lui parler, il a nié, lui aussi. C'est là que mes crises de panique ont commencé. J'avais le sentiment que peu importait l'expéditeur, il ne me laisserait jamais tranquille, et j'ai su que je devais rentrer à la maison.

Colin resta silencieux. Il savait qu'il ne pourrait rien dire pour lui faire voir les événements qu'elle venait juste de décrire sous un angle différent.

— J'aurais dû écouter la famille. Et l'officier de police.

Colin contemplait les vagues, le ressac continu et apaisant. Comme il ne répondait pas, elle se tourna vers lui.

— Vous ne pensez pas ?

Il choisit prudemment ses mots.

— C'est dur de répondre à cette question.

— Que voulez-vous dire ?

— Vous pensez de toute évidence que la réponse est forcément oui, mais si je vous dis que je suis d'accord, vous vous sentirez encore plus mal. Si je dis non, vous ne tiendrez pas compte de ma réponse, car vous avez déjà décidé que la réponse devait être oui.

Elle ouvrit la bouche pour protester mais y renonça.

— Je ne suis même pas sûre de savoir que répondre à ça.

— Vous n'avez pas à dire quoi que ce soit.

Elle soupira, posant le menton sur ses genoux.

— J'aurais dû insister auprès du procureur pour qu'on accuse Laws de préméditation.

— Peut-être. Mais, même dans ce cas, et même si Laws était resté en prison plus longtemps, le résultat final aurait pu être le même. Il était obsédé par Cassie. Et si vous voulez le savoir, si j'avais été à votre place, j'aurais sans doute fait la même chose.

— Je sais, mais...

— Vous avez déjà parlé de ça à quelqu'un ?

— Comme à un thérapeute ? Non.

— D'accord, fit-il en hochant la tête.

— Vous allez me dire que je devrais ?

— Je ne donne pas de conseil.

— Jamais ?

Il secoua la tête.

— Mais encore une fois, vous n'avez pas besoin de mon avis. Si vous pensez qu'un thérapeute pourrait vous aider, tentez le coup. Sinon, non. Je peux juste dire que ça a été bénéfique pour moi.

Maria garda le silence, et il était impossible de dire si elle avait apprécié sa réponse.

— Merci, dit-elle finalement.

– De quoi ?

– De m'avoir écoutée. Et de ne pas avoir tenté de donner un avis.

Colin hocha la tête, observant l'horizon. De nouvelles étoiles étaient apparues et Vénus brillait au sud, étincelante, imperturbable. Quelques personnes étaient arrivées sur la plage, riant dans la brise nocturne. Assis à côté de Maria, il avait l'impression de la connaître depuis bien plus longtemps qu'après seulement une heure de conversation. Il éprouva une pointe de regret, sachant que la soirée touchait à sa fin. Il l'avait senti dans la façon dont elle se tint tout à coup plus droite. Il la vit prendre une grande inspiration avant de jeter un coup d'œil vers la promenade.

– Je devrais sans doute y aller, dit-elle.

– Moi aussi, dit-il, tentant de cacher sa réticence. Je dois encore m'entraîner ce soir.

Ils se levèrent et il la regarda secouer le sable de ses vêtements avant de remettre ses sandales. Ils se dirigèrent vers les dunes longeant l'avenue commerçante, et la musique se fit de plus en plus forte à chaque pas. Le temps de quitter le sable, les trottoirs étaient bondés. La foule profitait déjà de son samedi soir. Il resta à son côté, se faufilant à travers les passants jusqu'au bout de la rue plus calme. Elle resta près de lui, ce qui le surprit. Leurs épaules se frôlaient de temps en temps et la sensation de son contact était toujours là.

– Quels sont vos plans pour demain ? demanda-t-il finalement.

– Les dimanches, je vais toujours chez mes parents pour un brunch. Ensuite, j'irai sans doute faire du paddle.

– Ah oui ?

– C'est amusant. Vous avez déjà essayé ?

– Non. J'ai toujours voulu essayer, mais je n'en ai pas encore trouvé le temps, tout simplement.

– Trop occupé par de vrais entraînements ?

– Trop paresseux, admit-il.

Elle sourit.

– Et vous ? Vous travaillez ?

– Non. J'irai courir, tondre la pelouse, changer l'alternateur de ma voiture. Elle ne démarre toujours pas correctement.

– C'est peut-être la batterie.

– Vous ne pensez pas que j'ai déjà regardé ?

– Je ne sais pas. Vous l'avez fait ?

Il sentit la taquinerie dans sa voix.

– Alors, après toutes ces activités viriles, que ferez-vous ?

– Un tour à la salle. Il y a un cours le dimanche matin, je ferai sûrement du *sparring*[4] et du travail au sol, du sac de frappe, ce genre de choses. La salle est gérée par un gars qui s'appelle Todd Daly, et il ne prend pas nos entraînements à la légère. C'est un ancien combattant de l'UFC[5] qui joue les sergents instructeurs.

– Mais si vous le deviez, vous pourriez sans doute le battre, non ?

– Daly ? Aucune chance.

Elle apprécia son honnêteté.

– Et ensuite ?

– Rien, vraiment. J'étudierai, sans doute.

Ils prirent une autre rue, près de *Crabby Pete's*. Il reconnut sa voiture d'après la nuit où il avait changé sa roue. Ni l'un ni l'autre ne semblaient savoir quoi dire. Il sentit ses yeux se concentrer sur lui, presque comme si elle le voyait pour la première fois.

– Merci pour la promenade.

Elle releva légèrement le menton.

---

4. Entraînement aux arts martiaux.
5. Ultimate Fighting Championship : la plus importante ligue mondiale d'arts martiaux mixtes.

– J'ai une autre question.

– D'accord.

– Vous étiez sérieux sur le fait d'essayer le paddle ?

– Oui.

Elle baissa les cils et lui jeta un regard en coin.

– Ça vous dirait de vous joindre à moi demain ?

– Oui, dit-il, avec un soupçon de plaisir inattendu. J'aimerais beaucoup. À quelle heure ?

– Pourquoi pas à 14 heures ? Et on irait à Masonboro Island. C'est assez compliqué pour y aller, mais ça vaut le coup.

– Ça a l'air super. Où se retrouve-t-on ?

– Le parking, ce n'est pas l'idéal. Le seul trajet pour y aller, c'est de se rendre à Wrightsville Beach, tout au bout de l'île. Garez-vous simplement dans la rue. Emportez de la monnaie, il y a un parcmètre. Je vous retrouverai là.

– Je peux louer une planche quelque part ?

– Pas besoin. J'en ai deux. Vous pourrez utiliser celle pour débutant.

– Super.

– En revanche, elle est rose pétant. Avec des stickers de lapins et de fleurs.

– Vraiment ?

Elle gloussa.

– Je plaisante, dit-elle avant de marquer une pause. J'ai passé une soirée étonnamment agréable.

– Moi aussi, dit-il, sincère. Et j'ai hâte d'être à demain.

Lorsque sa voiture fut déverrouillée, il lui ouvrit la portière et la regarda se glisser à l'intérieur, et un instant plus tard elle recula. La soirée aurait pu s'arrêter là, mais elle baissa soudain la vitre et se pencha vers l'extérieur.

– Hé, Colin ?

– Ouais ?

– À ton entraînement, demain, essaie d'éviter les coups sur la tête.

Il sourit en regardant sa voiture s'engager sur le boule-vard, se demandant dans quoi il se lançait. Il ne s'était pas attendu à son invitation et, en retournant à sa Camaro, il se remémora leur soirée, tentant de comprendre. Quelle que soit la raison de sa proposition, il ne pouvait nier qu'il était content. Il voulait revoir Maria. Aucun doute là-dessus.

Chapitre 6

Maria

— Je savais qu'il te plairait ! se vanta Serena. Alors, j'avais raison ou pas ?

Dimanche matin, comme d'habitude, Maria et sa sœur se trouvaient sur le porche de derrière, pendant que leur mère préparait le petit déjeuner. Leur père promenait Copo, de retour de chez le toiletteur avec un nœud rose derrière l'oreille.

— Je n'ai pas dit qu'il me plaisait, répondit Maria. J'ai dit qu'il était intéressant.

— Mais tu as aussi dit que tu allais le revoir aujourd'hui. En Bikini.

— Je ne vais pas porter de Bikini pour faire du paddle.

— Pourquoi pas ?

— Parce que non, d'accord ? Je ne serais pas à l'aise.

— Eh bien, tu ferais bien de montrer un bout de peau, parce que, crois-moi, tu vas vouloir qu'il enlève sa chemise. Les coups d'œil en coin, ça marche dans les deux sens.

— Je ne veux pas qu'il se fasse des idées.

— Tu as raison. Tu devrais sans doute porter un baggy ou un truc du genre. Peu importe la tenue, je suis contente que tu aies enfin un rencard.

— N'essaie pas de faire passer cette sortie pour ce qu'elle n'est pas. Ce n'est pas un rencard. On va faire du paddle.

– Oui, oui, fit Serena en hochant la tête. Si tu le dis.

– Je ne sais même pas pourquoi j'essaie de discuter de ce genre de chose avec toi.

– Parce que tu sais que je te dirai la vérité. C'est pour ça, bien sûr, que vous vous entendez si bien tous les deux. Parce que Colin est exactement comme moi.

– Oui, bien sûr. Tu as raison. En gros, je vais sortir avec ma petite sœur.

– Ne rejette pas la faute sur moi. Ce n'est pas moi qui l'ai suivi sur la jetée.

– Mais je ne l'ai pas suivi !

Serena gloussa.

– Tu es si susceptible, ces temps-ci… Mais si tu veux mon avis, je porterais un Bikini sous mon pull, OK ? Juste au cas où il ferait trop chaud. Car il va faire chaud aujourd'hui.

– On pourrait parler de toi, plutôt ? Genre, comment s'est passé le reste de ta soirée ?

– Il n'y a pas grand-chose à raconter. Nous avons fait la tournée des bars, puis nous sommes allés à une fête. Un samedi soir typique.

– Comment ça va avec Steve ?

– Il est un peu collant, et je ne suis pas sûre d'être prête pour quelque chose de ce genre. Mais revenons-en à Colin. Il est *franchement* canon.

– Oui, j'ai remarqué.

– Est-ce qu'il a tenté de t'embrasser pour te dire au revoir ?

– Non. Et je n'y tenais pas.

– C'est bien. Continue de faire ta difficile, les gars aiment ça.

Maria fit la grimace et Serena gloussa de nouveau.

– D'accord, d'accord, j'arrête. Mais je trouve que c'est super. Tu n'as pas seulement un rencard, un vrai rencard, peu importe ce que tu en dis. Mais c'est toi qui l'as proposé. Tu es l'incarnation de la femme moderne. Et pour ta gouverne, je suis jalouse de savoir que tu vas le voir torse nu. Je ne crois pas qu'il ait un gramme de gras.

– Je ne peux pas te le dire. Il faisait sombre et il marchait à côté de moi.

– Aujourd'hui, je veux des photos. Tu prends toujours ton appareil avec toi, de toute façon. Alors, prends quelques clichés en douce.

– Non.

– Tu pourrais au moins faire ça pour ta petite sœur, qui est aussi celle qui t'a casée avec lui.

Maria réfléchit.

– OK. Peut-être.

– Super. Ou encore mieux, prends-en avec ton téléphone et envoie-les-moi pour que je les mette sur Instagram.

– Aucune chance.

– Tu es sûre ? Je détesterais devoir dire à papa que tu sors avec un ex-taulard actuellement en probation.

– Tu n'oserais pas !

– Je plaisante ! Je ne veux même pas me trouver dans le même État que toi quand tu balanceras cette petite bombe. Alors, préviens-moi, d'accord ?

– C'est noté.

– Mais tu devrais au moins faire un selfie avec lui. Avant l'annonce. De cette façon, tu te souviendrais que tu es vraiment sortie avec lui, vu que ça n'arrivera plus jamais par la suite.

– Tu as fini ?

Serena gloussa.

– Oui, maintenant j'ai fini.

Maria remarqua un colibri qui buvait dans la mangeoire à oiseaux de sa mère. Leur vol la fascinait depuis qu'elle était toute petite. De l'intérieur, elle entendait sa mère chanter doucement pour elle-même, et même si l'odeur des œufs et des haricots frits aurait dû lui donner faim, Maria était déjà un peu nerveuse à cause de son rendez-vous. Elle se demanda si elle arriverait à manger.

– Je suis toujours un peu surprise de la façon dont… il t'a tout raconté, reprit Serena.

– Si tu avais été là, tu aurais été sous le choc. Fais-moi confiance.

– Mais c'est bizarre. Je ne crois pas avoir jamais rencontré quelqu'un comme ça.

– À qui le dis-tu !

Deux heures plus tard, Maria était rentrée chez elle et hésitait sur sa tenue. Les conseils de Serena lui étaient restés en tête, compliquant sa décision. Elle n'aurait pas dû hésiter une seconde. Elle aurait enfilé un short et un haut de Bikini ou un dos nu. Et elle n'aurait certainement pas pris de douche ou mis de maquillage. Ou senti la nervosité lui nouer le ventre, mais cette sensation était bien là. Debout devant les tiroirs de sa commode, elle réfléchissait à l'impression qu'elle voulait donner. Paraître audacieuse ? Sportive ? Sexy ?

C'était bien plus facile pour les hommes : un T-shirt, des claquettes, un short et puis voilà. Pendant ce temps, elle devait décider de la longueur de son short, si elle le voulait moulant ou défraîchi, si elle voulait porter celui avec des déchirures sexy sous la poche de derrière ou se montrer un peu plus classique. Et c'était juste pour le bas ; se décider pour son haut était encore plus dur, en particulier parce qu'elle ne savait toujours pas si elle voulait porter un Bikini ou un maillot une-pièce sous son pull. Malgré ce qu'elle avait affirmé à Serena, c'était un rencard. Si l'on mettait de côté le fiasco du week-end précédent avec Jill et Paul, elle n'en avait pas eu beaucoup ces derniers temps. Ajoutez le fait que ses pensées en étaient revenues à Colin toute la matinée, sans parler de la nuit précédente, et Maria se sentait plus nerveuse que jamais.

Que recherchait-elle chez lui, de toute façon ? Colin était le genre de gars qu'elle avait eu l'habitude de *poursuivre*. Hier encore, si on lui avait suggéré de sortir avec un type au passé comme le sien, elle aurait éclaté de rire ou, plus probable encore, se serait sentie offensée. Elle aurait simplement dû lui dire au revoir après qu'il l'avait raccompagnée à sa voiture. L'idée même qu'ils sortent tous les deux ce jour-là était ridicule, et pourtant… c'est elle qui le lui avait proposé, et elle n'arrivait pas à se souvenir de comment c'était arrivé, ou à quoi elle avait bien pu penser.

Et pourtant, Colin était… *charismatique*. C'était le mot qui lui avait traversé l'esprit sous la douche, et plus elle y réfléchissait, plus cet adjectif semblait pertinent. Même si ses réponses lui avaient parfois donné le vertige, elle devait admettre que son attitude « Voilà le vrai moi, à vous de l'accepter ou pas » avait quelque chose de rafraîchissant. Au-delà de ça, elle avait senti que ses regrets étaient sincères, soulignant combien il avait réellement changé. Elle n'était pas naïve au point d'ignorer la possibilité qu'il ait tenté de jouer sur sa compassion. Mais il lui était impossible d'associer cette idée à l'homme qui avait changé son pneu ou marché sur la plage avec elle, ou suivi des cours avec sa sœur dans le but de devenir enseignant. Il n'avait certainement pas tenté de la séduire, et si elle ne lui avait pas proposé d'aller faire du paddle, il l'aurait sans aucun doute laissée repartir sans plus de cérémonie.

Elle devait admettre qu'elle appréciait qu'il se soit montré si ouvert et si honnête au sujet de son passé. S'il avait attendu aujourd'hui pour le dévoiler, elle se serait sentie manipulée et en colère, peut-être même effrayée. L'alchimie qu'elle avait sentie au départ avec lui aurait immédiatement disparu, la laissant se demander à quel sujet encore il avait pu mentir. Personne n'aimait les leurres.

Honnêtement, Maria ne connaissait pas beaucoup de gens capables de changer complètement de vie comme Colin l'avait fait. Et même si elle ne savait pas du tout à quoi la mènerait cet après-midi-là, en admettant que ce soit le début de quelque chose, elle se dit : *Oh, et puis zut !* avant de prendre son Bikini noir, puis son short en jean sexy avec des déchirures sous les poches. Enfin, elle passa un T-shirt moulant au décolleté plongeant. Après tout, Serena avait raison par ailleurs : si Colin enlevait son T-shirt – ce qui, elle devait l'admettre, ne la dérangerait pas le moins du monde –, elle pourrait au moins en faire autant.

Colin était adossé à sa voiture, et quand il lui fit signe de la main elle ne put détacher de lui son regard. Il portait un T-shirt gris moulant qui collait à ses épaules bien dessinées, jusqu'à sa taille étroite. Ses manches pouvaient à peine contenir ses bras musclés, et même de loin le gris-bleu profond de ses yeux était visiblement souligné par ses pommettes saillantes. Aussi improbable que cela puisse paraître, la première pensée qui lui vint fut qu'il était de plus en plus beau. Il s'écarta de la voiture en souriant et elle sentit quelque chose s'agiter en elle pendant qu'une petite voix lui chuchotait : *Si tu ne fais pas attention, tu pourrais avoir de sacrés ennuis avec ce mec.*

S'efforçant de repousser cette idée, Maria lui fit signe puis inspira profondément avant de couper le moteur. Elle ouvrit la portière et la chaleur la happa presque aussitôt. Heureusement, l'humidité était imperceptible et une brise légère rendit le tout un peu plus supportable.

– Salut, dit-elle. Tu es pile à l'heure.

Elle vit qu'il avait pris un sac à dos, une petite glacière et deux serviettes. Il se pencha en avant pour ramasser le sac et l'accrocher à son épaule.

— Je suis arrivé tôt. Je n'étais pas sûr d'être garé au bon endroit. Il n'y a pas d'autre voiture dans le coin.

— C'est toujours plus calme au bout de l'île, répondit Maria. Les gens n'aiment pas payer, ce qui est bien car ça veut dire qu'on n'aura pas à marcher si loin. (Elle se protégea les yeux de la main et reprit :) Comment s'est passé ton entraînement ?

— C'était un peu plus intense que d'habitude, mais pas de bleus ou de nez cassé.

— Je vois ça, dit-elle avec un sourire. Et les autres gars ? Tu ne leur as pas fait de mal, n'est-ce pas ?

— Ils vont bien, rétorqua-t-il en plissant les yeux sous le soleil. À ton tour. Et ton brunch en famille ?

— Pas de nez cassé ou de bleus non plus, le taquina Maria, et quand il rit, elle glissa une mèche de cheveux derrière son oreille en se rappelant de faire attention. Plus sérieusement, je devrais sans doute te prévenir, j'ai dit à Serena que nous allions faire du paddle aujourd'hui. Au cas où elle te traquerait après les cours pour te demander des détails.

— Elle ferait ça ?

Sûr, se dit Maria.

— Sans doute.

— Pourquoi elle ne te poserait pas la question ?

— Je suis sûre qu'elle va m'appeler tout à l'heure. Elle considère que c'est de son devoir d'être fortement impliquée dans ma vie personnelle.

— D'accord, dit-il en souriant. Tu es très jolie, au fait.

Elle sentit le rouge lui monter aux joues.

— Merci. (Puis, tentant de garder un ton léger :) Tu es prêt ?

– Je suis impatient.

– Nous avons de la chance, il n'y a pas beaucoup de vent. L'eau devrait être parfaite.

Elle commença à défaire l'une des attaches qui retenaient la planche sur la galerie de sa voiture. Le remarquant, Colin s'approcha pour l'aider. Ils se tenaient côte à côte, et Maria vit les muscles de ses avant-bras remuer comme des cordes de piano, faisant onduler son tatouage. Il sentait le vent et le sel, purs et frais. Colin souleva la première planche et la posa contre la voiture et fit de même avec la seconde, posant les deux l'une contre l'autre.

– Comment tu te tiens sur une planche ? demanda-t-il.

– Très bien, pourquoi ?

– Parce que j'ai pris une petite glacière, dit-il en la désignant, et je me demandais si tu pourrais la mettre dessus. Je ne suis pas sûr de me tenir assez bien au début.

– Ce n'est pas si difficile. Tu vas vite prendre le coup. Mais pour répondre à ta question, oui, je peux prendre la glacière, et en fait c'est parfait puisque ça me donnera un endroit où poser les serviettes. Je déteste les serviettes mouillées.

Ouvrant sa portière, elle prit l'appareil photo et les sangles, s'efforçant de ne pas le regarder. Elle fixa les attaches sur les deux planches, sachant que Colin l'observait. Elle aimait ce que son regard faisait naître en elle. Quand elle eut fini, il prit son sac à dos et les deux planches. Maria se chargea des serviettes et de la glacière, et ils se mirent en marche tous les deux.

– Au fait, il y a quoi dans la glacière ?

– De quoi grignoter. Des fruits, des noix, deux ou trois bouteilles d'eau.

– C'est sain.

– Je fais très attention à ce que je mange.

– Et le sac à dos ?

– Un Frisbee, une balle de footbag[1] et de la crème solaire. Si jamais on s'arrête sur la plage…

– Je ne suis pas très douée au Frisbee. Et sache que je n'ai jamais touché un footbag de ma vie.

– Alors, nous allons tous les deux découvrir quelque chose de nouveau aujourd'hui.

Sur la plage, le sable brillait d'un éclat presque blanc sous le soleil. À part un homme qui lançait la balle à son golden retriever dans les vagues, l'endroit était désert. Maria souleva la glacière en direction du bras de mer.

– C'est Masonboro, dit-elle.

– Je n'en avais jamais entendu parler avant notre discussion d'hier soir.

– C'est une île bucolique. Pas de route, pas d'aires de pique-nique. L'été, beaucoup de canoteurs s'y rendent, mais j'ai toute l'île pour moi maintenant. C'est calme, beau, et c'est une super façon de démarrer mon week-end, en particulier un jour comme aujourd'hui. Mon patron a un procès la semaine prochaine, et je vais sans doute travailler très tard tous les soirs pour être sûre qu'il ait tout ce qu'il lui faut. Je vais aussi commencer plus tôt.

– Ça fait beaucoup d'heures.

– Il faut bien réussir dans la vie, plaisanta-t-elle.

– Pourquoi ?

– Si je ne fais pas mon boulot, je suis virée.

– Je me demandais pourquoi tu faisais bien ton boulot. Je comprends ça. Je me demandais pourquoi c'était si important pour toi de réussir dans la vie.

Maria fronça les sourcils, se rendant compte qu'il était la première personne à lui avoir posé la question, et qu'elle ne savait pas quoi répondre.

---

1. Ou *hacky sack* : en français, « balle aki ».

– Je ne sais pas. J'imagine que je suis simplement faite comme ça. Ou alors, c'est la faute de mes parents. Ce n'est pas ce que les gens disent en thérapie ?

– Parfois. Et parfois c'est vrai.

– Tu ne veux pas réussir ?

– Je ne suis même pas sûr de savoir ce que ça veut dire, répondit Colin. Une plus grande maison ? Une voiture plus chère ? Des vacances plus exotiques ? Mes parents ont tout ça, mais je n'ai pas le sentiment qu'ils sont vraiment heureux. Il existe toujours quelque chose de mieux, mais où ça finit ? Je ne veux pas vivre comme ça.

– Comment veux-tu vivre ?

– Je veux un équilibre. Le travail, c'est important, car je dois subvenir à mes besoins, mais tout comme les amis, la santé, le repos sont importants. Avoir le temps de faire toutes les choses qui me plaisent, et parfois ne rien faire.

La glacière tapotait doucement sa jambe.

– C'est très… sensé.

– D'accord.

Maria sourit. Elle était sûre qu'il allait répondre ça.

– Tu as raison, bien sûr, l'équilibre, c'est important. Mais j'ai toujours aimé l'impression de réussir quelque chose de difficile, que ce soit avoir de bonnes notes quand j'étais petite, ou un dossier bien écrit à présent. Me fixer des objectifs et les atteindre me donnent l'impression que je ne me laisse pas emporter par le courant de la vie. Et si je me débrouille assez bien, d'autres gens le remarqueront et je serai récompensée. J'aime ça aussi.

– Ça se tient.

– Mais pas pour toi ?

– Nous sommes différents.

– Tu ne te fixes pas des buts, toi aussi ? Comme de finir la fac ou de gagner un combat ?

– Si.

– Alors, en quoi nous sommes différents ?

– Parce que je me fiche de réussir. Et généralement, je ne me soucie pas beaucoup de ce que les gens pensent de moi.

– Et tu penses que moi, oui ?

– Oui.

– Ça te dérangerait de développer ?

Il fit quelques pas avant de répondre.

– Je pense que la façon dont tu apparais aux yeux des gens compte beaucoup pour toi, mais pour moi c'est une erreur. Au bout du compte, la seule personne que tu peux vraiment contenter, c'est toi-même. Ce que pensent les autres, ça les regarde.

Elle pinça les lèvres, sachant qu'il avait raison, mais encore un peu déconcertée qu'il l'ait… dit. Mais, une fois encore, il était franc sur tout le reste, alors pourquoi se sentir surprise ?

– Tu as appris ça en thérapie ?

– Oui. Mais il faut longtemps pour l'accepter.

– Peut-être que je devrais prendre rendez-vous.

– Peut-être.

Maria rit.

– Bon, sache que ce n'est pas entièrement de ma faute. Tu peux blâmer mes parents.

Sceptique, il haussa un sourcil et elle lui donna un petit coup de coude, un geste étrangement naturel.

– Je suis sérieuse. Je suis peut-être née avec de la volonté, de l'ambition ou ce que tu veux, mais mes parents m'ont vraiment encouragée. Ils ont tous les deux arrêté l'école en quatrième et ont dû faire des sacrifices pendant des années avant de pouvoir ouvrir leur restaurant. Devenus adultes, ils ont dû apprendre une langue nouvelle à partir de zéro, la compta et un millier d'autres trucs. Alors pour eux, une bonne éducation comptait plus que tout. J'ai grandi en parlant espagnol à la maison, et j'ai tout de suite dû travailler plus que les autres, car je ne comprenais rien de ce que racontait le professeur. Même si mes parents travaillaient quinze heures par jour, ils n'ont jamais manqué une réunion avec mes profs et ils se sont toujours assurés que je faisais mes devoirs. Quand j'ai commencé à ramener des bonnes notes, ils ont été très fiers. Ils ont invité mes tantes, mes oncles et mes cousins pour le week-end, j'ai des tas de gens de ma famille en ville, et ils se sont passé mon bulletin de notes sans cesser de répéter combien j'étais une bonne élève. J'étais au centre de l'attention et j'aimais ça, alors j'ai travaillé encore plus dur. Je m'asseyais au premier rang et levais la main dès que le prof posait une question, et je révisais jusqu'au milieu de la nuit. Du coup, on peut dire que j'ai été une super *nerd* tout le temps du lycée.

— Ah ouais ?

Il affichait de nouveau cette expression amusée.

— Euh, ouais, dit-elle d'un air penaud. J'ai eu des lunettes à huit ans, des horreurs avec des montures marron. Et des bagues sur les dents pendant trois ans. J'étais timide et empotée. Mais j'aimais vraiment étudier. Je ne suis pas allée à un bal avant la terminale, et encore, avec un groupe de filles qui n'avaient pas de rendez-vous non plus. Je n'avais jamais embrassé de garçon avant le mois précédant mon arrivée à l'université. Crois-moi, je sais ce que c'est d'être une *nerd*, j'en étais une.

— Et maintenant ?

— Je le suis toujours un peu. Je travaille trop, je ne rends pas visite à mes amis aussi souvent que je le devrais, et je ne fais pas grand-chose le week-end, à part du paddle et profiter de ma famille. Les vendredis soir, on peut généralement me trouver en train de lire au lit.

— Ça ne fait pas de toi une *nerd*. Je ne sors plus beaucoup non plus. Si je ne travaille pas ou si je n'ai pas de compétition, j'écoute de la musique ou je traîne avec Evan et Lily chez eux.

– Lily ?

– La fiancée d'Evan.

– Comment est-elle ?

– Blonde. À peu près de la même taille que toi. Une personnalité formidable. Et très, très Sud. Elle vient de Charleston.

– Et Evan ? Il te ressemble ?

– Il est plus comme toi, en fait, il a une vie rangée.

– Tu crois que c'est mon cas ?

– Oui.

– Alors, pourquoi je n'ai pas cette impression ?

– Je ne sais pas. Mais je pense que la plupart des gens diraient la même chose que moi à ce sujet.

Elle plissa les yeux, appréciant ses paroles. Ils avaient atteint le bord et elle ôta ses sandales, se concentrant sur l'eau.

– OK, c'est bien, déclara-t-elle. La marée monte, ce qui nous facilitera la tâche. Si elle descendait, on aurait dû se lancer de là-bas, dit-elle en désignant un endroit derrière son épaule. Tu es prêt ?

– Presque, dit-il.

Il posa les planches et son sac à dos pour ranger ses claquettes et prit un flacon de crème solaire. Il enleva son T-shirt et le rangea également dans le sac. Maria se dit aussitôt que son corps semblait presque sculpté. Son buste et son ventre étaient un paysage fait de contours et d'arêtes, chaque muscle nettement dessiné. Sur son torse, le tatouage coloré d'un dragon courait d'une épaule à l'autre, s'entre-mêlant habilement avec un caractère chinois. Il contemplait l'eau tout en commençant à se passer de la crème.

– C'est très beau par ici, fit-il remarquer.

– Je suis d'accord, répondit Maria, s'efforçant de ne pas le reluquer.

Il reprit de la crème avant de lui tendre le flacon.

– Tu en veux ?

– Peut-être plus tard. J'en ai déjà mis, mais je n'ai pas de coup de soleil, d'habitude. Le côté latino, tu vois.

Il hocha la tête, enduisant ses jambes devant et derrière.

– Ça te dérangerait de m'en passer dans le dos ?

Maria hocha la tête, la bouche soudain sèche.

– Non, bien sûr.

Leurs doigts s'effleurèrent quand elle récupéra le flacon. Elle prit un peu de crème dans sa main et passa lentement les doigts sur son dos, sentant l'interaction des muscles et de la peau, et tentant d'ignorer l'étrange intimité de ce geste. Serena allait adorer cette partie-là.

– Est-ce qu'on verra des dauphins ou des marsouins ? demanda-t-il, apparemment sourd à ses pensées.

Occupée à lui passer la crème solaire, elle mit un moment à répondre.

– J'en doute. À cette heure, ils sont plutôt côté océan.

Percevant une pointe de déception, elle finit de passer la crème et referma le flacon.

– Et voilà, c'est bon.

– Merci, dit-il en rangeant la bouteille. Ensuite ?

– Tu es presque prêt.

Elle détacha les sangles et les passa à Colin pour qu'il les range dans son sac à dos, avant de prendre la plus petite des deux planches.

– Tu peux me suivre avec la glacière et les serviettes ? Je vais te montrer comment te mettre debout.

Maria se coucha sur sa planche dès qu'elle eut de l'eau un peu plus haut que le genou, se positionnant dans le sens de la longueur, bien au centre. Elle plaça la pagaie perpendiculairement à la planche puis la tint fermement, se mettant d'abord à genoux avant de se relever.

– Ta da... Et c'est tout ce qu'il y a à faire. La clé, c'est de trouver ton point d'équilibre idéal, où ni le nez ni la queue du paddle ne plongent sous l'eau. Et ensuite de garder les genoux pliés, ça t'aidera une fois debout.

– J'ai compris.

– Tu peux mettre la glacière derrière moi et poser les serviettes dessus. Et tu voudrais bien me passer l'appareil photo ?

Il pataugea dans l'eau et suivit ses instructions. Elle mit l'appareil autour de son cou pendant qu'il récupérait sa planche avant de l'imiter. Une fois debout, il changea légèrement de position et la planche oscilla.

– C'est plus stable que je le pensais, remarqua-t-il.

– Maintenant, quand tu veux tourner, tu peux utiliser la pagaie, soit vers l'avant pour tourner lentement mais avec beaucoup d'amplitude, soit vers l'arrière pour prendre un virage plus serré.

Elle lui montra la première méthode, puis la seconde, pivotant sur elle-même. Ce faisant, elle s'éloigna du rivage.

– Tu es prêt ?

– Allons-y.

En quelques coups de pagaie, il la rejoignit et ils commencèrent à avancer côte à côte, en direction des eaux calmes et pleines de vie du marécage. Au-dessus de leurs têtes, le ciel bleu était parcouru de longs nuages blancs. Discrètement, elle regarda Colin observer les environs, ses yeux s'attardant sur les pélicans bruns et les aigrettes couleur neige ou un balbuzard dans le ciel. Il ne semblait pas avoir besoin de parler, et Maria se dit à nouveau qu'elle n'avait jamais rencontré quelqu'un comme lui. Alors que ses pensées continuaient à dériver, elle fixa son attention sur l'île, notant les souches grises et couvertes de sel, leurs racines tordues comme des fils de laine sur une balle grossièrement tressée. Des passages sinueux s'ouvraient au milieu des dunes mouchetées d'herbe, créant des raccourcis vers le côté océan de l'île. Du bois flottant taché de noir s'accumulait au bord de l'eau.

– Tu réfléchis à quelque chose, l'entendit-elle dire.

Sans qu'elle l'ait remarqué, Colin s'était rapproché.

– Je me disais simplement que j'aime beaucoup venir ici.

– Tu viens tous les week-ends ?

– La plupart, oui, dit-elle tout en pagayant selon un rythme régulier. À moins qu'il pleuve ou qu'il souffle trop fort. Le vent me donne l'impression de ne pas avancer et les flots peuvent devenir plutôt agités. J'ai fait cette erreur une fois, quand j'ai emmené Serena. Elle a tenu vingt minutes avant de vouloir rentrer, et n'est jamais revenue. Question océan, elle est plus « Je lézarde au soleil ou je me détends à l'arrière d'un bateau ». Même si nous sommes proches, nous ne nous ressemblons pas beaucoup.

Le regard curieux de Colin et son écoute attentive l'encouragèrent à continuer, et Maria donna un coup de pagaie dans l'eau.

– Serena a toujours été plus populaire et extravertie que moi. Elle multiplie les copains et a des tas d'amis. Son téléphone ne cesse de sonner et les gens sont toujours partants pour passer du temps avec elle. Ce n'était pas comme ça pour moi. J'ai toujours été plus calme, plus timide, et j'ai grandi avec le sentiment de ne jamais trouver vraiment ma place.

– Je ne te trouve pas timide.

– Non ? Alors, comment je suis pour toi ?

Il pencha la tête sur le côté.

– Réfléchie. Intelligente. Compréhensive. Et belle.

L'assurance dans sa voix, comme s'il avait déjà répété sa liste, la gêna.

– Merci, murmura-t-elle. C'était… gentil.

– Je suis sûr qu'on t'a déjà dit tout ça.

– Pas vraiment.

– Alors, tu traînes avec les mauvaises personnes.

Elle ajusta la position de ses pieds sur la planche, tentant de dissimuler combien elle se sentait flattée et troublée.

– Alors, pas de copine ?

– Non. Je n'étais pas vraiment du genre petit copain potentiel pendant longtemps, et dernièrement j'ai été très pris. Et toi ?

– Toujours célibataire. J'ai eu un petit copain sérieux à la fac, mais ça n'a pas marché. Et dernièrement, j'ai eu tendance à attirer les mauvais gars.

– Comme moi ?

Elle eut un sourire penaud.

– Je ne pensais pas à toi. Je pensais à l'associé gérant de mon cabinet. Qui se trouve être marié et avoir une famille. Il me drague, et ça rend le boulot très stressant.

– J'imagine.

– Mais tu n'as pas de conseil à me donner, n'est-ce pas ? Puisque tu n'en donnes pas ?

– Non.

– Tu te rends compte que discuter avec toi demande du temps pour s'habituer, hein ? Serena, par exemple, a toujours des tas de conseils à donner.

– Ça aide ?

– Pas vraiment.

Son expression fit comprendre à Maria qu'il venait juste de justifier son attitude.

– Qu'est-ce qui s'est passé avec ton copain ?

– Il n'y a pas grand-chose à dire. On sortait ensemble depuis deux ans, et j'avais l'impression qu'on se dirigeait vers quelque chose de plus sérieux.

– Le mariage ?

Maria hocha la tête.

– C'est ce que je croyais. Mais il a décidé que ce n'était pas ce qu'il voulait. Il voulait quelqu'un d'autre.

– Ça a dû être dur.

– Sur le moment, ce fut dévastateur.

– Et pas d'autres copains, depuis ?

– Pas vraiment. J'ai eu quelques rencards mais qui n'ont jamais rien donné de concret. (Elle marqua une pause et reprit :) J'allais danser la salsa avec mes copines à Charleston, mais la plupart des gars que je finissais par rencontrer ne voulaient qu'une chose. Pour moi, coucher avec quelqu'un est une conséquence de mon engagement, et la plupart des mecs voulaient juste une brève liaison.

– C'est leur problème.

– Je sais… (Maria tenta de trouver la meilleure façon de formuler ce qu'elle voulait exprimer.) C'est dur, parfois. Peut-être parce que mes parents sont si heureux et donnent l'impression que c'est si facile. Mais j'ai toujours supposé que je pourrais trouver le gars parfait sans avoir besoin de me ranger. Et en grandissant, j'avais tous ces projets… Je sais seulement que maintenant, à mon âge, je devrais être mariée et vivre dans une maison victorienne restaurée, à prévoir d'avoir des enfants. Mais tout ça paraît bien plus lointain que quand j'étais petite. Ou même qu'il y a deux ou trois ans.

Colin ne répondit pas et Maria secoua la tête.

– Je ne peux pas croire que je te raconte tout ça.

– Ça m'intéresse.

– Bien sûr, répondit-elle sans prendre au sérieux son commentaire. Même pour moi, ça semble chiant.

– Ce n'est pas chiant. C'est ton histoire et ça me plaît de l'écouter, répondit-il avant de brusquement changer de sujet. Alors, tu danses la salsa, hein ?

– C'est tout ce que tu as retenu ? De tout ce que j'ai dit ?

Il haussa les épaules et elle reprit, se demandant pourquoi cela semblait si facile de lui parler :

– J'y allais presque tous les week-ends.

– Mais plus maintenant ?

– Pas depuis que je suis rentrée en ville. Il n'y a pas de clubs ici. Pas officiellement, en tout cas. Serena a tenté de m'entraîner dans un endroit bizarre, mais je me suis décommandée à la dernière minute.

– On dirait que ç'aurait pu être amusant.

– Peut-être. Mais ce n'est même pas une vraie boîte. C'est dans un entrepôt abandonné, et je suis presque sûre que les organisateurs n'ont pas d'autorisation.

– Parfois, ce sont les meilleurs endroits.

– J'imagine que tu parles d'expérience ?

– Oui.

Elle sourit.

– Tu t'y connais en salsa ?

– C'est comme le tango ?

– Pas vraiment. Le tango, en gros, c'est de la danse de salon où tu te déplaces dans la pièce. La salsa, c'est plus une danse pour faire la fête, avec beaucoup de rotations et de changements de main, mais tu ne changes pas vraiment de place sur la piste. C'est une super façon de passer deux ou trois heures avec des amis, en particulier si tu as un bon partenaire. C'était la seule occasion où j'avais l'impression de pouvoir vraiment lâcher prise et d'être moi-même.

– Tu n'es pas toi-même maintenant ?

– Bien sûr que si, répondit-elle. Mais c'est la version plus calme, la plus classique.

Elle leva sa pagaie pour s'étirer, puis la plongea de nouveau dans l'eau.

– J'ai une question. Et je me la pose depuis que tu en as parlé. (Il se tourna vers elle, et elle poursuivit :) Pourquoi tu veux enseigner en primaire ? J'aurais cru que la plupart des gars voudraient enseigner au lycée.

Il fit avancer sa pagaie dans l'eau.

– Parce qu'à cet âge les gamins sont assez grands pour comprendre le plus gros de ce que leur racontent les adultes, mais encore assez jeunes pour penser qu'ils leur disent la vérité. Le CE2, c'est aussi l'année où les problèmes de comportement commencent à se manifester pour de bon. Si tu ajoutes tous les tests demandés par l'État, c'est une année cruciale.

Ils glissaient sur une mer d'huile.

– Et ?

– Et quoi ?

– Tu m'as dit la même chose hier soir. Quand tu pensais que je ne te racontais pas toute l'histoire. Alors, je te repose la question, quelle est la vraie raison de ton envie d'enseigner au CE2 ?

– Parce que ç'a été ma dernière bonne année à l'école, avant mon inscription à la fac. En fait, ma dernière bonne année tout court. Grâce à M. Morris. C'était un ancien officier de l'armée devenu enseignant, et il savait exactement ce qu'il me fallait. Pas la discipline bête et méchante à laquelle j'ai eu droit plus tard à l'école militaire, mais simplement un plan adapté. Depuis le début, je ne pigeais rien en classe, et quand j'ai commencé à faire l'idiot, il m'a dit que je devrais rester après les cours. Je pensais me contenter de m'asseoir avec un livre ou faire du ménage, mais il m'a fait faire des tours de terrain autour de l'école et des pompes chaque fois que je passais devant lui. Et pendant tout ce temps, il ne cessait de me répéter que je me débrouillais bien, que j'étais très rapide ou très fort, si bien que je n'avais pas l'impression d'être puni. Il a fait la même chose à la récré le lendemain puis m'a demandé si je pourrais arriver plus tôt à l'école tous les jours, car il était évident que j'étais doué. Que j'étais plus fort que les autres gamins. Meilleur. Aujourd'hui, je sais qu'il faisait ça à cause de mon trouble de l'attention et de mes autres problèmes émotionnels, et que son véritable but était de brûler mon trop-plein d'énergie pour que je puisse rester tranquille en classe.

Sa voix se fit plus douce, et il reprit :

— Mais à l'époque, c'était la première fois qu'on me faisait des compliments, et tout ce que je voulais ensuite, c'était qu'il soit encore plus fier de moi. Je me suis mis au travail, et l'école a commencé à devenir plus facile. J'ai rattrapé mon retard en lecture et en maths, et je me comportais mieux à la maison aussi. Un an plus tard, dans la classe de Mme Crandall, tout ça c'était de l'histoire ancienne. Elle était méchante, colérique et détestait les garçons. Alors, je suis redevenu le gamin en difficulté que j'étais. Ensuite, mes parents m'ont envoyé en pension, et tu connais déjà le reste de l'histoire.

Colin poussa un long soupir avant de se tourner vers elle.

— C'est pour ça que je veux être enseignant en CE2. Parce que peut-être, juste peut-être, je tomberai sur un gamin comme moi et saurai exactement quoi faire. Et à long terme, je sais ce que cette année-là peut signifier pour ce gamin. Parce que sans ce M. Morris, à l'époque, je n'aurais jamais envisagé de retourner à la fac et de devenir enseignant.

Maria garda les yeux fixés sur lui.

— Je sais que je ne devrais pas être surprise, étant donné tout ce que tu m'as dit, dit-elle. Mais je le suis.

— Parce que ?

— C'est source d'inspiration. Pourquoi tu veux devenir enseignant, je veux dire. Je n'ai aucune histoire comme ça. La moitié du temps, je ne suis même pas sûre de savoir pourquoi j'ai voulu devenir avocate.

– Comment ça ?

– Quand je suis arrivée à la fac, je ne savais pas trop ce que je voulais faire. Je pensais à une école de commerce ou bien à un master, et j'ai même envisagé de faire médecine. C'était dur, déjà, de choisir une matière principale, et même en première année je n'avais aucune idée de ce que je voulais faire dans la vie. Ma camarade de chambre était décidée à faire du droit et je me suis convaincue que cette idée était séduisante, bien plus qu'elle ne l'était en réalité. Et puis tout à coup je me suis retrouvée en droit, et trois ans plus tard un boulot m'attendait chez le procureur, une fois passé l'examen du barreau. Et maintenant, me voilà. Comprends-moi bien, je suis bonne dans mon boulot. Mais parfois, c'est dur pour moi d'imaginer que je vais faire ça toute ma vie.

– Qui a dit que tu devrais ?

– Je ne peux pas simplement jeter mes études à la poubelle. Ou ces quatre dernières années. Qu'est-ce que je ferais ?

Il se gratta le menton.

– Je pense que tu peux faire ce que tu veux, dit-il enfin. Au bout du compte, nous vivons tous la vie que nous nous choisissons.

– Tes parents pensent quoi de ton retour à l'école ?

– Je pense qu'ils se demandent toujours si j'ai vraiment changé ou si je ne vais pas redevenir celui que j'étais.

Maria sourit, appréciant qu'il lui dise la vérité sans se soucier de ce qu'elle pourrait penser.

– Je ne sais pas pourquoi, mais c'est dur pour moi d'imaginer l'autre Colin, celui que tu étais avant.

– Tu ne l'aurais pas beaucoup aimé.

– Sans doute pas. Et il ne se serait sans doute pas arrêté pour changer ma roue.

– C'est sûr.

— Qu'est-ce que je devrais savoir d'autre sur le nouveau Colin ? demanda-t-elle, et la conversation devint plus décousue, s'attardant sur le fait de grandir à Raleigh et sur son amitié avec Evan et Lily.

Colin lui parla de ses parents et de ses sœurs aînées, et comment c'était de grandir entouré de nounous. Il lui parla de ses premiers combats, de ses écoles, et lui donna d'autres détails sur les années qui avaient suivi le lycée. Même s'il devait admettre qu'elles étaient devenues floues. Il lui parla des arts martiaux mixtes et, devant l'insistance de Maria, lui décrivit quelques-uns de ses combats dont le plus récent avec le marine, qui l'avait laissé couvert de sang et de bleus. Si ses histoires soulignaient souvent son passé chaotique, elles collaient à ce qu'elle savait déjà de lui.

La marée commençait à monter, les propulsant en avant côte à côte. Le soleil descendait peu à peu sur l'horizon et les flots brillèrent comme de vieux pennies. La mince couverture nuageuse adoucissait les rayons du soleil et commença à changer de couleur : rose, orange et magenta.

— Tu as envie de jeter un œil à la plage ? demanda-t-elle.

Il hocha la tête et, tout en se dirigeant vers le rivage, Maria remarqua les dos lisses et sombres de trois marsouins approchant lentement.

Ils se redressèrent dans l'eau, et Colin sourit comme un gamin quand elle les montra du doigt. D'un accord tacite, ils cessèrent de pagayer et laissèrent leurs planches dériver. À sa grande surprise, les marsouins changèrent de direction et vinrent droit sur eux. Instinctivement, Maria saisit son appareil et commença à prendre des photos, ajustant la composition à chaque cliché. Par miracle, elle les eut tous les trois quand ils paradèrent l'un derrière l'autre à portée de main, tout en recrachant de l'eau par leurs évents. Maria pivota et les regarda battre en retraite vers la crique et l'Océan, se demandant ce qui avait pu les conduire ici à ce moment précis.

Quand ils furent hors de vue, elle remarqua que Colin la regardait. Il sourit, et instinctivement elle leva son appareil et le prit en photo, se rappelant tout à coup sa vulnérabilité quelques minutes plus tôt. Malgré la confiance qui émanait de lui, Maria comprenait que, comme elle, Colin voulait simplement être accepté. À sa façon, il était tout aussi seul qu'elle. Cette prise de conscience lui fit mal et elle eut l'impression tout à coup qu'ils étaient les deux seules personnes sur terre. Dans ce moment de silence intime, elle sut qu'elle voulait passer d'autres après-midi exactement comme celui-ci avec lui, un après-midi ordinaire, mais, d'une certaine manière, magique…

Chapitre 7

Colin

Sur la plage, Colin s'assit sur une serviette à côté de Maria, tentant d'ignorer le Bikini noir qu'elle avait dissimulé sous sa tenue. Hier, il l'avait vue comme une étrangère piquant sa curiosité ; en faisant du paddle aujourd'hui, il en était venu à la considérer comme une amie. Mais maintenant, il ne savait pas ce qui allait se passer. Tout ce qu'il savait, c'était que ce Bikini l'empêchait de réfléchir calmement. Maria n'était pas simplement jolie, elle était éblouissante. Et même si Colin sentait que quelque chose avait changé entre eux au cours de cette journée, il ne pouvait pas mettre le doigt dessus.

Il n'avait pas beaucoup d'expérience avec les femmes comme Maria. Celles qu'il avait fréquentées n'avaient pas de diplômes d'enseignement supérieur ou de familles unies, mais le plus souvent beaucoup de piercings et de tatouages, une attitude colérique et de sérieux problèmes de rapport au père. Elles s'attendaient à être traitées comme de la merde, et en général il s'était fait une joie de leur donner raison. Le manque mutuel d'attentes lui avait donné un certain sentiment de confort. Un confort bancal, évidemment, mais la misère attirait la misère. Il n'avait que très rarement dépassé les trois mois de relation, mais contrairement à Evan, avoir une personne spéciale dans sa vie n'avait jamais présenté beaucoup d'intérêt pour Colin. Il n'était pas fait comme ça. Il aimait la liberté offerte par le célibat, sans avoir à en répondre à quelqu'un. C'était déjà assez difficile de mener sa vie, alors satisfaire les attentes d'une autre personne…

Du moins, c'était ce qu'il avait cru jusqu'ici. Tout en admirant discrètement Maria, il se demanda s'il ne se cherchait pas simplement des excuses. Peut-être, simplement peut-être, qu'il ne s'était pas soucié de ses relations parce qu'il n'en avait jamais eu d'honnêtes, parce qu'il n'avait pas rencontré la bonne personne. Il savait qu'il s'avançait mais ne pouvait nier son envie de passer plus de temps avec elle. Il ne parvenait pas à comprendre qu'elle soit encore célibataire. Il se rappela qu'il n'y avait aucune chance qu'elle soit intéressée par un gars comme lui.

Et pourtant…

À l'hôpital, il avait passé beaucoup de temps en thérapie de groupe, où tenter de comprendre ce qui faisait courir les autres faisait partie de l'exercice. Comprendre les autres, c'était se comprendre soi – et vice versa –, et Colin était conscient depuis longtemps du langage du corps et des indices vocaux des gens qui partageaient leurs peurs, leurs failles et leurs regrets. Et même s'il ne pouvait pas exactement lire en Maria, il se doutait qu'elle était tout aussi troublée que lui par ce qui se passait. Et c'était logique. Même s'il avait repris sa vie en main, elle devait comprendre que l'ancien Colin ferait toujours partie de lui. Ce serait un sujet d'inquiétude pour n'importe qui. Bon sang, lui-même s'en inquiétait. Sa colère explosive en sommeil était comme un ours en hibernation, et il devait organiser sa vie d'une certaine façon pour empêcher le retour du printemps. S'entraîner dur pour la contrôler ; se prêter au jeu d'un combat d'arts martiaux de temps à autre pour se débarrasser de son agressivité ; étudier beaucoup et réviser de longues heures pour occuper son planning et l'empêcher de se rendre au mauvais endroit au mauvais moment ; rester loin des drogues et limiter l'alcool. Passer du temps avec Evan et Lily, qui n'étaient pas seulement des citoyens modèles mais toujours là pour l'aider et lui éviter de se mettre en danger.

Il n'y avait pas de place dans sa vie pour Maria. Pas le temps. Il n'avait pas l'énergie.

Et pourtant…

Ils étaient tous les deux seuls sur une plage déserte, et il se dit de nouveau qu'elle était vraiment sexy. Logiquement, Maria aurait dû s'enfuir depuis longtemps, mais elle semblait accepter son passé sans sourciller. Rien à faire, il ne pouvait s'empêcher de penser à elle.

Il la regarda s'allonger, s'appuyant sur ses coudes, sous le soleil de cette fin d'après-midi. Il se dit de nouveau qu'elle était d'une beauté naturelle sans pareille, et dans un effort pour détourner son attention, il roula sur le côté et prit la glacière posée derrière elle. Il ôta le couvercle et prit deux bouteilles d'eau, avant de lui en tendre une.

– Banane ou orange ? demanda-t-il.

– Banane.

Langoureuse, elle se redressa avec grâce.

– Avec les oranges, j'ai les mains qui collent.

Colin sortit alors deux sachets en plastique de noix mélangées.

– Tu veux aussi de ça ?

– Bien sûr, pourquoi pas ?

Elle prit le sachet et glissa une amande dans sa bouche.

– C'est exactement ce dont j'avais besoin, dit-elle avec un clin d'œil. Je sens déjà mon cholestérol descendre et mes muscles grossir.

Il sourit et se mit à peler son orange. Elle fit de même avec sa banane et en mangea une bouchée avant de s'étendre de nouveau.

— Je ne fais jamais ça. Venir sur la plage ici. Je suis déjà passée devant, mais je ne me suis jamais arrêtée pour me détendre.

— Pourquoi pas ?

— L'été, il y a toujours trop de monde. Et je trouverais ça étrange de venir toute seule ici.

— Pourquoi ? Moi, ça ne me dérangerait pas.

— J'en suis sûre. Pour toi, ce n'est pas grand-chose. Mais c'est différent pour les femmes. Venir ici toute seule… Certains gars pourraient croire que c'est une invite. Et si un dingue venait s'asseoir à côté de moi pour me draguer ? Comme quelqu'un qui aurait pris de la drogue, quelqu'un en liberté conditionnelle, avec un passé de bagarreur, habitué à écraser la tête d'inconnus dans les bars… Oh, attends !

Elle feignit l'horreur en se tournant tout à coup vers lui.

Il rit.

— Et s'il avait changé ?

— Au début, je ne le croirais sans doute pas.

— Et s'il était charmant ?

— Il faudrait qu'il soit vraiment, vraiment très charmant. Mais même dans ce cas, je préférerais sans doute rester seule.

— Même s'il avait changé ta roue en pleine nuit sous l'orage ?

— Je serais assurément reconnaissante, mais je ne sais pas si ça ferait une grande différence. Même les fous peuvent être gentils de temps en temps.

— C'est sans doute une décision sage. Un gars comme ça pourrait être dangereux, et certainement pas quelqu'un avec qui tu voudrais te retrouver seule.

— De toute évidence. Bien sûr, il y a toujours la possibilité qu'il ait réellement changé et qu'il soit gentil, ce qui signifierait que je n'aurais pas de chance. Puisque je ne lui aurais jamais laissé l'occasion de le prouver.

– Je peux comprendre en quoi ce serait un problème.

– En tout cas, c'est pour ça que je ne viens pas ici toute seule. Comme ça, pas de problème.

– Ça se tient. Pourtant, je ne suis pas sûr de savoir ce que je pense de ce que tu viens de dire.

– Bien, répondit-elle, en lui donnant un coup de coude complice. Alors, nous sommes quittes. Je ne sais pas comment prendre une bonne partie de ce que tu m'as dit.

Même s'il n'était pas sûr qu'elle soit en train de flirter, il aimait le naturel de son contact.

– Et si on changeait de sujet pour un terrain plus sûr ?

– Comme ?

– Parle-moi de ta famille. Tu as dit que tu avais beaucoup de cousins en ville ?

– Mes grands-parents des deux côtés vivent toujours au Mexique, mais j'ai trois tantes et quatre oncles qui vivent à Wilmington, et plus de vingt cousins. Et nous organisons des super fêtes de famille.

– Ça a l'air amusant.

– Ça l'est. Beaucoup travaillent ou travaillaient à *La Cocina de la Familia*, si bien que le restaurant était un peu comme une seconde maison. J'ai sans doute passé plus de temps durant mon enfance là-bas que chez nous.

– Ah ouais ?

Elle hocha la tête.

– Lorsque j'étais petite, il y avait une aire de jeux derrière et ma mère pouvait me surveiller. Quand j'ai commencé l'école, je faisais mes devoirs dans le bureau. Après la naissance de Serena, je la regardais jouer jusqu'à ce que ma mère ait fini de travailler, et ensuite j'ai commencé à travailler là moi aussi. Mais le truc bizarre, c'est que je n'ai jamais eu l'impression de passer après le restaurant, ou bien qu'il dominait ma vie. Pas seulement parce que toute ma famille était là, mais parce qu'ils étaient toujours présents pour garder un œil sur moi et s'assurer que tout allait bien. Et quand nous étions à la maison, ce n'était pas très différent. Nous avions toujours de la famille chez nous. Beaucoup d'entre eux vivaient avec nous jusqu'à ce qu'ils aient mis assez d'argent de côté. Pour un enfant, c'était parfait. Il y avait toujours quelque chose à faire, des gens qui parlaient, cuisinaient ou écoutaient de la musique. C'était toujours bruyant, mais c'était une bonne énergie, une énergie joyeuse.

Il associa ses explications à la femme assise à côté de lui, trouvant cela étonnamment facile.

— Tu avais quel âge quand tu as commencé à travailler au restaurant ?

— Quatorze ans. Je travaillais là après l'école, et tous les étés, et pour les vacances de Noël jusqu'à mon diplôme de droit. Mes parents pensaient que ce serait bien pour moi de gagner mon propre argent de poche.

— Tu as l'air d'être fière d'eux.

— Tu ne le serais pas, toi ? Même si je dois admettre que je ne suis pas sûre de savoir ce que mes parents penseraient s'ils savaient que je suis avec toi aujourd'hui.

— Oh, moi je sais très bien ce qu'ils penseraient.

Maria rit, le cœur léger et sans retenue.

— Tu veux faire un peu de Frisbee ?

— Je veux bien. Mais ne viens pas dire que je ne t'ai pas prévenu.

Elle n'avait pas menti. Elle n'était pas très douée. Tous ses lancers ou presque déviaient rapidement de leur trajectoire, certains retombant dans le sable, d'autres emportés par la brise. Colin zigzaguait vaillamment, tentant de les rattraper avant qu'ils ne touchent le sol, tout en entendant Maria crier « Je suis désolée ! ». Chaque fois qu'elle réussissait un bon lancer ou à attraper le Frisbee, elle témoignait une joie presque enfantine.

Ils continuèrent à discuter. Elle lui parla de ses voyages au

Mexique pour aller rendre visite à ses grands-parents, et lui décrivit les maisons en parpaings où tous deux avaient vécu toute leur vie. Elle évoqua ses années de lycée, de même que quelques-unes de ses expériences de fac et lui raconta des anecdotes sur son travail chez le procureur. Il était déconcerté à l'idée que son premier petit ami ait pu la laisser filer et se demandait pourquoi personne n'avait pris sa place depuis. Pouvait-on se montrer aussi aveugle ? Il ne savait pas et ne s'en souciait pas ; ce dont il était sûr, c'était qu'il était incroyablement chanceux qu'elle se soit aventurée au bout de la jetée.

Renonçant au Frisbee, il prit le footbag et l'entendit éclater de rire.

— Aucune chance, dit-elle avant de s'écrouler sur sa serviette.

Colin s'assit à côté d'elle. Il se sentait fatigué après cette journée sous le soleil, et remarqua que la peau de Maria avait pris une teinte miel. Ils finirent leurs bouteilles d'eau, buvant lentement en contemplant les vagues.

— Je crois que j'aimerais te voir te battre, dit-elle en se tournant vers lui.

— D'accord.

— C'est quand, ton prochain combat ?

— Pas avant quelques semaines. C'est au *House of Blues*, au nord de Myrtle Beach.

— Tu combattras contre qui ?

— Je ne sais pas encore.

— Comment c'est possible ?

Il fit courir ses doigts dans le sable.

— Chez les amateurs, il faut souvent attendre la veille pour connaître le programme. Tout dépend de qui veut se battre, qui est prêt à le faire et qui est disponible. Et bien sûr, de qui s'inscrit pour de bon pour le combattre.

— Ça te rend nerveux ? De ne pas savoir ?

— Pas vraiment.

– Mais si c'est… un géant, ou un truc comme ça ?

– Il y a des catégories de poids, alors ce n'est pas un souci. Mon principal problème, c'est que le gars en face panique et brise les règles. Certains amateurs n'ont pas beaucoup d'expérience dans la cage, et c'est facile de perdre le contrôle. C'est ce qui s'est passé quand mon dernier adversaire m'a donné un coup de tête. Ils auraient dû arrêter le combat à cause du saignement, mais l'arbitre n'a rien vu. Mon coach devenait fou.

– Et tu apprécies vraiment ça ?

– Ça fait partie du jeu, dit-il. La bonne nouvelle, c'est que j'ai pris le mec en guillotine le round suivant, et qu'il a dû abandonner. Et j'ai apprécié cette partie.

– Tu te rends compte que ce n'est pas normal, n'est-ce pas ?

– D'accord.

– Et juste pour qu'on soit bien sur la même longueur d'onde, je me fiche que tu gagnes ou perdes, mais je ne veux pas que tu finisses couvert de sang et de bleus.

– Je ferai de mon mieux.

Maria fronça les sourcils.

– Attends, le *House of Blues* ? Ce n'est pas un restaurant ?

– Entre autres. Mais il y a assez de place. Les amateurs n'attirent pas grand monde.

– Incroyable ! Qui ne voudrait pas voir des gars se taper dessus ? Qu'est-ce qui ne va pas dans la société, ces temps-ci ?

Colin sourit. Elle passa les bras autour de ses genoux comme la veille, mais cette fois il sentit son épaule effleurer la sienne.

– Et les photos ? demanda-t-il. Celles avec les marsouins ?

Maria saisit son appareil et cliqua sur le panorama avant de le lui tendre.

– Je pense que c'est la meilleure, dit-elle. Mais il y en a d'autres. Utilise la flèche pour passer de l'une à l'autre.

Il regardait la photo des trois marsouins.

– C'est incroyable. On dirait presque qu'ils prenaient la pose.

– Parfois, j'ai de la chance. La lumière était parfaite.

Maria se pencha vers lui, son bras effleurant le sien.

– J'en ai pris d'autres ce mois-ci, que j'aime bien aussi.

Il utilisa la flèche pour retourner en arrière, parcourant rapidement une longue série de photos : des pélicans et des balbuzards, un gros plan sur un papillon, un muge[1] pris en plein saut. Quand elle se pencha plus près de lui pour regarder, il sentit l'odeur des fleurs sauvages dans la chaleur. À la fin de la série, elle s'écarta.

– Tu devrais en encadrer certaines, dit-il, lui tendant l'appareil.

– Je le fais. Seulement les meilleures.

– Meilleures que ça ?

– Ce serait à toi d'en juger, dit-elle. Bien sûr, il faudrait pour commencer que tu viennes chez moi, puisqu'elles sont accrochées sur mes murs.

– Je crois que j'aimerais beaucoup ça, Maria.

Maria se tourna de nouveau vers l'eau, un léger sourire aux lèvres. C'était étrange de se dire qu'il l'avait repérée seulement hier sur la jetée. Ou à quel point il en était arrivé à la connaître si bien en un laps de temps aussi court. Et combien il voulait la connaître encore plus.

– On devrait sans doute y aller, dit-elle, une note de regret dans la voix. Avant qu'il commence à faire trop sombre.

Il hocha la tête en sentant une pointe de déception, tout en se levant pour rassembler leurs affaires. Ils reprirent leurs

---

1. Autre nom du mulet, poisson vivant soit en mer, soit en eau douce.

paddles et arrivèrent sur Wrightsville Beach alors que les premières étoiles faisaient leur apparition dans le ciel. Colin aida Maria à attacher les planches et les pagaies sur le toit de sa voiture avant de se tourner vers elle. En la regardant écarter ses cheveux de ses yeux, il se sentait étrangement nerveux, ce qui ne lui était jamais arrivé avec une femme.

– J'ai passé une super journée aujourd'hui.

– Le paddle, c'est très amusant.

– Je ne parlais pas du paddle.

Il se balançait d'un pied sur l'autre et avait l'impression qu'elle attendait qu'il termine sa phrase.

– Je parlais de passer du temps avec toi.

– Ah oui ? demanda-t-elle d'une voix douce.

– Oui.

Colin était sûr qu'elle était la plus belle des femmes qu'il ait jamais connues.

– Qu'est-ce que tu fais le week-end prochain ?

– À part mon brunch le dimanche, je n'ai rien de prévu.

– Tu veux aller à cet entrepôt dont Serena t'a parlé ? Samedi soir ?

– Tu me demandes si je veux aller danser ?

– J'aimerais connaître la Maria la moins classique, celle qui peut vraiment être elle-même.

– Parce que la version plus calme n'est pas ton type ?

– Non, tout le contraire, en fait. Et je sais déjà ce que je ressens pour cette Maria-là.

Les grillons chantaient dans les dunes, leur jouant la sérénade tel un orchestre. Ils étaient seuls. Maria leva les yeux sur lui, il fit un pas en avant, son instinct prenant le dessus. Il se demanda si elle allait se détourner et rompre le charme, mais non. Elle ne bougea pas alors qu'il s'approchait encore, passant lentement un bras dans son dos. Leurs lèvres se touchèrent. À cet instant, il sut que c'était ce qu'il avait voulu depuis le début. Il la voulait, elle, dans ses bras, exactement comme ça, pour toujours.

Colin prit son temps pour rentrer chez lui, empruntant les petites rues pleines de charme de Wilmington, savourant le sentiment de bien-être né de sa journée avec Maria. Il se sentait étonnamment bien après un après-midi de paddle, et son esprit tournait toujours autour du mystère de Maria.

Il descendit de voiture et traversait la pelouse fraîchement coupée en direction de son appartement, quand Lily l'appela depuis le porche, son téléphone portable à la main.

– Ah, te voilà, dit-elle, sa voix traînante presque chantante.

Comme toujours, elle était parfaitement coiffée. Ce soir toutefois, chose rare, elle portait un jean, quoique avec des escarpins, un collier de perles, des boutons de pression en diamant et une fleur de gardénia habilement épinglée dans ses cheveux.

– Qu'est-ce que tu fais ici ? demanda Colin tout en se dirigeant vers elle.

– Je parlais à ma mère en t'attendant, répondit-elle en descendant les marches à sa rencontre.

Lily était la seule fille qu'il connaissait qui sautillait de joie. Elle se pencha vers lui pour l'enlacer.

– Evan m'a dit que tu avais un rendez-vous, et je veux tout savoir avant que tu rentres chez toi.

– Où est Evan ?

– À l'ordinateur, il recherche des renseignements sur une compagnie pharmaceutique pour ses clients. Tu sais à quel point il prend son travail au sérieux, le petit chéri. Mais n'essaie pas de changer de sujet. Pour le moment, nous allons nous asseoir sur les marches, et tu vas tout me dire sur cette jeune femme spéciale, et je n'accepterai pas de « non ». Et n'oublie rien. Je veux tout savoir.

Elle s'assit sur les marches et lui fit signe de faire de même en tapotant à côté d'elle. Colin savait qu'il n'avait d'autre choix que de s'exécuter mais lui fit un rapide résumé. Lily l'interrompit plusieurs fois, insistant lourdement pour obtenir des détails. Quand il eut terminé, elle le regarda les yeux plissés, de toute évidence déçue.

— Tu dois vraiment travailler tes talents de conteur, Colin, le gronda-t-elle. Tu t'es contenté de me réciter une liste d'activités et de sujets de conversation.

— Comment tu voulais que je le raconte ?

— C'est une question bête. Tu aurais dû me faire tomber amoureuse d'elle, moi aussi.

— Pourquoi je voudrais faire ça ?

— Parce que même si tu as très mal raconté votre rendez-vous, c'est évident que tu es amoureux d'elle.

Il ne dit rien.

— Colin ? C'est exactement ce que je voulais dire. Tu aurais dû me dire un truc comme « Quand je suis avec Maria, je… je… » sans finir ta phrase, mais en secouant la tête parce que les mots ne suffisent pas à exprimer l'intensité de ce que tu éprouves.

— Ça sonne plus comme toi que comme moi.

— Je sais, répondit-elle, visiblement presque désolée pour lui. C'est ce qui fait de toi un si piètre conteur, mon pauvre.

Seule Lily pouvait lui faire un reproche d'une façon donnant l'impression qu'il était plus dur pour elle de le dire que pour lui de l'entendre.

— Comment tu sais que je suis amoureux d'elle ?

Elle soupira.

— Si tu n'avais pas apprécié ton après-midi avec elle, tu m'aurais lancé ton regard vide et répondu : « Il n'y a rien à dire. » Et tout ça, bien sûr, nous conduit à la question cruciale : quand aurai-je la chance de la rencontrer ?

— Il faudrait que je lui demande.

— Et tu as déjà d'autres sorties de prévues avec ta douce ?

Colin hésita, se demandant si quelqu'un d'autre à part Lily utilisait encore cette expression.

— On est censés sortir le week-end prochain.

— Pas dans un bar, j'espère.

— Non, dit-il, lui parlant de l'entrepôt.

— Tu es sûr que c'est une décision sage ? Étant donné ce qui est arrivé la dernière fois que tu es allé en boîte avec Evan et moi ?

— Je veux juste l'emmener danser.

— Danser peut être très romantique, admit-elle. Et pourtant…

— Tout ira bien. Je te le promets.

— Alors, je vais te croire sur parole. Bien sûr, tu devrais aussi passer à son bureau dans la semaine, et la surprendre avec des fleurs ou des chocolats. Les femmes aiment ce genre d'attention, même si j'ai toujours pensé que les chocolats, c'est mieux quand il fait froid. Alors peut-être seulement des fleurs.

— C'est pas mon style.

— Évidemment que non, c'est pour ça que la suggestion vient de moi. Fais-moi confiance. Elle sera ravie.

— D'accord.

Elle tendit le bras et lui tapota la main.

— On n'a pas déjà parlé de ça ? De répondre d'accord quand les gens te parlent ? Il faut vraiment que tu perdes cette habitude. C'est très déplaisant.

— D'accord.

— Et ça continue, dit-elle en soupirant. Un jour, tu comprendras la sagesse de mes paroles.

Derrière eux, Evan ouvrit la porte, remarquant la main de Lily sur celle de Colin. Mais Evan voyait leur relation à tous les trois de la même façon que Colin.

– Laisse-moi deviner. Tu le cuisines sur son rencard ? demanda-t-il à sa fiancée.

– Pas du tout, souffla Lily. Les dames ne cuisinent pas. Je lui ai simplement demandé ce qu'il pensait de leur rendez-vous, et même si Colin, le pauvre, a failli m'endormir, je crois que notre ami est amoureux.

Evan rit.

– Colin ? Amoureux ? Ça ne va pas ensemble.

– Colin, veux-tu s'il te plaît informer mon fiancé à ce sujet ?

Colin la désigna du pouce.

– Elle pense que je suis amoureux.

– Comme je l'ai dit, fit remarquer Lily, visiblement satisfaite, maintenant que nous avons établi la vérité, quand comptes-tu rappeler ta douce ?

– Je n'y ai pas réfléchi.

– Tu n'as donc rien appris de moi ? demanda-t-elle en secouant la tête. Avant même de prendre ta douche, tu dois vraiment lui téléphoner. Et lui dire aussi à quel point tu te sens bien avec elle, et que tu étais honoré par le plaisir de sa compagnie.

– Tu ne crois pas que c'est un peu trop ?

Lily parut presque triste.

– Colin… Je sais que tu as du mal quand il s'agit de laisser s'exprimer ton côté sensible, et c'est un défaut de ton caractère que j'ai toujours été disposée à ignorer, ne serait-ce que par amitié. Mais tu vas l'appeler ce soir. Dès que tu auras passé cette porte. Parce que les gentlemen, les vrais gentlemen appellent toujours, et que je ne peux décemment côtoyer que des gentlemen.

Evan haussa un sourcil, et Colin sut qu'il n'avait plus le choix.

– D'accord.

Chapitre 8

Maria

Le lundi, Maria se dit qu'il valait mieux se cacher dans son bureau, où elle pourrait se concentrer en paix. Le stress de Barney concernant le procès à venir avait encore augmenté et elle ne voulait pas devenir involontairement une cible. Fermant sa porte, elle prit des notes pour un rendez-vous en milieu de matinée, passa quelques coups de téléphone et répondit à des mails, cherchant à prendre de l'avance sur son travail de la semaine. Et pourtant, malgré sa volonté de se montrer efficace, elle se retrouvait de temps en temps à regarder par la fenêtre, se souvenant de son week-end.

Une partie de son inattention venait du coup de fil de Colin le dimanche soir. Si les amis et les magazines disaient la vérité, les gars ne rappelaient pas tout de suite, et la plupart n'appelaient pas. Mais comme souvent, tout chez Colin était inattendu. Après avoir raccroché, elle avait examiné la photo qu'elle avait prise de lui et imaginé qu'elle y voyait à la fois le Colin qu'elle connaissait et Colin l'étranger. Son expression était douce, mais son corps était une carte de cicatrices et de tatouages. Même si elle s'était promis de la montrer à Serena, elle avait décidé de ne pas partager ce cliché.

– Quelqu'un est de bonne humeur.

Maria aperçut Jill dans le couloir.

– Oh, salut, Jill. Comment ça va ?

– J'imagine que c'est moi qui devrais te poser la question, dit-elle en entrant dans le bureau. Tu étais perdue dans ton petit monde quand j'ai passé la tête, et ça n'arrive à personne un lundi.

– J'ai passé un bon week-end.

– Ah oui ? À la façon dont tu dis ça, j'imagine qu'il s'est bien mieux passé que mes dépositions de la semaine passée. Ça devait être la première fois que je me retrouvais à souhaiter retourner au bureau.

– À ce point ?

– C'était horrible.

– Tu as envie d'en parler ?

– Seulement si tu veux mourir d'ennui. Et de toute façon, j'ai une téléconférence dans quelques minutes. Je suis simplement passée voir si tu faisais quelque chose ce midi. Je meurs d'envie de manger des sushis en bonne compagnie, maintenant que je suis de retour.

– Ça me paraît super.

Jill ajusta la manche de son chemisier.

– Je me trompe peut-être, mais j'en déduis que tu n'es plus fâchée contre moi ?

– Pourquoi je le serais ?

– Peut-être parce que je t'ai piégée dans le pire rendez-vous à l'aveugle du monde.

– Ah oui…, répondit Maria, surprise de l'avoir déjà presque oublié. Ça…

– Je suis tellement désolée, dit Jill. Tu ne peux pas imaginer à quel point je me suis sentie mal toute la semaine, en particulier parce que je n'avais pas eu l'occasion d'en rediscuter avec toi.

– Nous en avons parlé, tu te souviens ? Et tu t'es déjà excusée.

– Pas assez.

— Ça va. Et en fait, tout s'est bien arrangé.

— Je ne vois pas comment.

— J'ai rencontré quelqu'un.

Il s'écoula deux ou trois battements de cœur avant que Jill ne réagisse.

— Tu ne parles pas du gars qui a changé ton pneu ? Celui couvert de bleus, qui a failli te faire mourir de peur ?

— C'est lui.

— Mais comment c'est possible ?

— C'est difficile à expliquer.

Jill eut un petit sourire satisfait.

— Ouille.

— Quoi ?

— Tu souris encore.

— Ah bon ?

— Oui, oui. Et une partie de moi a envie d'annuler ma téléconférence et de trouver une chaise tout de suite.

— Je ne peux pas. Barney et moi, nous avons rendez-vous avec un client dans quelques minutes.

— Mais tu es bien partante pour le déjeuner, n'est-ce pas ? Et tu me mettras au parfum à ce moment-là ?

— Sans aucun doute.

Dix minutes plus tard, Serena l'appela. Quand Maria vit qui était à l'autre bout du fil, elle éprouva une pointe d'inquiétude. Serena n'appelait jamais avant 10 heures du matin. La moitié du temps, elle n'était même pas réveillée à cette heure-là.

— Serena ? Tout va bien ?

— Où est-elle ?

— Quoi donc ?

— La photo de Colin. Je n'ai pas reçu de mail ou de SMS.

171

Maria cligna des yeux.

– Tu m'appelles au travail, pendant les heures de boulot, pour une photo ?

– Je n'aurais pas eu besoin de le faire si tu l'avais déjà envoyée. Ça s'est bien passé ? Dis-moi que tu ne l'as pas déjà fait fuir.

– Non. En fait, nous sortons samedi soir.

– D'accord, dit Serena. Mais le message n'aura pas le même impact sans photo. Bien sûr, je pourrais en prendre une de toi quand tu étais petite si tu n'en envoies pas…

– Au revoir, Serena.

Elle raccrocha, pour saisir son téléphone mobile quelques minutes plus tard, piquée par la curiosité plutôt qu'autre chose. Et là, sur Instagram, sa photo. De quand elle était au collège. Les bagues. L'acné. Les lunettes. Empotée. La pire des photos de classe de l'histoire des photos de classe. « Essayez de ne pas être jaloux, les gars, mais ma sœur Maria a un rencard samedi soir ! » Maria ferma les yeux. Elle allait devoir tuer sa sœur. Aucun doute là-dessus.

Mais elle devait l'admettre : Serena était drôle.

Deux heures plus tard, en compagnie d'un plateau de sushis et de sashimis, Maria mit Jill au parfum, lui racontant la plus grande partie de ce qui s'était passé avec Colin. L'histoire avait quelque chose d'incroyable, même à ses propres oreilles.

– Waouh…, souffla Jill.

– Tu crois que je suis folle ? Étant donné son passé ?

– Qui suis-je pour juger ? Regarde le rendez-vous qu'on t'avait organisé. Avec quelque chose d'aussi original, ta meilleure chance est de continuer à suivre ton instinct.

– Et si mon instinct avait tort ?

– Alors, au moins, ton pneu a été changé et tu as eu

un rendez-vous agréable, ce qui j'espère me sauvera de mon fiasco.

Maria sourit.

– Et donc, les dépositions étaient ennuyeuses ?

– Un moine serait devenu fou, la moitié des gens étaient tout disposés à mentir sous serment quand les autres ne se souvenaient soi-disant de rien. Et maintenant que j'ai perdu mon temps toute la semaine, nous allons sans doute finir par accepter un arrangement. La routine, mais je ne m'y ferai jamais. (Elle prit un autre sushi et demanda :) Et avec Barney ?

– Ça va mieux.

– Ce qui veut dire ?

– Oh, c'est vrai, tu n'étais pas là, répondit Maria, avant de raconter à Jill comment son rendez-vous au garage l'avait mise en retard, et tout le travail qu'elle s'était sentie obligée d'abattre ensuite.

Elle lui raconta aussi le savon que lui avait passé Barney mais omit la confrontation avec Ken.

– Barney va passer l'éponge. Il est toujours tendu avant un procès.

– Oui, mais… (Maria remua dans son fauteuil…) Le truc, c'est que j'ai entendu dire que Barney avait l'intention de me laisser plaider sur ce cas.

– Où as-tu entendu ça ?

Les baguettes de Jill s'immobilisèrent.

– Comprends-moi bien, tu es brillante, mais tu manques un peu d'expérience pour que Barney te refile ce genre de responsabilités.

– Des rumeurs, répondit Maria.

– Je n'en tiendrais pas compte, à ta place. Barney aime trop le feu des projecteurs, et il a beaucoup de mal à laisser la main… et les mérites à quelqu'un d'autre, même avec les principaux associés. C'est l'une des raisons de mon transfert. J'ai fini par comprendre que je ne pourrai jamais monter en grade ou même aller au tribunal, alors que j'avais besoin de cette expérience.

– Je n'arrive toujours pas à croire que tu aies pu changer de département.

– Timing chanceux. Je te l'ai dit, j'étais déjà dans ce secteur quelques années avant de débuter au cabinet. (Maria hocha la tête et Jill poursuivit :) Mais à cette époque, je n'étais pas sûre que ce soit vraiment ce que je voulais faire, alors j'ai pris un risque avec les contentieux d'assurances. J'ai travaillé avec Barney pendant neuf mois, et j'ai failli me tuer à la tâche avant de comprendre que c'était une impasse. Je serais bien partie, mais le cabinet ouvrait son département travail et emploi, et avait besoin de moi.

– Malheureusement, je suis plus ou moins coincée si ça ne marche pas. À moins de commencer à défendre des criminels.

– Tu pourrais toujours changer de cabinet.

– Ce n'est pas aussi facile que tu sembles le croire.

– Mais tu n'as pas cherché, n'est-ce pas ?

– Pas vraiment. Mais j'ai commencé à me demander si je ne devrais pas m'y mettre.

Jill la dévisagea tout en prenant son verre.

– Tu sais que tu peux me parler, n'est-ce pas ? Au sujet de tous tes soucis. Même si je ne suis pas associée, je dirige mon propre département, ce qui me donne une certaine influence.

– J'ai juste beaucoup de choses en tête en ce moment.

– Avec un peu de chance, tu parles de Colin.

La mention de son nom lui rappela d'autres souvenirs du week-end, et Maria changea de sujet.

– Comment va Paul ?

– Bien. J'ai dû le snober pendant deux ou trois jours

comme punition, mais c'est passé. On est allés à Asheville ce week-end pour une foire aux vins.

– Ça a l'air fun.

– Oui. Si ce n'était bien sûr qu'il n'y a toujours pas d'anneau à mon doigt, et que l'horloge biologique continue de tourner. Faire comme si tout était OK ne marche pas, alors peut-être qu'il est temps de tenter une nouvelle stratégie.

– Comme quoi ?

– Je n'en ai aucune idée. Si tu as un plan à toute épreuve, tiens-moi au courant.

– Pas de problème.

Jill avala un autre sushi.

– Qu'est-ce que tu as de prévu cet après-midi ?

– Comme d'habitude. Il y a beaucoup de choses à préparer avant le procès. Tout en tentant de ne pas prendre de retard sur le reste, bien sûr.

– Comme je l'ai dit, Barney attend beaucoup de ses collaborateurs.

Et Ken attendait autre chose.

– C'est un boulot, dit-elle.

– Tu es sûre que tout va bien ? Même avec notre associé gérant lubrique ?

– Pourquoi tu dis ça ?

– Parce que tu as assisté à cette conférence avec lui, et je le connais depuis plus longtemps que toi. N'oublie pas que je sais exactement comment il fonctionne.

– La conférence était bien.

Jill lui lança un coup d'œil avant de hausser les épaules.

– Très bien. Mais je sens que quelque chose te contrarie.

Maria s'éclaircit la gorge, se demandant pourquoi elle se sentait soudain comme interrogée.

– Il n'y a vraiment rien à dire. Je fais juste de mon mieux.

Les jours suivants furent trop chargés pour qu'elle ait le luxe de rêvasser, Barney pénétrant sans prévenir dans son bureau toutes les demi-heures pour lui demander d'examiner de nouveaux détails ou de passer des coups de téléphone, malgré ses autres dossiers à gérer. Maria avait à peine le temps de quitter son bureau, et le mercredi après-midi, tout en travaillant sur un brouillon pour la déclaration liminaire de Barney, elle ne remarqua pas le soleil qui commençait à descendre dans le ciel, ni les départs, un par un, de ses collègues. Les yeux rivés sur l'écran de son MacBook, Maria sursauta quand on frappa à sa porte, qui s'ouvrit lentement.

Ken.

Paniquée, elle regarda dans le couloir : Lynn n'était plus à son bureau ; les lumières de celui de Barney étaient éteintes, et elle n'entendait personne.

— J'ai remarqué que votre bureau était encore éclairé, dit-il en entrant. Vous avez deux minutes ?

— Je terminais, improvisa-t-elle, percevant une trace d'incertitude dans son ton. Je n'ai pas vu le temps passer.

— Je suis content de vous avoir trouvée, alors, dit-il d'une voix douce. Je voulais finir notre conversation de l'autre jour.

Maria sentit un bruit sourd dans sa poitrine et rassemble les pages sur son bureau avant de les ranger dans leurs classeurs. La dernière chose dont elle avait envie, c'était de se retrouver seule avec Ken. Elle déglutit péniblement.

— Pourrait-on faire ça demain ? Je suis déjà en retard, et je suis censée dîner avec mes parents ce soir.

— Ce ne sera pas long, répondit-il, ignorant son prétexte en contournant son bureau.

Il se tenait près de la fenêtre et elle remarqua que le ciel était maintenant sombre.

– Ce sera peut-être plus facile pour vous sans regards indiscrets. Il n'y a pas de raison que tout le monde sache ce qui est arrivé avec le client de Barney.

Ne sachant quoi dire, Maria garda le silence.

Il jeta un coup d'œil par la fenêtre, semblant se concentrer sur un point au loin.

– Vous aimez travailler avec Barney ? demanda-t-il enfin.

– J'apprends beaucoup à ses côtés, commença Maria, choisissant soigneusement ses mots. Il a un très bon instinct, les clients lui font confiance et, en tant que collègue, il sait bien expliquer ses raisonnements.

– Alors, vous le respectez.

– Bien sûr.

– C'est important de travailler avec des gens que vous respectez. C'est important que tous les deux, vous puissiez travailler en équipe.

Ken ajusta les stores vénitiens, les fermant légèrement avant de les remettre dans leur position initiale.

– Vous estimez avoir l'esprit d'équipe ?

La question plana dans l'air.

– J'essaie.

Ken attendit un instant avant de reprendre.

– J'ai parlé de nouveau à Barney vendredi au sujet de la situation, et je dois dire que j'ai été surpris de voir à quel point il était encore en colère. C'est pour ça que je vous ai posé la question pour l'esprit d'équipe. Parce que je vous ai défendue vendredi, et je crois que j'ai pu désamorcer la situation. Je voulais être sûr d'avoir fait le bon choix.

Maria déglutit, se demandant pourquoi Barney ne lui avait pas parlé lui-même s'il était encore en colère.

– Merci, murmura-t-elle.

Il se retourna et fit un pas vers elle.

– Je l'ai fait parce que je veux que vous ayez une carrière longue et fructueuse au sein du cabinet. Vous allez avoir besoin de quelqu'un capable de vous défendre dans ce genre de situation, et je suis là pour vous aider quand je le peux.

Cette fois, il se tenait devant elle et elle le sentit poser une main sur son épaule. Plus ou moins. Le bout de ses doigts effleura la zone près de sa clavicule.

– Vous devriez me considérer comme un ami, quoiqu'un ami très haut placé.

Elle recula et comprit que tout cela – comment il l'avait snobée le lundi avant de lui passer un savon le jeudi pour la jouer maintenant « Vous et moi contre le reste du monde » – faisait simplement partie de son nouveau plan pour coucher avec elle, et Maria se demanda comment elle avait pu se montrer aussi naïve.

– Nous devrions déjeuner ensemble demain, dit-il, ses doigts effleurant toujours sa peau au-dessus de son col en V. On pourrait discuter d'autres façons de trouver votre place dans le cabinet, en particulier si vous comptez devenir associée un jour. Je crois que vous et moi, on pourrait très bien travailler ensemble. Vous ne croyez pas, Maria ?

Ce fut le son de son prénom qui la fit réagir, qui lui fit enfin comprendre le sens des paroles de Ken. *Jamais de la vie*, se dit-elle.

– Je ne peux pas déjeuner demain, dit-elle, tentant de maîtriser sa voix. J'ai déjà un engagement.

Un éclair de contrariété passa sur son visage.

– Avec Jill ?

C'était généralement le cas, et Ken le savait, bien sûr. Il lui proposerait de changer ses plans. Pour son propre bien.

– En fait, je dois déjeuner avec mon petit ami.

Elle sentit sa main s'éloigner lentement de son épaule.

– Vous avez un petit ami ?

– Je vous ai parlé de Colin, non ? Quand nous étions à la conférence ?

– Non. Vous ne l'avez pas mentionné.

Sentant une occasion à saisir, Maria se leva et s'éloigna pour réunir d'autres documents sans se soucier de les classer. Elle les rangerait vraiment plus tard.

– C'est étrange. Je pensais que si.

Elle sentait à son sourire forcé qu'il essayait de déterminer si elle disait la vérité ou non.

– Parlez-moi de lui.

– C'est un combattant en arts martiaux, fit-elle. Vous savez, ces gars qui se battent en cage ? Je trouve ça fou, mais il est passionné. Il s'entraîne des heures tous les jours et il aime se battre, donc je me sens obligée de le soutenir.

Elle imaginait les rouages du cerveau de Ken continuer à tourner alors qu'elle passait la bandoulière de son sac à main à son épaule.

– Même si je ne peux pas vous retrouver pour le déjeuner, vous voulez qu'on discute dans votre bureau demain ? Je suis sûre que je peux trouver du temps le matin ou l'après-midi.

Quand il y aura encore du monde dans les locaux, ne prit-elle pas la peine d'ajouter.

– Je ne crois pas que ce soit nécessaire.

– Peut-être que je devrais parler à Barney ?

Il secoua la tête de façon presque imperceptible.

– Il vaut sans doute mieux laisser filer, pour le moment.

Évidemment. Parce que tout ça n'était qu'un coup monté et que tu n'as jamais parlé à Barney.

– D'accord. Bonne soirée, alors.

Elle franchit la porte et poussa un soupir de soulagement en s'enfuyant. Le coup du petit ami lui était venu spontanément, mais Ken ne se laisserait plus surprendre par cette carte. Il serait prêt. Sur le long terme – ou peut-être même sur le court –, elle doutait que cela l'arrête pour de bon, même si ça avait été vrai.

Ou devenait vrai ?

Encore sous le choc de son entrevue avec Ken, elle se demanda si c'était ce qu'elle voulait. Tout ce qu'elle savait avec certitude, c'est que quand Colin l'avait embrassée, elle avait senti quelque chose d'électrique, et cette prise de conscience était à la fois étourdissante et effrayante.

Même si elle avait menti quand elle avait dit devoir dîner avec ses parents, elle n'était pas d'humeur à rester seule et prit les routes familières qui la ramenaient à l'endroit où elle avait grandi. Le voisinage était plus ouvrier que col blanc, avec des maisons pas toujours très bien entretenues, et quelques pancartes À VENDRE. Des voitures et des camions pas forcément récents étaient garés dans chaque cour. Leurs voisins avaient généralement été des plombiers et des charpentiers, des secrétaires et des employés de bureau. C'était le genre de communauté où les enfants jouaient sur les pelouses, où les jeunes couples poussaient des voitures d'enfant et où les gens ramassaient le courrier de leurs voisins quand ils étaient absents.

Bien que ses parents n'en parlent jamais, Maria avait entendu, plus jeune, des rumeurs disant que certains voisins au bout de la rue n'avaient pas été contents de les voir arriver. Les Sanchez étaient la première famille d'immigrés à s'y installer, et les gens s'étaient interrogés discrètement sur la baisse des prix et la hausse de la criminalité, comme si tous les natifs du Mexique étaient d'une façon ou d'une autre liés aux cartels de la drogue.

Elle supposait que c'était l'une des raisons pour lesquelles son père avait toujours eu un jardin impeccable aux arbustes parfaitement taillés. Il peignait l'extérieur de la même couleur tous les cinq ans, garait toujours sa voiture dans le garage et pas dans la cour, et un drapeau américain flottait sur le porche. Il décorait la maison aussi bien pour Noël que pour Halloween, et au cours de leurs premières années ici, il avait distribué des coupons de réduction à tous les voisins, leur permettant de venir manger au restaurant à moitié prix. Sa mère préparait régulièrement des plateaux de nourriture les samedis et dimanches après-midi quand elle n'était pas au restaurant – des *burritos* et des *enchiladas*, des tacos ou des *carnitas* –, qu'elle servait à tous les enfants qui jouaient au foot ou au kickball dehors. Petit à petit, le voisinage les avait acceptés. Depuis, la plupart des maisons proches avaient été vendues à plusieurs reprises, et chaque fois ses parents étaient allés se présenter aux nouveaux propriétaires avec un cadeau de bienvenue afin d'éviter de nouvelles rumeurs.

Maria avait parfois du mal à imaginer à quel point la situation avait dû être difficile pour eux, même si à l'école elle avait parfois été la seule Mexicaine de la classe. Comme elle était bonne élève et calme, elle ne se souvenait pas vraiment avoir senti de discrimination. Mais même si ç'avait été le cas, ses parents lui auraient dit de faire comme eux. D'être elle-même, gentille et chaleureuse avec tout le monde, en lui demandant de ne pas s'abaisser au niveau des autres. *Et*, pensa-t-elle en souriant, *de bien travailler à l'école.*

Contrairement à Serena, qui se réjouissait encore d'être enfin libérée de leur tutelle, Maria aimait rentrer chez eux. Elle aimait la maison, les murs verts et orange, les gais carreaux de céramique dans la cuisine, les meubles disparates que sa mère avait accumulés au fil des ans. La porte du réfrigérateur recouverte de photos de famille, tout ce dont Carmen était fière. Maria aimait la façon dont sa mère fredonnait quand elle était heureuse, et en particulier quand elle cuisinait. En grandissant, Maria avait considéré tout ça comme acquis, mais une fois à la fac franchir la porte de la maison l'avait toujours réconfortée, même après quelques semaines d'absence seulement.

Sachant que ses parents prendraient la mouche si elle frappait, Maria entra directement et traversa le salon pour gagner la cuisine. Elle posa son sac sur le plan de travail.

– Maman ! Papa ! Où êtes-vous ?

Comme toujours à la maison, elle parlait espagnol. Passer d'une langue à l'autre était aussi simple et naturel que respirer.

– Ici ! fit sa mère.

Maria se tourna vers le porche de derrière et vit ses parents se lever de table. Contents de la voir, ils la prirent tous les deux dans leurs bras.

– On ne savait pas que tu venais.

– Quelle bonne surprise !

– Tu as l'air superbe.

– Tu es si mince.

– Tu n'as pas faim ?

Maria embrassa sa mère puis son père, puis à nouveau sa mère et son père. Dans la tête de ses parents, Maria avait toujours dix ans. Et même s'il y avait eu quelques années à l'adolescence où cette idée l'avait mortifiée – en particulier en public –, elle devait admettre que maintenant elle aimait plutôt ça.

– Ça va. Je mangerai un morceau plus tard.

– Je vais te préparer quelque chose, dit sa mère d'un ton ferme, se dirigeant vers le frigo.

Son père la regarda s'éloigner avec affection. Il avait toujours été un incorrigible romantique. Dans la cinquantaine, il n'était ni mince ni gros. Il n'avait pas beaucoup de cheveux gris, mais Maria avait remarqué chez lui une lassitude durable et presque constante, conséquence de trop de travail pendant trop d'années. Ce soir, il semblait avoir encore moins d'énergie que d'habitude.

– Te faire à manger lui donne l'impression d'être encore importante pour toi.

– Évidemment qu'elle l'est. Comment peut-elle penser le contraire ?

– Parce que tu n'as plus besoin d'elle comme avant.

– Je ne suis plus une enfant.

– Mais elle sera toujours ta mère, dit-il fermement en se dirigeant vers la table du porche. Tu veux t'asseoir dehors et boire un verre de vin ? C'est ce que ta mère et moi étions en train de faire.

– Je ne dis pas non. Laisse-moi parler une minute à maman, et je te rejoins.

Pendant que son père retournait sur le porche, Maria récupéra un verre dans le placard et se servit avant de retrouver sa mère. Carmen avait déjà rempli une cocotte de rôti braisé, de purée, de haricots verts et de pain brioché – *assez de calories pour deux ou trois jours*, se dit Maria – et enfournait le tout. Pour une raison ou une autre, peut-être parce que c'était quelque chose qu'il ne servait jamais au restaurant, son père aimait le rôti braisé et la purée.

– Je suis si contente que tu sois passée, dit sa mère. Qu'est-ce qui ne va pas ?

– Rien du tout.

Maria se pencha contre le plan de travail et but une gorgée de vin.

– Je voulais juste vous faire la surprise.

– Si tu le dis. Mais il a dû se passer quelque chose. Tu ne passes jamais en semaine.

– C'est pour ça que c'est une surprise.

Carmen l'observa avant de passer vers le plan de travail et de reprendre son verre.

– C'est ta sœur ?

– De quoi, c'est ma sœur ?

– Elle n'a pas été rejetée pour la bourse, n'est-ce pas ?

– Tu es au courant de ça ?

Carmen désigna une lettre punaisée au réfrigérateur.

– C'est excitant, non ? Elle nous en a parlé hier. L'administrateur va venir dîner ce samedi.

– Vraiment ?

– Nous voulions le rencontrer. La lettre dit qu'elle fait partie des demi-finalistes. Mais revenons-en à Serena. Que lui est-il arrivé ? Si ce n'est pas ça, alors ça doit concerner un garçon. Elle n'a pas de problème, n'est-ce pas ?

Sa mère parlait si vite que Maria elle-même avait du mal à suivre.

– Tout va bien pour Serena, pour autant que je sache.

– Ah ! dit sa mère en hochant la tête. Tant mieux. C'est quelque chose à ton travail, alors. C'est toi qui as un problème.

– Le travail… c'est le travail. Qu'est-ce qui te fait penser qu'il y a un souci ?

– Parce que tu es venue directement ici après.

– Et ?

– C'est ce que tu as toujours fait quand quelque chose te contrariait. Tu ne te souviens pas ? Même à la fac, si tu pensais avoir raté un partiel, ou quand tu avais un problème avec ta camarade de chambre en première année, ou chaque fois que tu te disputais avec Luis, tu venais toujours ici. Les mères se souviennent de ce genre de choses.

Bof, se dit Maria, *je ne m'en étais jamais rendu compte.* Elle changea de sujet.

– Je crois que tu t'inquiètes trop.

– Et moi, je crois que je connais ma fille.

Maria sourit.

– Comment va papa ?

– Il se tait depuis qu'il est rentré. Il a dû renvoyer deux personnes cette semaine.

– Qu'est-ce qu'elles avaient fait ?

– Toujours la même chose. L'un des plongeurs n'est pas venu plusieurs fois de suite, et un serveur permettait à ses amis de manger gratuitement. Tu sais comment ça se passe. Mais c'est toujours dur pour ton père. Il veut faire confiance à tout le monde, et il est toujours déçu quand les gens le laissent tomber. Ça lui pèse. Quand il est rentré aujourd'hui, il a fait une sieste au lieu d'aller promener Copo.

– Peut-être qu'il devrait aller voir le médecin.

– C'est de ça qu'on parlait quand tu es arrivée.

– Qu'est-ce qu'il a dit ?

– Il a dit qu'il irait. Mais tu le connais. À moins que je prenne le rendez-vous pour lui, il ne trouvera jamais le temps.

– Tu veux que j'appelle pour toi ?

– Ça te dérangerait ?

– Bien sûr que non, répondit Maria.

Maria prenait leurs rendez-vous depuis l'enfance à cause des difficultés de sa mère en anglais.

– C'est toujours le docteur Clark ?

Sa mère hocha la tête.

– Et prends rendez-vous pour un check-up complet, si tu peux.

– Papa ne va pas aimer ça.

– Non. Mais il en a besoin. Ça fait presque trois ans.

– Il ne devrait pas attendre aussi longtemps. Il a de la tension. Et l'an passé, il a eu ces douleurs dans la poitrine qui l'ont empêché de travailler pendant une semaine.

– Je sais et tu le sais, mais il est têtu et affirme que son cœur va très bien. Peut-être que tu pourrais lui faire entendre raison.

Sa mère se pencha pour ouvrir le four. Satisfaite, elle prit un gant et sortit la cocotte en fonte avant de remplir une assiette pour Maria.

– Ça fait beaucoup, dit celle-ci, tentant de limiter la quantité.

– Tu as besoin de manger, insista sa mère, continuant à entasser de la nourriture pendant que Maria récupérait des couverts. Allons nous asseoir avec ton père.

Ses parents avaient allumé une bougie à la citronnelle pour éloigner les moustiques. La nuit était aussi parfaite que son père l'avait promis, avec une très légère brise et un ciel brodé d'étoiles. Copo, assise sur les genoux de son maître, ronflait doucement pendant qu'il la caressait. Maria commença à découper une tranche de rôti.

– Maman m'a dit ce qui s'était passé aujourd'hui, dit Maria, lançant la conversation sur le restaurant, les nouvelles du quartier et les derniers potins de famille.

Dans une famille aussi grande que la leur, il y avait toujours de quoi dire. Le temps que Maria finisse de manger – pas plus du quart de l'assiette – et les grillons avaient entamé leur mélodie nocturne.

– Tu as l'air d'avoir pris le soleil.

– Je suis allée faire du paddle après le brunch.

– Avec ton nouvel ami ? se renseigna sa mère. De la jetée ?

Devant l'expression surprise de Maria, sa mère haussa les épaules.

– Je t'ai entendue discuter avec Serena. Ta sœur n'est pas toujours très discrète.

Serena a encore frappé, se dit Maria. Elle n'avait pas voulu aborder le sujet, mais elle ne pouvait pas mentir, n'est-ce pas ? Même son père parut soudain intéressé.

– Il s'appelle Colin.

Sachant que ses parents allaient insister pour en savoir

plus mais ne voulant pas entrer dans les détails, elle poursuivit d'elle-même.

– Serena est en cours avec lui, et quand elle et moi avons dîné samedi, Colin travaillait au bar. Nous avons discuté sur la jetée et décidé de nous retrouver dimanche.

– Il va à la fac ? Quel âge a-t-il ?

– Mon âge. Il n'a commencé la fac qu'il y a trois ans. Il veut devenir instituteur.

– Serena a dit qu'il était très beau, commenta sa mère avec un sourire espiègle.

Merci, Serena. La prochaine fois, parle moins fort.

– C'est vrai.

– Et vous vous êtes bien amusés ?

– Oui, beaucoup.

– Quand pourrons-nous le rencontrer ?

– Tu ne crois pas que c'est un peu tôt pour ça ? fit Maria.

– Ça dépend. Vous allez vous revoir ?

– Euh, oui... samedi.

– Alors, on devrait le rencontrer. Tu devrais l'inviter dimanche.

Maria ouvrit la bouche et la referma. Ses parents n'étaient absolument pas prêts pour Colin, en particulier sans issue de secours. Imaginer Colin répondre à leurs questions avec sa franchise habituelle suffisait à lui donner des palpitations. Elle sourit à son père avec un soupçon de désespoir.

– Pourquoi a-t-il attendu aussi longtemps pour aller à la fac ?

Elle réfléchit à la meilleure façon de répondre tout en disant la vérité.

– Il n'avait pas compris avant qu'il voulait devenir prof.

De ses deux parents, son père avait toujours été le plus doué pour lire entre les lignes et elle se doutait qu'il insisterait pour obtenir des détails supplémentaires sur le passé de Colin. Mais il fut interrompu par la sonnerie discrète mais audible d'un téléphone dans la cuisine.

– Oh, c'est le mien, dit Maria, remerciant Dieu pour ce répit. Je m'en occupe.

Elle courut dans la cuisine et prit son téléphone dans son sac. Elle vit le nom de Colin s'afficher. Elle se sentit comme une ado quand elle pressa le bouton.

– Salut, je parlais justement de toi.

Elle déambulait dans le salon tout en parlant, pendant qu'ils se racontaient leur journée. Tout comme en personne, il écoutait attentivement et quand il sentit quelque chose dans sa voix, elle lui raconta l'incident avec Ken. Il se tut et quand elle lui demanda s'il serait intéressé pour la retrouver pour le déjeuner, il lui répondit qu'il aimerait beaucoup et lui demanda à quelle heure il pouvait passer la prendre au bureau. Elle sourit, sachant que ça donnerait plus de poids à l'histoire qu'elle avait racontée à Ken et se sentit secrètement aux anges à l'idée de revoir Colin si vite. Maria raccrocha avec le sentiment que malgré ce que ses parents penseraient sans aucun doute, Colin pouvait bien être exactement ce dont elle avait besoin dans sa vie en ce moment.

Elle retourna sur la véranda, où ses parents étaient toujours à la table.

– Désolée, c'était Colin, dit-elle en tendant la main vers son verre.

– Et il appelait juste pour dire bonjour ?

Maria hocha la tête.

– On va déjeuner ensemble demain.

Elle regretta aussitôt ses mots. Sa mère ne comprendrait jamais que quelqu'un envisage d'aller ailleurs que dans leur restaurant familial.

– Merveilleux. Je vous ferai quelque chose de spécial.

Chapitre 9

Colin

— Alors ? fit Evan, penché sur la barrière tandis que Colin approchait du perron. Tu es encore allé courir ?

Colin respirait toujours difficilement et ralentit enfin. Il souleva son T-shirt pour s'essuyer le visage avant de jeter un coup d'œil à son ami.

— Je n'avais pas encore couru aujourd'hui.

— Tu t'es entraîné cet après-midi. Et ce matin.

— C'était à la salle.

— Et ?

— Ce n'est pas la même chose, répondit-il, sachant qu'Evan n'en avait que faire.

Il désigna la porte d'un signe de tête.

— Pourquoi tu n'es pas avec Lily ?

— Parce que ma maison pue.

— Quel rapport avec moi ?

— Peut-être le fait de sentir l'odeur de tes vêtements dans les conduits d'aération comme si c'était un brouillard putride ? Au lieu d'aller courir, tu aurais dû faire une machine. Ou mieux, tu devrais commencer à brûler tes vêtements d'entraînement tous les jours. Lily pensait qu'il y avait une souris morte dans le garde-manger. Ou bien que les eaux usées remontaient.

Colin sourit.

– Je m'y mets tout de suite.

– Dépêche-toi. Et retrouve-moi ensuite. Lily veut te parler.

– Pourquoi ?

– Aucune idée. Elle ne m'a rien dit. Mais à mon avis, je dirais que ça concerne ta copine.

– Je n'ai pas de copine.

– Comme tu veux. Le fait est qu'elle veut te parler.

– Pourquoi ?

– Parce que c'est Lily, dit Evan, exaspéré. Elle veut sans doute te demander si tu as écrit une carte calligraphiée à Maria. Ou elle va proposer de t'aider à choisir le foulard en soie parfait pour son anniversaire. Ou bien elle veut être sûre que tu utilises la bonne cuillère pour ta soupe si tu l'emmènes au *Country Club*. Tu sais comment elle est. Mais elle a rapporté un sac et n'a pas voulu me dire ce qu'il y avait dedans.

– Pourquoi ?

– Arrête de me poser des questions dont je n'ai pas la réponse ! soupira Evan. Tout ce que je sais, c'est que chaque fois que j'essaie de m'approcher, elle me dit d'attendre. À cause de toi. Et pour ta gouverne… je ne suis pas content. J'avais vraiment hâte d'être à ce soir. J'avais besoin de ce soir. J'ai eu une journée pourrie.

– D'accord.

Evan fronça les sourcils.

– Pourquoi ma journée était pourrie, demandes-tu ? fit-il en imitant Colin. Ça alors, merci de demander, Colin. J'apprécie ton empathie. Tu te soucies vraiment de mon bien-être.

Il soutint le regard de son ami.

– Il se trouve qu'un horrible rapport sur l'emploi est sorti ce matin, et les marchés ont chuté. Et même si je ne contrôle rien de tout ça, je me suis retrouvé tout l'après-midi au téléphone avec des clients furieux. Tout ça pour rentrer à la maison et découvrir que ça pue comme dans un vestiaire. Et maintenant, je dois attendre que ma fiancée te parle pour profiter de ma soirée.

— Laisse-moi me changer d'abord. Ça prendra deux minutes.

— J'espère bien que non, dit Lily, apparaissant soudain à côté d'Evan, vêtue d'une robe jaune.

Elle glissa la main dans celle de son fiancé et lui lança un doux sourire.

— Tu ne comptais pas le laisser entrer sans qu'il ait pris une douche, Evan ? Le pauvre est pratiquement trempé de sueur. Nous pouvons bien attendre quelques minutes de plus. Lui laisser seulement le temps de se changer ne serait pas convenable.

Evan ne répondit pas et Colin s'éclaircit la gorge.

— Elle marque un point, Evan. Ce ne serait pas convenable.

Evan le foudroya du regard.

— Très bien. Va te doucher. Et lance une machine. Et ensuite, viens.

— Oh, ne sois pas si dur avec lui, le gronda Lily. Ce n'est pas sa faute si tu as investi l'argent de tes clients dans de mauvaises sociétés.

Elle adressa un clin d'œil à Colin.

— Je n'ai rien fait de ce genre ! Ce n'était pas ma faute ! Tout était pourri aujourd'hui.

— Je te taquine, c'est tout, mon sucre, dit-elle d'une voix traînante. Je sais que tu as eu une journée horrible et que ce n'était pas ta faute, que ce méchant et vieux M. Marché a juste profité de toi, n'est-ce pas ?

— Tu n'aides pas, dit Evan.

Lily tourna de nouveau son attention vers Colin.

— Tu as parlé à ta douce aujourd'hui ? demanda-t-elle.

— Avant d'aller courir.

— Tu lui as apporté des fleurs à son bureau comme je te l'ai conseillé ?

— Non.

— Des douceurs ?

— Non.

— Qu'est-ce que je vais faire de toi ?

— Je ne sais pas.

Elle sourit avant de tirer sur la main d'Evan.

— On se voit dans quelques minutes, d'accord ?

Colin les regarda rentrer avant de regagner son appartement. Il se déshabilla sur le chemin de la salle de bains et ajouta ses vêtements au tas de linge sale, remarquant qu'Evan avait raison. L'odeur était infecte. Il lança une machine et sauta dans la douche. Ensuite, il passa un jean et un T-shirt propres avant de retourner chez Evan.

Lily et lui étaient assis l'un à côté de l'autre sur le canapé. Des deux, il était clair que Lily était la seule contente de le voir.

— Colin ! Je suis si contente que tu sois là, dit-elle en se levant, comme s'ils n'avaient pas discuté quelques minutes plus auparavant. Peut-on t'offrir quelque chose à boire ?

— De l'eau, s'il te plaît.

— Evan ? Tu veux bien apporter de l'eau à Colin ?

— Pourquoi ? demanda Evan, se penchant en arrière, le bras derrière le dossier du canapé. Il sait où c'est. Il peut se servir lui-même.

Lily se tourna vers lui.

— C'est ta maison. Et tu es l'hôte.

— Je ne lui ai pas demandé de passer. C'est toi.

— Evan ?

Le ton de Lily ne lui laissait aucun choix. Le ton et le regard, bien sûr. Elle n'était pas seulement la plus belle femme qu'Evan ait jamais fréquentée, mais elle savait aussi très bien utiliser son apparence à son avantage.

– Très bien, grommela Evan, en se levant. Je vais lui chercher un verre d'eau.

Evan partit dans la cuisine, les épaules basses.

– Avec de la glace, s'il te plaît, ajouta Colin.

Evan lui lança un regard noir par-dessus son épaule avant que Colin prenne place dans un fauteuil en face de Lily.

– Comment vas-tu ce soir ? demanda-t-elle.

– Ça va.

– Et Maria ?

Au téléphone, Maria lui avait raconté ce qui s'était passé avec son patron, Ken Martenson, et Colin avait senti ses mâchoires se crisper. Même s'il n'avait rien laissé paraître dans sa voix, il s'était imaginé avoir une petite discussion avec ce Ken, du genre à bien faire comprendre à ce dernier qu'il valait mieux pour lui qu'il arrête d'ennuyer Maria. Il ne l'avait pas dit, mais, beaucoup trop tendu après avoir raccroché, il avait passé une tenue de sport et était allé courir. Il ne s'était pas senti dans son état normal avant d'avoir quasiment terminé son parcours. Mais ce n'était pas ce que lui avait demandé Lily.

– Je lui ai parlé tout à l'heure.

– Et elle va bien ?

Il songea à sa situation, mais ce n'était pas à lui de le raconter. C'était la vie de Maria, son histoire, pas la sienne.

– Je pense qu'elle était contente de me parler, dit-il en toute honnêteté.

– Tu ne l'avais pas appelée ?

– Dimanche soir. Après vous avoir parlé, à toi et Evan.

– Et tu ne l'avais pas rappelée lundi ou mardi ?

– Je travaillais.

– Tu aurais pu l'appeler sur le chemin de la fac ou de

la maison. Ou pendant une pause. Ou en route pour la salle de gym.

– Oui.

– Mais tu ne l'as pas fait.

– Non. Mais nous allons déjeuner demain.

– Vraiment ? À un endroit spécial, j'espère.

– Je n'y ai pas encore vraiment pensé.

Lily ne dissimula pas sa déception. Evan revint alors avec un grand verre d'eau fraîche, qu'il tendit à Colin.

– Merci, Evan. Tu n'avais pas à faire ça. J'aurais pu me servir.

– Ah, ah ! répondit Evan, s'asseyant de nouveau avant de se tourner vers Lily. Bon, de quoi tu voulais lui parler ?

– On discutait de son rendez-vous de demain. Colin m'a dit que Maria et lui allaient déjeuner ensemble.

– Mon conseil ? Assure-toi que ta voiture démarre, dit Evan.

Lily lui lança un coup d'œil désapprobateur.

– Ma principale inquiétude concerne son rendez-vous de ce week-end et je voulais discuter de ça avec lui.

– Pourquoi ? demanda Evan.

– Parce que la première vraie soirée passée ensemble est critique dans une relation, répondit-elle comme une évidence. Si Colin avait simplement invité Maria à dîner ou bien à faire une promenade en centre-ville, je ne m'inquiéterais pas. Ou s'il avait proposé qu'on sorte à quatre, je suis sûre que la conversation serait si engageante que Maria passerait une très bonne soirée aussi. Hélas, Colin va être seul, et il emmène Maria en boîte, même si je suis certaine qu'on a déjà discuté de ce problème.

Evan haussa un sourcil. Colin ne dit rien. Lily concentra de nouveau son attention sur Colin.

– Je t'ai demandé de passer ce soir parce que je me

demandais si tu y connaissais quoi que ce soit en matière de salsa.

– Non.

– Alors, sans doute, tu ne sais pas que la salsa est une danse de bal.

– C'est de la danse de quoi ? intervint Evan.

Lily ignora son fiancé.

– La salsa peut être très agréable si le couple pratique ensemble, expliqua-t-elle. Mais puisque ce n'est pas possible, tu vas devoir faire de ton mieux, et il y a des choses que tu dois savoir. Par exemple comment déplacer tes pieds, ou faire tourner ta partenaire, ou lui offrir l'occasion de s'écarter et de faire quelques pas elle-même, tout en faisant comme si c'était naturel. Si tu ne sais pas ça, il te sera presque impossible de l'impressionner.

Evan rit.

– Qui a dit qu'il voulait l'impressionner ? Colin se fiche de ce que pensent les autres.

– Continue, le coupa Colin.

Surpris, Evan se tourna vers lui et Lily se tint plus droite.

– Je suis contente que tu comprennes ton dilemme. Ce que j'essaie de te dire, c'est qu'il faut que tu apprennes les bases.

Pendant un instant, ni Colin ni Evan ne dirent un mot.

– Et comment est-il censé faire ? demanda finalement Evan. On habite Wilmington. Je doute qu'un prof de salsa fasse une place dans son agenda dans les deux jours qui viennent pour que mon ami ne se mette pas dans l'embarras.

Lily se pencha en avant, glissant une main dans le petit sac posé à côté du canapé et en sortit un assortiment de CD.

– Ce sont des albums de salsa que tu vas écouter. J'ai appelé mon ancienne prof de danse, et elle était ravie de me les passer. Rien de très récent, mais ce n'est pas important.

La salsa, c'est avant tout la vitesse et le rythme, plus que la mélodie. Et quant au professeur, je serais très heureuse d'aider Colin à apprendre le nécessaire.

— Tu sais danser la salsa ? demanda Evan.

— Bien sûr, répondit-elle. J'ai dansé près de douze ans, et de temps en temps on se consacrait aux danses alternatives.

— Alternatives ? demanda Evan.

— J'ai grandi à Charleston, où tout en dehors du *shag* et de la valse est considéré comme alternatif, précisa-t-elle, comme si c'était le genre de choses que tout habitant du Sud civilisé devait savoir. Mais vraiment, Evan, laisse parler Colin. Il a à peine eu l'occasion de dire un mot, ajouta-t-elle en se tournant vers Colin. Acceptes-tu que je sois ton professeur pour les deux jours à venir ?

— Ça prendrait combien de temps ?

— Je te montrerai deux ou trois choses ce soir, les pas et les mouvements de base et comment faire tourner ta partenaire, histoire que tu saches de quoi je parle. Ensuite, il nous faudra trois heures demain soir et trois heures vendredi. Après avoir fini le travail et m'être changée, donc à partir de 18 heures. Et, bien sûr, tu devras t'entraîner sur ton temps libre avant de me retrouver.

— Ça suffira ?

— Tu n'auras pas un bon niveau en si peu de temps. Ou même un niveau correct. Pour être vraiment compétent, ça peut prendre des années. Mais si tu te concentres et fais exactement ce que je te dis, ça pourrait suffire pour samedi soir.

Colin but une gorgée d'eau, ne répondant pas tout de suite.

— Ne me dis pas que tu l'envisages sérieusement, lui dit Evan.

— Bien sûr que si. Il sait que j'ai raison.

Colin posa son verre sur ses genoux.

– D'accord. Mais il faut que je trouve quelqu'un pour me remplacer au bar vendredi soir.

– Merveilleux.

Lily sourit.

– Attends, dit Evan en se tournant vers Lily. Je croyais qu'on sortait vendredi.

– Je suis vraiment désolée, mais je vais devoir annuler. Un ami a besoin d'aide et je ne peux sincèrement pas refuser. Il a été tellement gentil de demander.

– Sérieusement ? Je n'ai pas du tout mon mot à dire ?

– Bien sûr que si, répondit Lily. Tu seras là, toi aussi. Comme ce soir, évidemment.

– Ici ?

– Où veux-tu aller ?

– Je ne sais pas. Une salle de danse, peut-être ?

– Ne sois pas idiot. Nous n'avons pas besoin de ça. Mais j'aurai besoin de toi pour déplacer les meubles dans le salon. Tu as raison, il faut de la place. Et tu seras responsable de la musique, aussi, pour revenir en arrière ou avancer, relancer le même morceau, des choses comme ça. Nous avons vraiment besoin d'optimiser au mieux notre temps. Tu seras mon petit lutin.

– Petit lutin ?

Elle lui sourit.

– Ai-je dit que la salsa peut vraiment rendre une femme… sensuelle ? Et que cette disposition peut persister plusieurs heures ?

Evan déglutit péniblement, sans la quitter des yeux.

– Je serai ravi d'aider.

– Tu t'es aplati comme une vraie carpette, dit Colin.

Evan et lui déplaçaient le canapé d'un côté de la pièce, pendant que Lily était allée dans leur chambre pour se changer et choisir la bonne paire de chaussures avec la bonne hauteur de talons. Lily ne faisait jamais les choses à moitié.

– Je ferais tout pour aider un ami.

Colin sourit.

– D'accord.

– Et quand on aura fini, tu vas m'aider à tout remettre en place.

– D'accord.

– Et tu ne vas pas demander à rester plus longtemps pour t'entraîner. À 21 heures, dehors.

– D'accord.

Ils reposèrent le canapé par terre.

– Je ne sais pas comment elle peut me convaincre de faire des choses pareilles.

Colin haussa les épaules.

– Je crois que j'ai une idée assez précise sur la question.

Une fois les meubles déplacés et le tapis rangé, Lily positionna Colin au centre du salon. Evan s'assit d'un air morose sur le canapé. Les livres, une lampe et les autres bibelots étaient posés sur un coussin à côté de lui. Lily avait passé un jean blanc, une chemise de soie rouge et une paire de chaussures qui coûtait sans doute plus que ce que Colin gagnait en une semaine. Bien qu'elle soit la fiancée d'Evan en même temps que son amie, Colin avait conscience qu'elle débordait de sex-appeal.

– Ne t'approche pas trop, Colin, intervint Evan.

– Chut maintenant, lui dit Lily, totalement concentrée. Tu te demandes peut-être pourquoi je me suis changée, dit-elle à Colin.

– Pas vraiment.

– Je me suis changée pour que tu puisses voir mes

pieds. Comme je l'ai dit, je vais te montrer les pas les plus basiques, sur lesquels se fonde une bonne partie de la salsa. Ce sont des pas sur lesquels tu peux toujours te rabattre, peu importe ce que fait Maria. Tu me suis ?

– Oui.

– Avant de commencer, je vais partir du principe que Maria sait danser la salsa.

– Elle m'a dit qu'elle avait l'habitude de danser très souvent.

– Parfait.

Lily se plaça à côté de lui, tous les deux face à la fenêtre, tous les deux de profil devant Evan.

– Ça veut dire qu'elle pourra suivre tes pas. Tu es prêt ?

– Oui.

– Alors, regarde mes pieds et fais exactement comme moi. Mets ton pied gauche en avant – ça fait un – puis fais passer ton poids sur les orteils de ton pied droit – ça fait deux – et maintenant remets ton pied gauche en place – et de trois – et attends un instant – et de quatre.

Elle lui montra l'exemple, et Colin l'imita.

– Maintenant, recule avec ton pied droit – ça fait cinq – fais passer ton poids sur le bout de ton pied gauche – six – puis ramène ton pied droit en avant – sept – et attends de nouveau un instant. Ça fait huit. Et voilà.

De nouveau, Colin suivit son exemple.

– C'est tout ?

Elle hocha la tête.

– On recommence, d'accord ?

Ils recommencèrent. Encore. Et encore et encore, répétant le même mouvement pendant que Lily comptait de un à huit, puis encore une dizaine de fois, puis en accélérant peu à peu, puis en continuant sans compter. Ils firent une pause puis repartirent du début, reprenant peu à peu de la vitesse. Alors qu'il commençait à avoir l'impression de prendre le coup, Lily s'arrêta et le regarda continuer seul.

— C'est parfait, dit-elle avec un hochement de tête approbateur. Tu connais les pas, maintenant, mais le truc, c'est surtout de sautiller un peu moins. Pour le moment, on dirait un voyou pataugeant dans le marais. Tu dois être plus fluide, comme une fleur commençant lentement à éclore. Garde tes épaules à la même hauteur.

— Et comment je fais ça ?

— Utilise davantage tes hanches. Comme ça.

Comme elle lui montrait ce qu'elle voulait dire – se déhancher avec aisance sans bouger les épaules –, il se rendit compte qu'elle avait raison pour le caractère sensuel de la danse. Du coin de l'œil, Colin nota qu'Evan s'était redressé et regardait Lily, même si celle-ci ne semblait pas l'avoir remarqué.

— Bien, maintenant recommençons exactement la même chose, mais cette fois avec de la musique et en se concentrant sur la fluidité.

Elle se tourna vers Evan :

— Mon sucre, tu veux bien remettre la chanson ?

Evan secoua la tête, comme un homme tentant de s'éveiller d'un rêve.

— Quoi ? Tu as dit quelque chose ?

Ils dansèrent pendant un peu plus de deux heures. En plus des pas de base, Colin apprit comment tourner. Ensuite seulement ils commencèrent à danser ensemble. Lily lui montra où placer sa main droite (juste sous le bras, se rappela-t-il pour lui-même) et comment lui faire faire trois tours différents avec des petits signes de sa main gauche, ce qui demandait des pas légèrement modifiés avant de se rabattre de nouveau sur le pas initial.

Elle lui rappela tout au long de se montrer fluide et de bouger les hanches, de regarder sa partenaire dans les yeux, de rester en rythme, d'arrêter de compter à voix haute et de sourire. Cela nécessitait plus de concentration qu'il ne l'avait imaginé. Ensuite, ils remirent le salon en place et Colin se prépara à partir. Lily le raccompagna, main dans la main avec Evan.

— Tu t'es bien débrouillé ce soir, lui dit-elle. Tu as un rythme naturel pour danser.

— C'est un peu comme la boxe.

— J'espère bien que non, répondit Lily, d'un ton presque offensé.

Il sourit.

— Demain soir, alors ?

— À 18 heures pile.

Elle lui tendit un CD.

— C'est pour toi. Demain, dès que tu auras une minute, j'insiste pour que tu répètes tes pas comme si tu dirigeais ta partenaire. Concentre-toi sur tes signes de la main et essaie d'être fluide. Ce serait des plus contre-productifs si on devait tout reprendre depuis le début.

— D'accord. Lily ?

— Oui ?

— Merci.

— De rien, Colin.

Elle sourit en ajoutant :

— Je négligerais toutefois mes devoirs, si je ne profitais pas de l'occasion pour aborder un autre souci qui m'est récemment venu à l'esprit.

Colin patienta.

— Concernant ton déjeuner demain midi avec Maria, je suis sûre que je n'ai pas à te rappeler que tu vas la retrouver sur son lieu de travail, ce qui exige une façon un peu plus formelle de s'habiller. De même, j'espère ne pas avoir à te rappeler que, même si tu adores ta voiture, il n'y a rien de moins engageant qu'un intérieur en désordre ou une voiture qui ne démarre pas. N'ai-je pas raison ?

— J'ai déjà tenté de réparer ma voiture sans rapport avec Maria, mais maintenant que tu le dis… Oui, répondit-il.

— Je suis contente, fit-elle en hochant la tête. Après tout, une femme a certaines attentes quand il s'agit de lui faire la cour. D'ailleurs, pour en revenir aux fleurs… as-tu déjà décidé quoi lui apporter ? Tu sais que toutes les fleurs n'ont pas la même signification ?

Lily avait l'air si sérieux que Colin eut du mal à ne pas sourire.

— Que me conseilles-tu ?

Elle posa une main manucurée sur son menton.

— Eh bien, étant donné que vous apprenez encore à vous connaître, et que c'est seulement un déjeuner, un bouquet de roses est bien trop formel, et des lis, même si c'est très joli, conviennent bien davantage pour le printemps. Les œillets, évidemment, donnent juste l'impression d'avoir voulu acheter le bouquet le moins cher possible, donc non.

Colin hocha la tête.

— Ça se tient, pour moi.

— Peut-être un simple bouquet d'automne, dans ce cas ? Avec un mélange de petites roses jaunes, de pâquerettes bronze, et peut-être une tige d'*Hypericum* rouge ? (Elle hocha pensivement la tête.) Oui, ça me semble parfait pour l'occasion. Il va falloir que tu demandes que les fleurs soient placées dans un vase, évidemment, pour qu'elle puisse les mettre dans son bureau, mais c'est de toute évidence le bon choix, tu ne crois pas ?

— Sans aucun doute.

— Et commande-les chez Michael. Il sait vraiment y faire pour les arrangements. Appelle-le à la première heure demain matin, et glisse mon nom. Il saura quoi faire.

Evan eut un petit sourire en coin, appréciant visiblement le moment et se doutant sans doute que Colin réagirait comme lui face aux requêtes de Lily. Et comme Evan le connaissait mieux que quiconque, Colin hocha la tête.

– D'accord.

Le lendemain matin, Colin se leva tôt et fut content de voir la vieille Camaro démarrer immédiatement. Il se dépensa à la salle de gym en faisant de la musculation, des barres à disques, de la corde à sauter et de longs intervalles avec les sacs de frappe. Sur le chemin du retour, il s'arrêta chez Dumpster et nettoya sa voiture. De retour chez lui, les muscles encore chauds, il mit l'un des CD de Lily et passa une demi-heure à travailler ses pas, très surpris de n'avoir rien oublié. Il fut de nouveau étonné par le niveau de concentration requis. Il se fit un smoothie de protéines et prit une douche, avant de passer un pantalon noir, des mocassins et une chemise au col boutonné datant de ses années de tribunal. Il avait pris beaucoup de muscle depuis, et la chemise le serrait au niveau du torse et des bras, mais c'était ce qu'il avait de mieux. Debout devant son miroir, il se dit qu'en dehors du fait qu'il avait l'air un peu trop engoncé, c'était la tenue qu'Evan aurait pu lui conseiller. Elle était ridicule, en particulier depuis qu'il avait intégré un campus fréquenté par des étudiants en claquettes et en short. Même s'il savait que Lily n'aurait pas approuvé, il remonta ses manches, dévoilant une partie de ses avant-bras. C'était mieux. Plus confortable aussi.

Ses camarades de classe ne remarquèrent pas sa tenue ou n'en tinrent pas compte, et Colin assista aux cours comme d'habitude. Pas de Serena, car ils avaient classe ensemble seulement le lundi et le mercredi. Disposant de quelques minutes, il appela le fleuriste et commanda un bouquet de saison, peu importe ce que ça pouvait bien signifier. Il marcha d'un pas lourd vers la salle de classe suivante – du management –, conscient de n'avoir pas arrêté une seconde depuis que son réveil avait sonné, sa routine volant en éclats.

Son dernier cours de la journée finissait à 11 h 45. Colin regagna lentement sa voiture, s'efforçant de ne pas transpirer sous le soleil de l'été indien. Il s'arrêta en route chez le fleuriste pour lui donner l'adresse de Maria, et comme si le destin se jouait de lui, il lui fallut deux tours de clé pour redémarrer, plus un coup d'accélérateur. Il ne lui restait plus qu'à croiser les doigts.

Le cabinet Martenson, Hertzberg & Holdman possédait son propre immeuble. Une structure relativement moderne à un ou deux pâtés de maisons du fleuve Cape Fear, située dans le quartier historique, avec des parkings des deux côtés du bâtiment. De part et d'autre, tout comme en face, les immeubles étaient accolés en une succession d'auvents. Colin se gara à quelques places de la voiture de Maria, à côté d'une Corvette rouge étincelante.

Se souvenant de la phrase de Lily, il prit le vase puis pensa à Ken et aux problèmes qu'il provoquait. Il se demanda si ce type serait dans le coin. Colin voulait mettre un visage sur un nom. En refermant sa voiture, il se remémora le gigantesque compte à rebours qu'avait été sa matinée avant de revoir Maria.

Mais, surtout, il se rendit compte, plus surpris encore, qu'elle lui avait manqué.

Chapitre 10

Maria

Avec Barney qui se préparait, terré dans son bureau, en vue du procès, Maria avait une double charge de travail. Elle passa la matinée à reprendre contact avec des clients et à faire de son mieux pour s'assurer que chacun ait l'impression que son cas était une priorité. Toutes les demi-heures environ, leur assistante juridique, Lynn, entrait avec de nouveaux formulaires à remplir, et même si Maria était débordée, cela l'empêchait au moins de se tracasser pour le déjeuner. Ou, plus précisément, au sujet de la réaction de ses parents en rencontrant Colin.

Contrairement à Luis, Colin était un *gringo*. Et même si c'était sans importance pour les gens de sa génération, ses parents allaient probablement être surpris. Leur présenter Colin voulait dire que leur relation devenait sérieuse, et ils avaient sans doute pensé depuis toujours que Maria n'épouserait qu'un Mexicain. Tout le monde chez elle, même les cousins par alliance, était mexicain, et il existait certaines différences culturelles. Les membres de sa famille aimaient faire des *piñatas* pour les enfants, écouter des *mariachis*, regarder des *telenovelas* avec passion, et ne parlaient qu'espagnol entre eux. Certains de ses oncles et tantes ne parlaient pas un mot d'anglais. Elle savait que ce ne serait pas nécessairement un problème pour ses parents, mais ils se demanderaient sans doute pourquoi Maria n'avait pas mentionné les origines de Colin. L'opinion du reste de sa famille varierait sans doute selon les générations, les plus jeunes considérant cela comme sans importance. Pourtant, nul doute que Colin allait alimenter les conversations familiales au restaurant, sans doute longtemps après leur départ.

Mais elle pouvait gérer ça. Elle n'était pas sûre en revanche de pouvoir gérer une discussion sur le passé de Colin, qu'elle savait inévitable. Discuter de choses et d'autres le repousserait un temps, mais que se passerait-il si son père ou sa mère commençaient à lui poser des questions ? Elle pourrait sans doute faire remarquer qu'ils étaient simplement amis et faire dévier la conversation, mais pour combien de temps ? À moins que leur relation ne tombe à l'eau dès samedi soir – et Maria admettait qu'elle espérait que non –, le passé de Colin allait forcément se présenter un jour ou l'autre dans la conversation. Et qu'est-ce que Serena avait dit là-dessus ? *Je ne veux même pas être dans le même État quand tu largueras cette petite bombe.* Pour ses parents, peu importe que Maria soit adulte. Ils lui feraient savoir leur mécontentement, sûrs d'être dans leur bon droit, puisqu'il était évident que Maria n'avait aucune idée de ce qu'elle faisait. Et le plus fou, c'était que ses parents auraient probablement raison.

— Tu as un visiteur, dit Jill.

Maria raccrocha. Gwen, la réceptionniste, venait de lui dire juste la même chose quand Jill apparut dans l'embrasure de sa porte, son sac déjà à l'épaule.

— Gwen vient de me prévenir, répondit Maria, notant qu'il était 12 h 15. Je n'ai pas vu la matinée passer. J'ai l'impression que je viens d'arriver.

Jill sourit.

– J'imagine que vous allez déjeuner, Colin et toi ?

– Oui. D'ailleurs à ce propos, dit Maria, je suis désolée de ne pas avoir pu te prévenir plus tôt, mais j'étais débordée. J'ai à peine eu une seconde pour respirer.

– Pas de souci, répondit Jill, agitant la main. Je me souviens de l'époque « Je me tue au travail quand Barney prépare un procès ». En fait, je passais pour te dire que je comptais faire une surprise à Paul en lui proposant de m'emmener déjeuner.

– Tu es sûre que ça ne te dérange pas ?

– Pas pour le déjeuner. Mais j'aurais aimé que tu me préviennes de la venue de Colin. J'aurais fait venir Paul aussi pour qu'il voie de ses propres yeux ce que manger sainement et faire de l'exercice peuvent faire d'un homme.

– Paul est très bien.

– Facile à dire pour toi. Regarde le morceau qui t'attend dans l'entrée. Paul, de son côté, se laisse un peu aller et il s'en fiche. Je le sais, car j'ai fait quelques allusions question développement personnel. Du genre : « Pose ce cookie et va faire du tapis, pour l'amour du ciel ! »

– Tu n'as pas vraiment dit ça.

– Non, mais je l'ai pensé. C'est la même chose.

Maria rit en prenant ses affaires et se leva.

– Tu veux m'accompagner ?

– C'est pour ça que je suis encore là. Je veux aussi observer ton visage quand tu verras.

– Quand je verrai quoi ?

– Tu le comprendras bien assez tôt.

– De quoi tu parles ?

– Viens, dit Jill. Et n'oublie pas de me présenter. Je veux tout raconter à Paul, en particulier si ton galant flirte avec moi.

– Colin n'est pas vraiment du genre à flirter.

– Et alors ? En fait, je veux juste le voir de près. Pour m'assurer qu'il est assez bien pour toi, bien sûr.

– C'est très gentil.

– À quoi servent les amis ?

Dans le couloir, Maria inspira profondément, sentant ses inquiétudes revenir. Heureusement, Jill ne le remarqua pas, l'esprit manifestement ailleurs.

– Attends une seconde, dit-elle.

Jill se passa un peu de rouge à lèvres.

– Voilà, on peut y aller maintenant.

Maria la regarda.

– Vraiment ?

Jill lui fit un clin d'œil.

– Que veux-tu que je te dise ? C'est la première impression qui compte.

Maria vit deux assistantes juridiques apparaître au coin de l'entrée, chuchotant avec excitation comme deux lycéennes. Jill les indiqua d'un signe de tête.

– Maintenant, tu comprends ce que je veux dire ? Tu m'as fait des cachotteries. C'est un sacré bel homme.

– Il n'est pas si beau que ça.

– Euh, ouais… Si. Allez, viens, tu as un rencard et tu ne dois pas être en retard.

Dès que Maria remarqua Colin dans l'entrée, son estomac s'agita. Il lui tournait le dos en l'attendant, et il aurait pu passer pour un jeune avocat, quoique tatoué et incroyablement sportif.

Quand Maria jeta un coup d'œil à Gwen, la réceptionniste, elle remarqua que celle-ci avait du mal à ne pas mater Colin pendant qu'elle parlait au téléphone.

Colin avait dû sentir leur présence, car il se retourna, et Maria remarqua un très joli assortiment de fleurs : orange et jaunes, avec du rouge au centre. Elle en resta bouche bée.

– Surprise…, chuchota Jill, mais Maria était trop stupéfaite pour l'entendre.

– Oh ! dit-elle finalement. Salut.

Maria n'avait plus que vaguement conscience de la présence de Jill. De près, l'odeur de propre de Colin se mélangeait au parfum des fleurs.

– Nouveaux vêtements ?

– C'est ma tenue d'homme libre, répondit-il. Elle m'a sans doute empêché de finir en prison.

Elle sourit, amusée. Avant de penser : *Je ne peux pas croire que sa réponse ne me dérange pas.* Mais elle ne voulait pas penser à ça.

Maria fit un signe de tête vers les fleurs.

– C'est pour moi ?

– Oui, répondit-il en les lui tendant. C'est un bouquet d'automne.

– Elles sont magnifiques. Merci.

– De rien.

– Laisse-moi les mettre dans mon bureau. Je reviens et nous pourrons y aller.

– D'accord.

Elle entendit Jill s'éclaircir la gorge et se retourna.

– Oh, voici mon amie Jill. Elle est aussi avocate ici.

Jill s'approcha et Colin tendit la main.

– Bonjour, Jill.

– Bonjour, Colin.

Elle lui serra la main, affichant une attitude amicale mais professionnelle.

– C'est un plaisir de faire votre connaissance.

Les laissant discuter, Maria se dépêcha de retourner à son bureau, remarquant que les deux assistantes la regardaient avec un soupçon d'envie. Elle tenta de se souvenir de la dernière fois qu'on lui avait offert des fleurs. En dehors d'une seule rose de Luis à la Saint-Valentin au bout d'un an, elle ne se souvenait pas d'autres exemples.

Plaçant le vase bien en vue dans son bureau, elle retourna dans l'entrée juste à temps pour saisir la fin de la conversation entre Jill et Colin.

Jill se retourna.

— Colin me disait que tu es une bien meilleure photographe que ce que tu m'as dit. Tu as pris une superbe photo de marsouins ?

— Il est bien trop gentil, répondit Maria. J'ai de la chance, de temps en temps.

— J'aimerais quand même la voir.

— Je te l'enverrai par mail, dit Maria. Tu es prêt ? lança-t-elle à Colin.

Il hocha la tête et, après un salut à Jill, ils se dirigèrent vers le parking.

— Elle est sympa, ton amie, remarqua Colin.

— Elle est super. Sans elle, je mangerais tous les jours toute seule à mon bureau.

— Sauf aujourd'hui, dit Colin en souriant. Comment ça va au boulot ?

— J'ai la tête sous l'eau, admit Maria. Mais j'espère que les choses vont se calmer. Mon boss ne sera pas là cet après-midi ni demain.

— Dans ce cas, je ne te conseillerai pas d'organiser une mégafête et de mettre le boxon en son absence, j'ai appris que ça a tendance à contrarier les gens.

— J'essaierai de m'en souvenir, répondit-elle comme il lui ouvrait la portière.

Elle se glissa dans la Camaro. Installé au volant, Colin se pencha vers elle, les clés à la main.

— Je pensais qu'on pourrait aller à un restaurant au centre-ville ? On devrait sans doute obtenir une table à l'extérieur, avec une belle vue.

Oh ouais, se dit-elle. *À ce sujet...*

Maria tripotait sa ceinture, se demandant comment lui expliquer ça.

– Ça a l'air super, avança-t-elle, et d'ordinaire j'aurais dit oui. Mais le truc, c'est que j'étais chez mes parents hier soir quand tu m'as téléphoné et je leur ai dit que nous allions déjeuner ensemble aujourd'hui, et... (Elle poussa un soupir, décidant d'en finir...) Ils nous attendent pour déjeuner dans leur restaurant.

Colin tapotait son siège avec sa clé de voiture.

– Tu veux que je rencontre tes parents ?

– Pas vraiment. Pas encore, en tout cas. Mais..., dit-elle en plissant le nez, ne sachant pas comment il allait réagir et espérant qu'il ne se mette pas en colère. Plus ou moins.

Il mit le contact.

– D'accord.

– Vraiment ? Ça ne te dérange pas ? Même si on vient juste de se rencontrer ?

– Non.

– Tu sais, ça dérangerait beaucoup de gens.

– D'accord.

– Eh bien... cool.

Il ne réagit pas tout de suite.

– Tu es nerveuse, dit-il finalement.

– Ils ne te connaissent pas comme moi. (Elle inspira lentement, car le plus difficile était encore à venir.) Il faut que tu comprennes qu'ils sont vieux jeu. Mon père a toujours été protecteur et ma mère s'inquiète facilement, et j'ai peur que s'ils commencent à poser des questions...

Colin finit sa phrase pour elle.

– Tu crains ce que je pourrais leur dire. Et leur réaction.

Même si elle ne répondait pas, elle se doutait qu'il savait déjà ce qu'elle pensait.

– Je ne leur mentirai pas.

— Je sais. *C'est là le problème*. Et je ne te demande pas de le faire. Je ne veux pas que tu mentes, mais ça me rend nerveuse malgré tout.

— À cause de mon passé.

— J'aimerais n'avoir rien à te dire, et je suis désolée. Logiquement, je sais que je suis adulte et que je peux sortir avec qui je veux, que l'avis de mes parents ne devrait pas compter. Mais c'est le cas. Parce que je cherche toujours leur approbation. Et crois-moi, je sais que ça a l'air horrible, dit comme ça.

— Mais non. C'est normal.

— Toi, tu n'as pas besoin d'approbation.

— Evan dirait sans doute que je ne suis pas normal.

Malgré la tension, elle rit avant de garder à nouveau le silence.

— Tu es en colère contre moi ?

— Non.

— Mais tu es sans doute froissé.

— Non.

— Que ressens-tu alors ?

Il ne répondit pas tout de suite.

— Je me sens… flatté.

Elle cligna des yeux.

— Flatté ? Comment tu peux te sentir flatté ?

— C'est compliqué.

— J'aimerais quand même le savoir.

Il haussa les épaules.

— Parce que tu m'as dit ce que tu ressentais, même si tu pensais que ça pouvait me blesser. Et tu m'as dit la vérité. Et tu as fait tout ça alors que tu es vulnérable et inquiète, parce que tu veux qu'ils m'apprécient. Parce que je compte pour toi… C'est flatteur.

Maria sourit, à moitié surprise et à moitié car il avait raison.

– Je pense que je vais arrêter de vouloir prédire quoi que ce soit à ton sujet.

– D'accord.

Le moteur se mit en route, et Colin se tourna vers elle.

– Alors, que veux-tu faire ?

– Aller déjeuner ? Croiser les doigts ?

– Ça marche.

La Cocina de la Familia se trouvait à quelques pâtés de maisons de Market Street, dans un vieux centre commercial. Mais les places de parking devant le restaurant étaient toutes occupées. En approchant de la porte d'entrée, Maria fut frappée par le calme de Colin, qui la rendit encore plus nerveuse. Il lui tendit la main et elle la prit, comme quelqu'un qui serre une bouée de sauvetage sur un navire en perdition.

– J'ai même oublié de te demander si tu aimais la nourriture mexicaine.

– Je me souviens que j'aimais beaucoup ça.

– Mais tu n'en manges plus ? Parce que ce n'est pas sain, c'est ça ?

– Je trouverai bien quelque chose à commander.

Elle serra sa main, goûtant cette sensation.

– Ma mère a dit qu'elle nous concocterait quelque chose de spécial. Ça veut dire que tu n'auras probablement pas l'occasion de choisir. Cela dit, je lui ai dit que tu aimais la nourriture saine.

– Tout ira bien.

– Tu t'inquiètes, parfois ?

– J'essaie d'éviter.

– Eh bien, quand nous aurons fini, tu vas me donner des cours, d'accord ? Parce que ces derniers temps, on dirait que c'est tout ce que je sais faire.

Il ouvrit la porte et elle le conduisit à l'intérieur. Son oncle Tito approcha aussitôt, de toute évidence très enthousiaste, parlant en espagnol. Après lui avoir fait la bise, il serra la main de Colin et alla leur chercher des menus avant de les conduire à une table d'angle. C'était la seule table libre, ses parents avaient dû la garder pour eux.

Dès qu'ils furent assis, sa cousine Anna leur apporta un verre d'eau et un bol de chips avec de la sauce salsa. Maria parla brièvement avec elle et lui présenta Colin. Anna partit et Maria se pencha vers lui.

— Je suis désolée. Je ne viens pas aussi souvent que je le devrais. Ils sont sans doute aussi excités que mes parents.

— Combien de membres de ta famille travaillent ici ?

— En ce moment ? (Elle balaya la pièce du regard, remarquant un autre oncle au bar et deux tantes qui servaient des clients.) Je dirais six. Mais il faudrait le demander à mes parents pour en être sûr.

Il observa le restaurant.

— Il y a du monde.

— Toujours. Au fil du temps, on a dû agrandir le restaurant trois fois. Au début, il y avait seulement huit tables.

Elle vit ses parents sortir de la cuisine et se redressa.

— Bon, ils arrivent. Mes parents, je veux dire.

Elle embrassa sa mère puis son père, tout en espérant qu'ils n'allaient pas se donner en spectacle.

— C'est mon ami Colin, dit-elle. Colin, voilà mes parents, Félix et Carmen.

— Bonjour, dirent-ils presque à l'unisson tout en l'examinant ostensiblement.

— C'est un plaisir de vous rencontrer tous les deux, répondit Colin.

— Maria m'a dit que vous étiez étudiant ? dit Félix, sans attendre. Et que vous travailliez comme barman ?

– Oui. J'ai quelques cours avec Serena. Je travaille chez *Crabby Pete's*, sur la plage.

Ensuite, pensant sans doute aux inquiétudes de Maria et ne voulant pas être entraîné dans une longue conversation sur son passé, il désigna le restaurant.

– Vous avez monté une affaire incroyable. Depuis combien de temps le restaurant existe-t-il ?

– Trente et un ans, répondit Félix avec un soupçon de fierté dans la voix.

– Maria m'a dit que vous aviez dû agrandir les lieux plusieurs fois, c'est impressionnant.

– Nous avons été chanceux. Vous êtes déjà venu ?

– Non, reconnut Colin. Mais Maria m'a dit que votre femme était une cuisinière fantastique.

Félix se redressa un peu.

– C'est la meilleure, dit-il en jetant un coup d'œil à Carmen. Bien sûr, à cause de ça, elle se prend parfois pour la patronne.

– Je suis la patronne, dit Carmen dans un anglais pas très bon.

Colin sourit, et après quelques minutes à causer de tout et de rien, Maria vit son père tendre la main vers sa mère.

– Allons-y. On devrait les laisser bavarder, dit Félix.

Après avoir dit au revoir, Maria les regarda retourner en cuisine.

– Tu sais qu'ils vont tout de suite parler de toi avec Tito, Anna et les autres. À part Luis, tu es le seul garçon que j'aie jamais amené ici.

– J'en suis honoré, dit-il, et Maria eut le sentiment qu'il le pensait vraiment.

– Ce n'était pas aussi catastrophique que je l'imaginais, ajouta-t-elle.

– Ils sont charmants.

— Oui, mais je suis toujours leur fille. Et ils n'ont posé aucune question difficile.

— Peut-être qu'ils ne le feront pas.

— Oh, ils le feront ! À moins bien sûr que l'on ne se revoie jamais.

— C'est ce que tu veux ?

Maria baissa les yeux un instant.

— Non. Je suis contente que nous soyons là. Et je suis heureuse de passer du temps avec toi ce week-end.

— Ce qui veut dire ?

— Que la prochaine fois que nous serons tous les deux avec eux, en supposant qu'il y ait une prochaine fois, je serai encore plus nerveuse.

Quelques minutes plus tard, Carmen et les deux tantes de Maria commencèrent à apporter de la nourriture sur la table des assiettes garnies : tacos, *burritos*, *mole poblano*, *enchiladas*, *tamales*, *carne asada*, *chile relleno*, *tilapia Veracruz*, ainsi qu'une assiette de salade. Sa mère commença à placer les plats sur la table et Maria agita la main.

— Maman, c'est beaucoup trop.

Même Colin parut surpris par la quantité de plats.

— Mangez ce que vous voulez, répondit Carmen en espagnol. Nous remporterons le reste en cuisine et la famille s'en chargera.

— Mais…

Carmen jeta un coup d'œil à Colin avant de revenir à Maria.

— Ta sœur avait raison. Il est très beau.

— Maman !

— Quoi ? Il ne me comprend pas.

— Ce n'est pas le problème !

— C'est simplement bien de te voir heureuse. Ton père

et moi, on s'inquiétait. Tu passes ton temps à travailler. (Elle sourit avant de regarder de nouveau Colin.) Colin ? C'est un prénom irlandais ?

– Je ne sais pas.

– Il est catholique ?

– Je ne lui ai pas demandé.

– De quoi parlez-vous ?

Tu n'en as aucune idée, se dit Maria. *Et tu ne veux pas savoir.*

– Ce n'est pas poli de parler devant lui comme ça, tu sais.

– Bien sûr, répondit sa mère, glissant le dernier plat entre leurs verres d'eau. Tu as tout à fait raison.

Passant à l'anglais, elle sourit à Colin.

– S'il vous plaît… bon appétit.

– Merci.

Un instant plus tard, ils se retrouvèrent tous les deux devant une montagne de nourriture.

– Ça sent très bon, dit Colin.

– Tu plaisantes ? C'est ridicule ! Qui pourrait bien manger autant ?

– Tu as l'air contrariée.

– Bien sûr que oui. On aurait dû pouvoir commander d'après le menu, mais bien sûr il a fallu que ma mère fasse son truc.

– C'est quoi, son truc ?

– J'essaie encore de comprendre. T'impressionner ? S'assurer que tu te sentes bien accueilli ?

– Ce sont des trucs sympas.

– Je sais, mais elle a tendance à en faire trop.

Elle vit le regard de Colin passer d'un plat à l'autre et désigna le *tilapia*.

– Je crois ma mère a fait celui-là spécialement pour toi. C'est juste du poisson au four, avec des tomates, des olives et des raisins. Vas-y, sers-toi.

Il prit deux ou trois filets et ajouta de la salade. Elle fit de même, mais ajouta une demie *enchilada*. Ils ne touchèrent pas au reste. Colin goûta le poisson et il tapa sa fourchette contre l'assiette.

— C'est incroyable, dit-il. Je comprends que ce soit elle la patronne.

— Elle est douée.

— Tu sais cuisiner comme ça ?

Elle secoua la tête.

— J'aimerais bien. Je suis loin d'être aussi douée que ma mère, mais j'ai démarré dans la cuisine et j'ai appris les bases. J'aimais bien, mais finalement, mes parents se sont dit que ce serait mieux si j'apprenais le service. Ils pensaient qu'être forcée à parler à des étrangers m'aiderait à surmonter ma timidité.

— Encore cette histoire de timidité ?

— De toute évidence, d'après toi, ça a marché. Et si tu veux tout savoir, je suis une excellente serveuse.

Il rit, et ils passèrent l'heure suivante à parler de tout et de rien, de leurs films préférés et des endroits qu'ils voulaient visiter un jour. Il lui en dit un peu plus sur sa famille, et elle de même. Chaque fois qu'elle parlait, il écoutait avec calme et attention, sans jamais lâcher son regard. La conversation était aisée et naturelle, mais Maria avait vraiment l'impression qu'il se souciait sincèrement de tout ce qu'elle disait. Malgré la présence de sa famille et les conversations aux autres tables, leur déjeuner était étrangement intime. Le temps de voir revenir ses parents, et malgré la déception de sa mère devant le peu de nourriture avalé, Maria se sentait étrangement détendue et heureuse.

Après une série de chaleureux au revoir, ils retournèrent au bureau et la vieille Camaro joua parfaitement son rôle. Là, Colin raccompagna Maria jusqu'à l'entrée, et quand il glissa sa main dans la sienne une seconde fois, elle ne put s'empêcher de se dire combien cela lui semblait naturel. À l'entrée, elle le sentit résister doucement, pour la faire s'arrêter.

– Quelle heure samedi ? demanda-t-elle en se tournant vers lui.

– J'ai un entraînement à 16 heures qui se termine à 18 heures, alors si je passais te prendre à 19 h 30 ? On ira manger et ensuite danser ?

– Parfait. Quel genre d'entraînement ?

– Frappe et travail au sol. De la lutte.

– On peut vous regarder ?

– J'imagine. Je pense que le patron de la salle s'en fiche, mais il faudrait que je demande.

– Tu le ferais ?

– Pourquoi ? Tu veux venir ?

– Puisque nous allons danser, je pourrais te regarder faire quelque chose que toi, tu apprécies.

Il ne cacha pas sa surprise.

– D'accord. Mais je vais devoir passer à la maison pour me changer avant de sortir, alors ça te dérangerait de me retrouver à la salle ?

Elle hocha la tête. Colin lui donna le nom de sa salle de sport et elle griffonna l'adresse au dos d'une carte de visite. Il glissa la carte dans sa poche, et avant même qu'elle se rende compte de ce qui se passait, Colin se pencha en avant pour l'embrasser. Son baiser était doux, et même s'il n'était pas aussi électrique que celui du dimanche, il avait quelque chose de chaud et de rassurant. Tout à coup, ce que ses parents pouvaient penser n'avait plus d'importance. Ici, maintenant, Colin était tout ce qui comptait, et quand il s'écarta elle regretta que le baiser n'ait pas duré un peu plus longtemps. Mais elle perçut du mouvement à la périphérie de son regard et remarqua alors Ken au coin du bâtiment, qui s'était sans aucun doute garé de l'autre côté du parking. Il se tenait là sans bouger, les regardant au loin. Elle se raidit et Colin suivit son regard.

– C'est lui ? demanda-t-il à voix basse. Ken ?

– Oui, répondit-elle, voyant tout à coup le visage de Colin se durcir.

Il ne s'écarta pas d'elle, mais son attention se concentra sur Ken. Même s'il ne lui serra pas la main plus fort, elle pouvait sentir la tension en lui, une violence repliée sur elle-même, tout juste maîtrisée. Elle n'avait pas peur, mais elle eut la certitude soudaine que Ken aurait dû.

Ce dernier les regardait toujours. Ils étaient dans une sorte d'impasse, et pourtant Colin continua à le regarder, attendant que Ken ait détourné les yeux pour se tourner vers Maria. Il l'embrassa encore, cette fois avec un soupçon de possessivité.

– Ne le laisse pas te contrarier, il n'en vaut pas la peine, dit-il en s'écartant.

– Il te dérange.

– Ça ira. Mais je ne l'aime pas.

– C'est pour ça que tu m'as embrassée une seconde fois ?

– Non.

– Alors, pourquoi tu l'as fait ?

– Parce que je t'aime beaucoup.

Sa réponse, si directe, si vraie, lui retourna de nouveau l'estomac, et elle faillit sourire comme une idiote.

– Qu'est-ce que tu fais ce soir et vendredi ?

– J'ai des trucs prévus avec Evan et Lily.

– Les deux soirs ?

– Oui.

– Qu'est-ce que vous faites ?

– Je ne veux pas te le dire.

– Pourquoi ?

– Je ne veux pas te le dire non plus.

Elle lui serra la main avant de la lâcher.

– Je sais que tu me dis la vérité, mais si tu ne me dis rien, là, je devrais m'inquiéter ? Tu vois quelqu'un d'autre ?

– Non, dit-il en secouant la tête. Il n'y a rien à craindre. J'ai passé un super moment ce midi. J'étais content de rencontrer tes parents.

Elle leva les yeux sur lui.

– Je suis contente aussi.

Il sourit puis recula d'un pas.

– Tu dois retourner travailler.

– Je sais.

– Il nous regarde toujours ?

Elle jeta un coup d'œil dans son dos et secoua la tête.

– Je pense qu'il a dû faire le tour par l'entrée de derrière.

– Est-ce qu'il sera contrarié par ce qu'il a vu ?

Maria réfléchit.

– Sans doute. Mais maintenant il sait que tu existes vraiment, et c'est bien. S'il m'embête encore, je n'aurai qu'à dire que tu es du genre jaloux.

– Je ne le suis pas.

Ses yeux gris-bleu étaient perçants mais doux.

– Mais je ne l'aime pas.

Chapitre 11

Colin

Samedi matin, Colin se leva tôt pour faire du vélo au lever du soleil. Sa bicyclette – un vieux tas de ferraille acheté d'occasion pour une bouchée de pain – avait au moins dix ans, mais elle faisait l'affaire, et Colin put faire une bonne séance avant même d'aller à la salle. Là, il passa une heure à faire du vélo de training, puis de la corde, des barres, des médecine-balls et plein d'autres exercices, avant de retourner à son vélo d'un pas chancelant pour rentrer chez lui. Il passa la tondeuse et tailla les buissons. Colin avait beaucoup pensé à Maria depuis leur rencontre, mais jamais à ce point.

Même Evan l'avait remarqué. Plus tôt, quand il l'avait vu apparaître sur le porche, Colin avait repéré chez lui un sourire moqueur prouvant qu'il savait très bien quel effet Maria avait sur lui. Evan s'était montré exubérant la veille et l'avant-veille, et Colin se doutait que cela avait peut-être quelque chose à voir avec ces histoires de danse et de sensualité, mais il n'avait pas envie de demander.

Lily, elle aussi, avait remarqué que Colin nourrissait des sentiments pour Maria. Mais elle restait concentrée sur ses leçons de danse. Elle lui avait cependant conseillé un restaurant en ville, lui rappelant par deux fois de réserver.

Elle lui en apprit plus sur la danse qu'il ne l'aurait cru possible, mais il n'avait pas encore vraiment confiance en lui. Il ne voulait même pas imaginer à quel point il aurait été démuni sans son aide.

Quand il eut fini, Colin but sa deuxième boisson protéinée de la journée, tout en rangeant son appartement, puis se mit au travail pour son cours de gestion de classe. Son devoir ne devait comporter que cinq pages, mais il fut trop distrait pour faire autre chose qu'en rédiger les grandes lignes, avant d'y renoncer.

Se changeant pour renfiler une tenue de sport, il prit son sac et passa la porte. Alors que sa voiture s'était parfaitement comportée ces derniers temps, le moteur toussa un bon moment puis démarra à contrecœur. Le problème ne concernait donc ni l'allumage ni l'alternateur. Colin aurait dû vraiment penser à trouver une solution, mais il songea à Maria, étrangement anxieux. Il avait vraiment envie que leur rendez-vous se passe bien. Il l'avait appelée après le travail jeudi et vendredi, et ils avaient parlé plus d'une heure chaque fois. Une expérience nouvelle pour lui. Il ne se souvenait pas avoir déjà discuté avec quelqu'un aussi longtemps au téléphone, jamais. Avant Maria, il ne comprenait pas comment on pouvait tenir une conversation aussi longue. Mais avec Maria, c'était facile, et il avait même souri à plusieurs reprises. Elle avait précisé que Ken avait gardé ses distances, et quand elle lui raconta le rendez-vous arrangé de la nuit où il s'était arrêté au bord de la route, Colin avait éclaté de rire. Après avoir raccroché, il avait eu du mal à s'endormir. D'habitude, il s'écroulait sur son lit à la fin de la journée, incapable de garder les yeux ouverts.

Pour la première fois depuis longtemps, il envisageait d'appeler ses parents. Il n'était pas sûr de savoir pourquoi il en avait envie mais supposait que la façon dont Maria parlait des siens n'y était pas étrangère. Il se demanda à quel point sa vie aurait été différente s'il avait été élevé dans une famille comme celle de Maria. Peut-être pas du tout – il avait toujours été un enfant difficile –, mais si les dynamiques familiales avaient un rôle à jouer, même mineur, alors sa vie aurait pu prendre une autre direction. Et même s'il aimait bien sa vie actuelle, sa route avait été jonchée d'obstacles. Que Maria soit capable de voir au-delà de ces choses, compte tenu de son histoire parfaitement respectable, était encore une surprise pour lui, mais une très bonne surprise. En se garant sur le parking de la salle, il l'aperçut. Elle portait un short et un T-shirt, et il se dit de nouveau qu'elle était l'une des plus belles femmes qu'il ait jamais vues.

– Salut, dit-elle. Tu es prêt à tabasser des gens ?

– C'est seulement de l'entraînement.

– Tu es sûr que je peux entrer regarder ?

Il hocha la tête en tendant le bras vers la porte.

– J'en ai parlé au proprio ce matin, et il n'a rien contre. Et à moins que tu ne décides d'entrer dans la cage, il a promis qu'il ne te ferait même pas signer de dispense.

– Tu es un sacré négociateur.

– J'essaie.

Il garda la porte ouverte, appréciant sa silhouette alors qu'elle passait devant lui. Il la regarda observer les alentours. Contrairement à de nombreuses salles commerciales, cet endroit ressemblait plus à un entrepôt. Ils longèrent des tas de poids et d'équipements vers la salle d'entraînement à l'autre bout du bâtiment. Après une autre porte, Colin la conduisit dans une pièce spacieuse aux murs capitonnés, avec de grands tapis et du matériel dans chaque recoin ; sur la gauche, la cage. Quelques partenaires d'entraînement de Colin s'étiraient ou s'échauffaient, et il les salua d'un signe de tête en posant son sac.

Maria plissa le nez.

– Ça pue, par ici.

– Et ça va empirer, lui promit Colin.

– Où je m'assois ?

Colin lui indiqua un tas dans le coin : des caisses de gants de boxe, des coudières et des genouillères, des élastiques divers et variés, des cordes à sauter et des boîtes de musculation.

– Tu peux t'asseoir là-dessus, si tu veux. D'habitude, on n'utilise pas cette partie de la salle.

– Tu seras où ?

– Un peu partout, en fait.

– Il y aura combien de gars ?

– Huit ou neuf. Les samedis sont toujours un peu mous. En semaine, on peut être quinze ou seize.

– En d'autres termes, seuls les plus acharnés sont là ?

– Ce sont plus les accros à l'entraînement, ou ceux qui débutent à peine et veulent tout tester. Les samedis, la plupart des gars les plus sérieux participent à des événements et ne sont pas en ville.

– C'est bien. Puisqu'on sort ce soir, je veux dire. Je ne voudrais pas que tu finisses la tête couverte de bleus, comme lors de notre première rencontre.

– Tu vas lâcher l'affaire un jour ?

– Je ne crois pas, dit-elle, se mettant sur la pointe des pieds pour l'embrasser sur la joue. L'image est gravée dans ma mémoire pour toujours.

Colin s'échauffa rapidement : roulements d'épaules, balancements de jambes, quelques minutes de corde. Entre-temps étaient arrivés Todd Daly, ancien combattant de l'UFC, et Jared Moore, un pro qui combattait ailleurs. Daly leur fit faire d'autres exercices d'échauffement.

Tout en attendant son tour dans la cage, Colin travailla ses prises au sol. Clés de bras, de jambes, diverses prises de soumission. La plupart trouvaient leur origine dans les arts martiaux et la lutte. La vitesse, l'instinct et l'équilibre étaient bien plus importants que la force brute. Comme d'habitude durant ses cours du samedi, Daly montrait les mouvements, recourant de temps en temps à Colin comme assistant, puis le groupe se scindait en deux. Chaque partie avait l'occasion de répéter le même mouvement dix ou douze fois, avant d'échanger sa position avec son coéquipier. Ils passaient ensuite à un autre exercice. Après dix minutes, Colin avait déjà du mal à respirer. Une demi-heure plus tard, son T-shirt était trempé. Tout au long de l'entraînement, Daly les corrigeait, leur disant où poser le pied pour augmenter l'effet de levier ou comment mieux retenir son adversaire à l'aide de ses jambes. Les variations semblaient infinies.

Un par un, les gars tournaient dans la cage, et au bout d'une heure, ce fut au tour de Colin. Il mit un casque et des gants pour travailler avec un partenaire pendant que Moore, un ancien champion des Golden Gloves[1] d'Orlando, les conseillait en criant. Colin passa sept rounds de deux minutes, sautant et tournant, cherchant la faille dans la garde de son adversaire pour donner un coup de poing ou un coup de pied, tentant lui-même de ne pas s'exposer. Il dominait, mais moins à cause de ses atouts qu'en raison du manque de talent de son adversaire. Celui-ci, relativement nouveau, n'était pas en forme. Il n'avait encore mené qu'un seul combat, qu'il avait perdu.

Colin retourna sur les tapis et tous travaillèrent les mises au sol alors que leurs adversaires étaient dos au mur, avant de changer de position. À la fin du cours, les muscles de Colin tremblaient de fatigue.

---

1. Compétition de boxe amateur se déroulant chaque année aux États-Unis. (N.d.T.)

Son regard glissa plusieurs fois vers Maria. Il s'était attendu à la voir s'ennuyer, mais elle ne l'avait pas quitté des yeux, ce qui avait rendu son entraînement plus compliqué que d'habitude. D'ordinaire, se concentrer sur son adversaire était facile, mais la présence de la jeune femme le gênait beaucoup. Dans un match, le manque de concentration l'aurait mis en difficulté. À la fin du cours, il avait eu l'impression d'avoir reculé de deux pas mentalement et savait qu'il devrait travailler dur pour regagner le terrain perdu. Après tout, c'était un sport aussi mental que physique, même si la plupart des gens ne s'en rendaient pas compte.

Pour finir, il fourra directement ses affaires dans son sac, qu'il jeta sur son épaule. Maria s'était approchée de lui.

– Qu'en as-tu pensé ? demanda-t-il, ajustant la sangle.

– Ça avait l'air dur. Et fatigant. Et moite.

– Oui, ça se résume à ça.

– Tu penses que ça s'est bien passé ?

– Pas mal. Mais j'ai été distrait.

– Par moi ?

– Oui.

– Je suis désolée.

– Pas de quoi. (Il sourit en tirant sur son T-shirt.) Tu me donnes cinq minutes pour me changer ? Il faut que j'enlève ces vêtements, pour ne pas tremper le siège de ma voiture.

Maria plissa le nez.

– C'est un oui ou un non ?

– Oui, oui, absolument… Je t'attendrai devant.

Colin quitta enfin la salle et vit Maria téléphoner juste devant la porte. Avec ses lunettes de soleil, on aurait dit une star glamour des années cinquante. Elle raccrocha juste quand il arriva.

– C'était Serena.

– Elle va bien ?

– Elle mange à la maison ce soir avec le président d'un comité d'attribution de bourses, alors elle est un peu nerveuse. Mais sinon ça va, dit-elle en haussant les épaules. Tu te sens mieux ?

– Plus propre. Pour le moment, en tout cas.

Elle lui toucha le bras.

– Je suis contente d'être venue. C'était bien plus intéressant que ce que je pensais.

– C'est toujours OK pour 19 h 30 ?

– J'espère. Et histoire de te prévenir, je serai peut-être un peu rouillée pour danser.

– Je ne m'inquiète pas. Ce sera ma première fois. Et, Maria ?

– Oui ?

– Merci d'être venue aujourd'hui. Ça signifie beaucoup pour moi.

À peine Colin eut-il quitté sa voiture qu'Evan apparut sur le perron, un sac de courses à la main.

– C'est pour toi, dit-il en lui tendant le sac. Et tu me dois de l'argent.

Colin s'arrêta.

– Pourquoi ?

– Lily pensait qu'il fallait que tu portes un truc ce soir.

– J'ai des vêtements.

– Ne t'en prends pas à moi. Je lui ai dit exactement la même chose. Mais c'est Lily, et elle m'a entraîné malgré tout dans le magasin. Et comme je le disais, tu me dois de l'argent. Le reçu est dans le sac.

– Qu'est-ce qu'elle a acheté ?

– Ça aurait pu être pire. Je l'avais imaginée choisir des

truc avec des glands et des clochettes ou que sais-je, mais non. C'est un pantalon noir, une chemise rouge et des chaussures noires.

— Comment peut-elle connaître ma taille ?

— Parce qu'elle t'a offert des vêtements à Noël.

— Et elle s'en souvient ?

— C'est Lily. Elle se souvient des trucs de ce genre. Et tu veux bien prendre ce sac ? Mon bras fatigue.

Colin s'en empara.

— Qu'est-ce qui va se passer si je ne porte pas ça ?

— Pour commencer, tu devras quand même me rembourser. Mais tu lui feras de la peine, et c'est la dernière chose que tu devrais faire après ces leçons de danse. Et, bien sûr, tu devras expliquer à Lily pourquoi tu ne veux pas les porter.

— Comment saurait-elle si je les porte ou pas ?

— Parce qu'elle est ici. Et elle insiste pour que tu passes avant de partir. Elle veut te parler.

Un peu perdu, Colin ne dit rien.

— Contente-toi de porter ces foutus vêtements, d'accord ?

Quand Colin ne répondait toujours pas, Evan plissa légèrement les yeux.

— Tu m'en dois une.

Devant le miroir de sa salle de bains, Colin admit que ç'aurait pu être bien pire. La chemise était en fait plus bordeaux que rouge, et même s'il n'aurait pas fait ce choix ce n'était pas si mal, en particulier une fois les manches remontées. Il avait prévu depuis le début de porter un pantalon noir – encore un vestige de son passé – et les chaussures étaient très semblables à celles qu'il possédait déjà ; sans les éraflures… donc il aurait de toute façon eu besoin d'en acheter une nouvelle paire. Il se demandait comment Lily avait pu le savoir, mais il avait depuis long-temps renoncé à être surpris par la fiancée d'Evan.

Dans la cuisine, il remplit un chèque pour son ami, prit ses clés et éteignit la lumière avant de quitter son appartement. En faisant le tour de la maison, il monta les marches et nota que la porte était restée entrouverte. Il entra et vit Evan et Lily dans la cuisine, un verre de vin à la main. Lily sourit et posa son verre sur le plan de travail.

– Eh bien, n'es-tu pas beau ? dit-elle en le voyant approcher.

Elle se pencha et lui fit la bise.

– La couleur te va très bien, et je suis sûre que Maria te trouvera vraiment élégant.

– Merci.

– Tout le plaisir était pour moi. Et j'espère que tu te souviendras de notre entraînement. Je suppose que tu as répété tes pas, aujourd'hui ?

– Pas aujourd'hui.

– Mais qu'est-ce que tu as bien pu faire ?

– Je suis allé à la salle.

– Évidemment, dit-elle, sans cacher sa déception. Tu dois vraiment apprendre à établir des priorités, et je ne peux pas te laisser partir sans être sûre que tu aies vraiment tout retenu.

– Je suis sûr que ça ira. Et je suis censé la prendre dans quelques minutes, maintenant.

– Alors, nous allons devoir faire vite. Evan ? Tu veux bien mettre un peu de musique ?

– Bien sûr.

Prenant son téléphone, il tapota quelques touches, tout en s'approchant.

– J'ai justement une chanson parfaite.

De toute évidence, Lily avait tout prévu. Elle prit la main de Colin.

– Contente-toi de passer en revue ce qu'on a fait. À vitesse normale.

Colin s'exécuta, s'écarta de Lily.

– C'était assez bien ?

– Tu vas l'éblouir, fit Lily avec un clin d'œil. Tout comme tu l'as fait avec les fleurs.

– Et tu sais ce qui pourrait l'éblouir aussi ? dit Evan.

Colin se tourna vers lui et vit que son ami était sérieux.

– D'abord, que ta voiture démarre, et ensuite que tu ne te fasses pas arrêter.

Colin avait à peine fini de frapper que Maria ouvrit la porte. Pendant un long moment, il se contenta de la regarder sans un mot. Son chemisier soulignait ses courbes et sa jupe s'arrêtait à mi-cuisses. Elle était presque aussi grande que lui avec ses sandales à talons. Avec une touche de mascara et de rouge à lèvres, elle n'avait rien à voir avec l'avocate avec qui il était allé déjeuner deux jours plus tôt, ou la jeune femme bronzée avec qui il était allé faire du paddle. Il n'était pas sûr de savoir quelle version il préférait, même s'il devait admettre que celle-ci était vraiment renversante.

– Tu es pile à l'heure, dit-elle, l'embrassant sur la joue. Je suis impressionnée.

Ses mains se posèrent instinctivement sur les hanches de Maria.

– Tu es très belle, murmura-t-il.

De si près, il sentit son parfum, quelque chose de floral et de discret. Parfait.

– Merci, dit-elle en lui tapotant le torse. J'aime la chemise.

– Elle est nouvelle.

– Ah oui ? Pour ce soir ?

– On peut le dire.

– Je me sens spéciale, dit-elle. Et je dois le dire, tu es particulièrement élégant.

– Ça m'arrive. Tu es prête ?

– Laisse-moi juste prendre mon sac à main. Où allons-nous ?

– Au *Pilot House*.

– Waouh… J'aime cet endroit. La nourriture est fabuleuse.

– C'est ce que j'ai entendu dire. Lily me l'a recommandé.

– Alors, elle a de toute évidence bon goût.

Le restaurant n'était pas loin, mais Colin conduisit sans se presser, vitres baissées, tous les deux appréciant les étoiles scintillant à l'horizon et une brise tout juste assez forte pour chasser la chaleur persistante de la journée.

Près du fleuve, Colin quitta Market Street puis se gara sur le parking du restaurant. Il fit le tour de la voiture pour ouvrir la portière de Maria et lui tendit la main, l'escortant jusqu'à l'entrée.

À l'intérieur, il fut surpris de noter que l'établissement était moins formel qu'il l'avait imaginé. Un endroit sans prétention, avec des tables blanches et une vue magnifique. Le restaurant était bondé, les clients se massaient près du bar en attendant une table à l'intérieur ou l'extérieur. Après s'être présenté à l'hôtesse, il la suivit vers une table en coin avec une vue à couper le souffle donnant sur le fleuve Cape Fear. Le clair de lune se déversait sur la surface calme, formant une veine liquide de lumière entre les deux berges sombres. Alors que Maria contemplait les flots, Colin suivit des yeux le contour de son profil gracieux, regardant ses cheveux dans la brise. Comment avait-elle pu compter tellement pour lui, et si vite ? Comme si elle avait perçu ses pensées, elle croisa son regard et sourit légèrement avant de tendre les mains sur la table. Il les prit dans les siennes, s'émerveillant de leur douceur et leur chaleur.

– C'est une nuit magnifique, tu ne trouves pas ? demanda-t-elle.

– Magnifique, répondit-il, sachant qu'il parlait d'elle.

Assis en face de Maria, Colin avait le sentiment étrange de vivre la vie bénie de quelqu'un d'autre, quelqu'un de plus méritant que lui. Et à la fin du dîner, après tous les plats, les verres de vin et les chandelles éteintes, il prit conscience qu'il avait passé sa vie entière à chercher Maria, elle que par chance il venait juste de trouver.

Chapitre 12

Maria

L'entrepôt était situé en périphérie de la ville. Seule la présence de dizaines de voitures garées n'importe comment de l'autre côté du bâtiment, hors de vue de la route principale, indiquait que ce n'était pas un entrepôt abandonné ordinaire.

Non que son atmosphère douteuse eût réellement de l'importance. En plus de la foule déjà présente à l'intérieur, beaucoup de gens – des hommes, en très grande majorité – attendaient de pouvoir entrer. La plupart portaient des glacières, sans doute remplies d'alcool. D'autres buvaient des bières ou tenaient à la main de petits gobelets en plastique. Ils se rapprochaient lentement de l'entrée et de la musique retentissante. À moins d'avoir un rencard, les filles n'avaient pas besoin d'attendre. Maria en vit des groupes entrer joyeusement, vêtues de hauts moulants, de jupes courtes et de talons aiguilles, ignorant les sifflets et les environs pleins de détritus.

Même s'il était le seul blanc dans la file d'attente, Colin semblait détendu et prenait la situation avec philosophie. Devant la porte, un grand costaud en lunettes noires les accueillit. Le videur examina Colin des pieds à la tête, se demandant sans doute s'il faisait partie de la police, puis Maria, et prit à contrecœur les billets tendus en leur faisant signe d'entrer.

À l'intérieur, ils découvrirent une masse de corps se balançant au rythme d'une musique assourdissante. L'endroit vibrait d'une énergie à peine contenue. Personne ne semblait se soucier du sol de béton couvert de taches d'huile, de l'aspect dépouillé ou de ses lumières industrielles. Les gars étaient collés à leurs glacières, criant pour se faire entendre par-dessus la musique, tentant d'attirer l'attention de n'importe quelle fille passant devant eux. Comme dans la plupart des boîtes, les hommes étaient bien plus nombreux que les femmes et la plupart semblaient âgés de vingt à trente ans. Maria supposait que l'immense majorité étaient des employés voulant s'amuser le samedi soir. Il y avait aussi, comme Serena l'avait remarqué, des types très effrayants avec des tatouages et des bandanas aux couleurs de divers gangs qui portaient des baggies pouvant facilement dissimuler une arme. D'ordinaire, cela aurait pu la rendre nerveuse, mais la plupart des gens semblaient vouloir simplement profiter de leur soirée. Malgré tout, elle repéra les diverses sorties possibles en cas de problème. À côté d'elle, Colin observait lui aussi les lieux. Il se pencha vers son oreille.

– Tu veux te rapprocher de la musique ?

Elle hocha la tête et Colin l'entraîna plus loin dans l'entrepôt. Ils se glissèrent dans la foule, faisant attention de ne heurter personne, se frayant lentement un chemin vers la piste de danse de l'autre côté du bâtiment. La musique devint encore plus forte.

En chemin, des gars tentèrent d'attirer l'attention de Maria, lui demandant son nom ou faisant un commentaire sur sa beauté, ou même tentant de lui pincer les fesses. Mais, redoutant de donner à Colin une raison de se battre, elle se contenta de les foudroyer du regard en silence.

La piste de danse était séparée du reste de l'entrepôt par une barrière de fortune, faite de planches attachées à des tonneaux de métal. Directement en face d'eux, sur des palettes empilées contre le mur du fond, se trouvait le DJ, son équipement disposé sur une table pliante et flanqué de deux baffles de la taille de réfrigérateurs. La musique était assez forte pour faire trembler la poitrine de Maria. Sur la piste, elle vit des couples bouger et tourner, ce qui fit ressurgir dans sa mémoire des souvenirs d'une époque où la vie lui semblait plus insouciante. Maria se pencha vers Colin et sentit le parfum qu'il avait dû mettre un peu avant.

– Tu es sûr d'être prêt pour ça ?

– Oui, dit-il en franchissant la barrière.

Avant même de s'en rendre compte, elle se retrouva entourée de couples. Elle était sur le point de dire à Colin quoi faire, quand il prit sa main droite dans sa main gauche et plaça l'autre sur son omoplate gauche. Il se mit alors à la guider, ses pas à l'unisson des siens. Elle écarquilla les yeux, et quand il lui fit faire un tour parfait sur elle-même, suivi presque immédiatement d'un second, elle fut trop surprise pour dire quoi que ce soit. Colin se contenta de hausser les sourcils, amusé, et elle éclata de rire. Et petit à petit, une chanson après l'autre, elle se sentit lâcher prise, s'abandonnant à la musique dans les bras de Colin.

Il était déjà plus de minuit quand ils quittèrent l'entrepôt bondé, et Colin la ramena en voiture à son appartement. Ni l'un ni l'autre ne dirent grand-chose. Tous deux se sentaient encore sous l'effet de la danse en naviguant dans les rues calmes de la ville. Comme il l'avait fait au cours des dernières heures, Colin lui tenait la main. Son pouce se déplaçait sur sa peau et la faisait frissonner. En approchant de chez elle, Maria s'imagina ce qui pourrait arriver si elle invitait Colin à monter, et elle se sentit à la fois effrayée et excitée. Ils ne se connaissaient pas depuis très longtemps, et elle n'était pas sûre d'être vraiment prête à… Mais elle devait l'admettre :

elle avait envie qu'il monte. Elle voulait poursuivre leur soirée. Elle voulait qu'il l'embrasse de nouveau et la prenne dans ses bras. Malgré ses émotions contradictoires, elle le conduisit sur le parking derrière son appartement.

Après avoir fermé la voiture, ils montèrent les marches l'un à côté de l'autre en silence. Devant la porte elle tritura ses clés, ses mains tremblant légèrement tout en ouvrant. Maria entra et passa dans le salon, allumant la lampe près du canapé, et en se retournant elle vit que Colin s'était arrêté sur le seuil. Il semblait ressentir sa confusion, lui offrant une chance de mettre un terme à la soirée maintenant, avant que les choses n'aillent trop loin. Mais quelque chose s'était emparé d'elle, et elle sourit en glissant une mèche de cheveux derrière son oreille.

— Entre, dit-elle d'une voix rauque qu'elle ne reconnut pas.

Colin referma doucement la porte derrière lui, entrant dans le salon au parquet de pin noir et au plafond orné de moulures. Une porte-fenêtre donnait sur le balcon. Même si elle se doutait que cela n'avait pas d'importance pour lui, elle était contente d'avoir finalement passé la matinée à ranger, jusqu'à retaper les coussins décorant le divan.

— C'est très joli chez toi.

— Merci.

S'approchant pour regarder de plus près les photos enca-drées au-dessus du canapé, il demanda :

— C'est toi qui les as prises ?

Elle hocha la tête.

— Plus tôt cet été.

Il les examina en silence, en particulier le gros plan sur le balbuzard prenant un poisson dans ses serres et entouré de gouttelettes d'eau.

— Tu es vraiment douée, dit-il, visiblement impres-sionné.

— Tu ne sais pas combien il faut de photos ratées pour en avoir une bonne comme ça. Mais merci.

Près de lui, elle pouvait sentir la chaleur émanant encore de son corps.

— Tu veux quelque chose à boire ? Je dois avoir une bouteille de vin au frigo.

— Peut-être un demi-verre. Je n'ai jamais beaucoup bu de vin. Et si tu avais de l'eau, ce serait super aussi.

Maria se rendit dans la cuisine et prit deux verres à vin. Il y avait bien une bouteille ouverte la nuit précédente au frigo. Elle emplit les deux verres et but une gorgée avant de remplir un verre d'eau.

— Tu veux de la glace ?

— Oui, si ça ne te dérange pas.

— Je pense que ça ira.

Elle lui tendit le verre d'eau et le regarda le vider, puis le posa sur le comptoir à petit déjeuner en désignant la porte-fenêtre d'un geste.

— Tu veux aller sur le balcon ? J'ai vraiment envie d'un peu d'air frais.

— Bonne idée, dit-il en prenant son verre de vin.

Maria ouvrit la porte-fenêtre pour passer sur le balcon. L'air était frais sur sa peau, la brume commençait à tomber. Il y avait peu de circulation et les trottoirs étaient déserts. Les lampadaires projetaient une lumière jaune et Maria entendit monter un très léger écho de musique des années quatre-vingt depuis le bar au coin de la rue.

Colin s'avança vers les fauteuils à bascule sur le côté.

— Tu t'es déjà assise là ?

— Pas assez souvent. Ce qui est assez triste, car ce balcon est l'une des raisons de mon achat. Je crois que j'imaginais me détendre là après le boulot, mais en général je dîne vite, et je m'installe sur la table du salon ou sur le bureau de la chambre d'amis avec mon MacBook.

Elle haussa les épaules et expliqua :

– Tout le truc de tenter de prendre de l'avance pour réussir dans la vie, mais on a déjà parlé de ça, n'est-ce pas ?

– Nous avons parlé de beaucoup de choses.

– Ça veut dire que tu t'ennuies déjà avec moi ?

Il se tourna vers elle. La lumière de la nuit se reflétait dans son regard.

– Non.

– Tu sais ce que je trouve intéressant à ton sujet ? (Colin attendit sans rien dire.) Tu ne ressens pas le besoin de toujours expliquer ton raisonnement, quand tu réponds à une question. Tu vas droit au but. Tu développes seulement quand on te le demande. Tu es un homme de peu de mots.

– D'accord.

– C'est exactement ce que je veux dire ! le taquina-t-elle. Mais d'accord, je suis curieuse maintenant. Pourquoi tu ne développes pas, sauf si on te le demande explicitement ?

– Parce que c'est plus facile. Et ça prend moins de temps.

– Tu ne crois pas qu'inclure les autres dans ta réflexion les aiderait à mieux te comprendre ?

– Tu pars du principe qu'ils le voudraient, et s'ils le veulent, alors ils n'ont qu'à me demander et je développe.

– Et s'ils ne demandent rien ?

– Alors, c'est que pour commencer ma réflexion ne les intéresse pas. Ils veulent juste connaître la réponse à leur question. Je sais que c'est mon cas. Si je demande à quelqu'un quelle heure il est, je n'ai pas besoin d'un historique sur l'horlogerie, et je me fiche de savoir d'où il ou elle tient sa montre, ou combien elle a coûté ou si c'était un cadeau de Noël. Je veux juste qu'on me donne l'heure.

– Je ne parle pas de ça. Je parle de tenter de connaître quelqu'un. Faire la conversation.

– Moi aussi. Mais tout le monde n'a pas besoin, ou même ne veut pas savoir pourquoi tu ressens telle chose au sujet de tel truc. Il y a des choses qu'il vaut mieux garder pour soi.

— Excuse-moi ? Ce n'est pas toi qui m'as raconté ton histoire personnelle la première nuit sur la plage ?

— Tu m'as posé des questions et j'ai répondu.

— Et tu penses que ça marche comme ça ?

— Ça a marché pour nous. Nous n'avons pas de problème de conversation.

— Mais c'est parce que je pose beaucoup de questions.

— Oui.

— Eh bien, alors c'est une bonne chose, sinon nous finirions comme l'un de ces vieux couples dans les cafés, qui prennent leur petit déjeuner sans échanger un mot. Bien sûr, c'est sans doute ton truc. Je peux facilement t'imaginer passer une journée entière sans dire un mot à personne.

— Parfois, c'est le cas.

— Ce n'est pas normal.

— D'accord.

Elle but une gorgée de vin et agita la main.

— Plus de détails, s'il te plaît.

— Je ne sais pas ce que normal veut vraiment dire. Je pense que tout le monde a sa propre définition, une définition façonnée par la culture, la famille et les amis, notre caractère et nos expériences, par les événements de nos vies et mille autres choses. Ce qui est normal pour une personne ne l'est pas pour une autre. Pour certains, sauter en parachute, c'est de la folie. Pour d'autres, la vie ne vaut pas d'être vécue sans ça.

Elle hocha la tête, lui accordant ce point. Pourtant…

— Très bien. Sans que je te pose une question d'abord, je veux que tu me dises ce que tu ressens vraiment pour quelque chose. Quelque chose de vraiment inattendu et hors sujet. Quelque chose que je ne m'attends pas que tu dises. Et ensuite, développe sans que j'aie à te poser la moindre question.

– Pourquoi ?

– Fais-moi plaisir, dit-elle, en lui donnant un léger coup de coude. Pour s'amuser.

Il fit tourner son verre de vin avant de lever les yeux sur elle.

– Tu es incroyable. Tu es intelligente, belle, et ce serait facile pour toi de rencontrer quelqu'un qui n'a pas fait les mêmes erreurs que moi… Honnêtement, je me demande ce que je fais ici, ou même pourquoi tu m'as invité. Une partie de moi pense que tout ça est trop beau pour être vrai et que ça va mal finir. Mais même si c'est le cas, cela ne changerait rien au fait que tu m'as apporté quelque chose, quelque chose qui me manquait sans que je le sache.

Colin marqua une pause. Il reprit la parole d'une voix calme.

– Tu comptes bien plus pour moi que tu ne le penses, je crois. Avant de te rencontrer, j'avais Evan et Lily et je pensais que ça suffisait. Mais ce n'est pas le cas. Plus maintenant. Plus depuis le week-end dernier. Quand je suis avec toi, je me sens de nouveau vulnérable, et cela ne m'était plus arrivé depuis que j'étais enfant. Je ne peux pas dire que j'aime toujours ça, mais l'alternative serait bien pire, car cela voudrait dire ne plus te revoir.

Maria se rendit compte qu'elle retenait son souffle. Quand il eut terminé, elle se sentit presque étourdie, bouleversée par sa réponse, et elle tenta de reprendre son équilibre.

Il émanait toujours de Colin une confiance tranquille, et ce fut ça, plus que toute autre chose, qui lui permit de se rattraper.

– Je ne suis pas sûre de savoir quoi dire, reconnut-elle.

– Tu n'as rien à dire. Je n'ai pas dit ça pour avoir une réponse. Je l'ai dit parce que je voulais le dire.

Elle dut tenir son verre de vin à deux mains.

– Puis-je te poser une question ? demanda-t-elle timidement. Sur autre chose ?

– Bien sûr.

– Pourquoi tu as fait comme si tu ne connaissais rien à la salsa ?

– Parce que c'était vrai quand nous en avons discuté. Lily a passé la semaine à me donner des leçons. C'est ce que j'ai fait jeudi et vendredi soir.

– Tu as appris à danser pour moi ?

– Oui.

Elle détourna le regard et but une gorgée de vin, tentant de dissimuler son étonnement.

– Merci. Et j'imagine que je dois remercier Lily aussi.

Il sourit brièvement.

– Ça te dérangerait, si je me servais un autre verre d'eau ? J'ai un peu soif.

– Bien sûr que non.

Colin s'écarta et Maria secoua la tête, se demandant quand, ou même s'il cesserait un jour de l'étonner.

Luis ne lui avait jamais parlé comme Colin venait de le faire. Se penchant sur la rambarde, elle eut tout à coup bien du mal à se souvenir de ce qu'elle lui avait trouvé. Au premier abord Luis était beau et intelligent, mais il était en réalité arrogant et vain. Elle lui trouvait souvent des excuses et si quelqu'un s'interrogeait sur ses sentiments, elle réagissait, sur la défensive. En y repensant, elle devait admettre qu'elle cherchait désespérément son approbation. Et Luis ne l'avait pas seulement senti, il en avait profité plusieurs fois. Ce n'était pas une relation saine, elle le savait, et quand elle l'imaginait se comporter comme Colin l'avait fait, lui apporter des fleurs, apprendre à danser, elle n'y parvenait pas. Et malgré cela, elle avait aimé Luis avec une intensité qu'elle pouvait parfois encore éprouver.

Plus tôt, en dansant, elle s'était dit que la nuit ne pourrait pas mieux tourner. Mais si. L'écouter exprimer ses sentiments sans peur ni regret l'avait laissée sans voix. Elle se demanda si elle-même en était capable. Sans doute pas, mais Colin n'était vraiment pas comme les autres. Il s'acceptait avec ses défauts et se pardonnait les erreurs qu'il avait commises. Plus que ça, il semblait vivre le moment présent sans un regard pour le passé ou l'avenir.

La plus grande révélation concernait la façon dont Colin était capable de ressentir ses émotions, peut-être plus profondément qu'elle. En le voyant pendant le dîner et sur la piste de danse, et en l'écoutant à l'instant, Maria était certaine que si Colin n'était pas encore amoureux d'elle, il était sur le point de l'être. Comme elle, il était prêt à s'abandonner à l'inévitable, une idée qui fit trembler ses mains.

Colin revint sur le balcon et elle prit une profonde inspiration, savourant la vague de désir qui montait en elle. Il se pencha sur la rambarde à côté d'elle. Ils respiraient au même rythme et Maria but une autre gorgée de vin dont la chaleur se déversa dans sa gorge, puis dans tout son corps. Observant son visage de profil, elle songea encore à la façon dont son calme extérieur enveloppait les émotions contenues en lui, et elle imagina soudain Colin nu au-dessus d'elle, sa bouche caressant doucement la sienne, alors qu'ils se donnaient l'un à l'autre. Son cœur se serra et elle sentit ses lèvres esquisser un sourire.

— Tu pensais ce que tu m'as dit tout à l'heure ?

Il ne répondit pas tout de suite mais pencha la tête avant de se tourner vers elle.

— Chaque mot.

Prise dans une cascade de sensations, Maria s'approcha

243

et l'embrassa doucement sur les lèvres. Elles étaient douces et chaudes, et Maria vit dans son regard quelque chose de proche de l'espoir. Elle l'embrassa de nouveau et sentit sa peau s'animer quand il passa ses bras autour d'elle. Il l'attira doucement à lui, et à cet instant elle s'abandonna. Elle pouvait sentir la force de sa poitrine et de ses bras autour d'elle et l'urgence chaude de sa langue, et elle savait avec une certitude ardente qu'elle avait besoin de Colin, de tout Colin. Ils continuèrent de s'embrasser sur le balcon sous un ciel brumeux et rempli d'étoiles, jusqu'à ce qu'elle lui prenne la main. Leurs doigts se mêlèrent alors qu'il l'embrassait dans le cou. Elle frissonna, goûtant cette sensation excitante et érotique, avant de le conduire sans un mot jusqu'à sa chambre.

Quelques instants après s'être réveillée le lendemain matin, Maria sentit les rayons doux du soleil d'automne, et la nuit lui revint aussitôt en mémoire. Elle se retourna et vit Colin sur le côté, seulement à moitié recouvert par le drap, déjà réveillé.

— Bonjour, chuchota-t-il.

— Bonjour, dit-elle doucement. Depuis combien de temps tu es réveillé ?

— Environ une heure.

— Pourquoi tu ne t'es pas rendormi ?

— Je n'étais pas fatigué. Et de plus, j'appréciais de te regarder.

— Ce genre de déclaration pourrait faire froid dans le dos, tu sais.

— D'accord.

Elle sourit.

— Bon, puisque tu me regardais, j'espère que je n'ai pas fait de bruits étranges ou quoi que ce soit d'embarrassant.

– Non. Tu avais juste l'air super sexy.

– Je ne suis pas coiffée et je dois me brosser les dents.

– Tout de suite ?

– Pourquoi ? Qu'est-ce que tu as en tête ?

Il se pencha vers elle et fit courir un doigt sur sa clavicule. Ensuite, plus besoin de mots.

Plus tard, ils prirent leur douche ensemble avant de s'habiller. Maria se sécha les cheveux et se maquilla pendant que Colin, appuyé contre le lavabo à côté d'elle, sirotait une tasse de café.

– On va quelque part ? demanda-t-il.

– Brunch. Chez mes parents.

– Ça m'a l'air bien. Mais je vais devoir me changer. Quelle heure ?

– Onze heures.

– J'imagine qu'on ne va pas aller faire du paddle ?

– Ce n'est sans doute pas une bonne idée. Ça va déjà être assez dur de les préparer à ta visite. Parce que, cette fois, ils vont poser beaucoup de questions.

– D'accord.

Maria posa son mascara et lui prit la main.

– Ça te contrarie ? Ou te fait peur ?

– Non.

– Eh bien, moi, ça me fait peur, reconnut Maria, reprenant son maquillage. Tout ça est terrifiant, en fait.

Il but une gorgée de café.

– Que vas-tu leur dire à mon sujet ?

– Avec un peu de chance, le moins de choses possible. Tout détail ne fera que provoquer plus de questions… pour toi, pas pour moi.

– Qu'est-ce que tu espères pour aujourd'hui ?

— Que ma mère ne pleure pas et que mon père ne te demande pas de quitter la maison.

— Ça ne me paraît pas très élevé comme attente.

— Fais-moi confiance, dit Maria, la barre est plus haute que tu ne le crois.

Chapitre 13

Colin

Colin arriva chez les parents de Maria juste avant 11 heures. Il ne savait pas du tout comment s'était passée leur conversation et se dit que ça ne servait à rien de spéculer sur le sujet : il le découvrirait bien assez tôt.

Si Lily avait été là, il lui aurait demandé ce que l'on devait apporter à un brunch du dimanche en famille, mais Evan et elle étaient déjà partis à l'église quand il était repassé chez lui, et en fait ça ne l'aurait sans doute pas beaucoup aidé. Comme tout le monde, ils allaient exprimer leur propre opinion, et un panier de muffins n'allait rien y changer. Pourtant, en approchant de la porte, il espérait que Maria allait bien. Plus tôt, en rentrant chez lui, il n'avait cessé de penser à elle, chaque image l'enchantant plus que la précédente. C'était une première pour lui, tout comme pour Maria. Et il inspira profondément, se rappelant que même s'il ne reculait pas devant leurs questions, ses réponses pouvaient être interprétées de plusieurs façons et rester honnêtes.

Il frappa à la porte, qui s'ouvrit presque aussitôt sur Serena. Il remarqua encore à quel point elle ressemblait à sa grande sœur, même si elle semblait beaucoup plus nerveuse que d'habitude, ce qui n'était sans doute pas bon signe.

– Salut Colin, dit-elle en faisant un pas de côté pour le laisser entrer. Je t'ai vu approcher. Entre.

– Merci. Comment s'est passé ton dîner hier soir ?

– Génial. Mais c'est moi qui devrais te demander…

– Nous nous sommes bien amusés.

– J'en suis sûre, dit Serena avec un clin d'œil. Maria est dans la cuisine avec maman, dit-elle en refermant la porte. Et je suis stupéfaite que tu aies pu la convaincre d'aller danser.

– Pourquoi ?

– Si tu ne le sais pas encore, je crois que tu devrais passer encore plus de temps avec elle. Mais un bon conseil, je ne rapporterais pas trop de détails sur hier soir si j'étais toi, en particulier sur ce qui aurait pu se passer après la danse. C'est déjà un peu tendu, par ici. J'ai le pressentiment que mes parents pensent que tu es un terroriste.

– D'accord.

– J'exagère peut-être, mais qui sait ? bredouilla-t-elle. Ils avaient déjà fini de discuter à mon arrivée et ils m'ont à peine dit bonjour. Tout ce que je sais, c'est que mon père ne souriait pas et que ma mère ne cessait de faire le signe de croix, alors que le dîner d'hier soir s'est très bien passé… même si mes petits défis personnels ne comptent pas pour le moment. En tout cas, j'ai décidé qu'il valait mieux que j'attende dans le salon.

Ils gagnèrent la cuisine et Colin vit Maria penchée au-dessus d'une poêle à frire crépitante, tandis que sa mère sortait un petit moule du four. L'air sentait le bacon et la cannelle.

– Colin est arrivé, dit Serena.

Maria se retourna, et il vit qu'elle portait un tablier.

– Salut, Colin, dit-elle d'une voix tendue. Tu te souviens de ma mère ?

Carmen se força à afficher un sourire de façade, et même si Colin se trompait peut-être, elle semblait bien plus pâle que l'autre jour.

– Bonjour, madame Sanchez, dit-il, se disant que se montrer formel était sans doute le mieux à faire.

– Bonjour.

Elle hocha la tête et, de toute évidence mal à l'aise, reporta sur son attention la poêle et la posa sur une grille en acier, sur le plan de travail.

Serena se pencha vers lui.

– Ma mère avait décidé de faire un petit déjeuner américain juste pour toi, chuchota-t-elle. Du bacon et des œufs, pain perdu, des roulés à la cannelle. Bien sûr, c'était avant que Maria lui parle de toi.

Maria retira quelques tranches de bacon de la poêle et les déposa sur une assiette recouverte d'une serviette, sur le côté de la cuisinière.

– Hé, Serena ? Tu peux me remplacer une seconde ?

– Avec joie, répondit gaiement sa sœur. Mais seulement si je peux porter le tablier cool.

Maria s'approcha, retira son tablier et le passa à Serena, comme si échanger leur place était normal. Dans cette cuisine, Colin supposait que c'était le cas. Serena papota avec sa mère en espagnol, tout en passant le tablier. De si près, Colin remarqua à sa façon de se mouvoir que Maria était tendue. Elle l'embrassa furtivement sur la joue, prenant garde à maintenir une certaine distance.

– Tu as eu du mal à trouver ?

– Google, répondit-il.

Par-dessus son épaule, difficile de ne pas voir Carmen froncer les sourcils. Il en savait assez pour ne pas demander comment ça s'était passé plus tôt et opta pour le silence.

Maria baissa la voix, le visage marqué d'une inquiétude évidente.

– Tu voudrais bien parler à mon père avant le déjeuner ?

– D'accord.

– Et, hum…

Elle ne termina pas sa phrase.

– C'est ton père, dit-il. Je n'oublierai pas.

Elle hocha la tête de façon presque imperceptible.

– Je vais rester ici, aider ma mère dans la cuisine. Mon père est sur la terrasse derrière. Tu veux du café ?

– Ça va.

– De l'eau ?

– Ça va, répéta Colin.

– D'accord…

Elle recula d'un pas et assura :

– Je pense que je ferais mieux de retourner dans la cuisine, alors.

Colin la vit passer devant un réfrigérateur chargé de dizaines de photos, de lettres et d'autres souvenirs. Il s'avança vers la porte coulissante et Félix se tourna aussitôt vers lui. Il y avait moins de colère dans son regard que Colin l'avait imaginé, même si le choc et la déception étaient évidents, de même que son hostilité. Un petit chien blanc dormait sur ses genoux.

Colin referma la porte derrière lui et s'approcha de Félix, le regard ferme.

– Bonjour, monsieur Sanchez, dit-il en lui tendant la main. Maria m'a dit que vous vouliez me parler.

Félix regarda sa main avant de la serrer à contrecœur. Colin resta debout, attendant que Félix l'invite à s'asseoir. Félix indiqua enfin une chaise d'un signe de tête, et Colin prit place. Il joignit les deux mains sur ses genoux et garda le silence. Il n'y avait aucune raison de vouloir bavarder de choses et d'autres ou de faire comme s'il ne savait pas de quoi Félix voulait lui parler. Ce dernier, visiblement peu pressé de parler, prit son temps pour l'étudier.

– Maria a dit que vous aviez eu des problèmes avec la justice, commença-t-il finalement. C'est vrai ?

– Oui, répondit Colin.

Au cours de la demi-heure suivante, il raconta son histoire petit à petit, en grande partie comme avec Maria la première nuit sur la plage. Il n'édulcora pas son récit et ne tenta pas de tromper Félix ; il était qui il était. Comme Maria, Félix fut parfois très choqué et le pressa de développer. Colin lui raconta ce qui lui était arrivé lors de son premier séjour à l'école militaire et crut voir un soudain éclair de compréhension. Son récit terminé, Félix était visiblement moins sur les nerfs, mais il était aussi évident qu'il avait besoin de temps pour réfléchir à tout ce qu'il venait d'apprendre. Rien de surprenant. Félix était le père de Maria, et il n'était pas prêt à tout accepter.

– Vous prétendez avoir changé et je voudrais vous croire, mais je ne suis pas sûr.

– D'accord, dit Colin.

– Et si vous vous faites arrêter de nouveau ?

– Je n'en ai pas l'intention.

– C'est tout le problème. Les gens en ont rarement l'intention.

Colin ne dit rien, car il n'y avait rien de plus à ajouter.

Félix continua à caresser le petit chien blanc, avant de poursuivre.

– Si vous êtes arrêté, que se passera-t-il ?

– Je ne la reverrais pas. Je mettrais un terme à cette histoire. Le pire pour elle serait de penser qu'elle doit m'attendre.

Félix hocha légèrement la tête, satisfait mais ne sachant toujours pas s'il croyait Colin ou non.

– Si jamais vous blessez ma fille ou la mettez en danger…

Il ne termina pas sa phrase, mais il n'en avait pas besoin. Colin savait ce que Félix voulait entendre car c'était vrai, et il n'eut aucun mal à le dire.

– Cela n'arrivera pas.

– J'ai votre parole.

– Oui.

Maria passa la tête à cet instant précis, manifestement nerveuse mais soulagée aussi de n'avoir pas entendu crier.

– Vous avez bientôt fini ? Le brunch est prêt.

Félix soupira.

– Nous avons fini. Mangeons.

Après le repas, Serena et ses parents commencèrent à débarrasser la table, tandis que Maria s'attardait avec Colin.

– Qu'est-ce que tu lui as dit ? demanda-t-elle.

– La vérité.

– Toute ?

– Oui.

Maria parut déconcertée.

– Alors, ça s'est bien mieux passé que je ne le pensais.

Maria avait raison, le brunch avait été assez plaisant. Serena avait parlé de sa bourse, de Steve et de ses escapades, de ses nombreux amis. De temps en temps, Félix et Carmen avaient posé des questions, dont quelques-unes à Colin, même si toutes concernaient le travail ou l'école. Il mentionna les arts martiaux et crut voir Carmen pâlir légèrement.

– Et pourtant…, reprit Maria. Je pense que tu avais raison. Il valait mieux tout dire dès le début.

Parfois, se dit Colin, *pas toujours*. Félix s'était montré cordial, mais il n'y avait aucune affection ou confiance évidente de sa part, et cela demanderait du temps… s'il les obtenait un jour. Mais il ne dit rien de tout cela à Maria, se dirigeant plutôt vers la porte.

– Tu voudras faire du paddle plus tard ? demanda-t-il.

– Et si on faisait autre chose, comme du jet-ski ? On

pourrait en louer sur la plage. Tu ne trouverais pas ça amusant ?

Il se souvint de son Bikini.

— En fait, ça m'a l'air génial.

Ils se retrouvèrent à Wrightsville Beach plus tard cet après-midi-là et passèrent deux heures à faire du jet-ski, avant que Colin rentre chez lui pour une petite séance d'entraînement. Ils préparèrent à manger chez Maria et, comme la veille, passèrent la nuit dans les bras l'un de l'autre.

Le lundi matin arriva trop vite, mais ils passèrent autant de temps que possible ensemble cette semaine-là. Colin retrouva Maria pour déjeuner à deux reprises, et ils passèrent la soirée du mercredi chez *Crabby Pete's*, à siroter un Pepsi Light pendant qu'elle travaillait sur un dossier pour Barney, son MacBook posé sur le bar. En dehors de son travail au bar et de ses cours, de quelques heures d'entraînement et d'un brunch en famille, ils restèrent pratiquement tout le temps ensemble et firent un tour au marché fermier et à l'aquarium, deux visites que Colin n'avait jamais envisagées auparavant.

Il tentait simplement d'accepter ce qu'il ressentait pour elle. Il n'y pensait pas, ne s'en inquiétait pas, ne tentait pas de comprendre. Il aimait ce qu'il ressentait chaque fois qu'elle riait ou qu'elle fronçait les sourcils pour se concentrer – c'était tellement sexy ! Il savourait la sensation de sa main dans la sienne quand ils marchaient et discutaient, leurs conversations oscillant entre sujets graves et plus légers.

Le dimanche soir, au lit après avoir fait l'amour, Maria était couchée sur le ventre, les genoux pliés et les pieds en l'air, occupée à picorer du raisin. Colin ne pouvait détacher ses yeux de la jeune femme, la lorgnant jusqu'à ce qu'elle lui lance un grain de raisin, espiègle.

– Arrête de me regarder. Tu me gênes.

Il goba le grain de raisin.

– Pourquoi ?

– Parce que je suis catholique et que nous ne sommes pas mariés, peut-être ?

Il gloussa.

– Ta mère a demandé si j'étais catholique, n'est-ce pas ? Au déjeuner au restaurant, la première fois ?

– Tu comprends l'espagnol ?

– Pas vraiment. J'avais pris espagnol au lycée et j'ai tout juste réussi l'examen, mais j'ai entendu mon nom et le mot *catolico* quand elle est passée à table. Ce n'était pas très difficile de traduire. Mais oui, j'ai été élevé dans la religion catholique. J'ai été baptisé, j'ai fait ma confirmation et tout le bataclan. Mais j'ai arrêté d'aller à l'église après l'école militaire, je ne suis donc pas sûr de savoir ce que je suis maintenant.

– Elle sera contente quand même.

– Bien.

– Comment tu as pu faire ta confirmation, si tu n'allais plus à l'église ?

– Via une donation, j'imagine. Sans doute importante, car le prêtre m'a laissé bachoter tout un été, et même si je n'ai pas fait le boulot demandé, l'année suivante ils m'ont permis d'être confirmé.

– C'est un peu de la triche.

– Non, *c'est* de la triche. Sur un plan positif, j'ai eu un kart, donc c'était plutôt cool.

– Un kart ?

– C'était ça ou je ne le faisais pas. Pour ce que ça m'a valu de bon… Je l'ai bousillé en quelques semaines, et j'ai refusé de parler à mes parents tout le reste de l'été parce qu'ils ne voulaient pas m'en racheter un.

– Bravo ! dit-elle d'un ton sarcastique.

– Je n'ai jamais caché le fait que j'avais des problèmes.

– Je sais, répondit-elle en souriant. Mais parfois, j'aimerais bien que tu me surprennes de façon positive quand tu me parles de ta jeunesse.

Il réfléchit.

– Une fois, j'ai cassé la gueule au copain de ma sœur aînée. Ça compte, comme c'était un abruti fini ?

– Non, ça ne compte pas.

Colin sourit.

– Tu veux déjeuner avec moi demain ?

– J'aimerais beaucoup, mais j'ai déjà promis à Jill. Elle m'a envoyé un message tout à l'heure et j'ai oublié de te le dire. Mais je n'ai rien contre un dîner.

– Je ne peux pas. Je dois travailler.

– Tu veux dire qu'on ne se verra pas demain ? Quoi que je fasse ?

Ce fut peut-être son ton espiègle, ou le fait qu'un long et merveilleux week-end touchait à sa fin, mais Colin ne répondit pas. Il se contenta de la regarder, notant les courbes sensuelles de son corps presque parfait.

– Tu es incroyablement belle, murmura-t-il.

Un léger sourire joua sur ses lèvres, séducteur et charmant.

– Ah ouais ?

– Ouais, répéta-t-il, et en continuant à la regarder, il ne pouvait se défaire du sentiment qu'un long voyage se terminait.

Il savait ce que ça voulait dire, et même si ce sentiment avait été inimaginable un mois plus tôt, il n'avait aucune raison de le nier. Il se pencha vers elle et passa doucement les doigts dans ses cheveux. La sensation était merveilleuse, et Colin poussa un long soupir.

– Je t'aime, Maria, murmura-t-il.

Sur son visage, il vit la surprise céder le pas à la compréhension. La main de Colin toujours dans ses cheveux, elle prit l'autre dans les siennes.

– Oh Colin, chuchota-t-elle, je t'aime aussi.

Chapitre 14

Maria

Ils firent l'amour de bonne heure le lendemain matin. Ensuite, Colin dit à Maria qu'il voulait aller s'entraîner avant son premier cours ; et même si le soleil n'était pas encore levé quand il partit, Maria se retourna encore et encore, incapable de se rendormir. Finalement, elle se leva, résolue à rattraper un travail laissé de côté depuis trop longtemps.

Elle fit du café, prit une douche et s'habilla puis, avec les meilleures intentions du monde, travailla sur son MacBook pendant une heure et demie avant de partir au bureau. Et pourtant, elle ne pouvait se débarrasser d'une sensation grandissante bien que vague, lui disant que quelque chose n'allait pas. Elle avait beau y réfléchir, elle ne trouvait pas de raison à cela. Mais cela avait sans doute quelque chose à voir avec Colin ; leur relation était un véritable tourbillon, même si elle ne le regrettait pas du tout. Ils étaient tombés amoureux et il n'y avait aucun mal à ça. C'était normal. Ça arrivait aux autres tous les jours. Et considérant le temps qu'ils avaient passé ensemble à faire connaissance, ce n'était pas si inattendu. Alors, qu'est-ce qui pouvait bien la contrarier ?

Se servant une autre tasse de café, elle quitta la table et

alla sur le balcon, regardant la cité portuaire se réveiller lentement. Un léger brouillard s'attardait au-dessus des trottoirs, les rendant presque flous. Tout en sirotant son café, elle se souvint qu'elle se tenait au même endroit que la nuit où ils avaient fait l'amour pour la première fois, et même si cela la fit sourire, ce souvenir fut accompagné d'une pointe d'anxiété impossible à écarter.

D'accord, peut-être que ses sentiments pour Colin n'étaient pas aussi simples et évidents qu'elle le prétendait. Mais qu'est-ce qui la troublait exactement ? Qu'ils couchent ensemble ? Ce qu'ils s'étaient dit la nuit dernière ? Le fait que ses parents n'approuvent pas leur relation ? Ou qu'un mois plus tôt, elle n'aurait même pas imaginé tomber amoureuse d'un homme comme lui ? Voilà qui résumait bien la situation, reconnut-elle. Mais pourquoi cette nervosité *ce* matin ? Il était ridicule de penser que simplement dire « Je t'aime » pouvait déranger son équilibre de cette façon. En toute logique, cela n'avait aucun sens. Elle termina son café et décida de se rendre au bureau plus tôt, certaine qu'elle montait tout ça en épingle.

Et pourtant, au cours de la matinée, ce sentiment ne la lâcha pas. Au contraire. À 10 heures, même son estomac commençait à la contrarier. Plus elle tentait de se convaincre que ses inquiétudes au sujet de Colin n'avaient aucun sens, plus elle peinait à se concentrer. Alors que l'heure du déjeuner approchait, Maria ne pouvait penser qu'à une chose : elle devait en parler à Jill.

Maria lui parla de tout, y compris de son état d'esprit, pendant que Jill plaçait plusieurs sushis dans son assiette avant de les dévorer. Pour sa part, Maria en prit un seul sur son assiette, avant de comprendre qu'elle n'avait aucune chance de l'avaler. Le temps qu'elle finisse de parler, Jill hocha la tête.

– Bon, pour être sûre de bien te comprendre, dit Jill. Tu rencontres un gars, vous couchez ensemble assez vite, tu l'as présenté à tes parents et ils ne se sont pas enfuis en hurlant, et il t'a dit qu'il t'aimait. Et maintenant, ce matin, tu commences à tout mettre en doute. J'ai bien résumé ?

– À peu près.

– Et tu ne sais pas pourquoi ?

Maria fit la grimace.

– Dis-moi donc.

– C'est simple. Tu traverses juste une version adulte de la marche de la honte.

– Excuse-moi ?

– La marche de la honte. À la fac. Quand tu as trop bu à une fête et que tu as couché avec un gars que tu trouvais super sur le coup, et puis au matin tu n'arrives pas à croire que c'est arrivé… Et que tu traverses le campus en portant la même tenue que la veille et en te demandant ce qui a bien pu te passer par la tête ?

– Je sais ce que c'est. Mais ce n'est pas du tout ça.

Jill utilisa ses baguettes pour saisir le dernier maki.

– Peut-être pas exactement, mais je serais étonnée si tes émotions ne basculaient pas d'un extrême à l'autre, comme la plupart des filles pendant la marche. Comme « Ça s'est vraiment passé ? » « C'était aussi bien que dans mon souvenir ? » « Qu'est-ce que j'ai fait ? » Tomber amoureux, c'est terrifiant, c'est pour ça qu'on parle de tomber amoureux et pas de flotter vers l'amour. Tomber, ça fait peur. Flotter, ça renvoie plutôt au rêve. (Elle secoua la tête d'un air triste devant l'assiette de Maria.) Je viens juste de manger toute ta nourriture, et je vais t'en vouloir quand je vais me peser.

– En d'autres termes, tu dis que ce que je vis est normal ?

– Je serais bien plus inquiète si tu ne te posais aucune question. Ça voudrait dire que tu es folle.

– Ça t'est arrivé, avec Paul ? Quand tu es tombée amoureuse de lui ?

– Bien sûr. Un jour je ne pouvais penser qu'à lui, et le lendemain je me demandais si je ne faisais pas la plus grosse erreur de ma vie. Et voilà un petit secret : parfois, ça m'arrive encore. Je sais que je l'aime, mais je ne suis pas sûre de l'aimer assez pour sortir avec lui pour toujours. Je veux me marier et avoir des enfants. Ou au moins un. Et, soit dit en passant, ses parents ne m'aiment pas beaucoup et j'ai aussi du mal avec ça.

– Pourquoi ils ne t'aiment pas ?

– Ils trouvent que je parle trop. Et que j'ai des idées trop arrêtées.

– Tu plaisantes ?

– Je sais, hein ?

Maria rit avant de retrouver son sérieux.

– Je pense que c'est dur parce que tout, au sujet de Colin et moi, semble si… inédit. Avec Luis, tout avait un sens. Nous avions été amis d'abord, et même après avoir commencé à sortir ensemble, il avait bien fallu attendre six mois avant que je lui dise que je l'aimais. Mes parents l'appréciaient, il venait d'une bonne famille et il n'y avait rien à remettre en question dans son passé.

– Si je me souviens bien, je crois que tu m'avais dit aussi que Serena ne l'aimait pas du tout. Et qu'en fait, c'était un abruti égoïste.

Ah oui, ça…

– Mais…

– Luis était ton premier amour, tu ne peux pas comparer ça avec ce qui se passe maintenant.

– C'est ce que je viens de dire.

– Tu ne comprends pas. Un premier amour a toujours

du sens parce que c'est tout ce que tu connais. C'est une succession de premières fois et toutes les sonnettes d'alarme sont neutralisées par la nouveauté. Au début en tout cas. Maintenant que tu es plus vieille et plus sage, tu as besoin de quelqu'un qui soit également plus vieux et plus sage. Tu veux quelqu'un qui ne joue pas de jeu, et avec Colin, ce que tu vois, c'est ce que tu as. Tu lui fais confiance et tu aimes passer du temps avec lui. Ou du moins, c'est ce que tu m'as dit.

— Et tu ne crois pas que ça va trop vite ?

— Comparé à quoi ? C'est ta vie. Mon conseil, c'est de te laisser porter par le courant et de prendre les jours l'un après l'autre. Et encore une fois, ce que tu ressens aujourd'hui est parfaitement normal.

— Je préférerais ne pas ressentir ça du tout.

— Qui le voudrait ? Mais j'ai l'intuition que tu te sentiras mieux dès que tu lui auras parlé de nouveau. C'est comme ça que ça marche en général.

Maria bouscula son unique sushi, commençant à avoir faim, finalement.

— J'espère que tu as raison.

— Bien sûr que j'ai raison. L'amour complique tout et les émotions se déchaînent toujours au début. Mais quand c'est réel, tu ne dois pas lâcher, car nous sommes toutes les deux assez grandes pour savoir que le véritable amour ne se présente pas si souvent.

Après son déjeuner avec Jill, Maria se sentit mieux. Peut-être pas tout à fait dans son état normal, mais moins *paumée*. Plus elle y réfléchissait, plus elle admettait que Jill avait en grande partie raison. Tomber amoureux avait quelque chose d'effrayant, et ça suffisait pour se montrer un peu bizarre au début. Cela faisait si longtemps qu'elle avait oublié ce qu'elle était censée ressentir.

Jill avait aussi vu juste en assurant à Maria que parler à Colin l'aiderait à oublier ses doutes. Il appela un peu après 16 heures, alors qu'il était en chemin vers le bar. Même s'ils ne discutèrent pas longtemps, le simple fait d'entendre sa voix parut faire diminuer la tension dans son cou et ses épaules. Et quand il lui demanda si elle était libre le lendemain soir et s'ils pourraient passer du temps ensemble, elle se rendit compte qu'elle en avait terriblement envie.

La perspective de retrouver Colin après le travail fit passer la journée suivante plus vite. Même Barney, qui venait la voir dans son bureau et l'appela une dizaine de fois pour se tenir au courant des divers développements sur les dossiers en cours, ne put entamer sa bonne humeur. Le téléphone sonna dans l'après-midi et elle répondit machinalement, s'attendant à entendre la voix de Barney, mais c'était Jill à l'autre bout du fil.

— Maintenant, il se contente de se la jouer, dit-elle.

Il fallut une seconde à Maria pour identifier la voix.

— Jill ?

— Donc soit tous les deux, vous vous êtes disputés hier soir et il espère se faire pardonner, soit il essaie de donner une mauvaise image des autres mecs.

— De quoi tu parles ?

— Colin. Et le bouquet de roses qu'il vient juste de t'envoyer.

— Il a envoyé des roses ?

— Tu crois que je parle de quoi ? Le livreur t'attend.

Maria jeta un coup d'œil à son téléphone, notant le numéro.

— Pourquoi tu m'appelles du téléphone de Gwen à l'entrée ?

— Parce que je parlais à Gwen quand le livreur est arrivé,

et j'ai insisté pour t'appeler car ça devient ridicule. Tu sais combien de fois Paul m'a envoyé des roses au boulot ? Jamais. Et si tu n'arrives pas tout de suite, je pourrais bien piétiner ce bouquet parce que je me pose de nouveau des questions sur ma relation. Et crois-moi, tu ne veux pas avoir ça sur la conscience.

Maria rit.

– Tu ne *touches* pas au bouquet, d'accord ? J'arrive.

Dans l'entrée, elle vit Jill à côté d'un livreur qui portait une casquette et qui tenait, en effet, un bouquet de roses. Sans même attendre ses remerciements, le livreur lui tendit le bouquet et partit sans demander son reste. Un instant plus tard, la porte d'entrée se referma derrière lui, à croire qu'il n'avait jamais été là.

– Charmant, dit Jill. Il n'a même pas dit un mot. Il n'a cessé de répéter ton nom chaque fois que je posais une question. Mais tu dois admettre que le bouquet est somptueux.

Maria devait bien le reconnaître. Les boutons enveloppés de gypsophile étaient encore fermés ou à peine ouverts, et elle se rendit compte que le fleuriste avait pensé à tailler les épines en mettant le nez dedans.

– Je ne peux pas croire qu'il fasse ça, dit-elle, tout en respirant le parfum délicat du bouquet.

– C'est presque triste, dit Jill en secouant la tête. Il doit avoir de sérieux problèmes d'estime de soi. Puisqu'il cherche toujours ton approbation, je veux dire.

– Je ne crois pas qu'il ait ce genre de problèmes.

– Alors il doit être en manque d'affection. Tu devrais sans doute rompre avec lui avant que ça n'empire. Tu as besoin de quelqu'un comme Paul, un gars qui pense avant tout à lui.

Maria jeta un coup d'œil à son amie.

– C'est bon, tu as fini ?

– Tu as compris que j'étais jalouse ?

– Oui.

– Alors, oui, j'ai fini. Et je parie que tous les deux vous avez parlé et que tout va bien de nouveau ?

– Nous avons des plans pour ce soir, en fait. (Elle tendit le bouquet à Jill et demanda :) Tu veux bien me tenir ça pendant que je regarde la carte ?

– Pourquoi pas ? Ce n'est pas comme si tu tentais de remuer le couteau dans la plaie.

Maria leva les yeux au ciel en faisant glisser la carte hors de l'enveloppe. Elle cilla avant de la lire encore une fois, tout en fronçant les sourcils.

– Qu'y a-t-il ? demanda Jill.

– Je me demande s'ils ne se sont pas trompés de carte. Celle-là ne veut rien dire.

– Qu'est-ce qu'il dit ?

Maria la montra à Jill.

– « Tu verras ce que ça fait. »

Jill plissa le nez.

– C'est une plaisanterie entre vous ?

– Non.

– Alors, qu'est-ce que c'est censé vouloir dire ?

– Aucune idée, répondit Maria, de plus en plus perplexe.

Jill lui rendit le bouquet.

– C'est un message étrange, tu ne trouves pas ?

– C'est sûr.

– Peut-être que tu devrais l'appeler et le lui demander.

Peut-être, se dit Maria.

– Il est sans doute à la salle.

– Et alors ? Je suis sûre qu'il a son téléphone avec lui. Ou tu sais quoi ? Peut-être que le fleuriste a fait une erreur. Soit il a mis la mauvaise carte, soit il a mal compris le message.

– J'imagine que c'est possible, dit Maria.

Même en tentant de se convaincre que c'était vrai, elle se demanda si Jill ou elle y croyaient vraiment.

Après avoir mis les roses dans le même vase que le bouquet précédent, Maria lut de nouveau la carte. *Oh, et puis zut !* se dit-elle, prenant son téléphone dans son sac à main pour appeler Colin.

– Salut, dit-il, tu n'appelles pas pour annuler ce soir, hein ?

Il respirait avec difficulté et Maria pouvait entendre de la musique et un bruit de pas sur les tapis de course.

– Non, je suis impatiente. J'appelle au mauvais moment ?

– Pas du tout. Qu'y a-t-il ?

– Juste une petite question. Je voulais te parler de ton message.

– Quel message ?

– Sur la carte avec les roses aujourd'hui. La carte dit : « Tu verras ce que ça fait », et je ne suis pas sûre de comprendre ce que tu voulais dire par là.

Elle l'entendit respirer à l'autre bout.

– Ce n'était pas moi. Je ne t'ai pas envoyé de roses aujourd'hui. Ou de carte.

Maria sentit soudain un picotement derrière la nuque. *Tu verras ce que ça fait ?* C'était déjà étrange de la part de Colin, mais si le message ne venait pas de lui… c'était… bizarre. Et même effrayant.

– Qu'est-ce que c'est censé vouloir dire ? dit Colin, ne l'entendant pas répondre.

– Je ne sais pas. J'essaie encore de comprendre.

– Et tu ne sais pas de qui ça vient ?

– Il n'y avait pas de nom sur la carte.

Colin ne dit rien et, tentant de dissimuler son propre malaise, elle changea de sujet.

– Je sais que tu dois reprendre ton entraînement et que je dois travailler, mais à quelle heure tu passes ce soir ?

– Pourquoi pas à 18 h 30 ? Je pensais qu'on pourrait aller à Riverwalk et improviser. J'ai envie de bouger, pas juste de m'asseoir. Et on pourra prendre un truc à manger au passage.

– Parfait. Je suis restée vissée à ma chaise ces derniers jours, et j'ai vraiment besoin de me promener.

Ils raccrochèrent et Maria imagina Colin à la salle de gym… Mais son regard se posa de nouveau sur les roses et la carte. La carte sans nom.

Tu verras ce que ça fait.

Elle l'examina de nouveau, se demandant si elle pouvait appeler le fleuriste et découvrir qui avait commandé les fleurs, avant de se rendre compte que ni l'enveloppe ni la carte n'affichaient le nom du magasin.

– Tu es distraite, lui dit Colin alors qu'ils marchaient main dans la main sur le Riverwalk, la promenade populaire le long du fleuve Cape Fear.

Comme c'était le milieu de la semaine, les rues n'étaient pas bondées, et même s'il faisait encore bon, la brise du nord annonçait des températures plus fraîches pour les semaines à venir. Pour la première fois depuis des mois, elle était contente de porter un jean.

Maria secoua la tête.

– J'essaie juste de comprendre qui aurait pu m'envoyer ces roses.

– Peut-être que tu as un admirateur secret.

– À part toi, je n'ai rencontré personne ces derniers temps. Ce n'est pas comme si je sortais beaucoup, de toute façon. Je vais voir mes parents, faire du paddle, ou je reste chez moi.

– Sauf quand tu es au travail.

– Personne au travail ne m'aurait envoyé ça, répondit-elle, mais l'image de Ken lui vint aussitôt à l'esprit. *Il ne ferait pas ça, n'est-ce pas ?* De plus, le message ne semble pas vraiment fait pour me donner l'impression d'être spéciale. C'est tout le contraire, en fait.

– Et un client ?

– J'imagine que c'est possible, admit-elle, mais elle avait du mal à y croire.

Colin lui serra la main.

– Tu trouveras celui qui t'a envoyé ce bouquet.

– Tu penses que c'est forcément un homme ?

– Pas toi ?

Elle hocha la tête, certaine de ça elle aussi, même si ce n'était pas une réelle indication.

– Ce message… me contrarie.

Maria espérait l'entendre dire quelque chose qui lui donnerait l'impression d'aller mieux. Mais il fit encore quelques pas avant de lui jeter un coup d'œil.

– Moi aussi.

Passer du temps en compagnie de Colin atténua son malaise, en tout cas cela l'empêcha de s'appesantir sur l'identité de celui qui lui avait envoyé les fleurs et la carte. Même si elle avait beaucoup de choses à reprocher à Ken, Maria ne parvenait pas à l'imaginer faisant un truc pareil.

Tandis qu'elle marchait avec Colin, la conversation passa d'un sujet à l'autre. Finalement, elle s'arrêta pour acheter un cône glacé, et Colin la surprit en en achetant un aussi. Ils les mangèrent près de la barrière qui offrait une vue sur le *USS North Carolina*, un cuirassé qui avait participé à de nombreuses batailles durant la Seconde Guerre mondiale, maintenant arrimé de l'autre côté du fleuve. Maria se souvint l'avoir visité une fois lors d'une sortie scolaire, se rappelant à quel point le pont inférieur était exigu. Elle s'était sentie prise au piège à cause des coursives étroites et des cabines minuscules. Elle s'était demandé comment les marins avaient réussi à rester à bord pendant des mois sans devenir fous.

Ils poursuivirent leur promenade pendant que le soleil couchant transformait lentement les flots en or, passant nonchalamment d'une échoppe à l'autre. Le temps pour la lune de commencer à briller à l'horizon, et Maria et Colin s'arrêtèrent pour dîner. En prenant place en face de lui, Maria espéra que ses parents découvriraient un jour cette facette de lui, celle qui la mettait à l'aise. Elle voulait qu'ils voient à quel point elle était heureuse avec lui. Sur le chemin du retour, elle invita de nouveau Colin pour un brunch, même si elle n'était pas sûre que ses parents soient prêts pour une autre visite.

Ils firent l'amour cette nuit-là, lentement et tendrement. Il chuchota son nom, lui répétant à quel point elle comptait pour lui. Elle s'abandonna complètement à lui, plongée dans l'instant présent. Bercée par un sentiment de bien-être, elle s'endormit la tête sur sa poitrine, au rythme régulier des battements de son cœur. Elle se réveilla à deux reprises, peu de temps après minuit et une heure avant l'aube, et dans ces moments de calme Maria le regarda, toujours aussi abasourdie qu'ils soient devenus un couple, et plus certaine que jamais qu'ils étaient chacun ce dont l'autre avait besoin.

Quand elle retrouva son bureau le mercredi matin, sa première pensée fut de se débarrasser de cette carte. Elle la déchira en morceaux qu'elle jeta dans la corbeille à papier avant d'allumer son ordinateur. Passant en revue ses messages, elle vérifia si un client avait parlé d'envoyer des fleurs mais ne trouva rien à ce sujet.

Pendant ce temps, Barney l'attendait dans la salle de conférence, et elle ne réintégra son bureau que peu de temps avant midi. Elle trouva dans sa boîte de réception un nouveau dossier qu'il lui avait envoyé, accompagné d'un message suggérant de s'en occuper en priorité et d'en faire une synthèse pour le lendemain ; ça voulait dire déjeuner de nouveau à son travail. Jetant un coup d'œil aux roses, elle se rendit compte qu'elle ne voulait pas les voir. Elle prit le bouquet, son sac à main, puis sortit et fit le tour du bâtiment jusqu'aux poubelles. Elle jeta les fleurs et prit le chemin de sa voiture, quand elle eut la sensation d'être observée. Ne remarquant personne aux alentours, elle écarta cette pensée qui toutefois ne voulut pas disparaître. Tout en cherchant ses clés dans son sac à main, Maria jeta un coup d'œil vers le bâtiment.

Ken se tenait devant la fenêtre de son bureau.

Elle baissa les yeux sur son sac, faisant mine de ne pas l'avoir vu. Depuis combien de temps se trouvait-il là ? Pour ce qu'elle en savait, il y avait d'autres personnes dans son bureau, et il tournait le dos à sa fenêtre. Mais s'il était déjà là quand elle était sortie, il l'avait sans aucun doute vue jeter les roses. Et ce n'était pas bon. Si c'était lui qui les avait envoyées, il allait sans doute se mettre en colère. Si ce n'était pas lui, il allait supposer que Colin et elle étaient brouillés. Dans un cas comme dans l'autre, elle s'inquiéta que Ken puisse avoir envie de repasser dans son bureau pour reprendre la discussion sur la notion d'esprit d'équipe.

Maria ouvrit la portière et fut accueillie par une vague de chaleur. Elle démarra et brancha l'air conditionné. Elle décida de se rendre au marché bio, dont le bar à salades était incroyable, et en quittant le parking elle jeta un coup d'œil dans son rétroviseur, espérant que Ken serait parti.

Mais il était toujours là. Et même s'il était bien trop loin pour qu'elle en soit sûre, Maria ne pouvait s'empêcher d'avoir l'impression qu'il la surveillait depuis un bon moment.

En revenant du magasin, elle se gara au même endroit et décida de laisser la vitre entrouverte pour rafraîchir l'intérieur. La voiture de Ken n'était pas là. En général, cela signifiait qu'il ne serait pas de retour avant 13 h 30 environ. Soulagée, elle tenta de se replonger dans le travail. Entre les roses, le message et maintenant Ken, elle n'avait qu'une envie, prendre ses affaires et rentrer chez elle. Peut-être qu'elle pouvait faire semblant d'avoir la migraine et partir plus tôt… mais dans quel but ?

Barney voudrait quand même qu'elle fasse ce qu'il lui avait demandé, et même chez elle Maria savait qu'elle resterait obsédée par les événements de la journée.

Tu verras ce que ça fait. Quoi donc ?

Ken comptait-il faire de sa vie un véritable enfer parce qu'elle avait repoussé ses avances ? Dans ce cas, qu'est-ce que cela signifierait ?

Elle tenta de faire taire ses interrogations, tout en établissant une chronologie concernant un client victime d'une mauvaise chute, qui intentait un procès à un grand magasin. Cela risquait de lui prendre une grande partie de l'après-midi. En commençant à griffonner des notes, elle prit conscience que sa profession faisait partie d'un *jeu* géant dont le but était d'amasser des heures facturables faisant des avocats les seuls gagnants dans cette histoire.

C'était une vision cynique, mais comment expliquer autrement qu'elle soit toujours aussi occupée, malgré les lenteurs de la justice ? Elle travaillait toujours sur des cas remontant à plusieurs années, et dans celui que Barney venait juste de lui confier Maria savait qu'il n'avait aucune chance de se retrouver au tribunal avant dix-huit mois. Et encore, si les choses se déroulaient sans accroc, ce qui était potentiellement impossible puisque ce n'était jamais le cas. Alors, pourquoi Barney avait-il besoin de cette chronologie dès le lendemain ? Qu'est-ce qui était si urgent ?

Dans un coin de sa tête, Maria ne pouvait oublier la vision de Ken devant sa fenêtre. Elle ne le laisserait pas la prendre de nouveau par surprise, s'il passait pour soi-disant discuter de sa carrière. Maria décida de laisser la porte de son bureau grande ouverte, même si le bruit ambiant avait tendance à la distraire. De cette façon, s'il décidait de passer, elle aurait quelques secondes de plus pour se préparer.

De sa fenêtre, elle pouvait voir la place de parking de Ken. De façon prévisible, il conduisait sa Corvette rouge et revint à 13 h 30 pile. Elle s'attendait presque à le voir passer aussitôt, mais à son grand soulagement il ne se manifesta pas. Ni plus tard, même pour passer voir les assistantes juridiques. À 17 heures, il était toujours invisible, et Maria se rappela qu'elle devait partir tôt. Elle ferma son MacBook et récupéra ses documents avant de tout mettre dans son sac. Jetant un coup d'œil par la fenêtre, elle eut un temps d'arrêt en constatant que la voiture de Ken n'était déjà plus là. Peu importe. Demain lui apporterait sûrement de nouvelles surprises. Quittant son bureau, Maria dit au revoir à Jill et se mit en route. Comme toujours, elle fit le tour côté passager pour déposer son sac sur le siège, mais dès qu'elle eut ouvert la portière, elle laissa échapper un cri.

Le bouquet de roses se fanait sous la chaleur, soigneusement disposé en éventail sur le siège, comme pour se moquer d'elle.

Colin était assis en face d'elle dans le salon, les coudes sur les genoux. Maria l'avait appelé tout de suite après avoir jeté de nouveau les roses, et à son arrivée il l'attendait devant sa porte.

– Je ne comprends pas, dit-elle, les joues encore rougies et sous le coup de la panique. Que veut Ken ?

– Tu sais ce qu'il veut.

– Et il croit que c'est la meilleure façon de l'obtenir ? En m'envoyant des fleurs et un mot bizarre sans signature ? Et en remettant ces fleurs dans ma voiture pour me faire peur ?

– Je ne peux pas répondre à ça, dit Colin. Je pense que la vraie question, c'est : que vas-tu faire ?

Il continua à soutenir son regard sans ciller, mais la tension dans ses mâchoires montrait qu'à l'évidence il était lui aussi troublé.

– Je ne crois pas pouvoir faire grand-chose. La carte n'était pas signée et je ne l'ai pas vu remettre les roses dans ma voiture. Je ne peux rien prouver.

– Et tu es sûre que c'est Ken ?

– Et qui ce serait d'autre ? Il n'y avait personne dans le coin.

– Tu es sûre ?

Elle ouvrit la bouche pour répondre puis la referma, se rendant compte qu'elle n'avait envisagé aucune alternative. Ce n'était pas parce qu'elle n'avait vu personne que personne ne s'était trouvé là, mais l'idée était trop effrayante pour l'envisager.

– C'est lui. Ça doit être lui.

Mais même à ses propres oreilles, elle avait l'impression de chercher à s'en convaincre.

Chapitre 15

Colin

Colin passa la nuit avec Maria. Même si elle ne le lui avait pas demandé, il savait qu'elle ne voulait pas qu'il parte. Elle était restée sur les nerfs la plus grande partie de la soirée, incapable de manger, et Colin avait senti son esprit dériver. Après qu'elle se fut finalement endormie, il était resté éveillé à contempler le plafond, tentant de résoudre cette énigme. Elle lui en avait dit assez sur Ken pour qu'il se fasse une bonne idée du personnage, et il avait lutté contre l'envie de lui rendre une petite visite. Le harcèlement sexuel était déjà assez grave en soi, mais Ken était aussi un tyran. Colin savait d'expérience que les gens comme lui ne cessaient pas d'abuser de leur pouvoir tant qu'on ne les forçait pas à s'arrêter. Ou qu'on ne leur flanquait pas une bonne trouille.

Mais Maria lui avait clairement signifié qu'elle ne voulait pas qu'il lui parle ou même s'approche de lui, ne serait-ce que pour le bien de Colin. Et c'était logique : Ken était un avocat bien connu, et une simple menace pourrait suffire à mettre Colin derrière les barreaux. Il ne doutait pas que Margolis et les juges locaux s'en assureraient.

Pourtant, plus ils avaient discuté de la situation et plus elle lui semblait confuse. Le mot puis les roses retrouvées dans sa voiture évoquaient une menace. Une menace personnelle, et même si Ken avait du mal à contrôler sa libido et s'était montré à la fenêtre, ça ne collait pas avec le reste. Pourquoi ce message ? Comment Ken aurait-il pu savoir que Maria allait se débarrasser des roses à ce moment précis ? Si Ken avait prévu de les mettre dans la voiture, pourquoi rester devant la fenêtre, sachant que Maria allait sans doute le croire coupable ? Effrayer Maria allait sans doute la pousser à dénoncer son harcèlement. Et si un autre employé du bureau l'avait vu récupérer les roses et les mettre dans la voiture ? Était-il prêt à prendre un tel risque ? La plupart des bureaux avaient des fenêtres.

Ce qui voulait dire… quoi ? Si Ken l'avait fait, cela revenait à sauter dans le vide et se condamner professionnellement. Mais si ce n'était pas Ken ?

C'était la question qui le contrariait le plus.

Quand Maria se réveilla le lendemain matin, Colin lui proposa de la suivre au travail, mais elle lui répondit que tout irait bien. Ce ne fut pas avant de rentrer chez Evan que Colin se rendit compte qu'il était aussi nerveux que Maria l'avait été la veille. Et même en colère. De retour chez lui, il se changea aussitôt et partit courir, montant le volume de la musique et augmentant sa vitesse jusqu'à ce qu'il ait du mal à respirer. Une fois calmé, il se sentit les idées beaucoup plus claires.

Il ferait ce que Maria lui avait demandé et resterait loin de Ken, mais cela ne voulait pas dire qu'il ne comptait rien faire.

Personne n'allait faire peur à Maria et s'en tirer comme ça.

— Est-ce que l'un de vous a envisagé d'appeler la police ? demanda Evan.

Ils étaient dans sa cuisine, quelques minutes après que

Colin lui eut fait un rapide résumé des événements et de ce qu'il comptait faire.

Colin secoua la tête.

— La police ne fera rien.

— Mais quelqu'un s'est introduit dans sa voiture.

— Elle n'était pas fermée, les fenêtres étaient ouvertes et rien n'a été volé. Il n'y a pas eu de dégâts. La première chose qu'ils demanderont, c'est quel crime a été commis. Et ensuite, ils demanderont qui a fait ça et elle ne pourra que leur donner son avis.

— Et le message ? Il n'y a pas des lois contre ce genre de harcèlement ?

— Il était étrange, mais pas vraiment menaçant. Et il n'y a pas de preuve que c'est la même personne qui a envoyé les fleurs et les a remises dans la voiture.

— J'oublie parfois que tu connais bien la loi. Mais je ne suis toujours pas sûr de comprendre pourquoi tu penses devoir t'en occuper.

— Ce n'est pas une question de devoir. Je veux le faire.

— Et si Maria n'aime pas ton plan ?

Colin ne répondit pas et Evan agita la main.

— Parce que tu comptes lui dire, n'est-ce pas ? Toi qui prônes l'honnêteté avant tout ?

— Ce n'est pas si important.

— Tu n'as pas répondu à ma question.

— Oui. Je lui dirai.

— Quand ?

— Aujourd'hui.

— Et si elle te demande de ne rien faire ?

Colin garda de nouveau le silence et Evan se redressa sur son siège.

— Tu le feras quand même. Parce que tu as déjà pris ta décision, je me trompe ?

— Je veux savoir ce qui se passe.

— Tu sais que c'est ce que tu as fait par le passé, n'est-ce pas, fait tout ce que tu voulais, peu importe les conséquences ?

— Je vais passer des coups de fil. Parler à des gens, fit Colin en haussant les épaules. Ça n'a rien d'illégal.

— Sans doute. Mais je te parle de ce que tu pourrais décider de faire ensuite.

— Je sais ce que je fais.

— Vraiment ?

Colin ne répondit pas tout de suite et Evan se pencha de nouveau en arrière.

— Je t'ai dit que Lily voulait qu'on sorte tous les quatre ce week-end ?

— Non.

— Elle pensait à samedi soir. Elle veut rencontrer Maria.

— D'accord.

— Tu ne devrais pas demander à Maria d'abord ?

— Je lui en parlerai, mais je suis sûr que ça lui ira. Tu penses faire quoi ?

— Dîner. Et ensuite, trouver un endroit amusant. Je pense que toutes les leçons qu'elle t'a données l'ont mise d'humeur à danser.

— La salsa ?

— Elle dit que je n'ai pas le rythme pour ça. Ce sera un autre genre de danse.

— En boîte ?

— Puisque tu t'en es sorti sans encombre la dernière fois, Lily pense que tu peux réussir de nouveau.

— D'accord.

— Mais j'ai une autre question.

Colin attendit, alors qu'Evan le dévisageait sans mot dire.

— Que va-t-il arriver, si tu trouves finalement le gars ?

— Je lui parlerai.

– Même si c'est son patron ?

Colin ne répondit pas et Evan secoua la tête.

– Je savais que j'avais raison.

– À quel sujet ?

– Tu n'as pas la moindre idée de ce dans quoi tu te lances.

Même si Colin comprenait l'inquiétude d'Evan, il ne la pensait pas justifiée. Cela ne devait pas être si difficile de découvrir si c'était Ken ou non qui avait envoyé les roses : il ne lui faudrait que quelques coups de fil, des questions précises et une photo. Dieu sait qu'il avait été la cible de nombreux interrogatoires et Colin savait qu'obtenir des réponses était souvent une question de présence, d'attentes et d'attitude. La plupart des gens aimaient parler et ne savaient pas se taire, même dans leur intérêt. Avec un peu de chance, il aurait sa réponse dans l'après-midi.

Dans la cuisine de son appartement, il ouvrit son ordinateur et fit une rapide recherche sur Ken Martenson. Ce n'était pas difficile, le gars était encore plus connecté qu'il l'avait imaginé, mais il n'y avait pas tant de photos que ça et aucune d'entre elles ne correspondait vraiment à ce qu'il cherchait. Prises de trop loin ou trop floues. Même la photo sur le site de son bureau d'avocats devait remonter à dix ans au moins, et à cette époque Ken portait le bouc, ce qui changeait tout de même son apparence. Colin allait devoir prendre sa propre photo. Mais il n'avait pas d'appareil HD avec téléobjectif. Il doutait que ce soit le cas d'Evan ; ce dernier n'aurait pas dépensé d'argent pour ça. Mais Maria en avait un. Il l'appela et laissa un message lui demandant si elle était libre pour le déjeuner. Le temps qu'elle lui réponde pour voir s'ils pouvaient se retrouver à 12 h 30, Colin était en cours. Mais en lisant son SMS tandis que le professeur s'exprimait d'un ton monotone, il se rendit compte que son cou était raide.

Colin se força à prendre de lentes et profondes inspirations.

— Tu veux emprunter mon appareil ?

Ils attendaient leur commande dans le patio d'un petit café. Même si Colin n'avait pas mangé depuis la veille, il n'avait pas faim.

— Oui, fit Colin en hochant la tête.

— Pourquoi ?

— J'ai besoin d'une photo de Ken.

Elle cligna des yeux.

— Pardon ?

— La seule façon de savoir si c'est lui qui a commandé les fleurs est de retrouver le fleuriste. Je pourrais alors lui montrer la photo et lui demander si c'est lui qui les a achetées.

— Et s'il a commandé par téléphone ?

— S'il a payé par carte, j'aurai son nom.

— On ne va pas te le donner comme ça.

— Peut-être. Peut-être pas. J'aimerais quand même t'emprunter ton appareil photo.

Maria réfléchit avant de secouer la tête.

— Non.

— Pourquoi ?

— Pour commencer, c'est mon patron. Il sait aussi à quoi tu ressembles, et s'il te voit les choses ne vont faire qu'empirer pour moi. De plus, j'ai vu Ken ce matin, et j'ai l'impression que c'est déjà fini.

— Tu l'as vu ?

— Il est venu nous parler de bon matin, à Barney et à moi, au sujet de l'un de nos cas. Pour nous apprendre qu'il avait entendu que cette affaire allait enfin passer au tribunal.

— Tu ne me l'as pas dit quand j'ai appelé…

— Je ne savais pas que je devais le faire.

Pour la première fois, il sentit une pointe de contrariété dans sa voix.

— Comment s'est-il comporté ?

— Bien. Il était normal.

— Et tu n'as pas été inquiète en le voyant arriver ?

— Bien sûr que si. J'ai cru que mon cœur allait bondir hors de ma poitrine, mais que faire ? Barney était là. Mais Ken n'a pas tenté de me parler seul à seule, et il n'est pas resté avec les assistantes juridiques non plus. Il était vraiment concentré sur le boulot.

Colin serra les mains sous la table.

— Avec ou sans ton appareil, je vais trouver qui t'a envoyé ces fleurs.

— Je n'ai pas besoin que tu règles mes problèmes, Colin.

— Je sais.

— Alors, pourquoi on parle encore de ça ?

Colin garda une expression ferme.

— Parce que tu ne sais toujours pas avec certitude si c'était Ken. Tu restes sur une supposition.

— Non.

— Ce serait si mal de vérifier ?

À une époque, Colin savait que tout cela l'aurait laissé indifférent. Il n'y avait pas de raison de s'impliquer, elle avait raison après tout. C'était son problème, et franchement il avait déjà assez de soucis comme ça.

Mais il se considérait comme un expert de la colère. Et là, il était bien question de colère. À l'hôpital, Colin avait appris la différence entre la colère exprimée et la colère contenue. Il avait bien connu les deux. Dans les bars, quand il était d'humeur à se battre, sa colère était manifeste, son programme clair, sans sens caché, sans honte et sans regret. Pendant les premières semaines à l'hôpital, cependant, il n'aurait pu réagir en aucune façon s'il s'était mis en rage. Les docteurs lui avaient clairement dit que s'il se montrait violent, ne serait-ce qu'en élevant la voix, il finirait aux soins intensifs, autrement dit coincé dans une salle commune avec une dizaine d'autres personnes, et devrait prendre du lithium à haute dose sous le regard des médecins et des infirmières observant chacun de ses mouvements. C'était la dernière chose dont il avait envie. Il avait donc repoussé sa colère, tenté de la cacher. Mais Colin s'était bientôt rendu compte que son ressentiment ne disparaissait pas. Il changeait simplement de nature. Inconsciemment, il s'était mis à manipuler les gens. Il sentait sur quels boutons appuyer pour contrarier quelqu'un et appuya dessus jusqu'à les faire exploser. Un par un, les autres étaient envoyés en soins intensifs tandis qu'il jouait les innocents. Jusqu'au jour où son thérapeute comprit son manège. Après d'innombrables heures de thérapie, Colin avait enfin compris que la colère était la colère, qu'elle soit manifeste ou invisible, tout aussi destructrice dans les deux cas.

C'était ce que quelqu'un faisait dans le cas présent. Faire naître la colère dans l'intention de la manipuler. Quelle que soit cette personne, elle voulait que les émotions de Maria la fassent dérailler, et même si sa colère restait contenue pour le moment, Colin sentait qu'elle ne ferait que grandir.

Dans l'esprit de Colin, Ken s'en trouvait pour ainsi dire disculpé, mais c'était le seul nom dont il disposait. Il ne lui restait pas d'autre choix que de commencer par lui-même. Après que Maria lui avait donné à contrecœur la clé de son appartement à la fin du déjeuner, il se rendit chez elle et récupéra l'appareil photo. Il l'alluma et consulta le niveau de la batterie avant de passer en revue les différents réglages. Il vérifia le zoom et prit quelques photos depuis le balcon avant de se rendre compte qu'il avait besoin de photographier des visages pour savoir à quelle distance il devrait se poster.

Après avoir mis les clés dans un pot de fleurs près de la porte d'entrée comme Maria le lui avait demandé, il se rendit sur la plage, où personne ne ferait attention à un homme avec un appareil photo à la main. Il n'y avait pas beaucoup de monde mais assez pour ce qu'il voulait, et il passa une heure à photographier des personnes à différentes distances. En fin de compte, Colin estima qu'il ne pouvait pas se tenir à plus de cinquante mètres. Pas mal, mais pas génial. Ken pourrait encore le reconnaître. Il avait besoin d'un point de vue privilégié, où on ne le remarquerait pas.

La plupart des bâtiments historiques de la rue où travaillait Maria comportaient deux ou trois étages, avec des toits plats. Des voitures étaient garées de chaque côté, et même s'il y avait quelques arbres aucun d'entre eux n'était assez grand pour permettre de se cacher derrière. Il n'y avait pas énormément de passants, mais il y en avait toujours quelques-uns. Passer inaperçu dans ces conditions avec un appareil photo à la main relevait sans doute de l'impossible.

Levant les yeux, Colin se concentra sur les bâtiments qu'il venait de dépasser, dont celui en face de l'entrée. La distance était correcte et l'angle parfait, mais comment monter sur le toit ?

Il retraversa la rue, espérant trouver une sortie de secours. Les immeubles modernes n'en avaient pas, et en atteignant la petite ruelle de derrière il se rendit compte qu'il avait de la chance dans sa malchance. Le bâtiment en face du bureau d'avocats n'avait pas d'accès au toit, mais celui de trois étages juste à côté disposait d'une échelle de secours à l'ancienne à une hauteur de trois mètres, qui menait à un palier métallique au deuxième étage. Dur mais pas impossible, et même si l'angle qu'offrait le bâtiment n'était pas idéal, c'était la seule possibilité. Il alla jusqu'au bout de la ruelle, fourra l'appareil sous son T-shirt puis prit deux ou trois pas d'élan en direction du mur. Il espérait l'utiliser comme tremplin pour se projeter encore plus haut et franchir les derniers centimètres dont il avait besoin.

Il réussit, saisissant le dernier barreau à deux mains. D'un mouvement brusque, il attrapa d'une main le barreau suivant, répétant son effort jusqu'au palier. Par chance, le reste de l'échelle était planté dans le mur et il put gagner le toit en quelques instants. Dans la rue, personne ne semblait l'avoir remarqué.

Jusque-là, tout allait bien.

Il se rendit dans le coin le plus proche du bureau de Maria. Le rebord du toit était bas, pas plus de six pouces, mais c'était toujours ça. Heureusement, le gravier était uniforme à cet endroit, sans gros cailloux, même s'ils étaient éparpillés un peu partout ailleurs. Il y avait plein d'emballages de chewing-gums en revanche, et en se couchant sur le ventre il les écarta d'un revers de la main. Il sortit l'appareil photo et attendit. À sa grande surprise, il pouvait voir Maria travailler à son bureau. Il pouvait aussi voir sa voiture et les poubelles. Sa voiture était garée sur son emplacement habituel et il vit la Corvette de Ken à quelques places de là. Un peu plus d'une heure plus tard, les premières personnes sortirent du bureau, en général une à la fois, parfois deux.

Les assistantes juridiques, deux gars dans les quarante ans et Jill, l'amie de Maria. Quelques personnes suivirent, puis Maria. Il la suivit dans l'objectif, se disant qu'elle marchait plus lentement que d'habitude. Au coin du bâtiment, elle jeta un coup d'œil autour d'elle, sans aucun doute pour tenter de le repérer. Il la vit froncer les sourcils avant de se diriger vers sa voiture.

Se concentrant de nouveau sur l'entrée, Colin ne vit toujours aucun signe de la présence de Ken. Alors qu'il se demandait si le crépuscule le priverait des détails dont il avait besoin, celui-ci franchit enfin les portes du cabinet. Colin retint son souffle et prit une dizaine de photos, le temps que Ken arrive sur le parking. Colin roula sur le côté et examina les clichés, espérant qu'il y en ait un ou deux suffisamment bien exposés.

C'était le cas.

Il attendit que Ken parte avant de se relever et de redescendre du toit par le même chemin. Là encore, personne ne parut le remarquer, et le temps de regagner sa voiture, le crépuscule tomba. Il s'arrêta dans un drugstore sur le chemin du retour et sélectionna deux photos pour les faire développer avant de rentrer chez Maria.

Il avait promis de lui rapporter son appareil.

— Pas étonnant que je ne t'aie pas vu, lui dit-elle plus tard en regardant les photos sur sa table de cuisine. Alors, demain…

— Je vais commencer par appeler les fleuristes. Et avec un peu de chance, découvrir la vérité.

— Et si c'était une commande par téléphone ?

— Je leur dirai la vérité. Que tu te demandais si on ne s'était pas trompé de carte avec le bouquet. Et que tu te demandais qui les avait envoyées.

— Ils ne voudront peut-être pas te le dire.

— Je demande juste un nom, pas le numéro. Je pense que la plupart des gens n'auront rien contre le fait d'aider.

— Et si tu découvres que c'était Ken ?

Evan lui avait posé la même question un peu avant, et Colin y avait réfléchi plusieurs fois dans la journée.

— La décision te reviendra.

Elle hocha la tête, les lèvres serrées, avant de se lever de table et de s'approcher de la porte-fenêtre. Elle resta là sans rien dire, pendant un long moment. Colin se leva à son tour et posa une main sur le bas du dos de Maria. Il sentit un nœud se détendre sous ses doigts.

— J'en ai assez de parler de ça. Et même de simplement y penser.

— Sortons d'ici et allons faire quelque chose qui te fera penser à autre chose.

— Comme quoi ?

— Et si je te faisais une surprise ?

En regardant par la vitre de la Camaro qui se garait entre deux mini-vans, Maria resta assise dans la voiture.

— C'est ça, ta surprise ?

— Je pensais que ça pourrait être amusant.

— Du mini-golf ? Sérieusement ?

Maria regardait avec un scepticisme assumé les lumières vives qui entouraient l'entrée. Elle pouvait distinguer des arcades derrière les portes en verre ; sur la gauche se trouvait le mini-golf proprement dit, avec bien sûr des mini-moulins faisant partie de ce que Colin pensait être un thème scandinave.

— Pas seulement du mini-golf. C'est du mini-golf qui brille dans la nuit.

— Et… j'imagine que tu crois que j'ai douze ans ?

— C'est une bonne distraction. Quand as-tu joué pour la dernière fois ?

— Je viens de te le dire. Quand j'avais douze ans. Kevin Ross avait organisé sa fête d'anniversaire ici. Mais il avait pour ainsi dire invité toute la sixième et ma mère est venue aussi, ce n'était pas vraiment un rencard.

– Mais c'était mémorable. Ensuite, si tu veux, on pourra tester le labyrinthe laser.

– Le labyrinthe laser ?

– J'ai vu la bannière il y a deux mois en passant devant. Je pense que c'est comme la scène de *Max la Menace* avec Steve Carell, quand tu dois tenter de traverser une salle sans toucher les rayons lumineux.

Elle ne répondit pas, et Colin poursuivit.

– Je déteste penser que tu as simplement peur que je gagne et que ce soit ce qui te retient.

– Je n'ai pas peur de perdre contre toi. Si ma mémoire ne me trompe pas, je pense que j'étais la meilleure dans ma classe.

– C'est un oui ?

– Banco.

Vendredi matin, Colin se leva tôt et se retrouva dehors avant l'aube. Il parcourut près de dix kilomètres et se rendit à la salle de gym avant de regarder en ligne les numéros de téléphone dont il avait besoin. Il fut surpris de découvrir que Wilmington comptait plus de quarante fleuristes, en plus des épiceries qui vendaient aussi des fleurs – il allait en avoir pour un bon moment.

Il était content de la nuit précédente. Même s'il avait fallu quelques trous et quelques putts chanceux à Maria avant de commencer à se détendre, elle avait fini par rire et même danser sur le green après avoir fait un trou en un sur le seizième qui lui avait donné la victoire. Affamés, ils avaient oublié le laser et Colin l'avait emmenée à un stand au bord de la route, près de la plage, spécialisé dans les tacos au poisson qu'ils accompagnèrent de bière fraîche. Il lui demanda si elle voulait sortir avec Evan et Lily, elle lui répondit que bien sûr, et quand elle l'embrassa pour lui souhaiter bonne nuit, Colin eut la certitude que cette soirée était exactement ce dont elle avait eu besoin.

Au comptoir, au petit déjeuner, il commença à appeler, espérant venir à bout de la liste en quelques heures, avant de se rendre compte que si la personne à laquelle il avait besoin de parler n'était pas toujours disponible, il allait devoir rappeler une deuxième ou même une troisième fois le même numéro. Il utilisa la version qui fonctionnerait le mieux selon lui : qu'il y avait peut-être eu une erreur de carte concernant un bouquet de roses roses, livré dans un cabinet d'avocats. Heureusement, la plupart des gens avaient bien voulu l'aider. Le temps d'appeler tous les fleuristes à l'exception de quelques-uns, le début d'après-midi était déjà là, et Colin commençait à penser que les derniers fleuristes lui diraient exactement la même chose que les précédents : que ce n'étaient pas eux qui avaient préparé ou livré le bouquet. Il avait raison.

Se demandant que faire ensuite, il avait décidé d'appeler des fleuristes en dehors de la ville. La seule question était de savoir quelle direction choisir. Il appela les deux fleuristes de Hampstead, puis en trouva dix-huit autres à Jacksonville. À son sixième appel, dans une boutique appelée *Floral Heaven*, près de Camp Lejeune, il décrocha le gros lot. Oui, le propriétaire se souvenait de l'homme qui avait commandé le bouquet. Il avait payé en espèces. Oui, le magasin serait ouvert demain et, oui, il serait là.

Plus tard cette nuit-là, alors qu'il travaillait au bar, Colin se dit de nouveau que quelqu'un avait vraiment fait beaucoup d'efforts pour dissimuler son identité.

Un orage éclata le vendredi soir et la température se rafraîchit. Après avoir couru puis tondu la pelouse le samedi matin, Colin prit la route de Jacksonville et de *Floral*

Heaven, à un peu plus d'une heure de voiture. Au magasin, Colin sortit la photo de Ken et la montra au patron.

– Ce n'était pas lui, par hasard ?

Le propriétaire, un homme costaud dans la soixantaine avec des lunettes, n'eut besoin que d'une seconde avant de secouer la tête.

– Cet homme est bien plus vieux. Le gars qui les a achetées avait peut-être vingt-huit ou vingt-neuf ans, même si je ne l'ai pas regardé plus que ça.

– Vraiment ?

– Il était plutôt étrange, c'est pour ça que je me souviens encore de lui, d'ailleurs. Il portait une casquette et regardait le comptoir en parlant. Il marmonnait. Il m'a simplement dit ce qu'il voulait et il est reparti. Il est revenu une heure plus tard, a payé cash et est parti avec les fleurs.

– Vous vous souvenez s'il était seul ?

– Je ne faisais pas attention. C'est à quel sujet, déjà ?

– Comme je l'ai dit au téléphone, il y avait un message bizarre sur la carte.

– Il n'a pas demandé de carte. Je m'en souviens aussi, car tout le monde veut une carte pour écrire quelque chose. Comme je l'ai dit, il était étrange.

Cet après-midi-là, l'entraînement de Colin se concentra principalement sur la défense et les prises. Daly le surprit en travaillant presque uniquement avec lui, le poussant plus que d'habitude. Daly était une bête au sol, et Colin se retrouva plusieurs fois poussé dans ses derniers retranchements. Le temps de finir l'entraînement et il se rendit compte qu'il n'avait pas pensé au gars à la casquette, pas une seule fois.

Quel qu'il soit.

Mais la question lui revint en tête dès qu'il quitta le

ring. Avant d'atteindre les vestiaires, Daly le rejoignit au petit trot et le prit à part.

– Je peux te parler une minute ?

Colin essuyait son visage en sueur avec son T-shirt encore dégoulinant.

– Ça te dirait de te battre le week-end prochain ? dit-il. À Havelock. Je sais que tu es trois semaines *out*, mais j'ai eu un appel de Bill Jensen tout à l'heure. Tu connais Bill, non ?

– Le promoteur.

– Tu sais tout ce qu'il a fait pour nos combattants au fil des ans… dont toi. Et il est dans le pétrin. Enfin, Johnny Reese est la tête d'affiche de la soirée et le gars qu'il devait affronter s'est cassé la main il y a quelques jours et a dû renoncer. Reese a besoin d'un nouvel adversaire.

Dès que Daly avait prononcé son nom, Colin s'était souvenu de sa conversation avec Evan au *diner*. Le gars se déplaçait comme un chat.

– Jensen cherche quelqu'un, poursuivit Daly, et il se trouve que tu es le seul gars dans sa catégorie de poids qui pourrait rendre le combat intéressant. C'est le dernier combat de Reese avant de passer pro, et il a le niveau. Un ancien champion de lutte de NCAA, meilleur pour donner des coups que pour les prises, et généralement intrépide. Il a l'occasion de rejoindre l'UFC dans un an ou deux, ce qui explique que Jensen ne veuille pas annuler. C'est pour ça que j'y suis allé si fort aujourd'hui avec toi. Je voulais savoir si tu étais prêt à l'affronter.

– Je ne suis pas assez bon pour Reese.

– Tu m'as fait reculer plus d'une fois aujourd'hui. Fais-moi confiance, tu es prêt.

– Je vais perdre.

– Sans doute, admit Daly. Mais ce sera le meilleur combat de sa vie jusqu'à maintenant, parce que tu es meilleur que tu ne le crois, affirma-t-il en essorant le bas de son T-shirt. Je sais que je te demande de prendre un risque, mais ça nous aiderait. Toi aussi. Jensen est le genre de gars qui n'oublie jamais une faveur. Et tu nous aiderais en faisant de la pub pour la salle de gym.

Colin s'essuya encore le visage avant de décider. Pourquoi pas, après tout ?

– D'accord.

Quand il quitta la salle, son esprit était concentré sur Johnny Reese. Mais Colin se sentait étrangement calme, et à mi-chemin de chez lui il ne pensait plus du tout au combat à venir. Uniquement à l'homme qui avait acheté les roses, et à comment quelqu'un d'autre que Ken avait pu savoir que Maria les avait jetées.

– C'est une sacrée journée, dit Evan.

Ils étaient sur le porche. Colin buvait de l'eau et Evan sirotait une bière.

– Reese, hein ? Il est très bon.

– Merci pour cette évidence.

– Oh, tu parles de Maria et de son harceleur ? C'est de ça que tu parles ? (Evan marqua une pause avant de reprendre.) D'accord. As-tu envisagé que Ken ait pu engager ce gars ?

– Alors, pourquoi les acheter à une heure de route ?

– Peut-être que le gars est de là-bas.

Colin but une grande gorgée.

– Peut-être. Mais je ne le crois pas.

– Pourquoi ?

– Parce que je ne crois pas que Ken ait quoi que ce soit à voir avec ça.

Evan joua avec l'étiquette de sa bière.

– Si ça peut te consoler, je crois que tu as raison. Ce

n'est pas son patron. Mais point positif, on peut dire que tes activités de détective ont porté leurs fruits. Ça veut dire que tu n'es pas un idiot fini. Même si tu n'es pas plus avancé.

– J'ai appris autre chose.

– Quoi donc ?

– Je parie que celui qui a observé Maria l'a fait du même endroit que moi quand j'ai pris la photo.

– Comment peux-tu savoir ça ?

– Parce que les graviers avaient été lissés et que j'ai trouvé des emballages de chewing-gums que le vent n'avait pas emportés. Ça veut dire que quelqu'un est monté là peu de temps avant moi. Et je pouvais voir le bureau de Maria. Même chose pour sa voiture et la benne. N'importe qui a pu l'espionner pendant des heures. Je n'avais pas fait le rapprochement auparavant.

Pour la première fois, Evan était calme.

– Euh, c'est tout ? Peut-être que tu as raison, peut-être pas. Je n'ai pas la réponse.

– Et maintenant, j'ai ce combat la semaine prochaine.

– Et ?

– J'hésite.

– Pourquoi ?

– À cause de tout ce qui se passe avec Maria.

– Tu t'entraînes pour te battre. Tu aimes te battre. On t'a proposé un combat. Quel rapport avec Maria ?

Colin ouvrit la bouche pour répondre, mais rien ne sortit.

– Tu sais quoi ? Tu me racontes des bêtises tout le temps sur la manière dont Lily me mène par le bout du nez, mais il est évident que ma relation est bien plus claire que la tienne. Car en cet instant, tu tentes de vivre ta vie selon ce qui pourrait arriver ou selon ce que tu peux faire pour résoudre son problème, même si elle t'a dit qu'elle ne voulait pas que tu t'en occupes. Tu sais à quel point c'est foireux ? Tu m'as dit qu'elle voulait te voir te battre, non ? Demande-lui de venir, emmène-la dîner ensuite et faites-en un rencard. Boum. Problème résolu.

Colin esquissa un sourire.

— Je pense que tu veux que je me batte parce que tu es sûr que je vais perdre.

— Et… ? Très bien, je l'admets, tu es tellement chiant que ça pourrait être amusant que quelqu'un te botte le cul.

Colin rit et Evan poursuivit.

— Bien. C'est réglé. Sinon, tu es excité pour ce soir ?

— Ce soir ?

— Toi et Maria ? Avec Lily et moi ? Nous avons quelque chose de prévu, tu te souviens ? J'ai réservé au *Caprice Bistro* à 19 h 30, et ensuite on ira dans une boîte qui joue de la musique des années quatre-vingt.

— Des années quatre-vingt ?

— Il y a de l'écho ? Oui, des années quatre-vingt. Lily est une fan de Madonna, même si elle ne veut pas l'avouer. Sans doute un vestige de ses années rebelles. Alors, c'est bon ? Tant que Maria est toujours d'accord, je veux dire ?

— Pourquoi ne le serait-elle pas ?

— Peut-être parce que tu l'as mise de mauvaise humeur avec ce que tu lui as appris ?

— Je ne lui ai pas encore dit.

— Toi, monsieur Honnêteté ? Je suis stupéfait.

— Je comptais lui dire ce soir.

— Si tu fais ça, n'en fais pas des caisses. Je n'ai pas envie que tu nous gâches la soirée. Pour ce que tu en sais, ça ne se reproduira plus, c'était un truc d'une fois.

— Ou pas.

Chapitre 16

Maria

Colin avait gardé le silence depuis qu'il était passé la prendre et son mutisme la rendait nerveuse, étant donné la façon dont il avait occupé la plus grande partie de sa journée. Même s'il n'en laissait rien paraître, Maria savait qu'il pensait aux fleurs. En le voyant lui répondre d'un air distrait, elle sentit la nervosité l'envahir. Et sur le parking du restaurant, elle n'y tint plus.

— Qui a envoyé les roses ?

Il coupa le moteur et lui raconta ce qu'il avait appris. Elle fronça les sourcils.

— Si ce n'est pas Ken et que tu ne crois pas que Ken ait engagé quelqu'un, qui ça pourrait bien être ?

— Je ne sais pas.

Elle se tourna vers la vitre passager et vit un vieux couple entrer dans le restaurant, tout sourire. *L'esprit léger.*

— J'ai vu Ken hier avec Barney, dit-elle d'une voix hésitante. À part le fait d'avoir l'air un peu distrait, il s'est comporté de façon tout à fait professionnelle. À vrai dire, c'est tout juste s'il m'a remarquée. Ça m'a presque fait penser…

Que ce n'était pas Ken. Maria savait que le silence de Colin signifiait qu'il avait deviné la fin de sa phrase.

– Essayons de ne pas trop nous inquiéter à ce sujet ce soir, d'accord ? dit-il.

Elle hocha la tête, les épaules tendues.

– Je vais essayer. C'est difficile.

– Je sais. Mais tu devrais sans doute prendre quelques instants pour te préparer à rencontrer Lily. Je l'adore, mais il faut le temps de s'habituer.

Maria se força à sourire.

– C'est un compliment ambigu, tu sais.

– Devine qui m'a appris ça ?

Maria n'eut besoin que d'une seconde pour identifier Lily. Sitôt franchie la porte du restaurant, une blonde ravissante aux yeux turquoise s'avança vers eux d'un pas souple. Elle était parfaitement coiffée, portait une robe élégante mi-longue et un collier de perles. Tous les hommes ou presque tournèrent la tête pour la regarder. Evan, habillé BCBG, aurait encore pu passer pour un étudiant. Il s'avança dans le sillage de sa petite amie et Maria remarqua qu'il affichait une confiance enjouée : la laisser attirer les regards lui convenait. Le sourire de Lily ne changea pas quand elle s'approcha, et elle prit aussitôt les mains de Maria dans les siennes. Elles étaient remarquablement douces, comme une couverture en soie pour bébé.

– C'est une grande joie pour moi d'avoir le plaisir de votre compagnie ce soir ! Colin a dit tant de choses merveilleuses sur vous.

Evan l'avait rejointe.

– Oh, et Seigneur ! Où sont passées mes bonnes manières ? Je suis Lily, et ce bel homme à côté de moi est mon fiancé, Evan. C'est vraiment merveilleux de vous rencontrer, Maria !

– Salut, dit Evan avec une chaleur sincère. Et s'il vous

plaît, ne soyez pas choquée si Lily ne me laisse pas dire un mot de la soirée.

— Chut, Evan…, le gronda Lily. Il n'y a aucune raison pour donner une mauvaise impression de moi à notre nouvelle amie.

Son regard revint se poser sur Maria, et elle reprit :

— S'il vous plaît, pardonnez-lui. Il est aussi doux qu'un agneau et plus intelligent qu'il n'y paraît, mais il faisait partie d'une fraternité à State. Vous savez ce que ça veut dire.

— Au moins mon université était mixte, répliqua Evan.

— Et comme je le lui ai assuré plus d'une fois, dit-elle en donnant un léger coup de coude à Maria, je ne lui en voudrai jamais pour ça.

Malgré elle, Maria sourit.

— C'est super de vous rencontrer tous les deux.

Lily se tourna vers Colin sans lâcher les mains de Maria.

— Colin, tu dois admettre que tu n'étais pas très juste envers Maria quand tu m'as parlé d'elle ! Elle est à couper le souffle ! ajouta-t-elle en se tournant vers Maria. Pas étonnant que Colin pense à vous tout le temps. Vous devez savoir que vous avez été au centre de toutes nos conversations ces dernières semaines, et à présent je comprends tout à fait pourquoi.

Elle lâcha les mains de Maria et embrassa Colin sur la joue.

— Tu es très beau ce soir. C'est moi qui t'ai acheté cette chemise ?

— Merci, dit Colin. Et oui.

— C'est une bonne chose, tu n'es pas d'accord ? Si je n'étais pas là, tu porterais sûrement l'un de ces horribles T-shirts ornés de slogans.

— J'aime bien ces T-shirts.

Elle lui tapota le bras.

— Je sais, mon petit ange. Maintenant, peut-on rejoindre

nos places ? J'ai été sur des charbons ardents toute la journée, et je veux tout savoir sur la femme qui te mène déjà par le bout du nez.

– Je ne suis pas sûre que ce soit vrai, protesta Maria.

– Aussi vrai que la terre est ronde. Colin, malgré son comportement stoïque, est en fait très expressif quand on le connaît mieux. On passe à table ?

Elle pivota et Colin haussa les épaules à l'adresse de Maria, comme pour lui signifier « Je te l'avais dit ». Même si Maria avait l'habitude des débutantes Southern Belle au sein des sororités étudiantes de Chapel Hill, Colin avait raison, Lily était à un tout autre niveau encore. Au départ, Maria supposa que c'était en partie un numéro, mais en discutant de choses et d'autres elle changea peu à peu d'avis. Chose intéressante, peu importe le sujet de la conversation – et elle pouvait parler de tout –, Lily savait également faire parler quelqu'un, simplement par la façon dont elle *écoutait*. Elle avait une façon bien à elle de se pencher légèrement en avant et de hocher la tête au bon moment, exprimant son empathie d'un murmure ou posant une question précise. Maria n'eut jamais l'impression que Lily tentait de combler d'éventuels blancs, et à sa grande surprise elle se retrouva à parler des roses et de leurs conséquences. Le silence tomba et Lily posa instinctivement sa main sur celle de Maria.

Plus tard, alors que les deux femmes se rafraîchissaient dans les toilettes du restaurant après le dîner, Maria vit le reflet de Lily dans le miroir.

– J'ai l'impression d'avoir beaucoup parlé, dit Maria. Je suis désolée.

– Il n'y a aucune raison de s'excuser. Beaucoup de choses se passent dans votre vie en ce moment, et votre confiance me flatte.

Maria ajouta un peu de rouge à lèvres et sa voix s'adoucit.

– Vous n'avez pas été surprise par ce que Colin a fait, n'est-ce pas ? Pour la photo et les fleuristes ?

– Non, répondit Lily. C'est ce qu'il est. Il ferait n'importe quoi pour ceux qu'il aime.

– On dirait que je m'efforce encore de le comprendre, la moitié du temps.

– Ça ne me surprend pas, dit Lily. En même temps, puisque vous avez été si honnête envers Evan et moi, vous devez savoir qu'avant ce dîner, ma loyauté allait totalement à Colin. Je voulais vous rencontrer pour m'assurer que vous étiez vraiment celle qu'il nous avait dépeinte.

– Il compte vraiment pour vous.

– Je l'aime comme un frère, admit Lily. Il est très important pour moi. Et je sais ce que vous pensez sans doute. On ne peut pas être plus différents. Moi-même, je ne savais pas ce qu'Evan lui trouvait, au début. Tous ces tatouages, ces muscles et son passé violent… (Lily secoua la tête…) Je dois avoir rendu visite à Evan quatre ou cinq fois avant de lui décrocher un mot, et encore c'était pour lui demander de trouver un autre endroit pour vivre. Et vous savez ce que Colin m'a répondu ?

– D'accord ? imita Maria, et Lily rit.

– Il fait ça avec vous aussi ? Le petit ange. J'ai tenté en vain de le faire renoncer à cette habitude, mais j'ai finalement admis que ça lui convenait bien. Sur le moment, je me souviens avoir été offensée. Je me suis plainte à Evan et il m'avait promis de parler à Colin, mais seulement à condition que je discute d'abord avec lui. Ce que, évidemment, j'ai refusé par principe.

– Alors, qui a fini par briser la glace ? Lui ou vous ?

– Colin. J'avais acheté un écran TV à Evan pour son anniversaire. J'avais du mal avec le carton dans le coffre. Colin m'a immédiatement proposé son aide. Il a rapporté la télévision à l'intérieur et m'a demandé si je voulais la monter ou la laisser dans le carton. Je n'y avais pas réfléchi. Je lui ai dit qu'Evan s'en chargerait, mais il a ri en disant qu'Evan ne saurait pas faire ça. Et tout à coup, il est parti au magasin pour en revenir vingt minutes plus tard pour accrocher l'écran au mur. Il avait aussi pris un gros nœud et c'est ça, plus que tout le reste, qui m'a fait me demander s'il n'y avait pas quelque chose chez lui qui valait le coup d'être découvert. Alors, nous avons discuté. Il m'a fallu poser seulement trente secondes de questions, pour me rendre compte qu'il était unique en son genre.

– Colin m'a dit que vous l'avez encouragé à aller à la fac. Et que vous l'aidez dans ses études.

– Quelqu'un devait le faire. Le pauvre n'avait pas ouvert de livre depuis des années. Mais ce fut facile, car une fois décidé il était déterminé à faire de son mieux. Et il est intelligent. Malgré son errance d'une école à l'autre, il a su en tirer quelque chose.

– Et c'est le témoin d'Evan ?

Lily prit un mouchoir dans son sac à main et tamponna son rouge à lèvres avant de hocher la tête.

– Oui. Bien sûr, mes parents sont atterrés. Pour eux, c'est l'ami d'Evan, pas le mien, et ils me répètent tout le temps de garder mes distances. La première fois que mon père a vu Colin, il a fait la grimace et ma mère est allée jusqu'à suggérer qu'il ne devrait même pas être invité au mariage, encore moins jouer les témoins. Même quand je leur ai dit qu'il était aussi mon ami, ils ont fait comme s'ils n'avaient pas entendu. Ils sont figés dans leurs habitudes et je serai toujours leur précieuse petite fille, que Dieu les bénisse.

– Mon père et ma mère n'étaient pas très emballés par Colin non plus.

– C'est compréhensible. Mais contrairement à mes parents, je parie que les vôtres lui donneront une chance et finiront par changer d'avis. Après tout, c'est ce que j'ai fait. Même maintenant, j'ai parfois du mal à comprendre. En toute franchise, Colin et moi n'avons pas grand-chose en commun.

– Je dois admettre que je suis d'accord.

Lily sourit, rajustant son collier avant de se tourner vers Maria.

– Pourtant, quelque chose me touche dans cette honnêteté qui vient du fond du cœur, sans parler du fait de ne pas se soucier de ce que les gens pensent de lui.

Maria ne put s'empêcher d'exprimer son accord d'un sourire.

– Vous devez me croire quand je vous dis qu'il est bien moins brut de décoffrage que quand je l'ai rencontré pour la première fois, ajouta Lily. Ce fut un travail extraordinaire de ma part, ajouta-t-elle avec un clin d'œil. Mais il n'y a pas de raison de me remercier. Vous êtes prête ? Je suis sûre que les hommes se languissent déjà de nous.

– Je ne crois pas que Colin se languisse.

– Si. Il ne l'admettra peut-être pas, mais c'est le cas.

– Je ne me languissais pas, dit Colin alors qu'ils rejoignaient sa voiture. (Devant eux, Lily et Evan se dirigeaient vers leur Prius.) Je parlais à Evan au sujet de mon combat.

– Celui de Myrtle Beach ?

– Non. Celui de la semaine prochaine.

– Quel combat ?

Colin lui expliqua la situation avant d'ajouter :

– Evan viendra. Tu devrais venir, toi aussi.

– Lily viendra ?

– Non. Ce n'est pas vraiment son truc.

– Je suis surprise que ce soit celui d'Evan.

– Il vient toujours à mes combats. Il aime ça.

– Vraiment ? Il n'a pas l'air de ce genre-là.

– Et c'est quoi, ce genre-là ?

– Les types qui te ressemblent, le taquina Maria. De grands gars musclés avec des tatouages, mais surtout les gens qui n'ont pas l'air de tomber dans les pommes à la première goutte de sang.

Colin sourit.

– Tu veux venir ?

– Pourquoi pas ? Mais la même règle a toujours cours. Tu ne peux pas te faire massacrer, ou ça ravivera des souvenirs de notre première rencontre.

– D'accord.

– Tu dis ça maintenant, mais à la façon dont tu parles de Johnny Reese, tu ne peux sans doute pas le garantir.

– Non. De quoi Lily et toi vous avez discuté quand vous étiez dans les toilettes ?

– Principalement de toi.

– D'accord.

– Pas d'autres questions ?

– Non.

– Comment peux-tu ne pas être intéressé par ce qu'on a dit ?

– Parce que c'était entre toi et Lily. Ce ne sont pas mes affaires. Et de plus, ça n'a pas dû être si mauvais ou tu ne me tiendrais pas la main.

– Alors, nous allons dans quel genre de boîte ?

– Tout ce que je sais, c'est qu'on y joue de la musique des années quatre-vingt. C'est l'une des excentricités de Lily. Evan m'a dit qu'écouter Madonna était sa façon de jouer les rebelles quand elle était ado.

– Bof… Ce n'est pas franchement de la rébellion.

– Pas pour toi ou moi. Mais pour les parents de Lily ? Je suis sûr qu'ils se sont lamentés pendant des années. Ils ne m'aiment pas beaucoup.

— Peut-être que tu devrais les inviter à un combat ? Ça devrait les faire changer d'avis.

Elle l'entendit rire en ouvrant sa portière. Il riait encore en passant du côté conducteur.

Malgré le son tonitruant du groupe REO Speedwagon, la piste de danse n'était pas du tout comme Maria l'avait imaginée. Il y avait peu de femmes divorcées et de chauves dans la quarantaine tentant de raviver la flamme de leur jeunesse, mais surtout des étudiants. Maria s'attendait presque à croiser Serena et ses amis. Des groupes d'étudiantes dansaient, chantant ou faisant semblant de chanter. Colin se pencha vers son oreille.

— Qu'en penses-tu ?

— Je me sens vieille, admit-t-elle. Mais j'aime la musique.

Evan indiqua le bar d'un geste et Colin hocha la tête avant de prendre Maria par la main et de la guider, entre les tables et de petits groupes de gens, jusqu'au bar bondé. Une fois en mesure d'attirer l'attention du barman, Colin commanda un verre d'eau – sans surprise –, Evan une bière, et Maria et Lily commandèrent un Sea Breeze[1]. Alors qu'elles avaient vidé la moitié de leurs verres, une chanson de Madonna commença, et une Lily enchantée tapa dans ses mains avant d'entraîner Evan sur la piste. Se disant tout à coup *Oh, et puis zut !*, Maria prit la main de Colin et les suivit.

La soirée passa à toute vitesse. Ils dansaient le temps de trois ou quatre chansons puis s'arrêtaient un moment. Maria commanda un second cocktail. Même si elle n'avait pas fini le premier, elle se sentait rouge, étourdie. Pour la première fois depuis une semaine, elle était capable de passer du bon temps.

---

1. Cocktail à base de vodka et de canneberge. (N.d.T.)

À 23 h 30, ils purent réserver une petite table. Ils discutaient pour décider combien de temps ils allaient encore rester, quand une jeune serveuse apparut avec un plateau. Elle posa un autre cocktail devant Maria.

Maria agita la main.

— Je n'ai pas commandé ça.

— Votre ami l'a fait, dit la serveuse, s'efforçant de se faire entendre par-dessus la musique.

Maria jeta un regard interrogateur à Colin.

— Tu as commandé un autre verre ?

Il secoua la tête et Maria se tourna vers Evan, qui semblait aussi surpris que Colin. Lily aussi semblait confuse.

— Qui l'a commandé ? demanda Maria.

— Votre ami au bar, dit la serveuse, tournant la tête dans cette direction. Celui avec la casquette. (Elle se pencha en avant pour chuchoter.) Il m'a dit de vous dire qu'il était contrarié que vous n'ayez pas aimé les roses qu'il vous a envoyées.

Maria en eut le souffle coupé. Une fraction de seconde plus tard, elle perçut un mouvement brusque quand Colin se leva en renversant sa chaise. Au cours des instants suivants, Maria fut seulement capable de percevoir une série de flashes, comme des arrêts sur image pris dans une lumière stroboscopique.

Colin faisant deux pas vers la serveuse, les mâchoires crispées... si vite qu'elle fit tomber son plateau...

Evan et Lily se levant aussi, leurs verres débordant...

Les clients du bar se tournant vers eux...

Colin demandant à la serveuse de lui dire exactement qui était au bar, furieux, répétant la question...

La serveuse reculant, terrifiée...

Les videurs se dirigeant vers eux...

Evan faisant un pas vers Colin, les mains levées...

Maria était figée, collée à son siège. Les mots de la

serveuse résonnaient à ses oreilles. *La casquette... Il était contrarié que vous n'aimiez pas les roses... Il était ici.* Il l'avait suivie. Il la suivait depuis le début...

Elle avait du mal à respirer, envahie par un déluge d'images. Le monde s'effondrait sur lui-même.

Les videurs se frayaient un chemin dans la foule, de plus en plus vite...

Colin criant, demandant plus de renseignements sur l'homme qui avait commandé le verre...

La serveuse fondant en larmes...

Les spectateurs commençant à les entourer...

Evan prenant le bras de Colin...

Lily s'approchant de Maria...

Maria sentit quelqu'un poser les deux mains sur ses épaules et l'aider à se lever. Elle n'avait pas l'énergie de résister et se rendit compte qu'il s'agissait de Lily. Elle pouvait entendre Colin crier, alors qu'Evan continuait à lui tirer le bras, la serveuse en pleurs, affolée, les étrangers autour d'eux, suivis des videurs.

Un inconnu en chemise bleue :

– Qu'est-ce qui se passe, bordel ?

Colin, à la serveuse :

– De quoi il avait l'air ?

Un autre étranger aux cheveux en pointe :

– Du calme ! Laisse-la tranquille !

– Je vous ai dit que je ne savais pas ! Il portait une casquette ! Je ne sais pas ! dit la serveuse entre deux sanglots.

Un type tatoué :

– Qu'est-ce qui ne va pas chez toi ?

Evan :

– On doit y aller !

Colin :

– Jeune ou vieux ?

– Je ne sais pas ! Vingt, trente ans ? Je ne sais pas !

Evan :

– Maintenant, Colin ! Viens !

Lily écartait Maria de la table, et du coin de l'œil celle-ci vit Evan tirer brusquement sur le bras de Colin. Colin réagit instinctivement, se libérant aussitôt en retrouvant son équilibre, les mains en position de combat. Son visage était rouge et tendu, les muscles de son cou raidis. Un instant, il parut ne pas reconnaître Evan.

– Colin ! Non ! hurla Lily.

Evan recula d'un pas et la rage de Colin s'évanouit aussi vite qu'elle était apparue. Mais les videurs les avaient finalement rejoints, et Colin glissa les mains dans son dos, serrant son poignet gauche dans sa main droite. Un videur le prit par les bras, aussi furieux et plein d'adrénaline que Colin un instant plus tôt.

– Je vous suis, dit Colin, je vous suis. (Il se tourna ensuite vers la serveuse qui pleurait toujours et dit :) Excusez-moi, je ne voulais pas vous faire peur.

Mais ni la serveuse ni les videurs n'en avaient cure. Colin fut traîné dehors, et quelques minutes plus tard une voiture de police apparut, lumières allumées. Une berline sombre ne tarda pas à apparaître à son tour.

– Qui est-ce ? demanda Maria, se tenant près d'Evan, les bras croisés.

Lily était retournée à l'intérieur quelques minutes plus tôt. Colin se trouvait sur le parking avec deux officiers de police, l'un des videurs et un homme avec une vieille veste en tweed qui mâchonnait un cure-dents.

Le ton d'Evan trahit son inquiétude.

– C'est l'inspecteur Margolis. Il attendait que Colin commette une erreur.

– Pourquoi ?

– Parce qu'il pense que la place de Colin est en prison.

– C'est ce qui va arriver ?

– Je ne sais pas, dit Evan.

– Mais il n'a rien fait. Il ne l'a même pas touchée.

– Dieu merci ! ou il aurait déjà les menottes aux poignets. Et c'est encore possible, sauf si Lily réussit à utiliser sa magie.

– Qu'est-ce qu'elle fait ?

– Elle résout les problèmes, répondit Evan. C'est ce que fait Lily.

Enfin, Lily réapparut, s'arrêtant pour serrer la main de l'un des videurs qui avait jeté Colin dehors. Elle sourit avec candeur en approchant des officiers. Maria vit Margolis la repérer et lever une main pour l'arrêter. Lily l'ignora et s'approcha pour se faire entendre. Pendant de longues minutes interminables, Maria et Evan les regardèrent, se demandant ce que Lily pouvait bien lui dire. Finalement, l'un des officiers suivit le videur à l'intérieur pendant que Margolis et l'autre restaient avec Colin. Margolis était de toute évidence furieux, mais il n'avait toujours pas passé les menottes à Colin. Les événements de la dernière demi-heure se bousculaient dans la tête de Maria. On l'avait suivie jusqu'ici, on la suivait donc depuis le restaurant et même depuis chez elle.

Elle avait du mal à respirer et prit tout à coup conscience de la voix d'Evan.

– Ça va ?

Elle serra ses avant-bras. Maria voulait que Colin la prenne dans ses bras, mais elle était furieuse de sa perte de contrôle. Ou avait-elle peur de lui ? Elle n'en était pas sûre.

Son harceleur savait où elle habitait et l'avait suivie jusqu'ici.

– Non, répondit-elle, se rendant compte qu'elle tremblait. Ça ne va pas.

Elle sentit Evan passer un bras autour d'elle.

– C'est un sacré bordel, c'est sûr. À votre place, je serais dévasté.

– Qu'est-ce qui va arriver à Colin ?

– Tout va bien se passer.

– Comment le savez-vous ?

– Parce que Lily semble calme, et Margolis contrarié.

Maria les observa tous les deux. Evan avait raison. Mais tout était allé de travers ce soir.

Une minute plus tard, l'officier entré dans la boîte de nuit revint. Il discuta un moment avec Margolis, puis les deux policiers retournèrent à contrecœur vers leur voiture. Lily se précipita vers Evan et Maria. Evan lâcha Maria pour prendre Lily dans ses bras.

– Aucune charge n'a été retenue contre lui. Il peut y aller.

– Qu'est-ce que vous avez fait ? demanda Maria.

– J'ai parlé à la serveuse et au manager, et je leur ai simplement dit la vérité. Qu'on vous suivait et que Colin avait réagi de façon excessive parce que vous étiez effrayée et que Colin vous pensait en danger. Ils ont été étonnamment compatissants. En particulier après que j'ai donné à la serveuse un énorme pourboire pour les verres renversés et offert un petit extra au manager.

Maria la dévisagea.

– Vous les avez achetés ?

– Pas du tout. J'ai simplement fait de mon mieux pour rectifier la situation de façon à satisfaire tout le monde. Le temps pour l'officier de venir leur parler, et tous les deux étaient catégoriques : pas de plainte. Pourtant, je dois dire que j'ai eu peur que ça ne marche pas, cette fois.

– Cette fois ?

– Ce n'est pas la première fois que ça se produit, dit Evan.

Colin s'approcha, suivi de près par Margolis. Pour les autres, Colin semblait tout aussi calme que d'habitude, mais Maria pouvait voir à son expression à quel point il avait failli perdre tout contrôle. Il vint se placer à côté d'elle alors que Margolis étudiait leurs visages.

Colin soutint son regard, impassible, tout comme Evan et Lily.

— Batman et Robin ont encore frappé, ricana Margolis. Combien ça vous a coûté, cette fois ?

— Je ne vois pas du tout de quoi vous parlez, mentit Lily d'un ton affable, sa voix aussi chaude que d'ordinaire.

— Bien sûr, répliqua Margolis. Je me demande ce que la serveuse et le manager diraient si je les faisais déposer sous serment. (Il laissa planer sa remarque pleine de sous-entendus avant de poursuivre.) Mais il n'y a aucune raison de le faire, n'est-ce pas ? Maintenant que vous avez sauvé encore une fois votre cher ami Colin.

— Il n'y avait pas besoin de le sauver, répondit Lily d'une voix traînante. Il n'a rien fait de mal.

— C'est drôle. Parce que je me souviens qu'un truc de ce genre s'est déjà produit au moins deux fois en votre présence.

Lily afficha une mine faussement confuse.

— Vous parlez de quand Colin était sorti avec nous et n'avait rien fait de mal, là encore ?

— Continuez à vous répéter ça. Vous n'avez fait que retarder l'inévitable. Colin sait qui il est. Demandez-lui. Il vous le dira. (Il se tourna vers Colin :) C'est pas vrai, Colin ? Puisque tu aimes convaincre tout le monde de ton honnêteté sans faille ? Même si tu es constamment sur le point d'exploser.

Maria vit les yeux de Colin se plisser tandis que Margolis indiquait Evan d'un signe de tête.

– Tu peux remercier Evan pour t'avoir fait reculer au dernier moment. Si l'un de ces gars t'avait touché, toi et moi savons qu'on aurait passé beaucoup de temps ensemble, toi de retour en cage et moi disant au procureur de jeter la clé.

– Colin n'a touché personne, intervint Evan.

Margolis fit passer son cure-dents de l'autre côté de sa bouche.

– Je pensais plus à des voies de fait. On m'a dit que la serveuse était terrifiée parce que Colin lui hurlait dessus. J'ai une dizaine de témoins ici qui peuvent en attester.

– Il voulait juste savoir qui avait commandé le verre, protesta Maria.

Margolis croisa son regard et elle se sentit aussitôt tressaillir.

– Oh, c'est vrai. À cause de ce prétendu harceleur, c'est ça ? Je vais m'assurer de mettre ça dans mon rapport.

Maria ne répondit pas, regrettant son intervention.

– Oh, attendez… Vous n'avez rien signalé ? Avez-vous parlé à un avocat, seulement ?

– Elle est avocate, dit Lily.

– Alors c'est encore plus étrange, non ? Tous les avocats portent plainte, dit-il en se tournant vers Maria. Mais je vais vous dire, si vous trouvez le temps de le faire, demandez-moi, d'accord ?

– Laissez-la en dehors de ça, grogna Colin.

– Tu me dis quoi faire ? demanda Margolis.

– Oui.

– Ou quoi ? Tu vas me frapper ?

Colin continua à le regarder avant de prendre la main de Maria.

– Allons-y, dit-il, se mettant en marche, suivi d'Evan et Lily.

– C'est ça, fit Margolis. Je serai dans le coin.

— Combien je te dois ? demanda Colin.

— On s'inquiétera de ça plus tard, d'accord ? répondit Lily.

Ils suivirent Lily et Evan jusqu'à leur domicile, tous les quatre réunis sur le porche. Ils avaient fait le trajet en silence, Maria trop perdue dans ses pensées pour discuter et Colin pas d'humeur à briser le silence.

Même à cet instant, Maria se sentait spectatrice de sa propre vie.

— Mais qu'est-ce que tu as foutu ce soir ? demanda Evan. On a déjà discuté de ça ! Et Margolis a raison ! Qu'est-ce qui se serait passé sans Lily et moi ?

— Je ne sais pas, répondit Colin.

— Tu sais très bien ce qui serait arrivé ! Pourquoi tu continues à faire ça ? Tu dois apprendre à contrôler ta colère.

— D'accord.

— Ne me dis pas d'accord ! s'emporta Evan. Comme Lily, j'en ai marre que tu répètes ça tout le temps. C'est une dérobade ! Je pensais qu'on avait dépassé ce stade l'an dernier, quand ce gars avait renversé son verre sur Lily par accident.

— Tu as raison, dit Colin d'un ton égal. J'ai fait une erreur. J'ai perdu le contrôle.

— Non, tu crois ! cracha Evan. (Il se tourna, se dirigeant vers la porte d'entrée.) Peu importe. Occupez-vous de lui toutes les deux. J'en ai assez.

Il claqua la porte derrière lui, les laissant tous les trois sur le perron.

— Tu sais qu'Evan a raison, Colin, dit Lily.

— Je n'allais pas lui faire de mal.

— Ça n'a pas d'importance, répondit-elle d'une voix douce. Tu es grand et costaud, et quand tu es en colère les gens sentent ta violence intérieure. La pauvre serveuse était recroquevillée, en pleurs, et tu n'as pas voulu céder avant qu'Evan se démène pour te faire reculer. Et j'étais presque sûre que tu allais le frapper.

Colin baissa les yeux avant de relever lentement la tête. Un instant, sa confiance en lui avait disparu. Maria vit à la place la honte et les remords, peut-être même un éclair de désespoir.

— Ça n'arrivera plus.

— Peut-être, fit Lily en l'embrassant sur la joue. Tu as déjà dit ça la dernière fois.

Elle se tourna vers Maria et la prit dans ses bras.

— Et je suis absolument sûre que cela a dû vous paraître à la fois accablant et effrayant. Si quelqu'un me harcelait ainsi, je serais déjà partie pour Charleston me cacher chez mes parents, et les connaissant ils m'auraient fait quitter le pays. Je suis tellement désolée pour ce que vous traversez.

— Merci, dit Maria.

Tout à coup épuisée, elle reconnut à peine le son de sa propre voix.

— Vous voulez entrer ? demanda Lily en la lâchant. Je suis sûre qu'Evan s'est calmé et nous pourrions passer en revue des options ou des idées… ou simplement nous asseoir et vous écouter parler si vous en avez besoin.

— Je ne saurais même pas quoi dire, répondit Maria.

Lily comprit et referma doucement la porte derrière elle, laissant Maria et Colin seuls sur le porche.

— Je suis désolé, Maria, bredouilla-t-il.

— Je sais.

— Tu veux que je te ramène chez toi ?

De tous côtés, la plupart des maisons étaient déjà plongées dans le noir.

— Je ne veux pas rentrer chez moi, dit-elle d'une petite voix. Il sait où j'habite.

Colin tendit la main.

– Viens, dit-il. Tu peux rester ici.

Quittant le porche, ils firent le tour de la maison en direction de l'appartement de Colin. Une fois à l'intérieur, Colin alluma les lumières. Cherchant n'importe quoi pour oublier son estomac noué, Maria observa la pièce. Elle était de taille moyenne, avec une cuisine sur la droite et un petit couloir menant sans aucun doute à la chambre et à la salle de bains. Étonnamment soignée, sans bazar sur la table basse ou le plan de travail. Des couleurs neutres pour les meubles, sans aucune photo ou objet personnel, comme si personne ne vivait ici.

– C'est chez toi ?

Il hocha la tête.

– Pour le moment. Tu veux quelque chose à boire ?

– Juste de l'eau.

Colin remplit deux verres dans la cuisine et lui en tendit un. Maria but une gorgée, se souvenant tout à coup qu'elle avait été suivie et revoyant la colère de Colin quand il avait demandé des réponses à la serveuse, les muscles tendus. Elle se souvint de la fraction de seconde où Evan lui avait fait perdre l'équilibre, de la violence et de la fureur incontrôlable dans son regard.

– Comment te sens-tu ? demanda-t-il finalement.

Elle tenta de repousser cette image et se rendit compte qu'elle n'y parvenait pas.

– Pas bien. Pas bien du tout.

Ni l'un ni l'autre ne semblait savoir quoi dire dans le salon, ni plus tard au lit. Désirant simplement être proche, Maria roula sur le côté et posa sa tête sur la posture de Colin, consciente de la tension toujours présente en lui. Elle espérait qu'en restant là, avec Colin à côté d'elle, elle se sentirait en sécurité.

Mais ce n'était pas le cas. Plus le cas. Et, toujours

éveillée, le regard perdu dans les ténèbres, elle se demanda si un jour elle pourrait de nouveau se sentir en sécurité.

Le lendemain matin, Colin la conduisit chez elle et attendit dans le salon pendant qu'elle prenait une douche et se changeait, mais il ne la retrouva pas chez ses parents pour le brunch. Il comprenait qu'elle avait besoin d'être seule avec sa famille, un havre de stabilité dans une vie qui semblait tout à coup dérailler. Il l'accompagna à sa voiture. En l'enlaçant, elle se sentit légèrement sur la retenue.

Ses parents ne se rendirent compte de rien, mais Serena comprit tout de suite que quelque chose contrariait Maria, quelque chose qu'elle ne voulait pas partager avec eux. Serena joua parfaitement le jeu, ne cessant de bavarder pendant le repas, remplissant tous les blancs et orientant la conversation sur des sujets légers.

Puis Maria et Serena allèrent faire un tour. À bonne distance de la maison, Serena se tourna vers sa sœur.

– Crache le morceau.

Sur un banc, sous un orme aux feuilles déjà dorées, Maria raconta à sa sœur tout ce qui s'était passé, revivant la terreur des derniers jours. Elle fondit en larmes, et Serena fit de même. Comme Maria, Serena était contrariée et avait peur ; comme Maria, elle avait plus de questions que de réponses. Des questions auxquelles Maria ne pouvait répondre qu'en secouant la tête.

Après le déjeuner, Serena et ses parents partirent chez l'un des oncles de Maria, une rencontre familiale informelle parmi tant d'autres. Mais Maria s'excusa, prétendant une migraine et une envie de faire la sieste. Si son père accepta son explication sans rien dire, sa mère se montra dubitative, même si elle connaissait suffisamment sa fille pour ne pas insister. Sur le pas de la porte, elle prit Maria dans ses bras plus longtemps que d'habitude et lui demanda comment ça se passait avec Colin. Entendre son nom lui fit monter les larmes aux yeux et Maria se dit qu'elle était officiellement devenue un cas désespéré en regagnant sa voiture.

Même conduire lui était étrangement difficile. Malgré la circulation, elle pensait uniquement au fait qu'on la suivait, que quelqu'un attendait son retour… ou peut-être l'observait en cet instant même. Impulsivement, Maria changea de voie et fit un rapide demi-tour dans une petite rue, les yeux rivés sur le rétroviseur. Elle tourna encore, puis encore, avant de s'arrêter.

Et même si elle voulait être forte, suppliant Dieu de l'aider, elle se retrouva pliée en deux sur le volant, en sanglots. Qui était-il et que lui voulait-il ? L'homme sans nom et sans visage avec une casquette. Pourquoi ne l'avait-elle pas cherché sur le moment ? Elle ne se souvenait que d'ombres et de fragments, de néant… Mais il y avait autre chose, quelque chose qui la poussait à bout nerveusement, la laissant constamment au bord des larmes. Sans réfléchir, elle remit le contact et partit en direction d'un endroit calme de Carolina Beach.

La journée était fraîche et le vent annonçait l'hiver. Les nuages étaient blancs et gris, comme s'il n'allait pas tarder à pleuvoir. Les vagues roulaient calmement et Maria sentit enfin ses pensées s'apaiser assez longtemps pour y voir un peu plus clair. Elle n'était pas sur les nerfs uniquement parce qu'elle était suivie. Pas plus qu'elle ne revivait la peur ressentie pour Colin quand elle l'avait vu avec les policiers et que sa vie aurait pu basculer. Elle comprenait maintenant qu'elle avait aussi peur *de* Colin. Et même si cette pensée la rendait malade, elle n'arrivait pas à s'en défaire.

Sachant qu'elle avait besoin de lui parler, Maria se rendit ensuite chez Evan. Quand Colin ouvrit la porte de son appartement, elle vit qu'il étudiait sur la petite table de la cuisine. Même s'il l'invita à entrer, elle refusa. L'intérieur de l'appartement lui semblait oppressant. Ils restèrent sur le porche d'Evan, chacun prenant place sur un fauteuil à bascule alors que la pluie commençait à tomber.

Colin était assis sur le bord de son siège, les avant-bras posés sur ses jambes. Il semblait fatigué. Les dernières vingt-quatre heures se faisaient de toute évidence sentir. Il ne fit rien pour briser le silence, et Maria hésita un instant sur le premier sujet à aborder.

– Je suis sur les nerfs depuis hier soir, alors si ce que je dis n'a pas beaucoup de sens, c'est sans doute parce que j'ai du mal à réfléchir, commença-t-elle après avoir pris une profonde inspiration. Je veux dire, je sais que tu tentais simplement de m'aider. Mais Lily avait raison. Même si je te crois quand tu dis que tu n'allais pas faire de mal à la serveuse, les apparences disaient le contraire.

– J'ai failli perdre le contrôle.

– Non. Tu l'as perdu.

– Je ne peux pas contrôler mes émotions. La seule chose que je peux contrôler, c'est mon comportement, et je ne l'ai pas touchée.

– N'essaie pas de minimiser ce qui s'est passé.

– Je n'essaie pas de le faire.

– Et si tu te mets en colère contre moi ?

– Je ne te frapperai jamais.

– Et comme la serveuse, je pourrais malgré tout finir terrifiée et en pleurs. Si tu te comportais comme ça avec moi, je ne voudrais plus jamais te parler. Et pourtant, avec Evan…

– Je n'ai rien fait à Evan.

– Mais si quelqu'un d'autre t'avait retenu, un gars que tu ne connaissais pas, tu n'aurais pas pu te maîtriser, et tu le sais. C'est ce que Margolis a dit. (Elle s'assura de croiser son regard.) Ou vas-tu me mentir pour la première fois, et me dire que j'ai tort ?

— J'avais peur pour toi, car ce type était là.

— Mais ce que tu as fait n'a rien arrangé.

— Je voulais juste découvrir à quoi il ressemblait.

— Et pas moi, peut-être ? dit-elle en haussant le ton. Mais dis-moi, et s'il avait encore été là ? Au bar ? Qu'est-ce que tu aurais fait ? Tu crois honnêtement que tu aurais pu avoir une conversation raisonnable avec lui ? Non. Tu aurais réagi de façon disproportionnée, et aujourd'hui tu serais en prison.

— Je suis désolé.

— Tu t'es déjà excusé, dit Maria, hésitante. Et malgré nos discussions à propos de ton passé et ce que je croyais savoir de toi, je me rends compte que je ne sais rien. La nuit dernière, tu n'étais pas l'homme dont je suis tombée amoureuse, ni même un gars avec qui je serais sortie. Au lieu de ça, j'ai vu quelqu'un que, dans mon passé, j'aurais fait enfermer avec joie.

— Qu'est-ce que tu essaies de me dire ?

— Je ne sais pas, dit-elle. Tout ce que je sais, c'est que je n'ai pas l'énergie pour supporter l'angoisse que tu fasses quelque chose d'idiot et gâches ta vie, ou que tu me fasses peur un jour parce que tu craques sans prévenir.

— Ce n'est pas à toi de t'inquiéter pour moi.

À ces mots, elle rougit. Toutes ses peurs, ses inquiétudes et sa colère remontèrent à la surface comme une bulle d'air dans l'eau.

— Ne joue pas les hypocrites ! Bon sang, qu'est-ce que tu as fait hier soir ? Ou cette semaine, d'ailleurs ? Tu t'es caché sur un toit pour prendre des photos de mon patron, tu as appelé tous les fleuristes de la ville et fait deux heures de route pour montrer une photo à un étranger ! Tu as fait ça parce que tu t'inquiétais pour moi ! Et maintenant, tu me dis que je n'ai pas le droit de faire de même ? Pourquoi ce serait OK pour toi, mais pas pour moi…

— Maria…

— Laisse-moi finir ! Je t'ai dit que ce qui m'arrivait n'était pas ton problème ! Je t'ai dit de laisser filer ! Mais tu étais résolu à faire ce que tu voulais… et d'accord, peut-être que tu as su me convaincre de te laisser prendre ces photos. Parce que tu me l'as présenté comme si tu savais ce que tu faisais. Comme si tu pouvais gérer la situation. Mais après cette nuit, de toute évidence ce n'est pas le cas ! Tu as failli te faire arrêter ! Et alors, qu'est-ce qui se serait passé ? As-tu la moindre idée de ce que ça m'aurait fait ? De comment je me serais sentie ?

Elle pressa ses doigts sur ses paupières et tentait de mettre de l'ordre dans ses pensées, quand elle entendit son téléphone sonner. Maria reconnut le numéro de Serena et s'interrogea sur la raison de son appel.

N'avait-elle pas dit quelque chose au sujet d'un rendez-vous ?

Elle répondit et perçut aussitôt la panique dans la voix de sa sœur, qui parlait en espagnol à toute vitesse.

— Viens tout de suite ! sanglota Serena avant que Maria n'ait le temps de dire un mot.

Maria sentit sa poitrine se serrer.

— Qu'est-ce qui ne va pas ? Papa va bien ? Qu'est-ce qui s'est passé ?

— C'est papa et maman ! À cause de Copo ! Elle est morte !

Chapitre 17

Colin

Colin avait peur que Maria ne soit trop ébranlée pour conduire. Il la ramena donc au domicile de ses parents, tentant de deviner ses pensées alors qu'elle contemplait la vitre couverte de gouttes de pluie. Entre deux sanglots, Serena n'avait pas pu lui dire grand-chose, juste que Copo était morte. Dès qu'ils furent garés dans l'allée, Maria se précipita dans la maison, Colin sur ses talons. Ses parents étaient assis sur le canapé, hagards, les yeux rougis. Serena, debout près de la cuisine, s'essuyait les yeux.

Félix se leva dès que Maria entra et ils fondirent en larmes tous les deux. Bien vite, toute la famille se prit dans les bras en pleurant tandis que Colin se tenait dans l'entrée en silence.

Ensuite, ils s'effondrèrent sur le canapé. Maria tenait toujours les mains de son père. Ils parlaient en espagnol, si bien que Colin ne pouvait pas tout comprendre, mais il en saisit assez pour savoir que la mort du chien ne répondait à aucune logique.

Plus tard, assis avec Maria sur le porche de derrière, il écouta ce qu'elle avait appris – pas grand-chose. Ses parents et Serena étaient allés chez son oncle après le brunch. Alors que d'habitude ils prenaient le chien, ils avaient préféré y renoncer car beaucoup d'enfants étaient attendus et ses parents avaient eu peur que Copo soit submergée par le nombre ou, pire, accidentellement blessée. Serena était rentrée une heure plus tard, car elle avait laissé son téléphone à charger sur le comptoir de la cuisine. Voyant Copo étendue près de la porte coulissante laissée ouverte, elle avait cru que la chienne dormait. Mais comme elle n'avait pas bougé au moment où Serena était sur le point de repartir, elle l'avait appelée. Copo n'avait pas répondu et Serena n'avait pu que constater la mort de la chienne. Elle avait appelé ses parents, qui étaient rentrés aussitôt, puis Maria.

— Copo allait bien avant leur départ. Elle avait mangé et ne semblait pas malade. Il n'y avait rien qui traînait qu'elle aurait pu avaler de travers, et mon père n'a rien trouvé dans sa gorge. Il n'y avait pas de vomi ni de sang… (Elle prit une inspiration tremblante…) C'est comme si elle était morte sans raison, et mon père… Je ne l'ai jamais vu pleurer avant. Il l'emmenait partout avec lui. Il ne la laissait pour ainsi dire jamais seule. Tu ne peux pas comprendre à quel point il aimait ce petit chien.

— Je peux seulement l'imaginer.

— Peut-être. Mais même, tu dois comprendre que dans le village d'origine de mes parents, les chiens se chargent des troupeaux ou surveillent les champs, mais on ne les considère pas comme des animaux de compagnie. Mon père ne comprenait pas l'amour des Américains pour les chiens. Petites, Serena et moi les avons suppliés pour en avoir un, mais il s'y était fermement opposé. Et puis quand nous sommes parties, il y a tout à coup eu un gigantesque vide dans sa vie… Et quelqu'un lui a suggéré de prendre un chien, et là ça a été comme si une lumière s'était allumée. Copo était comme une enfant, en plus obéissante et plus fidèle. (Elle secoua la tête et garda le silence un instant.) Elle n'avait même pas quatre ans... Je veux dire... Un chien peut mourir, comme ça ? Tu as déjà entendu ça ?

– Non.

Elle s'attendait à cette réponse, mais cela ne l'aida pas, et ses pensées revinrent à la raison pour laquelle elle devait lui parler.

– Colin... Au sujet de tout à l'heure...

– Tu avais raison. Sur tout.

Elle soupira.

– Tu comptes pour moi, Colin. Je t'aime et je ne veux rien d'autre qu'être avec toi, mais...

Le dernier mot plana lourdement entre eux.

– Je ne suis pas celui que tu croyais que j'étais.

– Non. Tu es exactement celui que je pensais et tu m'as prévenue tout de suite. Et je pensais que je pouvais le gérer, mais la nuit dernière je me suis rendu compte que je ne crois pas en être capable.

– Qu'est-ce que ça veut dire ?

Elle glissa une mèche de cheveux derrière son oreille.

– Je pense que pour le moment, ce serait peut-être mieux de ralentir un peu. Entre nous, je veux dire. Avec tout ce qui se passe...

Elle ne finit pas sa phrase. Mais elle n'en avait pas besoin.

– Qu'est-ce que tu vas faire pour le gars qui te suit ?

– Je ne sais pas. Je n'arrive pas à réfléchir.

– C'est ce qu'il veut. Il veut que tu sois inquiète, apeurée, toujours sur les nerfs.

Elle se massa les tempes. Puis elle prit la parole d'une voix lasse.

– En cet instant, j'ai l'impression d'être coincée dans un rêve affreux et tout ce que je veux, c'est me réveiller. Et par-dessus tout, je dois soutenir mes parents. Mon père veut enterrer Copo ce soir et ça ne va le rendre que plus fragile. Ma mère, aussi. Et cette nuit… De tous les week-ends, pourquoi fallait-il que Copo meure aujourd'hui ?

Colin observa le jardin.

– Et si je vous aidais ?

Maria lui apporta une pelle et, après une petite discussion entre Maria et Félix, Colin creusa un trou à l'ombre d'un chêne, son T-shirt trempé par la pluie. Il se souvint avoir fait la même chose pour son propre chien, Penny, un teckel à poil long. Le chien dormait avec lui quand il vivait encore chez ses parents. En pension, Penny lui avait davantage manqué qu'eux.

Il se souvint combien cela avait été difficile de creuser la tombe, l'été suivant son année de seconde. C'était l'une des rares fois où il se souvenait avoir pleuré depuis sa première année de pension. À chaque pelletée, un souvenir de Penny lui était revenu – la voir courir dans l'herbe ou tenter de croquer un papillon – et il voulait épargner ça à Félix.

Cette tâche lui permettait aussi de s'écarter de Maria. Il comprenait son besoin de distance, même s'il n'aimait pas penser à la raison. Il savait qu'il avait tout foutu en l'air. Maria se demandait sans doute si Colin valait la peine qu'elle persévère. Quand il en eut terminé, la famille enterra Copo. Ils pleurèrent encore tous les quatre et s'étreignirent, avant de rentrer. Colin recouvrit ensuite le chien de terre, songeant de nouveau au harceleur. Il se demanda ce que ce dernier pourrait faire ensuite. Et décida qu'il serait là si Maria avait besoin de lui, qu'elle le veuille ou non dans sa vie.

– Tu es sûr ? lui demanda Maria, sur le porche de devant. Je serais heureuse de te raccompagner.

À l'intérieur, Carmen et Serena préparaient le dîner. Félix, pour ce que Colin en savait, était toujours derrière la maison, assis, seul, le collier de Copo dans les mains.

— Ça ira. Je dois courir de toute façon.

— Mais il pleut toujours.

— Je suis déjà mouillé.

— Ce n'est pas un peu loin ? Près de dix kilomètres.

— Tu dois rester ici avec ta famille. (Un instant, ni l'un ni l'autre ne dit mot.) Je peux t'appeler ? demanda-t-il enfin.

Le regard de Maria s'attarda sur la maison avant de revenir se poser sur Colin.

— Pourquoi je ne t'appellerais pas ?

Il hocha la tête avant de reculer d'un pas et, sans un mot de plus, tourna les talons et partit en courant.

Maria n'appela pas de tout le reste de la semaine, et pour la première fois de sa vie il tenait suffisamment à une fille pour que ça compte. Ou assez pour y penser à des moments inattendus. Il espérait chaque fois que ce soit elle au bout du fil quand le téléphone sonnait, ce qui n'arrivait pas souvent.

Colin ne comptait pas l'appeler. Il en avait envie et avait plus d'une fois pris son téléphone avant de se souvenir qu'elle lui avait demandé de ne pas le faire. Qu'elle appelle ou non, c'était son choix.

Pour s'empêcher de s'appesantir dessus, il tenta de s'occuper. Il travailla plus au bar et passa beaucoup de temps à la salle de gym, à s'entraîner avec Daly et Moore, après ses cours et avant de se rendre chez *Crabby Pete's*.

Ils étaient plus excités que lui par le combat à venir. Même si affronter quelqu'un comme Reese représentait une occasion rare de mesurer son niveau, gagner ou perdre ne signifierait pas grand-chose sur la durée. Mais pour Daly et Moore, un bon combat pouvait signifier une petite aubaine pour la salle. Pas étonnant qu'ils aient passé deux heures lundi à visionner avec lui les anciens combats de Reese, étudiant ses tendances, évaluant ses forces et ses faiblesses.

– Il est bon, mais pas imbattable, insistait Daly, soutenu par Moore.

Colin les écoutait tout en s'efforçant de ne pas prêter attention aux commentaires qu'il jugeait trop optimistes ou peu réalistes – en gros, tout ce qui comportait « Reese » et « sol » dans la même phrase. Reese le dévorerait vivant au sol. Point positif, les vidéos montraient que Colin était légèrement plus doué que Reese pour les frappes. En particulier les coups de pied ; jusqu'à maintenant, aucun combattant n'avait tenté de frapper Reese dans les genoux, alors que ce dernier en avait souvent offert l'occasion. Après une combinaison, il protégeait aussi mal ses côtes, ce qui était bon à savoir quand on planifiait une stratégie. Le problème était qu'une fois le combat commencé, on oubliait souvent la tactique ; mais selon Daly et Moore, Colin devait insister sur ce point.

– Reese n'a jamais affronté personne comptant plus de six ou sept combats, ça veut dire que ses adversaires étaient à la fois surclassés et intimidés. Tu ne seras pas intimidé, et c'est ça qui va le contrarier le plus.

Daly et Moore avaient raison. Se battre – dans les bars, les rues ou même sur le ring – n'était pas seulement une question de talent, mais aussi de confiance et de contrôle. Il s'agissait d'attendre le bon moment pour en profiter. C'était une question d'expérience et Colin avait plus de combats derrière lui que Reese. Ce dernier était un athlète, quelqu'un qui serrait la main de son adversaire après un match. Colin était le genre de gars à frapper d'abord et à casser des bouteilles de bière sur la tête des gens ensuite, dans le seul but de faire le maximum de dégâts le plus vite possible. Ceci étant dit, Reese n'était pas invaincu sans raison. Au meilleur de sa forme, Colin estimait avoir seulement une chance sur quatre de gagner. Et encore, s'il était capable de dépasser les deux premiers rounds. Mais ses deux entraîneurs lui assuraient que les coups de pied dans les genoux et les côtes allaient user Reese, si le combat durait.

– Le troisième round est pour toi, lui promirent-ils.

Mardi, mercredi et jeudi, ils consacrèrent une heure et quart à des coups spécifiques. Daly monta sur le ring avec de solides genouillères et demanda à Colin de le frapper aux genoux. Dans le même temps, Moore lui apprit comment garder ses distances et se concentrer sur les côtes après chaque combinaison de Daly. Leurs exhortations se firent exigeantes et intenses. Au cours des quarante-cinq dernières minutes, Colin se concentra sur le travail au sol, perfectionnant des tactiques défensives. Ils étaient pleinement conscients de l'avantage de Daly dans ce domaine. Au mieux, Colin pouvait espérer s'en tirer jusqu'à la fin du round. Il ne s'était jamais entraîné en vue d'affronter un adversaire précis, et c'était frustrant. Il ratait des coups de pied et était trop lent pour toucher son opposant dans les côtes. Trop souvent, il se laissait clouer au sol – exactement ce qu'il lui faudrait éviter. Ce ne fut pas avant le jeudi qu'il connut un déclic, et quand il quitta la salle, Colin regretta de ne pas avoir deux semaines de plus pour préparer le combat.

Il avait un jour de repos le vendredi – son premier depuis plus d'un an –, et il en avait bien besoin. Son corps tout entier lui faisait mal. N'ayant pas de cours, il passa la matinée et l'après-midi à finir deux devoirs. Plus tard, au bar, alors qu'il commençait à faire plus frais, il n'y eut pratiquement personne sur le toit, même à l'heure du dîner.

À 21 heures, il n'y avait plus aucun client et Colin avait tout l'endroit pour lui. Il n'avait pour ainsi dire pas eu de pourboire, mais cela lui donna du temps pour réfléchir au week-end précédent. Ou plus précisément à la question que Maria lui avait posée et qui l'avait tracassé de temps à autre depuis. Pourquoi Copo était-elle morte ce dimanche-là précisément ?

Rien ne suggérait que le type qui suivait Maria soit responsable de la mort de Copo, mais ce n'était pas invraisemblable non plus. Si cet homme savait où vivait Maria, il pouvait très bien savoir aussi où vivaient ses parents. La porte coulissante était restée ouverte. Copo allait bien quand ils étaient partis, et trois heures plus tard la chienne était morte sans raison apparente. Colin savait qu'il n'aurait pas été très difficile de tordre le cou de Copo ou de l'étouffer. Bien sûr, le chien avait pu mourir de mort naturelle, même inexpliquée. Colin se demanda si Maria avait eu les mêmes idées sinistres ; si c'était le cas, elle se dirait que le harcèlement était monté d'un cran et il se demanda si elle l'appellerait. Peut-être pas en tant qu'amant, mais en ami qui avait promis d'être là pour elle.

Colin vérifia son téléphone.

Elle n'avait pas appelé.

Il passa le samedi matin à tenter de prendre de l'avance dans ses cours, même si, vers midi, il comprit que c'était en pure perte. La tension l'empêchait de se concentrer. Il n'avait pas faim non plus ; il avait à peine réussi à avaler un ou deux smoothies protéinés. Colin n'avait pas l'habitude d'être nerveux. Il se rappela qu'il ne cherchait pas à gagner, mais il devait admettre qu'il se mentait à lui-même. S'il s'en fichait, pourquoi surveiller tout ce qu'il mangeait ou buvait ? Pourquoi s'entraîner deux ou trois fois par jour ?

Et pourquoi avoir donné son accord pour préparer pendant toute la semaine le combat contre Johnny Reese ?

Il n'était encore jamais entré dans la cage en se disant qu'il allait perdre. Les amateurs étaient des amateurs. Mais Reese était différent. Il pouvait le massacrer à la moindre erreur. Il était tout simplement meilleur que Colin. *À moins que ma stratégie ne porte ses fruits…* Il sentit une brusque montée d'adrénaline imprévue. Ce n'était pas bon.

Trop tôt. Il risquait de gaspiller tout son influx avant même le début du combat et il devait tenter de l'oublier pour le moment. Le mieux était d'aller courir pour se vider la tête, même si ses coachs auraient voulu qu'il conserve son énergie. Dommage. Il courut malgré tout. Mais ça ne marcha qu'à moitié.

Quelques heures plus tard, Colin était assis seul dans un vestiaire de fortune. Il avait passé la pesée, enfilé ses gants. Daly s'était assuré que les bandes soient réglementaires. Colin avait choisi de porter une coquille et les officiels avaient inspecté ses chaussures. Il y avait des dizaines de règles, même au niveau amateur. Le combat allait débuter dans dix minutes et il avait demandé à Daly et Moore de le laisser seul, même s'il savait qu'ils auraient voulu rester.

Leur attitude l'emmerdait. Au cours des minutes précédant n'importe quel combat, tout l'emmerdait, et c'était exactement ce qu'il voulait. Il pensa à sa stratégie. À remporter le troisième round. Déjà, l'adrénaline contractait chacun de ses muscles. Ses sens étaient affûtés. Derrière les murs, il entendit la foule gronder, puis hurler. Aucun doute, un combattant dominait clairement son adversaire et le combat touchait à sa fin…

Colin prit une profonde inspiration.

Show time.

Avant même d'avoir conscience de ce qui se passait, Colin se retrouva face à Reese au centre de la cage. Tous les deux s'évaluèrent du regard avant que l'arbitre énonce les règles : pas de morsures, pas de coups dans les testicules, etc.

Alors qu'ils se regardaient dans les yeux, le monde rétrécit et le silence se fit autour de lui. Ils retournèrent chacun dans leur coin. Daly et Moore l'encourageaient, mais Colin n'avait que vaguement conscience de leurs voix. La cloche sonna et il fit un pas en avant.

Colin toucha Reese au genou d'un coup de pied dès les vingt premières secondes, puis deux autres fois encore. Les trois coups parurent prendre Reese par surprise, et quand Colin le frappa de nouveau, il perçut pour la première fois de la colère dans le regard de Reese. Après le cinquième coup de pied, Reese commença à garder ses distances. Il avait compris les intentions de Colin. Ils échangèrent des coups pendant les deux minutes suivantes. Colin fit mouche trois fois dans les côtes de Reese et une de plus dans le genou. Les talents de boxeur de Reese étaient conformes aux estimations de Colin, mais ses coups étaient plus durs que prévu, et quand Reese le toucha à la tempe, Colin finit sur le dos. Reese dominait, mais Colin réussit à se défendre jusqu'à la cloche. Les deux combattants avaient le souffle court. Selon Daly, le round pouvait revenir à l'un comme à l'autre, même s'il pensait que Colin avait l'avantage.

Le deuxième round suivit le même schéma : Colin le toucha encore trois fois au genou et Reese grimaça ouvertement après le troisième coup. Colin lui martelait les côtes dès qu'il en avait l'occasion. Aux deux tiers du round, ils se retrouvèrent de nouveau au sol et Reese le toucha deux fois durement, tandis que Colin faisait de son mieux pour se défendre. Au cours des vingt dernières secondes, Reese lui décocha un coup de coude sur l'arête du nez et le sang coula. Avec du sang dans l'œil, Colin se déconcentra et Reese saisit l'occasion pour lui tordre la jambe. Colin fut à deux doigts d'abandonner et sut en regagnant son coin qu'il avait perdu le round, même sans avoir été vraiment dominé.

Il avait également noté que Reese boitait.

Colin le frappa encore au genou au début du troisième round puis feinta quelques attaques, avant de se concentrer à nouveau sur son genou. Sous le dernier coup, Reese grimaça et se plia en deux instinctivement. Colin s'approcha et le frappa durement dans les côtes. Reese tenta une clé de bras, mais Colin lui décocha un coup de genou qui le toucha en plein front et pour la première fois depuis le début du combat Reese se retrouva sur le dos, et surtout réellement en danger.

Colin le frappa aussi fort que possible, multipliant coups de poing et coups de coude. Reese s'était rarement trouvé dans cette position, et Colin le sentit commencer à paniquer. Il continua à frapper de toutes ses forces. Reese fut touché durement à la mâchoire et vacilla. Colin le toucha trois fois de plus et Reese resta sonné. Colin profita de l'avantage et son adversaire commit une erreur tactique à l'approche de la fin du round. Colin faillit conclure le combat par une clé de bras, mais Reese s'échappa tant bien que mal en se tortillant. De précieuses secondes s'écoulèrent avant que Colin puisse de nouveau tenter la prise. Mais la cloche sonna, l'arbitre intervint et le combat prit fin.

Colin se releva lentement, vit Daly et Moore brandir le poing. Pour eux, il était clair qu'il avait remporté le combat. Pour Reese aussi. En se relevant, il évita le regard de Colin. Mais les juges n'étaient pas d'accord. Quand un arbitre ouvertement perplexe leva le bras de Reese en signe de victoire, Colin sut qu'il avait connu sa première défaite. Il serra la main de Reese, et Daly et Moore se précipitèrent sur le ring. La foule se mit à huer et à siffler. Colin n'y prêta pas attention. Il était épuisé. Il quitta la cage et se dirigea vers le vestiaire, pas plus déçu que ça et pas vraiment surpris.

— Si ça peut te consoler, tu n'as pas l'air aussi amoché qu'après ton dernier combat, remarqua Evan.

Ils se trouvaient de nouveau dans un *diner* louche en bord de route, et Evan regardait Colin manger.

— Juste cette coupure sur le nez mais à part ça, ça va. Vraiment une amélioration. La dernière fois, tu aurais pu passer pour Rocky après son combat contre Apollo Creed. Et ce gars était nul.

— Il m'avait donné un coup de tête.

— Il avait peut-être triché, mais contrairement à ce soir la décision était juste. Tu sais que tu lui as botté le cul, n'est-ce pas ? Ce n'était pas même partagé. La foule le savait, et l'arbitre aussi. Tu as vu son visage quand ils ont annoncé Reese vainqueur ?

— Non.

— Il n'arrivait pas à y croire. Même le coach de Reese était choqué.

Colin utilisa sa fourchette pour couper ses pancakes et en mangea une bouchée.

— D'accord.

— Si tu avais eu vingt secondes de plus, Reese aurait abandonné. Peut-être dix. Il n'aurait jamais pu résister à cette clé de bras. Il était cuit. Le gars pouvait à peine bouger.

— Je sais.

— Alors, pourquoi tu n'es pas plus contrarié ? Tes coachs sont sacrément furieux. Tu devrais l'être aussi.

– Parce que c'est fini, répondit Colin. Je ne peux plus rien faire.

– Tu pourrais déposer plainte.

– Non.

– Alors, au moins, tu aurais dû frapper Reese quand il a commencé cette danse stupide. Tu as vu ça ?

– Non.

– Le combat a dû être truqué. Ils voulaient que Reese finisse sa carrière d'amateur invaincu.

– Qui ça, « ils » ?

– Je ne sais pas. Les juges, le promoteur, n'importe qui. Ce que je veux dire, c'est que le résultat était couru d'avance.

– Ah bon ? Tu parles comme un personnage dans un film de gangsters.

– Je dis simplement que peu importe ta performance, à part en le mettant KO ou bien en l'obligeant à abandonner, Reese ne pouvait que gagner.

Colin haussa les épaules.

– Reese va passer pro. J'étais un remplaçant de dernière minute. C'est mieux pour tout le monde qu'il termine sa carrière en amateur invaincu.

– Tu plaisantes. Ça compte, ce genre de choses ?

– Pas officiellement. Mais qu'un combattant du coin passe à l'UFC, c'est bon pour tout le monde.

– On dirait que tu parles affaires, pas sport.

– C'est la vérité.

Evan secoua la tête.

– Très bien. Prends-le avec philosophie, comme tu veux. Tu penses que tu as gagné ?

Colin mangea une bouchée d'œufs.

– Oui.

Après un moment, Evan secoua de nouveau la tête.

– Je pense tout de même que tu aurais dû le frapper pour la danse. Bordel, moi j'en avais envie.

– D'accord.

Evan se pencha en avant.

– Très bien. Si ça te va, je suis content de t'avoir vu te faire botter le cul. En particulier après le fiasco du week-end dernier.

– D'accord.

– Et il y a autre chose.

– Quoi ?

– Maria était là ce soir.

Colin releva le menton, aussitôt attentif.

– Elle était avec une autre fille qui aurait pu être sa jumelle, ajouta Evan. Enfin, presque. Tu sais ce que je veux dire. Elles étaient de l'autre côté du ring, loin derrière. Mais c'était elle, j'en suis sûr.

– D'accord.

– Qu'est-ce qui se passe entre vous ?

Colin prit un bout de saucisse.

– Je ne sais pas.

Chapitre 18

Maria

— Merci d'être venue, dit Maria à Serena sur le trajet du retour.

La pluie tombait doucement, faisant trembler les phares en sens inverse.

— C'était amusant, répondit Serena sur le siège passager, un soda entre les cuisses. C'était aussi l'un de mes samedis soir les plus intéressants depuis longtemps. Je crois que je connaissais l'un des combattants.

— Non, sans blague ? C'est toi qui nous as mis ensemble.

— Je ne parle pas de Colin. Je parle d'un autre, je crois que je l'ai vu sur le campus. Bien sûr, de là où on était, je ne peux pas en être certaine. Tu peux me rappeler pourquoi on est restées au fond ?

— Parce que je ne voulais pas que Colin sache que j'étais là.

— Et ça aussi... pourquoi, déjà ?

— Parce que nous n'avons pas parlé depuis le week-end dernier. Je t'ai déjà raconté tout ça.

— Je sais, je sais. Il a crié sur la serveuse et la police est venue et vous avez tous pété un câble. Bla, bla, bla...

— J'apprécie ta sollicitude.

— Je suis compatissante. Je pense juste que tu fais une erreur.

– Tu n'as pas dit ça dimanche dernier.

– Eh bien, j'ai eu le temps d'y réfléchir. Et à ce propos, merci de ne m'avoir rien dit plus tôt au sujet du harceleur.

Sa voix dégoulinait de sarcasme, mais Maria ne pouvait pas vraiment lui en vouloir.

– Je n'en étais pas sûre avant.

– Et quand tu l'as découvert ? Colin était là. Il a tenté d'obtenir des réponses.

– Il a fait bien plus que ça.

– Tu préférerais sortir avec le genre de gars qui ne ferait rien ? Qui resterait vissé sur sa chaise ? Ou tu aurais voulu qu'il prenne en main la situation ? Bon sang, si j'avais été là, moi aussi j'aurais sans doute crié après cette idiote de serveuse. Qui ne se souvient pas de quelqu'un qui vient de commander un verre quelques minutes plus tôt ?

– J'ai vu une facette de Colin que je n'ai pas aimée.

– Et alors ? Tu crois que maman n'a jamais vu une facette de papa qu'elle n'aimait pas ? Ou vice versa ? J'ai déjà vu une facette de toi que je n'aimais pas, mais je ne t'ai pas exclue de ma vie pour autant.

– Quelle facette ?

– C'est vraiment important ?

– Oui.

– D'accord. Tu penses que tu as toujours raison. Ça me tape sur les nerfs.

– Non, c'est faux.

– Tu vois.

– Et toi, tu commences à m'énerver.

– Quelqu'un doit te garder sur les rails et te dire quand tu as tort. Et d'ailleurs, tu as tort pour Colin aussi. Tu devrais l'appeler. Il est bon pour toi.

– Je n'en suis pas sûre.

– Alors, pourquoi tu as insisté pour qu'on vienne le voir se battre ce soir ?

Pourquoi avait-elle voulu venir ce soir ? Elle hésita. Elle avait dit à Serena qu'elle avait promis de le faire, mais sa sœur s'était contentée de se moquer.

– Admets que tu l'aimes toujours.

Le week-end précédent, il était évident qu'elle avait besoin d'espace pour réfléchir. Ses émotions la tiraillaient, au sujet de Colin, du harceleur, et Maria se sentait déconcertée, un sentiment qui n'avait fait que s'amplifier les jours suivants. Même l'atmosphère au travail lui semblait étrange. Ken était souvent passé dans le bureau de Barney, paraissant distrait et préoccupé, il lui avait même à peine adressé la parole. Barney était tout aussi tendu. Lui et Ken n'étaient pas du tout venus au bureau jeudi. Lynn n'était pas venue non plus jeudi ni vendredi, et Maria s'était attendue à ce que Barney fasse une scène de tous les diables à son retour, parce qu'elle n'avait même pas prévenu. Cependant, Barney avait simplement dit à Maria de se charger du travail de Lynn, sans explication ou commentaire. Étrange.

Ses parents l'inquiétaient aussi. Toujours en deuil, son père était déprimé au point qu'il n'allait plus au restaurant, et sa mère se faisait du souci à son sujet. Maria avait dîné avec eux mardi et jeudi, Serena lundi et mercredi, et sur le chemin du combat de Colin toutes les deux s'étaient dit qu'il fallait faire quelque chose, même si elles ne savaient pas vraiment quoi.

Le combat était censé lui changer les idées, du moins elle l'avait cru. Serena aussi. Mais dès que Colin était entré dans la cage, elle avait senti son ventre se nouer, et éprouvé un sentiment de regret aigu. Et ça signifiait… quoi, exactement ?

Avec ses parents en deuil, renoncer à leur traditionnel brunch du dimanche était hors de question, même si Maria ne se sentait pas dans le bon état d'esprit pour soutenir qui que ce soit. Voilà pourquoi la vision de Serena sur le porche, presque vibrante d'énergie, prit Maria par surprise. Maria se gara et Serena la rejoignit d'un bond.

— Que se passe-t-il ? demanda Maria.

— Je sais ce que nous devons faire, dit Serena. Et je ne sais pas pourquoi il m'a fallu aussi longtemps pour le trouver, je dois être idiote ! Et point positif, toi et moi allons retrouver nos vies… Je veux dire, j'adore papa et maman, mais je ne peux pas venir dîner plusieurs fois avec eux en semaine et bruncher le dimanche. Je dois déjà passer du temps avec eux au restaurant, et j'ai besoin d'un peu d'espace, tu vois ?

— De quoi tu parles ?

— J'ai pensé à quelque chose pour les aider.

Maria descendit de la voiture.

— Comment vont-ils ?

— Pas terrible.

— Ça devrait être intéressant.

— Je te l'ai dit, j'ai un plan.

Il fallut insister. Mais malgré leurs réserves, les parents de Maria n'étaient pas du genre à dire non à leurs enfants, en particulier quand leurs deux filles les suppliaient de concert. Ils montèrent tous dans le SUV de Félix pour se rendre à la SPA. En se garant sur le parking devant un bâtiment bas sans caractère, Maria ne put s'empêcher de remarquer à quel point ses parents traînaient les pieds, affichant une réticence évidente.

– C'est trop tôt, avait protesté leur mère quand Serena lui avait présenté l'idée.

– Nous verrons juste lesquels sont disponibles, les avait rassurés la cadette. Pas de pression.

Mais leurs parents semblaient toujours avancer à contre-cœur.

– Je ne suis pas sûre que ce soit une très bonne idée, siffla Maria, se penchant vers sa sœur. Et si aucun chien ne leur plaît ?

– Tu te souviens que je t'ai dit que Steve était volontaire ici ? Eh bien, quand je lui ai parlé de la mort de Copo, Steve m'a dit qu'il y avait un chien qui pourrait bien être parfait, chuchota Serena. Il a même été d'accord pour nous retrouver ici.

– Tu as envisagé de leur trouver un autre shih tzu ? Chez le même éleveur que Copo ?

– Bien sûr, dit Serena. Mais je ne voulais pas qu'ils pensent qu'on veut simplement la remplacer.

– Ce n'est pas exactement ce qu'on fait ?

– Pas si ce n'est pas la même race.

Maria n'était pas aussi confiante dans la logique de sa sœur, mais elle ne dit rien. Steve, visiblement nerveux, les salua dès leur arrivée. Après que Serena l'eut pris dans ses bras, elle le présenta à ses parents. Steve les conduisit avec impatience à l'arrière, vers le chenil. Les chiens aboyèrent aussitôt et leurs cris résonnant contre les murs. Tous passèrent lentement devant les premières niches – il y avait un croisé labrador et pitbull et des terriers –, et Maria remarqua que ses parents restaient indifférents.

Serena et Steve s'arrêtèrent devant l'une des niches plus petites.

– Et celui-là ? fit Serena.

Félix et Carmen s'approchèrent d'un pas hésitant,

comme s'ils avaient eu envie de se trouver n'importe où ailleurs. Maria fermait la marche.

– Vous en pensez quoi ? insista Serena.

Dans la niche, Maria vit un petit chien noir et marron, le museau comme celui d'un ours en peluche, assis calmement. Maria devait admettre qu'elle n'avait jamais vu de chien aussi mignon.

– C'est un shorkie tzu, dit Steve. Un mélange entre un shih tzu et un yorkshire. Il est très doux et a entre deux et trois ans.

Steve ouvrit la porte et prit le chien puis le tendit à Félix.

– Ça vous dérangerait de l'amener à l'extérieur ? Il aimerait sans doute prendre un peu l'air.

Avec une réticence toujours perceptible, Félix prit le chien dans ses bras. Carmen se pencha en avant, curieuse. Maria vit le petit chien lécher les doigts de son père avant de bâiller en couinant. En quelques minutes, Félix tomba amoureux du chien, tout comme Carmen. Serena les regardait en tenant la main de Steve, manifestement contente d'elle-même.

Maria ne pouvait pas le lui reprocher.

Pas étonnant qu'elle fasse partie de la liste des étudiants éligibles à une bourse. Serena était parfois absolument brillante.

Quand Maria retourna travailler le lundi, la tension au sein du cabinet était palpable. Tout le monde était sur les nerfs. Les assistantes juridiques chuchotaient par-dessus les cloisons de leurs bureaux mais se taisaient dès que l'un des avocats approchait. Pendant ce temps, Maria apprit que tous les partenaires étaient rassemblés dans la salle de réunion depuis très tôt le matin. Ça ne pouvait signifier qu'une chose : un événement important se préparait.

Cela faisait trois jours de suite que Lynn était absente. Ne sachant que faire, car Barney ne lui avait laissé aucune instruction, Maria passa la tête dans le bureau de Jill.

Avant même qu'elle ait le temps de dire un mot, Jill secoua la tête et se mit à parler assez fort pour qu'on l'entende dans le couloir.

– Bien sûr que c'est toujours OK pour le déjeuner ! J'ai hâte de t'entendre me raconter ton week-end ! Ça a l'air génial !

Les associés étaient encore enfermés quand Maria s'assit enfin en face de Jill, à la table d'un restaurant tout proche.

– Mais qu'est-ce qui se passe aujourd'hui, bon sang ? On aurait dit une zone de conflit ! Et de quoi discutent les partenaires ? Personne ne semble au courant de rien.

Jill poussa un long soupir.

– C'est encore top secret… mais je suis sûre que tu as remarqué l'absence de votre assistante ?

– Elle a quelque chose à voir avec ça ?

– Tu peux le dire, murmura Jill, se taisant quand le serveur approcha pour prendre leur commande. (Elle attendit qu'il se soit éloigné avant de reprendre.) Nous en parlerons. Et je te dirai ce que je peux. Avant tout, je voulais déjeuner avec toi, parce que je voulais te soumettre quelque chose.

– Oui, bien sûr, dit Maria.

– Tu es contente de travailler ici ?

– Ça va. Pourquoi ?

– Parce que je me demandais si tu envisagerais de partir pour venir travailler dans mon propre cabinet.

Maria fut trop surprise pour répondre. Jill hocha la tête.

– Je sais que c'est une décision importante et tu n'as pas besoin de me donner une réponse tout de suite. Mais je veux que tu y réfléchisses. En particulier avec ce qui se passe maintenant…

— Je ne sais toujours pas ce qui se passe. Et attends… tu pars ?

— On y travaillait déjà avant même ton arrivée.

— On ?

— Je travaillerai avec Leslie Shaw. C'est une avocate en droit du travail chez Scanton, Dilly & Marsden, et nous avons fait notre école de droit ensemble. Elle est géniale, et maligne comme un singe question droit du travail. Je voudrais que tu la rencontres si tu es ouverte à l'idée de travailler avec nous. Il faudra que le courant passe entre vous, bien sûr… mais si tu ne veux pas partir, alors j'espère que tu oublieras tout ce que je viens de dire. Pour le moment, nous essayons de rester aussi discrètes que possible.

— Je ne dirai rien, promit Maria, toujours sous le choc. Et bien sûr, je veux bien la rencontrer, mais… pourquoi envisages-tu de partir ?

— Parce que notre cabinet a des soucis. Des soucis de la taille du *Titanic*, et les mois à venir ne vont pas être beaux à voir.

— Que veux-tu dire ?

— Lynn va poursuivre Ken pour harcèlement. Et je pense que deux ou même trois autres assistantes juridiques vont le poursuivre elles aussi. C'est pour ça que les partenaires se sont réunis toute la journée. Parce que ça va faire la une, et ça va pas être joli. D'après ce que je sais, la médiation privée ne s'est pas très bien déroulée la semaine passée.

— Quelle médiation ?

— Jeudi dernier.

— Ce qui explique pourquoi Lynn, Barney et Ken étaient absents… Pourquoi je n'ai rien entendu là-dessus ?

— Parce que Lynn n'a pas encore porté plainte à l'EEOC[1].

— Alors, pourquoi y a-t-il eu médiation ?

— Parce que Ken a été prévenu il y a quelques semaines et a fait tout ce qu'il a pu pour éviter le procès. Tu as remarqué, j'en suis sûre, qu'il se comportait bien mieux depuis. Il est terrifié. Je suis sûre qu'il compte sur le cabinet pour négocier un accord, et je suis convaincue que les autres associés rechignent. Ils veulent que Ken fasse disparaître cette plainte, mais il n'a pas l'argent pour ça.

— Comment ça se fait ?

— Deux ex-femmes ? Et ce n'est pas la première fois que ça arrive. Ken a déjà dû passer des accords. C'est pour ça que je te posais des questions sur lui. Tu es jeune et séduisante et tu travailles au bureau. Ça lui suffit. Ce gars réfléchit avec sa queue. Et bien sûr, Lynn prétend que tous les associés étaient de mèche avec lui, puisqu'ils savaient exactement quel genre de type il était sans jamais rien faire à ce sujet. Le cabinet pourrait bien devoir payer des millions… sans compter que beaucoup de clients ne voudront pas être associés à un cabinet connu pour fermer les yeux sur un harcèlement sexuel effréné. Et ça me ramène à ma question : es-tu ouverte à l'idée de nous rejoindre, Leslie et moi, dans un nouveau cabinet ?

Maria était bouleversée.

— Je n'ai pas d'expérience dans le domaine du droit du travail…

— Je comprends, mais ça ne m'inquiète pas. Tu es intelligente et déterminée, et tu t'y feras plus vite que tu ne le penses. En revanche, nous ne pourrons sans doute pas te donner le même salaire au départ, mais tu auras des

---

1. Equal Employment Opportunity Commission : Commission de l'égalité des chances dans l'emploi.

horaires plus flexibles. Et en nous rejoignant dès le début, tu te trouveras bien placée pour devenir associée.

– Quand penses-tu partir ?

– D'ici un mois à partir de vendredi. Nous avons déjà loué et meublé un local à quelques rues d'ici. Toute la paperasse est faite.

– Je suis sûre qu'il y a des personnes bien plus qualifiées. Alors pourquoi moi ?

– Pourquoi pas toi ? répondit Jill en souriant. Nous sommes amies, et si j'ai appris quelque chose dans ce métier, c'est que le travail est bien plus agréable quand vous appréciez les gens avec qui vous passez la journée. J'ai eu assez de Ken et de Barney pour toute une vie, merci beaucoup.

– Je suis… flattée.

– Alors, tu vas y réfléchir ? En supposant que Leslie et toi vous vous entendiez bien ?

– Je ne vois pas pourquoi je ne le ferais pas. Comment est Leslie ?

Les associés quittèrent la salle de réunion vers 15 heures, arborant la mine des mauvais jours. Barney se terra immédiatement dans son bureau, manifestement pas d'humeur à parler. Même chose pour les autres. Une par une, les portes de leurs bureaux se refermèrent. Comme la plupart de ses collègues, Maria décida de partir quelques minutes plus tôt et remarqua que les employés encore présents avaient l'air à la fois nerveux et inquiets. Jill l'avait rappelée après avoir parlé à Leslie et lui avait confirmé un déjeuner à trois pour le mercredi suivant. L'enthousiasme de Jill était communicatif, mais cette agitation inquiétait aussi Maria. Changer de travail, changer de domaine d'expertise – encore – et rejoindre un cabinet tout juste créé lui semblait toujours risqué, même si rester dans celui-ci le semblait tout à coup encore plus. Elle voulait vraiment en parler à quelqu'un d'autre que Serena ou ses parents. En montant dans sa voiture, elle se surprit à passer devant la maison d'Evan et la salle de gym, cherchant la voiture de Colin avant d'aller jusqu'à Wrightsville Beach.

Le bar de *Crabby Pete's* était presque désert. Elle montait sur un tabouret quand Colin la remarqua enfin, et elle vit sa surprise laisser place à un air plus timide.

— Salut Colin, dit-elle doucement. C'est bon de te revoir.

— Je suis surpris de te voir ici.

En le regardant de l'autre côté du bar, elle se dit qu'il était l'un des plus beaux hommes qu'elle ait jamais vus et ressentit la même pointe de regret que le samedi soir. Elle soupira.

— Pas moi.

Le bar était un bon endroit pour parler. La barrière physique entre eux et le travail de Colin empêchaient la conversation de devenir trop vite trop sérieuse. Colin lui parla du combat avec Reese et des soupçons d'Evan. Maria lui parla du chien que Serena et elle avaient poussé leurs parents à adopter, ainsi que de la crise au cabinet et de sa nouvelle opportunité avec Jill.

Comme à son habitude, il l'avait écoutée sans l'interrompre. Comme toujours, elle avait dû le pousser à se confier. Mais quand il fut temps pour elle de partir, il demanda à un serveur de le couvrir pendant quelques minutes pour pouvoir la raccompagner à sa voiture. Il ne tenta pas de l'embrasser, et quand elle se rendit compte qu'il n'allait pas le faire, elle se pencha en avant et l'embrassa. En goûtant la chaleur familière de ses lèvres, Maria se demanda pourquoi elle avait trouvé nécessaire de faire un break.

De retour chez elle, elle s'endormit rapidement, épuisée. Elle se réveilla et découvrit un texto de Colin la remerciant d'être passée et lui disant qu'elle lui manquait.

Mardi, l'ambiance au bureau fut pire encore que la veille. Si les associés semblaient déterminés à faire comme si de rien n'était, la rétention d'information pesait à tout le monde. La plupart des employés commençaient à imaginer le pire et les rumeurs circulèrent bien vite. Maria entendit parler de licenciements – la plupart d'entre eux avaient des familles et des prêts immobiliers en cours, leurs vies pourraient donc se compliquer dangereusement. Maria fit de son mieux pour rester discrète et se concentrer sur le travail. Barney restait silencieux et préoccupé. La nécessité de se concentrer faisait passer les heures rapidement, et quand elle quitta le bureau Maria se rendit compte qu'elle n'avait pas un instant pensé au harceleur, se demandant si c'était bien ou pas.

Le mercredi, le déjeuner avec Jill et Leslie se passa encore mieux que Maria aurait pu l'espérer. Par de nombreux côtés, Leslie était un complément parfait à sa meilleure amie au bureau, gaie et irrévérencieuse comme elle, mais de plus maternelle et réfléchie. La perspective de travailler avec elle commençait à sembler trop belle pour être vraie. Après le déjeuner, quand Jill passa pour lui dire que Leslie était tout aussi enthousiaste, Maria sentit une vague de soulagement l'envahir. Jill lui présenta leur offre de base, dont son salaire. Il était bien moins élevé que l'actuel, mais Maria n'en avait cure. Elle adapterait son style de vie.

– Je suis excitée, dit-elle à Jill.

Elle se demanda si elle devait lui parler de son harceleur ou du fait que Colin et elle étaient provisoirement de nouveau ensemble, avant de se rappeler qu'elle ne lui avait même pas dit qu'ils avaient rompu.

Trop de choses arrivaient en même temps.

Pendant ce temps, chez Martenson, Hertzberg & Holdman, le nuage planant sur le cabinet s'assombrit encore, et quand elles arrivèrent devant le bureau de Jill, celle-ci se pencha vers Maria.

– Ne sois pas surprise si tu apprends quelque chose d'important demain, la prévint-elle.

Et en effet, le jeudi matin, la nouvelle de la plainte de Lynn auprès de l'EEOC ne tarda pas à se répandre dans les couloirs. Ken était de nouveau absent. Même si la nouvelle était censée rester confidentielle, elle se retrouva bien vite sur les écrans de tous les ordinateurs. Maria lut elle aussi les charges de l'EEOC, peu avares en détails lubriques. Le rapport racontait en termes détaillés et souvent sexuels les nombreuses avances de Ken, sans compter les promesses d'avancement et d'augmentation de salaire en échange de faveurs sexuelles spécifiques. Les employés abasourdis voyaient leurs pires craintes confirmées.

Maria et Jill quittèrent le bureau pour déjeuner et discuter de la date de l'annonce de leur départ. Maria voulait prévenir Barney au plus tôt pour qu'il ne soit pas dans le pétrin, peut-être sous quelques jours.

– Il est exigeant, mais il est aussi juste et j'ai beaucoup appris avec lui, dit Maria. Et je n'ai pas envie de lui rendre la situation encore plus difficile.

– C'est une remarque pertinente et c'est gentil, mais ça pourrait se retourner contre nous. Je me demande si on ne devrait pas laisser la poussière retomber.

– Pourquoi ?

– Parce que quand nous aurons annoncé notre départ, d'autres avocats pourraient vouloir faire de même, et ça pourrait déclencher une spirale infernale. On fait notre annonce, puis d'autres, puis des clients, et avant même de s'en rendre compte, des personnes prêtes à rester pourraient se retrouver sans travail.

– Je suis sûre que la plupart des employés passent déjà en revue leurs options.

– Oui. C'est ce que je ferais moi aussi. Mais ce n'est pas la même chose que de démissionner.

Elles trouvèrent un compromis pour une annonce deux semaines suivant le vendredi, laissant à Barney une petite marge pour trouver un remplaçant. La conversation passa ensuite au genre de cabinet qu'elles voulaient créer, le type de cas qu'elles voudraient traiter, comment augmenter leur base de clients, lesquels pourraient les suivre, de combien d'employés elles auraient besoin au départ.

Le vendredi, une autre bombe explosa au bureau quand on apprit que Heather, l'assistante juridique de Ken, et Gwen la réceptionniste avaient également porté plainte. Leurs dépositions se révélaient aussi préjudiciables que celle de Lynn. Les partenaires se réunirent de nouveau à huis clos, sans doute en jetant des regards noirs à Ken.

Un par un, les associés et le staff quittèrent le bureau, certains à 15 heures, d'autres à 16 heures. Épuisée par sa semaine, Maria décida de les imiter. Après tout, elle comptait retrouver Colin plus tard et avait besoin de décompresser avant.

– Je ne peux pas imaginer à quel point ça doit avoir été une semaine incroyable, dit Colin.

– Elle a été… horrible. La plupart des employés sont furieux, effrayés, et presque tous se sentent pris de court. Ils n'avaient aucune idée qu'un truc de ce genre se préparait.

Ils étaient de nouveau à la *Pilot House*. Même s'ils avaient parlé par téléphone une ou deux fois, tentant tous les deux de retrouver doucement une relation normale, c'était la première fois que Maria voyait Colin depuis *Crabby Pete's*. Dans ses jeans et sa chemise blanche aux manches relevées, il était, si c'était possible, encore plus beau que le lundi précédent. *C'est drôle*, se dit-elle, *ce que même une courte période de temps sans se voir peut faire.*

— Et Jill ?

— Une vraie bouée de sauvetage. Sans son offre, je ne sais pas ce que j'aurais fait. Ce n'est pas comme si les cabinets embauchaient ces temps-ci, et j'aurais sans doute représenté un cas désespéré à leurs yeux. Jill avait raison. Avec trois plaintes, même si le cabinet réussit à survivre, tous les associés vont se retrouver en danger financièrement, et l'avenir va rester sombre pendant plusieurs années.

— Ça veut sans doute dire qu'ils sont contrariés.

— Plutôt furieux. Je suis presque certaine qu'ils seraient ravis d'étrangler Ken.

— Le cabinet n'a pas des assurances pour ce genre de choses ?

— Ils ne sont pas sûrs que ça couvre ce genre de choses. Il a de toute évidence violé la loi, et selon les plaintes il y a des enregistrements, des mails, des SMS, et l'une des assistantes aurait même une vidéo.

— Ça ne sent pas bon.

— Non. Des innocents vont être touchés. Je ne peux pas te dire à quel point je suis chanceuse.

— D'accord.

— Ne commence pas à dire ça.

Colin sourit.

— D'accord.

Ils passèrent la nuit à se redécouvrir, s'endormant dans les bras l'un de l'autre. Au matin, Maria ne regrettait rien et fut surprise d'imaginer une relation à long terme avec lui. Cette pensée était étonnamment excitante. Après avoir passé le samedi à faire du cerf-volant sur la plage, elle pensa que cette impression s'amplifiait. Le samedi soir, elle dîna avec Jill et Leslie pendant que Colin travaillait. Ensuite, ils se retrouvèrent chez lui. Evan et Lily étaient là, et tous les trois discutèrent jusqu'à plus de 3 heures du matin. Incapables de rester éveillés une minute de plus, Colin et Maria ne firent pas l'amour avant le lendemain matin.

Même si elle l'invita au brunch, Colin s'excusa, mettant en avant ses examens à venir. Il devait réviser avant de travailler au bar plus tard dans la journée. En arrivant chez ses parents, elle fut heureuse d'apprendre que Smokey – le nom choisi par ses parents pour le chien – avait maintenant son propre collier de strass, son lit et divers jouets éparpillés dans le salon. Mais il semblait surtout heureux blotti contre son maître. Dans la cuisine, Carmen ne pouvait s'empêcher de chantonner. De son côté, Serena parla plus de Steve qu'elle ne l'avait jamais fait.

– D'accord, peut-être que ça devient un peu sérieux, admit-elle, se soumettant enfin à l'interrogatoire serré de sa mère.

À table, ce fut au tour de Félix de parler de Steve, et Maria ne put que sourire. Entre sa carrière, sa famille et maintenant Colin, la situation s'améliorait. En débarrassant la table, Maria se rendit à nouveau compte qu'elle n'était plus obsédée par le gars à la casquette, en partie à cause de tout le reste, mais aussi parce qu'il n'avait donné aucun signe de vie ces derniers temps. Elle voulait penser qu'il avait abandonné, et fini de la pousser à bout. Mais même en appréciant ce répit momentané, elle ne se sentait pas encore prête à croire que tout était fini. Après tout, avant un arc-en-ciel, il fallait d'abord un orage.

Le temps était trop frais pour faire du paddle et Colin était occupé. Maria passa donc le reste de la journée à tenter de rattraper son retard côté boulot. Lynn était absente et Barney pas vraiment opérationnel à cent pour cent, et le fait de partir trois semaines plus tard lui donnait un léger sentiment de culpabilité. Pas assez pour changer d'avis, mais assez pour contempler son MacBook jusqu'à ce que son regard se voile et qu'écrire devienne inutile.

Le lendemain matin, Maria se demanda comment allait se passer la semaine, si l'atmosphère au bureau allait encore s'assombrir et si d'autres personnes avaient décidé de partir. La plupart des associés étaient aussi préoccupés que Barney et Ken, donc le travail s'accumulait dans tous les départements. Engager de nouvelles personnes serait sans doute difficile une fois les soucis du cabinet connus, et ce d'autant que l'information avait sans doute déjà fuité.

Pour le moment, Maria voulait que son départ soit aussi indolore que possible. Accrochant son sac à main à son épaule, elle prit sa serviette et s'en alla, son regard tombant au passage sur son paillasson. Le souffle coupé, il lui fallut quelques secondes pour comprendre ce qu'elle voyait.

Une rose fanée aux pétales devenus noirs, avec une note : « Tu sauras ce que ça fait. »

Comme dans un cauchemar, ses pieds restèrent figés sur le seuil, car elle savait que ce n'était pas tout. Sur la rampe près des marches, il y avait une autre rose, une autre carte. Se forçant à avancer, elle enjamba la fleur sur le paillasson et s'approcha pour lire : « Pourquoi la haïssiez-vous ? »

Le parking était désert, le trottoir aussi. Elle ne reconnut aucune voiture. La bouche sèche, elle referma la porte derrière elle et ramassa la rose. Elle fit de même avec celle de la barrière et se força à descendre les marches, observant sa voiture.

Comme elle le redoutait, on avait crevé ses pneus. Sur le pare-brise, une enveloppe était glissée sous l'essuie-glace. Plus tard, Maria se sentirait abasourdie par le calme avec lequel elle avait géré ces découvertes, la clarté de ses pensées. Elle pensa aux empreintes et à lire au mieux la lettre sans risquer d'abîmer une preuve ; elle saisit donc l'enveloppe par le pli. En cet instant, elle n'éprouvait aucune panique ; au contraire, un sentiment d'inéluctabilité l'envahissait. D'une façon ou d'une autre, Maria avait su que cela se produirait. La lettre, écrite par ordinateur, était imprimée sur une feuille blanche, du genre que l'on pouvait se procurer partout. La dernière ligne, toutefois, avait été écrite à la main dans une écriture très droite, presque enfantine.

Tu crois que je ne sais pas ce que tu as fait ? TU CROIS QUE JE NE SAIS PAS QUI ÉTAIT DERRIÈRE TOUT ÇA ?

TU CROIS que je ne peux PAS LIRE DANS TON ESPRIT et savoir CE QUE TU AS FAIT ? TU AS PRIS LE SANG DE L'INNOCENCE. TON CŒUR EST REMPLI DE POISON et tu es LA DESTRUCTRICE ! Tu es du POISON et tu NE T'EN SORTIRAS PAS ! Tu sauras ce que ça fait car C'EST MOI QUI MÈNE LA DANSE MAINTENANT ! Je suis L'INNOCENT EN VIE, VOIS-MOI comme je te vois !

Maria la relut, physiquement malade. La rose pourrissante était toujours sur le pare-brise et Maria tendit la main pour la récupérer, formant un bouquet horrible. Se détournant de sa voiture, elle retourna à son appartement, tétanisée par la terreur. Les signes avaient été évidents et elle les avait ignorés obstinément. Tout à coup, des souvenirs lui revinrent, telles des visions aveuglantes : Gerald Laws interrogé par la police, avec ses cheveux bien coiffés et ses dents blanches ; Cassie Manning, le visage déformé par la peur ; le père de Cassie, Avery, sûr et certain des intentions de Laws et possédé lui-même par une intensité brûlante ; la mère de Cassie, Eleanor, effacée et silencieuse, et surtout effrayée. Et, finalement, Lester, le frère nerveux qui se rongeait les ongles et qui lui avait envoyé tant de terribles messages après la mort de sa sœur.

Ces mots horribles illustrant sa colère grandissante. Comme les lettres de Laws adressées à Cassie quand il était en prison. La première étape…

Quand elle monta les marches menant à sa porte, son téléphone sonna. Serena. Elle l'ignora. Elle devait parler à Colin. Elle avait besoin de lui pour se sentir en sécurité. Ici et maintenant, elle se sentait à découvert. Les mains tremblantes, elle composa son numéro, se demandant en combien de temps il pourrait venir jusqu'ici.

Margolis lui avait dit de venir le trouver, et elle voulait que Colin soit là aussi. Elle devait parler à Margolis de Gerald Laws et de Cassie Manning, la femme que Laws avait assassinée. Elle voulait lui parler de la famille Manning et de tout ce qui lui était arrivé récemment. Mais surtout elle voulait lui dire qu'elle savait exactement qui la harcelait, et savoir ce qu'il comptait faire ensuite.

Chapitre 19

Colin

Depuis qu'il avait commencé la fac, Colin n'avait jamais manqué un seul cours, encore moins une journée entière. Cela n'avait failli se produire qu'une fois, quand sa voiture n'avait pas démarré. Mais il avait couru jusqu'au campus avec un sac à dos plein de livres, arrivant quelques minutes avant le premier cours.

C'était donc une première. Dès que Maria l'avait appelé, il s'était précipité chez elle. Il avait lu la note puis appelé une dépanneuse pendant que Maria téléphonait à Margolis, puisque sa voiture était pour ainsi dire posée sur ses jantes. En attendant la dépanneuse, Colin lui avait fait du thé, mais elle n'avait pu boire que deux ou trois gorgées avant de repousser la tasse.

Après le départ de la voiture, Colin conduisit Maria au poste. Maria déclina son identité à l'officier de l'accueil, puis Colin et elle s'assirent dans l'entrée, notant l'activité constante mais sans urgence du poste. Maria en profita pour laisser un message à Barney, l'informant qu'elle ne pourrait pas venir travailler. Margolis, sans aucun doute, était déjà là, enseveli sous la paperasse des incidents du week-end. En tant qu'inspecteur, il traitait des crimes importants et regrettait sans doute d'avoir mis Maria au défi de l'appeler pour un simple procès-verbal. Le harcèlement, si ce qui était arrivé à Maria pouvait être qualifié ainsi, n'était en principe pas de son ressort, et le fait que Colin soit avec Maria le contrarierait sans doute encore davantage. Il les fit attendre près d'une heure et demie avant d'arriver enfin, avec une enveloppe kraft sous le bras. S'il serra la main de Maria, il ne fit pas de même avec Colin qui, de toute façon, ne lui aurait pas serré la main. Ils n'avaient aucune raison de faire semblant de s'apprécier.

Margolis demanda à parler à Maria seule, mais elle insista pour que Colin soit présent. Margolis, sans dissimuler son mécontentement, hocha la tête. Tous trois se rendirent dans une salle d'interrogatoire. Ayant passé du temps dans pas mal de postes au fil des ans, Colin savait que lors d'une matinée chargée la salle d'interrogatoire était l'un des seuls endroits offrant un peu d'intimité. *C'est gentil de sa part, même si en général c'est un connard*, se dit Colin.

Après avoir fermé la porte et les avoir fait asseoir, Margolis mit de côté son dossier et posa une série de questions d'ordre général – le nom de Maria, son âge, son adresse, etc. Ensuite, Maria, en tremblant mais de façon étonnamment linéaire, lui raconta la même histoire qu'à Colin sur la plage, au sujet de Cassie Manning et de Gerald Laws, et ce qui lui était arrivé récemment. Elle esquissa les parallèles avant de tendre à Margolis la lettre trouvée sur le pare-brise.

Margolis la lut lentement, sans dire un mot, avant de demander s'il pouvait en faire une copie. Maria lui donna son accord et il quitta la salle quelques minutes avant de revenir avec la copie.

– Nous allons garder l'original dans le dossier, si ça vous va, dit-il, le visage impassible.

Il se rassit et lut la lettre une troisième fois avant de poursuivre.

– Et vous êtes sûre que Lester Manning a écrit ça ?

– Oui, répondit Maria. C'est aussi lui qui me suit.

– C'est le frère de Cassie Manning ?

– Le petit frère.

– Pourquoi vous pensez que c'est lui ?

– Parce que je l'ai déjà entendu dire une partie de ce qu'il y a dans ce mot.

– Quand ?

– Après la mort de Cassie. Il avait aussi écrit le même genre de choses dans les messages qu'il m'avait envoyés.

– Comme quoi, précisément ?

– Le sang de l'innocente. Mon cœur rempli de poison.

Margolis hocha la tête et nota quelque chose.

– C'était dans la première série de notes ou la seconde ?

– Excusez-moi ?

– Vous m'avez dit que les mots avaient changé quand ils ont repris. Qu'ils étaient plus menaçants, plus effrayants.

– La seconde.

– Et comment savez-vous que c'est lui qui a envoyé ces mots ?

– Qui ça pourrait être d'autre ?

Margolis parcourut les notes.

– Avery Manning disait que ça pouvait être le petit ami de Cassie.

– Ce n'était pas lui.

– Comment le savez-vous ?

– Selon la police, ce n'était pas un suspect crédible. Il était dévasté par le meurtre de Cassie, mais il ne m'en voulait pas. Il a même nié savoir qui j'étais.

– Lui avez-vous déjà parlé ?

– Non.

Margolis prit de nouvelles notes.

– Vous vous souvenez de son nom ? Ou de comment il avait rencontré Cassie ?

Maria pinça les lèvres.

— Je crois que c'était Mike ou Matt, ou Mark… quelque chose comme ça. Et non, je ne sais pas comment il avait rencontré Cassie. Mais pourquoi parler de lui ? C'est Lester qui me harcèle ! Tout comme c'était lui à Charlotte !

— Vous ne m'avez pas dit qu'il avait nié l'avoir fait quand la police lui avait parlé ?

— Évidemment qu'il a nié.

— Et ça ne vous a jamais traversé l'esprit que ça pouvait être ce… Michael ? Le petit ami ?

— Pourquoi ? Il ne me connaissait même pas. Il a dit à la police qu'il n'avait rien fait.

— Tout comme Lester.

— Vous m'avez écoutée ? Lester est fou. Ces lettres sont l'œuvre d'un fou. Il n'en faut pas beaucoup pour faire le rapprochement.

— Vous avez encore certains de ces mots ?

Maria secoua la tête avec une frustration évidente.

— Je les ai jetés quand j'ai déménagé ici. Je ne voulais rien garder de tout ça. La police de Charlotte en a peut-être conservé certains, mais je ne peux pas vous le garantir.

— Quand vous parlez de mots, vous voulez dire quoi ?

— Juste une phrase ou deux.

— Alors… pas comme celui-là.

— Non. Mais, encore une fois, il utilisait les mêmes termes, les mêmes phrases. Et il y a eu deux courts messages avant celui-ci, qui correspondaient au schéma.

— En d'autres termes, cette lettre est différente.

— Évidemment.

Margolis tapota le rapport devant lui avec son stylo.

— D'accord. Disons que c'est Lester. Quand vous dites que ces mots étaient menaçants, que voulez-vous dire ? Disait-il qu'il allait vous faire du mal ? Physiquement ?

— Non, mais il était évident qu'il me reprochait la mort de sa sœur. Comme toute la famille, d'ailleurs.

– Comment était la famille ?

– Ils étaient… étranges. Leur dynamique, je veux dire.

– Comment ça ?

Colin se tourna vers Maria, se rendant compte qu'elle ne lui avait pas dit grand-chose sur eux.

– Avery Manning, le père, était psychiatre, et dès notre première rencontre il s'est considéré comme un expert en comportement criminel. Il n'a jamais laissé Cassie me rencontrer seule. Il était toujours là et orientait les discussions. Même à l'hôpital, quand je tentais d'interroger Cassie, il répondait à sa place. C'est allé jusqu'au point où j'ai dû lui demander de quitter la pièce, mais il a refusé, promettant au mieux de rester dans un coin et de ne rien dire pendant qu'elle me parlait. Et même alors, j'avais l'impression que Cassie faisait très attention à ses mots, comme si elle essayait de raconter les choses exactement comme le voulait son père. Comme s'ils avaient répété. Je crois que c'est pour ça qu'elle… enjolivait ses histoires parfois.

– Enjolivait ?

– Cassie m'avait dit que Laws l'avait déjà frappée. Si ça avait été vrai, ça aurait été important, car on aurait pu plaider des charges plus sérieuses. Cassie m'avait dit que Laws l'avait frappée sur un parking et que Lester l'avait vu. Les versions de Cassie et de Lester étaient identiques, presque mot pour mot, mais quand nous avons enquêté, nous avons appris que Laws se trouvait dans un autre État à cette date ; ça voulait dire que Cassie et son frère avaient menti tous les deux. Quand nous en avons parlé à Cassie, elle n'a pas voulu l'admettre. Ça n'a fait que renforcer le besoin de négocier. L'avocat de Laws s'en serait donné à cœur joie si elle avait témoigné.

– Et la mère ?

– Eleanor. Je ne l'ai rencontrée que deux fois, et elle était sous la coupe de son mari. Je ne suis même pas sûre qu'elle ait dit un mot. Seulement pleuré.

Margolis continua à griffonner des notes en l'écoutant.

— Bon, parlons de Lester. Comment était-il ?

— Lui aussi, je ne l'ai rencontré que deux fois, et on aurait dit deux personnes différentes. La première fois, je n'ai rien remarqué qui sorte de l'ordinaire. C'était même le plus normal de la famille, en fait. Mais quand je l'ai revu, après les avoir informés des charges retenues contre Laws, j'ai constaté qu'il avait changé. Presque comme si... comme s'il avait peur de moi. Il marmonnait qu'il n'aurait pas dû être là, que personne dans la famille n'aurait dû m'approcher parce que j'étais dangereuse. Son père ne cessait de lui dire de se taire, et il est resté assis à se tordre les mains et à me regarder comme si j'étais en affaire avec le diable.

— Vous savez dans quel hôpital psychiatrique il avait été interné ?

— Non.

— Mais les lettres ont fini par s'arrêter.

— Après mon déménagement. Mais là, il recommence.

Margolis fit tourner son stylo entre ses doigts avant de prendre le dossier qu'il avait apporté avec lui.

— Après votre appel, j'ai demandé à la police de Charlotte de m'envoyer le dossier Cassie Manning. J'attends toujours le rapport de la première arrestation de Laws. Je n'ai pas encore eu le temps de regarder tout ça en détail, mais il est clair que Gerald Laws a tué Cassie Manning. De plus, vous n'avez pas pris la décision de plaider un délit mineur. C'était votre patron. C'est bien ça ?

— Oui.

— Alors, pourquoi penser que la famille Manning vous accusait ? Ou dans le cas de Lester, qu'il vous trouvait dangereuse ?

— Parce qu'ils n'ont traité qu'avec moi. Ils comptaient sur moi pour convaincre le procureur de demander plus.

Et dans le cas de Lester, il est de toute évidence dérangé… comme je l'ai dit, il a fini en hôpital psychiatrique.

Margolis hocha la tête.

– D'accord. Disons que vous avez raison et que Lester Manning est bien le responsable de tout ce qui vous arrive, dit-il en se penchant en arrière sur sa chaise. Même dans ce cas, je ne suis vraiment pas sûr de pouvoir faire quelque chose.

– Pourquoi pas ?

– Vous ne l'avez pas vu. Personne d'autre ne l'a vu. Vous ne savez pas qui a acheté les roses, si ce n'est que ce n'était pas votre patron. Personne n'a vu Lester déposer les roses dans votre voiture. Tout ce que vous savez sur le gars qui vous a offert un verre, c'est qu'il portait une casquette. Et vous n'avez pas reconnu non plus le type qui vous a livré le bouquet. En d'autres termes, vous n'avez aucune preuve que ce soit bien lui.

– Je vous ai dit que le mot utilisait les mêmes phrases !

– Vous voulez dire comparé aux mots que vous n'avez plus ? Encore une fois, je ne dis pas que vous avez tort. En fait, je pense que vous avez sûrement raison. Mais en tant qu'ancienne assistante du procureur, vous savez ce que « au-delà d'un doute raisonnable » veut dire. Et pour le moment, il n'y a pas assez d'éléments pour l'inculper de harcèlement.

– Il me suit et me surveille. Ça entre dans le cadre de la loi. Il m'a écrit des mots qui m'ont terrifiée. Il a crevé mes pneus. C'est du harcèlement. Ses actions ont causé un stress émotionnel conséquent, et c'est pour ça que je suis là. Il me traque, et c'est un crime.

Margolis haussa un sourcil.

– D'accord, mademoiselle l'ancienne assistante du proc. Mais s'il a déjà nié, il va faire de même, et ensuite ?

– Et le schéma ? Des mots, des fleurs, me suivre, des fleurs fanées. Il imite ce que Laws a fait à Cassie.

– Le schéma est semblable, mais pas identique. Laws

envoyait des lettres et s'était fait connaître. Vous avez reçu des mots courts et anonymes. Laws espionnait Cassie en public et s'assurait qu'elle sache qu'il était là. Quelqu'un vous a offert un verre, là encore anonymement. Cassie savait que Laws lui envoyait des fleurs. Vous n'êtes même pas sûre de savoir qui vous les a adressées.

— C'est très proche.

— Pour vous, peut-être. Mais devant une cour, c'est différent.

— En d'autres termes, parce qu'il est prudent, il va s'en tirer ? Vous n'allez même pas lui parler ?

— Ne vous méprenez pas. Je vais tenter de lui parler.

— Tenter ?

— Vous supposez qu'il est toujours en ville et que je peux le trouver. D'un autre côté, s'il est à Charlotte ou ailleurs, je vais sans doute devoir m'adresser à un enquêteur sur place.

— Et que lui direz-vous si vous le retrouvez ?

— Je lui dirai que je sais ce qu'il fait et qu'il vaudrait mieux pour lui qu'il arrête, sinon les autorités interviendront.

À l'évidence, Maria ne s'était pas attendue à cette réponse. Margolis poursuivit.

— Autrement dit, je vous crois. Mais cela ne signifie pas que je peux l'arrêter parce que vous pensez qu'il vous a acheté des fleurs. Ou offert un verre. Ou qu'il a collé un mot sur votre voiture. Vous et moi savons tous les deux que ça ne va pas suffire. Ça pourrait même faire empirer les choses pour vous.

— Pardon ?

Margolis haussa les épaules.

— Vous l'avez déjà accusé et le père vous a menacée de vous poursuivre, vous, ainsi que la police. Maintenant, vous accusez de nouveau Lester. C'est lui qui pourrait porter plainte contre vous pour harcèlement.

— C'est ridicule !

– Mais c'est possible.

– Alors, que suis-je censée faire, si vous ne comptez pas m'aider ?

Margolis se pencha en avant et joignit les mains sur la table.

– J'ai pris votre déposition, nous avons donc maintenant un dossier. Je vous ai dit que je lui parlerais si je le trouvais ou que quelqu'un d'autre le fera. Je vais étudier les dossiers de l'arrestation de Laws et de la mort de Cassie. Et voir ce que je peux découvrir sur Lester Manning. Je vais parler avec la police de Charlotte et leur demander de vérifier s'ils n'ont pas encore certains messages. Étant donné que vous ne m'avez apporté aucune preuve, et compte tenu de votre choix douteux de petit ami, je dirais que c'est déjà pas mal, non ?

Le visage de Maria était un véritable masque.

– Et une ordonnance restrictive ?

– Tout est possible, mais vous et moi savons que ce n'est pas automatique, toujours pour les mêmes raisons. Mais imaginons que, par miracle, un juge vous en accorde une. La loi dit que ce n'est pas valable, à moins que Lester Manning ne puisse recevoir une citation à comparaître. Et encore une fois, ce n'est pas garanti.

– En d'autres termes, vous me dites de faire comme si rien ne s'était passé.

– Non, je vous dis de me laisser faire mon boulot. (Il prit le dossier et assura :) Je vous ferai savoir ce que j'ai découvert.

– Je me demande pourquoi je suis allée le trouver, dit Maria sur le parking, le visage crispé. Et tu sais ce qui me met vraiment en rogne ? demanda-t-elle sans attendre la réponse. Il a raison. Sur tout. Et je le sais. Si un inspecteur m'avait présenté un même cas, je l'aurais écarté. Il n'y a aucune preuve. Même si je sais que c'est lui.

— Margolis va vérifier.

— Et ?

— C'est peut-être un con, mais il est intelligent. Il saura faire dire à Lester quelque chose de compromettant.

— Et alors ? Tu crois que Margolis va le convaincre d'arrêter ? Je pensais que c'était fini quand j'ai emménagé ici, mais ça n'a rien changé. Il sait où j'habite, et pour ce que je sais, Lester a tué Copo. Il est peut-être entré chez mes parents !

C'était la première fois que Colin l'entendait relier la mort de Copo à tout le reste, et la peur de Maria déclencha quelque chose en lui. Il fallait que ça s'arrête. Quoi que fasse Margolis, ce n'était pas suffisant aux yeux de Colin. Il était temps que quelqu'un découvre ce que manigançait Lester.

Après avoir déposé Maria au cabinet, Colin mit ses écouteurs et s'installa à son bureau avec son ordinateur.

Lester Manning.

Preuve ou non, avoir un nom l'aidait à se concentrer et il voulait en apprendre autant que possible au sujet de cet homme. Problème : sans accès aux bases de données du gouvernement ou aux archives officielles, il ne pouvait pas faire grand-chose. Il n'y avait pas de Lester Manning dans les pages blanches en Caroline du Nord et Colin ne trouva pas non plus de numéro de téléphone portable. Il y avait deux Lester Manning sur Facebook. L'un des deux était censé vivre à Aurora dans le Colorado, et l'autre à Madison, dans le Wisconsin. Le premier était un ado et le second avait dans les quarante ans. Instagram, Twitter et Snapchat ne donnèrent rien non plus, pas plus qu'une recherche sur Google en utilisant son nom et celui de la ville de Charlotte et autres variantes. Quelques sites semblaient promettre des informations – numéro de téléphone, adresse la plus récente, etc. – contre paiement, et après avoir réfléchi Colin décida d'utiliser sa carte de crédit. Heureusement, une adresse apparut à Charlotte. Il y en avait un peu plus sur Manning, dont un numéro de téléphone le présentant comme Avery Manning, docteur en médecine, à la même adresse que Lester.

Le père et le fils vivant sous le même toit ?

Ou des informations qui n'étaient pas à jour ?

Il trouva également quelques articles sur le père. Le plus récent ne faisait que confirmer le souvenir de Maria comme quoi sa licence avait été suspendue pour dix-huit mois, apparemment pour avoir maltraité certains patients. Le cas le plus notoire concernait un jeune homme qui s'était suicidé. Selon l'article, Manning n'avait pas su diagnostiquer correctement le déficit d'attention du patient et gérer son utilisation d'Adderall. D'autres patients prétendaient que leur état s'était tout simplement dégradé. Si les dates de suspension étaient exactes, alors Avery Manning n'avait toujours pas le droit de pratiquer.

Intéressant.

Il y avait aussi une photo : un homme de cinquante-cinq ans environ, avec des cheveux blonds clairsemés et des yeux bleu clair, au visage anguleux, presque osseux. Pour Colin, il aurait pu passer pour un fossoyeur au bout du rouleau. Il ne parvenait pas à s'imaginer assis en face de lui pendant une heure, à se livrer en espérant son empathie.

Un autre article évoquait le travail de Manning avec des détenus. Il y était cité, expliquant que de nombreux prisonniers étaient des sociopathes impossibles à réhabiliter. L'incarcération, disait-il, était la solution la plus pragmatique pour les pathologies criminelles. Ayant précisé que Manning se considérait comme un expert, Maria n'avait pas mentionné son travail en prison et Colin se demanda si elle était au courant.

Des recherches supplémentaires lui permirent de trouver la notice nécrologique d'Eleanor Manning, qui ne mentionnait pas son suicide, mais ce n'était pas étonnant. La plupart des gens ne voulaient pas rendre ce genre de choses public. Colin remarqua aussi qu'elle était présentée comme étant la mère de trois enfants, et que son mari et son fils lui survivaient. Il y avait donc un troisième enfant ? Il passa en revue une dizaine d'articles sur Avery Manning avant de trouver la réponse ; dans une interview au sujet de la dépression, Avery faisait remarquer que sa femme devait affronter cette maladie depuis que son fils Alexander Charles Manning avait trouvé la mort dans un accident de voiture à l'âge de six ans. Alex. Cassie. Eleanor.

Tant de tragédies dans une seule famille. Et Lester en voulait à Maria pour une de ces morts, peut-être deux.

Assez pour qu'il la tourmente et la terrifie ?

Oui. Les messages de Charlotte le démontraient. Tout comme le schéma. Chronologiquement ou non, Maria connaissait les mêmes peurs que Cassie. Et comme Maria, Colin savait ce qu'il était advenu de Cassie. Après sa sortie de prison, Laws était venu la trouver. Cassie avait obtenu une ordonnance restrictive. La police n'avait pas pu trouver Laws. Et la jeune femme avait été enlevée et assassinée. Lester comptait-il faire la même chose ?

C'était un sacré bond de passer directement de ce qui était arrivé pour l'instant à Maria à cette ultime étape. La tourmenter était une chose, le meurtre une autre, et Colin n'en savait pas assez sur Lester pour tenter d'anticiper ses prochaines actions. Cependant, cela ne signifiait pas que Maria devait courir le moindre risque. Colin passa encore une heure sur l'ordinateur sans rien apprendre de plus. Bon, fini le plus facile – trouver des informations à la portée de tous. Que faire ensuite ?

Que savait-il au sujet de Lester ? Et que pouvait-il supposer ? Lester avait une voiture. Ou pouvait en utiliser une, évidemment. Colin se demanda quel genre d'informations il pourrait trouver s'il disposait d'une plaque d'immatriculation. Quelques mots clés dans un moteur de recherche lui donnèrent une ou deux compagnies ayant accès à tout un tas d'archives publiques, dont celles des voitures. C'était un peu cher, mais il nota les adresses de ces sites au cas où il en aurait besoin plus tard.

Autre chose ?

Oui. S'il avait vu juste, Lester s'était caché sur le toit en face du bureau de Maria. Quant à son appartement, il avait dû être facile pour lui d'observer les allées et venues de Maria, ne serait-ce que parce que son calendrier était prévisible. Il n'avait pas besoin de rester là pendant des heures, il avait pu l'observer depuis le café de l'autre côté de la rue ou bien dans sa voiture. La suivre au restaurant et au club était du gâteau. Et ? En se basant sur leur rencontre avec Margolis, Colin avait besoin d'une preuve de son harcèlement : il se demanda s'il devait se rendre à Charlotte pour tenter de mettre un visage sur un nom. Peut-être même prendre une photo, en supposant qu'il puisse trouver Lester. Mais, encore une fois, cela ne suffirait peut-être pas. Le fleuriste avait admis qu'il n'avait pas vraiment fait attention au gars et Colin doutait que la serveuse le reconnaisse. Même Maria ne l'avait pas reconnu de près.

Et finalement, il y avait Copo. La mort de la chienne entrait également dans le schéma, et plus Colin y réfléchissait, plus il lui semblait probable que Lester avait tué Copo pour faire souffrir Maria et sa famille. Car il avait suivi Maria et savait où vivaient ses parents. Mais plus encore, cela voulait dire qu'il observait la famille régulièrement. Comment aurait-il pu savoir autrement que Copo était restée derrière la maison ? Maria avait dit que Félix l'emmenait partout, même au restaurant. Que ses parents la laissaient rarement à la maison. Comment avait-il procédé ? Le jardin des Sanchez était clôturé, et dans une telle banlieue on aurait aisément remarqué un étranger qui rôdait.

Comment, telle était la question.

Vingt minutes plus tard, Colin approchait du domicile des Sanchez en voiture, tentant d'assembler les pièces du puzzle. La maison des parents de Maria était silencieuse. Apparemment déserte. Cependant, d'autres personnes se trouvaient dans les environs. Une femme faisait son footing sur le trottoir. Un vieil homme taillait la haie devant chez lui. Un homme quittait sa cour en voiture. Colin tourna au coin de la rue puis tourna encore, jusqu'au bout de la rue qui courait en parallèle à celle des Sanchez, les jardins de derrière collés les uns aux autres. Le quartier était animé, le genre de communauté où les voisins surveillaient sans doute les environs avec attention. Lester aurait forcément été remarqué. À moins que… Colin ralentit en approchant des maisons situées derrière celle des Sanchez, et la réponse devint évidente. La maison juste derrière la leur était à vendre. Mieux encore, elle semblait déserte.

Maria était encore sur la réserve quand il la retrouva à son bureau ce soir-là, et leur conversation fut décousue. À l'évidence, elle ne voulait pas parler de Lester ou de Margolis. Elle souhaitait passer la nuit chez ses parents. Colin la conduisit donc à son domicile, attendant à l'extérieur pendant qu'elle préparait ses affaires. Ensuite, il l'emmena récupérer sa voiture, attendant que Maria soit partie avant de quitter le parking. Il aurait voulu la suivre, mais il se dit que cela ne ferait que la rendre plus nerveuse : il lui demanda donc de lui envoyer un SMS à son arrivée chez ses parents. Colin reçut un message un quart d'heure plus tard.

Même si elle ne dit rien, il supposait qu'elle avait passé le trajet à regarder dans son rétroviseur, se demandant si Lester la suivait.

Colin attendit qu'il soit plus de minuit pour retourner dans le quartier, pensant toujours à Lester Manning. Vêtu de noir, il se gara à quelques pâtés de maisons de là et s'approcha de la maison abandonnée. Il avait mis dans son sac à dos une lampe torche, des tournevis et un petit pied-de-biche. Si le jeune homme était entré dans cette maison à plusieurs reprises, Colin devait pouvoir passer par la même fenêtre ou la même porte, sauf si Lester était un expert du crochetage ou avait une clé. L'entrée n'était peut-être pas verrouillée. Lester n'avait eu aucun moyen de refermer à clé avant de repartir, à moins que l'agence immobilière n'ait remarqué quelque chose.

Colin devait trouver comment Lester s'était introduit dans la demeure. Et s'il était là ce soir, après avoir compris que Maria n'était pas chez elle ?

Même si Colin avait grandement envie de lui donner une leçon, il appellerait Margolis. Peut-être qu'il pourrait accuser Lester de violation de propriété, peut-être même d'être entré par effraction, en plus du harcèlement.

Les rues étaient tranquilles et désertes. De chaque côté, à travers les rideaux des maisons toutes proches, Colin apercevait de temps en temps la lumière vacillante d'un écran de télévision, mais il supposait que la plupart des habitants étaient déjà allés se coucher.

Il atteignit la maison inoccupée et un coup d'œil rapide à la porte d'entrée lui révéla la présence d'un digicode, sans doute installé par l'agence. Il n'y avait pas de fenêtre entrouverte devant, ni de traces d'effraction. Il fit le tour de la maison et enjamba sans bruit la clôture pour passer dans le jardin de derrière. À l'aide de sa lampe torche, il inspecta les fenêtres une par une, cherchant un passage entrouvert ou des traces d'effraction.

Il dut rejoindre le côté opposé avant de trouver ce

qu'il cherchait. Une fenêtre de chambre, à environ un mètre cinquante du sol, presque fermée. Des marques sur l'encadrement laissaient supposer que la moustiquaire avait été démontée. Malgré la hauteur, Colin pouvait l'atteindre facilement, mais Lester ? Colin observa le jardin et remarqua une vieille table de pique-nique en plastique pour enfants, dans un coin. D'après les quatre empreintes d'herbe jaunie, elle avait été déplacée récemment.

Bingo.

Colin ôta la moustiquaire à l'aide du tournevis et poussa la fenêtre avant de l'ouvrir entièrement à deux mains. En quelques secondes, il se retrouva à l'intérieur. Il arpenta la maison plongée dans l'ombre, remarquant que la disposition des pièces était semblable à celles des parents de Maria, avec des fenêtres dans la cuisine et un salon donnant sur le porche de derrière des Sanchez. Mais la vue était presque trop parfaite des deux côtés, et Colin savait que Lester ne voulait pas se faire remarquer. Ça ne laissait plus qu'une possibilité. Colin traversa le couloir et se rendit dans la seule chambre à l'arrière de la maison. Contrairement à celles de la cuisine ou du salon, la fenêtre qui offrait une vue sur le jardin derrière les Sanchez avait des rideaux. Colin alluma sa torche et examina la moquette. Des traces de pas près de la fenêtre.

Lester Manning était bien venu ici. Et il pourrait revenir.

Juste avant de repartir, Colin se rendit compte qu'il avait négligé une chose importante : où s'était garé Lester ? Il y avait bien sûr peu de chance qu'il se soit garé dans la cour ou dans la rue devant une maison. C'était trop voyant, en particulier quand la plupart des gens laissaient leur voiture devant chez eux. En même temps, Lester ne voulait sans doute pas se garer trop loin non plus. Colin fit demi-tour sans trop savoir ce qu'il espérait trouver, jusqu'à tomber sur un parc qui comportait des pelouses, un terrain de jeux et des bancs sous des chênes. Dix ou douze voitures étaient alignées de l'autre côté de la rue, et sept autres au bord du parc. Compte tenu de l'heure tardive, elles appartenaient sans doute aux habitants de cette rue, à des propriétaires possédant plusieurs véhicules sans autre endroit où les garer. Une voiture de plus au milieu de celles-ci serait sans doute passée inaperçue – idéal pour Lester. Colin était certain d'avoir raison. Il sortit son téléphone de sa poche et prit des photos des voitures et de leurs plaques d'immatriculation. Il voulait savoir à qui elles appartenaient. Ses pensées commencèrent à se préciser. Il voulait savoir à quoi ressemblait Lester. Trouver sa voiture et sa plaque. Savoir s'il se trouvait dans la région et dans ce cas, où.

Ensuite, il comptait l'observer et en apprendre le plus possible à son sujet.

— Dans quel but ? demanda Evan en plissant les yeux, de l'autre côté de la table de la cuisine.

Lily était déjà endormie dans la chambre.

— Margolis a dit qu'il avait besoin de preuves, je vais lui en trouver.

— Tu es sûr que tu ne fais pas ça parce que tu veux le tabasser ?

— Oui.

— Oui, tu veux le tabasser, ou oui, tu ne vas pas le faire même si tu en as envie ?

— Je ne compte pas m'approcher de lui.

— Bonne idée. Car tu as de sérieux problèmes.

— Oui.

— Et comment comptes-tu le trouver exactement ? Tu vas juste traîner dans le parc et surveiller les voitures étranges ?

– Sans doute.

– Tu crois que ce Lester pourrait se garer là de nouveau ?

– Oui.

– Et comment tu vas savoir à qui appartiennent les voitures ?

– En m'obstinant.

Evan garda le silence un moment.

– Je pense toujours qu'il vaudrait mieux que tu laisses Margolis faire son boulot.

Colin hocha la tête.

– D'accord.

Après quelques heures de sommeil, Colin retourna dans le quartier des Sanchez avec un carnet. Il se gara de nouveau à quelques pâtés de maisons et se rendit dans le parc, s'entraînant sur un tapis qu'il avait pris avec lui pour patienter. Il était tôt, le soleil n'était pas encore levé, et toutes les voitures qu'il avait vues dans la nuit étaient encore là.

Il fallut plus d'une heure avant que la première personne quitte l'une des maisons et monte dans sa voiture. Colin nota le modèle, la couleur et la marque. L'activité augmenta nettement à partir de 7 h 30, puis trois quarts d'heure plus tard. Deux personnes encore récupérèrent leur voiture alors que Colin se tenait prêt à partir en cours, laissant une seule voiture rouge – une Hyundai trois portes – près du parc, et deux autres de l'autre côté de la rue.

Ce n'était sans doute rien, mais il nota tout de même l'information. En partant, il fit un détour par la rue de la maison en vente. La rue était vide et il décida de tenter le coup. Se garant à proximité, il se dirigea vers la maison avant de passer la clôture. Il jeta un coup d'œil et vit que la table de pique-nique n'avait pas bougé. La fenêtre non plus n'avait pas été touchée. Si Lester n'était pas là, alors sa voiture ne devait pas faire partie des trois dernières près du parc. Une quasi-certitude.

En cours, Colin ne fut que moyennement intéressé par ce que racontaient les professeurs, et il eut du mal à prendre des notes. Il se demandait s'il devait se rendre au dernier domicile connu de Lester Manning à Charlotte, ou continuer à surveiller la maison à vendre... ou encore guetter Lester devant l'appartement de Maria si elle décidait de dormir chez elle.

Toutes les options avaient un certain intérêt, mais il lui était impossible de se trouver en trois endroits à la fois. Et s'il faisait le mauvais choix ? Son esprit continuait à ressasser le problème.

Après avoir quitté le campus, Colin retourna dans le quartier des Sanchez. La Hyundai rouge était toujours là, mais les deux autres en face avaient disparu. La voiture semblait ne pas être à sa place. De nouveau, en partant, il s'arrêta près de la maison en vente et jeta un coup d'œil par-dessus la clôture. Lester ne s'y trouvait pas. Logique. Ni Maria ni sa famille n'étaient présentes. Colin décida de rester aussi proche que possible de Maria dans les jours à venir. Si Lester était toujours déterminé à se venger, il irait forcément la trouver, où qu'elle soit. Et où qu'elle prévoie de se trouver, là se trouverait également Colin.

Il appela Maria et l'invita pour le dîner. Au téléphone, elle semblait aller un peu mieux que la veille, mais elle était toujours tendue. Il passa la prendre chez elle après le boulot et la conduisit à un bistrot sur la plage, où ils pouvaient entendre le bruit apaisant des vagues. Elle évita encore de parler de Lester ou de Margolis ; elle se concentra plutôt sur elle-même et les plans de Jill pour leur nouveau cabinet. Parler du futur bureau en buvant un ou deux verres de vin suffit à la distraire et à améliorer son moral. En rentrant chez Colin, ils discutèrent avec Evan et Lily avant que Maria prenne la main de Colin. Malgré son calme relatif, Colin avait su toute la soirée qu'elle n'avait aucune envie de rentrer chez elle.

Colin vérifia la maison à vendre le mercredi matin, s'assurant de faire un saut au parc et continuant à noter les allées et venues des voitures. Alors qu'il commençait à penser que Lester avait abandonné sa cachette ou s'était garé ailleurs, la Hyundai rouge disparut le mercredi. Ce n'était peut-être rien mais il était temps de vérifier la plaque, ce qui se révéla une perte de temps.

Jeudi matin, Colin et Maria déjeunaient tous les deux de blancs d'œufs, de porridge et de fruits chez lui. Elle lui raconta qu'elle avait dîné avec Jill et Leslie et comptait passer la nuit chez ses parents.

— Ils s'inquiètent à mon sujet, expliqua-t-elle.

Mais Colin savait qu'elle n'était toujours pas prête à retourner dans son appartement seule, en particulier quand il devait travailler.

— Je pense qu'ils s'inquiètent aussi pour Serena.

— Pourquoi ?

— Parce que je leur ai dit que j'ai passé mes dernières nuits chez elle. Nous ne sommes pas mariés et ils sont vieux jeu. Je sais que tu n'aimes pas mentir, mais je ne peux pas gérer la déception de ma mère en plus de tout le reste en ce moment.

— Je n'ai rien dit.

— Je sais. Mais je peux t'entendre penser que je devrais être honnête avec eux.

Il sourit.

— D'accord. Tu as eu des nouvelles de Margolis ?

Elle secoua la tête.

— Pas encore. Et je ne sais pas si c'est bien ou pas.

— C'est peut-être qu'il n'y a rien à dire.

— Ce serait plutôt à ranger dans la catégorie « pas bien » alors, dit Maria. Il ne m'a pas paru très déterminé à s'attaquer au problème. Peut-être qu'il n'a encore rien fait.

Colin hocha la tête, admettant avoir pensé la même chose. Mais ce n'était pas ce qu'elle voulait entendre, aussi changea-t-il de sujet.

— Demain, c'est le grand jour.

— À quel propos ?

— Tu ne donnes pas ton préavis de départ pour dans deux semaines ?

— Ah oui ! s'écria-t-elle en souriant. Et oui, c'est demain, mais c'est bizarre, j'y pense à peine quand je ne suis pas avec Jill. C'est tellement incroyable. Il y a quelques semaines, je n'aurais jamais imaginé que j'allais rejoindre une start-up.

— Qu'en pensent tes parents ?

— Ma mère est excitée, mais mon père est nerveux. Il sait à quel point c'est difficile de lancer une affaire. Il aimait aussi dire aux gens que je travaillais pour Martenson, Hertzberg & Holdman.

— Pour le moment.

— Oui. (Elle eut un sourire en coin et redit :) Pour le moment.

— Comment est l'ambiance au bureau ?

Elle haussa les épaules.

– Difficile à dire. Ce n'est pas aussi terrible que la semaine passée, mais c'est toujours morose. Le travail s'entasse et j'ai entendu des rumeurs disant que d'autres personnes pensent partir. C'est une succession de commérages. Hier, il s'est dit que le cabinet était fermé pour permettre de trouver un accord avec toutes les plaignantes, mais c'est probablement une façon de prendre ses désirs pour la réalité. À en croire les plaintes de l'EEOC, Ken était encore bien pire que je l'imaginais.

– Tu en avais parlé à tes parents ?

– Aucune chance. Si mon père avait su, il serait devenu fou. Le sang latino peut être aussi chaud que le tien parfois.

– Alors tu as sans doute bien fait de ne pas lui en parler.

– Peut-être. Mais toi tu n'as rien fait.

– Tu n'es pas ma fille.

Elle rit.

– Il n'est pas encore très sûr à ton sujet. À cause de ton passé, je veux dire.

– D'accord.

– Et aussi à cause de ta personnalité présente.

– D'accord.

– Il a même émis l'idée farfelue que c'est toi qui me suivais.

– Pourquoi il penserait ça ?

– Parce qu'il pense avoir vu ta voiture dans le voisinage quand il promenait le chien hier matin. Je sais qu'il s'inquiète à mon sujet, mais parfois ça l'entraîne un peu loin.

Tout comme moi.

Chapitre 20

Maria

Sur le pas de sa porte, Maria embrassa Colin pour lui dire au revoir ; même s'il lui avait proposé de l'accompagner au bureau, comme toute la semaine, elle lui avait répondu que ça irait et qu'il devait aller en cours. Sur le moment, elle avait cru à ce qu'elle disait, mais une fois au volant elle se demanda si Lester ne la suivait pas. Pour la première fois depuis qu'elle avait quitté Charlotte, elle sentit son cœur s'emballer sans aucune raison. En quelques secondes, respirer lui devint difficile et son champ de vision commença à se rétrécir. Elle se sentit défaillir, mais son instinct l'emporta et Maria parvint à arrêter la voiture sur le bord de la route.

Une contraction dans la poitrine.

Oh mon Dieu...

Ce n'était pas normal.

Elle ne pouvait pas respirer.

Sa vue continua à s'altérer et ses pensées se firent confuses.

Elle faisait une crise cardiaque et avait besoin d'une ambulance.

Elle allait mourir sur le côté de la route.

Son téléphone sonna, mais elle ne l'entendit que vaguement résonner une demi-douzaine de fois avant qu'il s'arrête.

Il vibra quelques instants plus tard. On lui avait envoyé un SMS. Les muscles dans sa poitrine se tendirent. Elle manquait d'air. Son cœur continuait à battre la chamade et la terreur monta, se nourrissant de cette sensation de mort imminente. Elle posa la tête sur le volant et attendit la fin.

Mais elle ne vint pas.

Au lieu de ça, elle continua à mourir à petit feu pendant plusieurs minutes avant de ne plus se sentir mourir du tout. Maria put lever la tête. Sa respiration devint plus facile et sa vision périphérique lui était revenue. Son cœur battait toujours vite, mais de façon moins intense. Quelques minutes plus tard, elle commença à se sentir mieux. Toujours un peu tremblante, elle comprit qu'elle n'avait pas eu de crise cardiaque, même si cela lui avait paru si vrai. Mais ses crises de panique étaient de retour.

Il lui fallut encore une demi-heure avant de se sentir dans son état normal. Entre-temps, elle était déjà arrivée au bureau. Barney n'était pas là, mais il lui avait laissé un nouveau cas – l'hôpital régional était poursuivi par une famille pour une infection de *Pseudomonas* qui avait entraîné la mort d'un patient – de même qu'une note griffonnée à la hâte lui demandant de trouver les décisions légales appropriées, afin de renforcer leur défense.

Maria réfléchissait au point d'entrée de sa recherche, quand son téléphone sonna. Elle y jeta un coup d'œil, puis le regarda de plus près pour être bien certaine de ne pas faire d'erreur : Serena ? Elle prit l'appel.

– Hé, qu'y a-t-il ?

– Ça va ?

– Pourquoi ?

– J'ai essayé de t'appeler plus tôt, mais tu n'as pas répondu, dit gaiement Serena.

– Désolée, répondit Maria en se souvenant de son attaque de panique. J'étais en voiture.

La vérité, même si ce n'était pas toute la vérité. Elle se demanda ce que Colin penserait de ça.

– Comment ça se passe pour l'enquête ?

– Rien encore.

– Tu as appelé Margolis ?

– Si je n'ai pas de ses nouvelles aujourd'hui, je le ferai.

– J'aurais sans doute déjà appelé.

– J'en suis sûre… Et donc, quoi de neuf ?

– Que veux-tu dire ?

– Tu ne m'appelles jamais aussi tôt. Et pourquoi tu n'es pas en cours ?

– Il commence dans quelques minutes, mais il fallait que j'en parle à quelqu'un. J'ai reçu un mail hier soir, et il se trouve que je suis parmi les trois finalistes pour la bourse d'études. Je crois que le dîner chez maman et papa a dû avoir une influence positive… même si le mail ne le disait pas directement, je pense que je suis en fait en pole position.

– En pole position ?

– Oui, tu sais, quand ils redémarrent une course après un carambolage ou n'importe quoi, c'est la voiture en première place.

– Je sais ce que c'est, mais je suis curieuse de savoir comment toi tu sais ça.

– Steve regarde beaucoup de courses du Nascar[1]. Et je regarde donc aussi.

– Alors, c'est vraiment sérieux, maintenant ?

– Je ne sais pas… Il y a ce gars vraiment mignon dans l'un de mes cours. Mais il est un peu plus âgé et il sort avec ma sœur, alors ça pourrait être embêtant.

---

1. National Association for Stock Car Auto Racing : association organisant des courses de stock-car aux États-Unis.

— C'est embêtant.

— Je suis franchement contente que tu aies mis ton ego de côté et que tu sois allée lui parler.

— Ça n'avait rien à voir avec mon ego.

— Ego, frôler la mort dans une bagarre de bar, c'est la même chose.

— Tu es folle, tu sais ça ?

— Parfois, reconnut Serena. Mais ça a marché, jusqu'à présent.

Maria rit.

— C'est une super nouvelle. Je parle de la bourse.

— Je ne veux pas m'emballer. Ne le dis pas à papa ou maman.

— Ce n'est pas moi qui le leur ai dit la dernière fois.

— Je sais. Ils pensent toujours que tu es restée au dortoir avec moi ?

— Oui. Et c'est à mon tour de te demander de ne pas le leur dire.

Serena rit.

— Je ne dirai rien. Mais je suis presque sûre que maman se doute que tu dors chez Colin. Bien sûr, elle applique la politique « Ne demande pas, ne dis rien », donc elle n'en parlera sans doute pas ce soir.

— Ce soir ?

— Oui, ce soir.

— Qu'est-ce qu'il y a ce soir ?

— Tu plaisantes, non ? L'anniversaire de maman ? Le repas en famille ? Ne me dis pas que tu as oublié.

Oups.

— Euh…

— Sérieusement ? Tu ne regardes jamais mes messages ? Ou mes tweets ? Je sais que tu as beaucoup de choses à gérer, mais comment tu as pu oublier l'anniversaire de maman ?

Maria allait devoir annuler son dîner avec Jill et Leslie, mais elles comprendraient, non ?

– Je serai là.

– Tu vas amener Colin ?

– Il travaille. Pourquoi ?

– Parce que je me demandais si j'invitais Steve.

– Et quel rapport ?

– C'est simple. Je me suis dit que si papa était occupé à fusiller Colin du regard, il ne serait pas en mesure de harceler Steve de questions, et ils le trouveraient génial en comparaison.

Maria fronça les sourcils.

– Ce n'est pas drôle.

Serena rit.

– Si, un peu.

– Je raccroche.

– À ce soir !

Maria se rendit compte qu'elle était plutôt nerveuse en allant trouver Jill. Mais elle ne pensait pas que Leslie le prendrait mal – c'était une erreur de bonne foi –, pas plus qu'elle ne voudrait revenir sur leur volonté de l'engager.

Jill éclata de rire.

– Tu plaisantes ? Leslie ne se soucie pas de ce genre de choses.

– Tu es sûre ?

– Bien sûr. C'est l'anniversaire de ta mère. Qu'est-ce que tu devrais faire d'autre ?

– Pour commencer, j'aurais pu m'en souvenir.

– Pas faux, remarqua Jill, et Maria grimaça.

Surprise, elle sentit son téléphone sonner de nouveau. Pensant que c'était sans doute encore Serena, elle comptait l'ignorer avant de se rendre compte qu'elle ne connaissait pas le numéro.

– Qui est-ce ? demanda Jill.

– Je ne sais pas.

Après quelques secondes d'hésitation, elle décida de répondre, priant Dieu que ce ne soit pas Lester.

– Allô ?

Ce n'était pas Lester. Dieu merci. Elle écouta la voix à l'autre bout.

– Oui, dit-elle finalement. Je serai là.

Elle raccrocha mais tenait toujours son téléphone en main, pensive. Jill le remarqua.

– Mauvaise nouvelle ?

– Je ne sais pas, dit Maria, se disant qu'il était temps de raconter à son amie son histoire avec Lester Manning… et de toutes ses émotions des dernières semaines, dont les hauts et les bas avec Colin.

Tout raconter à Jill ne l'aurait pas dérangée par le passé, mais offrir de telles informations à sa future patronne semblait… risqué, même si Jill allait sans doute être un jour au courant dans tous les cas.

– Qui était-ce ?

– Un flic. L'inspecteur Margolis. Il veut me voir.

– La police ? Que se passe-t-il ?

– C'est une longue histoire.

Jill la regarda avant de se lever de son bureau et d'aller fermer la porte.

– Que se passe-t-il ? demanda-t-elle.

En fait, se confier à Jill fut plus facile qu'elle l'avait imaginé. Future patronne ou pas, Jill était avant tout son amie, et plus d'une fois elle prit la main de Maria, manifestement inquiète. Quand Maria lui assura que cela n'affecterait pas sa capacité de travail, Jill se contenta de secouer la tête.

– Pour le moment, tu as des choses plus importantes à régler. Leslie et moi pouvons gérer ce qui reste. Tu dois faire ce que tu as à faire et prendre tout le temps nécessaire pour trouver un moyen de mettre ça derrière toi une fois pour toutes. De toute façon, ce n'est pas comme si les clients allaient faire la queue les deux premiers mois.

– J'espère que ça ne sera pas aussi long. Je ne crois pas que je pourrais le supporter. J'ai fait une crise de panique ce matin.

Jill garda le silence un moment.

– Je t'aiderai autant que je le peux. Dis-moi simplement ce dont tu as besoin.

En quittant le bureau de Jill, Maria se rendit compte de nouveau que salaire plus bas ou non, partir pour travailler avec Jill n'était pas seulement la meilleure option possible mais déjà, sans doute, le meilleur choix de carrière de sa vie. Mais cela ne l'aida pas à faire passer plus vite le reste de la matinée. Pas plus que sa charge de travail. Se demander ce que Margolis allait lui dire l'empêchait d'avancer dans ses recherches au sujet de l'hôpital. La frustration la gagna et Maria mit son travail de côté pour envoyer un message à Colin. « Oui », répondit-il, il la retrouverait au poste de police à 12 h 15.

Maria jeta un coup d'œil à la pendule. Puis à la plainte, sachant qu'elle devait étudier attentivement. Deux heures avant de retrouver Margolis. Le temps s'écoula lentement.

Quand elle se gara sur le parking, Colin l'attendait déjà devant le poste. Il portait des lunettes de soleil, un short et un T-shirt. Elle lui fit signe en quittant sa voiture, espérant dissimuler sa nervosité mais se doutant que Colin ne s'y laisserait pas prendre.

Il l'embrassa rapidement avant de lui ouvrir la porte.

Maria eut une impression de déjà-vu en passant dans l'entrée. Mais contrairement à leur première visite, Margolis ne les fit pas attendre. Ils eurent à peine le temps de s'asseoir qu'il arriva à grandes enjambées depuis l'autre bout du bâtiment. Cette fois encore, il tenait un dossier et leur fit signe d'avancer.

— Venez, dit-il, nous allons parler dans la même salle que l'autre fois.

Maria lissa sa jupe en se levant et passa avec Colin devant des gens qui travaillaient à leur bureau et un groupe debout près de la machine à café. Margolis ouvrit la porte et désigna les mêmes chaises que la fois précédente. Colin et elle s'assirent en face de l'inspecteur.

— Devrais-je m'inquiéter ? laissa échapper Maria.

— Non. Pour faire court, je ne pense pas que Lester va être une menace.

— Qu'est-ce que ça veut dire ?

Margolis tapota le dossier avec son stylo avant de désigner Colin du pouce.

— On dirait que vous passez toujours du temps avec cet enfant à problèmes. Et je ne sais pas pourquoi vous insistez pour qu'il soit là quand nous discutons de votre cas. Il n'a aucune raison d'être présent.

— C'est moi qui l'ai voulu, répondit Maria. Et oui, nous passons toujours du temps ensemble. Avec plaisir, pourrais-je ajouter.

— Pourquoi ?

— J'aime son corps et il est fantastique au lit, répondit-elle, sachant que cela n'avait rien à voir et sans prendre la peine de dissimuler ses sarcasmes.

Margolis eut un petit sourire, méprisant mais sans humour.

— Avant de commencer, laissez-moi édicter les règles. En premier, vous êtes ici simplement parce que je vous ai dit que je vérifierais vos allégations et reprendrais contact. Comme vos pneus ont été crevés en plus d'une présomption de harcèlement, il y avait de quoi lancer une potentielle enquête, et en pareil cas on ne discute pas des investigations en cours. Mais parce qu'un 50-C, une ordonnance restrictive, est également envisageable, j'ai choisi de vous recevoir et de vous tenir au courant. Gardez aussi à l'esprit que comme Lester Manning n'a pas été condamné à un 50-C, il a comme tout le monde une vie privée. En d'autres termes, je vous dirai ce que je pense être important, mais pas forcément tout. Je veux aussi ajouter que j'ai fait la plupart de mes recherches par téléphone. J'ai dû me reposer sur un inspecteur, l'un de mes amis à Charlotte, et franchement je ne suis pas sûr de pouvoir lui en demander beaucoup plus. Il est déjà allé trop loin, et comme moi il a des cas plus pressants à gérer. Vous comprenez ?

– Oui.

– Bien. D'abord, je vais vous expliquer ce que j'ai fait, puis ce que j'ai appris.

Margolis ouvrit le dossier et prit les notes qu'il contenait.

– J'ai commencé par me familiariser avec toutes les informations précédentes. J'ai donc lu attentivement celles de la police. Dont tout ce qui avait à voir avec la première voie de fait sur Cassie Manning, l'arrestation et la condamnation de Gerald Laws, les documents de la cour, et finalement tout ce qui touchait au meurtre de Cassie Manning. Ensuite, j'ai étudié votre déposition – celle que vous aviez faite après avoir reçu des messages à Charlotte – et j'ai parlé à l'officier en charge de l'affaire. Ce n'est pas avant mardi soir que j'ai commencé à me dire que j'avais bien tout en tête. Maintenant, concernant Lester Manning, je peux vous dire ce que vous pourriez sans doute apprendre par vous-même par une simple recherche dans les archives publiques. Il a vingt-cinq ans et est célibataire. Il a fini le lycée. Pas de biens et aucune voiture à son nom. Son numéro de téléphone et son adresse sont les mêmes que ceux de son père. Cela étant, je ne sais pas combien de temps il passe vraiment sur place.

Maria était sur le point de poser une question, mais Margolis leva la main.

— Laissez-moi finir, d'accord ? Vous allez comprendre dans quelques minutes pourquoi je dis ça. Maintenant, je peux vous donner l'information suivante, car je pense que c'est important pour le 50-C. Mais je ne vais pas entrer dans les détails, car ils pourraient être ou ne pas être importants pour d'autres cas, d'accord ?

Il n'attendit pas la réponse.

— Depuis la mort de Cassie, Lester a eu des problèmes avec la justice. Il a été arrêté quatre fois, mais pour rien de violent ou de dangereux. Ce ne sont que des trucs mineurs : intrusion, vandalisme, rébellion au cours de l'interpellation. Des choses comme ça. Il se révèle que Lester aime bien occuper des maisons vacantes. Chaque fois, les charges ont été abandonnées. Je n'ai pas regardé pourquoi, mais en général parce qu'il n'y avait pas eu de réels dégâts.

Colin s'agita sur son siège.

— À part ça, je n'ai pas pu apprendre grand-chose, alors j'ai appelé le docteur Manning, le père de Lester. J'ai laissé un message et j'ai été surpris qu'il me rappelle quelques minutes plus tard. Je me suis présenté et je lui ai dit que j'aimerais parler avec son fils. Et je dois dire qu'il a été tout à fait coopératif, et plus ouvert que je ne l'avais prévu. Entre autres, au cours de notre seconde conversation, il m'a donné la permission de discuter de la nature de mon appel avec vous. Ça vous surprend ?

Maria ouvrit la bouche, mais elle ne savait pas vraiment quoi dire.

— Je devrais ? demanda-t-elle finalement.

– Moi je l'ai été, fit Margolis, en particulier vu la façon dont vous me l'avez décrit. Mais, quoi qu'il en soit, quand je lui ai demandé s'il savait où je pourrais trouver Lester, il m'a demandé pourquoi et je lui ai dit que c'était pour une question de police. Ce à quoi il m'a répondu, et je le cite : « Est-ce que cela a quelque chose à voir avec Maria Sanchez ? »

Margolis laissa les mots planer avant de reprendre.

– Quand je lui ai demandé pourquoi il avait cité votre nom, il a répondu que ce n'était pas la première fois que vous accusiez Lester de harcèlement, et qu'après le meurtre de sa fille vous avez porté la même accusation concernant des lettres dérangeantes qu'on vous avait envoyées. Il a insisté sur le fait que son fils n'était pas responsable à l'époque et qu'il doutait sincèrement qu'il le soit aujourd'hui, peu importe ce dont vous pouviez l'accuser. Il m'a aussi dit de vous transmettre que même s'il pensait que vous aviez fait une erreur en optant pour les charges les plus légères, il avait tout à fait conscience que c'était Gerald Laws le coupable de la mort de Cassie, et que ni lui ni son fils ne vous jugent responsable.

– Il ment.

Margolis ignora son commentaire.

– Il m'a dit qu'il ne prenait pas de patient pour le moment et qu'il travaillait actuellement au Tennessee, pour le système carcéral de l'État. Et qu'il n'avait pas parlé à Lester depuis des semaines, mais que ce dernier avait une clé et restait de temps en temps dans l'appartement au-dessus du garage. Il a conclu en disant que je pourrais sans doute le trouver là-bas. Quand je lui ai demandé ce qu'il entendait par « de temps en temps », le docteur Manning s'est tu un instant, j'ai alors eu l'impression d'avoir touché un point sensible. Il m'a dit que « Lester était un peu nomade », et que parfois il n'avait aucune idée de l'endroit où il dormait. Je pense qu'il faisait référence aux habitudes de Lester concernant les maisons désertes. Quand j'ai insisté, il a ajouté que son fils et lui s'étaient en quelque sorte éloignés récemment, et pour la première fois il m'a paru presque… désolé. Il m'a rappelé que Lester était un adulte qui prenait ses propres décisions et qu'il ne pouvait pas tout faire en tant que père. Il a aussi ajouté que si Lester n'était pas dans l'appartement, ma meilleure chance était de tenter de le trouver sur son lieu de travail. Un endroit appelé Ajax Cleaners. C'est un service d'entretien avec beaucoup de commerces dans sa clientèle. Il n'avait pas le numéro sous la main, mais il était facile à trouver… J'ai donc ensuite appelé le propriétaire, un certain Joe Henderson. (Margolis leva les yeux de ses notes et ajouta :) Vous me suivez, jusqu'à présent ?

Maria hocha la tête, et l'inspecteur reprit.

— Quand j'ai parlé à M. Henderson, il m'a dit que Lester n'était pas employé à plein temps ni même à mi-temps. Il assure des remplacements quand il manque du monde, ce genre de choses.

— Comment l'appeler s'il n'a pas de téléphone ?

— J'ai posé la même question. En fait, ils postent leurs annonces sur leur site, dans la partie réservée aux employés. Henderson m'a dit que c'était plus facile d'avoir une liste de gens qui surveillent cette page plutôt que de toujours se dépêcher de trouver quelqu'un. J'ai eu l'impression que pas mal de monde surveillait la page. Bref, Lester travaillait parfois deux ou trois nuits dans la semaine, mais ces dernières semaines il n'avait pas travaillé du tout. Et M. Henderson n'avait eu aucune nouvelle. J'ai trouvé ça intéressant, alors j'ai appelé la maison deux ou trois fois, mais personne n'a répondu. Finalement, j'ai envoyé mon ami voir, et d'après lui personne n'a occupé l'appartement depuis au moins une semaine. Il y avait des pubs dans la boîte aux lettres, des journaux sur le porche, ce genre de choses. Alors j'ai rappelé le docteur Manning, et c'est là que les choses deviennent intéressantes.

— Parce que vous n'avez pas pu le joindre ?

— Au contraire. J'ai de nouveau laissé un message, et là encore il m'a rappelé après quelques minutes. Quand je lui ai dit que Lester n'allait plus travailler et que visiblement personne n'occupait la maison ou l'appartement, sa surprise a laissé place à l'inquiétude. Il m'a questionné de nouveau au sujet de mon affaire, je ne lui en avais pas encore parlé, et je lui ai dit que je m'occupais d'un cas de pneus crevés. Il a insisté sur le fait que Lester ne ferait pas ce genre de choses. Il a dit que son fils n'était pas violent ; au contraire, le conflit le terrifie. Il a aussi admis qu'il n'avait pas été aussi loquace qu'il aurait pu l'être lors du premier coup de fil. Quand je lui ai demandé ce qu'il voulait dire par là, il m'a avoué que Lester… (Margolis chercha une page dans le dossier…) Lester souffre de trouble délirant, et plus précisément de délire de persécution non dénué de sens. Si son fils peut généralement se comporter normalement, il lui arrive de faire des crises, parfois pendant plus d'un mois. Dans le cas de Lester, cela vient de l'usage occasionnel de drogues.

Margolis leva les yeux.

— Le docteur est entré un peu plus dans le détail, bien plus que ce que j'avais besoin de savoir, en fait… mais en résumé, on peut dire que quand Lester traverse une crise aiguë, au-delà de la simple paranoïa, il ne se comporte plus normalement. Dans ces moments-là, il croit sincèrement que la police veut l'arrêter et qu'elle ne reculera devant rien pour le jeter en prison pour le restant de ses jours. Il est convaincu qu'on veut lui faire du mal et que la police retournera les autres prisonniers contre lui. Il pense la même chose de vous.

— C'est ridicule, c'est lui qui me suit !

– Je vous répète juste ce que le docteur m'a dit. Il m'a aussi indiqué que Lester avait déjà été arrêté, toujours durant une crise, ce qui expliquait pourquoi il résistait. La police devait généralement utiliser un Taser contre lui, et le docteur Manning a ajouté qu'en deux occasions d'autres prisonniers l'ont frappé pendant qu'il était en cellule. Au passage, ça colle à ce que je disais plus tôt sur l'abandon des charges. Je suppose que Lester n'était pas cohérent et qu'il ne fallait pas longtemps pour s'en apercevoir. (Margolis poussa un soupir et reprit :) Mais revenons-en au docteur. Comme je vous le disais, il semblait inquiet et m'a dit que si Lester n'était pas au travail ou chez lui, alors il devait faire une crise, ce qui voulait dire qu'il se trouvait soit caché dans une maison déserte quelque part, soit à Plainview, un hôpital psychiatrique. Lester s'y est présenté de lui-même trois fois par le passé, plus fréquemment depuis la mort de sa mère. Dans son testament, elle avait laissé une somme importante pour couvrir le coût de son traitement là-bas. C'est cher, soit dit en passant. Je n'ai pas pu avoir de réponse au téléphone, alors j'ai rappelé mon ami et je lui ai demandé s'il pouvait s'y rendre en personne. Il l'a fait ce matin, environ une heure avant que je vous appelle. Et sans surprise, Lester Manning est actuellement là-bas. Il s'est présenté de lui-même, mais c'est tout ce que l'inspecteur a pu me dire. Dès que Lester a appris qu'un policier voulait lui parler de Maria Sanchez, il a… fait une crise. Mon ami l'a entendu hurler depuis le hall, et avant de pouvoir esquisser le moindre geste, il a vu deux aides-soignants se précipiter dans cette direction. Comme je l'ai dit, c'est intéressant, non ?

Maria ne savait pas vraiment comment réagir. La voix de Colin brisa le silence.

– Quand a-t-il été admis à l'hôpital ?

Elle vit les yeux de Margolis se plisser en se posant sur Colin.

– Je ne sais pas. Mon ami n'a pas pu le découvrir. Les dossiers médicaux sont confidentiels et ce genre d'information ne peut pas être dévoilé sans l'accord du patient, ce qui manifestement ne va pas être le cas. Du moins, pas tout de suite. Mais mon collègue sait ce qu'il fait, il a donc demandé à un autre patient qui lui a dit qu'il pensait que Lester était là depuis cinq ou six jours. Bien sûr, étant donné la source, il faut prendre cette information avec prudence.

– En d'autres termes, il est possible que Lester ait crevé les pneus et laissé le mot.

– Ou bien il était à l'hôpital. Et s'il était à l'hôpital, alors évidemment ce n'était pas lui.

– C'est forcément lui, insista Maria. Je ne vois pas qui ça pourrait être d'autre.

– Pourquoi pas Mark Atkinson ?

– Qui ?

– Le petit ami de Cassie. Car je me suis aussi renseigné sur lui, et il semble avoir disparu.

– C'est-à-dire ?

– Je n'en suis qu'au commencement, mais voilà ce que je peux vous dire. Il y a un mois environ, la mère de Mark Atkinson est venue signaler à la police que son fils avait disparu. Mais après avoir parlé à l'inspecteur et juste avant de vous appeler, je l'ai contactée pour avoir plus d'informations, et je ne sais trop quoi en penser. Elle m'a dit qu'en août, son fils lui avait envoyé un mail pour lui dire qu'il avait rencontré quelqu'un en ligne et qu'il allait quitter son boulot pour retrouver cette femme à Toronto. Elle ne savait pas comment réagir, mais il lui disait de ne pas s'inquiéter. Qu'il avait payé son loyer par avance et qu'il s'occuperait du reste en ligne. La mère m'a dit avoir reçu deux ou trois lettres de lui, où il disait être en voyage avec cette femme, l'une postée depuis le Michigan et l'autre du Kentucky. Mais selon elle, les lettres étaient vagues, étranges, impersonnelles, rien à voir avec son fils. À part ça, elle n'a eu aucun contact avec lui et insiste pour le considérer comme disparu. Elle affirme qu'il l'aurait appelée ou lui aurait envoyé un SMS, et que le fait qu'il n'ait rien fait de tout ça signifie qu'il lui est arrivé quelque chose.

Ces nouvelles informations donnèrent le tournis à Maria. Elle se sentait tout juste capable de rester assise. Même Colin semblait ne pas savoir quoi dire. Margolis les regarda tour à tour.

— Voilà où j'en suis pour le moment. Si vous vous demandez ce que je compte faire ensuite, eh bien, je vais tenter de préparer le terrain en rappelant ce bon docteur pour voir quand Lester a été admis. Ou mieux, m'arranger pour que son fils donne la permission aux médecins de Plainview de me le dire. Selon ce que j'apprendrai, je me pencherai ou pas sur le cas Mark Atkinson. Mais franchement, c'est beaucoup de travail sur le terrain, et je ne sais pas combien de temps je pourrai encore y consacrer.

— Ce n'est pas Atkinson, c'est Lester, répéta Maria.

— Si c'est le cas, pour le moment, vous n'avez pas à vous en faire.

— Pourquoi dites-vous ça ?

— Comme je vous l'ai dit, il est interné.

— Ça n'a pas de sens, dit Maria à Colin.

Ils étaient sur le parking, sous un soleil voilé par de minces bandes de nuages.

— Je n'ai jamais rencontré Mark Atkinson. Je ne lui ai jamais parlé. Pourquoi me harcèlerait-il ? Il ne sortait même pas avec Cassie quand Laws est allé en prison. Il n'est arrivé dans l'histoire que plus tard. Ça n'a pas de sens.

— Je sais.

– Et pourquoi Lester pense que je suis après lui ?

– C'est un délire.

Elle détourna les yeux, sa voix devint plus calme.

– Je déteste ça. Je veux dire, j'ai l'impression d'en savoir encore moins qu'avant de venir. Et maintenant, je ne sais pas du tout quoi faire, ou même ce que je suis censée penser.

– Moi non plus.

Elle secoua la tête.

– Oh, une chose que j'ai oublié de te dire. J'ai dû décommander Jill et Leslie ce soir, car c'est l'anniversaire de ma mère. Je serai chez mes parents pendant que tu travailleras.

– Tu veux que je passe ensuite ?

– Non, le dîner sera déjà terminé. Mon père cuisine, c'est la seule fois dans l'année, mais ce n'est pas grand-chose. Nous serons juste tous les quatre.

– Tu vas rester là pour la nuit ? Ou rentrer chez toi ?

– Je pense rentrer à l'appartement. Il est probablement temps, tu ne crois pas ?

Colin garda le silence un moment.

– Tu veux qu'on se retrouve là-bas ? Je t'appellerai quand j'aurai fini.

– Ça te dérangerait ?

– Pas du tout.

Maria poussa un soupir.

– Je suis désolée que tout ça ait commencé si vite après notre rencontre. Je déteste que tu doives gérer ça.

Il l'embrassa.

– Je ne voudrais pas qu'il en soit autrement.

Chapitre 21

Colin

De retour chez lui, Colin sortit son ordinateur de son cartable et s'installa sur la table de la cuisine. Il était aussi confus que Maria et son instinct le poussait à se renseigner.

Il voulait d'abord comprendre l'état mental de Lester Manning, et ce qu'étaient ces « délires de persécution non dénués de sens ». Il aurait voulu questionner Margolis à ce sujet, mais ce n'était pas à lui de demander et Maria n'avait pas rebondi là-dessus. Heureusement, il y avait des dizaines de pages Internet sur le sujet, et Colin passa une heure et demie à s'informer.

Il pensait au départ que cet état était similaire à la schizophrénie. Mais si certains symptômes étaient semblables comme les hallucinations, les deux pathologies étaient bien différentes. La schizophrénie incluait également le plus souvent des troubles délirants dénués de sens ou des troubles de l'élocution. Dans ce cas-là, « dénués de sens » impliquait des idées invraisemblables, comme croire que l'on pouvait voler, lire dans l'esprit des gens ou entendre des voix qui contrôlaient vos actes. Les autres troubles, ceux dont souffrait Lester, étaient des croyances fausses mais plausibles.

Dans le cas de Lester, en supposant qu'il souffre de troubles délirants, il était logique de sa part de penser que la police en avait après lui. Selon Avery Manning, elle avait déjà utilisé des Taser pour l'arrêter et d'autres prisonniers l'avaient frappé en cellule. Et finalement on avait abandonné les charges retenues contre lui, ce qui ne pouvait que conforter Lester dans l'idée qu'il n'aurait jamais dû être emprisonné.

Sa paranoïa au sujet de Maria paraissait également logique, si la plausibilité était le seul critère. Non seulement Maria n'avait pas réussi à protéger Cassie, mais si Lester n'avait pas écrit les lettres – comme le maintenait son père –, alors Maria avait envoyé la police à ses trousses sans raison. Pas seulement une fois, mais deux maintenant…

Margolis avait également eu raison en disant qu'une personne atteinte de tels troubles pouvait se comporter normalement, selon son état. Le spectre des hallucinations pouvait aller de simples idées fausses à la psychose. Quelques articles affirmaient, tout comme Avery Manning l'avait dit, que les hallucinations étaient variables. Elles pouvaient changer d'intensité et la drogue pouvait les aggraver.

Pourtant, même si tout ce qu'il lisait était cohérent et même s'il comprenait que Lester y croyait vraiment… certains aspects du trouble ne collaient pas avec lui. Si Lester était terrifié par Maria, lui aurait-il apporté des fleurs en personne ? Lui aurait-il payé un verre ? Et si c'étaient censément des gages de réconciliation, pourquoi inclure ce genre de messages ? Pourquoi se moquer d'elle, s'il voulait qu'on le laisse tranquille ? Et pourquoi venir à Wilmington pour faire ça ? N'aurait-il pas voulu maintenir une distance aussi grande que possible entre elle et lui ?

Au départ, Colin s'était demandé pourquoi Margolis avait pris la peine de se renseigner sur Mark Atkinson, mais le détective était suffisamment malin pour percevoir les mêmes incohérences que lui et se demander comment les rapprocher. Par conséquent, il avait appelé la mère d'Atkinson et l'histoire était devenue encore plus troublante.

Mark avait peut-être disparu ?

Aussi vague que soit ce constat, Margolis avait raison. Une recherche rapide le conduisit à une photo sur Pinterest, sans doute mise en ligne par la mère d'Atkinson. En dehors de ça, il n'y avait rien. Il supposait qu'il pourrait faire le même genre de recherches que pour Lester Manning, mais à quoi bon ? Selon Margolis, toute information potentielle était inexacte à partir de la date où Mark Atkinson était parti pour Toronto. Ou avait disparu.

S'il n'avait pas disparu, se cachait-il ?

Colin avait le sentiment que Margolis l'envisageait. Le timing ne pouvait pas être le fruit du hasard. Mais le point de vue de Maria était également valable. Pourquoi la prendrait-il pour cible ? Elle ne l'avait jamais rencontré.

Refermant son ordinateur, Colin continua à réfléchir avant de se dire qu'il devait se vider la tête. Et pour ça, il ne connaissait qu'une solution.

Il courut près de dix kilomètres et passa une heure en salle de gym à soulever des poids, finissant par une demi-heure de sac de frappe. Sans cours, la salle était relativement calme. Si Daly le corrigea quand nécessaire et tint le sac pendant quelques minutes, il passa par ailleurs la plus grande partie de son après-midi dans son bureau.

Colin rentra chez lui en courant, avant de se doucher et de se changer pour aller travailler au bar. Au volant de sa voiture, il se posa les mêmes questions qu'un peu plus tôt. Peut-être ses instincts protecteurs étaient-ils en alerte rouge, mais Colin ne pouvait se débarrasser du sentiment que quelque chose de terrible était sur le point de se produire.

Chapitre 22

Maria

Après son rendez-vous avec Margolis, Maria rentra au bureau. Toutes ces informations tourbillonnaient dans son esprit. Elle passa voir Jill pour la mettre au courant des dernières avancées, mais Jill n'était pas encore rentrée de son déjeuner. Maria se souvint alors qu'elle n'avait pas mangé, mais elle se sentait incapable d'avaler la moindre bouchée. Le stress. Si ça continuait, elle allait devoir s'acheter une nouvelle garde-robe dans une taille en dessous, ou faire tout retoucher ; elle commençait déjà à flotter dans ses vêtements.

Barney était enfin de retour, même s'il passa les trois heures suivantes enfermé dans son bureau, rencontrant les assistantes juridiques l'une après l'autre. Elle supposa qu'il faisait passer des entretiens pour le remplacement de Lynn, et le plus tôt serait le mieux, selon Maria ; et même si elle avait quelques questions à lui poser au sujet de cette histoire d'hôpital, elle savait qu'il valait mieux ne pas le déranger. Maria organisa ses questions et prit des notes, quand on frappa à sa porte. Elle leva les yeux et vit Barney.

— Bonjour, Maria. Ça vous dérangerait de venir dans mon bureau ?

— Oh, salut Barney, répondit-elle en rassemblant ses

pages pour les fourrer dans un dossier avec un sentiment de soulagement. Dieu merci ! Je voulais vous parler de la plainte. Je pense qu'on pourrait procéder selon plusieurs angles et je voulais être sûre de savoir ce que vous vouliez faire avant de me pencher dessus pour de bon.

— Vous pouvez laisser ça de côté pour le moment, on verra plus tard. Vous voulez bien venir ? Il y a quelque chose dont on doit discuter dans mon bureau.

Malgré le comportement en apparence agréable de Barney, son ton la mit sur ses gardes. Peu importe ce dont il voulait parler, ça ne présageait rien de bon.

Barney marchait juste derrière elle. Il évitait même de dire des banalités, et ce ne fut pas avant d'avoir atteint sa porte qu'il vint à sa hauteur. Toujours gentleman, même quand il était sur le point de faire parler la poudre, pas de doute, il ouvrit la porte et se dirigea vers le fauteuil le plus éloigné de la fenêtre, face à son bureau. C'est seulement à cet instant que Maria vit qui occupait l'un des autres fauteuils.

Elle s'arrêta aussitôt.

Ken.

Barney faisait déjà le tour de son bureau. Elle resta debout, même quand Barney saisit un pichet pour remplir trois verres d'eau.

— S'il vous plaît, dit-il, la pressant de s'asseoir. Il n'y a pas de quoi vous inquiéter. Nous sommes ici pour une discussion amicale.

Je devrais simplement lui dire non, merci, et partir, se dit-elle. Qu'allaient-ils faire ? La virer ? Et pourtant, ses vieilles habitudes réapparurent, celles concernant le respect dû aux aînés et l'obéissance envers ses supérieurs, et elle passa presque en pilotage automatique en prenant place.

— Vous voulez un verre d'eau ? demanda Barney.

Du coin de l'œil, elle vit qu'il l'observait.

– Non, merci.

Elle pouvait encore partir, mais…

– J'apprécie que vous ayez accepté de venir, Maria, dit Barney, son ton traînant juste un peu plus lourd que d'habitude, un peu plus lent. (Il parlait comme ça au tribunal.) Et je suis sûr que vous vous demandez pourquoi nous vous avons demandé ça. Maintenant…

– Vous avez dit qu'il fallait qu'on discute de quelque chose, coupa-t-elle. Comme si c'était entre vous et moi.

Barney tressaillit de façon imperceptible, surpris d'être interrompu, mais un instant seulement. Il sourit.

– Excusez-moi ?

– Vous avez dit « nous », comme dans vous et moi. Vous n'avez pas dit qu'il y aurait quelqu'un d'autre.

– Bien sûr, dit-il, d'un ton plus doux. Vous avez raison. Je vous ai dit au départ de me rejoindre. Désolé si je me suis mal exprimé.

Il lui offrait une ouverture, s'imaginant sans doute qu'elle allait excuser son erreur ; mais Colin n'aurait sans doute rien dit, alors Maria ne dit rien non plus. *J'apprends*, se dit-elle.

Barney écarta les mains.

– Je suppose que nous ne devrions pas perdre plus de temps. La dernière chose que je veuille, c'est rallonger votre journée de travail.

– D'accord, dit-elle, souriant pour elle-même.

De nouveau, ce n'était pas la réponse que Barney attendait, mais il était passé maître dans l'art de retomber sur ses pieds. Il s'éclaircit la gorge.

– Je suis sûr que vous avez entendu les rumeurs concernant de potentielles allégations contre Ken Martenson, de la part de diverses employées. Des allégations qui, au passage, n'ont aucune base factuelle.

Il attendit, mais cette fois elle ne dit rien du tout.

– Ai-je raison ? demanda-t-il finalement.

Elle jeta un coup d'œil à Ken, avant de revenir à Barney.

– Je n'en suis pas sûre.

– Vous n'êtes pas sûre d'avoir entendu les rumeurs ?

– Oh, j'ai entendu les rumeurs.

– Alors, de quoi n'êtes-vous pas sûre ?

– Je ne suis pas sûre que les rumeurs n'aient pas de base factuelle.

– Je peux vous assurer, Maria, qu'elles n'en ont pas.

Elle attendit, le temps de quelques battements de cœur.

– D'accord.

Colin serait fier d'elle. Plus que ça, elle commençait à comprendre comment l'usage de ce simple mot pouvait modifier la dynamique de pouvoir dans la pièce. Ou, à tout le moins, lui donnait le ton qu'elle voulait, même si Barney n'aimait pas ça. Mais il était assez pro pour le dissimuler. Sa voix traînante était toujours semblable à celle qu'il utilisait au tribunal.

– Comme M. Martenson est notre directeur, le cabinet compte contester vigoureusement les allégations de la façon qui nous semblera la plus appropriée. Y compris par le biais d'un procès. Bien sûr, comme vous le savez, quand la réputation est en jeu, on évite généralement les procès pour ne pas subir de longues poursuites judiciaires, chères et importunes. Dans ce cas précis, tout accord potentiel ne refléterait pas la véracité des plaintes, mais plutôt le temps, l'argent et le dérangement que la contestation des charges nous vaudrait. De toute évidence, tout accord, s'il y a accord, serait confidentiel.

Maria hocha la tête, réfléchissant.

– Juste pour comprendre, pourquoi vous m'avez fait venir ?

– Je suis sûr que je n'ai pas besoin de revenir avec vous sur la réputation exemplaire de M. Martenson. Ceux qui le connaissent le mieux, les gens comme vous et moi, savent qu'il a toujours gardé en tête les intérêts du cabinet en toutes circonstances. Il a fait d'incroyables sacrifices et il est impossible qu'il ait fait quoi que ce soit mettant en danger sa réputation ou celle du cabinet. Ces allégations, pourrais-je ajouter, sont ridicules. Au cours de ses trente ans de carrière en tant qu'avocat dans notre communauté, aucune plainte pour harcèlement sexuel n'a jamais été traitée par aucun tribunal. Trois décennies de dur labeur désormais en péril, pour des gens simplement cupides.

Des plaintes qui n'ont jamais vu le jour car il y a eu accord, se dit Maria.

– Malheureusement, dès qu'il y a de l'argent en jeu, les gens imaginent qu'il leur revient. Dans certains cas, ces personnes peuvent mentir ouvertement. Dans d'autres, ils déforment les faits pour que l'histoire soit conforme à leur version. D'autres fois encore, simplement, ils interprètent mal un comportement innocent. Je crois qu'il y a un peu des trois ici, et cela nous a conduits, pour parler en termes familiers, à une frénésie dévorante. Ces requins avides ont senti l'odeur du sang et veulent une part qu'ils imaginent leur revenir. Mais notre bonne Constitution ne dit pas que vous avez le droit de prendre la propriété de quelqu'un d'autre simplement parce que vous pensez qu'elle vous revient. L'avidité est un trait de caractère horrible, et trop souvent j'ai vu de bonnes personnes être blessées par cela, même parmi mes proches. Mes voisins, des gens bien qui vont à l'église, ont été ruinés par des gens avides. Mais à mesure que je vieillis, je ressens généralement moins de colère que de pitié pour eux. Leurs vies sont vides et ils croient pouvoir combler ce vide avec l'argent des autres. Pourtant, la réputation de M. Martenson est en jeu, tout comme celle de notre cabinet, et je me sens responsable de M. Martenson. Lui et le cabinet doivent bénéficier de la meilleure défense possible. C'est même de mon devoir.

Il était bon, se dit Maria, même si lui-même déformait la vérité. Elle comprenait pourquoi les jurys l'appréciaient.

— Bien sûr, je suis certain que vous éprouvez la même chose à propos de l'intégrité et de la réputation sans tache de notre cabinet, qu'il faut conserver. Mais je dois vous dire que j'ai peur, Maria. J'ai peur pour les autres personnes ici. Vos collègues. Vos amis. Des familles avec des emprunts et des factures de chauffage. Leurs bébés et leurs enfants. Je me sens le devoir envers eux d'utiliser tous les talents que le Seigneur m'a donnés dans l'espoir de voir la justice triompher du mal et de l'avidité. Mais je suis un vieil homme qui n'est plus en phase avec le monde d'aujourd'hui… alors, qu'en sais-je ?

Quand Barney marqua un temps d'arrêt après avoir joué la carte de l'homme « profondément troublé », Maria faillit l'applaudir. Mais son visage resta impassible. Finalement, Barney soupira et reprit.

— Je vous connais, Maria. Et je sais que vous partagez mon inquiétude. Vous êtes trop bonne pour ne pas avoir peur pour tous vos amis et collègues. Et je sais que vous voudrez nous aider, car vous ne voulez pas plus que moi que la justice soit bafouée. Notre cabinet, nous tous avons besoin de rester unis contre ces… ces êtres avides qui croient maintenant avoir mérité votre argent durement gagné, même si eux-mêmes n'ont rien fait pour cela.

Il secoua la tête.

— Nous voulons simplement révéler la vérité, Maria. C'est tout. La vérité vraie. Et c'est pour ça que vous êtes ici. Car j'ai besoin de votre aide.

Et voilà, se dit Maria.

— Nous vous demandons simplement la même chose qu'à tous nos employés. Nous voulons que vous signiez une déclaration sous serment qui expose simplement la vérité : que vous avez le plus grand respect pour M. Martenson et que vous n'avez jamais été témoin ou même entendu parler de faits que l'on puisse interpréter comme sexuellement répréhensibles envers n'importe quel employé. Dans votre cas, et pour tous nos collègues femmes, nous vous demandons également de confirmer que vous ne vous êtes jamais sentie harcelée sexuellement en aucune façon.

Pendant un instant, Maria se contenta de le regarder sans mot dire. Ken s'était affaissé dans son siège, et Barney reprit avant qu'elle ait eu l'occasion de répondre.

– Bien sûr, vous n'avez pas d'obligation. Votre choix ne dépend que de vous. Il n'y a aucune raison de prendre en compte le gagne-pain des autres au sein du cabinet. Tout ce que je veux pour vous, c'est que vous fassiez le bon choix, conclut Barney.

Il gardait les yeux baissés, une posture humble. Barney, l'homme vertueux dans un monde qu'il ne comprenait plus, assumant un fardeau qui n'aurait pas dû être le sien. Pas étonnant qu'il ait autant de succès.

Mais Maria ne trouvait rien à dire. Aussi éloquent que soit Barney… il mentait, et le savait. Elle savait aussi que Barney savait qu'elle savait qu'il mentait – cela signifiait donc que tout ça était un jeu. Aucun doute, il voulait que Ken soit dans la pièce comme une sorte de punition : *Tu vois à quoi je dois m'abaisser pour te défendre ?*

De son côté, Ken n'avait même pas prononcé un mot. Et pourtant…

Était-ce juste pour les autres employés du bureau, tous innocents, de se retrouver pénalisés ? À cause d'un seul idiot ? Et quelle somme voulaient les plaignantes ? Ken l'avait harcelée et elle avait survécu. Dans quelques semaines, elle aurait tout oublié. Avec le temps, elle pourrait même en rire. Ken était un connard, mais ce n'était pas comme s'il s'était exhibé ou avait tenté de lui mettre la main aux fesses dans le couloir lors de la conférence. Il était trop peu sûr de lui, trop pathétique pour aller aussi loin. Avec elle, en tout cas. Mais les autres ? Elle n'en était pas sûre et, sentant le besoin de gagner du temps, elle prit une profonde inspiration.

— Laissez-moi y réfléchir.

— Bien sûr, dit Barney. J'apprécie votre considération. Et souvenez-vous, tout le monde au bureau, vos collègues et amis veulent vous voir faire le bon choix.

À son bureau, Maria se força à étudier la plainte déposée contre l'hôpital ; mais, toutes les cinq minutes elle se repassait la conversation précédente en imaginant ce que Colin aurait pu dire de différent…

— Te voilà.

Perdue dans ses pensées, Maria leva la tête et vit Jill dans l'embrasure de la porte.

— Oh, salut…

— Où étais-tu ? demanda Jill. Je suis passée un peu plus tôt, mais tu n'étais pas là.

— Barney voulait me parler.

— Logique, dit Jill en refermant la porte derrière elle. Comment s'est passé le rendez-vous avec l'inspecteur ?

Maria lui résuma ce que Margolis lui avait appris. Comme Maria, Jill ne savait trop que penser. Elle posa les mêmes questions que Maria s'était posées et se sentait tout aussi confuse que son amie.

— Je ne sais pas si ce sont de bonnes ou de mauvaises nouvelles, dit enfin Jill. C'est plus déroutant que ce matin.

Ce n'est pas mon seul problème, se dit Maria.

— À quoi tu penses maintenant ?

— Que veux-tu dire ?

– Ton expression vient de changer.

– Euh… je pensais encore à mon rendez-vous avec Barney.

– Et ?

– Ken était là.

Jill hocha la tête.

– À cause de l'action en justice ?

– Évidemment.

– Et laisse-moi deviner, Barney a tenu le crachoir… et il t'a joué la carte du charme du Sud avant de te parler de faire le bon choix ?

– Tu le connais bien.

– Malheureusement, oui. Alors… tu as appris quelque chose ?

– Ils veulent présenter un « front uni ».

– D'acccooord. Et qu'est-ce que ça veut dire exactement ?

– Signer une déclaration sous serment affirmant, en gros, que je n'ai jamais vu Ken faire quoi que ce soit de mal, qu'il a toujours été professionnel et qu'il ne m'a jamais harcelée.

– Barney t'a demandé de signer ça ? Ou il a insisté pour que tu le fasses ?

– Il a demandé. En fait, il s'est exprimé très clairement sur le fait qu'il voulait que la décision soit mienne.

– C'est bien.

– J'imagine.

– Tu imagines ?

Maria ne répondit pas et Jill la regarda.

– Ne me dis pas qu'il y a plus, insista-t-elle. Quelque chose que tu ne m'as pas dit ce matin ?

– Eh bien…

– Laisse-moi deviner. Ken t'a déjà harcelée ?

Maria leva les yeux.

– Comment le sais-tu ?

— Tu ne te souviens pas de notre déjeuner ? Après que tu es allée faire du paddle avec Colin, quand je n'arrêtais pas de te demander si les choses se passaient bien au travail ? Je savais que tu avais assisté à cette conférence avec Ken, et je suis là depuis assez longtemps pour me douter de ce qu'il avait pu tenter. Même quand tu jurais que tout allait bien, j'avais des doutes.

— Pourquoi n'as-tu rien dit ?

Jill haussa les épaules d'une façon qui voulait dire : « Tu as vraiment besoin que je réponde à ça ? »

— Les intrigues de bureau, ça craint. C'est pour ça que Leslie et moi les avons interdites. Mais je ne voulais pas te mettre l'idée en tête si rien ne s'était passé. Je me souviens en revanche avoir pensé que j'avais raison. C'est terrible, bien sûr. Mais j'étais plutôt heureuse, aussi, et je sais à quel point c'est horrible à dire pour une amie.

— Comment ça, plutôt heureuse ?

— Si tu aimais travailler ici, tu n'aurais peut-être pas voulu partir avec nous. Bien sûr, à ce moment-là, je n'étais pas au courant d'un procès potentiel.

— Je suis contente que tu t'intéresses autant à mon bien-être.

— Tu es forte, Maria. Et franchement, je pense que tu es plus maligne que Ken. Je savais que tu trouverais comment le maintenir à l'écart.

— Je lui ai dit que mon petit ami, le combattant de MMA, était du genre jaloux.

Jill rit.

— Voilà. Bien plus maligne que Ken. Mais revenons à ton rendez-vous avec Barney et Ken, nos illustres leaders. Donc, Barney t'a demandé de signer et tu lui as dit en gros que tu allais y réfléchir.

Maria en resta bouche bée.

— Comment tu le sais ?

– Je connais Barney. C'est un maître pour dissimuler l'évidence et démontrer comment la vertu est de son côté, avant de tout mélanger avec une bonne cuillerée de culpabilité, au cas où tu hésiterais encore. C'est important pour toi de mettre tout ça de côté et de penser à ce qui s'est réellement passé. Et d'ailleurs, que s'est-il passé ?

Maria lui résuma la conférence et Jill ne haussa même pas un sourcil. Mais quand elle aborda leurs rencontres suivantes, elle devint glaciale.

– Attends ! C'est une chose de sortir « ma femme ne me comprend pas », mais tu dis qu'il t'a touché la poitrine ?

– Eh bien, ma clavicule. Ou peut-être juste dessous. Il n'a pas…

– Mais son intention était évidente pour toi ? Et il voulait déjeuner avec toi pour discuter de ton esprit d'équipe ?

– Oui. Mais il a tout de suite arrêté. Il n'a pas…

– Viens avec moi, dit Jill, la main déjà sur la poignée de porte.

– Où ça ?

– Voir Barney et Ken.

– N'en parlons plus… Je pars de toute façon. Et il n'a pas vraiment touché mon sein ou…

– Eh bien, Barney ne connaît pas les détails. Et je suis sûre que votre discussion ne concernait pas que le cabinet. Ils voulaient aussi t'empêcher de te joindre à la plainte des autres femmes auprès de l'EEOC.

Maria secoua la tête.

– Je ne compte pas porter plainte.

– Tu es sûre de ne pas le vouloir ?

Maria pensa à Barney et aux autres employés du cabinet. Les horribles intentions de Ken lui avaient causé beaucoup de stress, mais dans son esprit l'oublier et aller de l'avant était bien plus tentant que la perspective d'un procès.

– Oui, j'en suis sûre. Je pars, de toute façon.

– Mais tu ne crois pas que Ken devrait être tenu pour responsable ? Au moins un petit peu ? Pour tout le stress qu'il t'a causé ?

– Si. Mais comme je l'ai dit, je ne veux pas me tourner vers l'EEOC.

Jill sourit.

– Ils ne le savent pas.

– Que vas-tu leur dire ?

– Exactement ce qu'il faut. Et quoi que tu entendes, laisse-moi parler. Ne dis pas un mot.

Avant même de lui laisser le temps de réagir, Jill se dirigea vers le bureau de Barney et Maria dut faire un effort pour ne pas se laisser distancer. La porte était fermée, mais cela ne découragea pas Jill le moins du monde.

Barney et Ken, occupant les mêmes sièges qu'un peu plus tôt, furent surpris par sa soudaine apparition.

– Que se passe-t-il ? Nous sommes en réunion, commença Barney, mais Jill entra à grands pas dans le bureau, Maria sur ses talons.

– Ça te dérangerait de fermer la porte, Maria ? demanda Jill, d'une voix calme et professionnelle mais déterminée.

Maria se rendit compte qu'elle ne l'avait jamais entendue parler ainsi.

– Vous m'avez entendu, Jill ? fit Barney.

– Je crois que *vous* allez devoir m'entendre.

– Nous sommes censés faire passer un entretien à une autre assistante juridique dans cinq minutes.

– Alors, dites-lui de patienter. Vous voudrez entendre ce que j'ai à dire. C'est au sujet de l'action en justice, et ça vous concerne tous les deux.

Ken garda le silence, et Maria le vit pâlir. Barney la regarda avant de finalement prendre son téléphone. Elle attendit qu'il fasse ce que Jill lui avait dit. Après avoir raccroché, il se leva.

— Laissez-moi vous apporter la chaise près de la fenêtre…, commença-t-il, mais Jill secoua vivement la tête.

— Nous allons rester debout.

Si Ken n'avait pas compris ce que cela voulait dire, Barney, lui, si, de toute évidence. Elle le vit hausser imperceptiblement les sourcils et se dit qu'il devait réfléchir à toute vitesse. La plupart des gens se seraient assis mais, contrairement à Ken, Barney savait qu'il valait mieux ne pas avoir à lever les yeux sur son interlocuteur. Barney se tint plus droit.

— Vous avez dit que cela concernait le cabinet ?

— En fait, j'ai dit que ça vous concernait tous les deux. Mais oui, au bout du compte, ça concerne aussi le cabinet.

— Alors je suis content que vous soyez là, dit-il, retrouvant son ton traînant. Nous venons juste de discuter avec Maria de ces fausses allégations, comme vous le savez sûrement, et je suis sûr que Maria fera ce qui est juste pour toutes les personnes impliquées.

— Vous ne devriez pas en être aussi sûr, répliqua Jill. Je voulais que tous les deux soyez les premiers à savoir que Maria venait de m'informer que Ken Martenson s'était comporté à son égard d'une façon que n'importe quel jury condamnerait pour harcèlement sexuel, et qu'elle envisage sérieusement de contacter l'EEOC avant de déposer sa propre plainte.

— Ce n'est pas vrai ! explosa Ken, les premiers mots que Maria l'entendait prononcer de la journée.

Jill se tourna vers lui, s'exprimant d'un ton toujours égal.

— Vous lui avez dit qu'elle devait avoir davantage l'esprit d'équipe. Que vous avoir à son côté pourrait l'aider quand elle voudrait devenir associée. Et puis vous l'avez tripotée.

— Je n'ai pas fait ça !

– Vous l'avez touchée de façon inappropriée, dans le cou et sur les seins.

– Je... Je lui ai seulement touché l'épaule.

– Alors, vous admettez l'avoir touchée ? Et avoir gardé la main posée sur elle, même si elle trouvait cela manifestement offensant ?

À ces mots, Ken se rendit compte qu'il valait probablement mieux qu'il se taise et se tourna vers Barney. Si Barney était en colère, il ne le montra pas.

– Maria n'a pas parlé de ça durant notre rendez-vous, tout comme elle ne m'a rien dit depuis qu'elle travaille ici.

– Pourquoi l'aurait-elle fait ? Elle savait que vous le couvririez. Tout comme avant, quand les autres cas ont disparu après un accord.

Barney prit une profonde inspiration.

– Je suis sûr qu'il s'agit d'une méprise et que nous pourrons la résoudre à l'amiable. Il n'y a aucune raison d'avoir recours aux menaces.

– Ce n'est pas ce que je fais. En fait, vous devriez au contraire vous montrer reconnaissants, je prends la peine de vous prévenir pour que vous ne soyez pas surpris.

– Je vous suis reconnaissant. Mais je pense que nous pourrions discuter de ce sujet plus courtoisement en nous asseyant. J'aimerais entendre ce que Maria a à dire.

– Je n'en doute pas. Vous pourrez lire ses déclarations en détail dès qu'elle aura porté plainte. Pour le moment, je parle pour elle.

Ken écarquilla les yeux, mais Barney se contenta de regarder Jill.

– Vous comprenez que vous ne pouvez pas représenter Maria pour des raisons évidentes de conflits d'intérêts ?

– Je suis là en tant qu'amie.

– Je ne suis pas certain que ça change quoi que ce soit.

– Alors, commençons par ça : Maria et moi allons quitter

le cabinet. Nous n'avions aucune intention de vous le dire aujourd'hui, mais autant s'en débarrasser maintenant.

Pour la première fois, même Barney ne sut quoi répondre. Son regard alla de Jill à Maria avant de se poser de nouveau sur Jill.

— Vous venez de dire que vous allez quitter toutes les deux le cabinet ?

— Oui.

— Où allez-vous travailler ?

— Ce n'est pas le sujet. Pour le moment, nous discutons de la plainte que compte déposer Maria. Nous savons tous que les allégations de Lynn et des autres sont sérieuses. Imaginez-vous à quel point leurs cas vont paraître plus graves encore quand Maria portera plainte elle aussi ?

— Mais je n'ai rien fait, marmonna Ken.

Barney se contenta de lui jeter un regard noir.

— Vous pensez que quelqu'un va y croire ? Après toutes les dépositions à venir au tribunal ? Mais bien sûr, ça n'ira pas aussi loin. Tout le monde dans cette pièce sait que vous allez chercher un accord. Ça se passe toujours comme ça. Je ne suis pas sûre de pouvoir dire la même chose pour Maria. Elle était très contrariée en me racontant son histoire. Même si je ne serai pas son avocate, je pense qu'elle pourra choisir d'aller aussi loin que possible.

Barney lissa sa veste.

— Je suppose que vous n'êtes pas là simplement pour nous informer à l'avance que vous allez porter plainte ou que vous partez. Je suppose que vous êtes là pour régler cette question.

— Pourquoi penser ça ?

— Vous n'avez rien à gagner à nous dire par avance que vous comptez contacter l'EEOC.

— Peut-être que j'ai encore un soupçon de loyauté envers ce cabinet.

— Peut-être.

— Ou peut-être que je voulais que Ken sache qu'en plus de ruiner le cabinet ou de voir ses économies englouties, il va devoir vendre cette voiture ridicule quand Maria en aura fini avec lui.

Ken gémit légèrement, Barney l'ignora.

— Comment peut-on résoudre ça ?

— Pour commencer, Maria veut six semaines de vacances cette année.

— Pourquoi ça, si elle compte partir ?

— Parce que c'est sur sa liste de choses à faire avant de mourir. Parce que Ken est un connard. Parce que, hier, elle a vu un arc-en-ciel dans un arroseur. Parce que Maria a dû travailler les soirs et les week-ends à cause de vous et qu'elle n'a pas pris une journée depuis son arrivée. Ce que je veux dire, c'est que peu importe la raison. Elle le veut, et c'est tout.

— Les employés qui ont moins d'un an dans la boîte n'ont droit qu'à une semaine.

— Alors, faites une exception. Des congés payés que vous ajouterez à son dernier chèque.

Ken était sur le point de dire quelque chose, mais Barney leva la main pour le faire taire.

— Autre chose ?

— Oui. Concernant le délai de deux semaines ? On l'oublie. Aujourd'hui, c'est le dernier jour de Maria, et elle ne reviendra pas. Vous allez la payer pour ces deux semaines aussi.

Barney avait l'air d'avoir avalé quelque chose de mauvais.

— C'est tout ? Deux mois de salaire ?

— Pas tout à fait. Il lui faut un bonus pour ces pressions psychologiques. Disons… trois mois de plus.

Barney se tut.

— Et en échange ?

– Je vais devoir en discuter avec elle, mais je suis presque certaine que vous n'entendrez rien de sa part au sujet du comportement déviant de Ken. Pas de témoignage, pas de plainte. Finissons-en, et nous pourrons partir chacun de notre côté.

Barney se tut, se demandant sans doute à quel point Maria était déterminée. Jill l'avait bien compris.

– Elle ne bluffe pas, Barney. Vous savez comment est Ken. Vous savez ce qu'il a déjà fait, et vous savez aussi qu'il a harcelé sexuellement Maria. Plus que ça, vous savez que nous ne parlons pas d'une énorme somme d'argent. Sur le fond, elle vous fait un cadeau, car même si elle méprise Ken, elle a le plus grand respect pour vous.

– Et la déclaration sous serment ?

– N'y pensez même pas, le prévint Jill. Maria ne va pas mentir. Mais elle ne fera pas de déclaration inverse. On oubliera simplement cet incident.

– Et si d'autres plaideurs la font déposer ?

– Elle sera sur la planète Jupiter d'ici là, alors il n'y a pas de raison de s'inquiéter.

– Excusez-moi ?

– Oh, dit Jill avec un sourire. Désolée. Je pensais qu'on avait fait un détour par le royaume enchanté de Fantasyland.

– Fantasyland ?

– Vous et moi savons qu'elle ne risque pas de devoir témoigner, car vous ne laisserez pas les choses en arriver là. Vous finirez par passer un accord. Vous devez le faire, sinon ça va vous coûter une fortune, même en cas de victoire.

Barney jeta un coup d'œil à Ken puis en revint à Jill.

– Puis-je savoir quelles sont vos demandes ? Puisque vous quittez le cabinet vous aussi.

– Une seule, et qui n'a rien à voir avec l'argent, répondit Jill. En échange, je termine mes deux semaines ici comme prévu, je travaille avec les associés pour m'assurer que mes clients ne remarquent pas la transition, et ensuite je pars.

– Et que voulez-vous alors ?

– J'aimerais que vous organisiez un petit pot de départ pour moi au bureau. Rien de sophistiqué, juste un gâteau au déjeuner par exemple, mais j'aimerais pouvoir dire au revoir à tout le monde en même temps. Évidemment, entre-temps, je pense que nous savons tous qu'il vaudrait mieux rester le plus discret possible sur notre départ. Les autres associés doivent être mis au courant, mais je ne veux pas déclencher un départ d'employés en masse. Croyez-le ou non, mais j'espère que vous trouverez un accord aussi discrètement et rapidement que possible. Il y a beaucoup de personnes bien ici.

Si Barney avait peut-être apprécié la sentimentalité de Jill, Maria le vit tressaillir en posant une main sur son menton.

– Cinq mois de salaire pour Maria, c'est un peu trop. Les partenaires vont rechigner. Si je pouvais en demander trois…

– Ne prenez pas mes espoirs concernant les autres comme une occasion de négocier. Car il n'y a pas de négociation possible. C'est une offre à prendre ou à laisser, tout de suite. Et cette offre n'aura plus cours dès que Maria et moi aurons passé la porte et qu'elle commencera à remplir un dossier pour l'EEOC. Franchement, elle demande beaucoup moins que ce que vous allez devoir débourser pour les autres. Vous devriez la remercier de ne pas tenter de vous faire payer plus.

Barney prit son temps avant de répondre.

– Il va falloir que je parle malgré tout aux autres associés. Je ne peux pas prendre une telle décision tout seul.

– Bien sûr que si. Nous savons tous les deux qu'ils

vont vous suivre, alors arrêtons ce petit jeu, OK ? Vous êtes d'accord ou non ?

— Cinq mois de salaire ! s'exclama Maria.

Elles se trouvaient toutes les deux sur le parking à côté de la voiture de Maria. Quelques minutes plus tôt, Maria avait mis de côté quelques affaires personnelles, surtout des photos de famille et quelques-unes prises en faisant du paddle, dans une petite boîte qu'elle avait rangée dans son coffre.

À la demande de Barney, elle n'avait dit au revoir à personne et personne n'avait semblé remarquer quoi que ce soit. Jill l'attendait dehors.

Jill sourit.

— C'est super, non ?

En vérité, Maria était encore sous le choc. Plus de Ken, plus de week-ends à tenter de suivre le rythme des demandes de Barney, et cinq mois de salaire directement sur son compte épargne. Elle n'avait jamais eu autant d'argent, et de loin. C'était comme si elle avait acheté un ticket gagnant de loterie à gratter.

— Je suis encore sous le choc.

— J'aurais sans doute pu t'avoir plus.

— C'est bien assez. Je me sens même coupable.

— Ne le sois pas. Car crois-moi ou non, tu as été harcelée sexuellement. Ça n'a peut-être pas été aussi évident pour toi que pour d'autres, mais c'est une réalité. Tu mérites ces cinq mois. Et crois-moi quand je dis que Barney doit pousser un sacré soupir de soulagement en ce moment, sinon on ne serait pas là à faire une minifête.

— Merci beaucoup.

— Tu n'as pas à me remercier. Si nos positions étaient inversées, tu aurais fait la même chose.

— Je suis loin d'être aussi bonne que toi. Tu as attaqué Barney et tu as gagné.

Jill eut un sourire penaud.

— Et tu veux savoir le plus fou ?

— Quoi donc ?

— Leslie est bien meilleure que moi.

Cette pensée donna le vertige à Maria.

— Merci encore de me faire confiance.

— De rien. Mais je sais exactement ce que je gagne avec toi.

Maria désigna le bâtiment.

— C'est étrange de penser que je ne vais pas venir travailler demain. Et très probablement que je ne repasserai plus jamais ces portes. C'est arrivé si… vite.

— Comme ce qu'ils disent au sujet de la banqueroute ? Que c'est long à venir, et ensuite très rapide ?

Maria hocha la tête.

— Je suppose. Même si je n'aime pas ce que Barney tentait de faire, j'espère toujours que tout ira bien pour lui.

— S'il y a un avocat pour lequel tu ne dois pas t'inquiéter, c'est bien Barney. Tout ira bien pour lui, quoi qu'il arrive. Et entre toi et moi, ça ne m'étonnerait pas s'il quittait lui aussi le cabinet.

— Pourquoi partir ?

— Parce qu'il le peut. Et qui voudrait continuer à travailler avec Ken ?

Maria ne répondit pas, mais elle n'avait pas à le faire. Jill avait raison, et pendant que Maria tentait toujours d'affronter sa journée, elle se mit à penser à Lester Manning et aux déclarations de Margolis. Elle croisa les bras sur sa poitrine.

— Que ferais-tu à ma place ? Au sujet de Lester, je veux dire.

— Je ne pense pas que tu en saches assez pour le moment,

pour tirer des conclusions. Je sais que ça ne t'aide sans doute pas, mais…

Jill ne termina pas sa phrase et Maria ne pouvait pas lui en vouloir, car elle-même ne parvenait pas à assembler les pièces du puzzle.

Au milieu de la circulation dense, Maria était en route pour *Mayfaire*, un centre commercial chic. Tout en conduisant, elle tenta de se faire à l'idée de ne pas aller travailler le lendemain, ni même le lundi suivant. La dernière fois que ça lui était arrivé, c'était après avoir quitté son travail à Charlotte…

Maria secoua la tête, s'efforçant de ne pas y penser. Elle savait exactement où ça la mènerait, et elle ne voulait pas penser à Lester, pas plus qu'au petit ami de Cassie ou à n'importe quoi de ce que Margolis avait pu lui raconter. Car cela ne la mènerait nulle part.

Plus de Ken, s'émerveilla-t-elle. *Plus de week-ends gâchés par Barney*. Dans deux semaines, elle travaillerait avec Jill. Et aurait touché cinq mois de salaire. Sur le plan professionnel, les choses n'auraient pu aller mieux. Il fallait donc fêter ça, peut-être même faire une folie. Elle pouvait vendre sa voiture et opter pour un modèle plus sport, tant que ce n'était pas une Corvette rouge, mais elle sut aussitôt que ce n'était qu'une fantaisie. Elle était trop économe et n'avait aucune intention de tenter d'expliquer à son père pourquoi elle avait acheté une voiture au lieu de rembourser une partie de son prêt étudiant qui remontait à ses études de droit ou d'ouvrir un compte d'investissement. Ou simplement de garder l'argent, puisqu'elle en aurait sans doute besoin dans quelques années pour investir dans le nouveau cabinet.

L'idée de se retrouver associée dans un cabinet d'avocats,

et sans doute avant ses trente-cinq ans, lui était passée au-dessus de la tête jusque-là, tant la journée avait été folle. Qui aurait pu l'imaginer ?

Elle atteignit *Mayfaire* au crépuscule et envoya un SMS à Serena pour lui dire qu'elle arriverait sans doute quelques minutes avant 19 heures, mais qu'il ne fallait pas l'attendre pour dîner. Un instant plus tard, la réponse de Serena fit vibrer son téléphone. *Moi aussi je serai en retard. Je déteste t'imaginer rater une seule miette de conversation brillante !*

Maria sourit. Elle envoya un message à ses parents pour les prévenir, avant de se diriger vers *Williams-Sonoma*. C'était toujours un peu difficile de trouver quelque chose de spécial pour sa mère : Carmen se faisait toujours du mauvais sang quand on dépensait de l'argent pour elle, en particulier ses enfants ; mais puisque l'acquisition d'une nouvelle voiture était hors de question, Maria se dit qu'elle pouvait faire une folie et lui offrir de nouvelles casseroles et poêles. Malgré le restaurant et son amour de la cuisine, sa mère n'avait jamais envisagé d'acheter des ustensiles neufs. Son équipement datait des années d'école primaire de Maria – peut-être même encore d'avant.

Son expédition se révéla plus coûteuse que prévu. Une batterie de cuisine de qualité, en toute logique, n'était pas bon marché, mais Maria était contente. Ses parents lui avaient payé une école privée, lui avaient acheté une voiture d'occasion pour ses seize ans, qu'elle avait gardée jusqu'à celle qu'elle conduisait maintenant, sans compter quatre ans de fac et deux ans de droit. Elle n'avait jamais fait un truc de ce genre pour eux. Elle savait que sa mère risquait de se faire du mauvais sang à cause d'une telle dépense. Son père ne dirait rien, mais Carmen le méritait.

Elle chargea ses cadeaux dans le coffre, à côté de ses effets personnels. Heureusement, la circulation serait nettement plus fluide à cette heure. Avant de démarrer, elle envoya un SMS à Serena pour lui dire qu'elle arrivait dans un quart d'heure puis se rendit compte qu'elle n'avait pas encore appelé Colin pour lui raconter ce qui s'était passé au cabinet. Elle avait toujours envie de fêter cette bonne nouvelle, et avec qui si ce n'était Colin ? Plus tard, chez elle ou chez lui… Qui aurait cru que l'argent pouvait se révéler aphrodisiaque ?

Sachant qu'il était sans doute déjà au bar, elle lui envoya un SMS lui demandant de l'appeler quand il en aurait l'occasion. Il travaillerait sans doute jusqu'à 22 ou 23 heures, et ça lui donnerait le temps de rentrer chez elle après avoir quitté la maison de ses parents, d'allumer deux ou trois bougies, peut-être même de boire un verre de vin. La nuit s'annonçait longue, mais il n'avait pas cours demain matin et elle n'avait pas à aller travailler, alors pourquoi s'inquiéter ?

Elle posa son téléphone sur le siège passager et démarra. Après avoir tourné dans le voisinage, elle se demanda combien de fois dans sa vie elle avait pris exactement la même route. Des dizaines de milliers de fois sans doute, ce qui l'étonnait toujours, tout comme le voisinage lui-même. Même si les gens étaient arrivés ou partis, le passage du temps semblait avoir laissé indemnes la plupart des maisons et chaque coin de rue lui rappelait des souvenirs : des stands de limonade, des balades en rollers, les feux d'artifice du 4-Juillet, Halloween. Rentrer chez soi avec des amis. Son téléphone sonna et interrompit ce flot d'images. Elle y jeta un coup d'œil et sourit en voyant s'afficher le nom de Colin.

— Hey, je croyais que tu ne pouvais pas appeler pendant le service.

— Je ne peux pas, mais j'ai vu ton message et j'ai demandé à l'autre barman de me remplacer quelques minutes. Tout va bien ?

– Ouais, très bien. Je suis presque chez mes parents.

– Je pensais que tu y étais déjà.

– Je devais d'abord acheter un cadeau pour ma mère et ça a pris du temps. Mais, hé, tu ne devineras jamais ce qui est arrivé aujourd'hui.

– Margolis t'a rappelée ?

– Non, c'est au sujet du boulot, dit-elle, avant de raconter à Colin ce qui s'était passé. Ça veut dire que je suis plutôt riche pour le moment.

– On dirait.

– J'ai acheté une super batterie de cuisine pour ma mère.

– Je parie qu'elle va adorer.

– Dès qu'elle aura surmonté sa culpabilité de m'avoir fait dépenser de l'argent, oui. Mais la vraie raison de mon appel, c'est que j'ai décidé que j'aimerais que tu passes ce soir. Chez moi.

– Ce n'était pas déjà prévu ? Que j'appelle quand j'aurais fini ?

– Oui, mais quand on avait décidé ça, je n'avais pas envie de faire la fête. Maintenant, si, et je voulais te prévenir.

– À propos de quoi ?

– Eh bien, maintenant que je suis plutôt riche, je pourrais te faire certaines demandes ce soir. Sur un plan charnel, j'entends.

Colin rit et Maria sut qu'il aimait ce qu'elle sous-entendait.

– D'accord.

Maria vit la voiture de Serena garée devant la maison de ses parents. De chaque côté de la rue, les trottoirs étaient déserts. Les lumières étaient allumées dans les maisons, les écrans de télévision clignotaient et les familles se détendaient après une longue journée de travail.

– Quoi que tu fasses, reste concentré au boulot malgré ton impatience, je n'aimerais pas que tu aies des problèmes avec ton patron.

– Je ferai de mon mieux.

Elle se rangea derrière la voiture de Serena et coupa le moteur.

– Et une chose encore. Tu te souviens de ce que j'ai dit à Margolis ? Quand il m'a demandé pourquoi j'étais encore avec toi ?

– Oui.

Elle sortit et alla ouvrir le coffre.

– Je voulais juste que tu saches que j'en pensais chaque mot.

Il rit de nouveau.

– D'accord.

Elle ouvrit le coffre.

– Malheureusement, je vais devoir couper. Je vais avoir besoin de mes deux mains pour tout porter.

– Je comprends. Je dois retourner travailler, de toute façon.

– Oh, avant que tu partes…

En regardant les boîtes, Maria remarqua un mouvement du coin de l'œil et se retourna. Un homme traversait la rue dans sa direction, d'un pas pressé. Pendant une fraction de seconde, elle ne sut comment réagir. C'était un endroit sûr : elle n'avait jamais ne serait-ce qu'entendu parler d'un cambriolage ou d'une dispute ayant dégénéré. Elle n'avait jamais eu peur. Elle n'était qu'à quelques mètres de la porte de ses parents, dans une rue si sûre qu'elle avait souvent campé dans le jardin l'été. Et pourtant, la démarche résolue de l'étranger lui hérissa la nuque, car elle sut instinctivement qu'il n'était pas à sa place ici.

Impossible de le reconnaître dans le noir. Mais à cet instant, le visage de l'homme fut tout à coup éclairé par les lumières du salon de ses parents. Elle distingua une lueur métallique dans sa main et la peur prit le dessus quand elle vit une arme à feu. Maria ne pouvait pas bouger, à peine respirer. Elle n'entendit que vaguement Colin dire son nom au téléphone.

Colin le répéta une deuxième puis une troisième fois. Son inquiétude grandissante la fit enfin réagir.

– Il est là, chuchota-t-elle.

– Qui est là ? Que se passe-t-il ?

– Il a un pistolet.

– Qui ?

– Lester Manning, dit Maria. Il est là.

Chapitre 23

Colin

Entendre Maria prononcer le nom de Lester fut un choc pour Colin. Mais le choc laissa place à une montée d'adrénaline. La réponse combat-fuite prit le dessus. Colin entendit vaguement Lester crier quelque chose et la communication fut interrompue.

Lester.

Colin bondit de l'arrière-boutique puis passa en courant devant le bar. Il se faufila entre les tablées tout en appuyant sur le bouton *Bis*. Le téléphone tomba directement sur la boîte vocale de Maria.

Encore.

Encore.

Maria est en danger.

Derrière lui, il entendit le barman l'interpeller. Les serveuses échangèrent des regards inquiets et le manager lui demanda où il allait en le voyant jaillir hors du restaurant.

Lester a une arme à feu.

Colin tourna au coin de la rue et ses pieds glissèrent sur le trottoir couvert de sable. Retrouvant son équilibre, il remonta la rue en courant, calculant déjà le trajet le plus direct jusqu'à la maison des parents de Maria.

En espérant que les routes soient libres.

Que sa voiture démarre.

S'il te plaît, démarre.

Il appellerait la police sur le chemin.

Colin fit un écart pour éviter un couple de personnes âgées et poursuivit sa course folle, apercevant enfin sa voiture.

De précieuses secondes s'écoulèrent. Lester pouvait déjà l'avoir poussée dans sa voiture, tout comme Gerald Laws avec Cassie…

Il fallait vingt minutes pour se rendre chez les parents de Maria.

Il le ferait en dix. Ou moins. Maria pouvait déjà être partie…

Colin bondit dans sa voiture et enfonça la clé de contact, faisant attention à ne pas noyer le moteur. La vieille Camaro démarra en rugissant et s'arracha au trottoir. Colin avait déjà les yeux rivés sur les voitures devant lui. Comblant aussitôt la distance, il jeta un coup d'œil à son téléphone. D'une main, il composa frénétiquement le 911 et entendit l'opérateur lui demander la nature de son appel.

Un homme avec une arme à feu menaçant une femme, expliqua-t-il. Maria Sanchez. Un gars nommé Lester Manning l'avait suivie, et surprise devant le domicile de ses parents… il ne pouvait pas se souvenir de l'adresse exacte sur le moment mais indiqua le nom de ses parents, de la rue et de la rue transversale. Colin déclina son identité et précisa qu'il était en route. Quand l'opérateur le pressa de laisser la police s'en occuper, il raccrocha.

Il accéléra encore, le capot de sa voiture pratiquement au contact du pare-chocs de la voiture le précédant. La voie d'à côté étant bloquée par un Range Rover noir circulant à la limite de la vitesse autorisée, Colin coupa par la bande d'arrêt d'urgence et remonta à toute vitesse une file de voitures avant de revenir sur la route. Il enfonça l'accélérateur et rattrapa en quelques secondes un pick-up et une fourgonnette blanche qui roulaient côte à côte. Il les doubla là encore par la bande d'arrêt d'urgence, ralentissant à peine cette fois. Atteignant l'embranchement menant au pont, il tourna brusquement le volant dans un crissement de pneus.

Il doubla encore d'autres voitures et rallia enfin une longue ligne droite à la circulation plus fluide. Colin appuya à fond sur l'accélérateur. L'adrénaline aiguisait ses sens au volant. Son corps et sa voiture étaient parfaitement synchronisés.

Il franchit les 130 puis 140 kilomètres à l'heure puis les 160 et vit une lumière rouge devant lui, alors que les voitures ralentissaient. Ne voulant pas s'arrêter au feu, il prit une piste cyclable.

Jaillissant d'une ouverture à l'intersection, il zigzagua entre les voitures et prit la piste cyclable quand c'était nécessaire. Il négocia un virage et accéléra le long d'une longue file de voitures, avant de couper par le parking d'une station-service à plus de 50 kilomètres à l'heure. Les gens s'écartèrent brusquement à son passage. La police était en chemin… mais elle arriverait peut-être trop tard malgré tout.

L'esprit de Colin ne cessait de se demander si Lester avait déjà obligé Maria à monter dans sa voiture, où il avait pu l'emmener… ou s'il ne l'avait pas déjà abattue.

Un autre virage, cette fois à gauche. Et pour la première fois, il fut obligé de s'arrêter à une intersection bondée. Il martela son volant puis retint son souffle en plongeant soudain au milieu de plusieurs files de voitures. Il vit un autre conducteur freiner brusquement, l'évitant de quelques centimètres à peine. Accélérant dans une zone résidentielle à plus de 90 à l'heure, il chercha du regard des enfants, des passants ou des animaux tandis que les maisons défilaient devant lui, floues. Un autre virage. Ses pneus crissèrent et l'arrière de la Camaro partit sur la gauche puis sur la droite, Colin manquant perdre le contrôle. Dans ce pâté de maisons, les voitures étaient garées de chaque côté de la rue et limitaient sa visibilité. Colin ralentit à contrecœur. Juste devant lui, il distingua un couple avec une poussette sur le trottoir. Un gamin jouant à la balle avec son père de l'autre côté de la rue. Un gars promenant son chien au bout d'une longue laisse...

Un autre tournant, et il eut cette fois une vue dégagée sur une rue déserte. Colin accéléra de nouveau, reconnaissant le voisinage des Sanchez. Il lui avait fallu neuf minutes.

Il prit le dernier virage à toute allure... et faillit percuter une Camry bleue qui roulait vite au milieu de la route. Colin vira par réflexe sur la droite, tout comme l'autre voiture, et la Camaro se déporta dans un crissement de pneus. Colin sentit une autre montée d'adrénaline alors que son cœur battait à tout rompre. Les deux voitures se frôlèrent et il aperçut deux hommes affichant des expressions estomaquées, les yeux écarquillés. Colin serra le volant, reprenant le contrôle de justesse.

Il était presque arrivé. La rue des Sanchez était la suivante. Un seul virage à prendre, et il ne freina qu'au dernier moment.

La peur le dominait désormais.

Il pria pour qu'il ne soit pas trop tard.

Colin entendit une sirène derrière lui. Dans le rétroviseur, il vit les lumières d'une voiture de patrouille qui fonçait juste derrière lui. Colin ralentit à peine mais la voiture se rapprochait, et il entendit le haut-parleur brailler :

– Arrêtez-vous !

Aucune chance, se dit Colin. *Peu importe ce qui m'arrive.*

Chapitre 24

Maria

Maria ne pouvait détourner les yeux de l'arme... ou de la personne qui la tenait. Lester Manning. Margolis avait eu tort. Lester n'était pas à l'hôpital. Il l'avait attendue ici. Paralysée, elle le vit lui arracher son téléphone des mains, son visage tordu méconnaissable.

– Pas de coup de fil ! cria-t-il, la faisant sursauter. (Il était énervé et sa voix montait dans les aigus.) Pas de police !

Il recula et Maria l'observa enfin en détail : il était tout décoiffé et portait une veste en toile miteuse, une chemise d'un rouge délavé et des jeans déchirés. Les trous sombres de ses pupilles et sa respiration haletante. Dans sa tête, les mots se bousculaient : *troubles délirants, crise, délires de persécution.*

Et le pistolet. Il tenait un pistolet.

Ses parents étaient à l'intérieur, tout comme sa sœur. Sa famille était en danger, il faisait nuit et il n'y avait personne dans les environs... Elle aurait dû courir dès qu'elle l'avait vu et refermer la porte, mais elle était restée là comme si ses jambes appartenaient à quelqu'un d'autre...

– Je sais ce que TU AS FAIT ! siffla-t-il.

Il s'exprimait trop vite, de façon presque inintelligible.

Alors qu'il continuait de reculer, elle vit le téléphone s'allumer et entendit Colin. Lester sursauta et regarda le téléphone dans sa main. Elle le vit couper la communication, mais le téléphone se ralluma et sonna de nouveau. Lester fronça les sourcils en appuyant de nouveau dessus, s'adressant au téléphone comme s'il était vivant.

– J'ai dit pas de coup de fil ! Pas de police ! (Puis il marmonna :) Reprends-toi. Ce n'est pas réel.

D'une main tremblante, il mit le téléphone sur silencieux et le fourra dans sa poche de veste.

– Ils ne viendront pas.

S'il vous plaît, Seigneur, faites que Colin ait déjà prévenu la police. La police sera là bientôt. Je dois juste tenir bon. Je ne serai pas une nouvelle Cassie. S'il essaie de me toucher, je vais hurler et me débattre comme une folle.

Mais…

Margolis avait dit que Lester pouvait se comporter normalement parfois. Il avait pu trouver un emploi. Et quand elle l'avait rencontré, il était étrange mais pas psychotique, même s'il avait de toute évidence des problèmes. Peut-être pouvait-elle lui parler… Il fallait seulement qu'elle reste calme.

– Salut, Lester, dit-elle, tentant de conserver une voix égale et agréable.

Ses yeux s'illuminèrent. Ses pupilles étaient énormes. Non, pas énormes, dilatées.

La drogue ?

– « Salut Lester. » C'est tout ce que tu trouves à dire ?

– Je veux que tu saches que je suis désolée pour Cassie…

– Non, non, et non ! dit-il en élevant la voix. Tu n'as pas le droit de prononcer son nom ! Elle est morte à cause de toi !

Elle leva les mains instinctivement, s'attendant à le voir

se jeter sur elle, mais Lester recula encore d'un pas. Maria se rendit compte qu'il semblait moins en colère… qu'effrayé ?

Ou paranoïaque. Et la dernière chose dont elle avait envie était de le provoquer. Elle baissa les yeux, le cœur battant. De longues secondes s'écoulèrent. Elle pouvait entendre la respiration difficile de Lester. Le silence s'étira jusqu'à ce qu'il renifle avant de dire « non » d'une voix plus douce.

Sa respiration ralentit et, quand il reprit la parole, sa voix était tremblante mais apaisée.

— Ils sont en sécurité, dit-il en désignant la maison d'un signe de tête. Ta famille. Je les ai vus par la fenêtre. J'ai vu ta sœur entrer. La suite dépend de toi.

Elle tressaillit à ces mots mais garda le silence. La respiration de Lester continua à ralentir, comme si c'était volontaire de sa part. Son regard ne cilla pas.

— Je suis venu parler. Tu dois entendre ce que j'ai à dire. Tu vas m'écouter cette fois, Maria, n'est-ce pas ?

— Oui.

— Les docteurs me disent que ce n'est pas vrai, expliqua-t-il. Je me dis que ce n'est pas vrai. Mais je me souviens de la vérité. Au sujet de Cassie et de ma mère. De la police. De ce qu'ils ont fait. Et je sais que tout a commencé à cause de toi. Les docteurs me disent que ce n'est pas vrai et que j'invente tout, mais je connais la vérité. Alors, dis-moi : tu as parlé de moi, n'est-ce pas ?

Elle ne répondit pas et vit les muscles de son cou se raidir.

— Ne prends pas la peine de mentir. Souviens-toi que je connais déjà la réponse.

— Oui, murmura-t-elle.

— Tu as de nouveau parlé de moi à la police.

— Oui, répéta-t-elle.

— C'est pour ça que l'inspecteur est venu ce matin.

Où est Colin ? se demanda-t-elle. *Et la police ?* Elle n'était pas sûre de savoir combien de temps elle pourrait empêcher Lester de s'énerver…

– Oui.

Il détourna le regard en grimaçant.

– La première fois qu'on s'est rencontrés, je voulais te croire quand tu as dit avoir fait de ton mieux et que Cassie irait bien. Mais j'ai fini par comprendre que Cassie n'était rien pour toi. Juste un autre nom, une autre anonyme. Mais ce n'était pas une anonyme. C'était ma sœur et c'était ton boulot de la protéger. Mais tu ne l'as pas fait. Et alors…

Il ferma les yeux.

– Cassie avait l'habitude de s'occuper de moi quand ma mère était trop malade pour se lever… Elle me faisait du potage au poulet et on regardait la télévision ou elle me lisait des livres. Tu savais ça ? Elle n'était pas une anonyme.

Il s'essuya le nez d'un revers de main, et quand il poursuivit sa voix rappelait celle d'un enfant.

– Nous avons tenté de te prévenir de ce qui allait se passer, mais tu n'as pas écouté. Quand Cassie est morte, ma mère n'a pas pu supporter de vivre. À cause de toi, elle s'est tuée. Tu le savais ? Dis la vérité.

– Oui, reconnut Maria.

– Tu sais tout sur nous, Maria, n'est-ce pas ? Tu sais tout de moi.

– Oui.

– Et tu as envoyé la police après moi après la mort de Cassie.

Parce que tu m'avais envoyé ces messages. Parce que tu me menaçais.

– Oui.

– Et ton copain… C'est ton copain, n'est-ce pas ? Le grand gars du club de gym ? J'ai vu comment il était en

424

colère après le coup du verre. Il voulait me faire du mal, n'est-ce pas ?

– Oui.

– Et donc, ce matin, tu as envoyé de nouveau la police. *Parce que tu avais crevé mes pneus ! Parce que tu me suis !*

– Oui.

Lester se redressa un peu.

– C'est ce que j'ai dit aux docteurs. Tout ça. Mais ils ne me croient pas, bien sûr. Personne ne me croit jamais, mais au moins tu es honnête. Je savais, mais maintenant je le sais vraiment… et je peux sentir la différence en moi. Tu comprends, Maria ?

Non.

– Oui.

– Elle prend le pouvoir. La peur, je veux dire. Peu importe à quel point tu essaies de la combattre, elle prend le pouvoir et détruit ta vie. Comme maintenant. Je sais que tu as peur de moi. Peut-être comme Cassie avait peur, après que tu l'as abandonnée ?

Il la regarda, guettant sa confirmation.

– Oui.

Elle le vit taper le côté de sa jambe avec son arme.

– Tu peux imaginer ce que ça fait ? De perdre sa sœur ? Et sa mère ? Et voir des gens comme toi s'en prendre à mon père ? Et à moi ?

– Je ne peux pas.

– Non, tu ne PEUX PAS ! cria-t-il tout à coup, et à cet instant, elle entendit le son lointain d'une sirène de police.

Lester sursauta, prenant conscience de la nature de ce bruit alors que les sirènes se faisaient plus fortes. Il se reconcentra sur Maria.

– J'ai dit pas de police. J'ai dit PAS-DE-POLICE !

Sa voix craqua, passant de la colère à l'incrédulité comme il faisait un pas en avant.

— Je n'y retournerai PAS ! Tu M'ENTENDS ? Je n'y retournerai PAS !

Maria recula, les mains levées.

— D'accord…

— ILS M'ONT FAIT DU MAL ! cria-t-il, avançant encore d'un pas dans sa direction.

Ses joues étaient striées de larmes alors qu'il rapprochait son visage du sien.

— Ils m'ont ÉLECTROCUTÉ ! Et ils m'ont mis dans une cage avec des ANIMAUX qui m'ont battu, et ils n'ont RIEN fait ! Ils ont TOUS ri, c'était juste un jeu pour eux ! ET TU CROIS QUE JE NE SAIS PAS QUI LEUR A FAIT FAIRE ÇA ?

Oh, mon Dieu, il craque…

— TOI ! hurla-t-il, tremblant de rage.

Maria recula, tentant de maintenir la distance entre eux. Son regard ne cessait de revenir se poser sur l'arme, puis sur Lester. Lui continuait d'avancer, et le dos de Maria touchait presque la porte du garage.

— Tu as APPELÉ LA POLICE ! Tu n'arrêtes pas de revenir, mais cette fois, je ne vais PAS te laisser T'EN TIRER COMME ÇA !

Serena avait dû l'entendre, cette fois. Ou ses parents. Ils pouvaient ouvrir la porte à tout moment et Lester se retournerait et ferait feu…

Entre deux pensées défilant à toute allure, Maria se rendit compte qu'une seconde sirène se faisait entendre, plus lointaine, mais que toutes les deux se rapprochaient. Les mâchoires de Lester se serrèrent et ses yeux exprimèrent soudain la douleur de la trahison. Son doigt se déplaça lentement vers la détente de l'arme.

Une unique impulsion envahit le corps de Maria.

Cours, cours, COURS !

Elle pivota et fit le tour de la voiture, s'élançant vers

la maison. Surpris, Lester cria son nom. Maria entendit un grognement quand il s'élança à sa poursuite, touchant la voiture. Moins de dix mètres. Peut-être cinq. La porte commença à s'ouvrir, et un rai de lumière balaya le porche.

Cours !

Elle se tendit en avant vers la lumière. Elle pouvait sentir Lester derrière son dos. Comme au ralenti, elle vit Serena apparaître sur le porche. *Il va nous tuer toutes les deux…* Baignée de lumière, Serena ne comprenait pas ce qui se passait. Troublée, elle regarda Maria, alors que celle-ci fonçait dans sa direction. *Ce sont les doigts de Lester qui effleurent le dos de ma chemise ?* Elle s'efforça d'aller encore plus vite, de toutes ses forces.

— Maria ? fit Serena.

Plus tard seulement, Maria comprit que Serena avait crié son nom.

J'y suis presque…

Et elle réussit.

Attrapant Serena, elle repoussa sa sœur vers l'intérieur et claqua la porte derrière elles.

— Qu'est-ce que tu fais ? cria Serena, interdite.

Maria ferma la porte à clé et prit Serena par le poignet, la tirant sans ménagement.

— Éloigne-toi de la porte ! hurla Maria. Il a une arme !

Serena trébucha et faillit tomber alors que Maria la tirait vers elle.

— Qui ?

— Lester !

Elle entraîna sa sœur dans la cuisine et vit sa mère près du four, manifestement étonnée. Mais son père n'était pas là… Maria se tourna de tous les côtés…

Oh mon Dieu. Où est papa ?

— Attends… Lester est là ? demanda Serena dans son dos.

— Il est dehors ! cria Maria, regardant aussitôt par le carreau, espérant que son père soit sur le porche de derrière. Lester Manning ! Le type qui me poursuivait !

Il va franchir la porte à tout instant...

Il va me tuer, les tuer, puis se suicider...

Comme Gerald Laws et Cassie...

Soulagée, elle vit alors son père à la table de la terrasse, Smokey sur ses genoux. Serena bafouillait. Sa mère avait commencé à poser des questions elle aussi, mais Maria n'en retint aucune.

— Taisez-vous ! cria-t-elle. Toutes les deux ! cria-t-elle en ouvrant la porte coulissante. Rentre ! siffla-t-elle à son père, lui faisant signe de venir les rejoindre.

Il réagit aussitôt, se levant d'un bond en prenant le chien sous son bras.

Serena et sa mère se turent. Maria écoutait attentivement – la porte, le bruit d'une fenêtre brisée.

Le silence.

Serena ne la quittait pas des yeux. La peur se lisait sur son visage. Ses parents étaient bouche bée.

Toujours rien.

Et si Lester faisait le tour de la maison ?

Dans le silence, Maria entendit de nouveau les sirènes. Assez fortes maintenant pour qu'on les entende depuis l'intérieur de la maison.

— Je ne comprends pas, dit Serena, d'une voix tremblante de larmes. Où était Lester ?

— Dans la cour, dit Maria. Tu l'as vu. Il a failli m'avoir.

Mais Serena se contenta de secouer la tête, confuse.

— Je t'ai vue courir, mais il n'y avait personne derrière toi. J'ai vu quelqu'un d'autre dans la rue...

— Il avait une arme et il me courait après !

— Non, insista Serena. Il ne te courait pas après.

Avant que Maria puisse répondre, le son des sirènes emplit la maison et les murs devinrent rouge et bleu.

La police, se dit-elle. *Dieu merci.*

À cet instant, la porte d'entrée vola en éclats.

Maria hurla.

Chapitre 25

Colin

L'adrénaline le quittait, le laissant à la fois épuisé et tremblant. Tout bien considéré, Colin décida que cela ne le dérangeait pas d'avoir agi ainsi. Même s'il était difficile d'ignorer le fait qu'il était menotté et couché sur le ventre, surveillé par deux policiers à la mine sombre. Et sans doute bientôt destiné à un long séjour en prison.

Peut-être aurait-il dû obtempérer quand il avait vu la voiture de police dans son rétroviseur.

Et peut-être n'aurait-il pas dû s'arrêter derrière la voiture de patrouille en faisant crisser ses pneus devant le domicile des Sanchez, alors que les officiers étaient déjà sur le porche. Et peut-être n'aurait-il pas dû les ignorer quand ils lui avaient demandé de ne pas se ruer sur la porte d'entrée et de les laisser s'en charger. S'il avait pris des décisions différentes, les officiers n'auraient sans doute pas saisi leurs armes. De même, ils ne se seraient pas retrouvés à deux doigts de lui tirer dessus.

Point positif, Colin n'avait touché aucun agent après avoir ouvert la porte d'un coup de pied. Mais ceux-ci n'avaient pas été d'humeur à l'écouter quand il leur avait parlé de la maison à vendre ou du parc, deux endroits où Lester avait pu se réfugier. Tous les quatre étaient trop contrariés pour ça. Ils l'avaient arrêté pour conduite dangereuse, excès de vitesse et refus d'obtempérer, et il n'allait pas s'en tirer avec une amende cette fois. Ils l'avaient placé en état d'arrestation, son accord avec la justice allait donc sauter.

Ses avocats se battraient. Aucun doute là-dessus, mais le premier juge serait mis au courant. Et si ce juge, comme l'avait démontré sa décision initiale, était juste et raisonnable, il avait aussi exprimé très clairement ses attentes et précisé que la cour se tiendrait informée. Ajoutez à cela le fait que Margolis voudrait qu'on le place au contraire parmi les prisonniers violents et dangereux, et il ne fallait pas s'attendre à une bonne surprise.

La prison.

Il n'avait pas peur d'être enfermé. De façon générale, Colin se débrouillait bien dans les endroits dotés de règles et de structures, même privé de liberté. Il savait tout garder pour lui, s'occuper de ses affaires, regarder ailleurs quand c'est nécessaire et se taire. Et au bout d'un moment, cela deviendrait une routine. Il survivrait et finirait par sortir, et il recommencerait. Mais… Maria ne l'attendrait pas et il ne pourrait pas devenir enseignant. Il ne voulait pas penser à ça. Si la situation se présentait de nouveau, il agirait de la même manière. Le harceleur de Maria venant avec une arme ? Il devait tenter de la sauver. C'était aussi simple que ça. Comment deviner que Lester se serait enfui entre-temps ?

Si la police l'avait écouté, elle aurait déjà pu le retrouver. Mais ils avaient perdu de précieuses minutes à le menotter et à lui lire ses droits. Ce fut seulement après s'être calmés que les officiers écoutèrent, d'abord Maria donner son témoignage par à-coups, puis Félix, qui précisa qu'il n'avait pas l'intention de porter plainte pour la porte cassée. Serena et Carmen ne cessaient de pleurer. Bien trop tard,

Colin vit enfin deux des quatre officiers partir dans l'une des voitures à la recherche de Lester. Ensuite, Maria le surprit en demandant aux deux autres officiers d'appeler l'inspecteur Margolis, après les avoir suppliés sans succès de relâcher Colin.

Colin ferma les yeux, espérant que l'inspecteur serait retenu ailleurs. Mais un instant plus tard, l'un des officiers annonça que Margolis était en route.

L'inspecteur allait *adorer* ça. Il allait sans doute afficher l'un de ses sourires suffisants tout en balançant à Colin un « Je t'avais prévenu » qu'il était sûrement en train de répéter. Mais, encore une fois, Colin n'avait pas de regrets. Maria et sa famille étaient en sécurité, et c'était tout ce qui comptait. Ça, et empêcher Lester de revenir… Maria avait raconté aux policiers que Lester était devenu enragé en entendant les sirènes. Mais avant, Maria avait pu lui parler pour qu'il reste calme. Ou du moins elle l'avait laissé exprimer tout ce qui passait par son esprit dérangé en se contentant de dire qu'elle était d'accord avec lui. Mais la prochaine fois ?

Lester serait-il si facilement apaisé ? Ou se contenterait-il de l'enlever et de la conduire dans un endroit où la police ne les trouverait pas ? Cette pensée le rendait malade, et Colin s'en voulait de n'avoir pas contacté l'hôpital lui-même. Comment Lester avait-il pu sortir ? S'il s'était montré délirant quand les policiers étaient venus, pourquoi ne l'avait-on pas maîtrisé ? Ou bien n'était-ce plus de leur ressort ?

Une question le taraudait : comment Lester avait-il pu savoir que Maria serait là ? Peut-être qu'il était passé à son bureau, puis à son appartement et avait vu qu'elle n'était pas là, mais… Ses pensées furent interrompues par des phares puis le bruit d'une voiture qui ralentissait. Il l'entendit s'arrêter. Quelques secondes plus tard, une portière claqua avec un bruit sourd.

Margolis.

S'approchant de Maria, il avait marqué un temps d'arrêt en voyant Colin sur le sol, les menottes aux poignets.

– Tu as déjà eu cette sensation de Noël en avance ? dit l'inspecteur, s'accroupissant près de lui. Parce que moi, oui.

Colin ne dit rien. Tout ce qu'il pourrait dire lui serait renvoyé en plein visage.

– Je veux dire, je voulais prendre un truc à manger à moins de dix minutes d'ici, et voilà qu'on m'appelle en urgence. Et qui je trouve ? Mon vieux pote Colin ! Je dois dire que je ne t'ai pas vu en aussi bonne forme depuis longtemps.

Colin vit le reflet du sourire de Margolis sur ses chaussures cirées.

– Qu'est-ce que tu as fait ? Tu t'es disputé avec ta copine ? Peut-être poussé papa et maman quand ils ont voulu s'interposer ? Ou peut-être que tu t'en es pris à l'un des officiers sur place ?

Il cracha son cure-dents dans l'herbe, dangereusement près du visage de Colin.

– Tu pourrais arrêter de jouer les taiseux et tout me dire. Je vais le savoir dans une minute, de toute façon.

Colin soupira.

– Infractions au code de la route.

Margolis pencha la tête sur le côté, surpris.

– Sans rire ?

Colin ne répondit pas, et l'inspecteur secoua la tête en souriant d'un air méprisant.

– Je dois dire que je ne l'ai pas vue venir, celle-là. Mais, hé, ça me va aussi. Alors laisse-moi parler à ta copine, si c'est toujours ta copine, je veux dire. Même si tu n'as fait que lever un doigt sur elle, elle n'a pas l'air d'être du genre à te rendre visite tous les week-ends en prison, et j'ai toujours bien su juger les gens.

Colin le regarda se redresser. Margolis se retourna et se dirigea vers Maria. Colin s'éclaircit la gorge.

– Je peux me lever ?

Margolis jeta un coup d'œil derrière lui avant de hausser les épaules.

– Je ne sais pas. Tu peux ?

Utilisant sa tête, Colin souleva les hanches et poussa ses genoux en avant d'un même mouvement. Margolis fit signe à l'un des policiers qui avait aussitôt réagi. Il eut de nouveau un sourire satisfait.

– Avec des mouvements de bassin comme ça, je suis sûr que tous les gars en prison voudront danser avec toi. Mais dis-moi, pourquoi tu n'attends pas ici, le temps que je comprenne ce qui se passe ?

Margolis fit signe aux deux policiers d'approcher et Colin les vit discuter tous les trois à voix basse. L'un des deux désigna Maria d'un pouce deux ou trois fois. L'autre, Colin. Quelques voisins étaient sortis dans leurs jardins ou dans la rue, tendant le cou pour mieux voir. Il n'était pas le seul à l'avoir remarqué, Margolis aussi. Et après une brève discussion avec la famille, tout le monde, excepté Colin, entra. Surpris, ce dernier vit Margolis lui faire signe de les rejoindre. Dans le salon, Maria raconta de nouveau son histoire depuis le début, mais cette fois d'une façon moins décousue, incluant une description de la tenue de Lester. Sa famille se tenait derrière elle et semblait plus contrariée qu'elle, pendant que les deux officiers qui avaient arrêté Colin restaient en position devant la porte d'entrée. Colin regarda Margolis prendre des notes. Serena intervint de temps en temps. Margolis attendit que Maria ait terminé pour poser sa première question.

– Vous a-t-il directement menacée avec son arme ? demanda-t-il.

– Il la tenait à la main.

– Mais la pointait-il sur vous ? Ou l'a-t-il levée ?

— Ça fait une différence ? demanda Maria. Il s'est pointé ici avec une arme. Vous devez l'arrêter.

Margolis leva les mains.

— Comprenez-moi bien. Je suis de votre côté. En admettant qu'il avait envoyé des fleurs et offert un verre et maintenant ça, vous allez sans aucun doute pouvoir obtenir un 50-C. Je n'imagine pas un juge vous le refuser, et je vais téléphoner pour savoir si je peux faire accélérer les choses. Je demandais parce que j'essayais de savoir s'il avait en plus violé une loi relative aux armes à feu.

— Il est mentalement dérangé. Ça veut dire qu'il n'a pas le droit dans cet État de porter une arme.

— Peut-être.

Les yeux de Maria s'embrasèrent.

— Il était dans un hôpital psychiatrique ce matin. En tout cas, c'est ce que vous m'avez dit.

— Je n'ai aucune raison de penser que ce n'était pas le cas et, croyez-moi, je vais m'assurer que mon collègue ne s'était pas trompé à ce sujet. Mais quand je parlais de maladie mentale, je voulais dire légalement. Pour le moment, je n'ai pas eu accès à son dossier médical, et par le passé ça n'a pas été retenu contre lui. Je ne suis pas sûr que son état mental ait été vraiment jugé. Il y a aussi une différence entre entrer dans un hôpital de son plein gré et être interné de force.

— Vous cherchez la petite bête, dit Maria, sa frustration désormais évidente. Je vous ai dit comment il se comportait. Il parlait au téléphone, bon sang. Il était délirant et il m'a menacée avec une arme !

— Vous êtes sûre ?

— Vous avez écouté le moindre mot de ce que j'ai dit ?

Margolis se redressa, sur la défensive.

— Pour être clair, rien de ce que vous avez dit n'indiquait qu'il ait levé l'arme et vous ait contrainte à quoi que ce soit. Et quand vous vous êtes réfugiée dans la maison, il est parti dans la direction opposée.

Pendant une seconde, Maria ne dit rien, mais Colin vit une lueur d'incertitude dans son regard.

— Et mes pneus ? Et mon téléphone volé ?

— Il vous a dit qu'il avait crevé vos pneus ?

— Non, mais…, poursuivit Maria en levant les yeux sur lui. Pourquoi vous faites ça ? Lui trouver des excuses. C'est comme si vous cherchiez toutes les raisons possibles pour ne pas l'arrêter.

— Au contraire. J'essaie de trouver quelque chose qui marchera. Il n'y a aucune raison de l'arrêter, si je ne peux pas le retenir.

— Il avait une arme ! Ça ne compte pas ?

— Si, s'il a tenté de le dissimuler. Ou s'il vous a menacée. Mais selon vous, il n'a fait ni l'un ni l'autre.

— C'est… fou.

— C'est la loi. Bien sûr, s'il n'a pas de permis pour cette arme, je pourrais utiliser ça contre lui. Mais ça ne sera pas assez pour le garder longtemps. Ni le fait qu'il vous ait volé votre téléphone.

— Et mes pneus ?

— L'a-t-il reconnu ? redemanda Margolis.

— Non, mais…

Margolis soupira.

— Je sais que c'est frustrant pour vous, mais j'essaie vraiment de vous aider. Je cherche quelque chose qui pourrait donner lieu à une véritable arrestation, à des charges sérieuses pour qu'il soit mis sous les verrous.

— D'accord. Je me suis trompée tout à l'heure. Je me souviens maintenant qu'il m'a menacée avec son arme. Du début à la fin.

Margolis haussa un sourcil.

— Vous changez votre histoire ?

– Je la rectifie, dit-elle.

– D'accord. (Il hocha la tête.) Mais avant qu'on prenne ce chemin, vous devez également vous rendre compte que la situation pourrait bien être plus complexe que vous ne le pensez.

– Comment ça ?

– Je ne peux pas tout vous dire. C'est encore trop tôt. Pour le moment, tout ce que vous avez vraiment besoin de savoir, c'est que j'explore plusieurs pistes.

Plusieurs pistes ? se dit Colin.

Maria lui jeta un regard interrogateur avant de le reporter sur Margolis, quand on frappa soudain à la porte. L'un des officiers parti chercher Lester passa la tête. Margolis s'excusa avant de revenir une minute plus tard. Les deux autres officiers le rejoignirent à l'intérieur, restant près de la porte.

– Les policiers n'ont pas pu le trouver. Ils ont parcouru le voisinage plusieurs fois, et interrogé quelques habitants, mais personne ne l'a vu.

Colin ouvrit la bouche avant de la refermer. Margolis le remarqua.

– Quelque chose à dire ?

– Je me demandais s'ils avaient fouillé le parc. Et la maison derrière celle-ci.

Margolis le regarda.

– Pourquoi ?

Colin lui raconta ce qu'il avait appris et lui fit part de ses suspicions concernant la maison et les activités de surveillance de Lester. Il dit aussi soupçonner ce dernier d'avoir garé sa voiture près du parc. Sur l'insistance de Margolis, Colin admit s'être rendu dans le quartier tard le soir et tôt le matin et s'être renseigné sur des plaques d'immatriculation. Les parents de Maria furent sous le choc devant ces révélations. Le regard glacial de Margolis ne quitta pas Colin d'une seconde.

– Et tu me dis ça seulement maintenant ? Que tu joues les détectives privés depuis le début ?

Colin désigna les policiers.

– J'ai dit aux flics qui m'ont arrêté où Lester aurait pu se cacher. Ils n'ont pas voulu m'écouter.

Le silence tomba. L'un des policiers se balança d'un pied sur l'autre.

– Mais il n'a pas couru vers le parc, dit doucement Serena. Ou vers la maison.

– Excusez-moi ? dit Margolis.

– Le parc est à quelques rues d'ici dans cette direction, dit Serena en désignant la cuisine. Et à moins qu'il ait voulu faire tout le tour, il n'a pas couru vers la maison déserte non plus. Il est parti dans la direction opposée.

Margolis digéra tout ça avant de s'excuser pour s'entretenir un moment avec les policiers. Deux d'entre eux partirent rapidement. *Environ une demi-heure plus tard*, se dit Colin, Margolis revint voir Maria.

– En supposant que Lester ait conduit jusqu'ici, et puisqu'il n'y a pas de voiture à son nom, ils vont voir si des voitures ont été volées ou si nous pouvons les relier à Lester d'une façon ou d'une autre. Bien sûr, Lester a pu revenir sur ses pas et prendre la voiture, mais le plus important, c'est que je vous croie en sécurité pour le moment. Vous comptez rentrer chez vous ?

– Elle va rester avec nous, dit Félix. Serena aussi.

Margolis désigna du pouce l'entrée dans son dos.

– Votre porte est cassée.

– J'ai des planches dans le garage. Demain, je la ferai réparer pour de bon.

– Vous avez une alarme ?

– Oui, mais on ne l'utilise pas beaucoup.

– Utilisez-la ce soir, même si vous devez ne pas tenir

compte de la porte d'entrée. Et tirez aussi les rideaux, par précaution.

– Et la protection de la police ? demanda Serena. Quelqu'un devant la maison ?

– Ça ne va pas être possible, répondit Margolis. Choisissez : coupes budgétaires, effectifs réduits, limites d'heures supplémentaires, ou même le fait que le 50-C ne soit pas encore valide. Mais je vais appeler le commandant et je suis presque sûr de pouvoir faire passer une patrouille de temps en temps.

– Et si Lester revient ?

– À mon avis, c'est peu probable.

– Pourquoi ?

– Il a peur de la police et il ne peut pas savoir qu'il n'y aura pas d'officier.

– À moins qu'il soit fou et qu'il s'en fiche.

– Il est déjà parti plus tôt, dit Margolis, avant de se rendre compte à quel point ça devait paraître cavalier. Je sais que vous êtes effrayée et contrariée, mademoiselle Sanchez. J'ai compris. Je vais m'assurer que deux officiers patrouillent pendant une heure environ. Et qui sait, peut-être qu'ils vont avoir de la chance et le trouver. Si c'est le cas, ils l'amèneront au commissariat et je l'interrogerai pour voir ce que je peux faire. Et demain, dans tous les cas, vous allez demander un 50-C. La prochaine fois qu'il vous approchera, il sera arrêté. Pour de bon, cette fois.

Colin vit passer des émotions contradictoires sur le visage de Maria. Elle jeta un coup d'œil aux officiers près de la porte avant de prendre une profonde inspiration.

– Je peux vous parler seule à seul ?

Margolis réfléchit avant d'accepter. Il fit signe aux officiers de sortir pendant que Serena et ses parents prenaient la direction de la cuisine. Quand ils furent tous partis, Maria soupira.

— Et pour Colin ?

Margolis lui jeta un coup d'œil.

— Quoi ?

— J'espérais que vous pourriez parler à l'officier qui l'a arrêté. Peut-être le convaincre de simplement lui donner une contravention. Au lieu de l'arrêter.

L'expression de Margolis se fit presque incrédule.

— Pourquoi je ferais ça ? D'après ce qu'ils m'ont dit, il roulait à plus de 90 dans une zone résidentielle. Il a failli percuter une voiture à quelques rues d'ici et il a refusé de se ranger, précisa-t-il en secouant la tête. Et une fois ici, il a mis de l'huile sur le feu en refusant d'écouter les instructions des policiers.

— J'étais en danger. Vous auriez fait la même chose si vous pensiez que quelqu'un que vous aimez aurait pu être blessé.

— Il aurait dû laisser faire la police. Au lieu de ça, il a mis en danger la vie d'autres personnes.

— Lester avait un pistolet, pour l'amour du ciel !

— Une raison supplémentaire de laisser agir la police.

— Ce n'est pas juste, et vous le savez ! s'écria Maria, incapable de se contenir. L'envoyer en prison ? Pour un excès de vitesse ?

J'ai fait bien plus que ça, se dit Colin. *Les policiers n'ont vu que les deux dernières minutes.*

— Il a fait son choix, dit Margolis. N'oubliez pas que les officiers ont dû dégainer. Vous auriez pu être blessée. Votre famille aussi.

— Et quand il a vu que j'allais bien, il s'est aussitôt rendu. Il n'a pas élevé la voix, n'a pas résisté. Vous voulez vraiment gâcher le reste de sa vie ? Parce qu'il s'était lancé à mon secours ?

Margolis haussa les épaules.

— Ce n'est pas de mon ressort.

– Non. Mais j'ai le sentiment qu'ils vous écouteraient.

Elle mit les mains sur ses hanches, cherchant le regard de l'inspecteur.

– Je sais que vous ne faites pas confiance à Colin et que vous pensez que sa place est en prison. Et s'il s'était battu avec les officiers ou s'il avait résisté à son arrestation ou fait quoi que ce soit de stupide, je ne vous demanderais pas d'intervenir. Mais il n'a rien fait de tout ça, et vous ne pouvez pas dire que je suis une personne pas raisonnable ou inutilement vindicative. (Elle hésita avant d'ajouter :) J'aimerais penser que mes impressions sur vous sont correctes. S'il vous plaît…

Pendant un temps incroyablement long, Margolis la regarda, immobile. Puis, sans un mot, il sortit.

Cinq minutes plus tard, Colin, debout près du canapé, se frottait les poignets.

– Merci de m'avoir aidé, dit-il.

– De rien.

– Je n'arrive toujours pas à croire qu'il t'ait écoutée.

– Moi, oui. Il savait que c'était la chose juste à faire. Et l'officier n'était pas contrarié. Après avoir entendu toute l'histoire, je ne pense pas qu'il avait le cœur à ça.

Colin désigna la porte.

– Désolé. Je paierai, bien sûr.

– Mon père s'en fiche. Honnêtement, il est trop en colère à l'idée que Lester nous ait espionnés pour se soucier d'une porte.

– Et si je vous aidais à barrer l'entrée pour la nuit ?

Maria hocha la tête. Il la suivit au garage, remontant avec des planches, un marteau et des clous. Maria l'aida à maintenir les planches en place, et quand ce fut terminé elle s'avança vers Colin. Elle passa ses bras autour de lui et le serra longtemps.

– Qu'est-ce que tu vas faire maintenant ?

– Appeler ma patronne. Lui dire où je me trouve et savoir si je suis viré ou pas. Et ensuite, je pense que je vais monter la garde cette nuit. Je veux être là si Lester réapparaît.

Elle hocha la tête.

– Tu crois que Margolis voulait dire quoi, en parlant d'explorer plusieurs pistes ? Lester a presque tout admis…

Colin haussa les épaules.

– Aucune idée. Peut-être quelque chose en rapport avec le copain de Cassie, Mark ? Puisqu'il a disparu ?

Colin rapporta à Maria le peu qu'il avait découvert de son côté. Félix entra alors dans le salon, accompagné de Carmen, qui proposa un verre d'eau fraîche à Colin pendant que Félix inspectait le travail de Colin.

– Je suis désolé, dit Colin, un peu décontenancé. J'ai dit à Maria que je paierai pour la porte.

Félix hocha la tête.

– C'est du bon travail. Robuste.

Il fit un pas vers Colin et croisa son regard. Son expression s'adoucit.

– Je voulais vous remercier de vous être précipité ici quand vous avez pensé que Maria était en danger. Et pour avoir appelé la police.

– De rien.

Carmen se glissa à la hauteur de son mari. Derrière eux, Colin aperçut Serena dans la cuisine. De toute évidence, elle écoutait.

– Lors de notre première rencontre, je crois que je vous ai mal jugé, reprit Félix. Maria m'a dit qu'elle se sentait en sécurité avec vous. Maintenant, je comprends pourquoi.

À ces mots, Maria glissa sa main dans celle de Colin.

– Je vous ai entendu dire à Maria que vous vouliez monter la garde dehors, si jamais Lester revenait.

– Oui.

– J'ai un problème avec ça.

Colin le regarda sans rien dire.

– Vous devriez être dans la maison, pas dehors. Comme invité.

Il sentit Maria lui serrer la main, et malgré tout il ne put s'empêcher de sourire.

– D'accord.

Colin faisait les cent pas dans le salon, jetant des coups d'œil à l'extérieur par les fenêtres de devant aux rideaux tirés ou par celles de la cuisine.

Aucun signe de Lester.

Margolis n'avait pas menti : une patrouille passa devant la maison quatre fois, deux fois alors que la famille de Maria était encore debout, et deux fois quand tous furent couchés. Maria était restée debout le plus tard, assise avec Colin jusqu'à un peu plus de 1 heure du matin. Avant d'aller se coucher, Félix avait dit à Colin qu'il serait debout à 4 heures du matin pour le remplacer et lui permettre de dormir un peu. Ces quelques heures en solitaire étaient une bénédiction pour Colin, lui permettant de passer en revue tout ce qui était arrivé. Il avait toujours plus de questions que de réponses, puisque rien n'avait de sens. Si, par exemple, Lester était délirant au point de croire que Maria en avait après lui, alors sa peur aurait dû le maintenir à l'écart, au lieu de le pousser à s'approcher encore et encore. Mais Lester n'avait-il pas pour l'essentiel admis que c'était bien lui qui la suivait depuis le début ?

Et pourquoi Margolis avait-il dit à Maria « explorer plusieurs pistes » ?

D'autres questions le tourmentaient également : pourquoi Lester avait-il reconnu avoir envoyé les fleurs et payé le verre mais n'avait pas parlé des pneus ? S'il conduisait, où avait-il trouvé sa voiture ? S'il l'avait laissée dans le parc, mais était parti dans la direction opposée, où allait-il et pourquoi la police n'avait pas pu le trouver ? Et comment Lester avait-il su que Maria serait chez ses parents, quand Maria elle-même avait oublié l'anniversaire de sa mère ?

Plus il réfléchissait, et plus tout lui paraissait confus.

– Tu me rends nerveuse, dit Maria. Et je suis sûre que tu as fait un trou dans le plancher à force de tourner en rond.

Colin jeta un coup d'œil et la vit en pyjama dans le couloir.

– Je t'ai réveillée ?

– Non. J'ai dormi un petit peu.

– Quelle heure est-il ?

– Un peu plus de 3 heures.

Elle s'approcha du canapé et tapota le coussin à côté d'elle. Colin s'assit et Maria posa sa tête sur son épaule pendant qu'il passait un bras autour d'elle.

– Tu devrais essayer de dormir.

– Je n'ai plus qu'une heure à tenir avant que ton père se lève.

– Je ne crois pas qu'il dorme. Il doit sans doute se retourner encore et encore dans son lit comme je l'ai fait, dit-elle en l'embrassant sur la joue. Je suis contente que tu sois là, mais mes parents aussi. Juste avant qu'ils aillent se coucher, ils se sont excusés pour la façon dont ils t'ont traité précédemment.

– Il n'y avait pas de quoi s'excuser. Ils ont été très gentils. En particulier pour la porte.

Elle haussa les épaules.

– Pour être honnête, c'était très impressionnant. Les portes empêchent en général les gens d'entrer, mais celle-là ne t'a même pas ralenti. Ils sont rassurés de te savoir présent.

Il hocha la tête.

Le clair de lune se faufila entre les rideaux, baignant le salon d'un éclat argenté.

– Je voulais te dire que la façon dont tu as géré Lester était incroyable. Tout le monde n'aurait pas su rester calme dans cette situation.

– Je n'étais pas calme. J'étais terrifiée. Chaque fois que je fermais les yeux ce soir, je voyais son visage. Et c'était si… étrange. Je n'arrive pas à ne pas penser qu'il était plus effrayé que moi, même si c'était lui qui tenait l'arme.

– Je ne comprends pas non plus.

– J'aurais aimé que la police le trouve. Je déteste savoir qu'il est encore là, dehors… à me surveiller, à se cacher et à préparer un sale coup. À quoi servira l'ordonnance s'ils ne le trouvent pas ? Et s'il revient avant ? J'ai envisagé de quitter la ville, mais s'il me suit ? Ou s'il me retrouve d'une façon ou d'une autre. Je veux dire, si je ne savais pas moi-même que j'allais être là ce soir, comment a-t-il fait ? Et comment savait-il que je serais au bar l'autre fois ?

– Je me suis demandé la même chose, moi aussi.

– Et que suis-je censée faire ? Je veux juste me sentir… en sécurité.

– J'ai une idée. C'est peut-être un peu exagéré, mais…

– Qu'est-ce que c'est ?

Colin lui exposa ce qu'il avait en tête.

Chapitre 26

Maria

Maria dormait sur le canapé, quand elle sentit Colin l'embrasser pour lui dire au revoir en lui chuchotant qu'il serait de retour à 8 heures. Elle eut vaguement conscience de l'entendre partir par la porte du garage. Se surprenant elle-même, elle réussit à dormir quelques heures de plus avant que les bruits de la maison la réveillent.

Tout en prenant un café, elle exposa le plan de Colin à sa famille. Ils écoutèrent, stupéfaits. Ses parents auraient préféré garder un œil sur elle, mais ils comprenaient le raisonnement de Colin et acceptèrent sa décision, lui demandant seulement de rester en contact. Colin arriva vers 8 heures avec un téléphone portable à carte puis suivit Maria chez elle.

Elle prit une douche, se changea pour passer un jean et un T-shirt blanc, et des escarpins noirs, avant de préparer un sac pour la nuit. À 9 heures, ils étaient au tribunal, où Maria remplit les documents nécessaires pour réclamer un 50-C. Margolis avait respecté sa parole ; le greffier avait dit qu'il ferait signer le document au juge avant que la cour ne se réunisse pour la journée.

Utilisant son téléphone à carte, Maria envoya son numéro à Margolis et lui demanda de la tenir au courant du moindre progrès de l'enquête concernant Lester Manning. À sa grande surprise, Margolis la rappela moins d'une heure plus tard et lui demanda de le retrouver dans un café.

– C'est à quelques pâtés de maisons du tribunal et nous pourrons discuter en privé, dit-il d'une façon mystérieuse.

Elle se sentait satisfaite d'avoir accédé à sa demande et décida de suivre l'idée de Colin. Pour la première fois depuis que tout cela avait commencé, elle avait agi au lieu de réagir. Même s'il n'y avait aucune garantie qu'ils puissent faire arrêter Lester, prendre l'initiative lui donnait l'impression de retrouver un semblant de contrôle sur sa vie. Au café, elle et Colin étaient assis dans un box en angle pour surveiller l'arrivée de Margolis.

Une demi-heure plus tard, quand il franchit les portes, il ne lui fallut qu'une seconde pour les repérer. Comme il se frayait un chemin entre les tables, Maria nota la façon dont le tissu de son blazer mal coupé se tendait sur ses biceps. Comme Colin, Margolis semblait passer beaucoup de temps en salle de gym.

Il s'arrêta au comptoir pour commander un café, puis se glissa dans le box en face de Maria et Colin. Il jeta un coup d'œil à Colin, et Maria crut sentir que son animosité avait diminué.

À moins que ce soit encore le fruit de son imagination.

– Un problème avec le 50-C, ce matin ?

– Non, dit Maria, et merci de votre aide. Visiblement, ils attendaient ma venue.

Il hocha la tête.

– Le juge Carson sera au tribunal aujourd'hui. J'ai laissé un message à son greffier, alors ça ne devrait pas traîner. Si vous n'avez pas de nouvelles, faites-le-moi savoir.

– Bien sûr.

Le serveur lui apporta sa tasse de café. Margolis attendit qu'il s'éloigne avant de reprendre la parole.

— Comment ça s'est passé hier soir ? demanda-t-il à Maria.

— Je n'ai pas bien dormi, si c'est ce que vous demandez. Mais au moins Lester n'est pas revenu.

Il hocha la tête.

— J'ai vérifié ce matin, et aucune patrouille ne l'a vu. Mais ça va venir. Un gars comme ça a tendance à se faire remarquer et à rendre les gens nerveux, donc on devrait recevoir des appels. Je suis confiant, quelqu'un nous avertira.

— S'il est encore en ville, répondit Maria. Si ça se trouve, il est peut-être retourné à Charlotte. Ou Dieu sait où.

— Si c'est le cas, il n'est pas à l'hôpital. J'ai vérifié ce matin. Aucun signe de lui. Je dois vous dire aussi que mon ami est passé devant chez les Manning ce matin. Pas de signe non plus de sa part, dans la maison ou l'appartement du garage.

Elle hocha la tête.

— À part ça, j'ai parlé avec le bureau du shérif et ils sont d'accord pour me laisser m'occuper de Lester quand on l'aura trouvé. C'est une bonne nouvelle. Ce n'est pas toujours aussi facile. Je ne voudrais pas que Lester soit repéré mais ne puisse pas se voir remettre une assignation à comparaître en l'absence de shérif disponible, et qu'il disparaisse de nouveau.

— Alors, c'est ça le plan ? Attendre qu'il se montre ?

— Je ne crois pas qu'il y ait d'autre option. J'essaie juste de faire au mieux dans une situation difficile.

— C'est pour ça que vous vouliez me voir ? Pour me dire que vous n'aviez pas pu le trouver ?

— Non. J'ai obtenu quelques informations intéressantes, et je voudrais votre avis.

— Je croyais que vous ne pouviez pas discuter librement de votre enquête.

— Vous avez raison, ce qui veut dire que je ne pourrai

pas tout vous révéler. Mais je voulais vous parler car j'ai besoin de votre aide.

– Pourquoi ?

– Plus j'étudie cette situation, et plus elle semble incohérente. J'espérais que vous pourriez m'aider à rassembler les pièces du puzzle.

Bienvenue dans mon monde, se dit Maria.

Margolis poursuivit.

– Concernant la nuit dernière, j'ai étudié de possibles violations de port d'arme, mais comme tout le reste, ce qui semblait évident ne l'est pas. Alors, commençons par ça : Lester n'a pas de permis de port d'arme. Pas plus qu'il n'a acheté légalement d'arme, ce que je pensais être une grande nouvelle pour vous. Cependant, il se trouve qu'Avery Manning, le père, a bien un permis pour un pistolet acheté il y a environ un an.

– Et ?

– Le problème, c'est qu'ils vivent tous les deux à la même adresse. Ce n'est pas illégal d'emprunter l'arme de quelqu'un si le permis est valable. Donc je ne peux pas utiliser ça, à moins qu'Avery Manning ne lui ait pas donné sa permission. Mais il y a encore d'autres complications.

– Comme ?

– Avery Manning est venu me voir ce matin, dit-il en laissant ses mots planer avant de poursuivre. C'est pour ça que je suis arrivé en retard, d'ailleurs. Je me suis dit qu'il valait mieux le voir avant de vous parler. L'histoire a encore connu un rebondissement.

– Quoi ?

– L'arme n'était peut-être pas une vraie.

– Pardon ?

Margolis prit sa cuillère et agita son café.

– Laissez-moi reprendre depuis le début, d'accord ? Nous nous sommes assis, et la première chose que je me suis dite, c'est que le docteur Manning avait une sale mine. Logique, vu qu'il m'a dit arriver du Tennessee en voiture. Il était visiblement contrarié. Il a dû se taper un paquet de chewing-gums entier pendant notre conversation, l'un après l'autre. Même s'il n'a pas tenté de contrôler la discussion, ce qui m'a surpris, étant donné la façon dont vous l'aviez décrit. Mais je lui ai demandé ce que je pouvais faire pour lui, et il m'a tout de suite dit que Lester avait quitté Plainsview et qu'il avait peur que son fils ne soit venu vous trouver. Il m'a supplié de vous prévenir et de vous dire que s'il se montrait, il faudrait appeler la police. Il a ajouté que Lester traversait une crise grave et que cela faisait des années qu'il luttait contre ça, etc. En gros, ce qu'il m'avait déjà raconté.

— Mais hier, il n'était même pas sûr que son fils soit à l'hôpital.

Margolis but une gorgée de café.

— Il a dit qu'à l'hôpital ils l'avaient appelé dès qu'ils s'étaient rendu compte que Lester avait disparu, puisqu'il était son contact d'urgence. Apparemment, quand Lester n'est pas venu à son rendez-vous avec le travailleur social, ils ont passé deux heures à le chercher avant de comprendre qu'il avait dû partir. Et là ils ont appelé le docteur Manning.

— Comment est-ce possible, franchement ? C'est un établissement psy. Ils ne surveillent pas leurs patients ?

— Selon le docteur Manning, Lester était là suffisamment souvent pour connaître la routine des lieux, et il connaît bien les employés. Et l'administrateur a souligné qu'il n'y avait pas de raison de ne pas lui faire confiance. Il était entré de son plein gré et ne s'était jamais enfui auparavant. Ils se sont dit que Lester s'était juste… caché. Ensuite, il a pris une voiture ou quelqu'un est passé le prendre, et il est venu jusqu'à Wilmington. Et de toute évidence, il avait planqué une arme au passage. (Margolis haussa les épaules et conclut :) Que puis-je dire, il est paranoïaque.

– S'il voulait me prévenir, pourquoi le docteur Manning ne vous a pas contacté dès qu'il a été mis au courant de la disparition de son fils ?

– Il l'a fait, dit Margolis, son expression laissant paraître une surprise égale à celle de Maria. Il m'a laissé un message hier soir. Malheureusement, je n'ai pas eu le temps de l'écouter avant ce matin, alors que je l'avais déjà rencontré. Et je ne suis pas sûr que ça aurait pu vous être utile. Lester était déjà chez vous.

Maria hocha la tête.

– Bref, ensuite, j'ai dit au docteur Manning que non seulement Lester s'était montré la nuit dernière, mais qu'en plus il avait une arme. Le docteur Manning s'est montré encore plus contrarié. Après s'être calmé, il a insisté pour dire que l'arme de Lester devait être une fausse.

– Évidemment.

– C'est ce que je me suis dit aussi. Je lui ai demandé comment il pouvait en être aussi sûr. Il m'a dit qu'il avait deux armes seulement : un vieux fusil de chasse de son enfance, dont il n'était même pas certain qu'il fonctionne encore, et le pistolet dont je vous ai parlé, qu'il gardait dans un étui fermé dans le coffre de sa voiture. Il m'a dit qu'il était impossible qu'il l'ait laissé dans la maison.

– Je sais ce que j'ai vu !

– Je n'en doute pas, mais laissez-moi finir. Le docteur m'a dit que si Lester n'avait pas de véritable arme à feu, il possédait un pistolet à plomb. Il m'a dit qu'il le lui avait acheté quand il était ado et qu'il supposait qu'il se trouvait dans une boîte au grenier avec les autres affaires de Lester. Il était possible que son fils l'ait retrouvé. Alors, voilà ma question : était-il possible que Lester ait eu un pistolet à plomb ?

Maria tenta de se souvenir de détails concernant l'arme, sans succès.

– Je ne sais pas, reconnut-elle. Il avait l'air vrai, pour moi.

– Ce n'est pas étonnant. Même couleur, même taille, il faisait nuit et vous étiez terrifiée. Qui sait ? Mais c'est peut-être pour ça que Lester ne l'a jamais braqué sur vous. Parce qu'il pensait que vous pourriez remarquer que le canon était trop court.

Maria réfléchit avant de secouer la tête.

– Cela ne veut toujours pas dire que ce n'était pas un vrai. Il aurait pu en acheter un en magasin. Ou dans la rue. Ce n'est pas impossible.

– C'est sûr, concéda Margolis. Pour le moment, je n'écarte rien.

– Et comment savoir si le docteur Manning dit la vérité, d'abord ?

– Parce qu'il me l'a montré ensuite en partant. Et oui, l'arme était enfermée dans un étui dans son coffre.

Maria ne répondit pas et Margolis poursuivit.

– Il y a autre chose que vous devez savoir.

– Quoi donc ?

Margolis prit un dossier et sortit un formulaire d'entrée de l'hôpital psychiatrique de Plainsview qu'il fit glisser sur la table.

– Lester était déjà à l'hôpital quand vos pneus ont été crevés. J'ai reçu ce fax ce matin. Vous pouvez voir sa date d'admission.

Même avec le document sous les yeux, Maria avait du mal à y croire.

– Vous êtes sûr que c'est bien vrai ?

– Oui. Le docteur Manning l'a demandé en ma présence et le fax est arrivé quelques minutes plus tard, directement de l'hôpital.

– Lester n'aurait pas pu filer sans se faire remarquer ? Comme hier ?

– Pas cette nuit-là. Selon leurs archives, il a passé toute la nuit dans sa chambre. L'équipe de l'hôpital a fait des rondes toutes les trente minutes.

Maria ne dit rien. Dans le silence, Margolis but une gorgée de café.

– C'est aussi pour ça que je voulais vous voir. Qui d'autre aurait pu crever vos pneus ? Quand j'ai posé la question au docteur Manning, il m'a dit de me renseigner sur Mark Atkinson.

– Pourquoi ?

– Parce que Atkinson pourrait être en train de monter un coup contre Lester.

– Ça n'a aucun sens.

– Peut-être… À moins qu'Atkinson ne connaisse Lester et ait un mobile. Et c'est peut-être bien le cas. Lester avait présenté Atkinson à sa sœur.

Il fallut quelques secondes à Maria pour digérer l'information.

– Lester et Atkinson se connaissent ?

– Ils travaillent pour la même entreprise. Ou travaillaient, en tout cas. Selon le docteur Manning, après la mort de Cassie, Lester et Atkinson se sont disputés. Lester accusait Atkinson de ne pas avoir protégé Cassie quand Laws l'avait enlevée. Il l'a traité de lâche. Ils se sont battus. Il n'y a pas de traces, mais ça ne veut rien dire. La plupart du temps, dans des situations comme ça, on n'appelle pas la police. Pour faire court, selon le docteur Manning, Atkinson était furieux.

– Et vous en êtes sûr ?

– Pas pour la dispute. Mais Lester et Atkinson travaillaient bien au même endroit. Après notre discussion d'hier, j'ai reparlé à la mère d'Atkinson et puis à un superviseur de la société. C'est ce que je voulais dire, au passage, quand je disais explorer différentes pistes. Car quelque chose dans la façon dont Atkinson a disparu m'a tout de suite dérangé. Je peux accepter l'idée qu'il ait fui pour être avec la femme de ses rêves, mais aucun contact avec sa mère, à part deux ou trois lettres ? Imprimées par ordinateur ? Pas de coup de fil, pas de SMS à sa mère ou à ses amis ? Avec tout ce qui se passait de votre côté pendant ce temps ? Ça ne collait pas pour moi.

— Je ne comprends toujours pas pourquoi Atkinson m'en voudrait. Comme je vous l'ai dit, je ne l'ai jamais rencontré.

— Il est possible qu'il soit en colère contre vous pour la même raison que Lester. Parce que Laws a pu sortir de prison et a tué Cassie ? Et qu'il vous juge responsable ?

— Peut-être, dit-elle lentement. Mais… c'est Lester qui me suivait. Il l'a reconnu pour les fleurs et le verre. C'est Lester qui est venu hier soir…

— Exactement. Et je me demande du coup si le docteur Manning n'a pas tort concernant la relation entre Lester et Atkinson. S'il a raison et que ce dernier tente de piéger son fils, alors comment s'assurer que Lester a fait tout ça ? En particulier avec ce qui s'est passé hier soir ? Mais si on part sur cette piste, cela nous laisse quelques autres possibilités. La première, c'est que Lester savait d'une façon ou d'une autre qu'Atkinson allait s'en prendre à vous et qu'il a décidé de participer. Mais alors, comment Lester aurait pu savoir ce que préparait Atkinson ? Voilà qui ouvre la boîte de Pandore. Mais si on met aussi cette idée de côté, il y a une troisième possibilité.

Maria regardait Margolis, redoutant presque d'entendre ce qu'il s'apprêtait à lui dire.

— Et s'ils travaillaient de concert ? Et s'ils se couvraient mutuellement ?

Maria digérait toujours les questions de Margolis et ne dit rien.

– Je sais ce que vous pensez. Et ça me paraît fou à moi aussi, mais des trois explications, c'est la seule qui paraisse un tant soit peu sensée.

– Je ne comprends toujours pas pourquoi vous pensez qu'Atkinson pourrait être impliqué. Peut-être que Lester a engagé un SDF ou un gamin pour crever mes pneus et laisser le message, car il savait qu'il avait l'alibi parfait. Parce que tout le reste le désigne comme travaillant seul.

– Pas tout, répondit Margolis. Vous voyez, le truc, c'est que j'ai parcouru les enregistrements de voitures près du parc, comme Colin l'avait suggéré. Et l'une d'elles a vraiment déclenché un signal d'alarme.

– Pourquoi ?

– Parce que la voiture en question appartient à Mark Atkinson.

– Tu y comprends quelque chose, toi ? demanda Maria à Colin après le départ de Margolis. Au sujet de ces deux-là travaillant ensemble ?

– Je ne sais pas, admit Colin.

Elle secoua la tête.

– C'est Lester. Seul. Il le faut.

Même pour elle, on aurait dit qu'elle tentait de se convaincre.

– Et s'ils travaillent ensemble, pourquoi la voiture d'Atkinson est dans le parc ? Comment sont-ils partis ? Lester n'a pas de voiture.

– Comme Margolis l'a dit hier, il a pu en voler une.

Elle secoua la tête.

– C'est tellement déroutant. On dirait une poupée russe. On l'ouvre et il y en a toujours une autre. Et qu'est-ce que je suis censée faire maintenant ? Et si l'inspecteur découvre quelque chose qui implique Atkinson ? Je suis censée déposer un 50-C contre lui aussi ?

— Il le faudra peut-être.

— Et s'ils ne peuvent pas le trouver non plus ? Même sa mère n'a pu le retrouver. À quoi bon un 50-C, dans ce cas ?

Colin ne répondit pas, mais il sentait que Maria n'avait pas besoin qu'il le fasse. Ses pensées continuaient de tourner, les mots se bousculant :

— Dieu seul sait où se trouve Lester, mais c'est la même situation. À quoi bon un 50-C, s'ils ne le retrouvent pas ?

— Ils le retrouveront.

— Comment ?

Au lieu de répondre, Colin lui prit la main.

— Pour le moment, je pense que le mieux est de suivre notre plan, en particulier s'ils sont deux.

— Parce que tu penses que c'est plus facile pour deux personnes de me suivre ?

— Oui. Et parce que tant que nous ne savons pas exactement ce qui se passe, te garder en sécurité est la seule chose qu'on puisse faire.

Après avoir laissé la voiture de Maria chez elle, Maria et Colin allèrent jusqu'à Independence Mall avec la Camaro, multipliant les détours, y compris en prenant des routes secondaires. Même s'ils n'avaient vu personne dans leurs rétroviseurs, ils préférèrent ne pas tenter le diable.

Au centre commercial, ils passèrent quarante minutes dans différents magasins, main dans la main. Ils revenaient sur leurs pas de temps en temps, étudiant les visages des gens derrière eux, mais Maria n'était pas sûre que ce soit utile. Si elle savait à quoi ressemblait Lester, Atkinson restait un mystère. Colin s'était connecté à son ordinateur ce matin. Il avait ouvert Pinterest et Maria avait examiné les photos d'Atkinson, se demandant à quel point elles étaient ressemblantes. Il avait un visage banal, du genre à se fondre dans la foule, et il avait pu se teindre les cheveux. Ou se laisser pousser la moustache, ou s'être rasé la tête. Les théories de Margolis continuaient à se bousculer sous son crâne.

Atkinson tentant de faire porter le chapeau à Lester. Ou le contraire. Tous les deux travaillant ensemble. Ou bien Lester opérait-il seul pendant qu'Atkinson était parti avec une fille, et dans ce cas, la présence de sa voiture était-elle juste une coïncidence ? Comment savoir ? Chaque possibilité explorée révélait des failles. Finalement, suivant leur plan, ils se rendirent dans une boutique de prêt-à-porter féminin. Maria prit quelques chemisiers, faisant semblant de se soucier de leur allure. Colin se tenait à côté d'elle et donnait son avis d'un air faussement distrait. À midi exactement, elle dit à Colin qu'elle voulait faire des essayages et se dirigea vers les cabines.

– Je serai dehors dans quelques minutes, Colin, dit-elle.

Dès que Maria entra dans le coin des cabines d'essayage, Lily sortit de l'une d'elles. Maria fila dans la même, remarquant la tenue de Lily : des escarpins rouges, un chemisier rouge et un œillet dans les cheveux. Elle tenait à la main une paire de lunettes de soleil et des clés. Sur le sol, il y avait un fourre-tout bleu marine et un sac de grand magasin.

– Oh, mon sucre, ma pauvre, dit Lily en lui prenant les mains. Je sais que c'est une situation terriblement stressante et je me demande comment tu as réussi à ne pas craquer, et rester aussi séduisante que tu l'étais la première fois que je t'ai vue.

– Merci. Et je sais que je demande beaucoup...

– Pas du tout, dit Lily, et je ne veux rien entendre de

plus là-dessus. Je suis ton amie et c'est ce que les amies font, en particulier dans une situation aussi horrible.

— Je n'ai pas vu Evan, dit Maria.

— Il est allé côté restaurant il y a quelques minutes. Il doit sans doute manger quelque chose de tout sauf sain, mais étant donné qu'il a été adorable, j'ai juré de ne rien lui dire sur ses habitudes alimentaires.

— Tu crois que ça va marcher ?

— Bien sûr ! dit Lily. Les gens voient généralement ce qu'ils pensent voir. J'ai appris ça à mon cours de théâtre. J'avais un professeur merveilleux, en passant. Mais nous en parlerons une autre fois. Allons-y, d'accord ? Colin et Evan surveillent l'heure en cet instant même.

Elle passa le fourre-tout à Maria, de même que ses lunettes de soleil et les clés de sa voiture.

— Ta perruque et ta tenue sont là-dedans. Je suis sûre que ce que je t'ai pris ira parfaitement. Je pense qu'on doit être de la même taille.

Pas tout à fait, mais ça ira, se dit Maria.

— Où as-tu trouvé une perruque si vite ?

— Dans un magasin de perruques. Où d'autre ? Et même si elles ne sont pas parfaites… difficile avec aussi peu de temps, elles seront toutes les deux très bien pour ce que nous voulons faire.

Maria fouilla dans le sac.

— Je peux te rembourser pour tout ça…

— Certainement pas. Et même si ce que je vais dire va avoir l'air horrible, tous ces secrets ce matin, c'est assez excitant. Ça me rappelle le bal masqué au *Country Club* de mes parents. Maintenant, allons-y… et n'oublie pas l'œillet. C'est le genre de détails sur lequel se concentrent les gens. Je vais envoyer un message à Evan et il sera là dans quelques minutes.

Maria quitta la cabine d'essayage de Lily et se glissa dans

celle d'à côté. Le fourre-tout contenait une tenue en tout point identique à celle de Lily, de même qu'une perruque blonde et un œillet. Maria se changea et passa une minute à ajuster la perruque à son goût. Elle piqua l'œillet dans la perruque à peu près au même endroit que Lily puis mit les lunettes de soleil. De près, elle ne ressemblait toujours pas à Lily. Mais de loin, peut-être…

Elle enfila les escarpins rouges et quitta la cabine d'essayage à 12 h 15 exactement. Evan s'avança vers elle à grands pas.

– Hé, Lily ! dit-il en approchant. Tu as trouvé quelque chose à ton goût ?

Dans le coin, elle vit Colin faire semblant de s'intéresser à son écran de téléphone.

Maria secoua la tête. Evan se pencha et l'embrassa sur la joue avant de lui prendre la main. Ils quittèrent le magasin sans se presser puis traversèrent un grand magasin, en direction de la sortie.

La voiture de Lily était à deux places de là. Maria pressa le bouton sur le porte-clés de Lily pour la déverrouiller et elle prit place derrière le volant tandis qu'Evan s'asseyait à son côté. Elle vérifia sa montre. Maria savait que Lily sortirait dans deux minutes, habillée comme Maria un peu plus tôt et portant une perruque sombre. Colin lui prendrait la main et la conduirait dans un autre magasin, où Lily retrouverait sa tenue d'origine. Puis Lily quitterait le centre commercial avec Evan, pendant que Colin se dirigerait vers sa voiture seul, comme si Maria n'était jamais venue. *Tout cela n'était probablement pas nécessaire*, se dit Maria. Mais le mot-clé, elle le savait, était « probablement ». Avec potentiellement deux personnes sur ses traces, ni Colin ni elle ne voulaient prendre le moindre risque, et tous les deux voulaient qu'elle se retrouve quelque part où personne ne songerait à la chercher, un endroit où elle n'avait jamais mis les pieds auparavant. La maison de Lily. Maria démarra la voiture et partit. Personne ne quitta le magasin en même temps, aucune voiture ne s'engagea à sa suite. Elle fit le tour du centre commercial, suivant les directions indiquées par Evan, puis se gara pour le laisser entrer dans le centre commercial par une autre entrée.

— Merci, dit-elle.

— Je suis content d'avoir pu aider. Et souviens-toi, tu seras tout à fait en sécurité. Lily et moi passerons avec quelques-unes de tes affaires, d'accord ?

Elle hocha la tête. Maria se sentait toujours sur les nerfs. En quittant le centre commercial une minute plus tard, elle prit la route principale. Comme beaucoup trop souvent dernièrement, elle fit quelques détours, ne cessant de regarder son rétroviseur. Sa nervosité diminua lentement. Personne n'avait pu la suivre. Elle en était sûre.

Bon, à peu près sûre.

Dernièrement, rien ne semblait sûr.

L'appartement de Lily se trouvait à un kilomètre environ de *Crabby Pete's*, avec un parking privé et un salon aux fenêtres donnant sur l'océan. Il était décoré avec goût, dans des teintes blanches, jaunes et bleues, sans surprise, et se révélait à la fois accueillant et confortable. Maria passa quelques minutes à contempler la plage sans oser aller dehors, avant de tirer les rideaux et de s'asseoir sur le canapé. Elle poussa un long soupir, se disant qu'une petite sieste était exactement ce dont elle avait besoin. À cet instant, le téléphone que lui avait donné Colin sonna, et elle reconnut la voix de Margolis à l'autre bout.

— Deux choses. J'ai appelé mon ami inspecteur à Charlotte et je lui ai laissé un message pour voir ce qu'il pourrait grappiller sur Atkinson, soit avec sa mère, soit chez lui. Plus important, je voulais aussi vous dire que le 50-C a été accordé. J'attends la paperasse à cet instant même.

– Merci, répondit-elle.

Ils devaient encore trouver Lester d'abord. Et peut-être décrocher un second 50-C pour Atkinson. Maria appela ensuite Colin pour lui raconter, puis elle mit ses parents au courant. Il lui fallut quelques minutes pour rassurer sa mère inquiète. Maria sentit alors une immense lassitude l'envahir. Comme si cela faisait des jours qu'elle courait sans s'arrêter, ce qui, d'une certaine façon, était le cas.

Maria ferma les yeux de nouveau, mais le sommeil ne vint pas tout de suite. Le coup de fil de Margolis, aussi bref soit-il, avait déclenché une nouvelle série de questions. Mais l'épuisement la gagna et elle s'assoupit enfin avec soulagement.

Chapitre 27

Colin

Après avoir raccroché, Colin prit ses sacs dans la voiture et mit ses écouteurs. Il posa l'ordinateur de Maria sur la table de la cuisine. Il voulait vérifier quelque chose, et même s'il aurait pu mentionner l'idée au café un peu plus tôt, il avait préféré garder le silence. C'était une idée en l'air, mais maintenant que le 50-C avait été accordé, cela ne changerait rien de vérifier. Et qu'Atkinson soit impliqué ou non n'était pas la question. Pour le moment, la priorité était de retrouver Lester. L'idée lui était venue ce matin. Colin avait embrassé Maria pour lui dire au revoir et, sur le chemin du parking, il avait essayé de récapituler les faits : la décision du tribunal ne servirait à rien si on ne trouvait pas Lester Manning ; chaque minute comptait ; Lester était dangereux ; il s'était montré avec une arme, terrifiant Maria ; et bien sûr il avait pris son téléphone… Son téléphone.

Un souvenir datant de la nuit de sa première rencontre avec Maria l'avait alors frappé. Pendant l'orage, quand il s'était arrêté… elle était nerveuse à cause de son apparence après le combat… et elle lui avait demandé d'emprunter son téléphone, car elle ne savait plus où était le sien. Elle divaguait un peu, mais qu'avait-elle dit ?

Il était resté devant sa voiture, pour tenter de se rappeler ses paroles.

Je ne l'ai pas perdu, perdu. Il est soit au bureau, soit chez mes parents. Mais je ne pourrai pas le savoir avant d'avoir mon MacBook. J'utilise ce truc de localisation. Je peux le retrouver, car il est synchronisé avec l'ordinateur.

Donc, il pouvait également pister le téléphone.

Il était étonnant que Margolis n'y ait pas pensé. Ou peut-être que cela n'avait rien donné parce que Lester avait jeté le téléphone ou l'avait éteint. Ou bien la batterie était vide. Ou peut-être que cela faisait partie des informations que Margolis n'avait pas le droit de leur donner. Mais il s'était passé tellement de choses qu'il n'était pas impossible que personne n'y ait encore pensé pour le moment. Colin ne pouvait pas nourrir trop d'espoir – les chances étaient minces, et il le savait –, mais quelques clics plus tard, son cœur battit plus fort quand il comprit ce qu'il avait sous les yeux. Le téléphone était toujours allumé et avec assez de batterie pour lui indiquer qu'il se trouvait dans une maison sur Robins Lane à Shallotte, une petite ville au sud-est de Wilmington, près de Holden Beach. Shallotte se trouvait à trois quarts d'heure de route, et Colin regarda si le téléphone était toujours en mouvement.

Non.

Le site lui permettait aussi de suivre les derniers déplacements du téléphone, et quelques minutes plus tard Colin sut qu'il était passé directement de la demeure des Sanchez à celle sur Robins Lane.

Intéressant. Très intéressant, mais cela ne constituait toujours pas une preuve. Peut-être que Lester avait su que le téléphone serait pisté et l'avait jeté dans la voiture de quelqu'un ou dans un pick-up. Ou peut-être qu'il l'avait perdu et que quelqu'un l'avait retrouvé. Ou bien Lester était trop délirant pour tenir ce genre de raisonnement.

Impossible d'en avoir la certitude, mais ça valait le coup de vérifier...

Colin envisagea d'appeler Margolis avant de se dire qu'il valait sans doute mieux en être sûr avant de le faire. Shallotte n'était pas dans le même comté, et il ne voulait pas lui faire perdre son temps si ça ne menait à rien... Il sentit une tape sur son épaule et tressaillit. Evan se tenait derrière lui. Colin enleva ses écouteurs.

– Tu ne comptes pas faire ce que je crois, n'est-ce pas ? demanda Evan.

– Qu'est-ce que tu fais ici ? Je ne t'ai pas entendu entrer.

– J'ai frappé, mais tu n'as pas répondu. J'ai jeté un coup d'œil et je t'ai vu avec l'ordinateur de Maria. Me suis demandé si tu comptais faire un truc stupide. Me suis dit que j'allais te demander, juste au cas où.

– Ce n'était pas stupide. Je pistais le téléphone de Maria.

– Je sais, répondit Evan s'approchant de l'ordinateur. Je ne suis pas aveugle. Quand as-tu pensé à ça ?

– Ce matin. Quand j'ai quitté la maison des parents de Maria.

– Très habile. Tu as appelé Margolis ?

– Pas encore.

– Pourquoi ?

– Parce que tu es entré. Je n'en ai pas eu l'occasion.

– Alors, appelle-le maintenant.

Colin ne prit pas son téléphone et Evan soupira.

– C'est ce que je voulais dire quand je me suis demandé si tu comptais faire un truc stupide. Car tu ne comptais pas l'appeler, n'est-ce pas ? Tu voulais aller vérifier par toi-même avant de l'appeler.

– Ce n'est peut-être pas Lester.

– Et ? Laisse Margolis vérifier. Au minimum, le téléphone de Maria est là-bas et il pourra le récupérer. Et dois-je encore te rappeler que ce sont les affaires de la police ? Tu dois laisser Margolis faire son travail. Tu dois l'appeler.

– Je le ferai. Quand je saurai à quoi m'en tenir.

– Tu sais ce que je crois ? Tu mens.

– Je ne mens pas.

– Peut-être pas à moi. Mais en cet instant, je crois que tu te mens à toi-même. Ça n'a rien à voir avec le fait de faire perdre son temps à Margolis. La vérité, c'est que tu veux être au cœur de cette affaire. Je crois que tu veux voir Lester pour mettre un visage sur un nom. Je pense que tu es énervé et que tu as pris l'habitude de gérer les choses à ta façon. Et je crois que tu veux jouer les héros, comme en prenant des photos depuis un toit ou la nuit dernière quand tu as défoncé la porte des Sanchez, alors que la police était déjà là.

Colin admit qu'Evan avait peut-être raison.

– Et ?

– C'est une erreur.

– Si je trouve Lester, j'appellerai Margolis.

– Et comment ? Tu vas frapper à la porte et demander si Lester habite là ? Te faufiler dans la propriété pour tenter de jeter un œil par la fenêtre ? Espérer qu'il sorte laver sa voiture ? Laisser un mot sous la porte ?

– Je trouverai quand j'y serai.

– Oh, quel bon plan ! répliqua sèchement Evan. Parce que quand tu improvises, ça se passe toujours pour le mieux, n'est-ce pas ? Tu te souviens que Lester a une arme ? Et que tu pourrais te retrouver dans une situation que tu aurais pu éviter ? Ou que tu pourrais faire empirer les choses ? Et si Lester te surprend ? Il pourrait s'enfuir de nouveau, et le retrouver serait bien plus difficile.

– Ou peut-être qu'il compte fuir dans tous les cas et que je pourrai le suivre.

Evan posa les mains sur le dossier de la chaise de Colin.

– Je ne vais pas réussir à t'en dissuader, n'est-ce pas ?

– Non.

– Alors attends que j'aie ramené Lily à la maison, et je viendrai avec toi.

– Non.

– Pourquoi ?

– Parce que tu n'as pas de raison de venir.

Evan lâcha la chaise.

– Ne fais pas ça, dit-il en se raidissant. Pour ton propre bien, appelle Margolis.

Cherchant sans doute à mettre l'accent sur ce qu'il voulait dire, il prit l'ordinateur de Maria et le remit dans son sac près de la porte. Il prit les autres affaires de Maria et quitta l'appartement de Colin, claquant la porte derrière lui. Colin le regarda partir sans un mot.

Quinze minutes plus tard, en route pour Shallotte, Colin réfléchit aux paroles d'Evan.

Pourquoi y aller seul ? Pourquoi ne pas avoir appelé Margolis ? Que comptait-il faire ?

Comme Evan l'avait insinué, Colin en faisait désormais une affaire personnelle. Il voulait voir le visage de Lester, voir de ses propres yeux à quoi il ressemblait. Il voulait que Margolis lui remette une citation à comparaître, certes, mais il voulait surtout trouver un moyen de garder un œil sur Lester, même s'il n'avait rien dit non plus à Margolis à ce sujet. Mais il était temps pour Lester de surveiller ses arrières. Si c'était bien Lester, évidemment…

Et pourtant, Evan avait rappelé à Colin les risques qu'il courait, si son pressentiment était le bon. Evan était doué pour ce genre de choses et Colin savait qu'il devrait faire attention. Il était passé près de la case prison et se fit la promesse de se contenter de surveiller la maison concernée.

Même si Lester s'approchait de sa voiture, il ne le toucherait pas. Et pourtant, Colin se sentait toujours sur les nerfs. L'adrénaline commençait déjà à monter en lui.

Il se força à respirer lentement, prenant de longues inspirations.

Colin traversa Wilmington un feu rouge après l'autre, avant d'atteindre enfin la Route 17. Il avait tapé l'adresse de Robins Lane dans son téléphone et écouta les directions à suivre, approchant de sa destination finale à un peu plus de 14 heures, dans un quartier de cols bleus. En apparence, il rappelait celui des parents de Maria. Mais seulement en apparence. Les maisons étaient plus petites et pas aussi bien tenues ; elles étaient nombreuses à arborer des pelouses mal tondues, et ici et là il vit des panneaux « À louer », donnant un côté transitoire au quartier. C'était le genre de coin où les gens ne sympathisaient pas vraiment avec leurs voisins et ne restaient pas longtemps. Idéal pour se cacher ?

Peut-être.

Il se gara devant un petit bungalow, à deux portes de l'adresse qu'il cherchait, derrière un vieux break qui avait connu des jours meilleurs. Il y avait un petit porche devant et Colin pouvait voir la porte et l'un des côtés de la maison, où une fenêtre aux rideaux tirés faisait face à la maison voisine. Dépassant du coin opposé de la maison, le capot d'une voiture bleue était visible, mais impossible de reconnaître la marque.

Quelqu'un se trouvait donc bien là ?

Sans doute. La voiture d'Atkinson était près du parc. Ou du moins, d'après Margolis, elle y était quelques heures plus tôt. Colin aurait voulu garder l'ordinateur de Maria avec lui. Il lui aurait été utile pour s'assurer que le téléphone était toujours là. Il se demanda s'il devait appeler Evan et le lui demander, mais Evan en profiterait pour lui faire encore la leçon et Colin n'était pas d'humeur. De plus, Evan et Lily étaient sûrement déjà chez Lily avec les affaires de Maria. Ça signifiait que tout ce qu'il pouvait faire, c'était surveiller la maison dans l'espoir que Lester se montre.

Mais, comme le lui avait rappelé Evan, Colin ne savait même pas exactement à quoi il ressemblait.

Colin jeta un coup d'œil à son téléphone. Bientôt 15 heures. Cela faisait déjà près d'une heure qu'il était là. Il n'avait repéré aucun mouvement derrière les rideaux du bungalow ; personne n'était sorti. La voiture bleue était toujours là. Point positif, aucun voisin n'avait paru le remarquer et la rue elle-même était calme. Quelques personnes étaient passées devant sa voiture, de même que des gamins avec un ballon de foot. Le facteur aussi, et Colin avait eu un regain d'espoir, se disant qu'il pourrait peut-être voir le nom de la personne censée vivre ici en vérifiant la boîte, mais le facteur était passé sans s'arrêter. Étrange. Il s'était arrêté devant toutes les autres maisons. Cela ne voulait peut-être rien dire. Ou cela signifiait que la personne habitant ici ne recevait habituellement pas de courrier, car il était envoyé ailleurs.

Intrigant.

Le temps continuait à s'écouler. Il était maintenant 16 heures, et Colin se sentait nerveux. Il luttait contre l'envie d'agir… Il se demanda de nouveau s'il devait appeler Margolis ou non. S'il devait tenter de frapper à la porte. Il était certain de réussir à se contrôler. Du moins en grande partie.

Colin resta dans la voiture, prenant de longues et lentes respirations. Il sursauta quand son téléphone vibra. Evan.

Qu'est-ce que tu fais ?

Colin lui répondit.

Rien.

Une autre heure s'écoula. 17 heures. Le soleil commença à descendre dans le ciel, encore brillant mais annonçant l'arrivée prochaine du crépuscule. Colin se demanda quand ou si les lumières allaient s'allumer dans la maison. À présent, il était devenu plus facile d'imaginer que personne n'était là.

Son téléphone vibra de nouveau. Evan.

Je serai là dans une minute, disait le message. *Je suis presque à ta voiture.*

Colin fronça les sourcils, puis jeta un coup d'œil derrière lui et vit Evan. Ce dernier le rejoignit d'un bond et ferma la porte avant de remonter la fenêtre. Colin fit la même chose.

– Je savais que tu serais là. Dès que je t'ai quitté, je savais exactement ce que tu comptais faire. Donc tu m'as menti dans ton message ? Au sujet de ne rien faire ?

– Je ne mentais pas. Je ne fais rien.

– Tu es venu ici. Tu surveilles la maison. Tu attends Lester. C'est quelque chose.

– Pas si je ne l'ai pas vu.

– Alors, quel est ton plan, maintenant ?

– J'y réfléchis encore. Comment va Maria ?

– Elle était endormie sur le canapé quand nous sommes arrivés, mais dès qu'elle s'est réveillée, Lily a commencé à lui parler de notre mariage. Je me suis dit que je pourrais aussi bien jeter un œil sur toi, puisque Lily peut broder pendant des heures sur ce sujet...

À cet instant, Colin perçut du mouvement devant le bungalow. La porte. Un homme passant sur le porche, tenant une canette de quelque chose.

– Baisse-toi, siffla Colin, en faisant de même. Et reste comme ça.

Evan s'exécuta aussitôt et demanda :

– Pourquoi ?

Colin leva lentement la tête sans répondre. Il avait besoin de mieux le voir. L'homme se tenait maintenant sur le porche, la porte d'entrée ouverte derrière lui. Colin l'observa plus attentivement, le comparant aux portraits d'Atkinson. Ce n'était pas lui. Il tenta de se souvenir de ce que Maria avait dit sur la tenue de Lester. Une chemise rouge délavée et des jeans déchirés. Oui. Soit la même tenue que l'homme sous ses yeux. Lester ? Ce devait être lui et Colin sentit une nouvelle montée d'adrénaline. Lester se trouvait bien à l'adresse indiquée. Il n'avait même pas changé de vêtements. Quelques secondes plus tard, Lester se retourna puis rentra, refermant la porte.

– C'est lui ? chuchota Evan.

– Ouais, dit Colin, c'est lui.

– Et tu vas appeler Margolis maintenant, non ? Comme tu l'as dit ?

– D'accord, dit Colin.

Au téléphone, après avoir vertement insulté Colin pour avoir fait de la rétention d'informations, Margolis lui indiqua sèchement qu'il était en route et serait là dès que possible. « Non, ne suivez pas Lester ni personne d'autre s'ils quittent la maison. Laissez-moi gérer ça », avait-il dit, et si Colin ne faisait ne serait-ce que sortir de la voiture, Margolis trouverait une raison de lui passer les menottes car il en avait assez de le voir prétendre savoir ce qu'il faisait. Il ajouta quelques mots choisis, et quand Colin raccrocha, Evan lui jeta un coup d'œil.

– Je t'avais dit qu'il ne serait pas content.

– D'accord.

– Et tu t'en fiches ?

– Pourquoi je devrais m'en soucier ?

– Il peut te rendre la vie encore plus difficile.

– Seulement si je fais quelque chose qui puisse me valoir des ennuis.

– Comme interférer avec les affaires de la police ?

– Je suis assis dans ma voiture. Je lui ai transmis des informations dont il avait besoin. Je n'interfère pas. Je suis un témoin potentiel. Il m'a dit quoi faire et je vais l'écouter.

Evan s'agita.

– Je peux me rasseoir ? J'ai une crampe.

– Je ne sais même pas pourquoi tu as toujours la tête baissée.

Quarante minutes plus tard, Margolis s'avança à la hauteur de la voiture de Colin, sa berline tournant au ralenti sur la chaussée, la fenêtre passager baissée.

– Je croyais t'avoir dit de foutre le camp, dit Margolis.

– Non, dit Colin. Vous m'avez dit de ne pas sortir de la voiture et de ne pas le suivre.

– Tu fais le malin ?

– Non.

– Pourtant on dirait bien. J'ai fait un geste hier soir pour que tu ne sois pas arrêté et tu as « oublié » de me parler de ton idée ce matin ? Pour que tu puisses de nouveau jouer les M. Police ?

– Maria vous a dit que Lester avait pris son iPhone. Ils sont faciles à retrouver. Je pensais que vous aviez déjà vérifié.

L'expression sur le visage de Margolis lui indiqua qu'il avait oublié cette évidence, mais il se reprit bien vite.

– Crois-le ou pas, mais mon monde ne tourne pas

autour de toi et ta copine. J'ai d'autres cas. De gros cas. J'allais m'en occuper.

Bien sûr, se dit Colin.

— Vous allez récupérer le téléphone de Maria ?

— S'il l'a. Je n'en ai pas la preuve, à part ta parole.

— Il y a deux ou trois heures, il était là, coupa Evan. J'ai vérifié avant de venir.

Margolis regarda Evan, de toute évidence irrité, avant de secouer la tête.

— Je récupérerai son téléphone, dit Margolis. Maintenant, allez-y. Tous les deux. Je n'ai pas besoin de vous et je ne veux pas de vous ici. Je m'en charge.

Il remonta la fenêtre, baissa son frein à main et laissa la voiture avancer avant de stopper juste devant le bungalow. Colin regarda Margolis descendre de voiture et prendre un moment pour observer les lieux avant de remonter l'allée. Il monta les marches du perron et se tourna vers Colin avant de lui faire signe de filer du pouce.

Très bien, se dit Colin.

La clé était toujours dans le contact, mais il n'entendit que le silence. Le moteur était mort. Pas même un clic. Colin tenta de nouveau de démarrer, même résultat.

Mort.

— Laisse-moi deviner, dit Evan. Ta voiture craint.

— Aujourd'hui, peut-être.

— Margolis ne va pas être content.

— Je ne peux rien y faire.

Il parlait à Evan sans quitter Margolis des yeux. L'inspecteur n'avait pas encore frappé à la porte et se tenait à l'autre bout du porche, observant la voiture bleue. Il pivota et Colin crut lire de l'incertitude dans son regard avant qu'il se décide à frapper. Margolis hésita encore de longues secondes avant de saisir le bouton de porte.

Quelqu'un lui avait dit d'entrer ?

Margolis parla et sortit son badge en passant la tête par la porte entrouverte avant de disparaître.

– Prenons ma voiture, dit Evan. On peut être partis avant qu'il ressorte. Je sais qu'il te déteste et je ne veux pas qu'il te haïsse encore plus. Ou moi, d'ailleurs. Il a l'air méchant.

Colin ne dit rien. Il songeait à l'expression sur le visage de Margolis juste avant qu'il frappe à la porte. Margolis avait vu quelque chose... quelque chose qui n'avait pas de sens ? Qui l'avait surpris ? Et pourquoi Lester l'aurait invité à entrer s'il était paranoïaque et avait peur de la police ?

– Quelque chose ne va pas, dit Colin, avant même de se rendre compte qu'il s'était exprimé à haute voix.

Evan lui jeta un regard.

– De quoi tu parles ? demanda-t-il.

À cet instant, ils entendirent le bruit sec et caractéristique d'une arme à feu. Deux coups rapides.

Colin avait déjà la main sur la portière quand il vit Margolis sortir en courant, sa veste et sa chemise trempées de sang, une main sur son cou. Il trébucha sur le porche et tomba en arrière sur les marches, s'écroulant dans l'allée.

Colin était déjà dehors... agissant instinctivement... courant vers Margolis... accélérant à chaque pas en regardant l'inspecteur se tortiller sur le sol.

Lester apparut sur le porche. Il hurlait de façon incohérente, une arme à la main. Il la leva, la pointant sur Margolis. Le visage de Lester affichait à la fois de la peur et de la colère, et sa main tremblait. Il hurla de nouveau et baissa l'arme avant de la brandir de nouveau...

Colin traversa la pelouse du voisin en courant, sauta par-dessus un buisson. Il fonçait en direction du porche. De Lester. Se concentrant sur lui. Encore quelques secondes.

Lester continuait à viser Margolis sans appuyer sur la

détente. Son visage était rouge, ses yeux injectés de sang. Hors de contrôle. Il hurlait :

– Ce n'est pas de ma faute ! Ce n'est pas de ma faute ! Je n'ai rien fait ! Je ne retournerai pas en prison ! Et je sais ce que fait Maria !

Lester approcha des marches, réduisant la distance entre lui et Margolis, la main toujours tremblante. Conscient que quelque chose se déplaçait très vite à la périphérie de son champ de vision, il pivota brusquement, braquant le pistolet sur Colin.

Trop tard.

Colin sauta par-dessus la rambarde et percuta violemment Lester. Le pistolet s'envola dans les airs avant de retomber sur le porche. Colin pesait vingt kilos de plus que Lester et il sentit les côtes de Lester se briser en retombant sur le sol. Lester hurla de douleur, temporairement paralysé.

Colin agit rapidement, passant aussitôt son bras autour de la gorge de Lester, puis il lui bloqua le bras de l'autre main. Lester commença à s'agiter, le cou pris entre le biceps et l'avant-bras de Colin. Colin appliquait une pression très forte sur sa carotide, alors que Lester tentait frénétiquement de s'échapper.

En quelques secondes, les yeux de Lester commencèrent à rouler dans leurs orbites et il cessa brusquement de bouger. Colin maintint encore un peu sa prise avant de se relever tant bien que mal pour se précipiter vers Margolis.

L'inspecteur respirait encore mais ne bougeait plus. Son visage était d'un blanc de craie et Colin tentait de comprendre ce qu'il avait sous les yeux.

Il avait été touché deux fois, au ventre et dans le cou. Il perdait beaucoup de sang. Colin déchira sa chemise. Evan le rejoignit, terrifié.

– Oh bon sang ! Qu'est-ce qu'on fait ?

– Appelle le 911 ! cria Colin, tentant de repousser la panique, sachant qu'il avait plus que jamais besoin de rester lucide. Appelle une ambulance ! Tout de suite !

Colin ne savait rien au sujet des blessures par balles, mais si Margolis continuait à perdre du sang, il était condamné. La blessure au cou avait l'air plus grave, Colin appuya donc dessus. Le sang commença aussitôt à imbiber sa chemise ; il fit la même chose pour la blessure à l'estomac, où le sang s'écoulait toujours, formant une flaque de plus en plus grande. Le visage de Margolis prit une teinte grise et blafarde. Colin entendait Evan hurler au téléphone qu'un flic avait été touché, qu'ils avaient besoin d'une ambulance, tout de suite.

– Dépêche, Evan ! J'ai besoin d'aide !

Evan raccrocha et regarda Margolis. Il semblait sur le point de s'évanouir. Du coin de l'œil, Colin vit Lester rouler la tête sur le côté. Il se réveillait déjà.

– Attrape les menottes ! Assure-toi qu'il ne file pas !

Evan, le regard toujours rivé sur Margolis, semblait cloué sur place. Colin sentait le sang continuer à tremper son pan de chemise ; il sentait sa chaleur sur ses mains. Ses doigts étaient rouges et glissants.

– Evan ! Les menottes ! À la ceinture de Margolis ! Tout de suite !

Evan secoua la tête et tritura maladroitement les menottes.

– Et reviens ici aussi vite que possible ! J'ai besoin de ton aide !

Evan se précipita vers Lester et lui passa une menotte au poignet avant de le rapprocher de la rambarde pour y attacher l'autre menotte. Lester gémit, reprenant connaissance, alors qu'Evan retournait déjà auprès de Colin. Evan s'agenouilla près de Margolis, les yeux écarquillés.

– Qu'est-ce que je fais ?

– Occupe-toi de la blessure à l'estomac. Là où j'ai ma main. Et presse fort !

La perte de sang diminuait, mais la respiration de Margolis se faisait de plus en plus imperceptible… Evan obéit, et Colin utilisa ses deux mains pour comprimer la blessure au cou. Quelques secondes plus tard, il entendit une première sirène. Puis bien d'autres. Tout en les suppliant de se dépêcher, il ne pouvait que penser : *Ne meurs pas maintenant. Quoi que tu fasses, ne meurs pas maintenant…*

Sur le porche, Lester gémit de nouveau et il ouvrit finalement les yeux, dans le vague.

Un adjoint du shérif fut le premier à arriver, suivi rapidement par un officier de police de Shallotte. Les pneus des voitures aux lumières allumées crissèrent en pleine rue. Les deux hommes bondirent de leurs voitures et se précipitèrent vers eux, armes au poing, hésitants.

– L'inspecteur Margolis a été touché ! cria Colin. Le gars menotté à la rambarde est l'auteur des coups de feu !

L'adjoint et l'officier regardèrent dans la direction de Lester, et Colin se força à parler d'une voix égale.

– L'arme est toujours sur le porche. On ne peut pas lâcher ces blessures. Et assurez-vous que l'ambulance arrive, il a perdu beaucoup de sang et je ne sais pas combien de temps je pourrai encore tenir !

L'officier s'approcha du porche pendant que l'adjoint retournait à sa voiture et hurlait dans la radio qu'un officier était à terre, demandant à l'ambulance de se dépêcher. Colin et Evan restaient concentrés sur les blessures. Evan s'était suffisamment repris pour avoir retrouvé des couleurs.

Quelques minutes plus tard, l'ambulance arriva et les infirmiers bondirent à terre avec un brancard. D'autres adjoints étaient arrivés entre-temps, de même que des officiers de police ; la rue était maintenant pleine de véhicules.

Quand les ambulanciers prirent enfin le relais, Margolis semblait encore plus mal. Il ne réagissait plus et respirait à peine. Les ambulanciers se dépêchèrent. Le brancard fut chargé dans le véhicule, et l'un d'entre eux sauta derrière le volant pendant que l'autre restait auprès de Margolis. L'ambulance démarra en trombe, entourée d'une escorte de police et de membres du bureau du shérif.

Enfin, après son départ, le monde commença à redevenir normal.

Colin tremblait mais se sentait un peu moins sur les nerfs. Ses mains et ses poignets étaient poisseux de sang. La chemise d'Evan semblait avoir été en partie trempée dans un bain de teinture rouge. Il s'écarta, plié en deux, et vomit.

L'un des adjoints alla chercher deux T-shirts blancs dans son coffre, en tendit un à Colin et l'autre à Evan. Avant même de faire une déclaration, Colin chercha son téléphone pour appeler Maria et lui dire ce qui s'était passé. Mais tout en parlant, il ne pensait qu'à Margolis.

À la nuit tombée, une foule de policiers toujours plus nombreuse était arrivée sur place, de même qu'un inspecteur de Wilmington et le shérif du comté. Lester était délirant et agressif, hurlant des propos incohérents. Il avait résisté à son arrestation avant d'être finalement placé à l'arrière d'une voiture de patrouille et conduit en cellule.

Colin raconta ce qui s'était passé au shérif, à un officier de Shallotte et à l'inspecteur Wright de Wilmington. Tous les trois lui posèrent des questions. Evan témoigna lui aussi. Tous les deux reconnurent qu'ils ne savaient pas ce qui s'était passé dans la maison, seulement que les coups de feu avaient retenti presque immédiatement. Colin leur dit aussi que Lester aurait pu achever Margolis mais ne l'avait pas fait. Plus tard, une fois autorisé à partir, Colin appela Maria pour lui dire qu'il allait chez lui pour se changer, mais il voulait que Lily la conduise à l'hôpital pour que Maria puisse le retrouver sur place. Tout en lui parlant, il entendit un officier dire à l'inspecteur Wright et au shérif que la maison était déserte et que Lester semblait vivre là seul.

Après avoir raccroché, Colin observa le bungalow, se demandant où se trouvait Atkinson. Et pourquoi, si Lester était si paranoïaque, avait-il laissé Margolis entrer ?

— Tu es prêt à partir ? demanda Evan, interrompant ses réflexions. J'ai besoin d'une douche, de me changer, et surtout de foutre le camp d'ici.

— Ouais. D'accord.

— Qu'est-ce que tu veux faire pour ta voiture ?

Colin y jeta un coup d'œil.

— On verra ça plus tard. Pour le moment, je n'ai pas l'énergie de m'occuper de ça.

Evan avait dû remarquer quelque chose sur son visage.

— Tu es sûr qu'aller à l'hôpital est une bonne idée ?

Pour Colin, c'était moins un choix qu'une nécessité.

— Je veux savoir si Margolis va s'en sortir.

Chapitre 28

Maria

Depuis le coup de fil de Colin, l'esprit de Maria s'était emballé, tentant de reconstituer les événements. Colin avait pisté Lester. Lester avait tiré sur Margolis. Lester avait braqué son arme sur Colin. Colin avait mis Lester hors d'état de nuire. Colin et Evan avaient tenté de sauver la vie de l'inspecteur. Margolis avait été emmené en ambulance. Lester avait résisté à son arrestation, hurlant qu'il savait ce que Maria avait fait.

Lester.

Elle avait su depuis le début que c'était de lui qu'il fallait s'inquiéter, et elle ne cessait de se répéter qu'il était enfin derrière les barreaux. Cette fois, il n'avait pas disparu, ne s'était pas tranquillement enfui. Cette fois, on l'avait attrapé. Il avait tiré sur un flic et il ne pouvait plus l'atteindre.

Et Atkinson ? dit une petite voix en elle.

Elle ne voulait pas y penser. Elle ne savait pas encore comment l'interpréter. Il ne semblait pas à sa place dans ce tableau…

C'était trop. Ce qui venait de se produire était déjà assez bouleversant. Que Colin et Evan se soient retrouvés impliqués, c'était déjà presque trop à supporter.

Maria se dit que Lily devait connaître le même flot d'émotions. Depuis leur arrivée à l'hôpital quelques minutes plus tôt, elle avait à peine dit un mot et continuait à chercher du regard la voiture d'Evan sur le parking. Maria avait l'impression que Lily avait besoin de voir, de toucher et de tenir son fiancé dans ses bras, comme pour se prouver qu'Evan était vraiment indemne.

Et Colin...

Bien sûr, il avait trouvé Lester tout seul. Bien sûr, il s'était précipité sur Lester alors que l'arme était braquée sur lui. Bien sûr, il l'avait immobilisé sans être blessé. Maintenant, bien sûr, Lester était enfermé et, bien que soulagée, Maria se sentait également en colère. Elle s'inquiétait aussi pour Margolis et avait du mal à comprendre comment Lester avait pu le surprendre ainsi. Elle avait dit à Margolis que Lester était dangereux, qu'il avait une arme. Alors, pourquoi l'inspecteur ne l'avait-il pas écoutée ? Pourquoi ne s'était-il pas montré plus prudent ? Comment avait-il pu se faire tirer dessus ? Maria ne savait pas, et Colin non plus. Un peu plus tôt, ce dernier lui avait dit qu'il n'était pas sûr que Margolis soit encore en vie en arrivant à l'hôpital. Mais Margolis avait dû survivre, se dit-elle. Tandis qu'elle attendait avec Lily, une demi-douzaine d'officiers étaient entrés dans l'enceinte du bâtiment et aucun n'était ressorti : ça voulait dire qu'il était encore vivant, non ?

Elle avait trop peur pour demander.

La voiture d'Evan se gara enfin, mais Maria avait toujours du mal à réfléchir. Elle suivit Lily puis prit Colin dans ses bras et le serra très fort.

Tous les quatre entrèrent dans l'hôpital et prirent l'ascenseur pour le deuxième étage, après s'être renseignés. On les dirigea vers la salle d'attente, pleine de policiers et de gens qui semblaient être des amis ou de la famille. Des visages sombres et sinistres se tournèrent vers eux.

Evan s'approcha de Colin.

– Peut-être qu'on ne devrait pas être là, lui dit-il.

Le visage de Colin ne laissait rien paraître.

– Il n'aurait pas reçu de balles si je ne l'avais pas appelé.

– Ce n'est pas ta faute.

– Il a raison, Colin, dit Lily. C'est la faute de Lester, pas la tienne.

Malgré leurs paroles, Maria savait que Colin tentait encore de se convaincre qu'il n'était pas responsable. En vain.

– Très bien, dit Evan, tu vois quelqu'un qui pourrait nous renseigner ? Je ne vois pas d'infirmière.

– Par là, dit Colin, se dirigeant vers un homme dans la quarantaine aux cheveux gris coupés court.

L'homme les remarqua et se dirigea vers eux.

– Qui est-ce ? chuchota Maria.

– L'inspecteur Wright, dit Colin. C'est l'un de ceux qui ont recueilli nos témoignages à Evan et à moi.

Wright tendit la main, Colin et Evan la serrèrent.

– Je ne pensais pas vous voir ici.

– Il fallait que je sache comment il va, répondit Colin.

– Je suis arrivé il y a quelques minutes seulement, et pour le moment on ne sait rien, si ce n'est qu'il est toujours en salle d'opération. Comme vous le savez, il était dans un sale état en arrivant.

Colin hocha la tête et Wright les entraîna dans un autre coin de la pièce.

– Je sais que vous en avez déjà traversé beaucoup, mais je me demandais si vous pourriez rester quelques minutes. Quelqu'un a demandé à vous parler.

– Qui ? demanda Colin.

– La femme de Pete, Rachel.

Maria vit le visage de Colin prendre une expression neutre.

– Je ne suis pas sûr que ce soit une bonne idée.

– S'il vous plaît, dit Wright. C'est manifestement important pour elle.

Colin prit un moment pour répondre.

– D'accord.

Wright se dirigea vers l'autre bout de la pièce, s'arrêtant près d'une jolie brune entourée d'une demi-douzaine de personnes. Il indiqua Colin et Evan d'un signe de tête. Rachel Margolis s'excusa immédiatement auprès des membres du groupe et vint vers eux. Il était clair pour Maria qu'elle avait pleuré. Ses yeux étaient rougis, son mascara légèrement étalé. Elle semblait avoir bien du mal à rester calme.

Wright fit les présentations, et Rachel eut un bref sourire teinté de tristesse.

– Larry m'a dit que vous aviez aidé à sauver la vie de mon mari, dit Rachel.

– Je suis vraiment désolé pour ce qui lui est arrivé, dit Colin.

– Moi aussi. Merci. Et je… Hum… (Elle renifla avant de se tamponner les yeux…) Je voulais juste vous remercier tous les deux. Pour avoir réussi à penser clairement, de ne pas avoir paniqué, et appelé une ambulance. Et pour vous être occupés de ses blessures. Les ambulanciers m'ont dit que, sans vous, Pete n'aurait eu aucune chance. Si vous n'aviez pas été…

Elle était sur le point de pleurer, si sincère que Maria sentit sa gorge se serrer.

– Encore une fois… Je… (Elle prit une inspiration hésitante, s'efforçant de ne pas craquer.) Et je veux que vous sachiez qu'il est dur au mal, alors il va se remettre. L'un des plus durs au monde…

– C'est vrai, dit Colin.

Mais Maria eut l'impression que Rachel Margolis l'avait à peine entendu, car elle s'adressait avant tout à elle-même.

La soirée se poursuivit. Maria était assise à côté de Colin, attendant des nouvelles. Evan et Lily étaient allés à la cafétéria quelques minutes plus tôt, et Maria écoutait les conversations se changer peu à peu en murmures inquiets. Les gens allaient et venaient dans la salle d'attente. Colin était plus calme que d'habitude. De temps en temps, un officier venait le remercier et lui serrer la main ; bien qu'il se montrât poli, Maria savait que ça le mettait mal à l'aise car il s'estimait toujours responsable de ce qui s'était passé, même s'il semblait être le seul.

Et pourtant, l'intensité de sa culpabilité la surprit. Il était évident depuis le début que Margolis et lui n'avaient que du mépris l'un pour l'autre. C'était une sorte de paradoxe, et même si elle voulait l'amener à se confier, elle savait qu'il voulait être seul avec ses pensées. Elle se pencha finalement vers lui.

– Ça ira, si je vais dans le couloir ? Je veux appeler mes parents. Et Serena. Je suis sûre qu'ils se demandent ce qui se passe.

Colin hocha la tête et Maria l'embrassa sur la joue. Elle quitta la salle d'attente, prenant le couloir en quête d'un endroit plus calme pour avoir un peu d'intimité. Au téléphone, ses parents semblaient aussi inquiets que les gens à l'hôpital et posaient des dizaines de questions. À la fin, sa mère lui avait dit avoir préparé à dîner et lui demanda de venir avec Colin, mais aussi avec Evan et Lily. Difficile de lui dire non, étant donné la façon dont elle le lui avait demandé, mais ce n'était pas grave. Après tout ce qui s'était passé, Maria voulait elle aussi voir sa famille. De retour dans la salle d'attente, Maria vit que Colin n'avait pas bougé. Il ne parlait toujours pas beaucoup, mais dès qu'elle se rassit il lui prit la main et la serra très fort. Evan et Lily revinrent, et le chirurgien ne tarda pas à apparaître à son tour.

Maria vit Rachel Margolis se diriger vers lui, accompagnée de l'inspecteur Wright. Le silence se fit. Tout le monde était inquiet, tout le monde voulait savoir, et il était impossible de ne pas entendre le médecin, même à cette distance.

– Il a survécu à l'opération, dit le chirurgien. Mais les blessures étaient encore plus graves qu'on ne le pensait. La procédure a encore été compliquée par la perte de sang, et pendant un moment la situation est devenue critique. Mais maintenant ses constantes vitales sont stables. Basses, mais stables.

– Quand pourrai-je le voir ? demanda Rachel Margolis.

– Je veux le surveiller encore une heure ou deux, dit le chirurgien. Si tout se passe comme je l'espère, je pourrai vous laisser entrer quelques minutes plus tard dans la soirée.

– Et il va se remettre, n'est-ce pas ?

C'est la question à un million de dollars, se dit Maria.

Le chirurgien semblait s'y attendre et continua sur le même ton professionnel.

– Comme je l'ai dit, il est stabilisé, mais vous devez comprendre que votre mari est encore dans un état critique. Les prochaines heures vont être déterminantes, et j'espère vous donner une réponse plus définitive demain.

Rachel Margolis déglutit péniblement.

– Je veux juste savoir quoi dire à nos garçons en rentrant à la maison.

Garçons ? Margolis avait des enfants ? se dit Maria.

La voix du chirurgien s'adoucit.

– Dites-leur la vérité. Que leur père a survécu à l'opération et que vous saurez quoi leur dire bientôt. (Il ajouta sans la quitter des yeux :) S'il vous plaît, comprenez, madame

484

Margolis… Il a eu un trauma sévère à la trachée, et votre mari est pour le moment sous respirateur…

Maria dut détourner le regard alors que le chirurgien commençait à entrer dans le détail des blessures de l'inspecteur. Elle tourna la tête et entendit la voix de Colin.

— Viens, chuchota-t-il, pensant sans doute la même chose qu'elle. Les détails ne nous concernent pas. Laissons-leur un peu d'intimité.

Maria et Colin se levèrent, Evan et Lily les suivirent et ils quittèrent la salle d'attente. Au-dehors, Maria s'arrêta et leur parla de son coup de fil à ses parents et dit ce qu'ils lui avaient demandé.

— Je sais que vous êtes sans doute épuisés et que vous venez de passer à la cafétéria, mais ma mère nous a fait à dîner, et…

— D'accord, dit Colin. Je dois encore retourner à ma voiture ce soir, mais ça peut attendre.

— Tu n'as pas besoin de t'expliquer, lança Evan. On ira la chercher.

Maria monta dans la voiture d'Evan avec Colin. Evan et Lily les suivirent dans celle de Lily. En s'arrêtant devant la maison de ses parents, Maria vit que Serena les attendait dehors avec eux. Serena la prit aussitôt dans ses bras.

— Maman et papa ont été fous d'inquiétude pour toi, tu sais. Maman n'a pas quitté la cuisine pendant des heures et papa n'arrêtait pas de surveiller les fenêtres et les portes. Tu tiens le coup ?

— Difficilement, reconnut Maria.

— Je crois que tu vas avoir besoin de longues vacances après tout ça.

Malgré tout cela, Maria rit.

— Sans doute.

Après Serena, Maria enlaça ses parents, puis leur présenta Evan et Lily. Surprenant Maria, de même que ses parents et Serena, Lily parlait espagnol, quoique avec un accent du Sud. La porte d'entrée n'avait pas été remplacée, ils passèrent donc par le garage et la cuisine, avant de s'asseoir à une table bientôt couverte de plats. Tout en mangeant, Maria raconta à sa famille leur premier rendez-vous avec Margolis le matin, et Colin prit le relais. Il s'arrêtait toutes les deux ou trois phrases pour que Maria puisse traduire, et Evan ajouta quelques détails, en particulier concernant la confrontation avec Lester.

— Et Lester est toujours en prison, n'est-ce pas ? demanda Félix quand Colin eut terminé. Et il ne sera pas libéré ?

— Fou ou pas, il a tiré sur un inspecteur, dit Evan. Je ne suis pas sûr qu'il sorte un jour.

Félix hocha la tête.

— Bien.

— Et Atkinson ? intervint Serena. Tu as dit qu'il travaillait avec Lester ?

— Je ne sais pas. C'était une piste qu'étudiait Margolis. A priori, ils se connaissaient tous les deux, mais ça ne colle pas.

— Alors, qui a crevé tes pneus ? insista Serena.

— Peut-être que Lester a payé un gamin pour le faire, car il savait que l'hôpital psychiatrique lui fournirait un alibi.

— Et la voiture dans le parc ?

— Peut-être que Lester l'a empruntée, répondit Maria en haussant les épaules. Je ne sais pas.

— Si Atkinson est là-dehors, que comptes-tu faire ?

— Je ne sais pas, répondit Maria, notant la frustration dans son ton.

Elle savait qu'il y avait encore trop de questions sans réponses, même après tout cela, mais…

— C'est de Lester que je m'inquiétais, dit-elle. C'est lui

qui m'effrayait, et qu'il œuvre avec Atkinson ou pas, la seule chose que je sais avec certitude, c'est que Lester ne peut plus m'atteindre et…

Elle ne termina pas sa phrase et Serena secoua la tête.

– Je suis désolée de poser autant de questions. C'est juste que je suis encore…

– Inquiète, conclut Félix.

Tout comme moi, se dit Maria. *Et Colin aussi, mais…*

Ses pensées furent interrompues par la sonnerie assourdie du téléphone de Serena. Elle le sortit et envoya l'appel sur messagerie, affichant une expression entre espoir et inquiétude.

– Qui était-ce ? demanda Félix.

– Charles Alexander, répondit Serena.

– C'est un peu tard pour appeler, non ? demanda son père. Peut-être que c'est important.

– Je pourrai toujours le rappeler demain.

– Non, vas-y, rappelle-le maintenant, dit Maria, heureuse de cette diversion. Comme papa l'a dit, c'est peut-être important. Elle ne voulait plus penser à Atkinson ni à Lester, pas plus qu'elle n'avait l'énergie de répondre à des questions sans réponses. C'était tout ce qu'elle pouvait faire pour garder le contrôle sur ces dernières heures…

Serena hésita une seconde, se demandant s'il était vraiment correct de rappeler. La tablée se tut alors qu'elle faisait les cent pas dans la cuisine, le téléphone à l'oreille.

– Charles Alexander ? Où ai-je déjà entendu ce nom ? chuchota Colin.

– C'est l'administrateur de la bourse dont je t'ai parlé, répondit Maria.

– Que se passe-t-il ? demanda Evan, et quand Lily se pencha pour écouter, Maria les renseigna rapidement.

Pendant ce temps, Serena avait commencé à hocher la tête, avant de se retourner finalement vers eux en souriant.

– Vous êtes sérieux ? demanda Serena. J'ai remporté la bourse ?

Maria vit sa mère prendre la main de son père. Serena ne pouvait plus parler à voix basse.

– Bien sûr. Ce n'est pas un souci. Demain soir, 19 heures… Merci beaucoup…

Serena raccrocha, sous le regard plein d'espoir de ses parents.

– J'imagine que vous avez entendu, hein ?

– Félicitations ! dit Félix en se levant. C'est génial !

Carmen se précipita vers sa fille et lui dit à quel point elle était fière d'elle. Pendant quelques minutes, alors que les étreintes se multipliaient, l'anxiété de la journée fut remplacée par quelque chose de merveilleux, que Maria aurait voulu ne jamais voir disparaître.

Après le dîner, Colin, Evan et Lily leur dirent au revoir et allèrent chercher la voiture de Colin. Carmen et Félix promenaient le chien. Maria et Serena faisaient la vaisselle dans la cuisine.

– Tu es nerveuse pour l'entretien ? demanda Maria.

Serena hocha la tête tout en essuyant une assiette.

– Un peu. Le reporter est censé venir avec un photographe. Je déteste qu'on me prenne en photo.

– Tu plaisantes ? Tu es la reine des selfies.

– Ce n'est pas la même chose. Ils sont pour moi ou mes amis. Ce n'est pas comme si je faisais un selfie dans un journal.

– L'article va paraître quand ?

– Je crois que c'est pour lundi. Le jour de l'annonce officielle.

– Il y aura un banquet ou une présentation ?

– Je ne sais pas trop, répondit Serena. J'ai oublié de demander. J'étais un peu trop excitée.

Maria sourit tout en rinçant une assiette, qu'elle tendit à sa sœur.

– Quand tu le sauras, préviens-moi. Je veux être là. Je suis sûre que papa et maman voudront venir aussi.

Serena empila l'assiette sur les autres.

– Plus tôt, quand je te posais des questions... Je suis désolée d'avoir autant insisté. Je n'ai pas réfléchi.

– Ça va, répondit Maria. J'aimerais avoir toutes les réponses, mais ce n'est pas le cas.

– Tu vas rester ici un moment ? Tu sais que c'est ce que veulent les parents.

– Ouais, je sais. Et oui. Mais je vais devoir aller chez moi chercher des affaires plus tard.

– Je pensais que tes affaires étaient déjà prêtes. Vu que tu devais rester chez Lily.

– J'avais seulement prévu d'y rester une nuit, alors il me faudra d'autres vêtements. Je veux aussi récupérer ma voiture.

– Tu veux que je t'y conduise maintenant ?

– Non, ça ira. Colin le fera quand il reviendra.

– Et quand ça ?

– Je ne sais pas. Vers 23 h 30 peut-être... ou 23 h 45.

– C'est tard. Tu n'es pas fatiguée ?

– Épuisée, reconnut Maria.

– C'est pour ça que je ne..., dit Serena en jetant un coup d'œil à sa sœur. Oh, peu importe. J'ai compris.

– Compris quoi ?

– Je suis d'accord. Il faut absolument que ce soit Colin qui t'emmène. Oublie ma proposition. C'était idiot de ma part.

– De quoi tu parles ?

– Eh bien, sachant que tu seras sous l'œil attentif de nos

parents les prochains jours… Et sachant que Colin n'a pas seulement trouvé Lester mais l'a mis hors d'état de nuire et qu'il n'y a bien sûr absolument rien de sexy là-dedans… Et sachant que tu as besoin de te détendre après cette journée incroyablement stressante… Disons juste que je comprends tout à fait pourquoi tu veux passer un peu de temps seule avec lui.

— Je t'ai dit qu'il fallait juste que je prenne quelques affaires.

— Et il y a quelque chose que tu veux *prendre* en particulier ?

Maria rit.

— Ne sois pas vulgaire.

— Je suis désolée, je ne peux pas m'en empêcher. Mais reconnais-le, j'ai raison, non ?

Maria ne répondit pas, mais ce n'était pas nécessaire. Elles connaissaient toutes les deux la réponse.

Chapitre 29

Colin

Pendant que Lily retrouvait son appartement près de la plage, Colin alla d'abord avec Evan chez *Walmart*, un endroit toujours ouvert et lui offrant tout ce dont il avait besoin, puis à Shallotte, où Evan se gara derrière la Camaro. Colin ouvrit le capot et entreprit de retirer la batterie.

— Pourquoi tu crois que c'est la batterie ? Ça fait long-temps que ta voiture a du mal à démarrer.

— Je ne sais pas ce que ça pourrait être d'autre. J'ai déjà changé le démarreur et l'alternateur.

— Tu n'aurais pas dû changer la batterie d'abord ?

— Je l'ai fait il y a quelques mois. Peut-être que c'était de la camelote.

— Pour ta gouverne, je ne te reconduirai pas ici demain si ça ne marche pas. Je vais aller chez Lily et nous passe-rons tous les deux la journée au lit. Je veux voir comment marche ce truc de « Je suis un héros ». Je pense qu'elle va me trouver encore plus séduisant que d'habitude.

Colin sourit tout en détachant les pinces, avant d'ôter la vieille batterie pour la remplacer.

— Je voulais te demander quelque chose, poursuivit Evan. Et souviens-toi, cette question vient de quelqu'un qui t'a vu faire plein de trucs débiles. Mais aujourd'hui ?

Déjà, je ne sais pas du tout comment tu as pu arriver jusqu'à Lester alors qu'il tenait une arme. En traversant la pelouse ? Par-dessus la rambarde ? En te jetant dans les airs ? Du coup, je m'interroge sur ta santé mentale. À quoi tu pensais, bon sang ?

– Je ne pensais pas.

– C'est ce que je me suis dit. C'est l'un de tes nombreux problèmes. Tu devrais vraiment commencer à penser avant d'agir. Je t'ai dit dès le début de ne pas y aller.

Colin leva les yeux.

– Et où tu veux en venir ?

– Ce que je veux dire, c'est que malgré ta bêtise et ta possible folie, j'étais en fait plutôt fier de toi aujourd'hui. Et pas simplement parce que tu as sauvé la vie de Margolis.

– Pourquoi ?

– Parce que tu n'as pas tué Lester quand tu en avais l'occasion. Tu aurais pu le mettre en morceaux et l'étrangler. Mais tu ne l'as pas fait.

Colin finit d'insérer la batterie.

– Tu dis que tu es fier de moi parce que je ne l'ai pas tué ?

– Exactement. En particulier alors que tu aurais probablement pu t'en tirer. Il a fait feu sur un flic. Il était armé et dangereux. Je ne vois pas qui aurait pu retenir des charges contre toi si tu t'étais laissé emporter. Alors, ma question est : pourquoi tu ne l'as pas tué ?

Colin réfléchit avant de secouer la tête.

– Je ne sais pas.

– Eh bien, quand tu sauras, dis-le-moi. Pour moi, la raison est évidente, puisque je ne tuerais jamais personne. Ce n'est pas dans ma nature. Je ne serais pas capable de le faire, mais toi, oui. Et si tu es curieux, je dois aussi te dire que je respecte bien plus cette nouvelle version de Colin que l'ancienne.

– Tu m'as toujours respecté.

– Je t'ai toujours apprécié, mais j'ai toujours eu un peu peur de toi. Il y a une différence.

Evan désigna la batterie, cherchant à changer de sujet.

– Tu es prêt à tenter le coup ?

Colin fit le tour de la voiture et se mit au volant. Il ne savait pas à quoi s'attendre et fut surpris d'entendre la Camaro démarrer du premier coup. À cet instant, son regard fut attiré par le bungalow et il remarqua que la moitié de la pelouse était entourée de bandes jaunes, tout comme le porche.

– Et voilà, dit Evan. Tu sais qu'elle va sans doute lâcher quand tu seras en route pour l'appartement de Maria. Juste pour te contrarier. Et essaie de ne pas t'attirer de nouveaux ennuis, d'accord ? On dirait qu'ils sont souvent sur ton chemin en ce moment.

Colin ne répondit pas. Il continuait à regarder le bungalow et il lui fallut quelques secondes pour se rendre compte que quelque chose avait changé depuis son départ. Ou plutôt, il manquait quelque chose. Peut-être que la police l'avait confisqué comme preuve. Peut-être qu'il y avait des traces de sang, ou peut-être que l'un des tirs l'avait touché et que la police avait besoin de la balle pour ses tests balistiques.

– Tu m'écoutes ? dit Evan.

– Non.

– Qu'est-ce que tu regardes comme ça ?

– Tu sais, les questions que posait Serena ? dit Colin, évitant la question. Celles sur Atkinson ?

– Je me souviens. Pourquoi ?

– Je pense que c'est fort possible qu'il soit impliqué.

– Parce que sa voiture était près du parc ? Et que Lester ne pouvait pas avoir crevé les pneus de Maria ?

– Pas seulement. Je repense à la voiture que j'ai vue plus tôt, celle dans l'allée du bungalow.

Evan pivota, puis recula d'un pas pour mieux voir.

— Quelle voiture ?

— Exactement, dit Colin, avant de poursuivre tout en réfléchissant à voix haute : elle n'est plus là.

Colin retourna chez les Sanchez quelques minutes avant minuit. Maria était avec ses parents dans le salon et Colin la vit se lever. Elle dit quelque chose en espagnol à sa mère, sans doute qu'elle serait bientôt de retour, et sortit avec Colin.

— Où est Serena ?

— Elle est allée se coucher.

— Elle reste, elle aussi ?

— Juste ce soir. Mes parents m'ont dit que tu étais le bienvenu aussi. Bien sûr, comme il faudrait que tu dormes sur le canapé, je leur ai dit que tu préférerais sans doute rentrer chez toi.

— Tu pourrais me rejoindre.

— C'est tentant. Mais…

— Pas de souci.

Il lui ouvrit la portière.

— Qu'est-ce qui n'allait pas avec ta voiture, au fait ? demanda-t-elle en montant.

— La batterie.

— Alors j'avais raison, hein ? J'imagine que ça veut dire que tu devrais m'écouter plus souvent.

— D'accord.

Tout en roulant, Colin lui raconta que la voiture près du bungalow avait disparu.

— Peut-être que c'est la police.

— Peut-être.

— Tu crois qu'Atkinson est revenu la chercher ?

– Je ne sais pas. Je pense que je téléphonerai à l'inspecteur Wright demain. Peut-être qu'ils ne me diront rien, mais puisque j'ai maintenu Margolis en vie en attendant l'ambulance, j'espère que si. Dans un cas comme dans l'autre, il faut le leur dire.

Maria se tourna vers la vitre alors qu'ils empruntaient des rues quasi désertes.

– Je n'arrive toujours pas à croire que Lester lui ait tiré dessus.

– Si tu avais été là, si. Il était hors de contrôle. Comme s'il avait craqué.

– Tu crois que la police arrivera à obtenir des réponses de sa part ?

Colin réfléchit.

– Oui. Quand il sera redevenu lucide. Mais je ne sais pas combien de temps ça prendra.

– Je sais qu'il ne peut plus m'atteindre, mais…

Maria s'arrêta avant de prononcer le nom d'Atkinson, mais ce n'était pas nécessaire. Colin ne comptait pas se montrer imprudent. Il multiplia les détours pour rentrer chez Maria, prêtant attention à toute voiture douteuse. Maria savait ce qu'il faisait et n'émit aucune objection.

Ils se garèrent sur une place pour visiteurs juste après minuit. Colin guettait le moindre mouvement, mais tout était calme dans les escaliers.

Colin et Maria se figèrent toutefois à l'entrée.

Ils virent tous les deux au même instant que la porte avait été forcée.

On avait saccagé son appartement.

Gagné par l'indignation, Colin regarda Maria déambuler dans son appartement, sous le choc, pleurant sans cesse en découvrant les dégâts. Les canapés, les chaises et les oreillers lacérés. La table de la salle à manger renversée. Les chaises de cuisine aux pieds brisés. Les lampes cassées. Les photographies déchirées. Le contenu du réfrigérateur éparpillé dans la cuisine. Ses affaires. Sa maison. Violée. Dévastée.

Dans la chambre, son matelas avait été déchiré, le bureau renversé, ses tiroirs brisés, une autre lampe cassée. Des bombes de peinture rouge jonchaient le sol et tous ses vêtements ou presque en étaient souillés. C'était à ça que ressemblait la rage pure, se dit Colin. Celui qui avait fait ça était tout autant hors de contrôle que Lester, peut-être plus, et la fureur de Colin devenait difficile à maîtriser. Il voulait faire du mal au coupable de ce forfait, le tuer…

À côté de lui, les sanglots de Maria devenaient de plus en plus hystériques, et Colin la prit dans ses bras quand il remarqua les mots peints sur le mur de la chambre.

Tu sauras ce que ça fait.

Colin appela le 911, puis le détective Wright. Il ne s'était pas attendu à ce qu'il réponde, mais Wright décrocha dès la seconde sonnerie. Colin lui expliqua ce qui s'était passé et l'inspecteur lui répondit qu'il arrivait tout de suite, il voulait constater les dégâts par lui-même.

À la demande de Maria, Colin appela aussi ses parents, et même s'ils insistèrent pour venir, Maria fit non de la tête.

Colin comprenait. Ici et maintenant, la jeune femme ne pouvait pas gérer leurs peurs et leurs inquiétudes en plus des siennes. Elle avait déjà beaucoup de mal à ne pas craquer. Il dit à ses parents qu'elle devait parler à la police et qu'il la protégerait. Deux officiers arrivèrent et prirent la déposition de Maria, qui n'avait pas grand-chose à dire. Ils eurent plus de chance avec l'un des voisins, sorti voir ce qui se passait. Colin écouta le gars qui vivait à côté dire qu'il était rentré chez lui deux ou trois heures plus tôt seulement, et était certain que la porte n'était pas entrouverte alors. Il aurait vu de la lumière.

Non, il n'avait rien entendu, à part de la musique, forte. Il avait envisagé de venir demander de la baisser, mais elle n'avait pas tardé à s'arrêter. Après que Maria se fut un peu reprise, Wright étudia son témoignage et celui du voisin avec les officiers. Il s'entretint ensuite avec Colin et elle. Maria avait du mal à réfléchir clairement. Colin répéta en bonne partie ce qu'il avait déjà dit à Wright à Shallotte, tout en se retenant de frapper quelque chose. Colin voulait retrouver Atkinson, plus encore que Lester.

Et le tuer.

Il était près de 2 heures du matin quand Wright leur dit qu'ils pouvaient partir et les raccompagna à la voiture de Colin. Maria, Colin le savait, n'était pas en état de conduire et elle ne discuta pas. Arrivé devant la voiture, Wright tendit la main. Il regarda Colin comme Margolis l'avait fait.

– Attendez. Je ne sais pas pourquoi je ne l'ai pas compris plus tôt, mais je vois finalement qui vous êtes.

– Qui je suis ?

– Vous êtes le gars qui devrait être en prison, d'après Pete. Le gars qui se battait tout le temps. Qui corrigeait les gens.

– Plus maintenant.

– Lester Manning ne serait peut-être pas de cet avis. Non pas que je m'en soucie.

– Vous savez quand la police en aura fini ? demanda Maria. Et quand je pourrai revenir ?

– En dehors des actes de vandalisme, ce n'est pas une scène de crime. Mais les gars de la scientifique prennent leur temps. Je pense que vous ne pourrez pas revenir avant le milieu de matinée, au plus tôt. Je vous tiendrai au courant, d'accord ?

Maria hocha la tête. Colin aurait voulu pouvoir faire quelque chose de plus pour elle, mais pourtant…

— Vous savez s'ils ont pris la voiture qui était près du bungalow ? demanda-t-il. Là où Margolis a été touché.

Wright fronça les sourcils.

— Aucune idée. Pourquoi ?

Colin lui raconta et l'inspecteur haussa les épaules.

— C'est possible qu'on l'ait embarquée. Je vais voir ce que je peux trouver, cela dit.

Il se tourna vers Maria, puis vers Colin.

— Je sais que vous êtes tous les deux épuisés et que vous voulez partir, mais sauriez-vous le nom de l'inspecteur avec qui Pete travaillait à Charlotte ?

— Non, répondit Colin. Il n'a pas mentionné son nom.

— Pas de problème. Je vais chercher. Ce ne sera pas difficile à trouver. Une dernière question : où comptez-vous aller ce soir ?

— Chez mes parents, répondit Maria. Pourquoi ?

— Je me disais qu'après un tel événement, les gens ont tendance à aller chez des amis ou dans leur famille. Si vous voulez mon avis, je ne suis pas sûr que ce soit une si bonne idée.

— Pourquoi ?

— Parce que, en cet instant, je ne sais pas de quoi est capable cet Atkinson, et ça me rend nerveux. Il cherche vraiment à s'en prendre à vous, et d'après ce que j'ai vu à l'intérieur, il n'est pas seulement dangereux, mais fou furieux. Vous pourriez envisager d'aller ailleurs ce soir.

— Où, par exemple ?

— Pourquoi pas au *Hilton* ? Je connais quelqu'un là-bas, et je suis sûr que je peux vous obtenir une chambre avec une protection policière. Même si c'est pour une nuit. Ça a été une sacrée journée et vous avez tous les deux besoin de repos. Je ne dis pas qu'il se passera quelque chose, mais autant être prudent, non ?

La voix de Maria était calme.

– Margolis avait dit qu'il n'avait pas les moyens de nous protéger.

– Je parlais de moi. Je surveillerai votre chambre cette nuit. J'ai fini ma journée, de toute façon.

– Pourquoi vous feriez ça ? demanda Colin.

Wright se tourna vers Colin et dit simplement :

– Parce que vous avez sauvé la vie de mon ami.

Chapitre 30

Maria

Dans la voiture, Maria appela ses parents pour les prévenir et vit distraitement la berline de l'inspecteur ouvrir la route jusqu'à l'hôtel, qui se trouvait à quelques pâtés de maisons seulement de son appartement. Wright avait dû prendre ses dispositions dans le court laps de temps laissé par le trajet, car une clé les attendait déjà. Il les accompagna dans l'ascenseur puis jusqu'au bout du couloir. Une chaise pliante était déjà placée là, à côté de la porte. Il leur tendit la clé de la chambre.

— Je serai là jusqu'à demain, donc ne vous inquiétez pas.

Maria ne se rendit pas compte à quel point elle était épuisée avant de se glisser dans le lit à côté de Colin. Quelques heures plus tôt, elle s'était imaginée faire l'amour ; mais elle était trop fatiguée pour ça et Colin semblait du même avis. Elle posa sa main sur son bras et se rapprocha de lui, percevant sa chaleur, jusqu'à ce que tout à coup tout devienne noir.

Quand elle ouvrit enfin les yeux, la lumière du soleil passait déjà à travers les stores. Elle roula sur le côté et constata que Colin n'était pas là. Il se brossait les dents dans la salle de bains. Jetant un coup d'œil à la pendule, elle fut surprise de voir qu'il était presque 11 heures. Elle

se redressa d'un bond. Ses parents devaient être fous d'inquiétude. Elle prit son téléphone et vit que Serena lui avait
envoyé un SMS. *Colin a appelé et dit que tu dormais, et il
m'a raconté ce qui s'est passé. Viens après à la maison. Papa
s'est occupé de tout !*

Maria fronça les sourcils.

– Colin ?

– Une seconde, marmonna-t-il, passant la tête.

Elle vit qu'il avait la bouche pleine de dentifrice. Il se
rinça la bouche et s'approcha du lit. Il s'assit à côté d'elle.

– Tu as dormi tard. J'ai déjà appelé tes parents.

– Je sais. Serena m'a envoyé un message. Que se passe-
t-il ?

– Je te laisse la surprise.

– Je ne suis pas sûre d'être prête pour plus de surprises.

– Tu vas aimer celle-là.

– Depuis combien de temps es-tu levé ?

– J'ai dormi quelques heures. Mais je me suis levé il y
a vingt minutes seulement.

– Que faisais-tu ?

– Je pensais.

Pas la peine de lui demander à quoi. Elle connaissait
déjà la réponse, et après avoir pris leur douche ensemble
ils s'habillèrent et se préparèrent. Ils retrouvèrent ensuite
Wright, assis sur la chaise pliante.

– Ça vous dérangerait si je prenais une tasse de café ?
demanda-t-il.

– Pour commencer, vous pouvez retourner à votre
appart. Le médico-légal est parti et ils ont fini. Je me suis
dit que vous voudriez le savoir si vous avez quelque chose
à prendre. Des vêtements, des accessoires de toilette, que
sais-je.

S'il reste quoi que ce soit que je veuille, se dit Maria.

— Ils ont trouvé quelque chose ?

— Aucune preuve évidente, à part les bombes de peinture, et il n'y avait pas d'empreintes dessus. Atkinson devait porter des gants. Quant aux cheveux, ça va prendre un peu plus de temps, mais sans garantie.

Maria hocha la tête, tentant de repousser les images de la nuit dernière.

— J'ai aussi passé quelques coups de fil ce matin, précisa Wright, ajoutant du sucre et de la crème dans son café pendant que Maria remarquait les poches sous ses yeux rougis. Pour le moment, personne n'a pu parler à Lester. Il n'était pas au poste depuis dix minutes que son avocat est arrivé, puis son père, faisant les mêmes demandes que l'avocat. Non pas qu'ils aient pu lui parler, eux non plus. Lester Manning a dû être attaché à un brancard à roulettes dans l'infirmerie, pour des raisons psychiatriques. Et il est toujours sous sédatif. Tout le monde le pense totalement taré. Selon les officiers, dès qu'il a vu la cellule, il est devenu fou.

— Comment ça ?

— Il s'est mis à hurler. À se battre contre eux. Il a tenté de les mordre. Et une fois en cellule, il a frappé les barreaux à coups de pied, il s'est tapé la tête contre les murs. Des trucs fous. Il a même fait peur aux autres prisonniers, alors on a dû le sortir. On a appelé un docteur qui lui a administré un truc pour le calmer. Il a fallu cinq officiers pour le maîtriser, et c'est là que l'avocat est arrivé. Il a fait valoir des tas de violations de ses droits civiques, mais tout a été enregistré, alors personne ne s'inquiète que Lester puisse être libéré. Je voulais que vous le sachiez. Ça n'arrivera pas, peu importe ce que l'avocat pourra dire. Il a tiré sur un flic. Bref, le truc, c'est que personne n'a encore pu l'interroger.

Maria hocha la tête, se sentant engourdie.

– Comment va…

– Pete ? Il a passé la nuit. Son état est toujours critique, mais il est stable et ses fonctions vitales s'améliorent. Sa femme espère qu'il reprendra conscience aujourd'hui. Le chirurgien a dit que c'était possible, mais on attend toujours. Rachel a pu passer un peu de temps avec lui ce matin. Les garçons aussi. Bien sûr, c'est effrayant pour eux. Ils ont seulement neuf et onze ans, et c'est leur héros, vous savez ? Après ce café, j'irai à l'hôpital, pour demander si je ne peux pas le voir ou au moins discuter avec Rachel.

Maria ne répondit pas et Wright fit tourner sa tasse.

– J'ai aussi fait des recherches au sujet de cette voiture du bungalow. Je me souviens l'avoir vue moi aussi et, pour répondre à la question de la nuit dernière, la police de Shallotte n'a pas saisi la voiture. Pas plus que le département du shérif. Ce qui veut dire qu'Atkinson a dû passer après notre départ pour la récupérer.

– Peut-être, dit Colin.

– Peut-être ?

– Il était peut-être là depuis le début. Peut-être qu'il a filé discrètement quand Evan et moi tentions de sauver Margolis. Il a pu se cacher un moment avant de revenir. Ça pourrait aussi expliquer comment Margolis a pu se faire tirer dessus, pour commencer. Il s'attendait à trouver une seule personne et il a été surpris en en voyant deux.

Wright étudia Colin.

– Quand Pete parlait de vous, je n'avais pas l'impression qu'il vous aimait beaucoup.

– Je ne l'aime pas non plus.

Wright haussa un sourcil.

– Alors, pourquoi l'avoir sauvé ?

– Il ne méritait pas de mourir.

Wright se tourna vers Maria.

– Il est toujours comme ça ?

– Oui, répondit-elle avec un sourire en coin, avant de changer brusquement de sujet. Je ne vois toujours pas comment ou pourquoi Lester et Atkinson travailleraient de concert.

– Il y a autre chose, dit Wright en levant une main pour l'arrêter. C'est le second sujet que je voulais aborder avec vous. J'ai parlé à l'inspecteur de Charlotte avec qui Pete travaillait. Il s'appelle Tony Roberts, soit dit en passant, et quand je lui ai raconté ce qui était arrivé à Pete, il m'a dit qu'il l'avait appelé hier, mais qu'il n'avait pas encore pu se renseigner sur Atkinson. Bien sûr, ce qui est arrivé à Pete lui a largement fait revoir ses priorités, et il a appelé la mère d'Atkinson. Il s'est rendu avec elle à l'appartement de son fils. Elle a pu convaincre le gérant de la laisser entrer. Atkinson est toujours porté disparu, même si, jusqu'à maintenant, personne ne la croit, et c'est sa parente la plus proche. Elle était ravie de laisser Roberts l'aider et je crois qu'il a touché le gros lot. Mais ce n'était pas ce que voulait la mère. Il se révèle que l'ordinateur portable d'Atkinson était toujours là, et que Roberts a pu y avoir accès.

– Et ?

Wright regarda Maria.

– Il avait des dossiers sur vous. Des tonnes d'informations. Sur votre background, votre parcours scolaire, votre famille, où vous vivez et travaillez, votre planning quotidien. Il avait même des informations sur Colin. Des photographies, aussi.

– Des photographies ?

– Des centaines. Vous dans la rue, dans les magasins, sur votre planche de paddle. Même au travail. Il semble vous surveiller depuis longtemps. Vous espionner. Roberts a pris l'ordinateur, malgré les protestations soudaines de Mme Atkinson. Dès qu'elle a vu ce qu'il y avait dedans, elle a voulu revenir sur son autorisation d'entrer. Mais il était trop tard. L'avocat de la défense fera sûrement des histoires, mais il y avait un avis de recherche, elle avait donné sa permission, et la preuve était en évidence. D'ailleurs, Roberts a fait encore mieux : il avait enregistré la mère lui disant qu'elle voulait bien qu'il ait accès à l'ordinateur. Avec ça, quand nous aurons fait parler Lester, ce sera de toute façon un débat stérile. Avocat ou pas, il parlera. Les fous finissent en général par tout dire, en particulier redevenus lucides, car la culpabilité les rattrape.

Maria n'était pas sûre de ça, mais…

— Pourquoi Atkinson veut s'en prendre à moi ?

— Là-dessus, je ne peux pas répondre avec certitude. Je peux vous dire qu'il y avait des infos sur Cassie Manning dans l'ordinateur, mais vous connaissez déjà ce lien.

— Vous avez une idée de l'endroit où il se trouve maintenant ?

— Non. Nous avons un *APB*[1] contre lui, mais puisque personne ne semble savoir où il est, impossible de savoir ce que ça peut donner. Mais j'espère, comme je le disais, que Lester pourra nous en dire plus. Quand, ça, je ne sais pas. Un jour, plusieurs… une semaine, et ensuite il faudra encore se charger de son avocat et de son père, tous les deux lui disant de ne répondre à aucune question. Ce qui me fait me demander où vous voulez rester dans les jours à venir. Si j'étais vous, je ne suis pas sûr que je resterais dans le coin.

— Je suis censée aller chez mes parents aujourd'hui, répondit Maria. Je suis sûre que tout ira bien.

Wright semblait dubitatif.

— C'est à vous de voir, mais faites très attention. D'après ce que Roberts me disait, Atkinson n'est pas seulement

---

1. *All-Points Bulletin* : avis de recherche interpolices.

dangereux, il est sans doute tout aussi fou que Lester. Alors je vais vous donner mon numéro de téléphone. Appelez-moi si quoi que ce soit vous semble sortir de l'ordinaire ou si vous vous souvenez d'autre chose, d'accord ?

Si Wright avait voulu l'effrayer, il avait réussi. Mais, de toute façon, après la nuit dernière, Maria allait avoir peur jusqu'à l'arrestation d'Atkinson.

Ils montèrent dans la voiture et Colin saisit son téléphone.

— Tu appelles qui ?

— Evan, je veux voir s'il est occupé aujourd'hui.

— Pourquoi ?

— Parce que, après t'avoir laissée chez tes parents, j'aimerais revenir chez toi. Maintenant que la police est partie, je veux nettoyer. Peut-être peindre un peu.

— Tu n'as pas à faire ça.

— Je sais. Mais je le veux. Tu n'as pas besoin de ce genre de rappel quand tu rentres chez toi. Et je deviendrais sans doute fou si je restais assis à ne rien faire.

— Mais ça va te prendre la journée…

— Pas autant. Quelques heures, peut-être. Ton appartement n'est pas si grand.

— Peut-être que je devrais venir avec toi. Ce n'est pas de ta responsabilité.

— Tu n'as pas besoin de ce genre de stress. Et de plus, ta place est avec ta famille.

Colin n'avait pas tort et c'était gentil de sa part, mais Maria était sur le point de refuser quand il se tourna vers elle.

— S'il te plaît. Je veux le faire.

Son ton la poussa à accepter sa proposition, à contre-cœur, et Colin appela Evan, mettant le haut-parleur. Elle n'aurait sans doute pas dû être surprise d'entendre Lily répondre.

Colin lui expliqua ce qui s'était passé la nuit précédente, et demanda si Evan était libre pour venir l'aider à transporter le mobilier le plus lourd. Lily le coupa avant même qu'il ait terminé.

– Nous viendrons tous les deux. Ne pense *même pas* nous demander de ne pas venir. Nous n'avons rien de prévu cet après-midi de toute façon. Nous serons ravis de t'aider.

Derrière, Maria entendit la voix d'Evan.

– Aider pour quoi ?

– Nous allons nettoyer l'appartement de Maria. Et j'ai un short super mignon que j'avais trop envie de porter ! Il est un peu court et un peu trop serré, mais c'est l'occasion rêvée.

Derrière, Evan garda le silence quelques instants.

– À quelle heure vient-on ?

Colin raccrocha et Maria lui jeta un coup d'œil.

– J'aime tes amis.

– Ils sont franchement géniaux.

Deux pâtés de maisons avant le quartier des parents de Maria, le sens du message de Serena devint évident.

Son oncle Tito était dans le parc, jouant au foot avec son oncle José et quelques-uns de ses neveux et nièces. Tous les deux lui firent signe et elle comprit qu'ils étaient là avant tout pour monter la garde.

Pendant ce temps, Pedro, Juan et Angelo, ses cousins, étaient assis sur des chaises longues sur la pelouse, et certains cousins parmi les plus jeunes jouaient au kick-ball dans la rue. Elle reconnut des voitures dans toute la rue. *Mon Dieu, toute ma famille est là, même les cousins éloignés.*

Et même si elle avait vécu l'enfer ces derniers jours, elle ne put s'empêcher de sourire.

Malgré la réticence de Colin, elle l'entraîna vers la maison. Trente ou quarante personnes se pressaient à l'intérieur ; il y en avait encore une vingtaine dans le jardin derrière. Des hommes, des femmes, des petits garçons et des petites filles… Serena se précipita sur elle.

— C'est fou, hein ? Papa a fermé le restaurant aujourd'hui. Tu le crois, ça ?

— Je ne crois pas que nous avions besoin de faire venir tout le monde.

— Je ne le leur ai pas demandé. Tout le monde est venu quand ils ont découvert que tu avais des problèmes. Je suis sûre que les voisins se sont demandé ce qui pouvait bien se passer, mais papa leur a expliqué que nous avions une réunion de famille. À partir d'aujourd'hui, on patrouillera tous les jours jusqu'à ce qu'Atkinson soit derrière les barreaux. Mais ils seront plus subtils que ça. Ils ont décidé d'organiser des tours de garde.

— Pour moi ?

Serena sourit.

— On est comme ça dans la famille.

Il fallut près d'une demi-heure à Colin pour s'extraire de la foule, car tout le monde voulait faire sa connaissance, même si beaucoup s'adressaient à lui en espagnol. Alors que Maria le raccompagnait à sa voiture, elle se dit que malgré tout ce qui lui arrivait, elle avait bien de la chance.

— Je pense toujours que je devrais venir avec toi.

— Je doute que tes parents te laissent partir.

— Sans doute pas, reconnut Maria. Je suis sûre que mon père nous surveille derrière la fenêtre, juste au cas où.

— Alors j'imagine que je n'ai pas le droit de t'embrasser.

– Tu as plutôt intérêt, si. Et sois sûr de revenir avec Lily et Evan pour le dîner, d'accord ? Je veux que toute ma famille les rencontre.

Colin ne revint pas avant 17 h 30. Quelques invités étaient partis, mais la plupart étaient toujours là. De son côté, Lily s'était montrée parfaitement à l'aise dès l'instant où elle avait quitté la voiture, même si Colin et Evan semblaient un peu moins sûrs d'eux.

– Quelle magnifique démonstration de solidarité et d'amour, dit aussitôt Lily en prenant Maria dans ses bras. Je suis impatiente de rencontrer chacun des membres de ta merveilleuse famille !

L'espagnol teinté d'accent du Sud de Lily ravit chaque invité, tout comme cela avait été le cas pour Maria. Les membres de sa famille se regroupèrent autour d'Evan et Lily, et Maria entraîna Colin à l'écart, sur le porche de derrière.

– Comment ça s'est passé ?

– Il faudra encore une couche de plus sur le mur, mais la première a déjà permis de recouvrir l'inscription. On s'est débarrassés de tout ce qui avait été cassé et on a mis de côté ce qui peut peut-être se nettoyer. Mais pour tes vêtements…

Maria hocha la tête et il poursuivit :

– Des nouvelles de Margolis ? Ou d'Atkinson ?

– Non. J'ai surveillé mon téléphone toute la journée.

Colin observa les alentours.

– Où est Serena ?

– Elle est partie quelques minutes avant ton retour. Elle a cet entretien ce soir, et elle devait se préparer. (Maria lui dit en lui prenant la main :) Tu as l'air fatigué.

– Ça va.

— C'était plus de travail que ce que tu pensais, n'est-ce pas ?

— Non. Mais c'était dur pour moi de ne pas m'énerver.

— Pour moi aussi.

Après avoir fait le tour de la famille, Lily et Evan rejoignirent Colin et Maria à la table de derrière.

— Merci pour l'appartement, dit Maria.

— Aucun problème, répondit Lily. Et je dois dire que c'est un endroit charmant. Evan et moi envisagions de nous installer au centre-ville aussi, mais Evan ne s'imaginait pas sans pelouse à tondre.

— Je ne m'en occupe pas, dit Evan. C'est Colin qui s'en charge. Je déteste tondre la pelouse.

— Tais-toi, dit-elle. Je te taquinais… Mais tu devrais savoir que le travail physique peut être très séduisant chez un homme.

— Et tu crois que je faisais quoi, aujourd'hui ?

— C'est justement ce que je voulais dire. Tu étais très attirant quand tu déplaçais les meubles, tu sais.

La porte s'ouvrit et Carmen leur apporta des couverts, suivis de plusieurs assiettes de nourriture qui occupaient plus de la moitié de la table. Non seulement la cuisine avait débordé d'activité toute la journée, mais la plupart des membres de la famille avaient eux aussi apporté à manger.

— J'espère que vous avez faim, dit Carmen en anglais.

C'était trop. Comme toujours. Colin semblait s'y être attendu, mais Evan et Lily semblaient tous les deux éberlués.

— C'est super, maman, dit Maria, soudain reconnaissante envers sa mère pour cette démonstration d'amour. Je t'aime.

Chapitre 31

Colin

Après le dîner, Colin faisait les cent pas sur le porche d'entrée, cherchant à passer un peu de temps seul. Deux oncles assis sur des chaises longues surveillaient la rue. Colin les salua poliment et ils lui répondirent d'un signe de tête. En pensée, il revit l'appartement de Maria saccagé, tentant de le relier à Atkinson et à Lester.

Ils avaient travaillé au même endroit et Lester avait présenté Atkinson à sa sœur. Et même si Maria pensait que Lester était l'auteur des messages, le docteur Manning en accusait Atkinson. La disparition d'Atkinson peu de temps avant que Maria commence à être harcelée était troublante. Sans doute était-ce lui qui avait crevé ses pneus, mais lequel des deux avait tué Copo ? Lester avait tiré sur Margolis ; Atkinson était revenu chercher la voiture avant de mettre à sac l'appartement de Maria. Étant donné la quantité d'informations sur l'ordinateur d'Atkinson, son implication dans le harcèlement de Maria semblait évidente, mais certains détails continuaient de déranger Colin.

Le docteur Manning avait mentionné une dispute entre Lester et Atkinson, mais depuis quand se faisaient-ils de nouveau confiance ? Lequel des deux était le chef ? Pourquoi le docteur Manning avait-il insisté en disant qu'Atkinson cherchait à piéger Lester, alors qu'il semblait évident qu'ils œuvraient de concert ? Et si c'était le cas, pourquoi venir à deux voitures la nuit où Lester s'en était pris à Maria ? Et pourtant, en nettoyant l'appartement, Colin avait repensé à sa conversation avec l'inspecteur Wright et s'était rendu compte qu'il n'y avait aucun lien tangible entre Atkinson et la mise à sac de l'appartement. Aucune preuve concernant les pneus non plus. Malgré le contenu de son ordinateur, Maria ne l'avait jamais rencontré ou vu. Elle avait dit depuis le début que l'implication d'Atkinson ne lui avait jamais paru plausible, ce qui voulait dire… quoi ?

En supposant qu'Atkinson soit vraiment parti retrouver une femme, Lester avait peut-être appris qu'il avait quitté la ville. Il aurait pu utiliser son ordinateur et prendre sa voiture. Lester aurait pu facilement – comme Maria l'avait fait remarquer la nuit dernière – payer quelqu'un pour crever ses pneus. Peut-être même pour saccager son appartement. Ce serait le parfait coup monté… du moins si l'on croyait Lester capable d'élaborer un plan aussi complexe. D'après son comportement au bungalow et la façon dont Wright avait décrit son arrivée au poste, cela semblait peu probable. Et puisque Atkinson avait apparemment ramené Lester à Shallotte après son apparition chez les Sanchez, Atkinson devait se trouver dans le coin. Ils devaient travailler ensemble, et Colin supposait que Lester avait pris peur à cause des sirènes de police. Atkinson devait les avoir entendues lui aussi, alimentant sa propre panique, et il avait récupéré Lester avant de filer. Ils avaient dû conduire vite et de façon sans doute aussi imprudente que Colin, mais dans la direction opposée… Comme la voiture que Colin avait failli percuter à quelques rues de chez les Sanchez ? Colin eut l'impression de percevoir un déclic et s'efforça de se souvenir précisément de ce qu'il avait vu. La voiture se précipitant vers lui, faisant un écart au dernier moment, les deux véhicules se croisant à quelques centimètres près… Deux hommes à l'avant. Quel genre de voiture ? Une Camry.

Bleue.

Il prit son téléphone et appela l'inspecteur Wright, qui décrocha à la deuxième sonnerie.

– Vous avez eu des nouvelles de Margolis ? demanda Colin.

– Il va mieux. En tout cas, c'est ce que les docteurs ont dit. Mais toujours en état critique et toujours inconscient. Comment ça se passe de votre côté ?

– Tout va bien. Maria est en sécurité.

– Et ce soir ?

– Elle va rester ici. Elle est bien protégée.

– Si vous le dites. De quoi avez-vous besoin ?

– Je crois qu'Atkinson pourrait conduire une Camry bleue. Relativement récente.

– Qu'est-ce qui vous fait penser ça ?

Colin exposa les grandes lignes de son raisonnement.

– Vous n'auriez pas un numéro de plaque d'immatriculation par hasard ?

– Non.

– D'accord. Ce n'est pas beaucoup, mais je vais transmettre le message. Tout le monde veut trouver ce gars le plus tôt possible.

Colin raccrocha, convaincu que Lester se trouvait dans cette voiture cette nuit-là, même s'il ne pouvait pas expliquer pourquoi. Si ce n'était en supposant que son inconscient avait pris de l'avance en comprenant que les réponses étaient là, si seulement il pouvait les trouver.

– Qu'est-ce que tu fais là ? lui demanda Evan.

– Je réfléchis.

Il était 18 h 30 et le crépuscule avait cédé la place à la nuit. L'air automnal annonçait des températures encore plus froides dans les heures à venir.

— C'est ce que je me suis dit en voyant tes oreilles fumer.

Colin sourit.

— Je viens d'avoir l'inspecteur Wright au téléphone, expliqua-t-il, lui résumant la conversation. Que fais-tu là dehors ?

— Si Carmen est douce, ce n'est pas le cas de sa nourriture. Lily m'a demandé d'aller lui chercher des chewing-gums dans la boîte à gants pour l'aider à se rafraîchir la bouche. Si tu veux mon avis, dit-il en haussant les épaules, Lily veut juste sentir la menthe fraîche parce que c'est sans doute ce qui convient à une femme distinguée. Au fait, que penses-tu de tout ça ? De la famille de Maria, je veux dire ?

— Je les trouve super.

— C'est assez incroyable, non ? Toute sa famille éloignée venant la protéger ?

Colin hocha la tête.

— Je doute que même ma famille proche se montre.

Evan haussa un sourcil.

— Ne me fais pas marcher. Si les choses tournaient mal, même ta famille se serrerait les coudes.

— Les amis aussi. Merci pour ton aide aujourd'hui. Je sais que tu voulais passer la journée au lit avec Lily.

— De rien, répondit Evan en haussant les épaules. Ça n'aurait pas marché, de toute façon. Je pensais sans arrêt à Margolis, et ça a jeté un froid sur ma bonne humeur. Je n'arrive toujours pas à comprendre comment il a pu se faire avoir par Lester.

Colin marqua une pause.

— Sur le porche, il ne t'a pas paru troublé ?

— Il avait l'air contrarié, répondit Evan. Parce que nous n'étions toujours pas partis.

– Et avant ?

– Aucune idée, mec, dit Evan en secouant la tête. Tout est tellement flou, je ne suis pas vraiment sûr de ce qui s'est passé. Je me souviens des coups de feu et de toi faisant ton truc de fou, mais après ça… Seulement du sang. Mon cerveau est si confus que je ne me souviens même pas pourquoi je suis ici sur le porche d'entrée, maintenant.

– Tu es sorti chercher des chewing-gums pour Lily, lui rappela Colin.

– Ah ouais. C'est ça. Fraîcheur menthol.

Evan prit la direction de la voiture avant de se retourner vers Colin.

– Tu en veux un ?

– Non.

Mais le docteur Manning ne dirait sans doute pas non…

Colin ne savait pas exactement pourquoi la description de sa consommation compulsive de chewing-gums lui revenait maintenant à l'esprit, mais il secoua la tête et décida de rentrer avec Evan pour retrouver la famille de Maria. C'était merveilleux, il devait l'admettre. Se serrer les coudes, c'était le mot. En temps de crise, la famille était parfois tout ce sur quoi on pouvait compter. Bon sang, même le docteur Manning s'était manifesté pour Lester. Il avait parlé à Margolis, il était venu au poste, et il avait aussi immédiatement fait venir un avocat, puisque Lester n'avait pu le faire lui-même.

Mais… comment le docteur Manning avait-il pu être au courant de l'arrestation de Lester ? Wright avait dit que l'avocat était arrivé dix minutes après Lester. Colin savait d'expérience qu'il était presque impossible d'obtenir un avocat si vite, en particulier un vendredi soir après les heures de bureau. Le docteur Manning avait donc su que Lester avait été arrêté bien avant son arrivée au poste. Presque comme s'il avait été là…

Et s'était garé dans la cour ?

Non, se dit Colin. *Margolis aurait reconnu sa voiture.* Il l'avait vue la veille, quand le docteur lui avait montré son arme à feu dans le coffre. Et si la voiture du bungalow était celle du docteur Manning, Margolis aurait sans doute eu l'air…

Troublé ?

Colin s'arrêta net. Non. Ce n'était pas possible. Mais…

La famille… se serrer les coudes… Père et fils… Lester et le docteur Manning… Le docteur Manning mâchant nerveusement un paquet entier de chewing-gums tout en discutant avec Margolis…

Colin cherchait la réponse à tâtons, un détail oublié… Et ?

N'avait-il pas remarqué un emballage de paquet de chewing-gums quand il était monté sur le toit de l'immeuble en face du bureau de Maria ? Colin avait bien du mal à respirer. Ce n'était pas Atkinson et Lester. C'était un père et son fils se serrant les coudes, et tout à coup les réponses affluèrent dans son esprit à mesure que défilaient les questions.

Pourquoi Margolis n'avait-il pas été plus prudent au bungalow ?

Car il avait vu qu'Avery Manning, le père, était déjà là.

Et l'arme de Lester ?

Le docteur avait dit à Margolis que l'arme était probablement fausse.

Pourquoi Margolis était-il entré ?

Parce que le docteur Manning lui avait dit d'entrer, lui assurant que tout allait bien.

Ça collait. Tout collait.

Mais la police avait arrêté Lester.

Seulement parce que Colin avait été là. Autrement, il aurait pu s'échapper.

Mais Lester pouvait parler.

L'avocat engagé par le père s'assurerait que non.

Mais le docteur Manning avait laissé un message à Margolis, le pressant de prévenir Maria...

Après les faits. Une fois que ça n'avait plus d'importance.

Et Atkinson ?

L'homme qui n'avait pas pu intervenir quand Laws avait enlevé Cassie ? Dont le docteur Manning pouvait penser qu'il méritait lui aussi d'être puni ?

Mais l'ordinateur d'Atkinson... les photos, les dossiers...

Tout ce qui faisait d'Atkinson le parfait bouc émissaire.

Colin avait déjà pris son téléphone, la vérité lui paraissant si évidente qu'il ne savait pas comment il avait pu ne pas la voir.

Qui avait les connaissances nécessaires pour manipuler Lester ?

Le docteur Manning, le psychiatre.

Par qui le nom d'Atkinson avait-il été cité la première fois ?

Par le docteur Manning.

Et le harcèlement évoquant celui de Laws ?

Le docteur Manning connaissait tous les détails.

Colin entendit une voix à l'autre bout du fil. Wright, qui semblait occupé et stressé.

— Encore vous. Que se passe-t-il ?

— Vérifiez si le docteur Manning a une Camry bleue.

Wright hésita.

— Attendez. Pourquoi ?

— Faites-le vérifier pendant que je parle, dit Colin. Faites-le. C'est important.

Après avoir entendu Wright interpeler l'un de ses collègues, Colin lui raconta tout. Quand il eut terminé, Wright garda le silence un moment.

— Ça me paraît un peu tiré par les cheveux, vous ne croyez pas ? dit Wright. Mais si vous avez raison, Margolis pourra clarifier tout ça dès qu'il aura repris connaissance. De plus...

Wright semblait lutter avec ses propres doutes.

— Oui ?

— Ce n'est pas comme si le docteur Manning cherchait à se cacher. Loin de là. Il était au poste hier soir et à l'hôpital aujourd'hui.

— Il était là ? demanda Colin, sentant la panique monter en lui.

— Il a parlé à Rachel. Il voulait s'excuser pour ce que son fils a fait et a demandé s'il était possible de parler avec Pete, pour qu'il s'excuse aussi.

— Ne le laissez pas s'approcher de Margolis ! cria Colin, la peur laissant place à la panique.

— Baissez d'un ton. Manning n'a pas pu le voir. Même moi, je n'ai pas pu. Seule la famille peut entrer dans l'unité de soins intensifs…

— Manning était là pour le tuer ! le coupa Colin. C'est un médecin ! Il sait quoi faire pour que la mort ait l'air naturel !

— Vous ne croyez pas tirer des conclusions hâtives ?

— Lester n'a pas tiré sur Margolis ! C'est le docteur Manning ! Lester avait Margolis droit dans sa ligne de mire, mais il n'a pas pu presser la détente ! Si vous ne me croyez pas, cherchez de la poudre sur les mains de Lester !

— Ça ne nous apprendra rien, c'est trop tard. Ces tests deviennent de moins en moins efficaces à chaque heure qui passe…

— Je sais que j'ai raison !

Wright garda le silence un long moment.

— D'accord… mais et l'ordinateur d'Atkinson ?

— Atkinson est mort, dit Colin, tout à coup sûr de lui. Le docteur Manning l'a tué. Il a fait croire qu'il partait en voyage, a pris sa voiture, dissimulé des preuves sur son ordinateur, en a fait le suspect principal et a tout planifié.

Wright ne dit rien. Après un moment de silence, Colin

entendit le son assourdi d'une conversation entre l'inspecteur et quelqu'un d'autre. Colin sentit la frustration le gagner, mais Wright reprit la parole, de toute évidence abasourdi.

– Le docteur Manning possède une Camry bleue, dit-il lentement. Et… je dois y aller… je dois vérifier si la Camry était au bungalow…

Wright raccrocha au milieu de sa phrase.

Colin courut raconter tout cela à Maria qu'il retrouva sur le porche de derrière, toujours en compagnie d'Evan et Lily, sans compter ses parents et une poignée d'oncles et de tantes. Maria l'écouta en silence. À la fin, elle ferma les yeux, et même si ces révélations étaient manifestement effrayantes, Colin sentit comme une paix envahir Maria en apprenant enfin la vérité. Pendant ce temps, sa famille gardait le silence. Tous attendaient qu'elle parle.

– D'accord, dit finalement Maria. Et ensuite ?

– Je pense que Wright va lancer un avis de recherche contre le docteur Manning et qu'il fera tout ce qu'il pourra pour monter un dossier.

Maria réfléchit.

– Mais… et le schéma ? se hasarda-t-elle. Je veux dire, si le docteur Manning voulait que je connaisse tout ce que Laws a fait subir à Cassie, pourquoi avoir saccagé mon appartement la nuit dernière ? Il devait savoir qu'il serait encore plus difficile de m'atteindre ensuite. Et pourquoi Lester ne m'a pas enlevée quand il le pouvait pour…

Me battre, peut-être me brûler vive, avant de se suicider, n'avait-elle pas besoin d'ajouter. Colin se souvenait de ce que Laws avait fait, mais savait que le docteur Manning n'avait jamais envisagé de se suicider. Il voulait que le corps d'Atkinson soit retrouvé dans les cendres, ce qui classerait l'affaire une fois pour toutes, le laissant libre. Colin ne put que secouer la tête.

— Je ne sais pas, reconnut-il.

Il était 19 heures à présent et la nuit était encore plus sombre, troublée seulement par un mince croissant de lune à l'horizon.

Alors que la famille, menée par Félix, préparait de nouveaux plans pour protéger Maria, Colin alla dans la cuisine et prit un verre dans le placard. Il avait soif mais il voulait aussi être seul pour réfléchir à la question de Maria.

Il s'approcha du réfrigérateur et plaça le verre sous le robinet avant de le vider d'un trait et de le remplir de nouveau, son regard se posant distraitement sur la porte du frigo. Il y avait des photos de Serena et de Maria, des poèmes, le certificat de confirmation de Maria et un dessin d'arc-en-ciel au crayon avec le nom de Serena soigneusement inscrit dans un coin. Certains avaient commencé à jaunir, et le seul ajout récent semblait être la lettre reçue par Serena de la part de la *Charles Alexander Foundation*. Elle était dans le coin supérieur, en partie cachée par une carte postale de la cathédrale de Mexico. Colin jeta un coup d'œil au papier à en-tête, et le nom lui parut encore une fois étrangement familier…

Mais…

Les questions de Maria l'avaient troublé. Pourquoi le docteur Manning avait-il saccagé son appartement ? S'il voulait que Maria vive tout ce que Cassie avait connu, alors pourquoi dévier du schéma maintenant ? Et pourquoi écrire « Tu verras ce que ça fait » dans sa chambre quand cela n'avait fait que la rendre plus difficile à atteindre ?

Il était possible que le docteur Manning ait paniqué ou ait perdu la tête après l'arrestation de Lester. Colin avait envie d'y croire, mais il n'y parvenait pas. Il semblait plutôt avoir l'impression d'oublier quelque chose. Soit une pièce du puzzle, soit que le docteur Manning ne se souciait plus du tout de kidnapper Maria...

Mais pourquoi ?

Il se tourna vers le frigo et but un autre verre d'eau, se consolant en se disant que, même sans les réponses, non seulement Maria était en sécurité mais elle le resterait jusqu'à son arrestation. Colin et sa famille s'en assureraient. Se serrer les coudes prenait un tout autre sens avec eux. Bon sang, ils étaient tous là maintenant, à surveiller... Mais Colin comprit soudain qu'il avait tort. Ils n'étaient pas tous là. Il manquait quelqu'un... et le docteur Manning ne se souciait plus de Maria... parce qu'elle n'avait jamais été sa véritable cible ? Les réponses défilèrent de nouveau dans l'esprit de Colin... le nom sur le papier à en-tête et pourquoi il lui semblait si familier... pourquoi l'appartement de Maria avait été saccagé... Comment Lester savait, pour l'anniversaire de Carmen... la vraie signification des mots peints dans la chambre à coucher...

Tu sauras ce que ça fait...

Colin lâcha son verre et jaillit de la cuisine, traversant le salon et fonçant dans la chambre de Maria. Il repéra son ordinateur dans son fourre-tout.

Non, non, non... S'il vous plaît, Seigneur, faites que j'aie tort...

Il ouvrit le moteur de recherche et tapa le nom de la fondation qui avait offert une bourse à Serena... il voulait le voir... vite...

Aucun site. Juste un mot indiquant que le site avait disparu et que le nom de domaine était disponible.

Non, non, non...

Il tapa le nom d'Avery Manning et reconnut les mêmes liens qu'il avait parcourus après leur premier entretien avec

Margolis. Il se souvint du lien incluant une photo du docteur et cliqua dessus tout en revenant en courant dans le
salon. Il leva les yeux et vit Carmen, mais pas Félix.

— Carmen ! cria-t-il, espérant qu'elle puisse comprendre
ce qu'il allait lui demander.

La famille se retourna vers lui, apeurée. Colin les ignora.
Ignora l'expression affolée de Carmen. Il vit du coin de
l'œil la porte coulissante s'ouvrir et Maria sur le point
d'entrer.

Mais il avait déjà atteint Carmen et lui montrait l'écran
de l'ordinateur.

— Vous le reconnaissez ? dit Colin, d'une voix forte,
impérieuse, car la peur se changeait maintenant en panique.
C'est l'homme qui est venu chez vous pour dîner ? C'est
le directeur de la fondation ?

Carmen secoua la tête.

— *No sé… No entiendo… Habla más despacio, por favor.*

— Que se passe-t-il ? cria Maria. Que fais-tu, Colin ?
Tu lui fais peur !

— C'est lui ! s'écria Colin.

— Qui ? répondit Maria sur le même ton, gagnée par la
peur. Que se passe-t-il ?

Félix était revenu lui aussi en courant dans le salon, tout
comme Evan et Lily et le reste de la famille.

— Regardez-le ! dit Colin, baissant la voix et tentant sans
succès d'avoir l'air calme. La photo ! Le directeur ! C'est
lui ? C'est lui qui est venu manger chez vous ?

— *¡Mira la foto, Mamá!* traduisit Maria, s'approchant
d'elle. *¿Es ésto el director de la fundación? ¿Quién vino a la
casa para la cena?*

Le regard horrifié de Carmen passa de Colin à Maria
avant d'étudier la photo sur l'écran. Puis elle hocha vivement la tête.

– *¡Sí!* dit Carmen, sur le point de pleurer. *¡Charles Alexander! Él es el director! ¡Él estaba aquí en la casa!*

– Colin ! hurla Maria en le prenant par le bras.

Il pivota et son regard paniqué se posa sur elle.

– Où est Serena ? Où est-elle ?

– Elle est partie pour son entretien, tu le sais… Qu'est-ce qui ne va pas ?

– Où ça se passe ? Où ?

– Je ne sais pas. Au bureau de la fondation, j'imagine…

– Où ? cria Colin.

– Au centre-ville… face au fleuve, bredouilla Maria. Dans l'ancienne zone commerciale, pas dans le quartier historique. Dis-moi ce qui se passe !

Des bâtiments abandonnés, se dit Colin. Des maisons *saisies*. Le feu… Ses pensées tombaient comme un château de cartes. Le docteur Manning ne se souciait plus de s'en prendre à Maria… Maria devait savoir ce que ça faisait… Car le tout n'était pas seulement de lui faire ressentir la terreur de Cassie, mais aussi de la punir, de lui faire éprouver ce que le docteur Manning et Lester avaient eux-mêmes éprouvé quand un être cher à leur cœur avait été assassiné.

Oh mon Dieu…

– Appelle la police ! cria Colin. Le 911 !

– Colin ! hurla Maria. Parle-moi !

– Avery Manning s'est fait passer pour Charles Alexander ! cria Colin, sentant qu'il n'avait pas le temps de tout expliquer en détail. Le docteur Manning avait un enfant prénommé Alexander Charles. Il n'y a pas de fondation. Ni de bourse. Le docteur Manning a tout inventé ! siffla-t-il. Tu n'étais pas sa cible, c'était Serena. Elle est avec lui en ce moment même, et je dois savoir exactement où elle est allée avant…

Dévastée, Maria comprit tout en un instant alors que

Colin l'entraînait en direction de la porte menant au garage. Il entendit vaguement Maria hurler *¡Llame a la policía! ¡Emergencia! ¡Llame a nueve-uno-uno!* alors qu'ils quittaient la maison, courant vers la voiture de Colin.

Maria s'engouffra à l'intérieur. Colin fit le tour et entendit Evan leur dire qu'il venait lui aussi, avec Lily.

Colin bondit derrière le volant, demandant en criant à Maria d'appeler l'inspecteur Wright. Il tourna brusquement la clé de contact et fit vrombir le moteur. La voiture quitta l'allée dans un crissement de pneus. Dans le rétroviseur, il remarqua vaguement des phares allumés. Evan, Lily et divers membres de la famille de Maria les suivaient.

— À quelle heure Serena a-t-elle dit avoir rendez-vous ? demanda Colin, alors que Maria attendait que Wright décroche.

— Je ne me souviens pas… 19 heures, peut-être ?

— Quelle adresse ?

— Je l'ai déjà récupérée une fois en voiture, mais je ne sais pas…

Colin appuya à fond sur l'accélérateur et le moteur rugit, la voiture tremblant en passant la première courbe… Colin ne voulait pas croire qu'il était déjà trop tard… se maudissant de n'avoir pas compris plus tôt. Les phares dans le rétroviseur se firent plus petits à mesure qu'il accélérait, atteignant les 70 à l'heure, puis les 80.

Il freina brusquement, dérapant sur la voie principale, et une voiture arrivant en sens inverse fit crisser ses pneus. Sans se démonter, Colin reprit de la vitesse, seulement vaguement conscient que Maria hurlait au téléphone.

Colin continua à accélérer, circulant à près de 100 à l'heure, éprouvant un sentiment de déjà-vu en faisant une embardée sur la piste cyclable. Aux feux rouges, il ralentissait mais ne s'arrêtait pas. Il ne cessait de marteler son

Klaxon et coupa à travers des parkings pour gagner de précieuses secondes. Maria avait raccroché, elle appelait maintenant encore et encore, frénétiquement, visiblement de plus en plus paniquée.

– Serena ne répond pas à son téléphone !

– Trouve quand elle a quitté la résidence universitaire ! cria Colin.

– Mais comment ?

– Je ne sais pas !

Colin changea de voie, grilla un autre feu et jeta un coup d'œil dans le rétroviseur. Les phares d'Evan étaient bien trop loin pour les distinguer encore et Colin serra le volant, furieux d'avoir été aussi stupide. En pensant à Serena, se disant qu'il arriverait à temps pour la sauver.

Il y arriverait. Il le fallait.

Charles Alexander. Alexander Charles. Il avait vu le nom sur l'ordinateur et le lien était juste là, sur la porte du frigo, sur ce foutu papier à en-tête ! Et Serena avait même prononcé son nom au dîner ! C'était flagrant et Colin ne comprenait pas comment il avait pu lui falloir autant de temps pour comprendre. Si quelque chose arrivait à Serena parce qu'il s'était montré aussi stupide… Il entendit vaguement Maria crier le nom Steve dans le téléphone… L'entendit demander quand Serena était partie… L'entendit dire que Serena était en retard et n'était partie qu'à 18 h 40…

– Quelle heure est-il ? demanda Colin, allant si vite qu'il ne pouvait détacher les yeux de la route une seule seconde. Vérifie ton téléphone !

– 19 h 12…

Serena n'était peut-être pas encore arrivée sur place. Ou bien si… Colin serra les dents, les mâchoires crispées, se disant que si quoi que ce soit lui arrivait… Il traquerait le docteur Manning jusqu'au bout du monde. Il méritait

de mourir, et en cet instant les pensées de Colin laissèrent place à un besoin viscéral et presque tangible de
le tuer. Dans sa colère toujours grandissante, il frisa les
200 kilomètres à l'heure et ne pouvait que penser : *Vas-y,
vas-y, vas-y...*

Chapitre 32

Maria

Colin allait si vite que le monde derrière les vitres de la voiture était devenu flou. Malgré sa ceinture, Maria était projetée d'un côté à l'autre à chaque virage, chaque coup de frein, chaque accélération. Et pourtant, elle ne pouvait penser qu'à Serena, la véritable cible du docteur Manning depuis le début. Et il s'était joué d'elle…

La fausse bourse. Les entretiens. Pour gagner lentement sa confiance.

Mais pendant tout ce temps il avait planifié son coup. Suivant Serena. La traquant. Non seulement en personne mais aussi sur les réseaux sociaux. Il était venu manger chez eux, car il savait que Maria ne serait pas là… Serena avait dit au monde entier qu'elle avait un rendez-vous. Il savait que Maria fêterait l'anniversaire de sa mère, car Serena avait aussi posté à ce sujet. La vérité lui éclatait au visage, et Maria sentit la panique l'envahir. Elle avait de plus en plus de mal à respirer alors que les muscles de sa poitrine se contractaient. Elle tenta de repousser cette sensation, sachant par expérience qu'elle faisait une crise de panique, mais elle ne cessait de penser à Serena. Et s'il était déjà trop tard ? Et si le docteur Manning l'avait déjà enlevée pour lui infliger ce que Laws avait fait à Cassie ?

Les photos de la scène de crime de Laws lui revinrent soudain en mémoire, et sa poitrine se contracta encore plus, l'empêchant de reprendre son souffle. Elle se répéta que ce n'était qu'une crise de panique, mais, incapable de respirer, elle savait qu'elle se trompait. Ce n'était pas une simple crise. Ce n'était pas comme la dernière fois. Tout à coup, une douleur aiguë dans sa poitrine courut dans son bras gauche. *Oh mon Dieu, je fais une attaque.*

Colin freina et l'élan projeta Maria en avant. Sa ceinture la mordit plusieurs fois cruellement à l'épaule, au gré des virages. Sa tête frappa la vitre. Maria le remarqua à peine ; elle ne pensait plus qu'à la douleur dans sa poitrine et à sa difficulté à respirer. Elle tenta de hurler, mais aucun son ne sortit de sa bouche. Maria n'avait que vaguement conscience que son téléphone vibrait, et cette pensée disparut aussitôt quand elle sentit son champ de vision se rétrécir.

– Maria ? Qu'est-ce qui ne va pas ? fit Colin. Ça va ?

Je fais une crise cardiaque, voulut dire Maria en fermant les yeux. *Je suis en train de mourir !* Mais les mots ne voulaient pas sortir. Elle ne pouvait pas respirer, son cœur la lâchait, et même si elle entendait Colin l'appeler, on aurait dit qu'il se trouvait à la fois très loin et sous l'eau, et elle ne comprenait pas qu'il ne fasse rien, qu'il ne l'aide pas. Il fallait qu'il appelle une ambulance et la conduise au plus vite à l'hôpital…

Ses pensées furent interrompues brusquement quand elle sentit une pression sur son épaule ; Colin la secouait.

– Reprends-toi, Maria ! lui ordonnait Colin. Tu fais une crise de panique !

Ce n'est pas une crise de panique ! hurlait son esprit, alors qu'elle luttait pour chaque respiration, se demandant frénétiquement pourquoi il ne l'aidait pas. *C'est pour de vrai cette fois, tu ne t'en rends pas compte ?*

– Maria, écoute-moi ! Maria ! criait Colin. J'ai besoin de savoir où est allée Serena ! Manning est avec elle en cet instant même ! J'ai besoin de ton aide ! Serena a besoin de ton aide !

Serena...

Maria ouvrit instinctivement les yeux à la mention de sa sœur et elle s'accrocha à ce nom, se concentra dessus, mais c'était trop tard...

– Maria !

Cette fois, entendre son propre nom la fit réagir. *Colin me parle. Serena. Le docteur Manning.* Tant bien que mal, elle réussit à garder les yeux ouverts, même si elle ne pouvait toujours pas respirer et qu'elle souffrait de vertiges. *Mais... Serena... Oh, mon Dieu, Serena avait besoin de...*

Elle avait besoin d'aide.

Toutes les cellules de son corps continuaient de lui annoncer un présage mortel, étouffant la réalité de la situation. Elle s'efforça de penser à Serena et se souvint qu'ils se rendaient près du fleuve pour sauver sa sœur et que son téléphone vibrait car elle avait reçu un SMS. Maria parvint à retourner son téléphone et réussit tant bien que mal à déchiffrer les mots...

Désolée, j'avais coupé la sonnerie. Je suis en route pour l'entretien.

Souhaite-moi bonne chance !

Serena. Sa sœur était toujours en vie et ils allaient à toute vitesse pour la sauver. Maria s'efforça de prendre une longue et régulière respiration, puis une autre. *Une crise de panique, c'est tout*, se dit-elle. *Je peux surmonter ça...*

Mais son corps se rebellait toujours, même si son esprit commençait à redevenir clair. Ses mains tremblaient et ses doigts ne fonctionnaient pas correctement. Elle réussit à appuyer sur la touche rappel, mais tomba directement sur la messagerie. Pendant ce temps, Colin continuait à crier à son adresse, tout en prenant un autre virage en dérapage contrôlé…

– Maria ! Ça va ? Dis-moi que ça va aller !

Il lui fallut un moment pour se rendre compte qu'ils avaient atteint South Front Street et qu'ils allaient dans la bonne direction.

– Ça va, marmonna-t-elle, tout en reprenant son souffle, abasourdie de réussir à parler et se rendant compte que respirer ne lui était plus impossible. J'ai juste besoin d'une minute.

Colin lui jeta un rapide coup d'œil avant de se tourner de nouveau vers la route, appuyant sur l'accélérateur.

– C'est encore loin ? demanda-t-il. Je dois savoir où elle se trouve.

– Je ne sais pas, dit Maria, d'une voix encore faible, s'efforçant de se reprendre. À quelques pâtés de maisons encore, souffla-t-elle, se sentant étourdie.

– Tu es sûre ?

L'était-elle ? Elle leva les yeux sur la rue, voulant être sûre.

– Oui.

– Sur la gauche ou la droite ?

– … gauche, répondit Maria.

Elle se força à se redresser sur son siège. Son corps tremblait toujours. Colin franchit l'intersection suivante à toute allure. Maria remarqua vaguement une demi-douzaine de cabanes et de hangars à bateaux près du fleuve, plongés dans l'ombre. Les lampadaires avaient bien du mal à repousser la nuit. L'élan de la voiture diminua quand Colin leva le pied, et ils atteignirent le pâté de maisons suivant après un autre croisement. L'architecture changea aussitôt. Les bâtiments à toits plats se succédaient comme des maisons mitoyennes, certains bâtiments en meilleur état que d'autres. Il y avait des bureaux encore éclairés à certains étages, mais la plupart étaient plongés dans le noir et les voitures dans la rue étaient rares. Il n'y avait aucune circulation dans les environs. La zone devint soudain familière et Maria sut qu'ils étaient proches, tout en luttant contre une brusque montée de colère et de culpabilité pour avoir fait une crise de panique au pire moment possible, quand Serena avait le plus besoin d'elle.

Maria se rappela qu'elle était déjà venue ici et, même si son corps se rebellait encore, elle se força à respirer lentement, tout en observant les bâtiments. C'était difficile de jurer lequel était le bon, car elle n'avait pas fait très attention aux environs la première fois. Elle se souvint vaguement que Serena l'attendait à un croisement et que des ouvriers la regardaient de l'autre côté de la rue… Elle plissa les yeux, remarquant des échafaudages sur un bâtiment, puis, de l'autre côté, la voiture de Serena…

– Là ! dit-elle en pointant du doigt. Le bâtiment de quatre étages en briques, au coin de la rue !

Colin s'arrêta aussitôt, appuyant durement sur la pédale de frein. Il bondit hors de la voiture et se mit à courir, sans attendre Maria qui peinait à ouvrir la portière, furieuse contre son corps qui avait encore besoin de récupérer. Elle n'avait pas le temps pour ça. En particulier maintenant. Parvenant enfin à s'extirper de son siège, Maria courut elle aussi.

Colin avait déjà atteint la porte en verre. Elle le vit s'efforcer de l'ouvrir puis marteler du bout du doigt quelque chose près de la poignée. Maria leva les yeux et vit sept ou huit bureaux encore éclairés. Colin frappait le verre à coups de poing. Il hésitait à la fracasser, mais Maria sut instinctivement que Serena n'était pas dans le bâtiment. Pas plus que le docteur Manning. Il s'était montré bien trop prudent jusqu'à maintenant pour commettre une telle erreur. Il avait été bien trop méticuleux et il y avait trop de témoins potentiels ici, trop de choses qui pouvaient mal tourner. Le docteur Manning avait dû attendre Serena devant le bâtiment et lui mentir, avançant un tuyau percé ou n'importe quelle autre raison pour justifier que l'entretien soit mené ailleurs. Maria savait qu'il voudrait un endroit tranquille, où il ne risquait pas d'être pris, un endroit qui pourrait prendre feu facilement.

— Colin ! voulut-elle crier, mais sa voix était trop faible.

Elle tenta d'agiter les bras, mais les vertiges revinrent et elle trébucha.

— Colin ! appela-t-elle de nouveau, et cette fois il se retourna.

— Cette porte a un code ! La fondation n'est pas indiquée, alors j'appuie sur tous les boutons mais personne ne répond.

— Serena n'est pas là, réussit-elle à dire. Manning l'a emmenée ailleurs. Il y a trop de monde ici.

— Si elle est montée dans sa voiture…

— Elle a dit qu'elle se rendait à l'entretien à pied.

— Alors où est sa voiture ? Je ne la vois pas.

— Va voir au coin de la rue, répondit Maria entre deux respirations sifflantes, luttant toujours contre les vertiges. Il s'est probablement garé là. S'il cherche un endroit désert, il a dû la conduire à un hangar à bateaux près du fleuve. Dépêche-toi ! ajouta-t-elle, se sentant sur le point de tomber. Vas-y. Je vais prendre mon téléphone et appeler la police.

Et mes parents, et ma famille, et Lily et tous ceux qui ont pris leur voiture pour nous suivre, se dit-elle.

Mais Colin était déjà reparti vers le croisement. Il voulait la croire, mais…

— Comment sais-tu qu'ils seront là ?

— Parce que c'est là que Laws serait allé, répondit-elle en se demandant quand la police allait arriver.

Elle se souvenait de la cabane près du lac où Cassie avait été assassinée, tout comme elle se souvenait des cabanes et des entrepôts si communs dans cette zone.

Chapitre 33

Colin

Maria ne s'était pas trompée. Il trouva la Camry bleue garée au coin de la rue parallèle au bâtiment. Colin passa devant en courant et déboucha face à un terrain en friche qui s'étirait jusqu'aux rives boueuses du fleuve Cape Fear, serpent noir sans le moindre reflet par cette nuit sans lune.

La rue donnait sur une route de gravier qui se séparait en deux en direction du fleuve. L'un des deux chemins menait à une petite marina délabrée, avec une structure en métal rouillé qui servait de refuge à un fatras de bateaux, protégée par un modeste grillage. Dans l'autre direction, deux bâtiments aux allures de granges en ruine se dressaient près du fleuve, à moins de cinquante mètres l'une de l'autre. Ces bâtiments avaient l'air abandonnés, avec leurs planches fendues et leur peinture écaillée, les plantes et le kudzu qui les entouraient. Colin ralentit, se demandant frénétiquement où Manning avait pu conduire Serena, apercevant soudain un rayon lumineux entre les planches du bâtiment abandonné sur la gauche.

Le faisceau d'une lampe torche ?

Colin quitta le chemin de gravier et traversa un terrain couvert d'herbes et de plantes montant parfois à hauteur de tibia, se forçant à aller plus vite, espérant ne pas arriver trop tard. Il ne savait toujours pas exactement ce qu'il comptait faire, ni ce qu'il allait découvrir.

En atteignant le bâtiment, Colin se plaqua contre le mur. Il se rendit compte qu'il s'était agi autrefois d'une glacière, sans doute utilisée par les pêcheurs pour charger des blocs de glace dans leurs bateaux.

Il n'y avait pas de porte de ce côté, mais une fenêtre barrée par des planches laissait filtrer une faible lumière. Il se déplaça lentement vers le côté le plus éloigné du fleuve, espérant trouver une porte, quand il entendit un hurlement à l'intérieur.

Serena.

Le hurlement le galvanisa. Il courut à l'angle du bâtiment, mais des planches barraient la porte de ce côté. Il poursuivit sa course et vit une autre fenêtre barrée de la même manière. Il ne lui restait plus qu'une option. Colin jeta un coup d'œil à l'angle et remarqua aussitôt la porte qu'il avait essayé de trouver. Cherchant la poignée, il s'aperçut qu'elle était fermée à clé. À cet instant, Serena hurla de nouveau.

Colin recula d'un pas et frappa la porte du talon, juste à côté de la poignée. Ce fut un coup parfait, rapide et puissant. L'encadrement vola en éclats. Il donna un autre coup de pied, et cette fois la porte s'ouvrit en grand. Pendant cette fraction de seconde, il vit Serena attachée à une chaise, au milieu d'une pièce mal éclairée. Le docteur Manning se tenait à côté d'elle, une lampe torche à la main. Colin distingua la silhouette d'un corps dans un coin, entouré de bombes de peinture rouillées. Le visage de Serena était ensanglanté et contusionné. Serena et le docteur Manning poussèrent tous les deux un cri de surprise en voyant surgir Colin, qu'un rayon de lumière frappa soudain dans les yeux.

Aveuglé, désorienté, Colin se précipita en avant en

direction du docteur Manning. Il écarta les bras, mais Manning avait l'avantage et l'évita d'un pas de côté. Colin sentit la lourde torche en métal s'écraser sur sa main. Ses os craquèrent. Le choc et la douleur l'empêchèrent de réagir assez vite. Serena hurla de nouveau et Colin se retourna, tentant de donner un coup d'épaule à Manning. Trop tard. La lampe torche s'écrasa sur sa tempe et tout devint noir. Ses jambes cédèrent. Colin percuta le sol alors que son esprit tentait encore de comprendre ce qui s'était passé. L'instinct et l'expérience le pressaient de se relever. Après des années d'entraînement, les mouvements auraient dû être automatiques, mais son corps ne voulait pas répondre. Il sentit un autre coup le frapper durement sur le crâne et une douleur aiguë l'envahit. Son esprit ne percevait plus que douleur et confusion. Le temps semblait éclater en morceaux. Malgré le bourdonnement dans ses oreilles, il entendait vaguement quelqu'un crier, pleurer… supplier… une voix de femme… et celle d'un homme… Le crépuscule arriva et la douleur l'emporta comme une vague. Sonné, il entendit malgré tout un vague gémissement. Quand il reconnut son nom, il réussit à ouvrir un œil.

Le monde n'était plus qu'un rêve brumeux. Mais quand il crut voir Maria attachée à une chaise, Colin comprit ce qui s'était passé et où il se trouvait.

Ce n'était pas Maria. Serena.

Mais il ne pouvait toujours pas bouger. Incapable de se concentrer sur un point précis, Colin distinguait vaguement le docteur Manning, qui se déplaçait le long du mur opposé. Il tenait quelque chose de carré et de rouge dans les mains. Colin entendit les cris continus de Serena et une odeur d'essence frappa tout à coup ses narines. Il lui fallut un moment pour mettre en place toutes les pièces du puzzle. Il regarda mollement le docteur Manning jeter le jerrican et vit une lueur tremblotante apparaître. Une allumette retomba sur le sol. Colin entendit le crépitement d'un début d'incendie, comme du liquide d'allumage sur du charbon. Des flammes commencèrent à lécher les murs. Les vieilles planches étaient aussi sèches que du petit bois. La chaleur commença à monter. La fumée s'épaissit.

Colin tenta de bouger, mais il était toujours paralysé. Il avait dans la bouche un goût de métal et de cuivre, et il vit passer la silhouette floue de Manning en direction de la porte que Colin avait ouverte à coups de pied.

Les flammes montaient vers le plafond et les cris de Serena exprimaient une terreur absolue. Il l'entendit tousser, une fois, deux fois. Colin s'efforça de bouger et se demanda pourquoi son corps ne voulait pas lui obéir. Enfin, son bras gauche s'avança de quelques centimètres. Il tenta de se relever, mais les os cassés de sa main cédèrent. Colin hurla et retomba lourdement sur le sol. La douleur se changea en rage, alimentant son besoin de violence et de vengeance.

Il se retrouva à quatre pattes et se redressa lentement. Pris de vertige, il fit un pas en avant et trébucha. La fumée âcre lui piquait les yeux, embués de larmes. Les cris de Serena s'étaient mués en une toux incontrôlable. Colin avait l'impression de ne plus pouvoir respirer du tout. Les flammes avaient atteint les autres murs et les encerclaient. La chaleur était intense, la fumée était devenue noire et lui brûlait les poumons. Colin franchit les quelques pas le séparant de Serena en chancelant et vit l'enchevêtrement de cordes qui la retenaient prisonnière. Il savait qu'avec une seule main, il n'avait aucune chance de la libérer à temps et il étudia les environs, espérant voir un couteau, une hache, n'importe quoi de tranchant…

Colin entendit un craquement sonore, suivi d'un rugissement tandis que le toit de la glacière s'affaissait, projetant des étincelles dans toutes les directions. Un chevron s'écrasa à quelques pas, puis un second, encore plus près. Le long des trois murs, les flammes semblaient se multiplier, répandant une chaleur si intense que Colin avait l'impression que ses vêtements avaient pris feu. Commençant à paniquer, il saisit la chaise où Serena était toujours assise et la tracta, sentant une montée de douleur dans sa main cassée. Un éclair blanc le vrilla et la douleur alimenta sa rage. Colin pouvait supporter la douleur, il savait comment la maîtriser et tenta de faire appel à elle, mais sa main ne parvenait plus à tenir la chaise.

Incapable de porter Serena, il n'avait aucune autre option. Il y avait cinq, peut-être six enjambées jusqu'à la porte. Il prit le dos de la chaise de sa bonne main et la fit tourner en direction de la porte. Il devait l'atteindre avant les flammes. Il tira, tira encore. À chaque secousse, la douleur remontait le long de son bras jusqu'à sa tête. Colin franchit l'embrasure de la porte. La fumée et la chaleur les suivirent, et il sut qu'il devait emporter Serena à l'écart. Il ne pouvait pas la traîner dans le champ ou dans la boue, et remarqua du gravier à sa droite. Il prit donc la direction de l'autre bâtiment. Derrière eux, les flammes avaient presque englouti la glacière. Le bruit devint plus fort, amplifiant le bourdonnement dans ses oreilles. Colin ne s'arrêta pas, ne se reposant que lorsque la chaleur du feu commença à diminuer.

Serena n'avait pas cessé de tousser. Dans la pénombre, sa peau semblait presque bleue. Colin savait qu'elle avait besoin d'une ambulance, d'oxygène. Et il fallait encore la détacher. Colin ne voyait rien pour couper la corde et se demanda s'il trouverait quelque chose dans l'autre bâtiment. Se mettant en route, il vit une silhouette se mettre en position de tir au coin du bâtiment. Le canon d'une arme à feu reflétait l'éclat des flammes… Le canon scié que Margolis avait mentionné, celui dont Manning avait dit qu'il ne devait même pas fonctionner…

Colin renversa Serena et se jeta devant elle à l'instant précis où retentit la détonation. Manning se tenait à près de quarante mètres de distance, soit plus loin que la portée maximale de l'arme, et il avait visé trop haut. Le second tir fut légèrement plus précis. Colin sentit des plombs déchirer son épaule et le haut de son dos en soulevant des éclaboussures de sang. Le vertige le gagna de nouveau et il lutta pour ne pas sombrer, tout en voyant vaguement Manning s'élancer vers sa voiture. Colin n'avait aucune chance de l'arrêter. La silhouette de Manning rétrécissait déjà, et Colin était impuissant. Il se demanda pourquoi la police mettait si longtemps à arriver et espéra qu'ils l'attraperaient. Ses pensées furent interrompues par le vrombissement des flammes qui transpercèrent tout à coup le toit de la glacière, un son presque assourdissant.

Une partie du mur explosa, projetant des morceaux de bois enflammés dans leur direction. Il pouvait à peine entendre Serena pleurer entre deux quintes de toux, et Colin se rendit compte qu'ils étaient toujours en danger, trop près du feu. Colin n'avait pas la force de l'entraîner plus loin. Mais il pouvait trouver de l'aide et se força à se lever. Il devait atteindre un endroit où on pourrait le voir. Chancelant, il fit une dizaine de pas. Il perdait du sang. Son bras et sa main gauches étaient inutiles, et ses nerfs à vif. Pendant ce temps, Manning avait rejoint sa voiture et Colin vit les phares s'allumer. La Camry s'arracha au trottoir, fonçant droit sur lui.

Et sur Serena.

Colin savait qu'il ne pouvait pas distancer la voiture ; il ne pouvait même pas l'éviter. Mais Serena était encore plus impuissante, et Manning savait exactement où elle se trouvait. Serrant les dents, Colin avança aussi vite que possible, augmentant la distance entre lui et Serena. Espérant que Manning le suivrait. Qu'il fuirait. Mais les phares demeuraient rivés sur Serena. Ne sachant pas quoi faire d'autre, Colin s'arrêta et agita la main droite, tentant d'attirer l'attention de Manning.

Il lui fit un doigt d'honneur.

La Camry s'écarta immédiatement de Serena et fonça sur Colin. La glacière consumée par les flammes continuait d'émettre un hurlement aigu. Chancelant, Colin s'écarta de Serena aussi vite que possible, sachant qu'il n'avait plus que quelques secondes à vivre. La voiture était presque sur lui quand, tout à coup, le sol fut baigné par une autre lumière arrivant de derrière.

Il vit à peine la Prius d'Evan percuter la Camry dans un choc assourdissant, poussant les deux voitures en direction du feu. La Camry s'écrasa dans l'angle de la glacière, poussée par la Prius. Le toit du bâtiment s'effondra alors que les flammes montaient encore plus haut vers les cieux.

Colin tenta de se précipiter en avant, mais ses jambes cédèrent. Il continuait à perdre du sang et, étendu sur le sol, sentit le vertige le reprendre. Il entendit des sirènes défier la fureur de l'incendie. Il craignait que les secours n'arrivent trop tard pour le sauver, mais cela n'avait aucune importance. Il ne pouvait détacher son regard de la Prius, guettant l'ouverture d'une portière ou d'une vitre. Evan et Lily pouvaient encore échapper aux flammes s'ils se dépêchaient, mais leurs chances étaient minces.

Colin devait les aider et tenta une fois encore de se lever. Il manqua défaillir en relevant la tête et crut voir des lumières rouges et bleues tournoyer dans une rue transversale. Des phares puissants se rapprochaient. Il entendit des voix paniquées les appeler, Serena et lui, et voulut leur crier qu'ils devaient se dépêcher, qu'Evan et Lily avaient besoin d'aide, mais il ne put émettre qu'un murmure rauque.

Il entendit soudain Maria. Il l'entendit hurler son nom et se précipiter à son côté.

– Je suis là ! cria-t-elle. Tiens bon ! L'ambulance arrive !

Mais Colin était toujours incapable de répondre. Le monde tournait autour de lui, tout devenait flou. Plus rien n'avait de sens. En un instant, la Prius fut avalée par les flammes. Colin ouvrit de nouveau les yeux. Une moitié de la voiture seulement avait disparu. Il crut voir la portière passager s'ouvrir en grinçant, mais il y avait trop de fumée et aucun autre signe de mouvement. Impossible d'en être sûr. Il se sentit partir alors que les ténèbres envahissaient son champ de vision. Juste avant de sombrer dans l'inconscience, il pria pour que les deux meilleurs amis qu'il ait jamais eus réussissent à s'en sortir.

Épilogue

Avril ne cessait de surprendre Maria. Elle avait grandi dans le Sud et savait à quoi s'attendre, mais il y avait toujours quelques jours magnifiques, parfaits, où tout semblait possible. Un ciel bleu sans nuages, des pelouses vertes après être restées brunes tout l'hiver. Tout à coup, les couleurs étaient partout. Les cornouillers, les cerisiers et les azalées revenaient à la vie à tous les coins de rue, tandis que les tulipes s'épanouissaient dans les jardins soigneusement entretenus. Les matinées étaient fraîches, mais la température montait au fil des heures.

Aujourd'hui était l'une de ces éphémères journées de printemps. Maria se tenait sur la pelouse parfaitement tondue et vit Serena discuter avec animation avec un groupe de gens que sa sœur ne reconnut pas. Elle affichait un grand sourire. En la voyant maintenant, il était difficile d'imaginer que récemment encore, Serena avait du mal à sourire tout court. Elle avait souffert de cauchemars pendant des mois après son supplice. Et quand elle se regardait dans le miroir, elle voyait les coups et les blessures que lui avait infligés Manning, dont deux avaient laissé des cicatrices : une près de l'œil et l'autre sur son menton, mais elles s'atténuaient déjà. Un an plus tard, Maria doutait que quiconque les remarque, à moins de savoir exactement où regarder. Mais cela signifiait aussi qu'ils n'oublieraient pas cette horrible nuit et que ces souvenirs seraient toujours accompagnés de douleur.

Cela faisait deux semaines que l'inspecteur Wright, accompagné d'un Peter Margolis convalescent, avaient pris rendez-vous avec Maria, admettant que Colin avait eu raison sur toute la ligne. La dépouille d'Atkinson avait été retrouvée dans les décombres de la glacière incendiée. La balistique avait fini par relier la balle dans la tête d'Atkinson et l'arme à feu en possession de Lester. L'incendie avait empêché de déterminer avec précision quand Atkinson avait été assassiné, mais l'enquête supposait que c'était à peu près au moment de sa disparition. Grâce à quelques cheveux d'Atkinson retrouvés à l'intérieur, ils avaient découvert que son corps avait été conservé dans un grand freezer vide dans le garage du docteur Manning à Charlotte. En consultant les comptes bancaires de Manning, ils avaient trouvé de nombreux retraits en liquide correspondant aux sommes versées sur le compte d'Atkinson pour payer ses factures, confirmant également la location du bungalow à Shallotte.

On avait retrouvé les empreintes digitales de Lester dans la voiture d'Atkinson, et les enquêteurs avaient espéré que Lester leur donnerait des réponses. Après qu'il avait passé trois jours sous contrôle à l'infirmerie, un psychiatre avait estimé qu'il pouvait retourner en cellule s'il restait étroitement surveillé. Plus tard cet après-midi-là, Lester avait rencontré son avocat ; il leur avait dit que Lester semblait tout à fait lucide, bien que sous l'effet de médicaments et secoué par la mort de son père. Lester avait accepté d'être interrogé le lendemain par les inspecteurs, du moment que son avocat était présent. Il était retourné dans sa cellule et avait fini son plateau-repas. Les enregistrements vidéo avaient montré qu'on venait le voir toutes les quinze ou vingt minutes, mais Lester avait malgré tout réussi à se pendre, en utilisant ses draps qu'il avait déchirés en bandes. Il était trop tard quand les gardiens l'avaient trouvé.

Maria se demandait parfois si Lester avait réellement été le complice de son père, ou bien une victime de plus du docteur Manning. Peut-être les deux. Pete Margolis avait reconnu à son réveil qu'il ne savait pas exactement qui lui avait tiré dessus. Le docteur Manning lui avait dit d'entrer, mais Margolis n'avait aperçu qu'un canon d'arme à feu par la porte entrouverte d'un placard avant d'être touché. La seule chose dont Maria était certaine, c'était la mort de Lester et de son père, qui ne s'en prendraient plus jamais à elle.

Malgré ce qu'ils leur avaient infligé, à sa sœur et elle, Maria éprouvait parfois du chagrin et de la pitié pour la famille Manning. Un jeune fils mort dans un accident, une sœur assassinée et une mère luttant depuis longtemps contre la dépression et qui avait fini par se suicider... Elle se demandait ce qu'elle serait devenue si ce genre de choses lui était arrivé ou si Serena était morte cette nuit-là dans la glacière.

Jetant un regard derrière elle, elle observa la foule réunie sur la pelouse, et songea une fois de plus à sa chance. Ses parents s'efforçaient de maîtriser leurs instincts protecteurs, son boulot avec Jill était épanouissant, elle avait utilisé une partie de ses indemnités de départ pour remeubler son appartement et s'acheter une nouvelle garde-robe... Et il lui restait encore assez d'argent pour commencer un petit bas de laine. Le week-end dernier, elle était même entrée dans un magasin de photos et était tombée sous le charme d'un filtre UV extrêmement cher. L'eau devenait plus chaude et l'appel du paddle se faisait sentir...

Sans surprise, étant donné l'implication de Lily, le mariage s'était révélé spectaculaire. Même si Wilmington serait toujours son foyer, Maria était sensible aux charmes de Charleston. Lily était sublime dans sa robe de mariée en satin, bordée de perles et de dentelle délicate. Evan l'avait regardée avec des yeux rêveurs durant leurs vœux à l'église Saint-Michael. C'était la plus vieille église de Charleston, la préférée des familles aristocratiques de la ville. Mais quand Lily avait dit d'une voix traînante « Mais je ne vois pas pourquoi quelqu'un voudrait se marier ailleurs », ses mots avaient paru logiques et sincères, et non pas snobs.

Lors de cette nuit horrible, Lily s'en était miraculeusement tirée sans une égratignure. Mais Evan n'avait pas eu autant de chance. Il avait souffert de brûlures au deuxième degré dans le dos et d'une jambe cassée. Il avait porté un plâtre pendant près de deux mois et ne remarchait sans boiter que depuis peu, en partie grâce à son nouveau régime. Son entraînement n'était pas au niveau de ceux de Colin, mais il avait confié à Maria qu'il en avait rajouté au niveau des bras, et espérait que Lily le remarquerait lors de leur lune de miel aux Bahamas. Ils avaient tous les deux des anges gardiens. Maria pensait les avoir aperçus en les voyant quitter la Prius, et même si certains pouvaient se moquer d'elle, elle s'en fichait.

Elle savait.

Derrière elle, la réception battait son plein. Le solennel avait enfin laissé place à la fête. Lily avait voulu que la soirée soit donnée dans la résidence secondaire de ses parents, sur les bords de la Ashley River, et ils avaient apparemment dépensé sans compter. Des guirlandes lumineuses brillaient de mille feux sous une tente blanche grandiose, sur l'estrade de laquelle les invités dansaient au son d'un orchestre de dix musiciens. La nourriture provenait de l'un des meilleurs restaurants de la ville ; quant à la décoration florale, c'était un vrai travail d'artiste. Maria savait qu'elle n'aurait jamais un mariage de ce genre, ce n'était pas son style. Du moment que ses amis et sa famille étaient là, avec peut-être quelques *piñatas* plus tard pour les invités les plus jeunes, elle serait heureuse.

Non pas qu'elle ait pensé se marier prochainement. Ils n'avaient encore jamais abordé le sujet, et Maria n'avait aucune intention de le faire frontalement avec Colin.

Sous bien des aspects, il n'avait pas changé du tout. Il lui dirait la vérité et elle n'était pas sûre d'être prête à entendre sa réponse. Elle avait envie d'émettre un sous-entendu si l'occasion se présentait, mais même cette idée la rendait nerveuse. Colin n'avait que récemment pu reprendre son entraînement, et il était parfois frustré de ne pas être aussi performant qu'avant, notamment en MMA. Les docteurs avaient insisté pour qu'il attende au moins six mois de plus. Le tir de fusil à pompe avait déchiré une partie des muscles de son épaule, laissant des cicatrices nettes et une faiblesse musculaire peut-être définitive. Il avait déjà subi une opération pour sa main, avant une autre prévue dans quelques mois. Mais la blessure qui inquiétait le plus les médecins était sa fracture du crâne, car il avait passé quatre jours aux soins intensifs à côté de Pete Margolis. Celui-ci avait été le premier à parler à Colin quand il avait repris conscience.

– Ils m'ont dit que tu m'avais sauvé la vie, avait dit Margolis. Mais ne va pas croire que ça change quoi que ce soit au sujet de notre accord. Je vais malgré tout garder un œil sur toi.

– D'accord, avait répondu Colin d'une voix rauque.

– Ils m'ont dit aussi que le docteur Manning t'avait salement amoché, et que c'était Evan qui l'avait finalement mis hors d'état de nuire. Je trouve ça très difficile à imaginer.

— D'accord, avait répété Colin.

— Ma femme dit que tu es passé prendre de mes nouvelles. Que tu étais courtois, aussi. Et mon ami Larry pense visiblement que tu es très malin.

La gorge sèche, Colin s'était contenté de grogner cette fois.

Margolis avait secoué la tête et soupiré.

— Fais-moi une faveur, et évite les ennuis. Et encore une fois, dit-il en esquissant finalement un sourire, merci.

Depuis, Margolis n'était pas passé une seule fois voir Colin.

Maria sentit Colin approcher. Il passa un bras autour d'elle et Maria se pencha vers lui.

— Te voilà, dit-il. Je te cherchais.

— C'est si beau près de la rive, dit-elle.

Elle se retourna et passa les bras autour de sa taille.

— Maria ? chuchota-t-il dans ses cheveux. Tu voudrais faire un truc pour moi ?

Quand elle s'écarta et le regarda d'un air interrogateur, il poursuivit.

— J'aimerais que tu rencontres mes parents.

Maria écarquilla les yeux.

— Ils sont là ? Pourquoi tu ne me l'as pas dit plus tôt ?

— Je voulais leur parler avant. Voir où nous en sommes.

— Et ?

— Ce sont des gens bien. Je leur ai parlé de toi. Ils m'ont demandé s'ils pouvaient te rencontrer, mais j'ai dit que je devais te le demander d'abord.

— Bien sûr que je rencontrerai tes parents. Pourquoi me le demander ?

— Je ne savais pas trop quoi dire d'autre. Je ne leur ai jamais présenté de fille.

– Jamais ? Waouh ! Je me sens très spéciale, du coup.

– C'est logique. Tu l'es.

– Alors, allons voir tes parents. Puisque je suis si spéciale, que tu es fou de moi et que tu ne peux imaginer vivre sans moi. En fait, tu penses peut-être bien que je suis la bonne, n'est-ce pas ?

Colin sourit, sans la quitter des yeux.

– D'accord.

Remerciements

Chaque roman comporte ses propres défis, et celui-ci n'échappe pas à la règle. Comme toujours, je voudrais remercier ceux dont l'aide et le soutien m'ont été précieux pour les relever.

Je voudrais remercier :

Cathy, qui demeure une merveilleuse amie. Elle me sera toujours chère. Nos enfants, Miles, Ryan, Landon, Lexie et Savannah, pour la joie qu'ils continuent à me procurer.

Theresa Park, mon fabuleux agent, manager et coproductrice, toujours là pour m'écouter et me donner des avis constructifs. Je ne suis pas sûr de savoir ce que je serais sans elle.

Jamie Raab, ma géniale éditrice, qui fait des merveilles de mes manuscrits. Nous avons travaillé ensemble sur chacun de mes romans et je m'estime gâté, non seulement en raison de son expertise mais aussi grâce à sa solide amitié.

Howie Sanders et Keya Khayatian, mes agents pour le cinéma chez UTA, qui ne sont pas seulement exceptionnels dans leur travail, mais créatifs, intelligents et amusants.

Scott Schwimer, mon avocat en droit du divertissement et l'un de mes meilleurs amis. Sa présence a enrichi ma vie.

Stacey Levin, qui dirige ma maison de production pour

la télévision, et qui est extrêmement talentueuse, avec un instinct très sûr et une grande passion pour son travail. Erika McGrath et Corey Hanley pour leur talent dans le même domaine.

Larry Salz chez UTA, mon agent pour la télévision, permet à ce navire complexe de naviguer de façon aussi calme que possible. J'apprécie tout ce que vous faites pour moi.

Denise Di Novi, productrice d'*Une bouteille à la mer*, *Le Temps d'un automne*, *Nos nuits à Rodanthe*, *The Lucky One* et *Une seconde chance*, avec qui j'ai eu la chance d'être associé, bénéficie vraiment d'un super instinct. En travaillant avec elle, c'est toujours moi qui ai de la chance.

Alison Greenspan, pour tout ce que tu as fait pour ces projets mémorables.

Marty Bowen, le producteur de *Chemins croisés*, *Un havre de paix* et *Cher John*, pour son excellent travail, sa créativité, son humour et son amitié. J'apprécie toujours le temps passé ensemble.

Wyck Godfrey, le bras droit de Marty.

Michael Nyman, Catherine Olim, Jill Fritzo et Michael Geiser à PMK-BNC, mes attachés de presse, qui excellent dans leur travail et sont aussi devenus des amis proches.

LaQuishe « Q » Wright, qui gère pour moi tout ce qui est réseaux sociaux, ne fait pas seulement un travail incroyable. C'est quelqu'un avec qui j'adore passer du temps. Mollie Smith, qui s'occupe de mon site Internet. Et sans elles, je ne pourrais pas informer les gens de tout ce qui se passe dans mon monde.

Michael Pietsch, de chez Hachette, mérite ma reconnaissance pour tout ce qu'il accomplit pour faire de mes romans des succès. Je suis honoré de travailler avec toi.

Peter Safran, le producteur d'*Un choix*, pour son enthousiasme, son savoir, et pour avoir accueilli mon équipe dans son monde excitant.

Elizabeth Gabler, animée par une incroyable passion pour ce qu'elle fait avec talent et volonté. *Chemins croisés* était un film remarquable et magnifique. Je remercie aussi Erin Siminoff pour son extraordinaire engagement afin de faire de ce projet une réussite. J'ai adoré travailler avec vous deux.

Tucker Tooley, que je considère comme un ami. Je suis honoré par ton soutien inépuisable à mon travail.

Ryan Kavanaugh et Robbie Brenner chez Relativity Media, pour les nombreux films réussis qu'ils ont aidé à adapter. C'était fabuleux de travailler avec vous.

Courtenay Valenti, chez Warner Brothers, pour m'avoir aidé à lancer le versant Hollywood de ma carrière. C'est toujours fun de vous retrouver quand je suis en ville avec un nouveau projet.

Emily Sweet, chez Park Literary Group, qui est toujours disponible pour donner un coup de main dans tous les domaines. Merci beaucoup d'avoir pris un temps les rênes de ma fondation, et de m'écouter chaque fois que j'appelle.

Abby Koons, chez Park Literary Group, pour avoir géré avec habileté mes droits à l'étranger. J'ai toujours conscience du travail incroyable que tu accomplis. Tu es la meilleure.

Andrea Mai, chez Park Literary Group, pour tout ce qu'elle fait avec nos partenariats de vente. C'est une relation de travail extraordinaire, et je dois dire que j'admire ton enthousiasme et ta ténacité. Et merci beaucoup également à Alexandra Greene, qui ne se contente pas de lire avec soin chaque contrat mais possède un instinct créatif incroyable. Je ne serais pas là où j'en suis aujourd'hui sans vous deux.

Je suis également reconnaissant envers Brian McLendon, Amanda Pritzker et Maddie Caldwell chez Grand Central Publishing – votre enthousiasme et votre engagement signifient beaucoup pour moi.

Pam Pope et Oscara Stevick, mes comptables, une vraie bénédiction, pas seulement pour leur travail mais aussi pour leur amitié. Vous êtes toutes les deux géniales.

Tia Scott, mon assistante, n'est pas seulement une amie. Elle m'aide à garder ma vie quotidienne sur les rails. J'apprécie tout ce que tu fais.

Andrew Sommers a toujours été un assistant de valeur, qui accomplit un travail important en coulisses. Ma vie est devenue meilleure grâce à lui. Merci aussi à Hannah Mensch, pour tout ce qu'elle a fait l'année dernière.

Michael Armentrout et Kyle Haddad-Fonda, qui font un travail fantastique à la Nicholas Sparks Foundation. Merci beaucoup.

Tracey Lorentzen, toujours prête à donner un coup de main quand j'en ai le plus besoin. Je ne sais pas ce que j'aurais fait sans toi.

Sara Fernstrom, ancienne de UTA, et David Herrin, mon oracle chez UTA, ont des talents et des capacités uniques, et j'ai largement profité de leur expertise.

Dwight Carlblom et David Wang dirigent The Epiphany School of Global Studies et sont des éducateurs géniaux. Je vous suis tellement reconnaissant.

Michael « Stick » Smith, un ami toujours là pour m'écouter et me soutenir. Les années à venir risquent d'être intéressantes et amusantes, tu ne crois pas ?

Jeff Van Wie, un ami depuis que nous avons partagé la même chambre à la fac. Merci pour avoir toujours été là pour moi.

Micah Sparks, mon frère, le meilleur frère qu'on puisse avoir. Il faudra s'assurer de voyager plus souvent ensemble cette année, d'accord ?

David Buchalter, qui m'aide dans mes discours, est quelqu'un d'incroyable. Merci pour tout.

Eric Collins, qui m'a aidé de bien des façons que je ne peux exprimer. Même chose pour Jill Compton. Merci.

Pete Knapp et Danny Hertz, qui ont toujours fait de leur mieux pour m'aider. Merci, les gars !

D'autres amis, avec qui j'aime toujours discuter, le genre d'amis qui font que la vie vaut d'être vécue : Todd et Kari Wagner, David Geffen, Anjanette Schmeltzer, Chelsea Kane, Slade Smiley, Jim Tyler, Pat Armentrout, Drew et Brittany Brees, Scott Eastwood et Britt Robertson.

Composition et mise en pages
Nord Compo à Villeneuve-d'Ascq

MARQUIS

Québec, Canada

Imprimé au Canada
Dépôt légal : octobre 2020
ISBN : 979-10-224-0405-1
POC 0271